벨아미

기 드 모파상

벨아미

윤진 옮김

펭귄클래식코리아

벨아미

1판 1쇄 발행 2011년 5월 25일
1판 8쇄 발행 2023년 4월 24일

지은이 | 기 드 모파상   옮긴이 | 윤진

발행인 | 이재진   단행본사업본부장 | 신동해   편집장 | 김경림
마케팅 | 최혜진 최지은   홍보 | 반여진 허지호 정지연
국제업무 | 김은정 김지민   제작 | 정석훈

브랜드 펭귄클래식 코리아
주소 경기도 파주시 회동길 20 웅진씽크빅 단행본사업본부 펭귄클래식코리아
문의전화 031-956-7213(편집) 031-956-7127(마케팅)
홈페이지 http://www.wjbooks.co.kr
인스타그램 www.instagram.com/woongjin_readers
페이스북 https://www.facebook.com/woongjinreaders
블로그 blog.naver.com/wj_booking
발행처 (주)웅진씽크빅
출판신고 1980년 3월 29일 제406-2007-00046호

펭귄클래식 코리아는 유리장 에이전시를 통해 펭귄북스와 제휴한
(주)웅진씽크빅 단행본개발본부의 브랜드입니다. 펭귄 및 관련 로고는
펭귄북스의 등록 상표입니다. 허가를 받아야만 사용할 수 있습니다.
Penguin Classics Korea is the Joint Venture with Penguin Books Ltd.
arranged through Yu Ri Jang Literary Agency. Penguin and the associated logo
are registered and/or unregistered trade marks of Penguin Books Limited.
Used with permission.

이 책은 저작권법에 따라 보호받는 저작물이므로 무단 전재와 무단 복제를 금지하며,
이 책 내용의 전부 또는 일부를 이용하려면 반드시 저작권자와 (주)웅진씽크빅의
서면 동의를 받아야 합니다.

한국어 판 ⓒ 웅진씽크빅, 2011

ISBN 978-89-01-17264-4 05800
ISBN 978-89-01-18147-9 (세트)

* 잘못된 책은 바꾸어 드립니다.
* 책값은 뒤표지에 있습니다.

차례

1부 · 7
2부 · 217

작품해설/『벨아미』, 타락한 시대의 교양소설 · 426
옮긴이 주 · 433

▶ 번역 대본으로는 1973년 프랑스 갈리마르 출판사에서 간행된 『벨아미(Bel-Ami)』를 사용했다.

1부

1

조르주 뒤루아는 계산대에 앉은 여자에게 100수[1]를 내고 거스름돈을 받아서 식당을 나섰다.

타고나기도 하고 또 하사관 시절의 자세가 몸에 배어 외모가 수려한 그는 허리를 곧추세우고 서서 익숙한 군인의 동작으로 콧수염을 꼬았다. 그리고 흡사 투망을 펼치듯, 아직 자리에 앉아 먹고 있는 사람들 위로 미남 청년 특유의 눈길을 던졌다.

여자들은 이미 고개를 들어 뒤루아를 쳐다보고 있었다. 여직공 세 명, 그리고 머리도 제대로 안 빗고 가꾸지 않은, 늘 모자에 먼지가 묻어 있고 차림새도 엉망인 중년의 음악 선생이 있었다. 균일가 식사를 제공하는 이 저렴한 식당의 단골손님인 부르주아 부인 두 명도 남편과 함께 와 있었다.

거리로 나온 뒤루아는 잠시 걸음을 멈추고 무엇을 할까 생각했다. 오늘은 6월 28일이고 월말까지 지낼 돈으로 주머니 속에 정확히 3프랑 40상팀이 남아 있다. 이틀 동안 점심에 굶고 저녁을 먹든가, 아니면 저녁에 굶고 점심을 먹어야 한다는 뜻이다. 곰곰 따져보았다. 점심은 22수이고 저녁은 30수니까 이틀 모두 점심으로 때운다면 보너스로 1프랑 20상팀이 남고, 그 돈이면 이틀 모두 큰 거리로 나가 빵

1부 9

과 소시지를 곁들여 맥주 한 잔을 마실 수 있을 것이다. 뒤루아는 그렇게 돈을 쓰고 저녁 시간을 즐기는 게 좋았다. 그는 노트르담 드 로레트 거리를 따라 내려가기 시작했다.

뒤루아는 경기병 제복을 입고 있던 시절처럼 가슴을 내밀고, 막 말에서 내린 사람처럼 두 다리를 조금 벌리고 걸었다. 복잡한 거리에서 사람들과 어깨를 부딪치면서 방해가 되는 사람들은 밀어젖히기도 했다. 상당히 낡은 실크해트를 한쪽 귀 위로 비스듬히 걸쳐 쓰고, 구두 뒤축에 힘을 주어 보도를 차면서 걸었다. 마치 전역한 미남 군인의 매력을 무기로 누군가에, 지나가는 사람들에, 건물들에, 도시 전체에 맞서고 있는 것 같았다.

뒤루아는 한 벌에 60프랑짜리 옷을 입고 있었지만 어딘지 모르게 우아한 분위기 때문에 눈길을 끌었다. 조금 평범하기는 하지만 분명 우아한 모습이었다. 키가 크고 건장한 체격에, 금발의 머리카락은 희미하게 붉은빛이 도는 밤색에 가까웠다. 끝이 말려 올라가고 거품처럼 입술 위에 걸쳐 있는 콧수염, 푸른색 눈 속의 자그마한 눈동자, 곱슬머리 가운데로 탄 가르마, 이 모든 것이 통속소설에 등장하는 악역을 연상시켰다.

바람 한 점 없는 파리의 저녁나절이었다. 숨쉬기도 어려운 밤에 도시는 한증막처럼 달아올라 땀을 흘렸다. 하수구는 화강암 배출구로 썩은 숨결을 토해 냈고, 지하 주방들은 낮게 나 있는 창문으로 설거지물이나 오래 묵힌 소스들의 악취를 쏟아냈다.

건물마다 문지기들이 셔츠 바람으로 대문 앞에 나와 짚 의자에 앉아 파이프 담배를 피웠다. 지나가는 행인들은 모자를 벗고 맨머리로 지친 발걸음을 옮겼다.

큰길까지 온 조르주 뒤루아는 다시 한 번 걸음을 멈추고 무엇을 할까 생각했다. 샹젤리제를 지나 부아 드 불로뉴 대로[2]로 가서 나무 그늘 아래 시원한 바람을 쐬고 싶었다. 하지만 또 다른 욕망이 그를 놓아주지 않았다. 그러니까 여자를 만나고 싶었던 것이다.

　여자가 어떤 식으로 나타나게 될까? 그건 알 수 없었다. 하지만 석 달 전부터 뒤루아는 매일 저녁 그런 만남이 이루어지기를 기다렸다. 물론 잘생기기도 했고 또 여자들의 호감을 사는 법도 알고 있었기 때문에 뒤루아는 지금까지 이 여자 저 여자 만나왔다. 하지만 그는 늘 더 많은 만남을, 더 좋은 만남을 원했다.

　주머니는 비었는데 피는 끓어올랐다. 모퉁이에서 거리의 여자들이 "멋쟁이 아저씨, 우리 집에 올래요?"라고 속삭일 때면 몸이 달아올랐다. 하지만 돈을 낼 능력이 없으니 따라갈 수는 없었다. 또한 뒤루아는 그와 동시에 다른 것을, 다른 키스를, 천박하지 않은 키스를 기다렸다.

　물론 그는 창녀들이 우글거리는 곳, 그런 여자들이 모여 있는 무도회나 카페, 거리를 좋아했다. 그 옆을 지나가고, 말을 걸고, 친근하게 얘기를 나누고, 짙은 향수 냄새를 맡고, 그렇게 가까이에 있는 게 즐거웠다. 그들 역시 여자다. 사랑을 위해 존재하는 여자 말이다. 그런 여자들 앞에서 흔히 지체 높은 남자들이 감추지 못하는 경멸감 같은 것을 뒤루아는 느끼지 않았다.

　뒤루아는 마들렌 성당 쪽으로 돌아섰다. 그는 더위에 축 늘어져 흐느적거리는 군중들 틈에 몸을 내맡겼다. 큰 카페들은 손님이 많아서 바깥 자리까지 차 있었다. 모두들 가게 입구를 밝힌 휘황찬란한 빛을 받으며 술을 마시고 있었다. 정사각형 혹은 원형의 작은 테이블 위에 잔이 놓여 있고, 그 안에 빨강, 노랑, 녹색, 갈색으로 각양각색의 술이 담겨 있었다. 그리고 물병 속에는 시원한 물을 차갑게 하느라 넣어놓은 둥글고 긴 통 모양의 투명한 얼음 조각들이 반짝거렸다.

　뒤루아는 걸음을 늦추었다. 한잔 마시고 싶어서 목이 타들어 가는 것 같았다.

더운 날의 갈증, 여름 저녁의 갈증이 그를 놓아주지 않았다. 차가운 음료가 입속으로 흘러드는 감미로운 감각이 자꾸 떠올랐다. 하지만 오늘 저녁 그렇게 두 잔을 마셔버리면 내일은 초라한 저녁마저도 사라져버린다. 월말에 찾아오는 배고픈 저녁이 어떤 것인지 그는 너무도 잘 알고 있었다.

뒤루아는 마음속으로 되뇌었다. '10시까지 기다렸다가 카페 아메리캥3)에 가서 한잔해야지. 제기랄! 갈증 나서 미치겠군!' 허세 가득한 밝은 얼굴로 카페들 앞을 지나가면서 그는 테이블 앞에 앉아 술을 마시고 있는 사람들, 내키면 언제든 목을 축일 수 있는 사람들을 쳐다보았다. 재빨리 그들의 표정이나 옷차림을 훑으면서 다들 주머니에 돈을 얼마나 가지고 있을까 생각해 보았다. 순간 느긋하게 앉아 있는 자들을 향해 분노가 치밀어 올랐다. 저들의 주머니를 뒤져 보면 금화, 은화, 잔돈 동전들이 쏟아져 나올 것이다. 평균 잡아도 일인당 최소한 2루이4)는 가지고 있을 테고, 카페 하나에 백여 명 정도 앉아 있으니, 2루이를 백 배 하면 사천 프랑이었다! 그는 우아하게 몸을 흔들며 걸음을 옮기면서도 입으로는 "돼지 같은 놈들!"이라고 중얼거렸다. 아무나 하나 붙잡아 어두운 구석으로 끌고 갈 수만 있다면 목을 비틀어주었을 것이다. 정말이다. 기동훈련 중에 농부들이 키우는 닭을 잡아 목을 비틀던 것과 똑같이 아무렇지도 않게 해치울 수 있을 것이다.

아프리카에서 이 년 동안 지내면서 남부의 초소에서 아랍인들을 약탈하던 때가 생각났다. 몰래 빠져나가 울레드 알란 족5)을 털었던 일이 떠오르자 그의 입가에 잔인하고 즐거운 미소가 번졌다. 그날 울레드 알란 족 세 명이 죽었고, 뒤루아와 동료들은 암탉 스무 마리와 양 두 마리를 손에 넣고 금도 조금 훔쳤다. 그들은 여섯 달 동안 그날 일을 얘기하면서 신 나게 웃었다.

범인은 결국 밝혀지지 않았다. 사실 별로 찾으려 하지도 않았다.

아랍인은 병사들의 당연한 먹잇감이라고 여기는 분위기였다.

하지만 파리에서는 다르다. 허리에 검을 차고 손에 권총을 든 채 도시의 치안이 미치지 않는 곳을 찾아가 조용히 도둑질을 하는 것은 불가능하다. 뒤루아의 가슴속에 정복지에서 마음껏 풀려났던 하사관의 본능이 끓어올랐다. 그 시절이, 사막에서 보낸 두 해가 그리웠다. 그곳에 계속 남아 있을걸! 어쩌겠는가. 파리로 오면 좋을 줄 알았다. 하지만 결국 어떻게 되었는가! 그랬다. 아주 꼴좋게 되었다!

뒤루아는 입천장이 얼마나 말랐는지 보려는 듯 가볍게 쯧쯧거리며 입안에서 혀를 움직였다.

지친 사람들이 느릿느릿 옆으로 지나갔다. 그는 계속 생각했다. '멍청한 놈들이 많기도 하군! 이 한심한 놈들도 전부 조끼 속에 돈을 가지고 있겠지!' 그는 어깨로 사람들을 밀치면서 휘파람으로 경쾌한 곡조를 불었다. 부딪친 남자들은 투덜거리면서 돌아보았고 여자들은 "돼먹지 못한 사람이야!"라고 쏘아붙였다.

보드빌 극장[6]을 지난 다음 카페 아메리캥 앞까지 온 뒤루아는 걸음을 멈추고 한잔할까 생각했다. 목이 말라 견딜 수가 없었던 것이다. 마음을 정하기 전 그는 차도 가운데 세워진 번쩍거리는 시계에서 시간을 확인했다. 9시 15분이다. 그는 자기 자신을 잘 알고 있다. 맥주가 가득 찬 잔이 눈앞에 놓이면 분명 단숨에 마셔버릴 것이다. 그런 다음 11시까지 무엇을 한단 말인가?

결국 다시 걸음을 옮겼다. 그리고 이렇게 생각했다. '마들렌 성당까지 갔다가 천천히 돌아와야겠군.'

오페라 광장 모퉁이에 이르렀을 때 뒤루아는 몸집이 큰 젊은 남자와 마주쳤다. 그런데 어디선가 그 남자를 본 적이 있는 것 같았다.

그는 기억을 더듬으며 남자를 따라가면서 계속 낮은 소리로 중얼거렸다. "도대체 어디서 봤지?"

머릿속을 이리저리 헤집어보아도 좀처럼 기억이 나지 않았다. 하지만 정말 신기하게도 한순간 불쑥 기억이 떠올랐다. 눈앞의 남자가 기병 제복을 입고 좀 마르고 더 젊은 모습으로 나타난 것이다. 뒤루아가 큰 소리로 불렀다. "이봐, 포레스티에!" 그러면서 성큼성큼 걸음을 옮겨 앞에 가는 남자의 어깨를 쳤다. 남자가 고개를 돌려 뒤루아를 보았다. 그러더니 입을 열었다. "무슨 일입니까?"

뒤루아가 웃으며 물었다. "날 모르겠나?"

"글쎄요."

"조르주 뒤루아, 제6경기병!"

그러자 포레스티에가 두 손을 내밀었다. "맞아, 자네로군. 어떻게 지내나?"

"잘 지내고 있지. 자네는?"

"나? 난 별로 좋지 않다네. 가슴이 꼭 잘근잘근 썹어놓은 종이 같거든. 파리로 오던 해 부지발[7]에서 기관지염에 걸렸는데, 그 이후에 일 년이면 여섯 달은 기침을 하지. 벌써 사 년째라네."

"저런, 그래도 건강해 보이는데."

포레스티에는 옛 동료의 팔을 붙잡고 자신의 병에 대해서 이야기했다. 의사를 만난 얘기를 했고, 의사가 뭐라고 했는지 그리고 무슨 충고를 했는지도 들려주었다. 하지만 자기로서는 의사들의 말을 따르는 게 너무 어렵다고도 했다. 의사는 자꾸 겨울 동안 남쪽 지방에 가 있으라고 하는데, 어떻게 그럴 수 있겠는가? 그는 결혼을 했고, 기자였고, 잘나가고 있었던 것이다.

"난 《라 비 프랑세즈》[8]의 정치면을 맡고 있네. 《르 살뤼》에 상원 관련 기사를 쓰고, 가끔씩 《라 플라네트》에 문예 기사도 쓰지. 그래, 난 그런 일을 하고 있네."

뒤루아는 깜짝 놀라 친구를 쳐다보았다. 포레스티에는 정말 많이 달라졌고 원숙해져 있었다. 동작이나 자태, 옷차림 모두가 안정된 지위에 걸맞고 당당했다. 마르고 홀쭉하며 유연했던 때와 달리 이제는 기름진 음식을 먹는 사람들처럼 배도 나왔다. 이전의 포레스티에는 진중하지 못해서 수시로 접시를 깨뜨렸고 늘 쾌활하고 시끄럽던 친구였다. 삼 년 동안의 파리 생활이 그를 완전히 다른 사람으로 바꿔놓은 것이다. 그는 뚱뚱하고 신중한 사람이 되어 있었고, 스물일곱 살밖에 안 됐는데도 관자놀이에 흰머리가 희끗희끗했다.

포레스티에가 물었다. "어디 가는 중인가?"

뒤루아가 대답했다. "갈 데 없네. 그냥 집에 들어가기 전에 한 바퀴 돌아보는 중이지."

"그럼 나하고 《라 비 프랑세즈》에 한번 가보겠나? 인쇄 전에 교정 볼 게 있거든. 그런 다음에 맥주나 한잔하러 가지."

"그렇게 하세."

두 사람은 학교를 같이 다닌 친구나 군 생활을 함께한 친구 사이에서 흔히 볼 수 있는 허물없는 태도로 팔짱을 끼고 걸었다.

"자넨 파리에서 어떤 일을 하나?" 포레스티에가 물었다.

뒤루아가 어깨를 들썩거렸다. "한마디로 굶어 죽을 지경이네. 복무를 마친 다음에 이리로 왔는데……. 그래, 돈을 벌고 싶었지. 아니, 그냥 파리에서 살고 싶었네. 여섯 달 전 북부 철도사[9]에 취직을 했는데 월급이 일 년에 천오백 프랑이네. 그래, 단돈 천오백 프랑."

"그것참! 정말 좀 심하군." 포레스티에가 나지막하게 말했다.

"자네 말이 맞아. 하지만 어쩌겠나? 난 혼자뿐인걸. 아는 사람이 없거든. 누구 하나 부탁할 사람도 없고. 의욕은 넘치지만 방법이 없으니까."

포레스티에는 무엇이든 실리를 따져가며 결정하는 사람처럼 친구를 머리끝부터 발끝까지 훑어보더니 단호하게 말했다. "내 말 잘 듣게. 어떤 일이든 얼마나 침착하게 대처하느냐에 달려 있네. 조금만 교활해지면 사실 사무실 소장보다는 장관이 되기가 더 쉬워진단 말일세. 부탁할 게 아니라 당당하게 대해야 하네. 어떻게 겨우 북부 철도사 직원 자리밖에 못 구할 수가 있단 말인가?"

뒤루아가 대답했다. "다 찾아보았네. 하지만 아무것도 못 얻었지. 그래도 지금 한 군데 생각 중인 곳이 있다네. 팰프랭 승마장의 교관 자리가 들어왔거든. 거긴 최소한 삼천 프랑은 될 거야."

포레스티에가 갑자기 걸음을 멈추었다. "그러지 말게. 그건 바보짓이야. 만 프랑은 벌어야지. 그 자리를 얻는 건 자네 스스로 미래를 닫아거는 셈이네. 지금 일하는 사무실에서라면 적어도 남의 눈에 띄지 않을 수는 있잖은가. 자넬 아는 사람이 없는 거라고. 그러니까 능력만 있다면 언젠가는 빠져나와서 미래를 만들어갈 수 있단 말일세. 하지만 일단 승마장 교관이 되고 나면 다 끝난 걸세. 파리 사람 전부가 와서 저녁을 먹는 식당의 웨이터가 되는 것과 마찬가지지. 자네가 만일 잘나가는 사교계 사람들이나 그 아들들을 상대로 승마 수업을 하게 된다면, 그들은 더 이상 자네를 자기들과 동등한 사람으로 대할 수 없을 걸세."

포레스티에는 잠시 말없이 생각에 빠지더니 다시 물었다.

"자네, 바칼로레아는 통과했나?"

"아니, 두 번 봤는데 실패했네."

"공부를 마치기만 했다면 그건 중요하지 않지. 혹시 키케로나 티베리우스 얘기가 나오면 무슨 말인지 알아듣긴 하나?"

"완전히는 아니지만, 알 수 있네."

"그럼 됐어. 아예 헤매고 있는 멍청이 스무 명 정도 빼고는 어차피 다 그 정도로 비슷비슷하니까. 승자의 편에 서는 건 별로 어려운 일이 아니라네. 옴짝달싹 못하는 상황에 몰려서 무식을 들키는 일만 피하면 돼. 요령껏 행동하고, 어려운 문제는 교묘히 피해 가고, 장애물이 나타나면 돌아가고, 사전을 사용해서 상대방을 꼼짝 못하게 해야 하지. 어차피 모두 다 거위처럼 멍청하고 잉어처럼 무식하니까."

포레스티에는 인생을 아는 사람처럼 태연하고 경쾌하게 떠들어

대면서, 지나가는 사람들을 쳐다보며 싱긋 웃어 보였다. 그러더니 갑자기 기침을 시작했다. 결국 걸음을 멈추고 발작이 끝나기를 기다려야 했다. 포레스티에는 맥 빠진 목소리로 말했다. "이 기관지염을 달고 살아야 한다니 정말 죽을 것 같지 않겠나? 더구나 이런 한여름에 말이야. 아! 올 겨울엔 망통[10]에 가서 치료를 할 생각이네. 이번엔 정말 어쩔 수 없어. 건강이 제일 중요하니까."

두 친구는 푸아소니에르 대로의 커다란 유리문 앞에 이르렀다. 유리 뒤쪽으로 신문을 펼쳐 양면이 보이게 붙여 놓았고, 세 명이 서서 읽고 있었다.

문 위쪽으로는 흡사 무슨 구호를 걸어놓은 것처럼 가스 불꽃으로 '라 비 프랑세즈'라는 글자가 쓰여 있었다. 그 앞을 지나가는 사람들은 번쩍거리는 이 세 단어가 던지는 빛을 받아 한순간 대낮처럼 환한 빛 속에 선명하고 확실하게 모습을 드러냈다가 이내 어두움 속으로 사라져버렸다.

포레스티에가 문을 밀면서 말했다. "들어가세." 뒤루아는 안으로 들어가 계단으로 올라갔다. 밖에서도 보이게 되어 있는 계단은 밝기는 하지만 지저분했다. 대기실로 들어서자 포레스티에와 함께 일하는 직원 두 명이 인사를 했다. 뒤루아가 들어간 대기실은 먼지가 잔뜩 끼어 있는 낡은 방이었다. 녹색의 인조 벨벳에서는 지린내가 났고 얼룩이 져 있었으며, 군데군데 쥐가 갉아 먹은 것 같은 구멍이 있었다.

"앉게. 금방 돌아오겠네." 포레스티에가 말했다.

그러고는 방에 있는 세 개의 문 중 하나를 열고 나갔다.

방 안에는 편집실에서 풍기는 알 수 없는 냄새, 뭐라 형언할 수 없는 이상한 냄새가 떠다녔다. 뒤루아는 약간 기가 죽기도 했고 무엇보다도 놀라워서 꼼짝할 수가 없었다. 이따금 사람들이 지나갔지만, 한쪽 문으로 뛰어들어 와서는 바로 다른 쪽 문으로 나갔기 때문에 제대로 볼 틈은 없었다.

젊은, 상당히 젊은 사람들도 있었다. 급한 일이 있는지 손에 종이를 들고 뛰어다녔고, 그러느라 바람이 일면서 종이가 팔랑거렸다. 또 작업복에는 잉크 얼룩이 묻었지만 그 아래로 셔츠의 하얀 깃과 사교계 사람들이 입는 고급 옷감의 바지가 보이는 식자공들이 들어와, 인쇄된 긴 종이, 갓 나와 아직 마르지 않은 교정쇄를 조심스레 들고 가기도 했다. 이따금 튀어 보일 정도로 우아하게 차려입은 키 작은 남자도 보였다. 어딘가 파티에 가서 소식을 얻어 오는 기자인 듯했는데, 입고 있는 연미복이 너무 꽉 끼어서 바지 아래 다리 윤곽이 드러날 정도였고 구두도 발을 죄고 있는 것 같았다.

점잖은 모습으로 거드름을 피우는 사람들도 있었다. 그들은 모두, 흡사 모자의 모양이 자기들을 다른 사람들과 구별 지어주기라도 하는 것처럼, 챙이 납작한 높은 모자를 쓰고 있었다.

포레스티에는 호리호리하고 키가 큰 남자의 팔을 잡고 나타났다. 서른에서 마흔 정도 되어 보이는 남자는 검은색 옷을 입고 흰색 넥타이를 맸으며, 짙은 갈색 머리에 콧수염 끝이 뾰족하게 말려 올라가 있었다. 거만하고 자신만만해 보였다.

"그럼, 안녕히 가십시오." 포레스티에가 말했다.

남자가 악수를 하며 대답했다. "안녕히 계십시오." 그러더니 지팡이를 팔에 끼고 휘파람을 불며 계단을 내려갔다.

"누군가?" 뒤루아가 물었다.

"자크 리발이지. 자네도 알 걸세. 아주 유명한 기자이고 또 결투의 명수이지. 기사 교정을 보고 가는 걸세. 가랭과 몽텔, 그리고 저 사람이 지금 파리에서 가장 똑똑하고 시사 감각이 뛰어난 기자로 꼽히고 있네. 여기서 일주일에 기사 두 편을 쓰고 일 년에 삼만 프랑을 받지."

밖으로 나오는 길에 두 사람은 머리가 길고 뚱뚱하며 지저분해 보이는 얼굴로 숨을 가쁘게 몰아쉬며 계단을 오르는 남자를 만났다.

포레스티에는 그에게 아주 정중하게 인사를 했다. "노르베르 드 바렌, 시인이지.『죽은 태양들』을 쓴 사람이고. 저 사람도 돈을 많이 받네. 단편 하나에 삼백 프랑을 받는데, 아무리 길어봐야 이백 줄이 넘지 않거든. 자, 이제 카페 나폴리탱에 가세. 목말라 죽겠군."

카페 테이블에 자리를 잡고 난 다음 포레스티에가 큰 소리로 말했다. "맥주 두 잔!" 잠시 후 포레스티에는 자기 잔을 단숨에 들이켰다. 하지만 뒤루아는 진귀한 술을 앞에 놓은 사람처럼 맛을 음미하면서 천천히 한 모금씩 마셨다.

포레스티에는 한동안 말없이 뭔가를 깊이 생각하는 듯했다. 그러더니 불쑥 친구에게 물었다. "신문 일 한번 안 해볼 텐가?"

뒤루아는 깜짝 놀라 상대를 쳐다보았다. 그러고는 이렇게 말했다. "그렇지만…… 그건…… 난 글을 써본 적이 없어서……."

"그야 뭐, 해보면 되지. 시작하면 다 하게 되어 있어. 일단 내 밑에서 일하면서 필요한 정보 좀 얻어 오고 잔일 처리도 좀 하고 심부름도 하게. 처음엔 월급 250프랑하고 교통비가 나올 걸세. 사장한테 말해 볼까?"

"나야 당연히 좋지."

"자, 그럼 한 가지 할 일이 있네. 내일 저녁 식사 때 우리 집으로 오게. 손님은 대여섯 명뿐이네. 사장인 왈테르 씨하고 그 부인, 그리고 자네가 좀 전에 본 자크 리발과 노르베르 드 바렌, 그리고 내 처의 친구가 한 사람 올 예정이지. 괜찮은가?"

뒤루아는 어쩔 줄 몰라 하며 얼굴을 붉혔다. 그러다 결국 중얼거리듯 작은 소리로 말했다. "그게…… 제대로 된 옷이 없어서……."

포레스티에는 어처구니가 없다는 표정이었다. "옷이 없다고? 그것참……. 옷이 없으면 안 되지. 파리에서 지내려면 잘 곳은 없어도 옷은 꼭 필요하다네."

갑자기 조끼 주머니를 뒤적거려 금화 몇 개를 꺼낸 포레스티에는 그중 2루이를 옛 동료 앞에 내놓으며 친근하고 진심 어린 어조로 말했다. "언제든 돈이 될 때 갚게. 일단 선불만 내고서라도 제대로 된 옷을 빌리든지 사든지 하게. 어떻게 해서든 내일 7시 30분까지 우리 집에 와야 하네. 퐁텐 거리 17번지."

당황한 뒤루아는 돈을 주워 들면서 기어들어 가는 소리로 말했다. "자넨 정말 친절하군. 진짜 고맙네. 내 꼭 잊지 않고······."

포레스티에가 말을 끊었다. "자, 그만 됐네. 한 잔 더, 어떤가?" 그러고는 큰 소리로 말했다. "여기, 맥주 두 잔!"

새로 주문한 맥주를 마신 다음 포레스티에가 물었다.

"슬슬 좀 걸어 다닐까? 한 시간만?"

"그야 물론 좋지."

두 사람은 마들렌 성당 쪽으로 걸음을 옮겼다.

"뭘 하면 좋을까?" 포레스티에가 말했다. "사람들이 말이야, 파리에서 거리를 거닐다 보면 절대 심심하지 않다고 주장하지만 그건 사실이 아니야. 난 저녁에 거리를 걷고 싶어도 어디로 갈지를 모르겠는걸. 숲을 한 바퀴 도는 것도 좋지만 그건 여자하고 같이해야 재미있지. 그런데 늘 여자가 있는 건 아니잖은가. 내 단골 약제사하고 그 부인은 음악을 연주하는 카페가 즐겁다고 하던데, 난 별로더군. 그럼 뭘 할까? 도대체 할 일이 없잖아. 몽소 공원[11]처럼 여름 동안 밤에도 여는 공원이 있어야 해. 나무 그늘에 앉아서 멋진 음악을 들을 수 있는 곳 말이야. 쾌락을 찾아 즐기는 곳이 아니라 그저 거닐 수 있는 곳으로. 입장료도 비싸게 받는 거야. 그래야 멋진 여자들을 끌 수 있을 테니까. 전깃불을 밝히고 모래를 깔아놓은 작은 산책로를 걷다가, 가까이서건 멀리서건 그냥 앉아서 음악을 들을 수 있게 하는 거지. 옛날에 뮈자르[12]가 한 게 바로 그런 식이었지. 싸구려 댄스홀 분위기처럼 좀 시끌벅적하고 춤곡이 너무 많이 나오긴 했지만 말이야.

사실 조금 비좁았고, 그늘도 부족했고, 너무 밝았지. 그러니까 아주 아름답고 넓은 공원에다 만들어야 해. 정말 멋질 텐데. 자넨 어딜 가고 싶나?"

뒤루아는 난처한 얼굴로 대답할 말을 찾지 못했다. 그러다 마음을 정했다. "난 폴리 베르제르[13]에 한 번도 못 가봤네. 한번 가보고 싶군."

포레스티에가 소리를 높였다. "폴리 베르제르라고? 그것참⋯⋯. 거긴 그야말로 푹푹 찔 텐데⋯⋯. 그래도 뭐 좋지. 늘 신 나는 곳이니까."

두 사람은 방향을 돌려 포부르 몽마르트르 거리로 갔다.

폴리 베르제르의 입구는 환하게 불이 밝혀져 있었고 그 앞으로 이어지는 네 개의 거리가 모두 대낮처럼 환했다. 나오는 손님들을 태우려고 역마차들이 줄지어 서 있었다.

뒤루아가 안으로 들어서는 포레스티에를 붙잡으며 말했다.

"표를 안 샀잖은가."

포레스티에가 잔뜩 거드름을 피우며 대답했다.

"나하고 가면 표를 살 필요가 없네."

검표대로 다가가자 검표원 세 명이 포레스티에에게 인사를 했고, 가운데 사람이 손을 내밀었다. 포레스티에가 물었다.

"좋은 자리 있나?"

"물론입니다. 포레스티에 씨."

포레스티에는 검표원이 건네준 표를 들고서, 가장자리에 가죽을 대고 가운데는 두꺼운 천이 덮인 문을 밀었다. 그렇게 두 사람은 공연장 안으로 들어섰다.

옅은 안개가 낀 것처럼 자욱한 담배 연기 때문에 먼 쪽, 그러니까 무대가 있는 쪽과 그 반대쪽 끝은 잘 보이지 않았다. 사람들마다 입에 물고 있는 시가와 담배에서 하얀 연기가 끝없이 천장으로 올라가고 있었다. 연기가 돔 천장 아래 커다란 조명을 감쌌고 사람들이 모여 있는 2층 관람석까지 퍼져서 마치 구름이 잔뜩 낀 하늘 같았다.

공연장을 한 바퀴 돌게 연결되어 있는 복도에서 출입구 쪽으로는 짙은 색 옷을 입은 남자들 틈에 잔뜩 치장을 한 여자들이 서성거렸다. 카운터 세 개 중 하나 앞에서 남자들이 들어오기를 기다리는 여자들도 보였다. 카운터에는 짙은 화장을 한 윤기 없는 얼굴로 음료도 팔고 몸도 파는 여자가 각기 한 명씩 버티고 서 있었다.

뒤쪽으로 커다란 거울이 있어서 그 여자들의 등과 지나가는 사람들의 얼굴이 비쳤다.

포레스티에는 사람들 틈으로 파고들며 대접받을 권리가 있다는 듯 성큼성큼 나아갔다.

두 사람은 안내원이 있는 쪽으로 다가갔다. "17번 자리는?"
"이쪽입니다."

그들이 안내된 곳은 위쪽이 뚫린 나무 상자에 붉은색 천을 덮어씌운 것처럼 생긴 곳으로, 안에는 같은 색깔의 의자 네 개가 지나다닐 자리가 없을 정도로 촘촘하게 붙어 있었다. 두 친구는 자리에 앉았다. 양옆으로 똑같이 생긴 이런 칸막이 공간이 원을 그리며 무대까지 길게 줄지어 있었고, 앉아 있는 사람들은 머리와 가슴밖에 보이지 않았다.

무대 위에는 몸에 꼭 끼는 옷을 입은 젊은 남자 세 명이 나와 있었다. 한 명은 크고 한 명은 중간, 그리고 나머지 하나는 작았다. 그들은 번갈아 공중그네에 올라가 묘기를 부렸다.

먼저 제일 큰 남자가 빠른 잰걸음으로 나서더니 손을 들어 키스를 보내는 동작으로 인사를 했다.

달라붙은 옷 밑으로 남자의 팔과 다리의 근육이 드러났다. 그는 배가 나온 것을 감추기 위해 가슴을 잔뜩 내밀었다. 머리 한가운데 가지런히 가르마를 타서 양쪽으로 똑같이 빗어 넘긴 얼굴은 꼭 이발사 같았다. 남자는 멋진 동작으로 뛰어올라 양손으로 그네를 잡고는 바퀴가 구르듯 빙글빙글 돌았다. 그러다 양팔에 힘을 주고 몸을 평행으로 한 채 누워서 꼼짝 않고 버티기도 했다. 손목의 힘으로 공중 그네에 매달린 것이다.

남자가 바닥으로 뛰어내렸고, 관중들의 박수갈채를 받으면서 미소 짓는 얼굴로 다시 한 번 인사를 했다. 그런 다음 걸음을 옮길 때마다 다리 근육이 잘 드러나게 하면서 무대 벽이 있는 곳으로 바짝 다가가 섰다.

다음에는 더 작고 더 뚱뚱한 두 번째 남자가 앞으로 나와서 같은 묘기를 펼쳤다. 세 번째도 마찬가지였는데, 관객의 호응이 가장 좋았다.

뒤루아는 공연에는 별 관심이 없었고, 뒤쪽에 남자들과 창녀들이 잔뜩 모여 있는 입석 자리를 계속 두리번거렸다.

포레스티에가 말했다. "무대 앞쪽 자리를 보게. 저긴 전부 부인과 애들을 데려온 부르주아들이네. 정말 공연을 보러 온 멍청한 인간들이지. 저 칸막이 좌석에는 파리의 한량들이 다 모여 있군. 예술가도 있고, 일류는 아니지만 그럭저럭 봐줄 만한 여자들도 있어. 그리고 우리 뒤쪽으론 이 파리에 사는 온갖 인간들이 희한하게 뒤섞여 있지. 어떤 인간들이냐고? 잘 관찰해 보게. 그야말로 온갖 직업과 계급이 다 모여 있다네. 물론 저속한 자들이 제일 많지만. 우선 사무실에서 일하는 인간들, 그래, 은행에 다니는 자, 상점에서 일하는 자, 관청에서 일하는 자들이지. 또 기자도 있고 포주도 있고 사복 입은 장교들도 있네. 꼴사납게 빼입고 나온 젊은이들도 있고. 싸구려 식당에서 저녁을 먹고 왔을 테지. 오늘은 오페라로 내일은 이탈리앵[14]으로 돌아다니는 자들이네. 저쪽에 잔뜩 모여 있는 남자들은 아무리 뜯어봐도 정체를 모르겠군. 여자들은 뻔하네. 아메리캥에서 저녁을 먹은 여자, 1루이 혹은 2루이짜리면서 아무것도 모르는 누군가가 나타나서 5루이를 주지 않을까 기회만 노리다가 틈나면 단골손님에게 아는 척을 하는 여자들이지. 십 년째 다 아는 여자들이라네. 생라자르[15]나 루르신[16]에서 위생 검사할 때만 빼고 일 년 내내 같은 장소에서 저녁마다 볼 수 있으니까."

뒤루아는 이미 포레스티에의 말이 귀에 들어오지 않았다. 여자들 중 하나가 칸막이 좌석에 팔꿈치를 괸 채로 그를 쳐다보고 있었던 것이다. 갈색 머리에 뚱뚱한 여자는 얼굴에 뽀얗게 분칠을 했고, 검은 눈을 화장 연필로 더 길고 눈에 띄게 그리고 그 위에 커다란 가짜 눈썹을 붙였다. 가슴이 커서 짙은 색 실크 드레스가 터질 듯했고, 상처라도 난 것처럼 새빨갛게 칠한 입술은 짐승처럼 강렬하고 격한 느낌을 주면서도 보는 이의 욕정을 부추겼다.

여자가 고갯짓을 하면서 지나가던 친구를 불렀다. 적갈색이 도는 금발에 역시 뚱뚱한 여자였다. 목소리가 커서 다 들렸다. "저기 좀 봐. 잘생긴 남자잖아. 10루이만 준다면 거절하지 않을 거야."

포레스티에가 미소 띤 얼굴로 돌아보며 뒤루아의 허벅지를 쳤다.

"자넬 원하는군. 아주 잘나가는데그래. 축하하네."

퇴역 하사관은 얼굴이 붉어져 있었다. 그는 자기도 모르게 조끼 주머니를 뒤져 손가락으로 금화 두 개를 만지작거렸다.

이미 막은 내렸다. 오케스트라는 왈츠를 연주하고 있었다.

뒤루아가 말했다. "복도 한번 돌아볼까?"

"그러세."

좌석을 벗어난 두 친구는 돌아다니고 있는 사람들 틈으로 끼어들었다. 이리저리 눌리고 떠밀리면서 걸음을 옮기는 동안 눈앞에는 모자가 수두룩했다. 두 명씩 짝을 지은 여자들은 별로 힘들이지 않고 남자들의 팔꿈치 사이, 가슴 사이, 등 사이를 미끄러지듯 지나다녔다. 흡사 자기 집에 있는 것처럼 편안해 보이는 모습이 마치 남자들의 물결 속을 헤엄쳐 다니는 물고기 같았다.

넋이 나간 뒤루아는 그대로 떠밀리며 돌아다녔다. 담배 냄새와 사람 냄새, 그리고 대담한 여자들의 향수 냄새가 뒤범벅이 되어 탁해진 공기를 들이마시면서 황홀해했다. 하지만 포레스티에는 땀을 흘렸고 숨이 가쁜 듯 기침을 했다.

"정원으로 나가세." 포레스티에가 말했다.

두 사람은 왼쪽으로 방향을 틀어 지붕을 덮어놓은 정원처럼 생긴 곳으로 나갔다. 조잡한 모양의 분수 두 개가 시원하게 물을 뿜어내고 있었다. 화분용 상자에 심긴 주목과 측백나무가 있고, 그 그늘 아래 양철 테이블에 남녀가 모여 앉아 맥주를 마시고 있었다.

"맥주 한잔 더 할까?" 포레스티에가 물었다.

"좋지."

두 사람은 자리에 앉아 지나가는 사람들을 쳐다보았다.

이따금 돌아다니던 여자들이 다가와서는 별 뜻 없는 웃음을 지으며 물었다. "저도 한잔 사주실래요?" 그러면 포레스티에는 "분수에 가서 물이나 한잔하지그래."라고 말했고, 여자는 가면서 "멍청이 같은 놈!"이라고 중얼거렸다.

그때 조금 전 두 친구의 칸막이 좌석 뒤에서 팔꿈치를 괴고 있던 뚱뚱한 여자가 나타났다. 그녀는 뚱뚱한 금발 여자와 팔짱을 끼고 오만한 얼굴로 걷고 있었다. 두 여자가 아주 잘 어울려 보였다.

여자는 뒤루아를 보더니 이미 두 사람의 눈이 은밀한 마음을 주고받기라도 한 것처럼 은근한 미소를 지었다. 그녀는 의자를 챙겨 뒤루아 앞에 앉았고, 친구도 자리에 앉자 맑은 목소리로 주문을 했다. "여기, 석류 시럽 두 잔!" 놀란 포레스티에가 여자에게 말했다. "아예 거리낌이 없군!"

여자가 대답했다. "친구분한테 반했거든요. 정말 잘생기셨어요. 이분이라면 열정을 불태울 수 있을 것 같아요."

뒤루아는 겁먹은 사람처럼 아무 말도 하지 못했다. 그저 어리벙벙

한 얼굴로 살짝 웃음을 띠고서 끝이 말려 올라간 콧수염을 만지작거리며 꼬아댈 뿐이었다. 보이가 석류 시럽을 가져오자 여자들은 단숨에 들이켰다. 그리고 자리에서 일어났다. 갈색 머리 여자는 고개를 가볍게 끄덕이며 다정하게 인사를 하면서 부채로 뒤루아의 팔을 가볍게 쳤다. "고마워요, 자기. 입이 무거운 분이로군요."

여자들은 엉덩이를 흔들며 가버렸다.

그러자 포레스티에가 웃음을 터뜨렸다. "이봐, 자네. 정말 여자들한테 인기가 좋은걸? 그래, 이 능력을 잘 길러야 해. 제대로 써먹어야지."

포레스티에는 잠시 말이 없더니 마치 몽상가가 자기 생각을 큰 소리로 내뱉을 때처럼 말했다. "여자들을 이용하는 게 제일 빠른 길이라네."

그러더니 계속 말없이 미소만 짓고 있는 뒤루아에게 물었다. "더 있을 텐가? 난 가야겠네. 좀 지겹군."

뒤루아가 중얼거리듯 대답했다. "난 조금만 더 있겠네. 별로 늦지 않으니까."

포레스티에가 일어서며 말했다. "그래, 그럼 내일 보세. 잊지 않았지? 퐁텐 거리 17번지, 7시 30분일세."

"그러지. 내일 보세. 고맙네."

두 사람은 악수를 했고, 포레스티에는 자리를 떠났다.

친구의 모습이 사라지자 뒤루아는 자유를 얻은 듯했다. 기분이 좋아져서 주머니에 들어 있는 금화 두 개를 다시 만져보았다. 그는 자리에서 일어나 여기저기 훑어보며 사람들이 모인 곳을 돌아다녔다.

금발 머리와 갈색 머리 여자는 곧 눈에 띄었다. 두 여자는 우글거리는 남자들 틈새를 여전히 오만한 태도로 구걸하면서 돌아다니고 있었다.

뒤루아는 바로 그쪽으로 갔다. 하지만 정작 가까이 다가가자 더 이상 어떻게 해야 할지를 몰랐다.

갈색 머리 여자가 물었다. "이제 입이 떨어졌나요?"

뒤루아가 기어들어 가는 소리로 말했다. "물론이지." 하지만 말을 더 잇지는 못했다.

세 사람이 그렇게 통로 한가운데 서서 사람들이 지나다니는 것을 방해했기 때문에 소용돌이가 일듯 주위가 더 복잡해졌다.

여자가 불쑥 물었다.

"우리 집에 갈래요?"

욕정으로 불타오른 뒤루아가 거칠게 대답했다.

"좋아. 하지만 난 주머니에 1루이밖에 없어."

여자는 아무렇지도 않은 듯 미소를 지어 보였다. "상관없어요."

그리고 여자는 이제 자기 것이 되었다는 표시로 뒤루아의 팔을 잡았다.

여자와 함께 나가면서 뒤루아는 남은 20프랑으로 아무 문제 없이 내일 저녁 모임을 위한 옷을 사든지 빌리든지 할 수 있을 거라고 생각했다.

2

"포레스티에 씨 댁이 어디죠?"

"4층 왼쪽 문입니다."

문지기가 이 건물에 살고 있는 포레스티에에 대한 경의가 배어 있는 친절한 어조로 대답했다. 조르주 뒤루아는 계단을 올라갔다.

그는 뭔가 어색하고 조금 겁이 났으며 계속 마음이 불편했다. 태어나서 처음으로 제대로 된 옷을 입었기 때문에 복장 하나하나에 신경이 쓰인 것이다. 온통 부족해 보였다. 우선 신발은 원래 신경을 쓰는 편이라 제법 괜찮은 것으로 고르긴 했지만, 에나멜 구두가 아니라서 마음에 걸렸다. 또 그날 아침 루브르에서 4프랑 50상팀에 산 셔츠는 가슴 부분이 너무 얇아서 벌써 주름이 잡히기 시작했다. 입던 셔츠들도 있었지만 모두 조금씩 흠집이 있어서 그중에서 제일 괜찮은 것도 도저히 입을 수가 없었다.

바지는 폭이 너무 넓어서 다리 선이 잘 드러나지 않았다. 장딴지 부근에서 말려 올라간 것 같고, 그 후줄근한 모습이 꼭 얻어 입은 바지가 다리를 아무렇게나 덮고 있는 것 같았다. 그래도 한 가지, 웃옷만은 몸에 잘 맞고 나쁘지 않았다.

뒤루아는 천천히 계단을 올라갔다. 가슴이 두근거리고 신경이 곤두었다. 무엇보다도 사람들이 모인 자리에서 우스운 꼴이 되지나 않을까 두려웠다. 그때였다. 맞은편에서 정장을 점잖게 차려입은 신사 하나가 그를 유심히 쳐다보고 있었다. 두 사람의 거리가 너무 가까워서 뒤루아는 주춤하며 뒤로 물러섰다. 그러고는 멍하니 서 있었다. 하지만 그것은 바로 2층 층계참 긴 복도를 한꺼번에 보여 주는 전신 거울에 비친 그의 모습이었다. 뒤루아는 기쁨으로 전율했다. 생각했던 것보다 그의 모습이 훨씬 훌륭했던 것이다.

집에는 면도용 작은 거울밖에 없어서 전신을 비춰볼 수가 없었다. 급하게 마련한 옷을 차려입고 지금까지 여기저기 부분적으로 상태를 확인했을 뿐 전체 모습을 알 길이 없었기 때문에 부족한 점을 실제보다 훨씬 부풀린 것이다. 그래서 괜히 자기 모습이 엉망일 거라 생각하며 법석을 떤 셈이었다.

하지만 한순간 거울에 비친 자기 모습을 본 뒤루아는 처음에는 그것이 자기라는 것조차 알아보지 못했다. 처음 그의 눈에 들어온 것은 바로 근사하고 멋진 다른 사람, 잘나가는 사교계 인물의 모습이었던 것이다.

이제 차근차근 거울을 들여다보니 전체적으로 만족스러웠다.

그는 거울 앞에 서서 배우들이 연기 연습을 할 때처럼 이리저리 움직이며 몸짓을 연구했다. 미소를 지어보고, 손을 내밀고, 이리저리 몸을 놀리면서 놀라움, 즐거움, 동의 같은 여러 감정을 표현해 보았다. 또한 여자들의 환심을 사고, 여자들 눈에 자기를 찬미하고 갈망하는 것으로 보이게 하려면 어느 정도의 미소를 지어야 하는지, 눈은 어떤 표정이어야 하는지를 연구했다.

그때 계단에서 문이 열리는 소리가 났다. 누군가 자기 모습을 볼까 봐 겁이 난 뒤루아는 서둘러 계단을 올라갔다. 특히 조금 전 거울 앞에서 교태를 부리던 모습을 친구가 초대한 손님들 중 누군가가 보았을까 봐 신경이 쓰였다.

3층에 올라오니 또 거울이 있었다. 그는 일부러 느릿느릿 걸어가며 자기 모습을 거울에 비추어보았다. 정말로 우아했고, 걸음걸이도 멋졌다. 그러자 엄청난 자신감이 솟구치며 마음을 가득 채웠다. 그는 출세하겠다는 욕망이 있었고, 마음속에 결의도 차 있었고, 남한테 기대지 않고 독립적으로 살고 싶었다. 이 정도 모습이면 성공할 수 있으리라. 마지막 계단을 올라갈 즈음에는 달리고 싶고 껑충껑충 뛰고 싶었다. 세 번째 거울 앞에서 다시 걸음을 멈춘 뒤루아는 익숙한 손동작으로 수염을 꼬았고, 모자를 벗어 머리를 정돈하면서 중얼거렸다. "거참, 훌륭한 작품이로군." 그가 평소에 곧잘 내뱉는 말이었다. 그런 다음 초인종이 있는 곳으로 손을 뻗었다. 벨이 울렸다.

바로 문이 열리면서 검은 옷을 입은 하인이 나타났다. 하인은 과묵했고, 단정하게 면도를 했고, 무엇보다도 복장이 어디 하나 나무랄 데가 없었다. 뒤루아는 다시 마음이 흔들렸다. 이 희미한 동요가 어디서 비롯된 건지는 알 수 없었다. 자기도 모르게 두 사람이 입고 있는 옷의 재단 상태가 비교되었을 것이다. 에나멜 구두를 신은 하인은 뒤루아가 얼룩을 감추느라 팔에 걸쳐 들고 있던 외투를 받아 들면서 말했다.

"누구시라고 알릴까요?"

하인은 문에 친 휘장을 들어 올리면서 뒤루아가 들어가야 하는 거실을 향해 새로 온 손님의 이름을 알렸다.

돌연 뒤루아는 평정심을 잃고 두려움에 휩싸였다. 몸을 움직일 수도 숨을 쉴 수도 없었다. 그동안 기다리고 꿈꾸어 오던 삶으로 첫발을 내딛는 순간이었다. 그는 앞으로 나아갔다. 불이 환하게 밝혀지고 온실처럼 작은 딸기나무들이 있는 커다란 방에 금발의 젊은 여자가 서 있었다.

당황한 뒤루아는 그대로 걸음을 멈추었다. 미소를 짓고 있는 저 여인은 누구일까? 포레스티에가 결혼을 했다는 사실이 생각났다. 저 우아한 금발 여인이 포레스티에의 아내라니, 그는 정신을 차리기 힘들었다.

뒤루아는 더듬거리며 말했다. "부인, 저는······." 여자가 손을 내밀며 말했다. "알고 있습니다. 샤를이 어제저녁 친구분을 만난 얘기를 들려주었죠. 오늘 저녁 식사에 와달라고 초대했다니 저도 기쁘답니다."

귀까지 붉어진 뒤루아는 무슨 말을 해야 할지 몰랐다. 상대가 자기를 살피고 있다는 걸, 머리끝부터 발끝까지 훑어보고 재어보고 평가를 내리고 있다는 걸 느낄 수 있었다.

뒤루아는 자기가 왜 옷을 제대로 차려입지 못했는지 양해를 구하고 싶었다. 무슨 이유든 만들어내서 설명을 하고 싶었다. 하지만 아무 말도 떠오르지 않았고 결국 그런 어려운 주제는 건드릴 엄두가 나지 않았다.

그는 여자가 가리키는 의자에 앉았다. 몸 아래로 부드러운 벨벳이 구겨지는 느낌이 들 때, 의자에 깊숙이 몸을 기댈 때, 등받이와 팔걸이가 부드럽게 받쳐줄 때, 드디어 아름다운 새 삶이 시작되는 것 같았고 뭔가 감미로운 것을 손에 넣은 기분이었다. 이제 괜찮은 인물이 되었고, 구원받은 것만 같았다. 뒤루아는 여전히 자기를 지켜보고 있는 포레스티에 부인에게 눈길을 보냈다.

옅은 청색 캐시미어 드레스를 입은 포레스티에 부인은 옷 아래로 매끈한 몸매와 풍만한 가슴이 잘 드러났다.

블라우스 가슴팍과 짧은 소매 끝에 거품처럼 달려 있는 하얀 레이스 아래로 양팔과 목 언저리의 맨살이 드러났다. 위로 올린 머리카락은 살짝 곱슬거리며 목덜미로 흘러내려 금빛의 솜털 구름처럼 목 위로 퍼졌다.

그녀의 눈길을 받으며 뒤루아는 마음이 조금씩 가라앉았다. 이유는 알 수 없지만 포레스티에 부인의 눈길은 전날 폴리 베르제르에서 만났던 아가씨의 눈길을 연상시켰다. 잿빛의 눈은 파란색이 맴돌며 뭔가 야릇한 느낌을 주었고, 가느다란 코와 도톰한 입술, 약간 통통한 턱, 반듯하지는 않지만 매혹적인 얼굴에는 친절과 심술이 동시에 담겨 있었다. 얼굴선 하나하나가 특별한 아름다움을 드러내며 뭔가 의미를 갖는 듯했고, 표정을 지을 때마다 무언가를 말하거나 혹은 감추는 것 같은 그런 얼굴이었다.

짧은 침묵이 흐른 뒤 여자가 물었다. "파리에 오신 지 오래되셨나요?"

점차 자신감을 되찾은 뒤루아가 대답했다. "몇 달밖에 안 됐습니다. 철도 회사에서 일하고 있죠. 한데 포레스티에 덕에 신문사 일을 시작할 수 있을 것 같습니다."

여자는 좀 더 또렷하게 미소를 지었고, 얼굴도 좀 더 친절해졌다. 그러더니 중얼거리듯 말했다. "알고 있습니다."

그사이 초인종이 울렸고, 하인이 알렸다. "드 마렐 부인께서 오셨습니다."

드 마렐 부인은 키가 작고 피부색이 짙은 여자, 그러니까 흔히 '브루넷'[17]이라 불리는 여자였다.

그녀는 가벼운 발걸음으로 들어왔다. 머리부터 발끝까지 극히 간소하고 수수한 차림이었다.

다만 검은 머리에 꽂은 빨간 장미꽃이 눈길을 끌어 얼굴을 돋보이게 했고, 그녀의 성격이 특이하고 조금 격정적이며 거칠다는 것을 말해 주는 듯했다.

뒤에는 짧은 드레스를 입은 여자아이가 서 있었다. 포레스티에 부인이 다가갔다.

"안녕하세요, 클로틸드."

"안녕하세요, 마들렌."

두 여자가 볼에 인사를 나누었다. 이어 아이가 마치 어른 같은 차분한 태도로 이마를 내밀었다.

"안녕하세요, 아줌마."

포레스티에 부인은 아이의 볼에 입을 맞춘 다음 소개를 시작했다.

"뒤루아 씨, 샤를의 친구랍니다. 드 마렐 부인, 제 친구이고 먼 친척이죠."

그녀는 다시 덧붙였다. "오늘은 격식이나 체면 같은 것은 전혀 따지지 않는 자리예요. 아시죠?"

뒤루아가 고개를 숙였다.

그때 다시 문이 열리면서 땅딸막한 남자가 키가 크고 아름다운 여자의 손을 잡고 나타났다. 여자가 키도 더 크고 훨씬 더 젊어 보였으며, 좀 더 고상하고 품격 있어 보였다. 하원 의원이자 은행가이며 금융업과 사업을 하는 왈테르 씨였다. 그는 남프랑스 출신의 유대인이며 《라 비 프랑세즈》의 사장이었다. 결혼 전 성이 바질 라발로인 부인은 같은 이름의 은행가의 딸이었다.

잠시 후 우아하게 차려입은 자크 리발이 나타났다. 연이어 노르베르 드 바렌도 왔다. 그는 웃옷 깃이 어깨까지 내려오는 머리칼에 스쳐 번들거렸고, 어깨 위로 하얀 비듬이 조금 떨어져 있었다.

제대로 매지 않은 넥타이는 처음 사용하는 것 같지 않았다. 그는 멋진 노신사의 우아한 자세로 다가가 포레스티에 부인의 손을 잡고 손목에 입을 맞췄다. 고개를 숙일 때는 긴 머리칼이 물줄기처럼 젊은 부인의 맨팔 위로 퍼져 나갔다.

그때 포레스티에가 들어와 늦어서 미안하다며 사과를 했다. 급진파 의원인 모렐 씨가 알제리 식민화와 관련된 예산 신청에 대해서 질의서를 제출한 것 때문에 신문사를 빠져나올 수가 없었다고 했다.

하인이 큰 소리로 말했다. "식사가 준비되었습니다."

모두 식당으로 옮겨 갔다.

뒤루아는 드 마렐 부인과 그 딸 사이에 앉았다. 스푼과 포크, 잔을 다루다가 혹시라도 실수를 해서 결례를 범하게 될까 봐 불안했다. 잔이 네 개 놓여 있고, 그중 하나는 푸른빛이 돌았다. 저 잔에 어떤 걸 마시는지 궁금했다.

수프를 먹는 동안 아무도 말이 없었다. 잠시 후 노르베르 드 바렌이 물었다. "고티에 소송 사건 읽어보셨습니까? 정말 기가 막힌 일이죠."

그렇게 해서 사기와 간통이 얽힌 사건에 대해서 토론이 시작됐다. 그 토론은 흔히 집안사람들끼리 모여 언론에 발표된 사건에 대해 이야기하는 것과 달랐다. 의사들이 모여 병에 대해 이야기하는 것 같고, 야채 장수들이 모여 채소에 대해 이야기하는 것 같았다. 아무도 분개하거나 놀라워하지 않았고 그저 숨겨진 심오한 이유만을 찾았다. 죄 자체에 대해서는 아무 관심도 없고 오직 직업적인 호기심밖에 없었다. 그러니까 행동의 원인이 무엇인지 밝혀내려 했고, 비극을 만들어낸 뇌의 현상을, 즉 특수한 정신 상태의 과학적 결과를 규정하려 했다. 여자들도 마찬가지로 그런 것을 탐구하며 열중했다. 최근 일어난 다른 사건들도 검토 대상이 되어 서로 의견을 주고받았다. 모든 면을 다 검토하고 그 가치를 가늠해 보았다. 상인들이 손님에게 팔 물건을 살피면서 요리조리 뒤집어 보고 무게를 달아보듯, 그들은 한 줄 단위로 단가를 계산해서 뉴스를 파는 상인, 인간 희극을 파는 장사꾼으로서의 실용적인 눈과 특수한 관점을 지니고 있었다.

그다음엔 결투 사건이 화제가 되었다. 자크 리발이 얘기를 시작했다. 그는 결투 전문가로, 다른 누구도 끼어들 수가 없었다.

뒤루아는 한마디도 하지 못했다. 이따금 옆자리에 앉은 여자를 쳐다보았다. 동그란 목덜미가 매혹적이었다. 귀 밑으로 금줄에 달린 다이아몬드가 늘어진 모습이 마치 물방울이 맨살 위로 흘러내리는 것 같았다. 이따금 그녀는 자기 의견을 말하곤 했는데, 그때마다 사람들의 입술에 미소가 번졌다. 그녀는 재미있고 친절했으며 색다른 여자였다. 어린애 같으면서도 또 경험이 많은 사람처럼 만사에 태평스러웠고, 비관적이지만 호의를 버리지 않으면서 판단을 내렸다.

뒤루아는 드 마렐 부인에게 몇 마디 찬사를 해주고 싶었지만 아무 말도 생각나지 않았다. 그저 그 딸에게 관심을 보이면서 물을 따라 주었고 접시를 건네주며 음식을 덜어주었다. 하지만 아이는 엄마보다 더 무뚝뚝했다. 그저 고개를 살짝 끄덕이면서 "감사해요."라고 퉁명스럽게 인사를 하고는 이내 다시 심각한 얼굴로 어른들의 이야기에 귀를 기울였다.

음식은 아주 맛이 있어서 모두가 흡족해했다. 왈테르 씨는 걸신들린 듯 먹어치웠다. 말도 거의 하지 않았고, 안경 아래로 곁눈질하면서 식탁에 차려진 음식들을 살폈다. 노르베르 드 바렌도 뒤지지 않았고, 셔츠 가슴팍에 소스를 흘리기도 했다.

포레스티에는 웃음을 띠면서도 진지한 얼굴로 주위를 둘러보며 아내와 의미심장한 눈길을 주고받았다. 부부는 힘든 일이 원하는 대로 이루어질 수 있도록 함께 애쓰는 공모자 같았다.

모두 얼굴이 붉어졌고, 목소리도 높아졌다. 이따금 하인이 손님들 귀에다 대고 조그맣게 물었다. "코르통으로 할까요? 샤토 라로즈로 할까요?"

뒤루아는 코르통이 입에 맞아서 매번 받아 마셨다. 달콤한 즐거움이 마음속에 스며들었다. 후끈한 기쁨이 배에서 머리로 올라왔다가 팔다리를 돌아 온몸으로 파고들었다. 그는 완벽한 행복감에 젖었고, 삶과 생각이, 몸과 영혼이 행복감에 휩싸였다.

그러자 뒤루아는 말이 하고 싶어졌고, 주목을 받고 싶었다. 사람들이 자기 말에 귀를 기울이게 하고 싶었다. 무슨 얘기를 하든 듣는 사람이 그 감미로움에 젖어 들게 하는 그런 남자들처럼 되고 싶었다.

하지만 사람들의 생각이 서로 물고 물리면서 단어 하나에서, 정말 대수롭지 않은 것에서 주제를 옮겨 갔고, 그렇게 끝없이 얘기가 이어졌다. 이미 그날 일어난 일들을 모두 훑었다. 수없이 많은 질문들이 오갔고, 다시 알제리 식민화에 관한 모렐 씨의 대정부 질문 건으로 돌아왔다.

음식이 바뀌는 중간에 매사에 회의적이고 야한 얘기를 즐기는 왈테르 씨가 몇 가지 농담을 했다. 포레스티에는 다음 날 나갈 자기 기사에 대해 얘기했다. 자크 리발은 군정(軍政)을 실시해야 한다고, 식민지에서 삼십 년 이상 복무한 모든 장교들에게 토지를 양도해야 한다고 주장했다.

"그렇게 하면 활기 넘치는 사회를 만들 수 있을 겁니다. 이미 현지에 살면서 그 나라를 좋아하고, 언어도 알고 있고, 새로 이주해 오는 사람들이 피할 수 없이 맞닥뜨리는 중요한 지역 문제들을 이미 다 알잖습니까."

노르베르 드 바렌이 그의 말을 끊었다.

"그래요, 다 알 수 있겠죠. 농업만 빼고 말입니다. 그들은 아랍어를 하지만 어떻게 사탕무를 옮겨 심는지는 모릅니다. 밀을 심는 법도 모르겠죠. 검술에야 능숙하겠지만, 비료에 대해선 거의 아는 게 없을 겁니다. 그러니 차라리 누구라도 새 나라에 갈 수 있게 해야 합니다. 똑똑한 사람들은 살아남을 거고 그렇지 못한 사람들은 실패하겠죠. 그것이 사회의 법칙입니다."

가벼운 침묵이 이어졌다. 모두들 얼굴에 미소를 띠고 있었다.

그때 뒤루아가 입을 열었다. 말을 하는 동안 그는 마치 자기 목소리를 처음 듣는 사람처럼 이상한 기분이 들었다. "그곳에서 가장 부족한 건 쓸 만한 땅입니다. 기름진 경작지는 프랑스에서만큼이나 비싸죠. 부유한 파리 사람들이 이미 투자용으로 사들이고 있고요. 진짜로 식민지에 이주하는 사람들, 먹고살 게 없어서 고국을 떠나온 사람들은 어차피 사막에 던져지는 겁니다. 물이 없어서 아무것도 자라지 못하는 사막 말입니다."

모두의 눈길이 뒤루아를 향했다. 뒤루아는 얼굴이 붉어지는 것을 느꼈다. 왈테르 씨가 물었다. "알제리를 잘 아시나 보죠?"

뒤루아가 대답했다. "그렇습니다. 스물여덟 달 동안 그곳에 있었습니다. 세 지방을 옮겨 가며 지냈죠."

그러자 노르베르 드 바렌은 모렐 사건은 잊고 갑자기 어느 장교한테 들었다는 풍습에 대해서 세세하게 묻기 시작했다. 므잡[18], 그러니까 사하라 사막 한가운데 타는 듯 더운 지역 중에서도 가장 건조한 곳에 있는 기이한 작은 나라에 관한 이야기였다.

므잡에 두 번 가본 적이 있는 뒤루아는 그 특이한 나라의 풍습을 이야기해 주었다. 그곳에선 물방울이 금과 같은 가치를 지니고, 주민 모두가 공공사업에 참여해야 하며, 상도덕이 문명국 사람들보다 훨씬 더 철저하다고 했다.

포도주 기운이 돌기도 했고 또 사람들을 즐겁게 해주고 싶어서 뒤루아는 약간 허풍을 섞어 이야기했다. 그렇게 군대에서 있었던 일들, 아랍 사람들의 생활상, 전쟁 이야기를 들려주었다. 삼킬 듯이 이글거리는 불꽃 아래 영원히 황량한 곳, 누렇고 헐벗은 그 땅을 설명하기 위해 온갖 색채를 가미한 말들을 동원하기도 했다.

여자들이 그를 쳐다보았다. 왈테르 씨가 느릿느릿하게 말했다. "그곳에서 겪은 일들을 기사로 쓰면 아주 좋겠군요." 그러면서 사람의 얼굴을 자세히 들여다볼 때처럼 안경 위쪽으로 이 젊은 남자를 살폈다. 안경 아래쪽으로는 여전히 음식을 살폈다.

포레스티에가 그 순간을 놓치지 않았다. "사장님, 조금 전에 말씀드린 대로 전 정치면에서 조르주 뒤루아 씨를 데리고 있었으면 합니다. 마랑보가 그만둔 이후로 급한 정보나 내밀한 정보를 얻으러 보낼 사람이 없거든요. 일하기 좀 힘든 상황입니다."

왈테르 씨는 심각한 표정으로 안경을 고쳐 쓰면서 뒤루아를 뚫어져라 바라보았다. 그러더니 입을 열었다. "뒤루아 씨는 아주 독특하군요. 관심이 있으면 내일 3시에 내 방으로 오십시오. 얘기해 봅시다." 잠시 말이 없던 왈테르 씨는 뒤루아 쪽으로 완전히 돌아앉으면서 말했다.

"일단 알제리에 관해서 기발한 이야기들을 연재하도록 합시다. 직접 겪은 일을 이야기하면서 조금 전처럼 식민지 문제를 섞으면 됩니다. 그게 바로 시사(時事)지요. 완벽한 시사입니다. 분명 우리 독자들이 좋아할 겁니다. 서둘러주십시오. 첫 번째 글이 내일이나 모레 나갔으면 좋겠군요. 의회에서 이 문제가 논의될 동안에 말입니다. 그래야 사람들의 관심을 끌 수 있으니까요."

그의 아내가 진지하면서 기품 있는 어조로 덧붙였다. 사실 왈테르 부인은 어떤 얘기를 할 때나 늘 같은 어조였고, 그래서 그녀의 말은 조금 특별하게 느껴졌다.

"제목은 '어느 아프리카 기병[19]의 회상'으로 하면 좋겠네요. 어때요, 노르베르 씨. 괜찮지 않은가요?"

늦게 명성을 얻은 노시인은 새로 등장하는 사람들을 싫어하고 두려워했다. 그는 무뚝뚝하게 대답했다. "아주 좋습니다. 하지만 그건 모든 게 잘 어울린다는 조건하에서입니다. 사실 그게 가장 어렵죠. 음악에서 음색이라고 부르는 것 말입니다."

포레스티에 부인이 뒤루아를 향해 자기가 지켜주겠다는 듯 미소를 머금은 눈길을 보냈다. 흡사 안목을 갖춘 전문가가 상대에게 "잘 할 수 있을 겁니다."라고 말하는 것 같았다. 그동안 드 마렐 부인은 여러 차례 뒤루아 쪽으로 몸을 돌렸고, 그때마다 귀에 달린 다이아몬드가 흔들리는 모습이 물방울이 떨어지는 것 같았다.

그 딸은 여전히 고개를 숙여 접시를 처다보면서 심각한 표정으로 꼼짝도 하지 않았다.

하인이 테이블을 한 바퀴 돌면서 파란색이 도는 잔에 요하니스베르크[20])를 따랐다. 포레스티에는 왈테르 씨에게 고개 숙여 인사를 하며 건배를 제창했다. "《라 비 프랑세즈》의 무궁한 발전을 위하여!"

모두 사장을 향해 고개를 숙였고, 사장은 미소를 지었다. 뒤루아는 승리에 도취하여 단숨에 들이켰다. 술통째로 다 마실 수 있을 것 같았다. 소 한 마리도 먹어치울 것 같았고, 사자의 목을 조를 수도 있을 것 같았다. 팔다리에 초인적인 힘이 솟아났고 마음속에서는 결연한 의지와 끝없는 희망이 솟아났다. 이제 사람들 앞에서도 조금도 불안하지 않았다. 드디어 설 곳을 찾았고 자리를 쟁취한 것이다. 뒤루아는 새로운 자신감으로 사람들의 얼굴을 하나하나 바라보았다. 그리고 처음으로 옆에 앉은 여자에게 말을 건넬 수 있었다.

"아십니까? 부인의 귀걸이는 지금껏 제가 본 것 중에 가장 아름답습니다."

여자는 뒤루아 쪽으로 고개를 돌리며 미소를 지었다. "다이아몬드를 이렇게 다른 장식 없이 줄에 매다는 건 제가 생각해 냈답니다. 이슬 같잖아요. 그렇죠?"

상대의 대담한 대답에 당황한 뒤루아는 자기도 모르게 바보 같은 대답을 하게 될까 봐 전전긍긍하며 중얼거리듯 말했다.

"아름답군요……. 하지만 귀가 아름다워서 귀걸이가 더 살아난 것 같습니다."

그녀는 심장까지 파고드는 맑은 눈빛으로 고맙다는 인사를 했다.

고개를 돌리던 뒤루아는 포레스티에 부인과 눈이 마주쳤다. 여전히 호의적이지만 그러면서도 즐거움과 심술궂은 장난기가 섞인, 활기차고 기운을 북돋우는 눈길이었다.

남자들은 모두 이리저리 손짓을 하면서 목소리를 높였다. 파리 시내 지하철 계획에 대한 얘기였다. 후식을 마칠 때까지도 이야기의 소재는 고갈되지 않았다. 파리 시내 교통망이 얼마나 느린지, 전차가 얼마나 불편한지, 합승 마차가 얼마나 짜증 나는지, 그리고 역마차의 마부들이 얼마나 야비한지에 대해서 다들 할 말이 많았다.

그런 다음 커피를 마시기 위해 식당을 나섰다. 뒤루아는 장난삼아 소녀에게 팔을 내밀었다. 아이는 의젓한 태도로 인사를 하더니 발꿈치를 들고 그의 팔꿈치를 손으로 잡았다.

거실로 들어서며 뒤루아는 다시 한 번 온실로 들어가는 기분이 들었다. 거실 네 모퉁이에 커다란 종려나무가 있는데, 잎이 천장까지 뻗었다가 옆으로 늘어진 모습이 마치 분수에서 물이 쏟아져 나오는 것 같았다.

벽난로 양쪽에는 검푸른 잎이 층층이 늘어선 둥근 기둥 모양의 고무나무가 서 있었다. 그리고 피아노 위에는 알 수 없는 떨기나무 두 그루가 있었다. 하나는 분홍색, 또 하나는 하얀색으로, 둥글게 다듬어져 있고 위쪽에 꽃이 가득 피어 있었다. 진짜 나무라고 하기엔 너무 아름다워서 꼭 조화 같았다.

공기는 상쾌했고 뭐라 정확히 말할 수 없는, 이름을 말할 수 없는 희미하고 감미로운 향기가 감돌았다.

이제는 마음의 동요가 가라앉은 뒤루아가 주의 깊게 실내를 살폈다. 그렇게 넓은 방은 아니었고, 떨기나무들 외에는 별로 눈길을 끄는 것이나 강렬한 색깔도 없었다. 하지만 그 안에 있으니 왠지 편안했고 기분이 좋고 포근한 느낌이었다. 방이 그의 온몸을 부드럽게 감싸는 것 같았고, 무언가가 몸을 애무하는 듯 기분이 좋아졌.

벽에는 옛날 스타일의 색 바랜 보랏빛 바탕에 파리 크기만 하게 노란색 실크로 만든 꽃들이 달려 있었다.

문마다 군용 시트 색깔인 청회색 천에 빨간 비단패랭이 몇 송이가 수놓인 휘장이 드리워져 있었다. 긴 의자들뿐 아니라 크고 작은 안락의자들, 팔걸이 없는 쿠션 의자, 등받이 없는 의자까지 각양각색의 의자들이 놓여 있었고, 모두 루이 16세 시대의 실크 혹은 크림색 바탕에 석류빛 무늬가 들어간 위트레흐트[21]산 고급 벨벳으로 덮여 있었다.

"뒤루아 씨, 커피 드시겠어요?"

포레스티에 부인이 입술 위에 떠나지 않는 예의 그 친절한 미소를 띠고서 잔을 건네며 말했다.

"네. 감사합니다."

그는 잔을 받아 들었다. 어린 하녀가 받쳐 들고 있는 설탕 그릇에서 집게로 설탕을 집기 위해 잔뜩 신경을 쓰며 몸을 굽혔고, 바로 그 순간 포레스티에 부인이 나지막하게 말했다.

"왈테르 부인의 기분을 맞춰주세요."

그러더니 뒤루아가 미처 대답할 겨를도 없이 다른 쪽으로 가버렸다.

뒤루아는 우선 커피부터 마셨다. 양탄자에 엎지를까 봐 걱정이 되었기 때문이다. 그런 다음 마음이 좀 편해지자 자기의 새 주인이 된 사람의 아내에게 다가가 말을 걸 수 있는 방법을 찾아보았다.

마침 왈테르 부인의 손에 든 잔이 비어 있었다. 그녀는 테이블에서 먼 곳에 있었기 때문에 다 마신 잔을 놓을 곳이 마땅치 않은 상황이었다. 뒤루아가 성큼 다가갔다.

"제가 도와드려도 될까요?"

"고맙습니다."

뒤루아는 잔을 가져다 놓고 나서 다시 왈테르 부인 곁으로 갔다. "아십니까? 사막에 있는 동안 전《라 비 프랑세즈》덕분에 진정 좋은 시간을 보낼 수 있었습니다. 프랑스를 떠나서도 읽을 수 있는 유일한 신문이니까요. 그 어떤 신문보다도 문학적이고, 재치 있고, 단조롭지 않은 신문이죠. 그 안엔 정말 뭐든 다 있더군요."

왈테르 부인은 무심한 듯하면서도 친절한 미소를 지으면서 근엄한 어조로 대답했다.

"새로운 욕구에 부응하는 그런 신문을 만드느라 남편이 고생했답니다."

 이어 두 사람은 담소를 나누기 시작했다. 뒤루아는 쉽고 평범하게 이야기를 했지만, 목소리가 매력적이었고 또 시선은 우아했다. 그의 콧수염은 저항하기 힘들 만큼 보는 이의 마음을 끌었다. 입술 위에서 끝이 살짝 말려 올라간 그 아름답고 도톰한 콧수염은 붉은 기운이 도는 금빛이었고 양쪽 끝으로 치켜 올라간 부분은 색이 조금 흐렸다.

 두 사람은 파리에 대해서, 근교에 대해서, 센 강가에 대해서, 해수욕장에 대해서, 여름의 즐거움에 대해서, 피로하게 만들지 않으면서 언제까지나 이야기를 이어갈 수 있는 흔한 일들을 화제 삼아 이야기를 나누었다.

 잠시 후 노르베르 드 바렌이 술잔을 들고 다가오자 뒤루아는 조심스레 자리를 내주었다.

 포레스티에 부인과 얘기를 나누고 있던 드 마렐 부인이 뒤루아를 불렀다. 그리고 단도직입적으로 물었다. "신문사 일을 해보실 생각인가 보죠?"

 뒤루아는 모호한 표현들을 사용하며 자기 계획에 관해 얘기했다. 그리고 조금 전 왈테르 부인과 나누었던 이야기를 다시 시작했다. 이번에는 더 잘 알고 있으니 대화도 더 좋아졌다. 조금 전 들은 얘기를 마치 자기가 하는 말인 것처럼 다시 할 수 있었기 때문이다. 뒤루아는 자기 말에 깊은 의미를 담으려는 듯 줄곧 옆에 있는 여자의 눈을 쳐다보았다.

 드 마렐 부인 역시 여러 가지 일화들을 이야기했다. 스스로 재치 있다고 생각하면서 언제나 분위기를 재미있게 이끌어가려는 여자들이 그렇듯, 그녀는 아주 편안하고 활기찼다. 그렇게 조금씩 친숙해지면서 드 마렐 부인은 뒤루아의 팔에 손을 얹기도 했고, 별일 아닌 것을 얘기하느라 목소리를 낮출 때면 뭔가 은밀한 얘기를 하는 것처럼 보였다. 자신에게 관심을 보이는 이 여자와 살며시 접촉하면서 뒤루아는 떨 듯이 기뻤다. 당장이라도 여자에게 헌신하고 여자를 지켜주며 자신의 참다운 가치를 보여 주고 싶었다. 그녀가 무언가를 얘기할 때마다 바로 대답을 하지 못한 것은 바로 이런 생각들이 머릿속에 꽉 차 있었기 때문이었다.

그때 드 마렐 부인이 별다른 이유 없이 딸을 불렀다. "로린!" 아이가 다가왔다.

"여기 앉으렴. 창문 가까이 있으면 감기 들겠다."

뒤루아는 돌연 소녀를 껴안고 입을 맞추고 싶다는 말도 안 되는 생각에 사로잡혔다. 마치 입맞춤의 일부가 그 엄마에게 전달이라도 되는 것 같았다.

그는 예의 바르게 아버지 같은 어조로 물었다. "아가씨에게 입을 맞춰도 될까요?"

아이는 놀란 표정으로 눈을 들었다. 드 마렐 부인이 웃으면서 말했다. "대답하렴. '오늘은 좋아요. 하지만 매번은 안 돼요.' 하고 말이야."

뒤루아는 의자에 앉아 로린을 무릎에 앉혔고, 가늘고 곱슬곱슬한 아이의 머릿결에 가볍게 입술을 가져다 댔다.

드 마렐 부인이 놀라워했다. "세상에. 애가 피하지 않네요. 정말 놀라워요. 원래 여자 말고는 키스를 안 받는 아이인데. 뒤루아 씨한테는 거부할 수 없는 힘이 있나 봐요."

뒤루아는 말없이 얼굴을 붉혔고, 가볍게 몸을 움직이며 다리 위에 앉은 아이의 몸을 흔들어주었다.

포레스티에 부인이 다가가서는 놀라워하며 큰 소리로 말했다. "이런! 로린이 가만히 있네. 기적이로군요!"

자크 리발도 시가를 입에 물고 다가왔다. 뒤루아는 자리에서 일어났다. 혹시라도 말실수를 해서 지금까지 해놓은 일이, 이제 막 시작된 정복 작업이 망쳐질까 봐 두려웠기 때문에 그만 돌아가기로 한 것이었다.

뒤루아는 인사를 하고, 여자들이 내미는 손과 남자들이 내미는 손을 힘주어 잡았다. 자크 리발의 손은 마르고 따뜻했으며 꽉 잡은 그의 손에 진심으로 답한다는 걸 알 수 있었다. 축축하고 차가운 노르베르 드 바렌의 손은 손가락 사이를 미끄러져 빠져나갔다. 가장 어른인 왈테르의 손은 차갑고 흐물흐물하며 힘도 느낌도 없었다. 포레스티에의 손은 기름지고 미지근했다. 포레스티에가 나지막하게 말했다.

"내일 3시네. 잊지 말게."

"물론이지. 걱정 말게."

다시 계단에 선 뒤루아는 뛰어 내려가고 싶었다. 미칠 듯이 기뻤다. 그는 두 계단씩 건너뛰면서 성큼성큼 내려갔다. 그러다 한순간 3층의 커다란 거울 앞에서 어떤 남자가 시간에 쫓기듯 자기 쪽으로 성큼성큼 달려오는 것을 보았다. 뒤루아는 나쁜 짓을 하다가 들킨 사람처럼 걸음을 멈추었다.

그런 다음 거울 속 자기 모습을 한참 동안 쳐다보았다. 자기가 이렇게 잘생겼다는 게 스스로 감탄스러웠다. 그는 흐뭇한 미소를 지어 보였고, 대단한 인물들에게 인사를 할 때처럼 격식을 차려 정중하게 인사를 하면서 거울에 비친 자기 모습과 작별했다.

3

 밖으로 나온 뒤루아는 무엇을 할까 망설였다. 거리를 달리고 싶었고 몽상에 젖어보고 싶었다. 앞날을 생각하면서, 달콤한 밤공기를 마시면서, 그저 걷고 싶었다. 하지만 사장인 왈테르가 써 오라고 한 연재 기사가 마음에 걸려서 바로 집으로 돌아가 일을 시작하기로 했다.

 성큼성큼 걸음을 옮겨 외곽 대로 쪽으로 온 뒤루아는 그 길을 따라 자기 집이 있는 부르소 거리까지 왔다. 그가 사는 7층짜리 건물에는 노동자와 장사꾼들이 꾸려가는 변변찮은 살림살이가 스무 집이나 모여 있었다. 종잇조각, 담배꽁초, 음식 찌꺼기 같은 것이 널려 있는 세단을 초 성냥으로 비춰가면서 올라갔다. 배 속이 메슥거리며 기분이 나빴다. 하루빨리 이곳을 빠져나가 부자들처럼 카펫이 깔린 큰 집에 살고 싶었다. 이곳은 음식물 냄새, 변소 냄새, 사람들 냄새가 뒤섞인 질퍽한 악취가 진동을 했고, 오래되어 눌어붙은 때 냄새와 낡은 벽 냄새가 났다.

 6층의 방에서 내려다보노라면, 바티뇰 역[22] 근방 터널이 시작되는 곳 바로 위에 서부 철도에서 파놓은 철로용 구덩이가 깊은 심연처럼 입을 벌리고 있었다. 뒤루아는 창문을 열고 녹슨 쇠 난간에 팔꿈치를 기댔다.

발아래 어두운 철로용 구덩이 속에 붉은 신호등 세 개가 꼼짝하지 않고 있는 모습이 흡사 커다란 짐승의 눈 같았다. 조금 멀리 신호등이 또 있고, 좀 더 먼 곳에 또 있었다. 기적 소리는 길게 이어지기도 하고 반대로 짧게 끊어지기도 하면서 밤의 어둠을 뚫고 지나갔다. 어떤 것은 가깝게 들렸고, 어떤 것은 아니에르[23] 쪽에서 아득하게 들려왔다. 기적 소리는 사람 목소리와 비슷했다. 이번엔 슬픈 비명 소리를 내며 한 대가 다가왔다. 그 소리가 점점 더 커졌고, 마침내 커다란 노란 불빛이 굉음을 내며 나타났다. 뒤루아는 긴 묵주 알처럼 이어진 객차가 터널 속으로 삼켜지는 광경을 멍하니 바라보았다.

그런 다음 스스로를 다독였다. "자, 이제 일해야지." 등잔을 테이블 위에 놓았다. 그런데 막상 글을 쓰려니 종이라고는 편지지밖에 없다는 게 생각났다.

할 수 없었다. 제일 크게 펼쳐놓고 쓰기로 했다. 뒤루아는 펜에 잉크를 묻히고, 가장 멋있는 글씨체로 시작했다.

≪어느 아프리카 기병의 회상≫

이어 첫 문장을 뭐라고 쓸까 궁리했다.

손으로 이마를 괴고 앞에 펼쳐놓은 정사각형 흰 종이를 뚫어져라 쳐다보았다.

무슨 이야기를 할까? 아까 사람들한테 얘기했던 것이 아무것도 생각나지 않았다. 그 어떤 일화도, 사실들도 떠오르지 않았다. "떠나던 때부터 시작해야겠군." 뒤루아는 써 내려가기 시작했다.

1874년 5월 15일경, 그러니까 끔찍한 재앙을 겪고 나서[24] 지칠 대로 지쳐버린 프랑스가 휴식을 취하던 때였다······.

이어 항해를 하고 두근거리는 마음으로 그곳에 첫발을 디디던 때를 어떻게 써 나가야 할지 막막했다. 결국 글을 멈추었다.

십 분 동안 고민한 끝에 뒤루아는 본론 이전은 내일로 미루고, 알제[25]를 묘사하는 부분으로 바로 들어가기로 했다.

그리고 다시 종이 위에 썼다.

　알제는 백색의 도시이고…….

더 이상 할 말이 없었다. 그 아름답고 밝은 도시가, 평평한 집들이 폭포수처럼 산꼭대기에서 바다까지 흘러내리는 모습이 눈에 선했지만, 정작 보고 느낀 것을 어떻게 표현해야 할지 알 수 없었다. 한마디도 나오지 않았다.

한참을 노력한 후에 결국 이렇게 덧붙였다.

　주민의 일부는 아랍인이다…….

뒤루아는 결국 테이블에 펜을 던져버리고 벌떡 일어섰다.

몸이 닿는 자리가 움푹 패어 있는 작은 철제 침대에는 그가 평소에 입는 옷들이 흐트러져 있었다. 변사체 공시소에 늘어놓은 헌 옷처럼 속이 텅 빈 옷들은 피로에 절어 추하게 흐느적거렸다. 짚 의자 위에는 단 한 개뿐인 실크해트가 동냥을 기다리는 것처럼 입을 벌리고 있었다.

파란색 꽃다발 무늬의 회색 벽지는 꽃 반 얼룩 반이었다. 오래된 얼룩들이라 언제 생겼는지, 뭐가 묻은 건지도 말할 수 없었다. 벌레가 눌려 터진 것 아니면 기름이 튄 자국일 것이다. 포마드 묻은 손가락 자국, 빨래하는 동안 대야의 거품이 튄 자국도 있을 것이다. 가구 딸린 셋집에서 살아가는 파리의 삶, 수치스럽도록 비참한 삶이었다.

그 순간 궁색한 삶에 대한 분노가 치밀어 올랐다. 뒤루아는 마음속으로 다짐했다. 당장 여기서 나가야 한다. 내일이라도 이 구차한 생활을 끝내야 한다.

그러자 일을 해야겠다는 열의가 솟아났다. 다시 자리에 앉은 뒤루아는 알제의 낯설고 매력적인 모습을 들려줄 문장들을 궁리하기 시작했다. 유랑하는 아랍인과 세상에 알려지지 않은 흑인들이 살고 있는 매혹의 미개척지 아프리카, 알제는 신비하고 심오한 그 아프리카로 들어가는 관문이다. 이따금 동화에 등장하기 위해 만들어진 듯한 기이한 아프리카 동물들을, 이를테면 거대한 암탉같이 생긴 타조, 신성한 양이라고 해야 할 영양, 놀랍고 기괴한 기린, 근엄해 보이는 낙타, 괴물처럼 생긴 하마, 추한 모습의 코뿔소, 그리고 인간의 끔찍한 형제인 고릴라를 공원에서 구경할 수 있는 곳이다.

드디어 생각이 나는 것 같았다. 사람들한테 벌써 다 들려준 얘기일 것이다. 하지만 막상 글로 쓰려니 다시 또 막막해졌다. 스스로 너무 무력한 것 같아 속이 탔다. 다시 일어설 때는 손이 땀으로 축축하고 관자놀이에 피가 몰리면서 머리가 지끈거렸다.

그 순간 바로 그날 저녁에 문지기가 놓고 간 세탁물 계산서가 눈에 띄었다. 미칠 듯한 절망감이 몰려왔다. 자기 자신에 대한 믿음, 그리고 미래에 대한 믿음이, 모든 기쁨이 사라지는 것 같았다. 이제 다 끝났다. 아무것도 하지 못할 것이다. 그저 형편없는 인간으로 남을 것이다. 마음속이 텅 빈 것 같았고, 자기 자신이 무능하고 쓸모없고 저주받은 인간으로 느껴졌다.

뒤루아는 다시 창가로 다가가 쇠 난간에 팔꿈치를 괴었다. 갑자기 기차가 굉음을 내며 터널을 빠져나왔다. 저 기차는 들과 평원을 지나 바다를 향해 달릴 것이다. 문득 부모님 생각이 났다.

기차는 지금 뒤루아가 살고 있는 곳에서 그리 멀지 않은 곳, 부모님이 사는 곳을 지날 것이다. 캉틀뢰 마을 입구, 루앙 시와 센 강의 넓은 계곡이 내려다보이는 언덕 위에 있는 조그만 집이 떠올랐다.

그의 아버지와 어머니는 조그마한 식당 겸 술집을 하고 있었다. 변두리 사람들이 일요일이면 식사를 하러 오는 '아라벨뷔'[26]라는 곳이었다. 그들은 아들을 훌륭한 사람으로 키우고 싶어서 고등학교에 넣었다. 그런데 공부를 마친 후 바칼로레아에 실패한 아들은 장교가 되고 대령이 되고 장군이 되겠다면서 입대를 했다. 하지만 오 년의 임기를 채우기 전 군대 생활에 싫증이 났다면서 파리에서 성공하겠다는 꿈을 꿨다.

제대한 아들은 부모가 살고 있는 곳으로 왔다. 꿈이 사라졌으니 아들이라도 잡아두고 싶었던 부모가 사정했지만 아들은 결국 파리로 떠났다. 이번에는 아들이 자신의 미래를 원한 것이다. 분명 승리할 수 있을 것 같았다. 어떤 사건을 통해 꿈이 이루어질지는 막연했지만, 분명 그 사건을 만들어내고 키워낼 수 있을 것 같았다.

군대 시절 주둔지에서 뒤루아의 애정사는 제법 괜찮았다. 힘들이지 않고 쓸 만한 여자들을 차지하기도 했고, 때로는 좀 더 잘나가는 사회에 염문을 뿌리기도 했다. 그가 유혹한 어느 세무 관리의 딸이 모든 걸 버리고 그를 따라가겠다고 했고, 또 변호사의 아내 하나도 버림받은 슬픔으로 바다에 몸을 던지려고 하기도 했다.

동료들은 뒤루아에 대해 이렇게 말했다. "약은 놈이야. 아주 영리하지. 어떤 일이든 다 헤쳐갈 수 있을걸." 사실 그는 약고 영리하고 뭐든 다 해결할 수 있는 사람이 되고 싶었다.

노르망디 사람으로 타고난 기질은 매일같이 반복되는 병영 생활 속에서 길들여졌고, 아프리카에서 행해지는 약탈, 불법적인 이득, 수상한 속임수 등을 겪으면서 느슨해졌다. 또한 군대에서 통용되는 공명심, 무공, 애국심, 그리고 하사관들 사이에 떠도는 거창한 이야기, 직업에서 오는 허영심 같은 것들이 더욱 그의 마음을 부추겼다. 그렇게 해서 결국 뒤루아의 마음속은 바닥이 세 겹으로 되어 있는 상자처럼 온갖 잡동사니가 다 들어앉아 버렸다.

그중에서도 출세하고자 하는 욕망이 가장 강했다.

스스로 깨닫지는 못했지만 그는 다시 꿈을 꾸기 시작했고, 매일 저녁 꿈속에 빠져들었다. 멋진 연애 사건이 터져, 그러니까 길을 가다 우연히 만난 은행가나 귀족의 딸이 그에게 첫눈에 반하고, 그 사랑이 결혼에 이르면서 모든 희망이 단숨에 실현되는 순간을 상상하기도 했다.

그때 객차를 달지 않은 기관차가 홀로 날카로운 기적 소리를 내며 터널을 빠져나왔다. 마치 커다란 토끼 한 마리가 땅굴에서 나오는 것 같았다. 증기를 가득 내뿜으며 철로를 달려 차량 기지로 쉬러 가는 기관차가 찢어지는 듯한 기적 소리를 내뱉었고, 그 소리에 뒤루아는 몽상에서 깨어났다.

막연하고 즐거운 희망이 계속 머릿속에 맴돌면서 그를 놓아주지 않았다. 뒤루아는 무작정 밤의 어둠 속으로 키스를 띄워 보냈다. 그가 기다리고 있는 여인상을 향한 사랑의 키스, 미치도록 가지고 싶은 부귀를 향한 욕망의 키스였다. 그런 다음 창문을 닫고 옷을 벗으면서 중얼거렸다.

"됐어. 내일 아침이면 좋아질 거야. 오늘 밤엔 제대로 생각할 수가 없어. 술도 좀 많이 마셨고. 이런 상황에서는 일하기 어렵지."

그는 침대로 가서 입김을 불어 등잔을 끈 다음 금방 잠이 들었다.

다음 날 뒤루아는 강한 염원이나 근심거리가 있을 때 흔히 그러듯이 일찍 깨어났다. 서둘러 일어나 창문을 열고, 그의 표현을 빌면 시원한 공기를 한 잔 가득 들이마셨다.

철길의 거대한 구덩이 반대편의 롬 거리에서는 떠오르는 태양의 빛을 받은 건물들이 마치 밝은 흰색으로 칠해 놓은 듯 눈부시게 반짝거렸다. 저 멀리 오른쪽으로는 하늘거리는 투명한 베일을 지평선에 던져놓은 것 같은 푸르스름한 안개가 끼어 있고, 그 사이로 아르

장퇴유의 비탈길, 사누아의 언덕, 오르주몽 제분소가 보였다.[27]

뒤루아는 잠시 먼 들판을 바라보았다. "이런 날이면 저쪽은 굉장히 좋겠군." 이제 일을 해야 한다는 생각이 들었고, 그 즉시 문지기의 아들에게 10수를 쥐어 주며 사무실에 가서 자기가 아파서 출근을 못 한다고 전해 달라고 했다.

다시 테이블에 앉은 뒤루아는 펜을 잉크에 적신 다음 이마를 감싸 쥐고 궁리를 했다. 이번에도 마찬가지였다. 아무것도 생각나지 않았다.

그는 실망하지 않았다. "좋아. 습관이 안 돼서 그런 거야. 모든 직업이 마찬가지잖아. 이 직업도 배워 나가야 해. 처음엔 도움을 받아야 하는 거라고. 포레스티에를 찾아가면 십 분이면 기사의 틀을 잡아줄 거야."

그는 옷을 갈아입었다.

거리로 나서자 포레스티에가 어제 늦게야 잠들었을 텐데 이렇게 찾아가기에는 너무 이른 시각이라는 생각이 들었다. 그래서 외곽 대로로 가서 가로수 아래를 걸어 다녔다.

아직 9시도 되기 전이었다. 그는 몽소 공원으로 갔다. 물을 주느라 잔디가 젖어 상쾌한 분위기였다.

벤치에 걸터앉은 뒤루아는 생각에 빠져들었다. 그때 앞쪽에 우아하게 차려입은 남자 하나가 왔다 갔다 하는 모습이 눈에 띄었다. 아마도 여자를 기다리는 것이리라.

아니나 다를까 베일을 쓴 여자 하나가 잰걸음으로 다가오더니 남자와 가볍게 악수를 했다. 그리고 두 사람은 가버렸다.

돌연 사랑을 향한 격렬한 욕구가 뒤루아의 가슴을 헤집었다. 품격 있는, 향기 나는, 섬세한 사랑을 하고 싶었다. 그는 몸을 일으켜 다시 걸음을 옮기면서 포레스티에를 생각했다. 정말 운이 좋은 인간이 아닌가!

친구의 집 문 앞까지 온 뒤루아는 마침 집을 나서던 포레스티에와 마주쳤다.

"아니, 이 시간에 자네가 웬일인가? 나한테 볼일이 있는 건가?"

나가려는 친구와 이런 식으로 만나게 되자 당황한 뒤루아가 어물거렸다.

"그게…… 그게…… 도저히 글이 써지질 않네. 자네도 알잖나. 왈테르 씨가 쓰라고 한 알제리에 관한 글 말이야. 사실 놀랄 일은 아니지. 난 이제껏 글을 써본 적이 없으니까. 이 일도 당연히 연습이 필요하지 않겠나. 그래, 빨리 익힐 수 있을 걸세. 그건 자신 있네. 하지만 첫 시작을 어떻게 해야 할지 모르겠군. 생각한 건 많은데, 다 준비되어 있는데, 그걸 어떻게 표현해야 할지 모르겠어."

뒤루아는 엉거주춤하게 말을 멈췄다. 포레스티에가 짓궂은 웃음을 띠면서 말했다.

"나도 그랬었지."

뒤루아가 다시 말했다. "그래, 시작할 땐 누구나 마찬가지일 거야. 그래…… 그러니까…… 내가 찾아온 건, 조금만 도와달라고 부탁하러……. 자네라면 십 분이면 틀을 잡을 수 있지 않은가. 어떤 방법으로 해야 하는지만 말해 주게. 문장 스타일을 가르쳐주게. 나 혼자서는 도저히 할 수가 없을 것 같네."

포레스티에는 기분이 좋은 듯 계속 미소를 띠고 있었다. 그는 옛 전우의 팔을 툭 치면서 말했다.

"내 아내한테 가보게. 나만큼 잘 가르쳐줄 걸세. 그런 일을 할 수 있도록 내가 잘 훈련해 놓았거든. 난 오늘 아침에 시간이 없네. 그것만 아니라면 기꺼이 내가 해줄 텐데 말이야."

뒤루아는 겁이 났다. 당황스럽기도 하고 차마 용기가 나지 않았다.

"이 시각에 어떻게 자네 부인한테 간단 말인가?"

"괜찮아. 걱정 말게. 지금 일어나 있으니까. 서재에서 내가 쓸 메모들을 정리하고 있을 걸세."

뒤루아는 엄두가 나지 않았다.

"아니야……. 그런 말도 안 되는……."

포레스티에가 그의 어깨를 잡아 돌려세우더니 계단 쪽으로 밀치면서 말했다. "자, 이런 바보 같은 친구를 봤나. 그냥 올라가라는데 왜 그러나. 설마 내가 다시 세 층을 올라가서 자넬 소개하고 상황을 다 설명해야만 하는 건 아니겠지?"

뒤루아가 결국 마음을 먹었다. "고맙네. 가보도록 하지. 자네가 시켰다고 하겠네. 자네가 억지로 시켰다고 말이야."

"그래, 잡아먹지 않을 테니 걱정할 것 없어. 잊지나 말게. 3시!"

"그건 걱정하지 말게."

포레스티에는 급하게 가버렸다. 뒤루아는 무슨 말을 할지 생각하면서 천천히 한 계단씩 올라갔다. 포레스티에의 아내가 어떤 반응을 보일지 불안했다.

파란 앞치마를 두르고 빗자루를 든 하인이 문을 열었다.

뒤루아가 미처 말할 틈도 없이 하인이 말했다. "주인님께선 외출하셨습니다."

뒤루아가 말했다. "포레스티에 부인께 만나 뵐 수 있는지 여쭤봐 주게. 포레스티에 씨를 길에서 만났는데, 부인께 가보라고 해서 왔다는 말도 전해 드리고."

그런 다음 기다렸다. 잠시 후 하인이 오른쪽 문을 열고 말했다. "마님께서 기다리고 계십니다."

포레스티에 부인은 서재의 팔걸이의자에 앉아 있었다. 별로 크지 않은 방이었고, 사방 벽을 가려버린 검은 목재 책장에는 책들이 가지런히 정리되어 있었다. 상당히 단조로운 모습이었지만 그래도 빨강, 노랑, 초록, 보라, 파랑 등 여러 빛깔의 장정 덕분에 색채와 활기가 살아났다.

포레스티에의 아내는 늘 그렇듯 미소 띤 얼굴로 돌아보았다. 레이스가 달린 하얀 가운을 입고 있었다. 뒤루아에게 손을 내밀 때 넓은 소맷부리 아래로 맨팔이 드러났다.

"이 시간에요?" 그녀가 물었다. "비난하는 건 아니에요. 그냥 질문이랍니다."

뒤루아가 더듬거리며 대답했다. "저, 부인, 전 올라오지 않으려 했습니다. 그런데, 밑에서 샤를을 만났는데 저더러 꼭 올라가라고 했습니다. 너무 죄송해서 무슨 일 때문에 왔는지 차마 말씀드리지도 못하겠군요."

그녀가 의자를 권했다. "앉으세요. 그리고 말씀하세요."

포레스티에 부인은 거위 털 펜을 손가락 사이에 끼고 이리저리 돌렸다. 뒤루아가 찾아오는 바람에 절반가량 쓰다가 멈춘 커다란 종이가 앞에 놓여 있었다.

책상에 앉은 그녀의 모습은 거실에 있을 때와 마찬가지로 상당히 편안해 보였고 일상적인 일을 하고 있는 느낌이었다. 입고 있는 가운에서는 막 뿌린 듯한 가벼운 향수 냄새가 났다. 뒤루아는 부드러운 천에 포근하게 싸인 그녀의 몸을, 젊고 하얗고 통통하고 따스한 몸을 그려보았다. 그러자 정말 눈앞에 보이는 듯했다.

뒤루아가 입을 열지 않자 포레스티에 부인이 다시 물었다. "자, 얘기해 보세요. 무슨 일이죠?"

뒤루아가 우물쭈물 대답했다. "그러니까…… 정말…… 도저히…… 어제 밤늦게까지 일을 했지만…… 오늘 아침에도…… 일찍 일어나서…… 왈테르 씨가 말한 알제리 글을 쓰려고 했는데…… 도저히 써지지가 않고…… 끄적거려 놓은 건 다 찢어버려서…… 그러니까 전 이런 일이 아직 익숙하지 않습니다. 포레스티에한테 도움을 청하려고 왔는데…… 그러니까 이번 한 번만……"

포레스티에 부인이 말을 가로막으면서 웃음을 터뜨렸다. 행복하고 즐거워 보였고 약간 우쭐한 것 같았다. "그 사람이 저한테 가보라고 한 건가요……? 그래, 그런 거군요……."

"그렇습니다. 제 문제를 자기보다 더 잘 해결해 줄 거라면서……. 전 그럴 수 없다고 했습니다. 그러고 싶지 않았습니다. 이해하시겠습니까?"

포레스티에 부인은 자리에서 일어서며 말했다. "그런 식으로 함께 기사를 만드는 것도 재미있겠네요. 꽤 괜찮은 생각인걸요. 자, 제 자리에 와서 앉으세요. 신문사에서 제 글씨체를 알거든요. 이제 함께 글을 써야죠. 멋지게 성공할 만한 걸로 만들어보죠."

뒤루아는 자리에 앉아 펜을 들었고, 종이를 앞에 두고 기다렸다.

앞에 서서 뒤루아가 준비하는 것을 바라보던 포레스티에 부인은 벽난로 위에서 담배를 꺼내 들고 불을 붙였다.

"전 담배를 피우지 않으면 일을 못 하거든요. 자, 무슨 얘기를 하실 거죠?"

뒤루아가 놀란 얼굴로 고개를 들어 상대를 쳐다보았다.

"전 정말 잘 모르겠습니다. 그러니까 이렇게 온 거고요."

포레스티에 부인이 말했다. "그래요. 해결해 드릴게요. 소스는 내가 만들죠. 하지만 우선 요리는 있어야 해요."

뒤루아는 어쩔 줄 몰라 하다가 우물쭈물 대답했다. "처음 길을 떠날 때부터 이야기하고 싶은데……."

그러자 그녀는 커다란 책상 맞은편에 앉아 가만히 상대의 눈을 응시하며 말했다.

"그럼 우선 저한테 얘기해 보세요. 저 혼자한테만요. 아시겠죠? 천천히. 빼놓지 말고 다 얘기하시면 제가 골라볼게요."

하지만 뒤루아는 어디서 시작해야 할지조차 막막했다. 결국 포레스티에 부인이 고해성사를 듣는 사제처럼 이것저것 구체적으로 질문을 해 나가면서 뒤루아가 겪은 소소한 일들을, 그가 만난 사람들을, 그저 스쳐 지나간 그림들을 떠올리게 했다.
 그렇게 십오 분 정도 뒤루아가 말을 하게 만든 다음 포레스티에 부인이 갑자기 말을 막았다. "자, 이제 시작하죠. 우선 보고 느낀 걸 친구한테 이야기하는 걸로 해요. 그렇게 하면 자질구레한 것들까지 다 얘기할 수 있으니까요. 생각도 자유롭게 말할 수 있고요. 자연스럽고 재미있겠죠. 시작해요."

 앙리, 자네는 알제리가 어떤 곳인지 알고 싶다고 했지? 내가 말해 주겠네. 어차피 난 지금 진흙을 말려 만든 작은 상자 같은 집 안에 틀어박혀서 할 일도 별로 없다네. 그러니 매일 일어나는 일들을 모두 기록해서, 그러니까 하루 생활을 기록한 일기 같은 걸 써서 자네에게 보내주겠네. 좀 노골적일 때도 있을 거야. 하는 수 없지. 자네가 아는 귀부인들한테 보여 줄 건 아니니까 말이야······.

포레스티에 부인은 꺼진 담뱃불을 붙이기 위해 잠시 멈췄다. 그동안 종이 위에 거위 털 펜이 긁히는 소리도 멈췄다.
 "계속하죠." 여자가 말했다.

 알제리는 사막, 사하라, 중앙아프리카 같은 여러 이름으로 불리는 미지의 나라들과 국경을 이루는 프랑스 영토라네.
 알제는 그 이상한 대륙으로 들어가는 아름다운 백색의 문이지.
 하지만 우선 알제까지 가는 길부터가 누구나 편안히 갈 수 있는 길이 아니라네. 자네도 알다시피 난 훌륭한 조련사지. 대령님의 말을 맡고 있으니까. 하지만 아무리 말을 잘 다룬다 해도 바다에서는 엉망인 사람들이 있지 않은가. 내가 바로 그렇다네.
 우리가 이페카[28] 선생이라고 부르던 군의관 생브르타를 기억하나? 천국 같은 의무대에서 하루쯤 쉴 때가 됐다고 생각하고 함께 찾아갔잖은가.

이페카 선생은 의자에 앉아 있었네. 붉은 바지 차림의 커다란 다리를 벌리고, 팔꿈치를 옆으로 들어 올리고 두 손은 무릎 위에 얹어서 팔이 꼭 무슨 교각 모양 같았지. 그러고 앉아 흰 콧수염을 깨물면서 왕방울만 한 눈을 돌리고 있었잖은가.

그날 처방도 기억할 걸세.

"이 병사는 위장 장애가 발생하였으므로 내가 처방한 '토사제(吐劑) 3호'를 복용하고 열두 시간 휴식을 취하면 회복 가능함."

그 토사제는 절대 피해 갈 수 없는, 그야말로 특효약 아니었나. 우린 그걸 삼킬 수밖에 없었지. 그렇게 이페카 선생의 처방 약을 먹고 그 대가로 열두 시간 동안의 휴식을 벌었고.

그런데 말일세, 아프리카에 가려면 자그마치 사십 시간 동안 또 다른 토사제를 먹어야 한다네. 트랑스 아틀랑티크 해운사가 만든, 절대 피해 갈 수 없는 끔찍한 토사제일세.

포레스티에 부인은 자기 아이디어에 대단히 흡족해하면서 두 손을 비볐다.

그러더니 담배에 불을 붙이고 자리에서 일어나 이리저리 걸어 다니면서 원고를 불렀다. 그녀가 내뿜는 담배 연기는 살짝 다문 입술 가운데 자그마한 구멍에서 똑바로 나와 조금씩 넓게 퍼져 나가 허공에 여기저기 잿빛의 선을 남기면서 사라졌다. 투명한 안개가 낀 것 같기도 하고, 연기가 거미줄 모양으로 퍼져 나간 것 같기도 했다. 이따금 그녀는 손바닥을 흔들어 희미하게 남아 있는 흔적들을 지웠고, 때로는 집게손가락으로 끊어 둘로 갈라진 옅은 연기가 천천히 사라져가는 것을 진지한 눈으로 바라보기도 했다.

뒤루아는 눈을 들어 그녀가 머릿속 생각과 관계없이 열심히 즐기고 있는 몸짓과 자세를, 몸과 얼굴의 움직임 하나하나를 지켜보았다.

포레스티에 부인은 이어 여행 중에 일어난 우여곡절들을 상상했고, 함께 여행한 길동무들을 직접 만들어내서 그 특징을 묘사했다. 또 남편을 만나러 가는 보병 대위의 아내와의 연애 사건도 초안을 잡았다.

그런 다음 다시 자리에 앉아 알제리의 지리에 대해서 물었다. 사실 그녀는 알제리의 지리에 대해서는 전혀 아는 게 없었다. 하지만 십 분 후에는 뒤루아가 아는 만큼 알게 되었고, 짧지만 글의 한 대목을 식민지의 정치지리학에 할애하여 독자들에게 알려 주면서 다음 번 글에서 다루게 될 심각한 문제들을 이해하기 위한 예비지식들을 제공할 수 있었다.

그런 다음 오랑[29]으로 여행을 갔던 얘기를 썼다. 여자들, 즉 무어인[30] 여자, 유대인 여자, 스페인 여자가 등장하는 멋진 여행이었다.

"독자들의 마음을 끄는 데는 이런 게 최고죠." 그녀가 말했다.

이야기는 사이다의 고원지대 기슭에서 지내는 동안 하사관 조르주 뒤루아와 아인엘아자르의 제지 공장 여공 사이에 피어난 풋풋한 사랑으로 끝을 맺었다.[31] 불모의 바위산에서, 밤마다 바위틈에서 짖어대고 울어대는 승냥이, 하이에나, 아라비아 개들 곁에서 두 사람이 만나는 얘기도 했다.

"다음은 내일 하죠!" 포레스티에 부인은 신이 난 목소리였다. 그녀는 자리에서 일어서며 말을 이었다. "글이란 이렇게 쓰는 거랍니다. 자, 서명하세요."

뒤루아는 머뭇거렸다.

"서명하시라니까요."

뒤루아는 웃으면서 페이지 제일 밑에 이름을 썼다.

조르주 뒤루아.

포레스티에 부인은 여전히 담배를 피우면서 왔다 갔다 했고, 뒤루아는 어떤 말로 감사 인사를 해야 할지 몰라서 계속 그녀를 보고만 있었다. 그녀 옆에서 뒤루아는 행복했다. 너무나 고마웠고, 새로 시작된 이 은밀한 관계에서 관능적인 행복까지 느꼈다. 주위에 있는 모든 것이, 심지어 책으로 덮인 벽들까지도 모두 그녀의 일부를 이루는 듯했다. 의자, 가구, 그리고 담배 냄새가 떠다니는 공기 속에도 그녀로부터 나온 뭔가 특별한, 달콤한, 감미로운, 매혹적인 것이 느껴졌다.

그때 포레스티에 부인이 불쑥 질문을 던졌다.

"제 친구 드 마렐 부인을 어떻게 생각하세요?"

뒤루아는 의아했다. "그야…… 제 생각엔…… 그러니까 아주 매력적이시죠."

"그렇죠?"

"물론입니다."

뒤루아는 "부인만은 못하지만요."라고 덧붙이고 싶었다. 하지만 용기가 나지 않았다.

포레스티에 부인이 다시 말을 이었다. "정말 재미있고 아주 특별하고 총명한 여자랍니다! 보헤미안이죠. 진정한 보헤미안 말이에요. 바로 그 이유 때문에 남편의 사랑을 받지 못하지만요. 남편은 자기 아내가 지닌 장점을 볼 줄 모르고 결점만 찾아내거든요."

뒤루아는 순간 드 마렐 부인이 결혼한 여자라는 사실이 당혹스러웠다. 너무나 당연한 일이었는데도 말이다.

그가 물었다. "아, 그분이 기혼이신가요? 남편분은 어떤 일을 하시죠?"

포레스티에 부인이 어깨와 눈썹을 살짝 들어 올렸다. 뭔가 이해할 수 없는 의미가 담긴 것 같았다.

"북부 철도사의 감독관이에요. 한 달이면 일주일 정도 파리에 와 있죠. 그녀는 그걸 '의무 봉사'나 '과업 주간' 혹은 '성주간(聖週間)'이라고 부른답니다. 좀 더 친해지게 되면 그녀가 얼마나 섬세하고 친절한 여자인지 아시게 될 겁니다. 조만간 한번 만나보세요."

뒤루아는 돌아가야 한다는 걸 잊고 있었다. 언제까지라도 있을 수 있을 것 같았고, 그곳이 자기 집인 것처럼 느껴졌다.

그때 소리 없이 문이 열리면서, 하인이 와서 누가 왔다고 고하지도 않았는데 키가 큰 남자 하나가 들어섰다.

하지만 그 사람은 이미 다른 남자가 와 있는 걸 보더니 멈칫했다. 잠시 난처해하던 포레스티에 부인이 그 사람에게 말했다. 목소리는 자연스러웠지만 어깨부터 얼굴까지 살짝 장밋빛으로 상기되어 있었다.

"들어오세요. 소개할게요. 샤를의 친구 조르주 뒤루아 씨예요. 앞으로 기자가 될 분이죠."

그런 다음엔 목소리가 달라졌다. "우리의 가장 좋은 친구이자 가장 친한 친구인 보드렉 백작이십니다."

두 남자는 인사를 나누면서 서로의 눈을 깊이 바라보았다. 뒤루아는 바로 자리를 떴다.

더 있으라고 잡는 사람도 없었다. 뒤루아는 감사 인사를 몇 마디 더듬거리며 포레스티에 부인이 내민 손을 잡았고, 새로 등장한 사람에게 다시 한 번 고개 숙여 인사를 했다. 상대는 잘나가는 사교계 인물 특유의 냉정하고 진중한 얼굴이었다. 뒤루아는 무슨 실수라도 저지른 사람처럼 허둥지둥 자리를 떴다.

거리로 나온 뒤루아는 왠지 처량해지면서 마음이 불편했다. 모든 게 막연하긴 했지만 이유를 알 수 없는 슬픔이 떠나지 않았다. 왜 갑자기 이렇게 우울해진 걸까 생각하면서 그냥 걸었다. 이유는 알 수 없었지만, 반백의 머리에 나이 들어 보이던 보드렉 백작의 근엄한 얼굴이, 돈 많은 사람 특유의 침착하고 오만하며 자신감 넘치는 표정이 계속 떠올랐다.

포레스티에 부인과 마주 앉아 매혹적인 분위기에 젖어 들고 있었는데 누군지도 모르는 남자가 나타나 그 시간을 깨뜨리면서 그의 마음속에 냉기와 절망을 심어버렸다. 상처를 주는 말을 듣거나 비참한 미래를 엿보게 될 때, 그러니까 그야말로 아주 사소한 것 때문에 우리 마음속에는 냉기와 절망이 깃드는 것이다.

어쩌면, 이유는 말할 수 없지만, 그 남자 역시 뒤루아가 왜 그 자리에 있었는지 불쾌해했을지도 모른다는 생각이 들었다.

3시까지 특별히 할 일이 없었다. 아직 정오도 되지 않았다. 주머니에는 6프랑 50상팀이 남아 있었다. 뒤루아는 간이식당 '뒤발'에 가서 밥을 먹은 다음 거리를 쏘다녔다. 드디어 3시가 울릴 때 그는 《라 비 프랑세즈》의 광고 겸용 계단을 오르는 중이었다.

직원 몇 명이 팔짱을 끼고 긴 의자에 앉아 있었다. 수위는 대학교수가 쓰는 교단과 비슷하게 생긴 곳에 서서 조금 전 도착한 우편물을 분류하고 있었다. 찾아오는 사람들에게 위압감을 주기에 완벽한 장면이었다. 모두들 제대로 차려입었고 움직이는 모습도 우아했으며 품위 있고 멋있었다. 큰 신문사 현관에 어울리는 모습이었다.

뒤루아가 물었다. "왈테르 씨를 뵐 수 있을까요?"

수위가 대답했다. "사장님께선 지금 회의 중이십니다. 잠시만 앉아 기다리십시오." 그러면서 대기실을 가리켰다. 대기실은 이미 사람들로 가득했다.

훈장을 달고 거드름을 피우는 사람들도 있었고, 연미복 단추를 깃 아래까지 바짝 채워서 셔츠가 보이지 않고 앞가슴에는 지도 위의 대륙 혹은 바다 모양과 닮은 얼룩이 보일 정도로 옷차림이 엉망인 사람들도 있었다. 여자도 세 명 있었다. 한 명은 아름답고 웃음 띤 표정에 잔뜩 치장을 하고 요염해 보였다. 그 옆에 있는 여자는 잔뜩 찌푸리고 주름진 얼굴에 수수한 옷차림이 왠지 구질구질하고 부자연스러웠다. 흔히 늙은 여배우들이 그렇듯 색 바랜 사랑의 향기처럼 사라져버린 젊음을 꾸며내고 있는 듯했다.

상복 차림으로 구석에 앉은 세 번째 여자는 비탄에 잠긴 미망인 같았다. 아마 동정을 구하러 온 여자일 것이다.

한참을 기다려도 아무도 안으로 들어오라는 말이 없었다. 이십 분도 넘었다.

뒤루아는 문득 생각이 나서 수위에게 다가갔다. "왈테르 씨와 3시에 약속을 했습니다. 아니면 제 친구인 포레스티에 씨가 있는지 한번 확인해 주시죠."

그러자 수위는 긴 복도를 지나 넓은 방으로 뒤루아를 안내해 주었다. 그곳에는 남자 네 명이 녹색의 큰 테이블에 앉아 글을 쓰고 있었다.

포레스티에는 벽난로 앞에 서서 담배를 피우며 빌보케[32]를 하고 있었다. 아주 능숙한 솜씨였다. 노란 회양목으로 만든 커다란 공을 칠 때마다 가느다란 막대기 끝에 꽂혔다. 포레스티에는 계속 세어 나갔다. "스물둘, 스물셋, 스물넷, 스물다섯."

"스물여섯." 뒤루아가 말했다. 포레스티에는 계속 규칙적으로 팔을 움직이면서 고개를 들어 뒤루아를 쳐다보았다.

"아, 자네 왔군. 어젠 쉰일곱 번을 연달아 했지. 여기서 나보다 더 잘하는 건 생포탱뿐이라네. 사장님은 만났나? 퇴물 노르베르가 빌보케를 하는 광경은 정말 가관인데. 공을 집어삼킬 듯이 입을 벌리고 있거든."

옆에 있던 기자 하나가 고개를 돌려 포레스티에에게 말했다.

"이봐, 포레스티에. 누가 멋진 빌보케를 판다고 하던데. 서인도제도산 나무로 만들었고, 사람들 말로는 스페인 여왕이 가졌던 거라고 하더군. 60프랑이면 그렇게 비싼 값은 아니지."

"어디 있는데?" 포레스티에가 물었다. 서른일곱 번째 빌보케를 실패한 포레스티에는 벽장문을 열었다. 뒤루아가 보니 그 안에는 멋진 빌보케가 스무 개도 넘게 들어 있었다. 마치 골동품을 수집하는 것처럼 전부 가지런히 정리되어 있었고 일렬 번호까지 매겨져 있었다. 사용하던 빌보케를 원래 자리에 집어넣고 나서 포레스티에가 다시 물었다. "그 보물이 어디 있는데?"

상대가 대답했다. "보드빌 극장에 표 파는 사람이 가지고 있다네. 자네가 원하면 내가 내일 가져오지."

"좋아, 그렇게 하세. 정말 멋지면 내가 사겠네. 빌보케는 많을수록 좋으니까."

이어 뒤루아를 쳐다보며 말했다. "이쪽으로 오게. 내가 사장님한테 데려다 줄 테니. 안 그랬다간 7시까지 죽치고 기다려야 할 걸세."

두 사람은 여전히 같은 사람들이 같은 자리에 앉아 기다리고 있는 대기실을 지났다. 포레스티에가 나타나자 젊은 여자와 늙은 여배우가 벌떡 일어나 다가왔다.

포레스티에는 두 여자를 한 명씩 창가로 데려갔다. 아주 조그만 소리로 말했지만 뒤루아는 친구가 여자들에게 친한 사이처럼 말을 놓고 있다는 걸 알 수 있었다.

잠시 후 두 사람은 양쪽으로 쿠션을 댄 문을 밀고 사장실로 들어갔다.

한 시간 전에 시작된 회의라는 것은 바로 뒤루아가 전날 만났던 실크해트를 쓴 신사 몇 명과 사장이 에카르테[33] 게임을 하는 것이었다.

왈테르 씨는 음흉한 손놀림으로 카드를 만지며 게임에 빠져 있었다. 맞은편에서 색깔이 들어간 가벼운 카드를 섞고 들어 올리고 만지작거리는 상대편의 솜씨는 노련한 승부사처럼 유연하고 능숙하며 우아했다. 노르베르 드 바렌은 사장 의자에 앉아 기사를 쓰고 있었고, 자크 리발은 소파에 누운 채로 눈을 감고 담배를 피우고 있었다.

실내에는 곰팡내, 가구의 가죽 냄새, 오래 묵은 담배 냄새, 인쇄물의 잉크 냄새가 가득했다. 신문기자들한테는 더없이 익숙한 편집실 특유의 냄새였다.

구리로 장식한 검은 목재 테이블에는 종이들이 수북이 쌓여 있었다. 편지, 카드, 신문, 잡지, 계산서, 각종 인쇄물이었다.

카드 게임을 하는 두 사람 뒤에 서서 내기 중인 사람들과 악수를 나눈 다음 포레스티에는 말없이 게임을 지켜보았다. 사장이 이기면서 게임이 끝났고, 포레스티에는 바로 친구를 소개했다.

"제 친구 뒤루아가 왔습니다."

사장은 안경 위쪽으로 뒤루아를 쳐다보며 물었다.

"기사는 가져오셨소? 오늘 모렐 논란과 함께 실리면 아주 좋겠는데."

뒤루아는 넷으로 접은 원고를 주머니에서 꺼냈다. "여기 있습니다."

사장은 흡족한 얼굴로 빙그레 웃으면서 말했다. "좋아요. 아주 좋습니다. 약속을 잘 지키는 분이로군요. 자네가 한번 검토해 주겠나, 포레스티에?"

포레스티에가 바로 대답했다.

"그럴 필요 없습니다, 사장님. 일을 가르치기도 할 겸해서 제가 같이 썼습니다. 꽤 괜찮을 겁니다."

그때 옆에 앉은 크고 마른 남자가 사장에게 카드를 건네주었다. 그는 중도좌파의 의원이었다. 사장은 카드를 받아 들며 심드렁하게 말했다. "그렇다면 아주 잘됐군." 포레스티에는 사장이 새 판을 시작하기 전에 그의 귀에 입을 가까이 대고 물었다. "마랑보의 후임으로 뒤루아를 채용하겠다고 하셨는데, 같은 조건으로 해도 되겠습니까?"

"그렇게 하게."

사장은 다음 판을 시작했고 포레스티에는 뒤루아의 팔을 잡고 밖으로 나왔다.

노르베르 드 바렌은 그동안 한 번도 고개를 들지 않았다. 마치 뒤루아를 본 적도 없고 누군지도 모르는 것처럼 행동했다. 반대로 자크 리발은 표가 날 정도로 활기차게 악수를 했다. 문제가 생기면 언제든 힘이 될 수 있는 친구 같은 모습이었다.

포레스티에와 뒤루아는 다시 대기실을 지났다. 모두가 고개를 들어 두 사람을 바라보았다. 포레스티에는 기다리는 사람들이 다 들을 수 있을 만큼 큰 소리로 제일 젊은 여자에게 말했다. "조금만 더 기다리시면 사장님을 뵐 수 있을 겁니다. 지금 예산 위원회에서 오신 두 분과 회의 중이십니다."

그런 다음 몹시 중요한 일을 하느라 바쁜 사람처럼, 당장이라도 긴급한 전보를 작성할 것 같은 기세로 바쁘게 그곳을 지나갔다.

편집실로 돌아온 포레스티에는 바로 빌보케를 꺼내서 다시 시작했다. 그리고 수를 세느라 중간중간 말을 끊어가며 뒤루아에게 지시를 했다. "자, 됐네. 이제 매일 3시에 이곳으로 오면 되네. 그러면 그날, 혹은 그날 밤, 아니면 다음 날 아침에 뭘 해야 하고 어딜 찾아가야 하는지 말해 줄 걸세.―하나,―우선 경시청 제1국 국장한테 소개장을 써주겠네.―둘,―그 사람이 자기 부하 직원 하나하고 연결해 줄 테니까 그 사람을 잘 구워삶아서―셋,―경시청의 중요한 뉴스들을 얻어내야 하네. 공식적인 뉴스들과 그에 준하는 것들을. 자세한 건 생포탱이 다 알고 있으니 물어보게.―넷,―생포탱은 조금 있다가 아니면 내일 만날 수 있을 걸세. 누군가를 만나러 가거든―다섯,―그 속내를 끌어낼 줄 알아야 하네. 설사 문이 닫혀 있어도―여섯.―어떻게 해서든 들어갈 수 있어야 하고. 이 일의 대가로 매달 이백 프랑 기본급이 나갈 걸세.―일곱,―거기다 흥밋거리들을 취재해 오면 한 줄에 2수, 그 외에도 다른 문제들에 대해서 기사를 의뢰받게 되면 한 줄에 2수 쳐주지.―여덟."

포레스티에는 이제 빌보케에 열중해서 천천히 숫자를 셌다. 아홉, 열, 열하나, 열둘, 열셋. 열네 번째에서 실패하자 그는 버럭 소리를 질렀다. "이런 빌어먹을 열셋! 매번 여기서 걸린단 말이야. 아마 난 13일에 죽을 거야."

일을 마친 편집자 한 사람도 벽장에서 빌보케를 꺼내 들었다. 나이가 서른다섯인데도 어린애처럼 생긴 사람이었다. 기자들 몇 명이 더 들어왔고, 각자 자기 빌보케를 꺼내 들었다. 그렇게 해서 결국 여섯 명이 나란히 벽에 등을 대고 서서 똑같고 규칙적인 동작으로 공을 허공으로 튕겼다. 나무의 종류에 따라서 흰색 공도 있고 노란색과 검은색 공도 있었다. 그렇게 다 같이 시합을 했고, 그때까지 일하고 있던 기자 두 명이 자리에서 일어나 심판을 보았다.

포레스티에가 11점 차로 이겼다. 게임에서 진, 동안의 키 작은 남자가 급사를 부르더니 "맥주 아홉 잔!" 하고 주문을 했다. 그들은 시원하게 마실 것이 도착하기를 기다리며 다시 게임을 시작했다.

뒤루아도 새 동료가 된 사람들과 함께 맥주를 마셨고, 그런 다음 친구에게 물었다.

"내가 할 일이 뭔가?"

"오늘은 시킬 일이 없네. 이제 가도 좋아." 포레스티에가 대답했다.

"그럼 우리…… 우리 기사는…… 나오는 건가?"

"그렇지. 하지만 신경 쓸 것 없네. 내가 교정볼 테니까. 내일 분량을 써서 오늘처럼 3시에 이리로 오게."

뒤루아는 아직 이름도 모르는 동료들과 일일이 악수를 한 다음 즐거운 마음으로, 날 것처럼 가벼운 기분으로, 계단을 내려갔다.

4

 조르주 뒤루아는 밤새 뒤척였다. 자기 기사가 신문에 실린다는 흥분 때문이었다. 그는 동이 트자마자 일어나서 신문 배달부가 올 시간도 되기 전에 거리로 나가 가판대마다 뛰어다녔다.
 우선 생라자르 역으로 갔다. 《라 비 프랑세즈》가 동네보다 먼저 온다는 것을 알고 있었기 때문이다. 하지만 역시 너무 이른 시각이었다. 뒤루아는 인도에서 서성대며 기다렸다.
 드디어 가게 주인 여자가 유리문을 열었고, 잠시 후 남자 하나가 머리에 신문을 잔뜩 이고 나타났다. 남자는 바쁘게 움직이며 《르 피가로》, 《르 질블라스》, 《르 골루아》, 《레벤망》을 내려놓았다. 다른 조간신문도 두세 가지 더 있었다. 《라 비 프랑세즈》는 없었다.
 뒤루아는 덜컥 겁이 났다. 혹시 「어느 아프리카 기병의 회상」이 내일로 연기된 걸까? 아니면 마지막 순간에 왈테르 영감이 맘에 안 든다고 한 걸까?
 다시 가판대 쪽으로 내려갔다. 신문을 가져오는 걸 보지도 못했는데 어느새 팔고 있었다. 그는 달려가 3수를 던져두고 신문을 펼쳐 들었다. 그리고 1면의 제목들을 훑었다. 없었다. 심장이 쿵쿵거리기 시작했다. 계속 신문을 넘겨 가다가 드디어 어느 기사 밑에 굵은 글씨로 '조르주 뒤루아'라고 쓰여 있는 것을 찾았다. 가슴이 두근거렸다. 됐어! 바로 이거야!

뒤루아는 아무것도 생각할 수가 없었다. 그저 모자를 옆에 끼고 손에 신문을 들고 걸었다. 지나가는 사람을 아무나 붙잡고 "이걸 사세요! 이걸 사세요! 내가 쓴 글이 실렸습니다!"라고 말해 주고 싶었다. 저녁에 큰길에서 신문을 사라고 고함을 치는 사람들처럼 가슴이 터지도록 소리를 지르고 싶었다. "《라 비 프랑세즈》를 읽으세요! 조르주 뒤루아의 글을 읽으세요! 「어느 아프리카 기병의 회상」입니다!" 문득 그는 자기 글을 읽고 싶어졌다. 공공장소에서, 사람들이 잘 볼 수 있는 카페 같은 곳에서 읽고 싶었다. 이 시간에도 사람들이 많이 들락거리는 곳을 찾으려니 좀 오래 걸어야 했다. 그는 벌써 몇 명이 와 앉아 있는 간이 술집으로 들어갔다. 뒤루아는 "압생트 한 잔!"이라고 말하는 기분으로, 시간이 몇 시인지도 개의치 않고 "럼주 한 잔!"이라고 주문했다. 그런 다음 큰 소리로 "여기 《라 비 프랑세즈》 좀 가져다주시오!"라고 말했다.

앞치마를 두른 남자가 달려왔다.

"《라 비 프랑세즈》는 없는데요. 《르 라펠》, 《르 시에클》, 《라 랑테른》, 《르 프티 파리지앵》밖에 없습니다."

뒤루아가 벌컥 화를 냈다. "아니, 여긴 왜 그런 겁니까! 없으면 하나 사다 주시오." 보이가 달려가서 신문을 사 왔다. 뒤루아는 자기 글을 읽기 시작했다. 그리고 몇 번이나 큰 소리로 "아주 좋아! 아주 좋아!"라고 말했다. 사람들의 관심을 끌고 모두들 신문에 뭐가 났는지 궁금증을 갖게 만들기 위해서였다. 그런 다음 신문을 테이블에 그냥 두고 나왔다. 그것을 본 주인이 불렀다.

"저기, 손님. 신문을 잊으셨습니다."

뒤루아가 대답했다.

"그냥 보시오. 난 다 읽었으니까. 오늘 아주 재미있는 게 났더군요."

구체적으로 뭘 말하는지는 일부러 알려 주지 않았다. 밖으로 나서면서 뒤루아는 옆에 앉았던 사람들이 그가 테이블 위에 두고 온 《라 비 프랑세즈》를 집어 드는 것을 보았다.

그는 생각해 보았다. '이제 뭘 하지?' 우선 사무소에 가서 월급을 받고 사표를 내기로 했다. 소장과 동료들이 어떤 표정을 지을지 생각만 해도 신이 났다. 특히 소장이 놀랄 모습을 생각하니 짜릿하기까지 했다.

회계과는 어차피 10시가 돼야 열기 때문에, 뒤루아는 9시 30분 이전에 도착하지 않도록 일부러 천천히 걸었다.

사무소는 크고 어두운 방이라 겨울이면 온종일 가스등을 켜놓아야 했다. 좁은 안마당 쪽으로 창이 나 있고 그 건너편으로 다른 사무소들이 보였다. 직원은 전부 여덟 명이고, 구석 칸막이 뒤쪽에 잘 보이지 않는 곳에 부소장이 앉아 있었다.

뒤루아는 우선 회계 담당 직원의 서랍 속 노란 봉투에 들어 있는 118프랑 25상팀의 월급을 찾으러 갔다. 그런 다음 지금까지 오랫동안 일해 온 넓은 사무실로 의기양양하게 들어갔다.

그가 안으로 들어서자마자 부소장 포텔 씨가 불렀다.

"이봐요, 뒤루아 씨. 소장님이 벌써 몇 번이나 찾았단 말입니다. 의사 진단서가 없으면 이틀 연달아 병가를 낼 수 없다는 거 알고 있잖소."

뒤루아는 가능한 큰 효과를 내기 위해 사무실 한복판에 버티고 서서 커다란 소리로 말했다.

"그까짓 것 상관없습니다."

직원들이 놀라 웅성거렸다. 상자처럼 둘러친 칸막이 위로 어이없어하는 포텔 씨의 얼굴이 올라왔다.

류머티즘 때문에 바람을 피해야 하는 포텔 씨는 직원들을 감시하기 위해 칸막이 종이에 구멍만 두 개 뚫어놓고서 늘 그 안에 틀어박혀 있었다.

파리가 날아다니는 소리가 들렸다. 부소장이 머뭇거리며 물었다.

"방금 뭐라고 했죠?"

"그까짓 것 아무래도 상관없다고 했습니다. 오늘 사표를 내러 왔으니까요. 전 이제 《라 비 프랑세즈》의 편집 기자가 됐습니다. 월급 500프랑에 한 줄당 원고료도 추가되죠. 오늘 아침에 첫 글을 실었습니다."

기쁨을 되도록 길게 끌어보리라 마음먹었지만, 결국 한꺼번에 쏟아놓고 싶은 충동을 억누르지 못한 것이다.

어쨌든 효과는 확실했다. 아무도 움직이는 사람이 없었다.

뒤루아가 큰 소리로 말했다. "먼저 페르튀 씨를 만나 보고 나서 여러분과 작별 인사를 하겠습니다." 그런 다음 소장을 보기 위해 방을 나섰다. 소장은 뒤루아를 보자마자 소리를 질렀다.

"아! 드디어 나타나셨군. 잘 알고 있겠지만 난……."

뒤루아가 소장의 말을 자르며 말했다.

"뭐 그렇게 악쓰실 필요 없습니다."

얼굴이 닭 볏처럼 벌겋고 뚱뚱한 페르튀 씨는 너무 놀라 말문이 막힌 표정이었다.

뒤루아가 말을 이었다. "전 소장님 사무실이 지겨워서 오늘부터 신문사에 나가기로 했습니다. 아주 좋은 자리를 얻었거든요. 이렇게 인사드리게 돼서 무척 기쁩니다."

그러고 나서 방에서 나와 버렸다. 제법 분풀이를 해준 셈이었다.

그런 다음 조금 전 말한 대로 옛 동료들과 악수를 하러 갔다. 하지만 아무도 그에게 말을 걸지 못했다. 조금 전 소장 방의 문이 열려 있어서 뒤루아와 소장이 하는 얘기가 다 들렸던 터라 혹시라도 소장의 미움을 살까 봐 겁이 났기 때문이다.

뒤루아는 월급을 주머니에 넣고 거리로 나왔다. 가본 적이 있고, 값이 적당하고 음식도 맛있는 식당을 찾아가서 신 나게 점심을 먹었다. 거기서도《라 비 프랑세즈》를 사서 앉았던 자리에 남겨 두고 왔다. 그날 뒤루아는 가게 여러 군데에 들러 자질구레한 물건들을 샀다. 물건이 필요해서가 아니라 자기 집으로 배달시키면서 조르주 뒤루아라는 이름을 대기 위해서였다. 매번 '라 비 프랑세즈의 기자'라고 덧붙였다.

뒤루아는 길 이름과 번지수를 가르쳐준 다음 "수위에게 맡겨 두시오."라고 다짐받는 것을 잊지 않았다.

아직 시간이 충분했으므로 그는 통행인이 보는 데서 즉석으로 명함을 박아주는 석판 인쇄소에 들렀다. 그리고 이름 밑에 새로운 신분을 박아 넣은 명함 백 장을 바로 찍어달라고 했다.

그리고 신문사로 갔다.

포레스티에는 그를 부하 직원 대하듯 거만하게 맞았다. "아, 왔군. 잘됐네. 자네에게 맡길 일이 몇 가지 있거든. 십 분만 기다리게. 잠깐만 이 일을 마무리하고." 그러면서 쓰다 만 편지를 계속 쓰기 시작했다.

커다란 테이블 반대쪽 끝에서는 자그마한 남자가 심한 근시인지 종이에 코를 박고 무언가를 쓰고 있었다. 얼굴이 백지장처럼 창백하고 부어오른 것처럼 살이 쪘으며 대머리가 하얗게 번들거렸다.

포레스티에가 물었다. "이봐, 생포탱, 자네 몇 시에 인터뷰하러 가지?"

"4시네."

"그럼 여기 뒤루아라고 새로 들어온 친구를 데리고 가주게. 일하는 요령도 좀 가르쳐주고."

"그러지."

포레스티에는 친구를 돌아보며 덧붙였다.

"알제리 다음 편을 가져왔나? 오늘 아침 시작이 아주 좋았네."

뒤루아는 당황하며 얼버무렸다. "아니……. 오후에 시간이 날 거라고 생각했는데…… 할 일이 너무 많아서…… 아직 못 썼네……."

포레스티에가 언짢은 표정으로 어깨를 으쓱했다. "그런 식으로 일 처리를 제대로 못 하면 자네 미래가 날아갈 걸세. 왈테르 사장이 원고에 기대를 걸고 있는데. 내일로 미뤘다고 말해 두겠네. 그냥 놀고먹으면서 돈을 받을 수 있다고 생각하면 큰 오산이네."

포레스티에는 잠시 후 다시 말을 이었다. "무쇠도 달궜을 때 두드려야 하는 법이지."

생포탱이 일어서며 말했다. "자, 난 준비됐네."

포레스티에는 몸을 뒤로 젖힌 채 엄숙할 정도로 진지하게 지시를 내렸다. 그는 뒤루아를 돌아보며 말했다. "그래. 이틀 전 중국의 리텡파오 장군이 파리에 와서 콩티낭탈 호텔에 묵고 있고, 인도의 라쟈[34]인 타포사이브 라마데라오 팔리도 브리스톨 호텔에 와 있네. 그 두 사람 인터뷰를 해 오게."

그런 다음 생포탱에게 말했다. "아까 말한 요점을 잊지 말게. 특히 극동 지역에서의 영국의 교활한 정책들에 대해서 어떻게 생각하는지, 식민지화와 식민 지배 체제에 대해 어떤 의견을 갖고 있는지, 자기들 문제에 유럽, 특히 프랑스가 간섭하면 어떻게 대처할 생각인지 물어보게."

그런 다음 잠시 말이 없다가 포레스티에는 다시 내뱉듯이 말했다. "요즘 여론을 들끓게 하는 문제들에 대해서 중국과 인도의 의견을 동시에 들을 수 있다는 건 독자들에게 더할 나위 없는 흥밋거리가 될 테니까."

뒤루아에게도 한마디 더 보탰다. "이 친구는 아주 훌륭한 취재기자니까 어떻게 하는지 잘 보게. 단 오 분이면 상대가 다 털어놓게 만드는 요령도 배우고 말이야."

그런 다음 다시 근엄한 모습으로 글을 쓰기 시작했다. 옛 친구이며 새로운 부하인 뒤루아에게 확실히 거리를 두고 자기 위치를 알게 하려는 의도가 분명했다.

뒤루아와 함께 밖으로 나온 생포탱은 웃음을 터뜨렸다.

"정말 어지간히 잘난 척하는군. 우리한테까지 저러다니. 우리가 독자하고 똑같은 줄 아는 거야, 뭐야."

두 사람이 큰길에 내려갔을 때 생포탱이 물었다.

"뭐 좀 마실까요?"

"그럽시다. 굉장히 덥군요."

카페에 들어가서 시원한 음료를 시킨 후 생포탱은 떠들어대기 시작했다. 신문사 사람들과 신문에 관한 것들을 놀랄 만큼 자세하게 쉬지 않고 늘어놓았다.

"사장 말이오? 진짜 유대인이죠. 유대인이란 어떻게 해도 변하지 않아요. 정말 놀라운 종족이죠." 그러면서 사장이 정말 인색한 인간이라고, 이스라엘의 자손답게 이루 말할 수 없이 인색하다고 주장했다. 10상팀에도 벌벌 떨고 하녀들처럼 값을 흥정하며 깎아달라고 우겨서 결국 얻어내고, 고리대금업자나 전당포 주인하고 똑같다고도 했다.

"신념도 없고, 아무렇지도 않게 남을 속일 수 있는 사람입니다. 이 신문도 마찬가지죠. 누구한테든 가서 붙을 수 있잖아요. 가톨릭도 되고 자유주의파도 되고 공화파도 되고 오를레앙파[35]도 되고. 다 뒤섞어 놓은 잡탕에다 싸구려 잡동사니를 파는 난전인 셈이죠. 어차피 주식을 굴리고 사방팔방 벌여놓은 사업을 지탱하기 위해서 시작한 거니까요. 그런 점에서는 아주 강한 사람이라고 할 수 있어요. 자본 몇 푼 안 되는 회사에서 몇백만을 벌어들이니까……."

그는 뒤루아를 다정하게 "친구."라고 부르면서 이야기를 이었다.

"그 구두쇠는 발자크 스타일이죠. 요전에 퇴물 노르베르와 돈키

호테 리발과 같이 사장 방에 있었는데, 총무과 몽틀랭이 들어왔어요. 사장이 고개를 들어 '뭐 새로운 게 있나?' 하고 물었죠.

몽틀랭이 별생각 없이 '지물상에 줘야 하는 만육천 프랑을 지불했습니다.'라고 대답하더군요.

사장이 펄쩍 뛰었습니다. 보고 있던 사람들이 놀랄 정도였죠.

'뭐라고 했나?'

'프리바 씨에게 돈을 지불했습니다.'

'자네 미쳤나?'

'왜 그러십니까?'

'왜냐고…… 왜냐고…… 왜냐고…….'

사장이 안경을 벗어 닦는데 얼굴에 미소를 띠고 있더군요. 원래 상대를 골리거나 심한 말을 할 때 늘 그러죠. 살찐 뺨을 실룩거리며 야릇하게 웃는 거 말이에요. 그러더니 빈정거리면서, 하지만 단호하게 말했어요. '왜냐고? 사천이나 오천 프랑은 깎을 수 있었잖은가.'

몽틀랭이 깜짝 놀라 대답하더군요. '하지만 청구서는 규정에 어긋난 게 없었고, 제가 다 검토하고 사장님 결재도 받은 건데요…….'

사장이 정색을 하면서 대답했죠. '자네처럼 순진한 사람은 없을 거야. 잘 알아두게, 몽틀랭. 부채를 깎으려면 우선 잔뜩 쌓아 올려놓아야 하는 거란 말일세.'"

이야기를 늘어놓으며 생포탱은 전문가연한 표정으로 고개를 끄덕였다. "어때요, 발자크 소설 같죠?"

뒤루아는 발자크를 읽지는 않았지만 자신 있게 대답했다. "그것 참, 정말이군요."

생포탱은 왈테르 부인에 대해선 얼빠진 여자라고 했고, 노르베르 드 바렌은 이제 다 끝난 늙은이이며, 리발은 페르바크하고 똑같은 인간이라고 헐뜯었다. 그런 다음 포레스티에 얘기가 나왔다. "그 인간은 처복이 있죠. 그뿐입니다."

뒤루아가 물었다.

"부인이 어떤 여자인데요?"

생포탱은 손을 비비며 말했다 "아주 영악한 여자랍니다. 보드렉 백작이라는 늙은 난봉꾼이 있었는데, 그래, 그 정부였죠. 백작이 지참금까지 붙여서 결혼시켰다고 하더군요……."

그 말을 듣는 순간 뒤루아는 갑자기 소름이 끼치면서 신경이 곤두섰다. 그는 눈앞에서 떠들고 있는 생포탱한테 욕을 해주고 한 대 갈겨버리고 싶은 충동을 느꼈다. 하지만 그저 말을 막고 묻기만 했다

"생포탱이 당신 진짜 이름인가요?"

상대는 망설임 없이 대답했다.

"아뇨. 내 이름은 토마요. 신문사에서 생포탱이라는 별명을 붙여줬죠."

계산을 치르며 뒤루아가 말했다. "늦은 것 같군요. 명사를 둘이나 찾아가야 하는데."

생포탱이 웃으며 말했다. "아직 순진하군요. 정말 내가 그 중국인하고 인도인한테 찾아가서 영국에 대해 어떻게 생각하는지 물어볼 거라고 생각합니까? 그 사람들이 《라 비 프랑세즈》 독자를 위해 무슨 생각을 해야 하는지는 내가 그 사람들보다 더 잘 알걸요? 이미 난 중국인, 페르시아인, 인도인, 칠레인, 일본인…… 온갖 인간들과 오백 번은 넘게 인터뷰를 해봤슈니다. 내가 보기에 그들의 대답은 늘 비슷비슷해요. 그러니까 최근에 만난 사람의 기사를 대충 옮겨 놓으면 됩니다. 단, 얼굴 생김새, 이름, 호칭, 나이, 수행원, 이런 건 바꿔야죠. 그런 게 잘못 나가면 큰일 나니까. 그랬다가는 《르 피가로》나 《르 골루아》한테 제대로 욕을 얻어먹을걸요. 하지만 그 정도야 브리스톨이나 콩티낭탈 호텔에 가서 프런트에 물어보면 단 오 분이면 해결되죠. 담배나 피우면서 거기까지 걸어갑시다. 다 해서 100수의 교통비를 청구할 수 있거든요. 이런 게 바로 경험자의 방식이라는 거

죠."

뒤루아가 물었다. "이런 식이라면 취재기자 일이 꽤 짭짤하겠군요?"

뒤루아의 말에 생포탱은 알쏭달쏭하게 대답했다. "그렇죠. 하지만 사회면 가십 기사만은 못 당합니다. 은근슬쩍 광고해 주면서 뜯어낼 수 있거든요."

자리에서 일어난 두 사람은 큰길을 걸어 마들렌 성당 쪽으로 갔다. 생포탱이 말했다. "혹시 할 일 있으면 그냥 가도 됩니다. 나 혼자 할 수 있으니까요."

뒤루아는 악수를 나누고 헤어졌다.

그날 밤 안으로 써야 하는 기사가 계속 마음에 걸렸기 때문에 그는 다시 궁리를 시작했다. 걸으면서 이런저런 생각을 해보고 곰곰 따져보고 여러 가지 판단과 일화들을 모아보았다. 그렇게 샹젤리제까지 올라갔다. 이렇게 무더운 날에는 산책하는 사람도 드물고 파리 전체가 텅 빈 것 같았다.

뒤루아는 에투알 광장의 개선문 가까이 있는 술집에서 저녁 식사를 하고 외곽 대로를 천천히 걸어 집으로 돌아왔다. 그리고 일을 시작하려고 책상에 앉았다.

하지만 막상 앞에 놓인 커다란 흰 종이를 보니 조금 전까지 머릿속에 쌓여 있던 재료들이 다 날아가 버렸다. 뇌가 송두리째 증발한 것 같았다. 추억의 단편들을 붙잡아 붙여 두려고 애를 썼지만 그것들은 가까이 닿기만 하면 즉시 사라져버리거나 뒤죽박죽으로 섞여버렸다. 어떻게 그려내야 할지, 어떤 치장을 해야 할지, 어디서부터 시작해야 할지, 모든 게 막막하기만 했다.

한 시간쯤 애를 쓰면서 계속 첫머리 문구만 쓰고 또 쓰고 다섯 장째 찢어버린 다음, 뒤루아는 생각했다. '아직 난 이 일이 익숙하지 않은 거야. 한 번 더 배우고 와야겠군.' 그렇게 생각하니 아침에 다시 한 번 포레스티에 부인과 일할 수 있으리라는 기대감, 한참 동안 은밀하고 다정하고 감미로운 대화를 나눌 수 있으리라는 기대감이 밀려왔다. 뒤루아는 욕망으로 전율했다. 그러자 괜히 일을 다시 시작했다가 단숨에 해치우게 될까 봐 오히려 겁이 났다. 그는 일찍 잠자리에 들었다.

이튿날 아침 뒤루아는 보통 때보다 조금 늦게 일어났다. 포레스티에 부인을 찾아갈 생각을 하며 미리부터 만남의 기쁨을 즐겼다.

친구의 집 초인종을 눌렀을 때는 10시였다.

하인이 대답했다.

"주인 나리께선 지금 일을 하시는 중입니다."

뒤루아는 남편이 집에 있으리라고는 꿈에도 생각하지 못했다. 어쨌든 다시 한 번 말했다. "급한 볼일이 있어서 왔다고 주인께 전해 주게."

오 분 정도 기다린 뒤 뒤루아는 전날 아침 형용할 수 없이 즐거운 시간을 보냈던 그 서재로 다시 안내되었다.

그때 그가 앉았던 자리에는 포레스티에가 있었다. 가운을 걸치고 실내화를 신고 머리에는 영국식 챙 없는 모자를 쓰고 있었다. 그의 아내는 지난번과 똑같은 흰색 가운을 입고 벽난로에 팔꿈치를 괸 자세로, 담배를 입에 문 채 문장을 부르고 있었다.

뒤루아가 문턱에서 중얼거렸다. "미안합니다. 방해가 되지 않는지 모르겠습니다."

포레스티에는 잔뜩 찌푸린 얼굴로 돌아보면서 퉁명스레 말했다. "또 무슨 일인가. 빨리 말하게. 우리가 좀 바쁘니까."

뒤루아는 당황해서 더듬거렸다. "아니, 아무것도 아닐세. 미안하네."

포레스티에가 벌컥 화를 냈다. "뭔데 그러나? 꾸물거리지 말게. 시간 허비하지 말라고. 설마 그냥 아침 인사나 하려고 꾸역꾸역 들어온 건 아니겠지?"

당황해서 어쩔 줄 몰라 하던 뒤루아가 드디어 입을 열었다.

"아니…… 그게…… 실은…… 아직도 기사를 못 써서……. 지난번에 자네가…… 지난번에 자네 부부가 무척…… 무척…… 무척…… 이번에도 혹시…… 와보기로 한 건데……."

포레스티에가 뒤루아의 말을 잘랐다.

"자네 정말 너무하는군. 그럼 내가 자네 일을 하고, 자네는 그저 한 달이 지나면 돈만 타러 가면 된다고 생각하는 건가? 그것 참 괜찮겠군."

그의 아내는 여전히 마음속 야유를 감추는 상냥한 가면 같은 희미한 미소를 지으며 말없이 담배를 피우고 있었다.

뒤루아가 낯을 붉히며 중얼거렸다. "정말 미안하네……. 나는 그저…… 내 생각에는……." 그러다가 갑자기 또박또박 말했다. "다시 한 번 사과드립니다, 부인. 그리고 어제 참으로 훌륭한 기사를 써주셔서 진심으로 감사드립니다."

뒤루아는 머리를 숙이고 샤를에게 "3시에 신문사로 가겠네."라고 말하고는 그대로 나와 버렸다.

성큼성큼 집으로 걸음을 옮기면서 뒤루아는 혼자 투덜거렸다. "좋아. 집에 가서 그런 것쯤 혼자 해보겠어."

집으로 돌아온 뒤루아는 다시 화가 났고, 바로 글을 쓰기 시작했다.

그는 포레스티에 부인이 시작한 모험 이야기에 이어 신문 연재소설처럼 시시콜콜한 묘사를 덧붙였다. 또 기상천외한 우여곡절들과 과장된 묘사를 덕지덕지 붙였고, 중학생 같은 서투른 문장과 하사관의 용어를 버무려놓았다. 그렇게 한 시간 동안 그야말로 말도 안 되는 이야기로 가득 찬 기사를 써서 자신만만하게 《라 비 프랑세즈》로 가져갔다.

제일 먼저 만난 사람은 생포탱이었다. 생포탱은 공범자라도 된 듯 뒤루아와 힘껏 악수를 하면서 물었다.

"중국인과 인도인 인터뷰한 내 기사 읽어봤어요? 상당히 재미있죠? 파리 사람들 모두 재미있어했답니다. 정작 난 그 인간들 코빼기도 못 봤는데."

아직 읽어보지 않은 뒤루아는 바로 신문을 가져와 '인도와 중국'이라는 제목의 긴 기사를 읽었다. 생포탱이 옆에서 제일 재미있는 대목을 짚어주며 설명을 했다.

그때 포레스티에가 숨을 헐떡이며 분주하게 들어왔다.

"아! 마침 잘됐군. 자네들이 필요해."

포레스티에는 그날 밤 안으로 취재해야 할 정치 분야 소식 몇 가지를 알려 주었다.

뒤루아가 글을 내밀며 말했다.

"알제리 다음 글일세."

"좋아. 이리 주게. 사장님한테 전하지."

그런 다음 다른 말은 없었다.

생포탱은 새로운 동료를 복도로 끌고 나가더니 물었다. "회계과에 갔다 왔어요?"

"아니요. 왜요?"

"왜라뇨? 돈을 받아야지. 잘 들어요. 언제나 한 달 치는 미리 타두는 겁니다. 무슨 일이 있을지 모르니까요."

"아……. 그럼 나야 좋죠."

"그럼 회계과에 소개해 줄게요. 곤란하다는 말은 안 할 겁니다. 여기는 돈을 잘 주니까."

그렇게 해서 뒤루아는 200프랑과 어제 기사의 고료 28프랑을 받았다. 거기에 철도 사무소 월급 남은 것까지 주머니 속에 모두 340프랑이 있었다.

지금껏 이렇게 많은 돈을 가지고 있어본 적이 없었다. 영원히 부자가 된 것 같은 기분이었다.

생포탱은 그를 데리고 서너 군데 경쟁 신문사를 찾아가 이런저런 이야기를 나누었다. 취재해야 하는 뉴스거리를 다른 신문사에서 이미 취재했다면, 잡담을 나누는 도중 정보를 얻어내려는 속셈이었다.

저녁때가 되자 별로 할 일도 없고 해서 뒤루아는 폴리 베르제르에 한 번 더 가보기로 했다. 그는 용기를 내서 매표구로 갔다.

"《라 비 프랑세즈》의 기자 조르주 뒤루아요. 전에 포레스티에 씨와 함께 왔었소. 포레스티에 씨가 앞으로 나도 입장할 수 있게 해놓을 거라고 했는데, 이야기가 되어 있는지 모르겠군요."

명단을 살폈지만 뒤루아의 이름은 없었다. 검표원은 친절하게 말했다. "일단 들어가시고, 지배인님한테 직접 문의해 보십시오. 잘 처리해 드릴 겁니다."

그는 안으로 들어갔다. 전날 저녁에 봤던 라셸이 바로 눈에 띄었다.

그녀는 다가와서 말을 걸었다. "안녕하세요, 귀여운 양반. 괜찮아요?"

"응, 당신은?"

"뭐, 나쁘진 않아요. 그거 알아요? 지난번 만나고 나서 난 두 번이나 당신 꿈을 꿨답니다."

뒤루아는 기분이 좋아서 싱긋 웃었다. "아! 아! 그건 무슨 뜻일까?"

"당신한테 반했다는 거죠. 멍청하기는. 혹시 생각나거든 한 번 더 시간을 갖자는 거고요."

"오늘도 좋아."

"그래요, 좋아요."

"그래. 그런데 말이야……." 막상 말을 하려니 약간 머쓱해졌다. "오늘 밤엔 한 푼도 없어. 클럽에서 오는 길인데, 다 써버렸거든."

여자는 뒤루아의 눈을 가만히 들여다보았다. 남자들의 교활함과

홍정에 닳고 닳은 거리의 여인다운 본능과 경험으로 그녀는 거짓의 냄새를 맡았다. 그리고 말했다.

"농담도 잘하셔. 그러면 안 되죠."

뒤루아는 어색한 미소를 지었다. "10프랑도 괜찮다면. 그게 남은 것 전부야."

여자는 변덕을 즐기는 매춘부들이 늘 그렇듯 아무런 사심이 없는 것 같은 목소리로 중얼거렸다.

"당신 하고 싶은 대로 해요. 난 당신만 있으면 되니까."

그녀는 이미 젊은 남자의 매력에 빠져버린 눈길을 들어 뒤루아의 콧수염을 쳐다보았고, 그의 팔을 잡으며 사랑스럽게 달라붙었다.

"가서 석류 시럽 한잔 마셔요. 그런 다음 같이 한 바퀴 돌고. 당신하고 같이 오페라에 가보고 싶어요. 사람들한테 당신을 보여 줘야지. 그런 다음에 일찍 들어가죠."

* * *

뒤루아는 여자의 집에서 늦게까지 잤다. 밖으로 나오니 대낮이었다. 곧 《라 비 프랑세즈》를 사야겠다고 생각했다. 뒤루아는 열에 들뜬 듯 떨리는 손으로 신문을 펼쳤다. 글이 없었다. 초조해진 그는 길거리에 서서 분명 어디엔가 기사가 있을 거라 생각하며 샅샅이 훑었다.

뭔가 갑갑한 느낌이 심장을 짓누르는 것 같았다. 밤새 사랑을 즐기고 나서 몸도 지쳤는데 이렇게 난처한 상황이 닥치니 뒤루아는 재앙에 목이 졸린 기분이었다.

그는 방으로 올라가 옷도 벗지 않고 그대로 침대에 누워 잠이 들었다.

몇 시간 후 신문사에 들어서자마자 뒤루아는 바로 왈테르 씨를 찾아갔다. "사장님, 오늘 아침에는 제 알제리 글이 실리지 않아서 놀랐습니다."

사장은 고개를 들고 무뚝뚝하게 대답했다. "자네 친구 포레스티에한테 읽어보라고 했네. 별로 좋지 않다고 하더군. 다시 써 오게."

화가 난 뒤루아는 아무 대답도 하지 않고 방을 나와 곧바로 친구에게 갔다. 그리고 따지듯이 물었다. "왜 오늘 아침에 내가 쓴 기사를 내지 않았나?"

포레스티에는 안락의자에 등을 기대고 앉아 담배를 피우고 있었다. 책상 위에 발을 올려놓는 바람에 더러운 신발이 쓰고 있던 기사에 닿아 있었다. 대답을 하는 포레스티에의 목소리는 흡사 굴속에서 퍼져 나오는 소리처럼 아득했다. "사장님한테 보였더니 신통치 않다면서 돌려보내라고 하더군. 다시 쓰게 하라고. 여기 있네." 그러면서 서진 밑에 접어놓은 종이를 손가락으로 가리켰다.

당황한 뒤루아는 아무 말도 못 하고 서 있다가 원고를 주머니에 구겨 넣었다. 그때 포레스티에가 다시 말을 이었다. "오늘은 먼저 경시청에 다녀오게."

그런 다음 그는 뒤루아가 뭘 해야 하고 어떤 뉴스를 취재해야 하는지 상세하게 지시를 내렸다. 뒤루아는 뭔가 뼈 있는 말을 해주고 싶었지만, 아무 말도 생각나지 않아 그대로 나왔다.

다음 날 다시 원고를 가져갔지만 다시 되돌아왔다. 세 번째로 고친 것도 마찬가지였다. 뒤루아는 자기가 무언가 큰 것을 보여 주기 위해 너무 서두르고 있다는 것을, 그리고 포레스티에의 도움 없이는 속수무책이라는 것을 깨달았다.

그래서 다시는 「어느 아프리카 기병의 회상」 얘기를 꺼내지 않았다. 좀 더 유연하게 요령껏 대처하기로 한 것이다. 그는 상황이 좋아질 때를 기다리며 우선 취재기자 일을 열심히 하기로 했다.

그렇게 해서 뒤루아는 차츰 연극 무대와 정치 무대의 내막을 알게 되었고, 정치인 사무실이나 의원 회관의 복도와 대기실을 속속들이 알게 되었으며, 정부 인사들의 거들먹거리는 얼굴과 졸고 있는 수위들의 찡그린 얼굴에도 익숙해졌다.

그렇게 그는 장관, 수위, 장군, 경관, 왕족, 뚜쟁이, 창녀, 대사, 주교, 기둥서방, 온갖 호사가들, 사교계 사람들, 사기꾼, 역마차 마부와 카페의 급사, 그 밖의 온갖 사람들과 끊임없이 친분을 맺었다. 매번 타산적인 관계일 뿐 관심은 없는 사이였다. 존경해야 하는 사람이 누구인지도 알 수 없었다. 모든 사람을 다 똑같은 기준으로 판단했고, 똑같은 눈으로 평가했다. 깊이 생각할 틈도 없이 매일 매 순간 자기 직업과 관련된 모든 일에 대해서 똑같이 이야기를 나누었다. 뒤루아는 자기 자신을 시음용 술을 한 잔씩 차례로 마시다가 결국 샤토 마르고와 아르장퇴유[36]를 구별할 수 없게 된 사람에 비유했다.

결국 얼마 가지 않아 뒤루아는 유능한 취재기자가 되었다. 자기 정보에 확신이 있고, 교활하고 민첩하고 요령 좋은 기자, 신문 업계의 전문가인 왈테르 영감의 말을 빌리자면 신문사의 진정한 보배가 되었다.

하지만 뒤루아는 200프랑의 고정 급료에 한 줄당 10상팀밖에 받지 못하는 상태로 카페와 레스토랑에 출입하면서 돈이 많이 드는 생활을 하느라 늘 쪼들렸다.

뒤루아는 몇몇 동료가 호주머니에 금화를 넣는 것을 보면서 저기에는 분명 무언가 연구해 봐야 하는 요령이 있을 거라고 생각했다. 그는 무슨 방법을 쓰면 저렇게 풍족해질 수 있는지 도무지 짐작이 가지 않았다. 그들을 부러워하면서, 분명 사람들이 알지 못하는 수상쩍은 방법이 있을 거라고 생각했다. 어디에선가 도움을 받고 있고, 무언가 비밀 거래를 하고 있는 게 분명했다. 그렇다면 암묵적으로 끈끈하게 연결되어 있는 저 동료들과 어울려야 했다. 자기를 제쳐두고 끼리끼리 이익을 나누는 동료들 사이에 파고들어 비밀을 캐

내야 했다.
 뒤루아는 밤이면 창밖으로 기차가 지나가는 것을 바라보면서 어떤 방법이 좋을지 상상하기 시작했다.

5

 두 달이 지났다. 9월에 접어들었지만, 순식간에 다가오리라 기대했던 행운은 발걸음이 무척 더뎌 보였다. 특히 뒤루아는 자기 지위가 너무나 초라하다는 생각 때문에 초조했다. 어떻게 해야 중요한 인물이 되어 힘과 돈을 손에 넣는 높은 자리에 올라갈 수 있는지 막막하기만 했다.
 결국은 취재기자라는 이 보잘것없는 직업에 갇힌 채로 사방을 둘러싼 벽을 벗어나지 못할 것만 같았다. 물론 사람들의 인정을 받기는 했지만, 그것은 정확히 지금 그의 지위만큼의 것이었다. 수없이 많은 일을 해주었음에도 불구하고 포레스티에는 더 이상 그를 만찬에 초대하시 않았다. 친구 사이로 친하게 말을 하기는 했지만 일에서는 늘 부하 직원으로 대했다.
 뒤루아는 이따금 짧은 기사를 싣는 기회를 얻기도 했다. 예전에 두 번째 알제리 기사를 쓸 때와 달리 사회면 가십 기사를 써오며 이미 유연한 필치와 요령을 익혔기 때문에 더 이상 글이 퇴짜를 맞는 일은 없었다. 하지만 뒤루아의 글은 정치적 문제에 대해 독자적 판단을 가지고 펜이 가는 대로 써 내려간 그런 글과는 천지 차이였다. 말하자면 마부 자리에 앉아 마차를 몰며 불로뉴 숲을 달리는 것과 주인이 되어 그 마차를 타고 달리는 것의 차이 같은 것이었다. 특히 뒤루아는 사교계로 통하는 문이 모두 닫혀 버린 것 같은 기분에 심한 모욕감을 느꼈다. 사교계 안에서 동등한 관계를 맺고 여자들과 친해질 기회가 사라져버린 것이다. 그나마 타산적 이유로 친분을 유지하는 여배우 몇 명이 이따금 불러주는 것이 전부였다.

뒤루아는 사교계의 귀부인이건 이름 없는 여배우이건 여자들은 자기를 보는 순간 묘한 매력을 느끼면서 호감을 갖는다는 것을 경험으로 알고 있었다. 그렇기 때문에 자신의 미래를 좌우할 수도 있을 여자들을 만나지 못하게 되자 족쇄를 찬 말처럼 안절부절못했다.

포레스티에 부인을 찾아가 볼까 하는 생각도 들었다. 하지만 마지막으로 만났던 때를 생각하면 발걸음이 떨어지지 않았고 모욕감마저 들었다. 그저 그 남편이 초대하기를 기다렸다. 그런데 문득 드 마렐 부인이 한번 찾아오라고 말한 것이 생각났다. 어느 날 오후 마침 할 일도 없고 한가해진 뒤루아가 드 마렐 부인을 찾아갔다.

"3시까지는 늘 집에 있어요." 그녀는 이렇게 말했었다.

뒤루아는 2시 30분에 드 마렐 부인 집의 벨을 눌렀다.

그녀는 베르뇌유 거리 5층에 살고 있었다.

벨이 울리자 하녀가 문을 열었다. 머리를 제대로 빗지 않은 어린 하녀는 면 모자 끈을 묶으면서 대답했다.

"네, 마님이 계시기는 한데요. 일어나셨는지는 모르겠어요."

하녀가 조금 열려 있던 거실 문을 밀었다.

뒤루아는 안으로 들어섰다. 제법 넓은 방이었지만 가구가 별로 없고 제대로 가꾼 흔적 같은 건 찾을 수 없었다. 색 바랜 낡은 안락의자들을 벽을 따라 늘어놓은 모습은 하녀의 솜씨일 것이다. 자기 집 안을 사랑하는 여자의 우아한 정성 같은 것이 전혀 느껴지지 않는 방이었다. 사방 벽에는 강에 떠 있는 작은 배, 바다와 커다란 배, 들판의 풍차, 그리고 숲 속 나무꾼을 그린 보잘것없는 액자 네 개가 한가운데 하나씩 걸려 있었다. 액자마다 끈의 길이가 다르고 그나마도 모두 비뚤어져 있었다. 여주인의 관심을 받지 못한 채 이미 오래전부터 저 모습이었을 것이다.

뒤루아는 의자에 앉아 있었다. 한참을 기다렸다. 드디어 문이 열리고 드 마렐 부인이 일본식 가운 차림으로 허겁지겁 들어왔다. 분홍색 실크 가운 위에는 황금빛의 풍경과 파란색 꽃, 흰색의 새가 수놓여 있었다. 드 마렐 부인이 큰 소리로 말했다.

"아직까지 누워 있었다니 놀랍죠? 이렇게 찾아와 주셔서 고마워요. 날 잊으신 줄 알았죠."

그녀는 몹시 기쁜 얼굴로 두 손을 내밀었다. 아파트가 수수해서 오히려 마음이 편해진 뒤루아는 여자가 내민 두 손을 잡고는, 예전에 노르베르 드 바렌이 하는 것을 본 대로 한 손에 키스를 했다.

드 마렐 부인은 뒤루아에게 앉으라고 권했다. 그리고 상대의 머리 끝부터 발끝까지를 살폈다. "정말 많이 변하셨네요! 아주 멋져지셨어요! 파리가 잘 맞나 봐요. 자, 그동안 어떻게 지냈는지 소식 좀 전해 주세요."

그렇게 두 사람은 오래된 친구 사이처럼 신 나게 이야기꽃을 피웠다. 단숨에 서로에게 친근한 감정이 싹트는 것 같았다. 그러니까 성격도 같고 같은 부류에 속하는 인간들이 만난 지 오 분 만에 친구가 될 수 있게 해주는 그런 신뢰와 우정과 애정이 두 사람 사이에 흐르고 있는 것 같았다.

문득 드 마렐 부인이 놀라워하며 말을 멈췄다.

"당신하고 같이 있으니까 참 이상하군요. 십 년쯤 알고 지낸 사이 같아요. 우린 좋은 친구가 될 거예요. 괜찮죠?"

"그야 물론이죠." 뒤루아가 의미심장한 미소를 지으며 대답했다.

화려하고 부드러운 가운을 입은 드 마렐 부인은, 물론 흰 가운을 입고 있던 포레스티에 부인보다 덜 섬세하긴 하지만, 상당히 매력적이었다. 애교와 우아함은 덜했지만 더 자극적이고 더 색스러웠다.

포레스티에 부인의 고요하고 우아한 미소는 "당신이 좋아요."라고 말하는 것 같으면서도 동시에 "이러지 마세요."라고 말하는 것 같아서 진짜 속내를 알기 어려웠다. 그래서 그 미소는 뒤루아의 마음을 끌어당기면서도 동시에 다가갈 수 없게 막았다. 포레스티에 부인 곁에 있을 때 뒤루아는 발아래 꿇어 엎드리고 싶었고, 앞가슴의 레이스 장식에 입을 맞추고 젖가슴 사이로 고개를 파묻어 그 안에서 풍기는 따듯하고 향기로운 체취를 마시고 싶었다. 그런데 지금 드 마렐 부인 곁에서는 좀 더 격정적이고 좀 더 구체적인 욕정이 솟아올랐다. 여자의 몸의 윤곽을 따라 들려 올라간 얇은 실크를 만지고 싶은 마음에 뒤루아의 손이 떨렸다.

드 마렐 부인은 여전히 얘기 중이었다. 그녀가 하는 말은 한 문장 한 문장 상당히 재치가 있었고, 이미 몸에 익은 습관처럼 지극히 쉽게 나왔다. 말하자면 능숙한 직공이 다른 직공들이 경탄하며 바라보는 앞에서 어렵기로 소문난 일을 뚝딱 해치우는 그런 상황 같았다. 뒤루아는 마음속으로 생각했다. '전부 새겨들어야겠군. 매일매일 일어나는 사건들에 대해 이 여자가 말하게 만들면, 그것만 들어도 파리에 대해 아주 멋진 기사를 쓸 수 있겠어.'

잠시 후 조금 전 드 마렐 부인이 들어온 문을 가볍게 두드리는 소리가 들렸다. 부인이 큰 소리로 대답했다. "우리 아가씨, 들어오렴." 계집아이가 들어오더니 곧장 뒤루아에게 다가가서 손을 잡았다.

어머니가 깜짝 놀라 중얼거렸다. "아이 마음을 제대로 사로잡으셨군요. 완전 딴 애가 됐어요." 뒤루아는 아이를 껴안아 인사를 하고는 옆에 앉혔다. 그리고 진지한 얼굴로 지난번 만난 다음에 뭘 하며 지냈는지 이것저것 친절하게 물었다. 아이는 어른처럼 정색을 하고 피리 소리처럼 가냘픈 목소리로 대답을 했다.

벽시계가 3시를 알렸다. 뒤루아는 자리에서 일어섰다.

"자주 찾아주세요." 드 마렐 부인이 말했다. "오늘처럼 얘기를 나눠요. 언제라도 기쁠 거예요. 그런데 요즘 포레스티에 댁에는 왜 안 오시는 거죠?"

뒤루아가 대답했다.

"특별한 이유는 없습니다. 할 일이 많아서요. 조만간 그곳에서 한번 뵙도록 하죠."

집을 나선 뒤루아는 정확히 이유는 알 수 없지만 막연한 희망으로 가슴이 벅차올랐다.

그는 드 마렐 부인의 집에 찾아갔던 일을 포레스티에에게 말하지 않았다.

이후 며칠 동안 뒤루아는 그날의 일을 잊을 수가 없었다. 그냥 기억이 나는 것이 아니라 꼭 그 여자가 자기 곁에 와 있는 것만 같았다. 비현실적이지만 도저히 떨칠 수가 없었다. 자기가 드 마렐 부인의 무언가를 가져온 것만 같았다. 그의 눈 속에는 그녀의 몸이 영상으로 남아 있고, 마음속에는 그녀의 정신이 향취로 남아 있었다. 누군가의 곁에서 매혹적인 시간을 보낸 다음이면 흔히 그렇듯, 뒤루아는 드 마렐 부인의 영상에서 벗어나지 못했다. 너무나 신비로운 여인이라서 그녀를 만난 다음에는 낯설면서도 친근하고, 막연하고 혼란스러우면서도 감미로운 무언가에 사로잡히게 되는 것 같았다.

뒤루아는 며칠 후 다시 드 마렐 부인을 찾아갔다.

하녀가 거실로 안내했고, 바로 로린이 나왔다. 아이는 손이 아니라 이마를 내밀면서 말했다.

"엄마가 저더러 기다려달라고 전해 달라셨어요. 아직 옷을 갈아입지 않아서 십오 분 정도 있다가 오신다고요. 그동안 제가 자리를 같이해 드릴게요."

조그만 아이가 격식을 차리며 말하는 모습이 재미있어서 뒤루아가 대답했다. "잘 알겠습니다, 아가씨. 아가씨와 함께 십오 분을 보내게 돼서 무척 기쁩답니다. 하지만 한 가지만 말씀드리죠. 전 절대 근엄한 사람이 아닙니다. 하루 종일 장난을 하죠. 그래서 한 가지 제안하자면, 술래잡기를 하는 건 어떨까요?"

뒤루아의 제안이 놀라웠는지 말이 없던 아이는 마치 나이 든 여자처럼 뒤루아가 말한 터무니없고 놀라운 제안에 대해 미소로 답하면서 나지막하게 말했다.

"실내에서 그러면 안 돼요."

뒤루아가 다시 말했다.

"상관없습니다. 전 어디서든 잘 놀거든요. 자, 절 잡아보세요."

뒤루아는 아이에게 빨리 자기를 잡아보라고 말하며 테이블 주위를 돌았다. 따라오는 아이는 예의상 어쩔 수 없이 웃는 것 같은 그런 미소를 짓고 있었다. 이따금 뒤루아를 잡으려고 손을 뻗기도 했지만 절대 뛰지는 않았다.

뒤루아는 걸음을 멈추고 몸을 굽히고 서 있다가 아이가 주춤거리며 다가오면 펄쩍 뛰어올랐다. 상자 속의 스프링 인형이 튀어 오르듯 단숨에 방 저편 구석으로 갔다. 아이는 결국 웃음을 터뜨렸고 점점 신이 나는지 종종걸음으로 뒤루아를 뒤쫓기 시작했다. 드디어 잡았다 싶을 땐 나지막하게 탄성을 지르기도 했다. 겁먹은 듯하면서도 흥이 난 목소리였다. 뒤루아는 의자를 옮겨 가며 장애물을 만들었고, 한동안 의자 주위를 빙빙 돌다가 갑자기 다른 의자를 잡기도 했다. 로린은 이 새로운 놀이에 완전히 빠져들었다. 드디어 제대로 뛰어다니기 시작했다. 놀이에 푹 빠져 신이 난 아이는 얼굴이 장밋빛으로 달아올랐고, 뒤루아가 달아나거나 계략을 쓰거나 속임수 동작을 할 때마다 힘껏 달려들었다.

드디어 뒤루아를 잡았다 싶은 순간이었다. 뒤루아는 갑자기 로린을 두 손으로 붙잡아 천장까지 들어 올리면서 소리를 질렀다. "잡았다!"

아이는 달아나려고 두 다리를 바동거리며 신 나게 웃었다.

드 마렐 부인이 들어와 그 광경을 보더니 어리둥절해졌다.

"어머나! 로린이…… 로린이 장난을 치다니……. 당신은 정말 요술쟁이로군요."

뒤루아는 로린을 내려놓고 어머니의 손에 키스를 했다. 뒤루아와 드 마렐 부인은 로린을 가운데 두고 앉았다. 두 사람은 이야기를 나누고 싶었지만, 평소에 그토록 조용하던 아이가 뭔가에 홀리기라도 한 듯 쉬지 않고 재잘거렸다. 결국 아이를 방으로 들여보내야 했다.

말없이 엄마의 말을 따르는 로린의 눈에는 눈물이 맺혀 있었다.

단둘이 남자 드 마렐 부인이 목소리를 낮추었다. "사실은 제가 좀 큰 계획을 짰어요. 그래서 부탁을 드리려고요. 매주 포레스티에 부부가 절 만찬에 초대해 주고, 전 그 답례로 가끔 그 부부를 식당으로 초대한답니다. 전 손님을 집으로 청하는 걸 좋아하지 않고 또 그럴 처지도 못 되거든요. 집안일을 잘 못하고 요리 같은 것도 전혀 모른답니다. 그냥 이렇게 대충 사는 걸 좋아해요. 그래서 가끔 식당으로 그 부부를 초대하는데, 셋만 있으면 재미가 없거든요. 다른 사람을 초대하고 싶어도 내가 아는 사람들은 다 그 부부와 잘 안 어울려요. 뒤루아 씨한테 이런 얘기까지 다 하는 건 내가 왜 이렇게 불쑥 초대를 하게 됐는지 이유를 설명드리려는 거예요. 아시겠죠? 토요일 7시 30분에 카페 리슈에 같이 자리해 주세요. 어딘지 아시죠?"

뒤루아는 기꺼이 승낙했다. 그녀는 다시 계속해서 말했다. "네 사람뿐이에요. 정말 오붓하게 우리끼리만이죠. 그런 조촐한 연회는 아주 재미있을 거예요. 사실 흔한 기회가 아니죠."

그녀가 입고 있는 짙은 밤색 옷은 허리와 엉덩이, 가슴과 팔의 윤곽을 도발적일 정도로 요염하게 드러냈다. 저토록 세련되게 가꾼 아름다운 차림새와 노골적으로 버려둔 집 안 모습의 부조화에 뒤루아는 막연한 놀라움을, 이유를 알 수 없는 거북함을 느꼈다.

자기 몸에 걸친 것, 살갗에 은밀하게 직접 닿는 것은 섬세하고 세련됐지만, 주위에 놓인 것들은 되는대로 내버려 둔 것이다.

드 마렐 부인의 집을 나온 뒤루아는 이전과 마찬가지로 관능의 환각 같은 야릇한 기분이 남아 있는 것을 느꼈고, 늘 그녀가 옆에 있는 것 같았다. 약속 날짜가 다가올수록 기다리기가 더 힘들었다.

여전히 야회복을 살 만큼 넉넉하지 못했기 때문에 뒤루아는 다시 한 번 예복을 빌렸고, 정해진 시간보다 일찍 제일 먼저 약속 장소에 도착했다.

종업원이 그를 3층의 별실로 안내했다. 붉은 천 벽지에 큰길 쪽으로 창문이 하나 나 있는 방이었다.

정사각형 식탁에 4인분의 식기가 놓여 있고, 하얀 식탁보는 니스칠을 한 듯 반짝거렸다. 높이 매단 샹들리에 두 개에 열두 개의 촛불이 밝혀져 있고, 그 아래 유리컵과 은식기, 화로가 밝게 빛나고 있었다.

별실들에서 나오는 강렬한 불빛이 창밖 가로수에 비치면서 잎사귀들은 커다랗고 밝은 초록색 얼룩처럼 보였.

벽지와 똑같은 붉은 천을 씌운 아주 낮은 소파에 앉던 뒤루아는 낡은 용수철이 꺼지면서 흡사 구덩이 속으로 가라앉는 것 같은 기분이 들었다. 이 커다란 식당에서는 정확히 알 수 없는 소리들이 뒤섞여 웅성거리고 있었다. 접시와 은식기가 부딪치는 소리, 복도 카펫 위로 급사들이 바쁘게 오가는 소리, 한순간 문이 열리면서 손님이 가득 찬 좁은 방에서 쏟아져 나오는 말소리, 모두가 커다란 식당 특유의 소리였다. 포레스티에가 들어오더니 《라 비 프랑세즈》 사무실에서는 한 번도 본 적이 없는 다정하고 친근한 태도로 악수를 청하면서 말했다.

"여자들은 조금 있다 같이 올 걸세. 오늘 같은 자리는 아주 즐겁지."

포레스티에는 식탁을 바라보더니 희미하게 타고 있는 가스등을 꺼버렸다. 그리고 바람이 들어온다면서 창문 한쪽을 닫고는 바람이 들지 않는 자리를 골라 앉았다. "정말 조심을 해야 하거든. 한 달 동안 아주 괜찮았었는데 며칠 전부터 다시 안 좋아졌네. 화요일에 연극을 보고 오면서 감기가 든 모양이야."

그때 문이 열리고 두 젊은 부인이 지배인의 안내를 받으며 들어왔다. 언제 누구를 만나게 될지 모르는 이런 장소에서 여자들이 늘 그렇듯이 베일로 얼굴을 가린 두 여자는 신중하고 매력적이며 신비스러운 모습이었다.

뒤루아가 인사를 하자 포레스티에 부인이 그동안 왜 자기 집에 발길을 끊었느냐고 비난하듯 말했다. 그러더니 미소 띤 얼굴로 드 마렐 부인을 바라보며 덧붙였다. "알고 있어요. 드 마렐 부인이 더 좋으신 거죠. 그쪽에 갈 시간은 있잖아요."

모두 자리에 앉자 지배인이 포레스티에에게 포도주 메뉴판을 보여 주었다. 그러자 드 마렐 부인이 말했다. "남자분들이 원하시는 걸 가져오세요. 우리는 얼음을 채운 샴페인이 좋겠어요. 제일 좋은 걸로, 순한 걸로요. 그거면 됐어요." 지배인이 나간 후 드 마렐 부인은 들뜬 목소리로 웃으면서 말했다. "전 오늘 밤에 취하고 싶어요. 마음껏 즐겨봐요."

포레스티에는 아무 말도 듣지 못한 것 같았다. 그저 이렇게 물었다. "창문을 닫아도 될까요? 며칠 전부터 가슴이 좀 안 좋아서요."

"네, 괜찮아요."

포레스티에는 반쯤 열려 있던 나머지 한쪽 창문을 닫고는 그제야 마음이 놓였는지 싱긋 웃으면서 자기 자리로 돌아갔다.

그의 아내는 뭔가 깊은 생각에 빠진 사람처럼 말이 없었다. 식탁을 향해 눈길을 떨어뜨리고는 절대 지킬 생각이 없는 약속을 할 때 같은 모호한 미소를 띤 얼굴로 유리컵만 쳐다보고 있었다.

오스탕드[37]산 굴이 나왔다. 조개껍데기 속에 귀가 들어앉은 것같이 생긴 통통하고 기름진 굴은 소금 맛 나는 사탕처럼 입천장과 혀 사이에서 녹았다.

그다음 수프가 나왔고, 젊은 처녀의 살결 같은 분홍빛 송어가 나왔다. 손님들은 이야기를 나누기 시작했다.

우선 사람들의 입에 오르내리고 있는 염문이 화제가 되었다. 사교계의 잘나가는 부인 하나가 외국의 왕족과 식당 밀실에서 식사를 하다가 남편 친구에게 들킨 사건이었다.

포레스티에는 꼴불견이라며 웃어댔다. 두 여자는 그런 일을 떠벌리다니 남자가 야비하고 비열하다고 주장했다. 뒤루아 역시 같은 생각이라고 했다. 남자라면, 자기가 당사자이건 그저 속내 얘기를 듣거나 사건을 목격한 사람이건, 어떤 경우에든 그런 일은 무덤까지 가져가야 한다고 주장했다. 뒤루아는 또 이렇게 덧붙였다. "우리가 남의 일에 쓸데없이 나서지 않고 서로 비밀을 지켜줄 수만 있다면 인생이 얼마나 멋지겠습니까. 여자들은 뭔가를 하고 싶어도 대부분 비밀이 밝혀질까 봐 겁이 나서 엄두를 못 내잖습니까."

그는 빙그레 웃으며 말을 이었다. "어때요, 그렇지 않은가요? 보는 순간 욕망이 일고 불현듯 격한 욕정에 사로잡혀 미칠 듯한 사랑이 타오를 때, 한순간의 짧고 가벼운 이 행복의 대가로 돌이킬 수 없는 추문에 휩싸이거나 고통의 눈물을 흘리게 될지 모른다는 두려움만 없다면 기꺼이 빠져들지 않을까요?"

마치 누군가의 입장을 혹은 자기 입장을 변호하는 사람처럼 뒤루아는 듣는 사람의 마음을 움직일 수 있을 정도로 단호하게 말했다. "나 같은 사람과 함께라면 그런 위험을 걱정하지 않아도 된답니다. 한번 해보세요." 하고 말하는 것 같았다.

두 여자는 뒤루아를 물끄러미 바라보면서 옳은 말이라는 동의의 시선을 보냈다. 그리고 그가 참 조리 있게 말을 잘한다고도 생각했다. 두 여자의 호의 어린 침묵은 비밀이 확실히 지켜질 수만 있다면 파리 여인의 견고한 정조도 오래 버티지 못할 것임을 고백하고 있었다.

포레스티에는 옷을 더럽히지 않으려고 냅킨을 조끼 속에 집어넣고 소파 위에 한쪽 다리를 굽힌 채 거의 눕다시피 기대앉아 있었다. 그는 회의적이던 사람이 상대방에게 설득을 당했을 때처럼 어색한 웃음을 지으며 말했다. "그래요, 맞는 말이죠. 절대 소문이 나지 않는다면 여자들은 제대로 달려들 겁니다. 그것참. 남편들이 불쌍하죠."

그런 다음에는 사랑 이야기가 시작되었다. 뒤루아는 사랑이 영원하다고 생각하지는 않는다고, 하지만 서로 간의 끈을, 다정한 우정과 신뢰를 만들어내면서 오래 지속되는 것은 가능하다고 생각한다고 말했다. 육체의 결합은 마음의 결합에 도장을 찍는 행위라고도 했다. 하지만 헤어질 때 늘 따라오는 성가신 질투, 울고불고하는 난리, 서로 싸우면서 비참한 꼴이 되는 건 화가 난다고 했다.

뒤루아의 말이 끝나자 드 마렐 부인이 한숨을 쉬었다. "그래요. 이 세상에서 즐거운 것은 사랑뿐이죠. 그런데도 우리는 말도 안 되는 이유로 그것을 망쳐버릴 때가 많잖아요."

장난하듯 나이프를 만지작거리던 포레스티에 부인이 덧붙였. "그래요······. 맞아요······. 사랑받는다는 건 기쁜 일이죠······."

그녀는 몽상의 세계로 더 깊이 빠져들어 입 밖으로는 말할 수 없는 여러 가지 일들을 꿈꾸고 있는 것 같았다.

첫 번째 요리가 아직 나오지 않았기 때문에 다들 샴페인을 한 모금씩 마시면서 둥글고 작은 빵의 껍질을 뜯고 있었다. 투명한 술이 한 방울씩 목구멍에 떨어져 피를 덥히고 머리를 흐리게 하듯이, 사랑에 대한 상념이 천천히 마음을 사로잡으면서 그들의 영혼을 취하게 했다.

잠시 후 잘게 다듬은 아스파라거스가 푸짐하게 깔린 접시에 어린 양고기 갈빗살이 나왔다.

"그것참, 아주 맛있겠군!" 포레스티에가 외쳤다. 모두들 연한 고기와 크림처럼 기름진 채소를 음미하면서 천천히 먹었다.

뒤루아가 다시 말했다. "전 누군가를 사랑할 때면 그 여자 주위의 모든 것이 사라져버리더군요."

그의 목소리는 확신에 차 있었다. 식탁에서 맛있는 음식을 즐기면서 사랑의 즐거움을 상상하니 저절로 흥분이 된 것이다.

포레스티에 부인은 언제나 그렇듯이 아무 관심 없다는 듯한 말투로 중얼거렸다. "제일 처음 서로 손을 잡을 때가 가장 행복하죠. 한 사람이 '날 사랑하나요?' 하고 물으면 상대편이 '그래요, 당신을 사랑해요.' 하고 대답하는 거죠."

길쭉한 잔에 담긴 샴페인을 단숨에 한 잔 더 비운 드 마렐 부인이 잔을 내려놓으며 흥겹게 말했다. "난 그렇게 플라토닉하지는 않답니다."

다들 눈을 반짝이며 맞는 말이라는 듯 히죽거렸다.

소파에 눕다시피 한 포레스티에가 두 팔로 쿠션을 누르면서 진지한 표정으로 말했다. "부인이 그렇게 솔직하기 때문에 사람들이 좋아하는 겁니다. 솔직하다는 건 실천적인 사람이라는 뜻도 되고요. 그런데 드 마렐 씨의 생각은 어떤지 물어도 될까요?"

드 마렐 부인은 끝없는, 그야말로 한없는 경멸을 담은 표정으로 천천히 어깨를 들먹였다. 그런 다음 또박또박 말했다. "드 마렐 씨는 이 문제에 대해 아무 의견이 없답니다. 그 사람은 늘 기권 표거든요."

식탁의 이야기는 고상한 애정론을 벗어나 음란한 이야기의 꽃이 아름답게 만발한 정원으로 들어섰다.

서로 교활하게 암시적인 말들을 주고받았고, 그 말들은 치마를 들추듯 베일을 살짝 들어 올렸다. 말의 술수를 동원하고, 대담한 말을 교묘하게 돌려 말하고, 위선으로 외설을 살짝 가렸다. 은근한 표현을 사용해서 노골적인 모습을 그려내고 또 말로 할 수 없는 것들이 눈과 마음속에 떠오르게 했다. 그러니까 사교계 사람들에게 일종의 섬세하고 신비로운 사랑을 맛보게 해주는 말들이, 오랫동안 갈망하던 은밀하고도 수치스러운 관능의 쾌락들을 한꺼번에 불러내서 정신이 불순한 것들과 만나게 해주는 그런 말들이 오갔다. 이미 식탁에는 구운 고기가 나와 있었다. 메추리를 곁들인 자고새 고기, 완두콩, 푸아그라[38)]와 함께 양푼처럼 생긴 그릇에 치커리 샐러드가 녹색 거품처럼 가득 담겨 있었다. 다들 맛을 음미하지도 못하고 아무 생각 없이 그냥 먹어치웠다. 너 나 할 것 없이 사랑의 욕조에 몸을 담근 채로 이야기에 빠져 정신이 없었기 때문이다.

이제 두 여자의 말은 제법 노골적이 되었다. 원래 대담한 드 마렐 부인은 도발에 가까운 이야기들을 했다. 포레스티에 부인은 그 어조나 목소리, 미소, 태도 등에 조심하며 수줍어하는 모습이 매력적이었지만, 그런 태도는 입에서 나오는 대담한 말들을 완화하기보다는 오히려 더 두드러지게 했다.

포레스티에는 아예 쿠션에 몸을 기대고 누운 자세로 웃고 마시고 쉬지 않고 먹었다. 그러면서 이따금 지나치게 대담한 혹은 상스러운 말을 던졌다. 그런 표현을 쓸 수 있다는 사실에 깜짝 놀란 여자들은 체면을 지키느라 잠시 거북한 척했다. 하지만 정작 포레스티에는 진한 농담을 하고 난 다음 이렇게 덧붙였다. "다들 아주 잘하고 있군요. 이대로 가다간 한번 제대로 일을 벌이겠는걸요."

후식이 나오고, 이어 커피가 나왔다. 그런 다음 술을 마셨다. 흥분한 상태에서 술이 들어가니 다들 후끈 달아오르면서 술기운이 온몸으로 퍼졌다.

드 마렐 부인은 식탁에 앉을 때 예고했던 대로 제대로 취했다. 그녀는 손님들을 즐겁게 하기 위해 재잘대듯 귀엽고 매력적인 말투로 자기가 취했음을 인정했고, 그런 모습 때문에 취한 상태가 더 두드러져 보였다.

포레스티에 부인은 조용해졌다. 아마도 조심하느라 그랬을 것이다. 뒤루아는 자신이 너무 달아올랐다는 것을 깨닫고 혹시라도 실수를 할까 봐 신중하기로 했다.

누군가 담뱃불을 붙이자 포레스티에가 갑자기 기침을 하기 시작했다.

목이 찢어질 것 같은 심한 발작이었다. 얼굴이 시뻘게지고 이마가 땀에 젖은 채로 포레스티에는 냅킨을 입에 대고 기침을 눌렀다. 발작이 가라앉고 나자 그는 짜증 난 얼굴로 투덜거렸다. "이런 파티는 나한테 안 맞아. 멍청한 짓이야." 늘 그를 사로잡고 있는 병에 대한 두려움이 불쑥 솟아오르면서 즐겁던 기분이 순식간에 사라져버린 것이다.

"이제 돌아갑시다." 포레스티에가 말했다.

드 마렐 부인이 벨을 눌러 보이를 부른 다음 계산서를 달라고 했다. 곧 계산서가 왔다. 하지만 그녀는 계산서의 숫자들이 눈앞에서 빙글빙글 도는 바람에 제대로 읽을 수가 없다며 뒤루아에게 건네주었다. "여기, 나 대신 계산해 주세요. 너무 취해서 아무것도 안 보이네요."

그러면서 지갑도 넘겨주었다.

합계는 130프랑이었다. 뒤루아는 계산서를 확인해 본 다음 지폐 두 장을 주고 거스름돈을 받았다. 그러면서 작은 목소리로 물었다. "보이들한테 팁은 얼마나 줄까요?"

"마음대로 하세요. 난 모르겠어요."

뒤루아는 접시 위에 5프랑을 남겨 두고 지갑을 젊은 부인에게 돌려주며 물었다.

"댁까지 모셔다 드릴까요?"

"네, 그래요. 혼자 못 갈 것 같아요."

두 사람은 포레스티에 부부와 악수를 했다. 잠시 후 뒤루아는 달리는 마차 안에 드 마렐 부인과 단둘이 앉았다.

그는 여자의 몸이 자기에게 기대고 있는 것을, 거의 밀착되어 있는 것을 느꼈다. 거리의 가스등이 비칠 때만 한순간 환해지는 이 어두운 상자 안에 단둘이 들어앉은 것이다. 여자 어깨의 온기가 그의 소맷자락을 통해 전달되었다. 상대를 안아버리고 싶은 욕망이 솟아오르면서 머리가 멍해진 뒤루아는 아무 말도, 정말 아무 말도 할 수가 없었다. '그냥 저질러버리면 이 여자는 어떻게 할까?' 생각해 보았다. 저녁 식사 동안 서로 속삭였던 그 음란한 이야기들이 용기를 주었지만, 막상 추문이 날까 봐 겁이 나서 행동으로 옮길 수가 없었.

여자도 말이 없었다. 그녀 역시 자기 세계 속에 웅크린 채 꼼짝하지 않았다. 마차 안으로 불빛이 들어올 때마다 그녀의 눈이 빛나는 것이 보이지 않았다면 잠이 든 줄 알았을 것이다.

'무슨 생각을 하는 걸까?' 뒤루아는 이 순간 어떤 말도 해서는 안 된다는 것을 알고 있었다. 한마디만 했다가는, 그로 인해 이 침묵이 사라져버렸다가는, 기회는 사라지고 말 것이다. 그렇다고 용기를 내지도 못했다. 불쑥 과격하게 행동으로 옮길 엄두가 나지 않았.

그 순간 갑자기 발이 살짝 흔들리는 것이 느껴졌다. 드 마렐 부인이 발을 움직인 것이다. 성마르고 신경질적인 그 동작은 기다리다 짜증이 난 것일 수도 있고 어쩌면 빨리 하라는 재촉일 수도 있었다. 아주 미세한 동작이었지만 그와 함께 뒤루아의 온몸에, 머리끝부터 발끝까지 전율이 일었다. 그는 몸을 홱 돌리고는 드 마렐 부인에게 달려들었다. 입술로는 그녀의 입을 찾았고, 손으로는 맨살을 더듬었.

드 마렐 부인은 비명을, 나지막한 비명을 질렀다. 그녀는 몸을 일으키려 했고 몸부림을 쳐서 상대를 밀어내려고 했다. 하지만 이내 더 이상 저항할 힘이 없다는 듯 몸을 내맡겼다.

얼마 가지 않아 드 마렐 부인의 집 앞에 마차가 멈췄다. 당황한 뒤루아는 뭔가 정열적인 말을 찾아내서 여자에게 감사의 인사를 하고 싶었지만 경황이 없었다. 축복의 말을, 감사를 담은 사랑의 마음을 전해야 하는데 도무지 정신이 없었던 것이다. 드 마렐 부인도 꼼짝하지 않았다. 조금 전의 일 때문에 넋이 나간 사람 같았다. 혹시라도 마부가 이상하게 생각할까 봐 걱정이 된 뒤루아가 먼저 마차에서 내려 젊은 부인에게 손을 내밀었다.

드 마렐 부인이 말없이 비틀거리면서 내렸다. 뒤루아가 초인종을 눌렀고, 문이 열렸다. 뒤루아가 떨리는 목소리로 물었다. "언제 다시 뵐 수 있을까요?"

"내일 점심 드시러 오세요." 드 마렐 부인이 들릴락 말락 하게 대답했다. 그런 다음 그녀는 현관의 어둠 속으로 사라져버렸고, 대문이 대포 같은 소리를 내면서 닫혔다.

마부에게 100수를 건네준 다음 뒤루아는 승리감에 도취된 빠른 발걸음으로 걷기 시작했다. 기쁨으로 가슴이 벅차올랐다.

드디어 여자를 얻었다. 결혼한 여자를, 사교계의 여자를 얻었다! 진정한 사교계의 여자를! 파리 사교계의 여자를 말이다! 정말 이렇게 쉬울 줄은, 이렇게 불쑥 기회가 찾아올 줄은 몰랐다!

지금까지 뒤루아는 그런 여자들을 너무나 얻고 싶었다. 그리고 그 여자들에게 다가가고 정복하려면 무한한 노력을 기울이고 끝없이 기다려야 한다고, 친절을 베풀며 환심을 사야 하고, 사랑의 말을 건네고 깜짝 놀랄 만한 선물을 해주면서 교묘하게 입지를 다져야 한다고 생각했다. 그런데 처음 만난 여자를 슬쩍 건드리기만 했는데 이렇게 빨리 몸을 맡겨 버리다니 모든 게 얼떨떨했다.

'취해 있었잖아. 내일은 다를지도 몰라. 혹시 내일은 우는 게 아닐까?' 이렇게 생각하니 불안해졌다. 하지만 뒤루아는 마음속으로 다짐했다. '그래도 할 수 없지. 일단 손에 넣었으니까 잘 지켜내야 해.'

드디어 희망이, 이제 힘을 얻고 성공을 하고 이름을 날리고 돈과 사랑을 얻을 수 있으리라는 희망이 신기루 속에 꿈틀대면서 뒤루아의 눈앞으로 우아한 여인들이, 돈 많고 권세 있는 여인들이 나타났다. 흡사 연극 공연의 절정에서 꽃다발처럼 줄줄이 무대 위를 지나는 단역 여배우들처럼 모두들 미소 띤 얼굴로 하나씩 나타나 그의 몽상의 황금빛 구름 저편으로 사라져갔다.

그날 밤 꿈속에서도 환상이 이어졌다.

다음 날 뒤루아는 두근거리는 가슴으로 드 마렐 부인의 집으로 향하는 계단을 올라갔다. 그 여자가 나를 어떻게 맞아줄까? 만나지 않겠다고 하는 건 아닐까? 들이지 말라고 해놓은 건 아닐까? 혹시 누구한테든 얘기를 했다면……. 아니다. 그럴 리는 없다. 어설프게 얘기를 꺼냈다가는 전부 들통 날 상황이 아닌가. 그러니까 주도권은 그가 쥐고 있는 셈이었다.

하녀가 문을 열었다. 여느 때와 똑같은 표정이었다. 뒤루아는 자기가 이렇게 찾아가면 하녀가 깜짝 놀라리라고 예상하기라도 한 사람처럼 순간 마음이 놓였다.

"부인께선 안녕하신가?" 그가 물었다.

하녀가 그를 거실로 안내했다.

뒤루아는 곧장 벽난로 쪽으로 가서 머리와 옷매무새를 확인했다. 거울 앞에서 넥타이를 고쳐 매는데 문턱에 서서 자기를 지켜보고 있는 드 마렐 부인의 모습이 눈에 들어왔다.

그는 못 본 척했고, 그렇게 두 사람은 서로 얼굴을 맞대기 전 거울 속에서 상대의 모습을 살피고 엿보았다.

뒤루아가 돌아섰다. 드 마렐 부인은 여전히 같은 자리에 서 있었다. 그가 돌아서기를 기다린 것 같았다. 뒤루아는 화들짝 앞으로 나서며 "사랑합니다. 사랑합니다." 하고 우물거렸다. 드 마렐 부인은 팔을 벌리며 그의 가슴에 안겼다. 잠시 후 그녀가 고개를 들어 뒤루아를 바라보았고, 두 사람은 오랫동안 키스를 했다.

'생각보다 훨씬 쉽군. 아주 잘되고 있어.' 뒤루아가 생각했다. 두 사람의 입술이 떨어질 때 그는 말없이 미소를 지으며 눈길 속에 무한한 사랑을 담으려고 애썼다.

드 마렐 부인도 미소를 지었다. 욕정을 느끼고 있고 상대와 생각이 같으며 이제 몸을 맡기겠다는 뜻을 담은 미소였다. 그녀가 나지막하게 말했다. "우리밖에 없어요. 로린은 친구네 집에서 밥 먹고 오라고 보냈어요."

뒤루아는 한숨을 내쉬면서 여자의 손목에 입을 맞췄다. "감사합니다. 난 정말 당신을 사랑합니다."

여자는 남편의 손을 잡듯이 뒤루아의 손을 잡아서 소파로 데려갔다. 그렇게 두 사람은 나란히 앉았다.

이제 뭔가 능숙하게 그리고 상대를 매혹할 수 있게 이야기를 시작해야 했다. 하지만 욕심과 달리 아무것도 생각나지 않았고, 뒤루아는 간신히 입을 열었다.

"저한테 화 많이 나신 건 아니겠죠?"

여자가 그의 입에 손을 가져다 댔다.

"조용히 해요."

두 사람은 불타오르는 손가락을 서로 깍지 낀 채 말없이 상대의 눈을 응시했다.

"난 정말 간절히 당신을 원합니다." 뒤루아가 말했다.

"조용히 해요." 여자가 다시 말했다.

벽 너머 식당에서 하녀가 그릇을 만지는 소리가 들렸다.

뒤루아가 일어서며 말했다. "부인과 이렇게 가까이 앉아 있을 수는 없습니다. 이성을 잃을 것 같군요."

그때 문이 열렸다. "식사 준비됐습니다."

뒤루아는 근엄한 태도로 팔을 내밀었다.

두 사람은 미소 가득한 얼굴로 마주 앉아 식사를 했다. 막 시작된 사랑의 달콤한 매력에 빠져서 서로 상대방 외에는 그 어느 것도 눈에 들어오지 않았다. 뭘 먹는지도 모른 채 그냥 먹었다. 뒤루아는 발 하나가, 자그마한 발 하나가 식탁 밑에서 이리저리 움직이는 것을 느꼈다. 그는 두 발을 뻗어 그 발을 잡고는 놓아주지 않고 온 힘을 다해 꽉 죄었다.

하녀가 왔다 갔다 했다. 기운이 없는지 무심하게 음식을 내오고 내가는 동안 아무것도 눈치채지 못하는 것 같았다.

식사가 끝난 후 두 사람은 거실로 돌아와 다시 소파에 나란히 앉았다.

뒤루아는 조금씩 드 마렐 부인 곁으로 다가가며 껴안으려 했다. 하지만 그녀는 부드럽게 밀쳐 내며 말했다. "조심해요. 들어올지도 몰라요."

뒤루아가 중얼거렸다. "언제 둘이만 있을 수 있는 겁니까? 내가 당신을 얼마나 사랑하는지 알기는 합니까?"

드 마렐 부인이 그의 귀에 대고 나지막하게 말했다.

"조만간 내가 당신 집에 들를게요."

뒤루아의 얼굴이 달아올랐다. "그게…… 우리 집은…… 너무 누추합니다."

드 마렐 부인이 빙그레 웃으며 말했다. "상관없어요. 당신을 보러 가는 거지 집을 보러 가는 게 아니니까요."

그렇다면 언제 올 수 있느냐고 뒤루아가 다그쳐 물었다. 한참 뒤 그녀는 다음 주로 날짜를 잡았다. 뒤루아는 눈을 번득이고 더듬거리면서 조금 앞당기라고 했다. 단둘이 마주 앉아 식사를 한 다음 억누를 수 없는 욕정에 휩싸인 그는 벌겋게 상기된 얼굴로 여자의 손을 움켜쥐고 만지작거렸다.

드 마렐 부인은 남자가 애타게 애원하는 모습을 재미있어하면서 하루씩 날짜를 앞당겼다. 뒤루아는 계속 우겼다. "내일이오……. 말해요……. 내일이라고."

마침내 그녀가 동의했다. "그래요, 내일로 해요. 5시."

뒤루아는 기쁨에 겨워 깊은 숨을 내쉬었다. 그런 다음 두 사람은 이십 년 지기 친구라도 되는 양 아주 다정한 분위기에서 조용히 대화를 나누었다.

그때 갑자기 벨이 울리는 바람에 두 사람은 소스라치게 놀랐다. 둘 다 벌떡 몸을 일으켜 떨어져 앉았다.

부인이 중얼거리듯 말했다. "로린일 거예요."

들어오던 아이는 누가 있어서 놀랐는지 걸음을 멈췄다가 손님이 뒤루아라는 것을 확인하더니 좋다고 손뼉을 치며 뛰어왔다. 그리고 소리를 질렀다.

"야! 벨아미[39]다!"

드 마렐 부인이 웃으며 말했다.

"세상에, 벨아미라네요! 로린이 당신 이름을 지어줬군요. 아주 잘 어울리는 이름이에요. 나도 이제 벨아미라고 불러야겠어요."

뒤루아는 로린을 안아 올려 무릎 위에 앉혔다. 그리고 지난번 아이에게 가르쳐준 여러 가지 자질구레한 놀이들을 하나도 빠짐없이 다 하면서 놀아주었다.

뒤루아는 신문사에 가기 위해 3시 20분 전에 자리에서 일어섰다. 계단에 서서 반쯤 닫힌 문틈으로 입술을 살짝 움직이며 속삭였. "내일 5시요."

"알았어요." 드 마렐 부인이 미소 띤 얼굴로 대답하고는 안으로 들어갔다.

신문사 일을 마치자마자 뒤루아는 연인을 맞이하기 위해 방을 어떻게 손볼지 궁리하기 시작했다. 무엇보다도 지저분한 곳을 가려야 했다. 결국 그는 자질구레한 일본 장식품을 사서 핀으로 꽂기로 했다. 5프랑을 주고 주름 종이, 작은 부채, 그리고 가리개를 사서 벽지 위 얼룩이 눈에 띄는 곳을 가렸다. 창문 유리에도 그림이 그려진 투명 종이를 붙였다. 강에 배가 떠 있고 새들이 붉은 노을에 물든 하늘을 날아다니는 그림, 색색의 옷을 입은 여자들이 발코니에 서 있는 그림, 눈 덮인 들판에 검은 옷을 입은 작은 남자들이 줄지어 걷고 있는 그림이었다.

그렇게 꾸미고 나니 몸 누일 자리밖에 없는 좁은 방 안이 흡사 그림이 그려진 종이 등 안에 들어앉은 것 같은 기분을 느끼게 해주었다. 뒤루아는 결과가 아주 만족스러웠다. 저녁 내내 그는 남은 색지의 새를 오려서 천장에 붙였다.

그러고 나서 기차의 기적 소리를 들으며 잠이 들었다.

이튿날 뒤루아는 식품점에서 마데르산 포도주와 과자를 사서 일찌감치 집으로 돌아왔다. 하지만 접시 두 개와 잔 두 개를 사기 위해 다시 나가야 했다. 그는 화장 테이블 위에 간식을 차렸다. 테이블의 나무가 더러워진 것은 냅킨을 깔아 가렸고, 대야와 물병도 그 아래 감춰버렸다.

그리고 기다렸다.

드 마렐 부인은 5시 15분에 왔다. 그녀는 눈부시게 반짝거리는 그림들을 보고 좋아하며 탄성을 질렀다. "세상에, 방이 너무 멋지네요. 하지만 계단에는 사람들이 아주 많더군요."

뒤루아는 여자를 두 팔로 끌어안았고, 얼굴을 가린 베일 위에 대고 이마와 모자 사이의 머리카락에 정신없이 키스를 했다.

한 시간 반 후에 그는 드 마렐 부인을 롬 거리의 역마차 정류장까지 배웅했다. 그리고 마차에 오르는 그녀에게 나지막하게 속삭였다.

"화요일, 같은 시간입니다."

드 마렐 부인도 말했다. "같은 시간, 화요일이오." 이미 어두워졌기 때문에 그녀는 고개를 문 쪽으로 내밀며 뒤루아의 입술에 키스를 했고, 마부가 말에 채찍질을 하자 "안녕, 벨아미!" 하고 큰 소리로 인사를 했다. 흰말이 지친 발걸음을 옮기면서 낡은 마차는 멀어져 갔다.

그렇게 해서 뒤루아는 삼 주 동안 드 마렐 부인을 맞았다. 부인은 이틀 혹은 사흘에 한 번, 때로는 아침에 오고 때로는 저녁에 왔다.

그날 오후도 뒤루아는 드 마렐 부인을 기다리고 있었다. 그런데 계단에서 시끄러운 소리가 났다. 문 쪽으로 가보니 아이가 우는 소리가 들렸다. 그리고 남자 하나가 화를 내며 소리를 질렀다. "저 자식은 왜 또 울어대는 거야?" 그러자 잔뜩 짜증이 났는지 찢어질 듯한 여자 목소리가 대답을 했다. "위층 기자한테 오는 그 더러운 년이 층계참에서 니콜라를 넘어뜨렸잖아. 계단에 아이가 있는지 없는지 보지도 않고 지나가는 그런 년이 어디 있어?"

그리고 계단에서 급하게 치마가 스치는 소리, 다급한 발걸음 소리가 들렸다. 화들짝 놀란 뒤루아는 안으로 들어와 버렸다.

곧이어 조금 전 그가 닫은 문을 두드리는 소리가 들렸다. 뒤루아가 문을 열자 겁에 질린 드 마렐 부인이 헐떡거리며 달려들었다. 그녀는 간신히 말했다.

"들었어요?"

뒤루아는 아무것도 모르는 척했다.

"못 들었소. 무슨 일이오?"

"날 모욕했어요."

"아니, 누가?"

"아래 사는 한심한 인간들이오."

그녀는 한마디도 더 하지 못하고 계속 흐느끼기만 했다.

뒤루아가 여자의 모자를 벗기고 끈을 풀어준 다음 침대에 눕혔다. 수건을 적셔 이마를 닦아주어야 했다. 그녀는 흥분이 조금 가라앉고 나자 이번엔 분노가 폭발했다.

그러더니 뒤루아에게 당장 내려가서 그 사람들을 혼내 주라고, 죽여 버리라고 했다.

뒤루아가 대답했다. "하지만 그 사람들은 노동자고 거친 사람들이오. 괜히 경찰에 갔다간 당신 신분이 드러날 테고, 당신까지 체포될 수 있단 말이오. 그럼 끝장이오. 저런 사람들하고는 상대할 필요가 없소."

그 말에 드 마렐 부인의 생각이 다른 곳에 미쳤다. "그럼 이제 어떻게 하죠? 난 이제 여기 못 온단 말이에요."

그러자 뒤루아가 대답했다. "간단하오. 내가 이사를 가겠소."

드 마렐 부인이 중얼거렸다.

"그래요. 하지만 시간이 걸리겠네요." 그러더니 좋은 생각이 떠올랐는지 갑자기 신이 나서 말했다.

"아니야, 내 말 잘 들어요. 방법을 찾았어요. 내가 알아서 할게요. 당신은 신경 쓰지 않아도 돼요. 내일 아침에 내가 '파란 봉투'[40]를 보낼게요."

드 마렐 부인은 파리 시내의 봉함 속달우편을 '파란 봉투'라고 불렀다.

그녀는 조금 전 무슨 생각을 한 건지 끝까지 말해 주지 않았지만, 어쨌든 스스로 대단히 만족한 것 같았다. 그런 다음엔 격정적인 사랑을 끝없이 펼쳐 보였다.

하지만 다시 계단을 내려가는 동안은 불안해하면서 온 힘을 다해 연인의 팔에 매달렸다. 다리가 후들거리는지 제대로 걷지도 못했다.

다행히 아무도 만나지 않았다.

이튿날 늦잠을 잔 뒤루아가 11시까지 침대에 누워 있는데 전보

배달부가 약속된 파란 봉투를 가져왔다.
봉투를 열어보니 이렇게 쓰어 있었다.

오늘 오후 5시, 콩스탕티노플 거리 127번지로 와요. 뒤루아 부인 이름으로 빌린 집을 열어달라고 하면 돼요. 클로[41]가 사랑을 보냅니다.

5시 정각에 뒤루아는 가구 딸린 아파트들이 있는 커다란 건물의 관리인에게 갔다. "뒤루아 부인이 여기에 집을 빌렸소?"
"그렇습니다."
"안내해 주시오."
관리인은 신중을 기해야 하는 이런 미묘한 상황에 익숙한 듯 뒤루아의 눈을 응시하더니 기다란 열쇠 꾸러미를 뒤적거리면서 물었다.
"뒤루아 씨 맞으십니까?"
"그렇소. 내가 뒤루아요."
관리인이 1층 자기 거처 맞은편에 있는 아파트의 문을 열어주었다. 거실에 방 하나가 딸린 작은 집이었다.
거실의 꽃무늬 벽지는 제법 깨끗했고, 노란 무늬가 있는 녹색 렙스[42] 천을 입힌 마호가니 가구가 놓여 있었다. 바닥에는 꽃무늬 카펫이 깔려 있는데 워낙 얇아서 그 아래 마룻바닥의 감촉이 느껴질 정도였다.
침실은 침대가 전체의 사분의 삼을 차지할 정도로 좁았다. 그러니까 방 안쪽으로 침대가 양쪽 벽에 다 닿을 정도였다. 그 위로는 역시 두툼한 파란색 렙스 천으로 만든 커튼이 쳐 있고, 침대에 덮인 털 이불을 싼 실크에는 뭔지 알 수 없는 얼룩이 묻어 있었다.
뒤루아에게는 마땅치 않은 상황이었다. 그는 불안해졌다. "이런 집은 엄청나게 비싸겠군. 또 돈을 빌려야겠어. 그 여자는 왜 이렇게 바보 같은 짓을 한 거지."

그때 문이 열리고 클로틸드가 허겁지겁 뛰어들어 와 두 팔을 벌렸다. 옷자락 스치는 소리가 크게 들렸다. 그녀는 아주 신이 나 있었다.
"어때요? 좋죠? 올라갈 필요도 없잖아요. 1층이니까! 관리인 눈에 띄지 않고 창문으로도 들락거릴 수 있고. 여기에서라면 마음대로 사랑을 해도 괜찮아요!"

뒤루아는 차마 입에서 맴도는 질문을 내뱉지 못하고 여자에게 차갑게 키스를 했다.

드 마렐 부인은 방 한가운데 있는 조그만 원탁 위에 큰 짐 꾸러미를 내려놓더니, 그것을 열어 비누와 뤼뱅[43] 향수 한 병, 스펀지, 머리핀 상자, 단추 끼우개를 꺼냈다. 매번 이마에 늘어뜨리는 머리가 풀어지곤 했기 때문에 그것을 다듬기 위한 머리 인두도 있었다.

그녀는 새 장소에 온 것을 즐거워했다. 물건 하나하나를 어디에 놓으면 좋을지 신이 나서 자리를 찾았다.

그녀가 서랍을 열면서 말했다. "필요할 때 갈아입을 수 있게 속옷도 좀 가져와야겠어요. 혹시라도 장을 보다가 갑자기 소나기를 만나면 여기 와서 말려도 되겠네. 우리 각자 열쇠를 하나씩 가져요. 열쇠를 잃어버렸을 때를 대비해서 관리인한테 하나 맡겨 두고. 석 달 동안 빌렸어요. 물론 당신 이름으로. 내 이름으로 할 수는 없잖아요."

그 말에 뒤루아가 물었다.

"집세는 언제 내야 하는 거요?"

그녀가 말했다. "내가 냈어요."

뒤루아가 다시 물었다. "그럼 당신한테 갚아야 하는 건가?"

"아니요, 그대. 그럴 필요 없어요. 신경 쓰지 않아도 돼요. 이 일을 벌인 건 나니까."

뒤루아는 화를 내는 척했다. "아니! 그건 안 되지. 절대 받아들일 수 없소."

드 마렐 부인이 애원하는 듯한 얼굴로 다가와서 그의 어깨에 손을 없고 말했다. "부탁이에요, 조르주. 난 정말 기쁘단 말이에요. 우리들의 보금자리가 내 거라는 게, 나만의 것이라는 게 너무 좋은걸요. 기분 나쁘게 생각할 일이 아니에요. 뭣 때문에 화가 나죠? 난 우리 사랑에 투자를 하려는 건데. 자, 제오,[44] 괜찮다고 말해요. 괜찮다고……." 여자는 눈길로, 입술로, 온 존재를 바쳐서 애원했다.

뒤루아는 화가 난 얼굴로 계속 안 된다고 하면서 상대가 거듭 부탁하게 만들었다. 그러다가 결국은 그렇다면 할 수 없다며 받아들였다.

드 마렐 부인이 떠난 후 뒤루아는 마음속 어디에서 떠오른 생각인지는 개의치 않고 양손을 비비며 중얼거렸다. "어쨌든 착한 여자야."

며칠 후 뒤루아는 다시 파란 봉투를 받았다. 이렇게 쓰여 있었다.

오늘 저녁 남편이 육 주 동안의 시찰을 마치고 돌아와요. 그러니까 우리는 일주일 동안 만날 수 없어요. 아, 내 사랑, 정말 힘든 시간이 될 거예요. 당신의 클로가.

뒤루아는 잠시 어리둥절했다. 그러니까 지금껏 그는 클로틸드가 유부녀라는 생각을 전혀 하지 못했던 것이다. 그런데 남편이 나타났다. 뒤루아는 그 남자를 보고 싶었다. 단 한 번이라도 얼굴을 보고 싶었다.

하지만 그는 그냥 남편이 떠나기를 참을성 있게 기다렸다. 그사이 폴리 베르제르에 두 번 갔고, 매번 라셸의 집에서 잤다.

어느 날 아침 다시 전보가 왔다. 단 네 마디였다. "오늘 오후 5시. 클로."

둘 다 약속 시간보다 일찍 도착했다. 드 마렐 부인은 사랑의 열정에 젖어 뒤루아의 품으로 뛰어들었고, 그의 얼굴 여기저기에 격정적인 키스를 퍼부으며 말했다. "괜찮으면 우리 멋지게 사랑한 다음에 어디로든 식사하러 가요. 집에는 다 해결해 놓고 왔어요."

월초였다. 뒤루아는 이미 오래전에 월급을 당겨쓴 후 그날그날 되는대로 돈을 긁어모아 사는 중이었는데, 우연히도 그날은 돈이 있었다. 그는 여자를 위해 돈을 쓸 수 있는 기회가 생겼다는 것이 기뻤다.

"좋은 생각이야. 당신 좋은 데로 갑시다." 뒤루아가 대답했다.

두 사람은 7시경 아파트를 나서서 외곽 대로로 갔다. 드 마렐 부인은 바짝 기대서서 뒤루아의 귀에 대고 소곤거렸다. "이렇게 당신 팔을 잡고 외출을 하니까 너무 좋아요. 당신한테 기대 있는 게 너무 좋아."

"페르 라퇼[45]로 가겠소?"

여자가 대답했다. "아니, 거긴 너무 화려해요. 좀 재미있고 평범한 곳, 사무원이나 여공들이 가는 그런 식당에 가보고 싶어요. 허름한 식당에서 먹어보고 싶거든요. 아, 시골로 갈 수 있으면 얼마나 좋을까!"

가까운 곳에는 아는 데가 없었다. 두 사람은 결국 식사를 할 수 있는 방이 따로 있는 술집으로 들어갔다. 모자를 쓴 젊은 아가씨 둘이 각기 군인들과 마주 앉아 먹고 있는 모습이 가게 문 너머에서도 보였다.

실내가 좁고 길었다. 제일 안쪽에 역마차 마부 세 명이 식사를 하고 있었다. 또 어떤 일을 하는 사람인지 분간할 수 없는 남자 하나가 다리를 쭉 뻗고 두 손은 바지 혁대에 끼운 채로 의자 등받이까지 고개를 젖혀 눕다시피 한 자세로 파이프를 피우고 있었다. 웃옷에는 온갖 얼룩이 다 묻어 있고, 배가 튀어나온 것처럼 불룩한 주머니 속에는 병 주둥이와 빵 조각, 또 신문지로 싼 꾸러미와 그것을 묶은 실 끄트머리도 보였다. 숱 많은 곱슬머리는 헝클어진 데다 때가 잔뜩 묻어 거의 잿빛이었고, 모자가 의자 밑바닥에 떨어져 있었다.

클로틸드가 들어서자 그 우아한 옷차림 때문에 식당이 술렁대기 시작했다. 두 쌍의 남녀는 속삭이던 말을 멈추었고, 마부 세 명도 입을 다물었다. 파이프를 피우던 남자는 입에서 파이프를 떼고 앞에다 침을 뱉더니 슬며시 고개를 돌려 눈길을 보냈다.

드 마렐 부인이 속삭였다. "정말 좋아요. 아주 재미있을 것 같아요. 다음엔 여공 차림을 하고 와야겠어요." 음식물 기름이 묻어 번들거리는 데다 쏟아진 음료를 웨이터가 대충 행주질한 더러운 테이블이었지만 드 마렐 부인은 전혀 싫은 기색 없이 자리를 잡았다. 오히려 뒤루아가 조금 거북하고 창피했다. 그는 실크해트를 걸어놓을 곳을 찾았지만 아무것도 없자 그냥 의자 위에 내려놓았다.

두 사람은 양고기 스튜와 넓적다리 고기를 샐러드와 함께 먹었다. 클로틸드가 다시 말했다. "난 이런 데가 무척 좋아요. 취향이 좀 저급하죠. 카페 앙글레보다 여기가 더 좋은걸요." 그러더니 또 말을 이었다. "댄스홀에도 한번 데려가 줄 수 있죠? 여기서 별로 멀지 않은 곳에 '라 렌 블랑슈'[46]라는 아주 재미있는 곳이 있어요."

깜짝 놀란 뒤루아가 물었다. "누가 그런 데를 데려간 거요?"

뒤루아의 눈길에 드 마렐 부인은 약간 당황한 듯 얼굴이 붉어졌다. 그 질문이 그녀의 마음속에 들어 있던 추억을 불러낸 것 같았다. 하지만 워낙 순식간에 지나가기 때문에 알아차리기 힘든 여자들 특유의 망설임 후, 그녀가 대답했다. "친구였어요……." 그리고 또 잠시 머뭇거리다가 다시 말했다. "이미 죽었고요."

그녀의 얼굴에는 너무도 자연스러운 슬픔이 어려 있었다. 그녀는 결국 눈길을 떨어뜨렸다. 뒤루아는 처음으로 자기가 저 여자의 과거를 알지 못한다는 것을 깨닫고 생각에 잠겼다. 당연히 애인들이 있었을 것이다. 하지만 어떤 종류의 남자, 어떤 세계의 남자들이었을까? 그의 마음속에서 막연한 질투가, 그녀를 향한 적의 같은 것이 일었다. 그가 알지 못하는 것, 상대의 마음과 삶 속에 있는 것 중에 자기 것이 아닌 모든 것을 향한 적의였다. 말없이 앉아 있는 저 아름다운 여인의 마음속에 비밀이 있다고 생각하니, 심지어 지금 이 순간에도 다른 남자를 그리워하고 있을 거라 생각하니, 뒤루아는 견딜 수가 없었다. 그는 여자의 기억을 들여다보고 휘저어 밝혀내서는 전부 다 알고 싶었다…….

드 마렐 부인이 다시 말했다. "라 렌 블랑슈에 데려가 줄 거죠? 그럼 정말 기쁠 거예요."

그가 마음속으로 생각했다. '뭐! 과거가 무슨 상관이람! 그것 때문에 마음이 상하다니 너무 멍청한 짓이지.' 뒤루아는 빙그레 웃으며 대답했다. "물론이오."

두 사람은 거리로 나갔다. 그녀는 속내를 털어놓을 때 같은 알쏭달쏭한 어조로 나지막하게 말했다. "지금껏 차마 이런 부탁을 할 용기가 안 났어요. 하지만 난 여자들이 못 가는 곳에 가서 남자들처럼 신 나게 노는 게 정말 좋아요. 이번 사육제 때는 남학생 차림을 해야겠어요. 내가 남학생 차림을 하면 아주 웃기거든요."

두 사람은 댄스홀로 들어섰다. 드 마렐 부인은 겁이 나는지 뒤루아 곁에 바짝 붙어 섰지만, 그러면서도 즐거운 듯 황홀한 눈으로 홀 안의 여자들과 기둥서방들을 쳐다보았다. 그러다 가끔씩 혹시라도 위험한 일이 생길까 봐 겁이 나는지 불안해했고, 옆에서 위엄 있게 부동자세를 취하고 있는 경찰을 보며 말했다. "경찰이 아주 든든해 보이네요." 십오 분 동안 신 나게 놀고 나서 뒤루아는 여자를 집까지 데려다 주었다.

그날 이후 두 사람은 하층민들이 즐기는 수상쩍은 장소들을 순례했다. 뒤루아는 자기 연인이 학생들이 술에 취해 흥청거리면서 놀러 다니는 곳을 정말로 좋아한다는 것을 알 수 있었다.

드 마렐 부인은 하녀 옷을 입고 두 사람이 늘 만나는 장소로 왔다. 심지어 보드빌에 나오는 하녀들 같은 면 모자를 쓰고 오기도 했다. 하지만 그렇게 신경을 써서 검소하게 차려입고서도 다이아몬드 반지와 팔찌, 귀걸이는 그대로 하고 있었다. 뒤루아가 그것 좀 벗으라고 하면 그녀는 이유를 댔다. "괜찮아요. 그냥 라인산 색 수정이라고 생각할 텐데, 뭐."

그녀는 자기가 훌륭하게 변장을 했다고 생각했고, 결국은 어리석게도 타조처럼 숨어가면서[47] 평판이 가장 안 좋은 술집들을 드나들었다.

그러면서 뒤루아에게도 노동자 차림을 하라고 했다. 하지만 뒤루아는 끝까지 고집을 부려 일류 신사의 단정한 복장을 유지했다. 실크헤트를 부드러운 펠트 모자로 바꾸어 쓰려고도 하지 않았다.

애인이 뜻을 꺾지 않자 드 마렐 부인은 이렇게 생각하며 단념했다. '사람들이 날 보고 운 좋은 하녀가 사교계 남자와 같이 있다고 생각할 거야.' 그녀는 이런 연극이 재미있었다.

두 사람은 하층계급 사람들이 들락거리는 싸구려 술집을 애용했다. 담배 연기 가득한 술집 구석에 낡은 나무 식탁을 앞에 두고 마주 앉았다. 저녁 식사 때 튀긴 생선 냄새가 배어 있는 매캐한 연기가 구름처럼 방을 가득 채우고 있고, 작업복을 입은 남자들이 작은 술잔을 들이켜며 거칠게 떠들어댔다. 뒤루아와 드 마렐 부인을 보고 놀란 보이가 버찌 술 두 잔을 내려놓으며 계속 힐끗거렸다.

드 마렐 부인은 겁이 나서 떨면서도 상당히 즐거워했다. 불안스럽지만 달아오른 눈으로 주위를 살피면서 붉은색의 과일주를 한 모금씩 마셨다. 그녀는 버찌를 한 입 삼킬 때마다 뭔가 나쁜 일을 저지르는 기분이 들었고, 목구멍을 태우는 듯한 술을 한 방울 넘길 때마다 쓰라린 쾌락에, 사악하고 금지된 쾌락에 빠져드는 것 같았다.

잠시 후 드 마렐 부인이 작은 소리로 말했다. "그만 가요." 그들은 술집을 나서기로 했다. 그녀는 고개를 푹 숙이고 종종걸음으로 마치 무대에서 퇴장하는 여배우 같은 모습으로, 테이블에 팔꿈치를 괴고 앉은 술꾼들 사이를 지나갔다. 모두들 의심 가득한 불만스러운 눈길로 그녀를 쳐다보았다. 드디어 문밖으로 나온 드 마렐 부인이 끔찍한 위험에서 벗어난 사람처럼 깊은 한숨을 내쉬었다.

그녀는 소스라치듯 놀라며 뒤루아에게 묻기도 했다.

"만일 그런 곳에서 사람들이 나한테 욕을 하면 당신은 어떻게 할 거죠?"

뒤루아가 허세를 부리며 단호하게 대답했다.

"당연히 내가 지켜줘야지."

그 말에 드 마렐 부인은 행복해하며 뒤루아의 팔을 움켜잡았다. 누군가 자기한테 욕을 하고 그러면 이 남자가 나서서 지켜주기를, 자기를 놓고 남자들이 싸움을 벌이기를, 저 안에 있는 남자들이 자기 애인과 싸움을 벌이기를 막연히 기대했다.

그런데 이런 식의 외출이 일주일에 두세 번씩 계속되자 뒤루아는 지치기 시작했다. 무엇보다도 마차 삯과 음료값으로 내야 하는 반 루이를 마련하기가 무척 힘들었다.

사실 그는 아주 힘들게 살고 있었다. 북부 철도사에 다닐 때보다 더 쪼들렸다. 신문사 일을 시작하면서 앞으로 돈을 잘 벌게 되리라는 기대 때문에 흥청망청 썼기 때문이다. 가진 돈은 이미 바닥났고, 더 이상 구할 방법도 없었다.

신문사 회계과에서 구하는 것이 제일 간단했지만, 얼마 안 가서 그것도 불가능해졌다. 이미 넉 달의 월급과 원고료 600프랑까지 가불한 상태였다. 또 포레스티에한테 100프랑을 빌렸고, 돈을 잘 쓰는 자크 리발한테도 300프랑을 빌렸다. 그 외에도 20프랑, 100수, 이렇게 굳이 말할 수도 없는 자질구레한 돈까지, 뒤루아는 정말 바짝 쪼들린 상태였다.

100프랑만 더 구해 보려고 생포탱에게 방법을 물었지만, 온갖 술수에 능한 생포탱마저도 방법을 찾지 못했다. 뒤루아는 가난의 고통이 옛날보다 더 견디기 힘들게 느껴졌다. 옛날보다 돈이 더 많이 필요했기 때문이다. 짜증이 밀려오면서 참을 수가 없었다. 그러자 사회를 향한 무언의 분노가 마음속에 똬리를 틀었다. 온종일 아무것도 아닌 이유로 수시로 화가 치밀어 올랐다.

별로 사치도 방탕도 하지 않았는데 도대체 어떻게 한 달 평균 100프랑을 쓸 수 있단 말인가. 하지만 점심 식사에 8프랑, 큰길의 근사한 카페에서 저녁 먹는 데 12프랑, 이것만 더해도 벌써 1루이였다. 게다가 어디다 썼는지 기억조차 할 수 없이 주머니에서 새 나가는 용돈 10프랑을 더하면 30프랑이다. 그렇게 하루 30프랑이면 월말에는 900프랑이 되는 것이다. 아직 옷과 구두, 속옷과 세탁비는 더하지도 않았다.

결국 12월 14일에는 주머니에 한 푼도 남지 않았고, 돈을 마련할 방법도 떠오르지 않았다.

뒤루아는 옛날에 자주 그랬던 것처럼 점심 식사를 건너뛰고 오후 내내 신문사에서 미친 듯이 바쁘게 일을 했다.

4시경 연인에게서 파란 봉투가 왔다. "함께 저녁 식사 안 할래요? 그런 다음에 기분 전환 하러 나가요."

그는 바로 답장을 썼다. "저녁 식사는 힘들겠소." 하지만 그녀가 즐거운 시간을 보내게 해주겠다는데 굳이 거절하는 것은 바보짓이라는 생각이 들어 이렇게 덧붙였다. "그 대신 9시에 우리의 거처에서 기다리겠소."

속달우편 요금을 아끼기 위해서 급사 하나를 시켜 쪽지를 전하게 한 다음, 뒤루아는 어떻게 하면 저녁 식사를 먹을 수 있을지 궁리하기 시작했다.

7시가 되어도 아무 생각도 나지 않았다. 허기가 느껴지고 속이 쓰렸다. 결국 마지막 방법을 쓰기로 했다. 뒤루아는 동료들이 퇴근하고 혼자 남기를 기다렸다가 요란하게 벨을 울렸다. 숙직으로 남아 있던 사장실 수위가 왔다.

뒤루아는 초조하게 주머니를 뒤지며 서 있다가 불쑥 물었다. "이봐요, 푸카르. 지갑을 집에 두고 왔는데, 지금 뢱상부르로 식사하러 가야 해요. 미안하지만 차비 50수만 빌려줄 수 있겠소?"

수위가 조끼 주머니를 뒤져 3프랑을 꺼내면서 물었다. "뒤루아 씨, 이걸로 되겠습니까?"

"됐어요. 고맙소."

흰 동전을 손에 넣은 뒤루아는 계단을 뛰어 내려가 이전에 돈이 없던 시절 단골이던 싸구려 식당에 가서 저녁을 먹었다.

그리고 9시에 그들의 작은 거실 벽난로에 발을 올려놓고 정부를 기다렸다.

드 마렐 부인은 거리의 찬바람을 맞으며 신이 나서 밝은 얼굴로 들어섰다. "우선 한 바퀴 돌고 11시쯤 다시 오는 게 어때요? 산책하기 너무 좋은 날씨네요."

뒤루아가 퉁명스럽게 대답했다. "뭣하러 나간단 말이오? 여기가 훨씬 좋은데."

그녀는 모자도 벗지 않고 다시 한 번 말했다. "하지만 아주 멋진 달밤이란 말이에요. 이런 날 산책을 하면 정말 좋을 거예요."

"그럴 수도 있겠지. 하지만 난 별로 산책하고 싶지 않소."

뒤루아의 목소리가 화가 난 것 같자 놀란 드 마렐 부인은 기분이 상했다. "왜 그래요? 왜 그런 식으로 말하는 거죠? 그저 한 바퀴 돌고 오면 좋겠다고 했을 뿐인데 왜 화를 내는지 이유를 모르겠네요."

뒤루아가 짜증을 내며 일어섰다. "화난 게 아니오. 별로 그럴 마음이 없다는 거지. 그뿐이오."

드 마렐 부인은 상대가 자기 말을 들어주지 않으면 발끈하고, 무례한 말을 들으면 격분하는 그런 여자였다.

그녀는 차가운 분노를 담고 경멸하듯이 뒤루아에게 말했다. "난 지금껏 그런 말을 들어본 적이 없어요. 그럼 나 혼자 갈래요. 잘 있어요."

뒤루아는 상황이 심각하다는 것을 깨닫고 얼른 연인에게 달려갔다. 두 손을 잡고 키스를 하면서 더듬더듬 말했다.

"용서해요. 제발 용서해요. 오늘 저녁은 내가 아주 예민하고 짜증이 났소. 신문사에서 안 좋은 일, 귀찮은 일들이 있었거든. 알잖소. 이 일을 하다 보면 늘 찾아오는 것들 말이오."

여자는 마음이 조금 누그러졌지만 완전히 가라앉지는 않은 목소리로 대답했다.

"난 그런 건 몰라요. 당신이 기분 나쁠 때마다 내가 그걸 감당할 수는 없어요."

뒤루아는 그녀를 껴안고 소파로 데려갔다.

"내 말 들어요. 당신한테 상처를 주려는 건 아니었소. 내가 왜 그런 말을 했는지 나도 모르겠소."

뒤루아는 드 마렐 부인을 앉히고 그 앞에 무릎을 꿇었다. "용서해요. 용서했다고 말해요."

그녀가 작은 소리로 쌀쌀맞게 대답했다. "좋아요. 하지만 또 이러면 안 돼요."

그리고 일어서면서 덧붙였다. "이제 한 바퀴 돌고 와요."

뒤루아는 연인의 허리를 두 팔로 껴안고 꿇어앉아서 말했다. "부탁이오. 그냥 있읍시다. 간청하겠소. 내 말대로 해요. 난 오늘 밤 불 곁에 앉아 당신을 독차지하고 싶소. 그러겠다고 말해 줘요. 제발 부탁이니 그러겠다고 해요."

하지만 그녀는 계속 고집을 부렸다. "아뇨. 난 꼭 나가고 싶어요. 당신 변덕에 맞출 수는 없어요."

뒤루아도 뜻을 꺾지 않았다. "부탁이오. 이유가 있소. 아주 중요한 이유요."

그녀가 다시 말했다. "싫어요. 같이 나가기 싫다면 난 그만 갈래요. 안녕!"

드 마렐 부인은 뒤루아를 힘껏 밀쳐 내고 문 쪽으로 갔다. 뒤루아는 쫓아가서 그녀를 두 팔로 안았다.

"이봐요, 클로. 나의 클로. 내 말 좀 들어봐요. 잠시만 날……."

그녀는 싫다고 고개를 저으면서 말없이 상대의 키스를 피했다. 그리고 자기를 안고 있는 팔에서 빠져나가려 했다.

뒤루아가 허겁지겁 말했다. "클로, 나의 클로. 이유가 있단 말이오."

그녀가 멈춰 서서 그를 정면으로 바라보며 물었다. "거짓말……. 이유가 뭐죠?"

뒤루아는 무슨 말을 해야 할지 몰라서 얼굴이 붉어졌다. 클로틸드는 다시 화를 내며 글썽거리는 눈으로 그를 뿌리쳤다.

그는 다시 한 번 클로틸드의 어깨를 잡았다. 너무 속이 상했고, 이렇게 헤어지는 것을 피할 수만 있다면 무슨 말이든 다 털어놓고 싶어졌다. 결국 실의에 찬 목소리로 고백했다. "실은…… 돈이 없소."

드 마렐 부인은 멈칫하며 그 말이 정말인지 확인하기 위해 뒤루아의 눈을 응시했다. "뭐라고요?"

그는 머리카락까지 벌게지는 기분이었다. "돈이 없소. 단돈 20수도, 10수도 없단 말이오. 카페에 들어가 카시스 술[48] 한 잔을 살 돈도 없소. 이런 창피한 말을 결국 하게 만드는군. 난 말이오. 같이 나가서 마실 것 두 잔을 앞에 두고 앉아 있으면서 아무렇지도 않게 돈을 못 낸다고 할 수는 없단 말이오……."

그녀는 여전히 이쪽을 응시하고 있었다. "그게 정말인가요? 그 말이……."

뒤루아는 재빨리 바지와 조끼, 그리고 재킷의 주머니를 다 뒤집어 보이면서 나지막하게 말했다. "자…… 만족하오? 이제……."

드 마렐 부인은 갑자기 두 팔을 벌려 그의 목에 매달리면서 말했다. "오! 가엾어라……. 정말 몰랐어요. 어쩌다 이런 일이 생긴 거죠?"

드 마렐 부인은 뒤루아를 의자에 앉히고는 그 무릎 위에 앉았다. 그리고 상대의 목을 잡고 콧수염에, 입에, 눈에 쉬지 않고 키스를 하면서 왜 이런 딱한 일이 생긴 거냐고 물었다.

그는 동정을 살 만한 얘기를 꾸며냈다. 아버지가 곤경에 처하는 바람에 도와드리지 않을 수 없었다고, 그동안 저축해 놓은 것을 다 드렸고 큰 빚까지 냈다고 했다.

그러면서 이렇게 덧붙였다. "앞으로 여섯 달 동안은 손가락 빨고 살 처지요. 돈이 나올 수 있는 구멍이 다 바닥나 버렸으니까. 하는 수 없지. 살다 보면 힘든 때도 있는 법이니까. 돈에 절절매면서 살 수는 없잖소."

드 마렐 부인이 그의 귀에다 대고 속삭였다. "내가 좀 빌려줄까요?"

그가 품위 있게 대답했다. "고맙지만 그 얘기는 더 하지 맙시다. 부탁이오. 마음이 아프군."

그녀는 잠시 말이 없다가 다시 남자를 힘껏 안으면서 속삭였다. "내가 얼마나 당신을 사랑하는지 알아요?"

그날 두 사람은 그동안 함께한 사랑의 밤 중 가장 멋진 시간을 보냈다.

집으로 가려고 나설 때 드 마렐 부인이 빙그레 웃으며 물었.

"당신 같은 처지일 때 주머니 안에 돈이 들어 있는 걸 깜박 잊고 있었다거나 안감 속에 빠져 있던 돈이 나오면 아주 좋겠네요?"

뒤루아가 단호하게 대답했다. "두말하면 잔소리지."

그녀는 달이 너무 아름다우니 걸어서 가겠다고 했다. 그리고 달을 바라보며 경탄했다.

겨울이 시작되는 차고 청명한 밤이었다. 거리에는 사람들과 말들이 차가운 날씨에 몸을 떨며 걸음을 재촉하고 있었다. 거리 위로 발뒤축 소리가 울려 퍼졌다.

헤어지기 직전 드 마렐 부인이 물었다. "모레 또 만날래요?"

"물론이오."

"같은 시간?"

"같은 시간."

"그럼 안녕."

두 사람은 다정하게 키스를 했다.

뒤루아는 이 난관을 헤쳐 나가기 위해 내일은 또 어떤 거짓말을 해야 하나 궁리하면서 발걸음을 돌렸다. 그런데 집으로 들어가 방문을 열고 성냥을 찾기 위해 조끼 주머니에 손을 넣는 순간 손가락 끝에 동전이 닿는 감촉이 느껴졌다. 그는 깜짝 놀랐다.

불을 켠 다음 무슨 돈인지 보려고 주머니에서 꺼냈다. 그것은 20프랑짜리 금화였다!

뒤루아는 자기가 제정신이 아닌가 보다 생각했다.

동전을 뒤집어 보고 또 뒤집어 보며 도대체 무슨 기적이 일어나서 이 돈이 자기 주머니에 들어왔는지 생각해 보았다. 하늘에서 돈이 떨어져 주머니에 들어왔을 리는 없지 않은가.

문득 생각이 떠올랐다. 그러자 미친 듯이 화가 났다. 아까 클로틸드가 옷감 사이에 빠진 돈을 곤란할 때 찾으면 얼마나 좋겠냐고 얘기하지 않았던가. 그러니까 그녀가 적선을 하듯 이 돈을 준 것이다. 이토록 수치스러운 일이라니!

그는 맹세했다. "좋아. 모레 얘기하겠어. 아주 본때를 보여 줘야지."

그런 다음 분노와 굴욕으로 엉망이 된 가슴을 달래며 침대로 갔다.

뒤루아는 늦게 잠에서 깼다. 배가 고팠다. 2시까지 일어나지 않고 버텨보려고 다시 잠을 청했다. 그러다가 혼잣말을 했다. "이래 가지

곧 아무것도 해결할 수 없어. 무슨 수를 쓰든 돈을 구해야 해." 그는 밖으로 나가 보면 좋은 생각이 떠오를지도 모른다고 기대하면서 집을 나섰다.

하지만 아무 생각도 나지 않았다. 오히려 식당 앞을 지나칠 때마다 뭔가를 먹고 싶은 격렬한 욕망으로 입가에 침이 고였다. 12시까지 생각이 떠오르지 않자 그는 결심을 했다. "좋아. 클로틸드가 준 20프랑으로 점심을 먹어야겠어. 어쨌든 내일 돌려주기만 하면 되는 거니까."

그는 음식점에 들어가 2프랑 50상팀짜리 점심을 먹었다. 신문사로 들어가면서 수위한테 3프랑을 갚았다. "푸카르, 어제저녁 마차 삯으로 빌린 돈이오."

뒤루아는 7시까지 일했다. 그런 다음 저녁을 먹으러 갔고, 역시 같은 돈에서 3프랑을 썼다. 밤에 맥주 두 잔을 마신 것까지 해서 하루 동안 9프랑 30상팀을 썼다.

그 후에도 마찬가지였다. 하루 사이에 돈을 빌릴 곳이 생길 리도 없고 따로 돈을 마련할 방도가 나타날 리도 없으니, 뒤루아는 결국 저녁에 돌려줘야 하는 돈에서 다시 6프랑 20상팀을 쓸 수밖에 없었다. 정해진 시간에 약속 장소에 갔을 때 그의 주머니에는 4프랑 20상팀밖에 남아 있지 않았다.

뒤루아는 미친개처럼 화가 났다. 당장에 이 상황을 해결하겠다고 다짐했다. 애인에게 이렇게 말할 것이다. "지난번 당신이 내 주머니에 20프랑을 넣어두었더군. 내 처지가 변한 게 없고 돈 문제에 신경을 쓸 겨를이 없으니 오늘 당장 돌려줄 수는 없지만, 다음번 만날 땐 꼭 갚겠소."

두 사람의 거처에 나타난 드 마렐 부인은 다정하지만 사려 깊고 수심에 찬 얼굴이었다. 뒤루아가 자기를 어떤 얼굴로 맞을지 신경이 쓰였기 때문이다. 그녀는 만나자마자 지난번 일을 설명해야 하는 상황을 피하기 위해 계속 뒤루아에게 키스를 했다.

뒤루아는 마음속으로 생각했다. '조금 있으면 얘기를 꺼낼 시간이 있을 거야. 틈을 봐야지.'

하지만 그는 틈을 찾지 못했고, 그 민감한 문제를 꺼내려고 할 때마다 쭈뼛거리다 결국 아무 말도 하지 못했다.

드 마렐 부인은 나가자고 하지 않고 흠잡을 데 없이 상냥했다.

그리고 자정쯤 헤어졌다. 그날 이후 드 마렐 부인이 연이어 시내에서 저녁 모임이 있었기 때문에 다음번 만남은 수요일이나 돼야 가능했다.

이튿날 뒤루아는 아침을 먹은 다음 계산을 하려고 남아 있는 동전 네 개를 찾았다. 그런데 동전이 다섯 개였다. 더구나 그중 하나는 금화였다.

처음에는 전날 식당에서 실수로 20프랑짜리 금화를 거슬러준 줄 알았다. 하지만 이내 깨달았다. 드 마렐 부인이 집요하게 또 적선을 한 것이다. 뒤루아는 치욕감과 함께 가슴이 떨렸다.

어젯밤에 아무 말도 하지 않은 것이 너무나 후회스러웠다! 강력하게 말했더라면 이런 일은 일어나지 않았을 것이다.

이후 나흘 동안 뒤루아는 5루이를 마련하기 위해 애를 썼고 수없이 많은 노력을 했다. 하지만 모두 헛수고였다. 결국 그는 클로틸드가 준 두 번째 금화도 써버렸다.

뒤루아는 클로틸드에게 화를 내며 말했다. "이봐, 지난번 같은 장난은 또 하지 마요. 정말 화를 내겠소." 하지만 그녀는 요령껏 애인의 바지 주머니에 다시 20프랑을 넣었다.

나중에 그것을 안 뒤루아는 "제기랄!" 하고 화를 냈다. 하지만 그러면서도 그 돈을 손이 닿는 곳에 지니고 있기 위해 조끼 주머니로 옮겨 놓았다. 그의 수중에는 단 한 푼도 없었기 때문이다.

꺼림칙했지만 이렇게 생각하면서 마음을 달랬다. '나중에 한꺼번

에 돌려주면 되지. 어차피 빌리는 건데, 뭘.'

그는 신문사의 회계 담당자에게 필사적으로 애원하며 부탁을 했고 결국 매일 100수씩을 받기로 했다. 하지만 그 돈은 먹는 데 쓰고 나면 남는 게 없었다. 60프랑의 빚은 갚을 수가 없었다.

클로틸드는 다시 파리의 밤거리를 돌아다니며 이상한 곳에 가보고 싶어 했다. 뒤루아 역시 주머니에 금화가 들어 있어도 많이 짜증이 나지 않게 되었다. 이 주머니 저 주머니, 심지어 구두 속에도 동전이 들어 있었고, 또 어떤 때는 신 나게 밤거리를 돌아다닌 후 시계 뚜껑을 열면 동전이 들어 있기도 했다.

뒤루아는 생각했다. 지금 그의 힘으로는 클로틸드의 욕망을 채워줄 수 없다. 그녀로서는 그렇다고 포기하는 것보다는 이렇게 자기 돈을 써서라도 욕망을 채우는 것이 낫지 않은가.

더구나 뒤루아는 나중에 갚아주기 위해 그녀가 주는 돈을 다 계산해 두고 있었다.

어느 날 클로틸드가 말했다. "내가 아직 폴리 베르제르에 가본 적이 없다는 걸 믿을 수 있어요? 날 좀 데려가 줄래요?" 뒤루아는 혹시나 라셸을 만나게 될까 봐 선뜻 대답을 하지 못했다. 하지만 이내 마음속으로 생각했다. '내가 유부남도 아닌데, 뭘. 라셸이 보면 상황을 눈치채고 말을 안 걸겠지. 더구나 우린 칸막이 관람석에 있을 테고.'

그 외에도 다른 한 가지 이유 때문에 뒤루아는 결심을 했다. 그러니까 자기 돈을 들이지 않고 드 마렐 부인을 극장 관람 박스에 들어가게 해줄 수 있는 좋은 기회였던 것이다. 그동안 도움을 받은 것에 대한 일종의 보상 심리 같은 것이었다.

뒤루아는 클로틸드에게 잠시 마차 안에 있으라고 하고 그녀가 안 보게 공짜 입장권을 받아 왔다. 두 사람은 검표원들의 인사를 받으며 안으로 들어섰다.

공연장을 둘러싼 복도는 사람들로 가득 차 있었다. 남자들, 이리저리 배회하며 돌아다니는 여자들 사이로 지나가기조차 힘들었다. 마침내 두 사람은 꼼짝 않고 앉아 있는 무대 앞 일등석과 시끌벅적한 일반 관람석 사이 칸막이 좌석으로 들어가 앉았다.

드 마렐 부인은 무대에는 별 관심이 없고 등 뒤에 돌아다니고 있는 여자들한테 마음이 가 있었다. 계속 뒤를 돌아보면서 여자들을 향해 두리번거렸다. 그녀는 저 여자들을 만져보고 싶었다. 어떻게 생겼는지 알고 싶었고, 다가가서 가슴과 뺨, 머리카락을 만지며 느껴보고 싶었다.

드 마렐 부인이 말했다. "저기 뚱뚱한 갈색 머리 여자가 계속 우리를 보고 있네요. 조금 전엔 우리한테 말을 거는 줄 알았어요. 봤어요?"

뒤루아가 대답했다. "못 봤소. 당신이 잘못 봤을 거요." 하지만 뒤루아는 이미 한참 전에 그 여자를 보았다. 노여움이 가득한 눈길로, 거친 말을 품은 입술로, 라셀이 두 사람 주위를 맴돌고 있었던 것이다.

사실 조금 전 인파를 헤치고 오다가 뒤루아는 라셀과 스쳤다. 그녀는 '뭘 하는지 다 알죠.' 하는 뜻으로 윙크를 하면서 나지막하게 "안녕!"이라고 인사를 했다. 하지만 뒤루아는 혹시나 애인한테 들킬까 봐 겁이 나서 그 친절한 인사에 아무 대답도 하지 못했고, 고개를 빳빳이 세운 채 경멸을 담은 입술로 냉정하게 지나쳐버렸다. 그러자 미처 의식하지는 못했지만 이미 질투심 때문에 신경이 곤두서 있던 라셀이 가던 길을 멈추고 돌아와 다시 뒤루아와 옷깃을 스치면서 조금 더 큰 소리로 말했다. "안녕, 조르주."

뒤루아는 이번에도 대답하지 않았다. 그러자 라셀은 무슨 일이 있어도 상대가 자기를 알아보고 인사를 하게 만들겠다는 듯 계속 칸막이 좌석 쪽으로 접근하면서 기회를 노리고 있었다.

드 마렐 부인이 자기를 보고 있다는 것을 깨달은 라셀은 다가와 손가락 끝으로 뒤루아의 어깨를 치면서 말했다.

"안녕. 잘 지냈어요?"

뒤루아는 돌아보지 않았다.

그녀가 다시 말했다. "웬일이죠? 목요일까지 괜찮더니 그사이 귀머거리가 됐나요?"

뒤루아는 이 이상한 여자와 한마디라도 섞었다가는 자기 체면이 깎인다고 생각하는 사람처럼 경멸을 담은 눈길로 여전히 입을 열지 않았다.

라셸이 미친 듯이 웃음을 터뜨리며 말했다. "이젠 벙어리예요? 이 부인께서 당신 혀를 깨물어 버렸나 봐?"

뒤루아는 화가 치민 목소리로 거칠게 손짓을 하며 말했다. "도대체 당신이 뭔데 그런 말을 하는 겁니까? 당장 꺼져요. 아니면 경찰을 부를 테니까."

그러자 라셸이 이글거리는 눈으로 가슴을 내밀며 악을 썼다.

"그래! 그런 거야. 꺼져버려. 이 얼간이 같은 자식아! 침대에서 같이 뒹군 여자한테 적어도 인사는 해야지. 오늘 다른 여자하고 같이 있다고 그렇게 무시해 버리면 안 되지. 조금 전에 내가 옆을 지나갈 때 고개만 끄덕했으면 그냥 내버려 뒀을 거 아냐. 그런데 아예 제대로 거만을 떨었지? 어디 한번 해보자고. 내가 아주 본때를 보여 줄 테니까! 그래! 날 봤을 때 그냥 인사만 했으면 되잖아⋯⋯."

라셸은 계속 큰 소리로 떠들어댈 기세였다. 하지만 드 마렐 부인이 칸막이 좌석의 문을 열어젖히고 인파를 헤치며 정신없이 출구를 찾는 바람에 말을 멈췄다.

뒤루아가 급하게 따라가며 연인을 붙잡으려 했다.

두 사람이 도망가는 것을 본 라셸이 의기양양하게 소리를 질렀다. "저 여자 좀 잡아줘요. 저 여자 잡아달라고요. 내 애인을 뺏어 갔어요."

여기저기서 웃음이 터졌다. 남자 두 명이 장난삼아 도망가는 드 마렐 부인의 어깨를 잡더니 그녀를 끌고 가서 껴안으려고 했다. 따라온 뒤루아가 거칠게 여자를 낚아채 밖으로 데리고 나왔다.

드 마렐 부인은 극장 앞에 기다리고 있던 마차에 뛰어올랐다. 뒤루아도 뒤따라 올라탔다. 마부가 물었다. "어디로 갈까요?" 뒤루아가 대답했다. "아무 데로나 갑시다."

마차는 울퉁불퉁한 포석 위를 덜컹대며 천천히 달리기 시작했다. 신경 발작이 일어난 사람처럼 클로틸드는 두 손에 얼굴을 파묻고 흐느끼느라 숨도 제대로 쉬지 못했다. 뒤루아는 무엇을 해야 할지, 무슨 말을 해야 할지 몰라 난감했다.

그녀의 울음소리가 들리자 뒤루아가 마침내 더듬거리며 입을 열었다. "내 말 좀 들어봐요, 내 사랑 클로. 내가 설명하겠소. 내 잘못이 아니오……. 오래전에 처음 파리에 왔을 때…… 그때 알던 여자인데……."

그러자 배신당한 여자의 분노로 파르르 떨면서 불쑥 클로틸드가 고개를 들었다. 바로 그 분노가 입을 열게 한 것이다. 클로틸드는 숨을 헐떡거렸다. 급하게 토막 난 말로 더듬거렸다. "세상에……! 세상에……! 끔찍해…… 끔찍해……. 당신이 그렇게 지저분한 인간이라니……. 어떻게 그럴 수가 있죠……? 너무 창피해……. 세상에! 말도 안 돼……! 안 돼……! 너무 창피해……."

그녀는 점차 생각이 분명해지고 머릿속이 정리되자 점점 더 격하게 화를 냈다. "그러니까 내 돈으로 그 여자한테 돈을 줬단 말이네. 그렇죠? 그러니까 그 여자한테…… 내가 돈을 준 거야……. 세상에, 끔찍해……!"

클로틸드는 더 심한 말을 찾았다. 하지만 생각이 나지 않자 침을 뱉듯이 말을 내뱉었다. "세상에! 나쁜 놈…… 나쁜 놈…… 나쁜 놈……. 내 돈으로 줬단 말이지……. 나쁜 놈…… 나쁜 놈……."

그녀는 다른 말은 더 이상 아무것도 생각나지 않았고, 그저 같은 말만 되풀이했다. "나쁜 놈…… 나쁜 놈……."

그러더니 갑자기 창밖으로 고개를 내밀어 마부의 소매를 잡아당기며 소리를 질렀다. "세워요!" 그리고 문을 열고 뛰어내렸다.

뒤루아도 따라 내리려고 했지만 드 마렐 부인이 외쳤다. "절대 내리지 마요!" 그 목소리가 너무 커서 지나가던 사람들이 모여들었다. 뒤루아는 추문이 퍼질까 봐 겁이 나서 움직일 수가 없었다.

드 마렐 부인은 주머니에서 지갑을 꺼내 등불 밑에서 동전을 찾았다. 그리고 2프랑 20상팀을 꺼내 마부의 손에 쥐여 주면서 떨리는 목소리로 말했다. "자……. 찻삯이에요……. 내가 내죠……. 저 비열한 인간을 바티뇰의 부르소 거리에 데려다 줘요."

주위에 모여든 사람들이 웃기 시작했다. 남자 하나가 말했다. "브라보, 멋진 여인!" 또 마차 가운데로 다가온 껄렁한 젊은 남자가 열려 있는 문 안으로 고개를 밀어 넣으며 찢어질 듯한 목소리로 외쳤다. "안녕하쇼. 친구 양반!"

떠들썩한 웃음소리를 뒤로하고 마차가 움직이기 시작했다.

6

 이튿날 조르주 뒤루아는 우울한 기분으로 잠에서 깨어났다.
 천천히 옷을 입고 창문 앞에 앉아서 곰곰 생각해 보았다. 전날 몽둥이로 두들겨 맞기라도 한 것처럼 온몸이 쑤셨다.
 그렇지만 당장 돈을 구해야 하니 누워 있을 수가 없었다. 그는 결국 포레스티에를 찾아갔다.
 포레스티에는 서재에서 난롯불에 발을 쬐며 그를 맞았다.
 "웬일로 이렇게 일찍부터 움직이나?"
 "큰 문제가 생겼네. 게임을 하느라 돈을 좀 빌렸거든."
 "도박 빚이 있다는 건가?"
 뒤루아는 잠시 멈칫하다가 대답했다.
 "도박 빚이네."
 "큰돈인가?"
 "500프랑이네."
 사실 그의 빚은 280프랑이었다.
 믿을 수 없다는 얼굴로 포레스티에가 물었다.
 "누구한테 빌렸나?"
 뒤루아는 바로 대답을 하지 못했다.

"……그게…… 그러니까…… 카를빌이라는 사람이네."

"어디 사는 사람인데?"

"그게…… 그게……."

포레스티에가 웃음을 터뜨렸다. "헛물켜기 거리에 사나 보군. 그렇지? 나도 그 사람을 알지. 자네가 20프랑을 빌려달라면 한 번 더 빌려줄 수 있네. 하지만 더 이상은 안 돼."

뒤루아는 그 돈이라도 달라고 했다.

그런 다음 아는 사람들을 모두 찾아다녔고, 5시경 그의 수중에는 80프랑이 있었다.

아직 2백 프랑이 더 필요했다. 결국 뒤루아는 모은 돈을 그냥 가지고 있기로 했다. 그는 혼자 중얼거렸다. "그런 나쁜 여자 때문에 걱정할 필요 없어. 갚을 수 있을 때 갚으면 되지."

뒤루아는 정말 모질게 마음을 먹고 이 주 동안 절약을 하면서 규칙적이고 단정하게 살았다. 그러자 견딜 수 없는 욕정이 일었다. 여자를 안아본 지 몇 년은 된 것 같았다. 항해 중인 선원이 육지를 보면 정신을 차리지 못하듯이 그는 치마만 보아도 파르르 전율했다.

결국 뒤루아는 폴리 베르제르로 갔다. 라셸을 만날 수 있으리라 기대한 것이다. 역시 들어서자마자 라셸이 보였다. 라셸은 늘 그곳에 있었다.

뒤루아가 싱긋 웃으며 다가가 손을 내밀었다. 하지만 라셸은 그를 위아래로 훑어보며 물었다. "뭘 원해요?"

뒤루아는 애써 웃어 보였다. "그렇게 까다롭게 굴지 마."

그녀는 그대로 돌아서며 단호하게 말했다. "난 '등 푸른 인간들'[49] 하고는 상대 안 해요."

라셸은 가장 심한 욕을 찾은 것이다. 뒤루아는 피가 거꾸로 도는 것 같았고 얼굴이 벌게졌다. 결국 혼자 집으로 돌아갔다.

포레스티에는 몸이 아프고 약해서 늘 기침을 했다. 그러면서 신문사에서는 뒤루아를 들볶았다. 어떻게 하면 그에게 힘든 일을 시킬 수 있을지 머리를 쥐어짜는 것 같았다. 하루는 한참 동안 기침 발작을 하고 나서 짜증이 난 포레스티에가 정보를 얻어 오라고 시킨 것을 제대로 못 했다며 뒤루아에게 화를 냈다. "정말이지, 자넨 생각보다 참 멍청하군."

뒤루아는 달려들어 따귀를 날릴 뻔했다. 간신히 화를 참고 중얼거리며 방을 나섰다. "널 꼭 따라잡고 말 테다." 그 순간 한 가지 생각이 떠올랐다. '내가 기어코 널 오쟁이 진 놈으로 만들어주겠어.' 그는 자기 계획에 흐뭇해하면서 두 손을 비비며 밖으로 나갔다.

뒤루아는 당장 다음 날 계획을 실행에 옮기기로 했다. 우선 상황을 살피기 위해 포레스티에 부인을 찾아갔다.

포레스티에 부인은 소파 위에 길게 누워 책을 읽고 있었다.

그녀는 몸을 일으키지 않고 그저 고개만 돌린 채로 손을 내밀며 말했다. "안녕하세요, 벨아미." 뒤루아는 뺨을 한 대 얻어맞은 기분이었다. "왜 절 그렇게 부르십니까?"

포레스티에 부인이 빙그레 웃으며 대답했다. "지난주에 드 마렐 부인을 만났어요. 그 집에선 당신을 이렇게 부른다고 하더군요."

젊은 부인의 상냥한 태도를 확인하자 뒤루아는 마음이 놓였다. 사실 겁먹을 이유가 없지 않은가.

그녀가 말했다. "드 마렐 부인한테는 아주 친절하시던데요. 저한테는 생각나면 한번, 해가 서쪽에서 뜰 때 찾아오시고요."

뒤루아는 포레스티에 부인의 곁에 앉았다. 그리고 새로운 호기심으로, 그러니까 장식용 골동품을 모으는 애호가의 호기심으로 상대를 응시했다. 부드럽고 따스한 금발 머리의 포레스티에 부인은 너무나 매력적이라 당장이라도 다가가 애무를 하고 싶었다. 뒤루아는 생각했다. '분명 이 여자가 더 나아.' 그는 자신이 성공할 것임을 조금도 의심하지 않았다. 과일을 따듯이 그저 손을 뻗어서 잡기만 하면 될 것 같았다.

뒤루아가 단호하게 말했다. "제가 찾아뵙지 않은 건 그편이 낫다고 생각해서입니다."

포레스티에 부인은 무슨 말인지 모르겠다는 얼굴로 물었다. "그게 무슨 말이죠? 왜 그렇죠?"

"왜냐고요? 모르시겠습니까?"

"전혀 모르겠는걸요."

"그건 바로 제가 당신을 사랑하기 때문입니다⋯⋯. 그래요, 물론 약간, 아주 약간이죠⋯⋯. 하지만 혹시라도 완전히 사랑하게 될까 봐⋯⋯."

포레스티에 부인은 놀라워하지도 않았고, 특별히 충격을 받은 것 같지도 않았다. 그렇다고 기분이 좋아진 것 같지도 않았다. 그녀는 여전히 상관없다는 듯한 미소를 띤 얼굴로 차분하게 대답했.

"그래도 오셔도 되는데요. 절 오래 사랑하는 사람은 없거든요."

대답의 내용보다 그 어조가 더 놀라웠다. "왜 그렇죠?"

"소용없는 일이기 때문이고, 또 그렇다는 걸 제가 바로 이해시키니까요. 걱정을 좀 일찍 말해 주셨으면 제가 안심시켜 드렸을 텐데요. 오히려 가능한 자주 찾아오겠다고 약속하시게 만들었을 거예요."

뒤루아가 비통한 목소리로 외치듯 말했다. "사람 감정이란 게 그렇게 마음대로 되는 게 아니잖습니까!"

포레스티에 부인이 뒤루아를 돌아보며 말했다. "잘 들으세요. 난 사랑에 빠진 남자는 살아 있는 사람으로 취급하지 않는답니다. 사랑에 빠진 남자는 바보가 되죠. 아니, 그냥 바보가 아니라 위험한 사람이 돼요. 난 진짜 사랑으로 날 사랑하는 사람, 아니면 그렇다고 주장하는 사람과는 일절 친밀한 관계를 갖지 않는답니다. 일단 귀찮기도 하고 또 미친개처럼 언제 발작할지 모르잖아요. 그런 사람들은 병이다 나을 때까지 격리하죠. 절대 잊지 마세요. 난 어차피 남자들한텐 사랑이 어쩔 수 없는 욕정일 뿐이라는 걸 잘 알고 있답니다. 나한테 사랑은 일종의…… 그러니까…… 영혼의 교감 같은 거죠. 남자들이 믿는 종교에는 없는 거랍니다. 당신들은 겉으로 드러나는 형식만을 알지만, 나한텐 그 정신이 중요한걸요. 그러니…… 자, 날 똑바로 보세요……."

포레스티에 부인의 얼굴에 미소가 사라졌다. 그녀는 침착하고 차가운 얼굴로 한 마디 한 마디 힘을 주며 말했다. "난 절대, 무슨 일이 있어도, 당신의 애인이 되지는 않을 겁니다. 아셨죠? 그 욕망을 계속 고집해 봐야 아무 소용이 없을 거고, 오히려 해가 될 겁니다……. 이제…… 다 끝났으니까…… 우리 친구가 되는 게 어때요? 좋은 친구, 아무런 속셈 없는 진짜 친구 말이에요……."

뒤루아는 그 순간 포레스티에 부인이 내린 선고는 상소의 여지가 없다는 것을, 이후 뭔가를 더 시도해 봐야 소용없는 일이라는 것을 깨달았다. 그는 바로 받아들였고, 앞으로 살아가는 동안 자기편이 되어줄 수 있는 여인을 얻었다는 사실에 더없이 큰 기쁨을 느끼며 두 손을 내밀었다.

"늘 부인 뜻에 따르겠습니다."

포레스티에 부인은 뒤루아의 목소리에서 그의 생각에 거짓이 없나는 것을 느끼고 손을 내밀었다.

뒤루아는 두 손에 차례로 입을 맞춘 다음 고개를 들고 단도직입직으로 말했다. "이럴 수가! 저도 만일 당신 같은 여자를 만났더라면 기꺼이 결혼했을 겁니다!"

뒤루아의 말이 이번에는 포레스티에 부인의 마음을 움직였다. 마음에 와 닿는 찬사를 들은 여자들이 흔히 그렇듯이 그녀는 상대를 노예로 만들어버리는 눈길, 재빨리 스쳐가는 감사의 눈길을 보냈다.

그런 다음 뒤루아가 대화를 이어갈 말을 찾지 못하자 포레스티에 부인은 손가락을 뒤루아의 팔에 대고 부드러운 목소리로 말했다.

"자, 이제 내가 당장 친구로서의 일을 시작할게요. 당신은 좀 서투니까……."

그녀는 약간 망설이더니 뒤루아에게 물었다.

"자유롭게 말해도 되죠?"

"물론입니다."

"정말 다 얘기해도 되죠?"

"네."

"좋아요. 그렇다면, 왈테르 부인한테 가보세요. 당신을 아주 좋게 생각하고 있답니다. 그리고 그분 마음에 들도록 하세요. 거기 가서 마음 놓고 찬사를 바치세요. 물론 왈테르 부인은 정숙한 분이죠. 내 말 잊지 마세요. 아주 정숙한 분이에요. 그래요! 거기선…… 도둑질 같은 건 생각하면 안 됩니다. 하지만 잘만 보이면 그보다 더 좋은 걸 얻을 수 있을 거예요. 제가 알기로 뒤루아 씨는 아직 신문사에서 지위가 낮죠. 그렇다고 걱정하실 건 없어요. 왈테르 부인은 기자들이 찾아오면 다 똑같이 친절하게 맞아주니까요. 자, 내 말을 믿고 한번 가보세요."

뒤루아가 빙그레 웃으며 말했다. "감사합니다. 부인께선 정말 천사로군요……. 수호천사이십니다."

그런 다음 두 사람은 이런저런 일에 대해 이야기를 나눴다.

뒤루아는 함께 있는 시간이 즐겁다는 것을 상대에게 보여 주기 위해서 한참 동안 머물렀다. 마지막에 헤어질 때 뒤루아가 다시 물었다.

"우린 친구인 겁니다. 맞죠?"

"맞아요."

조금 전에 찬사의 효과를 확인한 바 있는 뒤루아가 한 번 더 시도했다.

"혹시라도 부인께서 미망인이 되신다면 구혼자 명단에 저도 이름을 올리겠습니다."

그런 다음 상대가 화를 낼 시간을 주지 않고 서둘러 밖으로 나왔다.

하지만 막상 왈테르 부인을 찾아가려니 마음이 내키지 않았다. 집으로 찾아와도 좋다는 말을 들은 적도 없이 무턱대고 찾아가면 혹시 결례가 되지 않을지 신경이 쓰였던 것이다. 사장은 그에게 늘 잘 대해 주었다. 업무 능력을 인정해 주었고, 어려운 일을 일부러 그에게 맡겼다. 그렇다면 사장의 호의를 이용해서 그 집에 가볼 수도 있지 않을까?

어느 날 뒤루아는 일찍 일어나 아침 시장이 열리는 시간에 밖으로 나갔다. 대략 10프랑을 주고 배 스무 개쯤을 샀다. 멀리서 온 과일처럼 보이게 하려고 바구니에 담아 정성껏 묶고, 사장이 사는 곳의 문지기에게 가져갔다. 바구니 안에 카드를 넣었다.

    조르주 뒤루아가
    왈테르 부인께 받아주시길 청합니다.
    오늘 아침 노르망디에서 온 과일입니다.

다음 날 출근한 뒤루아는 자기 우편함 속에 봉투가 들어 있는 것을 보았다. 왈테르 부인이 답장으로 보낸 카드였다.

    왈테르 부인은
    뒤루아 씨에게 진심으로 감사드립니다.
    그리고 토요일에는 늘 집에 있습니다.

다음 토요일 뒤루아는 왈테르 부인을 찾아갔다.

그녀는 말제르브 대로에 살고 있었다. 두 채가 붙어 있는 집으로,

그중 하나는 세를 주었다. 현실적인 사람들은 원래 그렇게 절약을 하는 법이다. 문지기가 두 집의 문 가운데에서 집주인과 세입자 모두에게 문을 열어주었다. 굵은 장딴지에 흰색 스타킹을 올려 신고 진홍색 깃이 접힌 금단추 옷을 입은 모습이 성당의 근위병 같아서 양쪽 집 모두 화려한 저택의 분위기가 났다.

객실들은 2층이었다. 입구의 대기실은 벽에 장식 융단이 걸려 있고 문에는 커튼이 쳐 있었다. 하인 두 명이 의자에 앉아 졸고 있다가, 한 명이 뒤루아의 외투를 받아 들었고 다른 한 명이 지팡이를 받아 들고 문을 열었다. 하인은 뒤루아보다 몇 발자국 앞서 가서 방문객의 이름을 고하고는 길을 내주며 비켜섰다. 하지만 정작 안에는 아무도 없는 것 같았다.

뒤루아는 어리둥절해서 사방을 두리번거렸다. 사람들이 앉아 있는 모습이 거울에 비쳤다. 꽤 떨어진 곳에 있는 것 같았다. 뒤루아는 거울 때문에 방향이 헷갈려서 처음에는 사람들이 어느 쪽에 있는지도 가늠하지 못했다. 그는 비어 있는 객실 두 곳을 지나, 벽이 금색 물방울무늬의 푸른색 실크로 장식된 작은 규방처럼 생긴 곳으로 갔다. 찻잔이 놓인 원탁 앞에서 여자 네 명이 둘러앉아 나지막하게 이야기를 나누고 있었다.

뒤루아는 그동안 파리에서 지내면서, 그리고 무엇보다 늘 영향력 있는 사람들과 접촉하는 취재기자 생활을 해오면서 어느 정도 자신감을 얻은 터였다. 하지만 텅 빈 객실들을 지나 이런 식으로 들어서자니 상당히 쑥스러웠다.

뒤루아는 집의 안주인을 찾느라 두리번거리며 더듬거렸다. "부인, 이렇게 찾아뵙게 돼서……."

왈테르 부인이 손을 내밀었고, 뒤루아는 허리를 숙이며 그 손을 잡았다. 왈테르 부인이 말했다. "이렇게 와주시다니 정말 친절하세요." 그녀가 권한 의자에 앉다가 뒤루아는 하마터면 넘어질 뻔했다.

의자가 생각보다 너무 낮았던 것이다.

잠시 대화를 멈췄던 여자들이 다시 이야기를 시작했다. 날씨가 굉장히 추워졌다고, 하지만 티푸스가 도는 게 끝나려면, 그리고 스케이트를 타려면 아직 조금 더 추워져야 한다고 했다. 파리에 언제쯤 첫서리가 내릴지에 대해서도 다들 한마디씩 했다. 그러더니 저마다 집 안에 떠도는 먼지처럼 사람들 마음속에 떠도는 진부한 이유들을 대면서 각자 어떤 계절을 좋아하는지 얘기했다.

그때 문이 살짝 열리는 소리가 들렸다. 고개를 돌려보니 두 장의 창유리 너머로 뚱뚱한 부인이 들어오고 있었다. 그녀가 들어오자 앉아 있던 여자 중 하나가 일어서며 그 손을 잡았고, 두 여자는 곧 돌아갔다. 뒤루아는 흑옥 진주가 반짝이는 여자의 뒷모습이 비어 있는 두 객실을 지나가는 모습을 바라보았다.

먼저 자리를 떠난 사람 때문에 잠시 술렁이던 분위기가 가라앉자 저절로 이야기가 다시 시작되었다. 모로코 문제, 근동 전쟁, 아프리카 남단에서 곤경에 처한 영국 이야기 등 이 주제 저 주제 두서없이 옮겨 갔다.

부인들은 모든 문제에 대해 그저 달달 외운 것을 얘기할 뿐이었다. 흡사 사교계에서 인용되는 멋진 연극을 암송하는 것 같았다.

그리고 또 새 손님이 도착했다. 이번에는 곱슬곱슬한 금발의 자그마한 여사였다. 그러자 키가 크고 마른 중년 여자 하나가 떠났다.

이야기는 리네로 옮겨 갔다. 어쩌면 이번에 아카데미에 들어갈지도 모른다고 했다. 새로 온 여자는 리네가 아니라 「돈키호테」를 무대에 올릴 수 있도록 프랑스어 운문으로 훌륭하게 번안한 카바농 르바가 선출될 거라고 자신만만하게 말했다.

"그 작품이 올 겨울에 오데옹 극장에서 공연되죠!"

"그렇군요. 그렇게 문학적으로 의미 있는 시도는 꼭 보러 가고 싶어요."

왈테르 부인은 무심한 듯 차분한 어조로 상냥하게 대답했다. 그녀는 어떤 문제에 대해서든 늘 입장이 준비되어 있기 때문에 주저하는 법이 없었다.

날이 어두워지자 왈테르 부인은 달콤한 꿀처럼 흘러가는 이야기에 여전히 귀를 기울이면서 벨을 눌러 램프를 가져오게 했다. 그리고 다음번 저녁 만찬 초대장의 인쇄를 맡기는 것을 잊었다는 사실을 떠올렸다.

그녀는 꽤 살이 쪘지만, 허물어질 때가 멀지 않은 아슬아슬한 나이임에도 불구하고 여전히 아름다웠다. 정성을 쏟고 조심하면서 피부 위생과 화장품에 신경을 쓴 덕에 아름다움을 유지했다. 더구나 그녀는 매사에 현명하고 절제 있고 합리적이며, 프랑스식 정원처럼 한 줄로 늘어선 정신을 지닌 여자들에 속했다. 그 정원을 산책하는 사람은 예기치 않은 것을 만나 놀라게 되는 위험 없이 나름의 매력을 느낄 수 있을 것이다. 그녀는 양식을, 자유로운 공상 대신 신중하고 믿을 수 있는 섬세한 양식을 지녔다. 그리고 누구에게나 어떤 일에나 선하고 헌신적이며, 차분하게 친절을 베풀었다.

왈테르 부인은 뒤루아가 아직 한마디도 하지 못했다는 것을, 또 아무도 그에게 말을 건네지 않았다는 것을, 그가 조금 거북해하고 있다는 것을 눈치챘다. 아까부터 다들 좋아하는 아카데미 얘기에 빠져 있던 부인들은 여전히 그 주제를 벗어나지 못했다. 왈테르 부인이 물었다. "뒤루아 씨, 사정을 제일 잘 아시잖아요. 누가 더 낫다고 생각하세요?"

뒤루아는 서슴지 않고 대답했다. "부인, 이 문제에 있어서 저는 어떤 후보자가 어느 면에서 뛰어난지를 고려하지 않습니다. 그런 문제야 늘 의견이 분분하니까요. 그보다 전 나이와 건강만 신경 씁니다. 그러니까 후보자가 어떤 자격이 있느냐보다는 차라리 어디가 아프냐를 묻겠습니다. 로페 데 베가[50]의 작품을 얼마나 운을 잘 맞춰

번역을 했는지보다는, 간과 심장, 신장, 척수의 상태가 어떤지 알고 싶습니다. 비대증이 생겼는지, 단백뇨가 있는지, 운동 실조증이 시작되었는지, 이런 것들이 조잡한 시 사십 권에 횡설수설 떠들어놓은 애국심보다 훨씬 더 중요하다고 생각합니다."

부인들은 뒤루아의 의견에 놀라 할 말을 잃은 듯했다.

왈테르 부인이 빙그레 웃으며 물었다. "왜 그렇죠?"

뒤루아가 대답했다. "무슨 문제이건 전 늘 여성분들에게 쾌락을 줄 수 있는지 아닌지 그것만을 생각하니까요. 생각해 보십시오. 부인들께서 아카데미에 관심을 갖는 건 회원 중 누군가가 사망했을 때뿐이잖습니까. 사망하는 회원이 많을수록 부인들께선 행복해지는 거죠. 그렇다면 빨리 사망해야 하고 그러려면 늙고 병든 사람을 임명해야 하지 않을까요?"

놀란 기색이 가시지 않은 부인들에게 뒤루아가 계속 말했다. "저도 부인들과 똑같습니다. 사회면에 아카데미 회원의 부고가 나는 것이 무척 즐겁습니다. 기사를 보면 바로 생각하게 되죠. 그 자리에 누가 들어갈까? 그리고 목록을 만들어봅니다. 말하자면 놀이죠. '불후의 인물'[51]이 사망할 때마다 파리의 모든 살롱에서 펼쳐지는 재미있는 놀이잖습니까. '죽음과 마흔 명의 노인' 놀이 말입니다."

부인들의 얼굴에는 당혹스러움이 다 풀리지는 않았지만 미소가 번지기 시작했다. 뒤루아가 한 말이 옳았기 때문이다.

뒤루아는 자리에서 일어서며 자기 말을 매듭지었다. "아카데미 프랑세즈의 회원은 바로 부인들께서 임명하시는 겁니다. 그렇게 임명을 하는 건 그 사람들이 사망하는 걸 보기 위해서고요. 그러니까 나이가 많은 사람을, 아주 많은 사람을, 가능하면 제일 많은 사람을 고르십시오. 다른 건 전혀 고려할 필요가 없습니다."

그런 다음 뒤루아는 우아하게 인사를 하고 자리를 떴다.

뒤루아가 나가자 한 부인이 말했다. "아주 재미있는 젊은이로군요. 누구죠?"

왈테르 부인이 대답했다. "우리 신문사의 취재기자예요. 아직은 사소한 일들을 하고 있지만 분명 두각을 나타낼 겁니다."

신이 난 뒤루아는 춤추듯 걸음을 옮겨 말제르브 대로를 내려왔다. 마지막을 멋지게 장식하고 나온 것이 기분이 좋아서 혼자 중얼거렸다. "시작이 아주 좋아."

그날 저녁 뒤루아는 라셸과 화해했다.

다음 주 뒤루아에게는 두 가지 사건이 일어났다. 사회면 책임자로 임명되었고, 또 왈테르 부인이 주최하는 저녁 식사에 초대된 것이다. 그는 바로 두 사건이 관련되어 있음을 깨달았다.

《라 비 프랑세즈》는 무엇보다도 돈을 추구하는 신문이고, 사장은 신문사와 의원직을 지렛대로 삼아 돈을 좇는 사람이었다. 그러니까 선량해 보이는 모습을 무기로 사람 좋은 척하면서 뒤에서 술수를 쓰는 것이다. 그는 어떤 일이든 늘 사람을 가려서 시켰다. 어떤 인간인지 살펴보고 이리저리 시험해 본 후에 교활하고 대담하고 융통성 있는 사람한테만 일을 맡겼다. 사장은 사회면 책임자로 임명된 뒤루아가 소중한 인재라고 생각했다.

그때까지 그 일은 편집장인 부아르나르가 맡고 있었다. 부아르나르는 사무원처럼 정확하고 시간을 어기는 법이 없으며 꼼꼼하게 일을 해내는 늙은 기자였다. 그는 지난 삼십 년 동안 열한 곳의 신문사에서 편집 일을 하면서 단 한 번도 행동 방식이나 사물을 보는 방식을 바꾸지 않았다. 마치 식당을 옮기듯이 편집실을 옮겼고, 그러면서 식당마다 요리가 같지는 않다는 것을 거의 알아차리지 못했다. 그는 정치나 종교 문제를 둘러싼 여론에 아무런 관심이 없었다. 어떤 신문사에서든 헌신적으로 일했고, 능숙한 솜씨와 풍부한 경험이 인정을 받았다. 부아르나르는 아무것도 못 보는 장님처럼, 못 듣는 귀머거리처럼, 또 말 못하는 벙어리처럼 일했다. 하지만 기자라는 직업에 아주 충실한 사람이기 때문에 직업상의 전문적 시각에서 볼 때 정직한 일, 적합한 일, 옳은 일이 아니면 절대 받아들이지 않았다.

왈테르 씨는 부아르나르의 가치를 충분히 알고 있었지만 이제 다른 사람을 찾고 싶었다. 그는 늘 사회면이야말로 신문의 중추라고 주장했는데, 그것은 뉴스와 함께 소문을 뿌리면서 대중에게 영향을 미치고 공채에 영향을 미칠 수 있기 때문이었다. 사교계 모임 소식 행간에 아무 일도 아닌 것처럼 넌지시 중요한 일을 끼워 넣어야 한다. 그러니까 드러내고 말하는 것이 아니라 넌지시 암시하는 것이다. 그렇게 암시한 것을 통해 원하는 바를 사람들이 알아차리게 하는 것이 중요하다. 아니라고 부정하면 소문이 굳어질 것이고, 긍정하면 아무도 그 소문을 믿지 않게 될 것이다. 사회면은 모든 독자가 적어도 하루에 한 줄씩은 흥미로운 기사를 읽을 수 있어야 한다. 그러자면 모든 사건과 사람에 대해 생각해야 하고, 모든 세계와 직업을 다 생각해야 하며, 파리와 지방을, 군인과 화가를, 성직자와 대학을, 정부 관리와 거리의 여자까지를 모두 생각해야 한다.

그러므로 사회면을 지휘하고 취재기자들의 전투를 끌어가려면 늘 깨어 있어야 하고, 경계를 게을리하지 않아야 하며, 쉽게 믿지 않고 앞을 내다볼 줄 알아야 한다. 또 교활하고 민첩하고 융통성이 있어야 하고, 온갖 술수를 사용할 줄 알아야 하며, 정확한 후각으로 한눈에 거짓 소식을 간파해 내야 한다. 또 할 말과 숨길 말을 판단하고, 어떤 것이 독자에게 영향을 미칠지 알아내고, 그렇게 얻은 소식을 최대한 효과적으로 전달할 수 있어야 한다.

사장이 보기에 부아르나르는 경험은 많지만 솜씨와 요령이 부족했다. 무엇보다도 그는 매일매일 사장이 마음속에 품고 있는 은밀한 생각들을 간파해 내는 능력이, 그 타고난 교활함이 없었다.

뒤루아라면 이 일을 완벽하게 해낼 것이다. 뒤루아는 분명 노르베르 드 바렌의 표현대로 "국가 재정이라는 바다[52]과 정치라는 더 깊은 바닥 위를 항해하고 있는" 이 신문의 편집을 완성해 줄 것이다.

《라 비 프랑세즈》기사에 영감을 주는 진정한 편집자는 사장이 주도하거나 지지하는 투기사업에 이해관계가 얽혀 있는 하원 의원 대여섯 명이었다. 의회에서 '왈테르 파'라고 불리는 그들은 왈테르와 함께 또는 왈테르의 도움을 받아 돈을 벌어들여 주위의 부러움을 샀다.

정치면 책임자인 포레스티에는 그 사업가들이 내세운 허수아비였다. 사업가들이 제안하면 포레스티에는 실행에 옮길 뿐이다. 사설에 쓸 얘기를 그들이 넌지시 알려 주면 포레스티에는 조용한 곳에서 쓰겠다면서 늘 집으로 가져갔다.

사장은 또 자기의 신문에 문학적이고 파리에 어울리는 체제를 갖추기 위해 각기 다른 분야에서 이름을 떨치고 있는 작가 두 사람을 끌어들였다. 시사 문제 기자인 자크 리발, 시인이면서 종잡을 수 없는 기사를 쓰는, 새로운 유파에 속하는 작가라고 할 수 있을 노르베르 드 바렌이었다.

그와 동시에 돈만 주면 닥치는 대로 다 써낼 수 있는 사람들이야 얼마든지 있으니 그중에서 예술, 회화, 음악, 연극 등의 평론 기사, 그리고 형사 문제, 경마 기사 등을 쓸 사람들을 싼값으로 확보해 두었다. 그 외에도 '핑크 도미노'와 '흰 손'이라는 필명을 가진 상류층 부인 두 명도 글을 보내왔다. 그녀들은 사교계의 다양한 소식과 함께 유행, 고상한 생활, 예절, 처세술 등의 이야기를 전해 왔는데, 그러다 보면 파리 귀부인들의 비밀이 드러나기도 했다.

《라 비 프랑세즈》는 그렇게 수많은 사람들의 손으로 조종되면서 "바다 밑바닥과 더 깊은 바다" 위를 항해했다.

뒤루아가 사회면 책임자에 임명된 기쁨을 만끽하고 있을 때 인쇄된 작은 초대장이 왔다. 거기에는 이렇게 쓰여 있었다.

> 왈테르 부부가
> 조르주 뒤루아 씨께 1월 20일 목요일 저녁에
> 식사를 하러 와주시기를 청합니다.

 좋은 일이 이렇게 연달아 찾아오다니, 뒤루아는 기뻐 어쩔 줄 몰랐다. 그는 연애편지에 키스를 하듯이 초대장에 입을 맞췄다. 그런 다음 자금과 관계된 중요한 문제를 의논하기 위해 회계과로 갔다.
 보통 사회면의 책임자에게는 알아서 쓸 수 있는 예산이 주어졌다. 과수를 재배하는 농부가 과일 가게로 수확물을 가져오듯 취재기자들이 여기저기서 기사를 구해 오면 그중에서 좋은 것과 시시한 것을 가려 원고료를 내주는 것이다.
 처음 뒤루아에게 주어진 것은 한 달에 1200프랑이었다. 뒤루아는 그 돈에서 한몫 단단히 챙겨야겠다고 마음먹었다.
 그는 회계 담당자에게 끈질기게 요청해서 결국 400프랑을 미리 받았다. 처음엔 드 마렐 부인에게 빌린 280프랑을 당장 돌려주려고 했다. 하지만 금방 마음이 바뀌었다. 그렇게 하면 120프랑밖에 남지 않는데, 그 돈으로는 새로운 임무를 제대로 해낼 수 없을 것 같았기 때문이다. 결국 빚을 갚는 것은 나중으로 미루기로 했다.
 뒤루아는 이틀 동안 자리를 옮기느라 정신이 없었다. 편집실 사람들이 공동으로 사용하는 넓은 방에 있는 책상과 우편함을 전임자에게서 넘겨받았다. 이제 뒤루아도 그 방의 일원이 된 것이다. 꽤 나이가 들었는데도 새까만 머리카락을 늘 종이 위로 늘어뜨리고 있는 부아르나르가 반대편으로 옮겨 갔다.
 가운데는 외근 기자용 테이블이 있었다. 대개는 의자로 쓰여서, 발을 늘어뜨리고 가장자리에 걸터앉기도 하고 아예 책상다리를 하고 올라가 앉기도 했다. 어떨 때는 다섯 명 혹은 여섯 명이 중국 도자기 인형처럼 올라앉아서 열심히 빌보케를 했다.

뒤루아도 점차 빌보케에 흥미를 갖게 됐고, 생포탱의 지도와 조언을 들으면서 얼마 되지 않아 잘할 수 있게 되었다.

병세가 계속 심해진 포레스티에는 최근 구입한 멋진 서인도제도산 나무 빌보케를 공이 조금 무겁다면서 뒤루아에게 주었다. 뒤루아는 힘센 팔을 움직여 "하나, 둘, 셋, 넷, 다섯, 여섯……." 세어가면서 끈 끝에 달린 커다란 검은 공을 튕겼다.

왈테르 부인이 초대한 자리에 가는 바로 그날 뒤루아는 처음으로 스무 개를 성공했다. "일진이 아주 좋아. 좋은 징조야." 사실 《라 비 프랑세즈》 사무실에서는 빌보케 솜씨가 좋으면 일종의 우월감을 느낄 수 있는 분위기였다.

뒤루아는 옷을 갈아입을 시간을 계산하고 조금 일찍 편집실을 나와 롱드르 거리를 걸어 올라갔다. 도중에 드 마렐 부인과 비슷하게 생긴 자그마한 여자가 앞에서 종종걸음으로 걷고 있는 모습이 눈에 띄었다. 그는 얼굴이 달아오르고 심장이 두근거렸다. 그 여자의 옆얼굴을 보기 위해서 길을 건너갔다. 여자 역시 길을 건너기 위해 걸음을 멈추었다. 드 마렐 부인이 아니었다. 뒤루아는 안도의 한숨을 내쉬었다.

사실 드 마렐 부인과 마주치게 되면 어떤 태도를 보여야 할까 뒤루아는 몇 번이나 생각했었다. 인사를 할까? 못 본 척할까?

그는 마음속으로 생각했다. '만날 일 없을 거야.'

날씨가 춥고 도랑 위에 두꺼운 얼음이 얼었다. 가스등에 비친 거리는 삭막하고 잿빛이었다. 집으로 돌아온 뒤루아는 문득 이런 생각을 했다. '이사를 해야겠군. 이제 이 집은 나와 맞지 않아.' 그러자 흥분이 되면서 신이 났다. 지붕 위라도 뛰어다닐 것 같았다. 침대에서 창문 쪽으로 가면서 혼자 큰 소리로 말했다. "드디어 행운이 왔어! 행운이! 아버지한테 편지를 써야겠군!"

그는 이따금 아버지에게 편지를 썼다. 아들의 편지는 루앙 시와 센 강의 넓은 골짜기가 내려다보이는 커다란 언덕 위 노르망디식 작은 식당에 늘 커다란 기쁨을 가져다주었다.

때로는 떨리는 손으로 큼직하게 글씨를 쓴 봉투를 받기도 했다. 아버지의 편지 첫머리에는 늘 같은 말이 적혀 있었다.

> 사랑하는 아들아. 네 어머니와 내가 둘 다 아주 잘 지낸다는 말을 하려고 편지를 쓴다. 동네에도 별일은 없다. 그래도 얘기하자면…….

뒤루아는 사실 마을 일이며 이웃 사람들의 소식, 밭이나 농작물 수확 상태 같은 것에 늘 마음을 쓰고 있었다.

그는 작은 거울 앞에 서서 흰 넥타이를 매면서 조금 전 한 말을 되풀이했다. "내일이라도 아버지한테 편지를 써야겠군. 내가 오늘 저녁 어디에 초대를 받았는지, 지금 내 모습이 어떤지 보면 놀라 나자빠질걸. 좋아. 이제 아버지는 한 번도 구경 못 한 만찬을 먹으러 가겠어." 그 순간 뒤루아는 텅 빈 식당의 어두운 부엌이 떠올랐다. 벽에는 누렇게 번쩍이는 손잡이 냄비들이 걸려 있고, 난롯불 앞에는 고양이가 코를 박고 키메라[53]처럼 웅크리고 있다. 오랜 세월 동안 닳은 데다가 엎질러진 술을 닦아낸 나무 식탁은 번들거린다. 한가운데 수프 냄비에서 김이 나오고, 접시 두 개가 놓여 있고, 그 가운데 불 밝힌 촛불이 켜 있다. 그리고 두 남녀가, 아버지와 어머니가, 동작이 둔한 농사꾼 부부가 훌쩍거리며 수프를 먹고 있다. 뒤루아는 부모 얼굴의 잔주름 하나하나가 눈에 선했고, 아버지와 어머니가 매일 저녁 마주 앉아 식사를 하면서 무슨 얘기를 주고받는지도 떠올릴 수 있었다.

그는 다시 생각했다. '한번 뵈러 가야겠군.' 그리고 옷을 챙겨 입은 다음 불을 불어 끄고 밖으로 나갔다.

외곽 대로를 걸어갈 때 여자들이 다가왔다.

뒤루아는 손을 내저으며 "귀찮아! 저리 가!" 하고 큰 소리로 말했다. 저 여자들이 자기가 누군지도 모르고 모욕하는 것 같았다……. 도대체 날 뭘로 보는 거야. 저 매춘부들은 남자를 분간할 줄도 모르는군! 부유하고 이름 있고 권력을 쥔 사람의 집에 초대를 받고 야회복을 차려입자 뒤루아는 자기가 새로운 인물이 된 것 같았다. 완전히 다른 사람, 사교계의 인물, 진짜 상류사회의 인간 말이다.

청동 촛대를 밝힌 객실에 당당하게 들어선 뒤루아는 하인 둘이 다가오자 자연스러운 태도로 지팡이와 외투를 건네주었다.

객실마다 불이 환했다. 제일 큰 두 번째 객실에서 손님을 맞고 있던 왈테르 부인이 뒤루아를 보더니 웃음 띤 친절한 얼굴로 인사를 했다. 뒤루아는 먼저 온 두 남자와 악수를 했다. 《라 비 프랑세즈》의 익명 편집자인 하원 의원 피르맹 씨와 라로슈 마티유 씨였다. 라로슈 마티유 씨는 의회에서 영향력이 큰 인물이었기 때문에 신문사 내에서도 특별한 권력을 누리고 있었다. 앞으로 그가 장관이 되리라는 것을 의심하는 사람은 없었다.

이어 포레스티에 부부가 들어왔다. 핑크빛으로 차려입은 부인은 눈부시게 아름다웠다. 그녀가 두 하원 의원과 친한 것을 보고 뒤루아는 상당히 놀랐다. 그녀는 벽난로 곁에서 라로슈 마티유와 오 분도 넘게 나지막하게 이야기를 나누었다. 샤를은 몹시 초췌해 보였다. 한 달 전에 비해 살도 많이 빠졌다. 그는 "올겨울에는 남쪽에 가서 요양을 하기로 했습니다."라고 되풀이하면서 계속 기침을 했다.

이어 노르베르 드 바렌과 자크 리발이 함께 들어왔다. 또 안쪽 문이 열리면서 왈테르 씨가 두 딸을 데리고 들어왔다. 하나는 열여섯, 또 하나는 열여덟 살이었고, 하나는 못생겼고 하나는 예뻤다.

뒤루아는 사장한테 자식이 있다는 것을 알고 있었지만 막상 그 딸들이 눈앞에 나타나자 무척 놀랐다. 그에게 사장의 딸이란 절대 가볼 수 없는 먼 나라 같은 존재였기 때문이다. 더구나 어린아이들일 거라고 생각한 딸들은 이미 성숙한 여인들이었다. 뒤루아는 마치 관객의 눈앞에서 무대장치가 바뀔 때와 같은 가벼운 충격을 느꼈다.

소개를 받은 두 딸은 차례로 뒤루아에게 손을 내밀었다. 그런 다음에는 따로 마련해 놓은 듯한 테이블에 가서 앉았다. 두 아가씨는 작은 바구니에 가득 들어 있는 비단실 뭉치를 만지기 시작했다.

손님들은 아직 다 오지 않았다. 하루 종일 각기 다른 일을 한 사람들이 모인 자리, 같이 있기는 하지만 사람마다 기분이 다른 상태로 만찬을 기다리는 자리가 흔히 그렇듯이, 왠지 어색한 기운이 흘렀다. 아무도 입을 열지 않았다.

무료해진 뒤루아가 벽으로 눈을 돌렸다. 저쪽에서 그 모습을 본 왈테르 씨가 자기 재산을 자랑하고 싶은 마음을 노골적으로 드러내며 말했다. "자네 '내' 그림을 보고 있군."

'내' 그림이라는 말이 뒤루아의 뇌리에 울렸다. 사장은 "내가 보여 주지." 하면서 그림들을 자세히 볼 수 있도록 등불을 찾아 들었다.

"이쪽은 풍경화일세." 사장이 말했다.

벽 한복판에는 기메[54]의 커다란 그림이 걸려 있었다. 폭풍이 부는 하늘 아래 노르망디 해안이 펼쳐져 있다. 아래쪽에는 아르피니의 「숲」이 있고, 기요메의 「알제리 평원」에는 다리가 길고 덩치가 큰 낙타 한 마리가 지평선에 서 있는 기묘한 모습이 흡사 기념비가 우뚝 서 있는 것 같았다.

왈테르 씨는 다음 벽면으로 옮겨 가더니 기념식을 주도하는 사람처럼 진지한 어조로 말했다. "이곳은 걸작들이네."

벽에는 작품 네 개가 걸려 있었다. 제르벡스의 「검진」, 바스티앵 르파주의 「밀 베는 여인」, 부그로의 「미망인」, 장 폴 로랑의 「처형」이었다. 「처형」은 방데[55] 지방의 한 사제가 성당 벽 앞에 서서 혁명파에게 총살되는 장면이었다.

이어 다음 벽면을 가리킬 때는 그동안 심각한 표정이던 사장의 얼굴에 미소가 스쳤다. "이쪽은 기발한 그림들이네."

제일 먼저 장 베로가 그린 「높은 쪽과 낮은 쪽」이 있었다. 달리고 있는 전차 안에 아름다운 파리 여인 하나가 계단을 오르고 있다. 그녀의 머리는 2층의 좌석 높이에 가 있다. 2층에 앉은 신사들은 탐욕스럽고 흥겨운 시선으로 다가오는 얼굴을 바라보고 있고, 아래층 문 밖 자리에 서 있는 남자들은 아쉬운 욕망에 제각기 다른 표정을 지으며 여자의 다리를 힐끗거린다.

왈테르 씨는 등불을 든 팔을 쭉 뻗으며 장난스럽게 되풀이해서 물었다. "어때? 아주 재미있지 않은가? 재미있지?"

다음에는 랑베르의 「구출」을 비췄다.

식기를 치우고 난 테이블 위에 새끼 고양이 한 마리가 엉덩이를 깔고 앉아 있다. 고양이는 컵에 빠져서 허우적거리는 파리를 신기한 듯 쳐다보고 있다. 그리고 언제라도 파리를 낚아채려고 한쪽 발을 든 채로 망설이고 있다. 어쩌려는 것일까?

그리고 나서 사장은 드타유의 「수업」을 보여 주었다. 병영에서 한 병사가 복슬 개에게 북 치는 방법을 가르치는 그림이었다. 사장이 큰 소리로 물었다. "정말 재치 있지 않은가?"

뒤루아는 옳은 이야기라고 말하는 듯 웃어 보이며 경탄했다. "아! 너무 매력적입니다. 정말 매력적이에요. 정말 매력……."

뒤루아가 갑자기 입을 다물었다. 등 뒤에서 드 마렐 부인의 목소리가 들렸던 것이다. 막 도착한 것 같았다.

사장은 그림을 비추면서 설명을 계속했다.

다음에는 모리스 를루아르의 수채화 「장애물」이었다. 건장해 보이는 하층계급의 남자 둘이 헤라클레스처럼 맞붙어 싸우고 있고, 그 바람에 지나가던 가마가 길이 막혀 서 있다. 그런데 마차 문으로 여자 하나가 고개를 내밀고 난폭한 남자들의 싸움을 바라보고 있다. 불안해하지도 두려워하지도 않고, 오히려 경탄하는 듯한 시선으로 물끄러미 바라본다.

　왈테르 씨가 말을 이었다. "저 앞방에도 아직 많이 있지만, 그쪽은 덜 유명하고 아직 급이 좀 낮은 화가들의 그림이라네. 여기가 나의 '살롱 카레'[50]인 셈이지. 젊은 친구들의 그림은 사서 안쪽 내실에 걸어두고 있다네. 유명해질 때를 기다리면서 말이야."

　사장은 목소리를 낮추어 말했다. "지금이 그림을 살 시기라네. 화가들이 배를 곯고 있거든. 다들 한 푼도 없지. 땡전 한 푼 없어서……."

　그러나 뒤루아의 눈에는 아무것도 보이지 않았다. 사장의 말도 귀에 들어오지 않았다. 드 마렐 부인이 바로 뒤에 와 있었던 것이다. 어떻게 해야 할까? 먼저 인사를 했는데 그녀가 외면해 버리거나 무례한 말을 던지면 어떻게 할 것인가. 그렇다고 그가 드 마렐 부인의 곁에 다가가지도 않는다면 사람들이 뭐라고 생각할 것인가.

　뒤루아는 생각했다. '어쨌든 시간을 벌어야 해.' 그는 어찌할 바를 몰랐고, 갑자기 몸이 안 좋다고 핑계를 대며 돌아가 버릴까 하는 생각까지 했다.

　벽의 그림들을 모두 돌아본 사장은 등불을 제자리에 가져다 놓은 다음 막 도착한 손님에게 인사를 했다. 뒤루아는 아무리 봐도 싫증이 나지 않는다는 듯 다시 혼자서 그림을 돌아보기 시작했다.

　하지만 속은 타들어 갔다. '어떻게 할까?' 그는 사람들의 목소리에 귀를 곤두세우고 대화 내용을 들으려고 애썼다. 그때 포레스티에 부인이 그를 불렀다. "뒤루아 씨, 잠깐만요."

　뒤루아는 그쪽으로 달려갔다. 포레스티에 부인의 친구가 파티를 열려고 하는데 그 소식을 《라 비 프랑세즈》의 사회면에 좀 써줬으면 한다고 했다.

　뒤루아가 더듬거리며 대답했다. "물론이죠, 부인. 물론입니다……."

드 마렐 부인이 아주 가까이 와 있었다. 외면하고 다른 자리로 갈 수도 없는 상황이었다.

그때였다. 뒤루아는 자기 귀를 믿을 수 없었다. 스스로 정신이 나가 버린 게 아닌가 생각이 들 정도였다. 드 마렐 부인이 큰 소리로 그에게 말을 건 것이다. "안녕하세요, 벨아미? 벌써 절 못 알아보시나요?"

뒤루아가 획 돌아섰다. 드 마렐 부인이 빙그레 웃는 얼굴로 그의 앞에 서서 즐겁고 다정한 눈빛을 보내며 손을 내밀었다.

그 손을 잡는 뒤루아의 손이 떨렸다. 상대가 뭔가 잔꾀를 부려 자기를 골탕 먹이려는 것은 아닐까 마음이 놓이지 않았다. 하지만 드 마렐 부인은 너무도 평온한 어조로 말했다.

"어찌 된 일이죠? 좀처럼 뵐 수가 없네요."

뒤루아는 여전히 불안해하며 더듬거렸다. "일이 좀 많았습니다. 부인, 정말 많았죠. 왈테르 씨께서 새로운 일을 맡겨 주셔서 할 일이 산더미 같았습니다."

그녀는 계속 뒤루아를 응시하며 말했다. 그 눈에는 호의 외에 다른 것은 보이지 않았다. "알고 있어요. 하지만 그렇다고 친구를 잊어도 되는 건 아니죠."

때마침 도착한 부인 하나가 가운데로 지나가는 바람에 두 사람 사이가 벌어졌다. 뚱뚱하고, 목이 깊게 파인 옷을 입고, 팔과 뺨이 벌겋고, 옷과 모자가 눈에 띄게 화려한 여자였다. 어찌나 육중한지 걸음을 옮기는 모습을 보고 있자니 그 넓적다리의 무게와 굵기가 느껴질 정도였다.

사람들은 그 부인을 아주 공손하게 대했다. 뒤루아는 포레스티에 부인에게 물었다.

"누굽니까?"

"페르스뮈르 자작 부인이에요. '흰 손'이라는 필명을 가지신 분이죠."

뒤루아는 기가 막혀서 웃음을 터뜨릴 뻔했다.

"흰 손! 흰 손이라고요! 전 흰 손이 당신처럼 젊은 부인일 거라고 생각했습니다. 저분이 흰 손이라고요? 아! 그렇군요. 그렇군요."

하인 하나가 문 앞에 와서 알렸다. "식사 준비가 다 되었습니다."

저녁 식사는 특별한 일 없이 즐거운 분위기에서 이어졌다. 무엇이든 얘기할 수 있지만 사실상 아무 말도 안 하는 것과 똑같은 그런 자리였다. 뒤루아는 사장의 큰딸인 못생긴 로즈 양과 드 마렐 부인 사이에 앉았다. 드 마렐 부인은 전혀 불편해하지 않고 여느 때처럼 재치 있게 이야기를 했다. 하지만 뒤루아는 그녀의 옆자리에 앉아 있기가 조금 불편했다. 처음에는 노래를 부르다 음을 놓친 사람처럼 마음이 어수선하고 거북해서 계속 쭈뼛거렸다. 하지만 점차 마음이 진정되기 시작했다. 두 사람의 눈길이 끊임없이 마주쳤고, 질문을 주고받았고, 예전처럼 친밀하고 관능적이기까지 한 눈길이 오갔다.

문득 뒤루아는 테이블 밑에서 무언가 그의 발을 가볍게 스치는 느낌을 받았다. 살짝 다리를 내밀어 보았더니, 드 마렐 부인의 다리가 다가와 있었다. 뒤루아의 발이 닿아도 그녀는 발을 움츠리지 않았다. 두 사람은 각자 고개를 반대편 사람 쪽으로 돌린 채 아무 말도 하지 않았다.

뒤루아는 두근거리는 가슴으로 무릎을 조금 더 밀어보았다. 가벼운 압박이 답했다. 그는 두 사람의 사랑이 다시 시작되었음을 깨달았다.

그러고 나서 무슨 이야기를 했을까? 별다른 건 없었다. 단지 눈길이 마주칠 때마다 서로의 입술이 떨렸다.

뒤루아는 그 와중에도 사장의 딸에게 상냥하게 대하는 것을 잊지 않고 이따금 그녀에게 말을 걸었다. 딸은 어머니와 마찬가지로 무슨 질문에든 망설임 없이 대답했다.

왈테르 씨의 오른쪽에 앉은 페르스뮈르 자작 부인은 왕비처럼 굴었다. 그 모습에 뒤루아는 웃음을 지으며 나지막하게 드 마렐 부인에게 물었다.

"저분 말고 '핑크 도미노'라는 필명을 쓰는 분도 아시나요?"

"물론이죠. 리바르 남작 부인이에요."

"그분도 저런 부류인가요?"

"아뇨. 하지만 역시 재미있는 분이에요. 키가 크고 마른 분인데, 나이는 예순, 머리카락은 일부러 곱슬거리게 하고 뻐드렁니가 보이죠. 왕정복고[57] 시대의 사고방식에다가 옷차림도 그 시대 스타일이랍니다."

"그런 문학의 귀재들은 도대체 어디서 건져낸 겁니까?"

"몰락한 귀족은 늘 출세한 부르주아들이 거두어들이는 법이죠."

"다른 이유는 없습니까?"

"없어요. 전혀."

사장과 두 하원 의원, 노르베르 드 바렌, 그리고 리발 사이에 정치 논쟁이 벌어졌고, 이야기는 디저트가 나올 때까지 계속됐다.

식사를 마치고 객실로 돌아온 후 뒤루아는 다시 드 마렐 부인 곁에 다가가 가만히 상대의 눈을 응시하며 물었다. "오늘 밤 제가 바래다 드릴까요?"

"아니에요."

"왜 안 되죠?"

"이곳에서 저녁 식사를 할 때면 늘 옆에 사시는 라로슈 마티유 씨가 바래다 주시거든요."

"그럼 언제 뵐 수 있을까요?"

"내일 점심 식사 하러 오세요."

두 사람은 더 이상 다른 말 없이 각기 자리를 옮겼다.

별 흥미가 없는 시간이 이어지자 뒤루아는 그만 돌아가기로 했다.

계단을 내려가다가 역시 집으로 가는 중인 노르베르 드 바렌을 만났다. 노시인은 그의 팔을 붙잡았다. 신문사에서 전혀 다른 일을 하기 때문에 두 사람은 서로 의식할 필요가 없는 사이였다. 노르베르 드 바렌은 젊은이에게 연장자로서의 호의를 보이며 물었다.

"어떻소? 저기 길 끝까지 나를 좀 바래다 줄 수 있겠소?"

"물론입니다. 선생님."

두 사람은 천천히 말제르브 대로를 내려갔다.

그날 밤 파리 거리에는 거의 인적이 없었다. 날씨도 춥고, 그래서 다른 날보다 훨씬 더 광막해 보이는 밤이었다. 별도 더 높아 보였고, 얼어붙은 바람이 하늘의 별보다 훨씬 먼 어디에선가 입김을 부는 것 같았다.

두 사람은 한동안 말이 없었다. 무슨 얘기라도 해야 할 것 같아 뒤루아가 입을 열었다. "라로슈 마티유라는 분은 아주 현명하고 학식도 깊어 보입니다."

노시인이 중얼거렸다. "그렇게 생각하시오?"

젊은이는 놀라 대답을 망설였다. "당연하지 않은가요? 게다가 하원에서는 가장 유능한 인물 중 하나라고 하더군요."

"그럴 수도 있겠죠. 장님들 세상에서는 애꾸눈이 왕이 되는 법이니까. 하지만 다들 멍청한 인간들이라오. 온 마음이 벽 두 개 사이, 돈과 정략 사이에 갇혀버린 인간들이죠. 다들 유식한 척하지만 함께 얘기를 나눌 수 없는 인간들이란 말이오. 우리가 좋아하는 그 어떤 것에 대해서도 이야기할 수 없지. 그자들의 지성은 강물 바닥의 개흙, 아니 하수구요. 아니에르의 센 강 같은 것 말이오.

진정으로 여유로운 머리를 지닌 사람을 찾기란 참 어렵다오. 바닷가에 서서 망망대해에서 불어오는 바람을 들이마실 때 같은 그런 느낌을 주는 사람 말이오. 몇 명 알고 있었는데, 이제는 모두 죽어버렸지."

노르베르 드 바렌은 또렷하지만 절제된 목소리로 이야기했다. 만일 나오는 그대로 말했다면 그의 말은 밤의 적막을 깨고 울려 퍼졌을 것이다. 노시인은 굉장히 흥분했고 슬퍼 보였다. 사람의 영혼 위로 가끔 쏟아져 내리는 비애, 얼음 아래 땅이 떨리듯 영혼이 떨리게 하는 그런 비애가 느껴졌다.

시인이 계속해서 말했다. "사실 뭐가 중요하겠소? 재주가 좀 많든 적든 어차피 끝나긴 마찬가지인데."

그런 다음 더 이상 말이 없었다. 그날 저녁 한없이 기분이 좋은 뒤루아가 빙그레 웃으며 말했다. "선생님, 오늘 좀 우울하신 모양이네요."

노르베르 드 바렌이 대답했다. "이봐요. 난 늘 이렇다오. 당신도 몇 년 있으면 나처럼 될 거요. 인생이란 비탈길과 같다오. 올라가는 동안은 정상이 보이니까 행복하지. 하지만 다 오르고 나면 갑자기 내리막길이 나타나고, 종말이, 죽음이라는 종말이 보이기 시작한다오. 또 올라갈 때는 천천히 가지만 내려갈 때는 빠르답니다. 당신 나이 때야 즐겁지요. 결코 실현되지 않을 것이라 해도 희망도 많고 말이오. 그런데 내 나이가 되면 더 이상 아무것도 기대하지 않게 된다오. 그저…… 죽음이 있을 뿐."

뒤루아는 웃기 시작했다. "그것참, 선생님 말씀만 들어도 등골이 오싹해지네요."

노르베르 드 바렌이 다시 말을 이었다.

"지금은 이해하지 못할 거요. 그러나 언젠가 내 말이 생각날 겁니다.

잘 들어요. 더 이상 웃지 못하는 날이 올 겁니다. 눈에 보이는 것마다 그 뒤에 죽음이 보이는 날이 말이오. 그날이 일찍 찾아오는 사람도 많다오.

아! 당신은 죽음이라는 말이 무슨 뜻인지조차 이해하지 못하겠군요. 당신 나이에는 아무 의미가 없을 테니. 그러나 내 나이가 되면 그것은 참으로 두려운 것이 된다오.

그래. 어느 날 갑자기 알게 될 거요. 왜, 무엇 때문에 그렇게 되는지도 모른 채, 그냥 삶의 모든 모습이 바뀔 거요. 그래. 십오 년 전부터 몸속에 세균이라도 들어앉은 것처럼 죽음이 나를 먹어 들어가는 게 느껴진다오. 매달, 매시간, 마치 집이 무너져 내리듯 그렇게 날 무너뜨리고 있지. 이제는 내가 나 자신을 알아보지 못할 만큼 변하고 말았다오. 이전의 내 모습은 완전히 사라졌지. 서른 살 시절 그 눈부시고 싱그럽고 기운 넘치던 나는 이제 아무 데도 없소. 죽음이란 놈이 내 검은 머리를 허옇게 물들였지. 그런데 그놈은 어찌나 사악한지 아주 교묘하게 천천히 찾아온다오. 이제 나는 팽팽하던 피부, 근육, 치아, 이전의 육체 전부를 빼앗겼고, 남은 것이라고는 절망에 빠진 영혼뿐이오. 그나마도 곧 빼앗기고 말 테지만.

그렇소. 그놈이, 죽음이라는 그 비열한 놈이 날 부스러뜨렸소. 천천히, 무참하게, 오랜 시간에 걸쳐, 매 순간 내 존재를 파괴하지. 무슨 일을 하든 난 늘 나 자신이 죽어가는 것을 느끼고 있소. 한 걸음씩 옮길 때마다 죽음에 다가가고, 한 번 움직이고 한 번 숨 쉴 때마다 그 끔찍한 죽음이 걸음을 재촉하지. 숨을 쉬고, 자고, 마시고, 먹고, 일하고, 꿈꾸고, 그러니까 우리가 하는 모든 것은 죽는 일이오. 결국 산다는 건 죽는 일이란 말이오!

오, 당신도 알게 될 거요. 일이십 분만 생각해 보면 죽음이 보일 테니까!

당신은 무얼 기대하고 있소? 사랑? 몇 번 더 사랑을 나누고 나면 머지않아 그것도 끝이오.

그리고 또 뭐가 있지? 돈? 무엇 때문에? 여자를 사려고? 그게 무슨 행복이란 말이오! 실컷 먹고 피둥피둥 살이 쪄서 밤이면 관절염에 신음하려고?

또 뭐지? 명예? 그것도 사랑이라는 형태로 거둬들일 수 없다면 아무 소용 없는 것 아니오?

그다음엔? 마지막엔 언제나 죽음이 있소.

난 지금 죽음이 아주 가까이 와 있는 걸 볼 수 있소. 팔을 뻗어서 밀어내고 싶은 마음이 들 정도지. 죽음이 온 대지를 덮고 사방을 채워버렸소. 온통 죽음이오. 길에 깔려 죽은 작은 짐승들, 떨어지는 낙엽들, 친구의 수염 속에 보이는 흰 털, 이 모든 게 내 마음을 갉아먹으며 내게 소리 지르는구려. 죽음이 여기 왔다! 라고 말이오.

내가 하는 것, 보는 것, 먹는 것, 마시는 것, 내가 사랑하는 모든 것, 달빛, 일출, 끝없이 펼쳐진 바다, 아름다운 강, 상쾌한 여름 저녁의 공기, 내가 누리는 이 모든 것을 죽음이 망치고 있단 말이오."

노르베르 드 바렌은 뒤루아가 옆에서 듣고 있다는 것도 잊었는지 큰 소리로 꿈을 꾸고 있었다. 그는 약간 숨을 헐떡이며 천천히 걸음을 옮겼다.

노시인이 다시 말했다.

"죽은 사람은 절대로 돌아오지 않소. 절대로……. 물론 주형을 떠서 동상을 간직할 수는 있소. 본을 떠두었다가 계속 같은 모양을 만들어낼 수도 있고. 하지만 내 몸, 내 얼굴, 내 생각, 내 욕망은 절대 다시 나타날 수 없소. 몇 제곱센티미터 안에 나와 똑같은 코와 눈, 이마, 뺨, 입술을 가진 사람들이, 나와 똑같은 영혼을 가진 사람들이 몇백만 명, 몇천만 명 태어날 수는 있겠지만, 그렇다 해도 나는 결코 되살아날 수 없다오. 내 것이라고 알아볼 수 있는 그 어떤 것도 되살아날 수 없소. 수없이 많은 사람들은 모두 다르다오. 거의 비슷한 것 같지만 무한히 다르단 말이오.

그렇다면 어디에 의탁하면 좋겠소? 누구한테 이 절망의 외침을 부르짖을까? 우리는 무엇을 믿어야 하겠소?

종교는 유치한 도덕과 이기적인 약속뿐이오. 기괴할 정도로 멍청한 것들이지.

다시 한 번 확실한 것이라곤 오직 죽음뿐이오."

노시인은 걸음을 멈추더니 뒤루아의 외투 깃 끄트머리 양쪽을 붙잡고 느릿느릿하게 말했다.

"젊은이. 이 모든 걸 생각해 보시오. 며칠이고 몇 달이고 몇 년이고 생각해 보시오. 그러면 인생이 다르게 보일 거요. 한 번쯤 당신을 둘러싸고 있는 모든 것으로부터 벗어나 보시오. 살아 있으면서 초인적인 노력을 기울여 당신의 육체에서, 모든 이해관계나 사상, 그리고 인간성에서 벗어나 보시오. 그렇게 해서 다른 곳을 보시오. 낭만주의와 자연주의의 논쟁이나 예산 논의 같은 것이 얼마나 무의미한지 알게 될 거요."

그는 걸음을 재촉하기 시작했다.

"하지만 그와 함께 절망에 빠진 사람들을 짓누르는 끔찍한 비탄을 맛볼 테지. 불안의 늪에 빠져서 넋을 놓고 허우적거릴 테고. 여기저기에 살려 달라고 고함을 칠 테지만 아무도 대답하지 않을 거요. 두 손을 뻗어 도움을, 사랑을, 위로를, 구원을 기다리겠지만 아무도 오지 않을 거란 말이오.

왜 그렇게 고통스럽겠소? 우리는 정신보다는 물질에 따라 살도록 태어났기 때문이오. 하지만 우리는 계속 생각을 했고, 그 결과 확장된 지성과 그럼에도 불구하고 어쩔 수 없는 삶의 조건 사이에 불균형이 생긴 거요.

범속한 사람들을 보시오. 그들은 엄청난 재앙이 닥쳐오지 않는 한 누구에게나 주어진 불행 때문에 고통받는 일 따위는 없이 만족하며 살아가지 않소. 동물 역시 그런 불행을 느끼지 않지."

노르베르 드 바렌은 다시 걸음을 멈추고 잠시 생각하더니 피곤에 지치고 체념한 얼굴로 말했다.

"나는 이미 다 끝났소. 나에게는 아버지도 어머니도 형제도 자매도 아내도 자식도 신도, 아무것도 없소."

한동안 침묵한 뒤 노시인이 다시 덧붙였다. "나에게 남은 것은 오직 시뿐이오."

그는 창백한 보름달이 빛나고 있는 하늘을 올려다보며 이렇게 읊었다.

"나는 찾는다. 이 풀 수 없는 문제의 답을.
창백한 달이 떠다니는 어둡고 텅 빈 하늘에서."

콩코르드 다리에 이른 두 사람은 말없이 다리를 건넜고 팔레 부르봉[58]을 따라 걸었다. 노르베르 드 바렌이 다시 말을 시작했다. "이보시오, 젊은 친구. 결혼을 하시오. 내 나이에 혼자 산다는 게 어떤 건지 당신은 절대 모를 거요. 고독이란 놈이 지금 내 마음을 끔찍한 고뇌로 채우고 있소. 밤마다 집 안에서 불가에 혼자 앉아 있어야 하니까 말이오. 이 세상에 나 혼자인 것 같소. 정말 끔찍할 정도로 외롭소. 더욱이 주위에는 늘 알 수 없는 위험이, 알지 못하는 무서운 것들이 도사리고 있잖소. 옆집 사람은 누구인지도 모르고 더구나 사이에 놓인 벽이 그 사람을 나한테서 더욱 멀리, 창밖에 보이는 별보다 더 멀리 떨어뜨려 놓고 있소. 신열 같은 것이, 고통과 두려움의 열이 몸속에 스며들고, 벽의 침묵 앞에서 격심한 공포가 느껴진다오. 혼자 사는 방의 침묵은 슬프기 이를 데 없소. 내 몸뿐 아니라 영혼까지 둘러싼 침묵이지. 음산하기만 한 집 안에는 원래 아무 소리도 나지 않으니, 어쩌다 가구라도 삐걱거리면 심장이 전율한다오."

그는 다시 한 번 입을 다물었다가 잠시 후 덧붙였다. "나이를 먹으면 역시 자식이 있는 게 좋은 것 같소."

두 사람은 부르고뉴 거리 중간까지 내려갔다. 노르베르 드 바렌은 높은 건물 앞에서 걸음을 멈추고 벨을 누른 다음 뒤루아와 악수를 하며 말했다. "늙은이가 주책없이 떠든 말은 모두 잊으시오, 젊은이. 그리고 나이에 맞게 살도록 하시오. 잘 가시오."

그리고 그는 어두운 통로 속으로 사라졌다.

다시 걸음을 옮기면서 뒤루아는 왠지 가슴이 메는 것 같았다. 마치 해골이 가득 찬 구덩이를, 언젠가 떨어질 수밖에 없는, 피해 갈 수 없는 구덩이를 들여다본 것 같은 기분이었다. 그는 중얼거렸다. "그것참, 그 영감의 집은 분명 을씨년스러울 거야. 빌어먹을! 그 집 발코니에 앉아서 영감의 생각이 줄줄이 지나가는 걸 구경한 꼴이군."

그때였다. 여자 하나가 마차에서 내렸다. 뒤루아는 그녀가 집으로 들어갈 수 있게 길을 비켜주려고 걸음을 멈췄다. 그 순간 마편초 향과 붓꽃 향이 날아왔다. 뒤루아는 여자 주위에 떠다니는 향기를 탐욕스럽게 들이마셨고, 폐와 심장이 희망과 환희로 물결쳤다. 내일 만나기로 한 드 마렐 부인에 대한 기억이 머리끝부터 발끝까지 온몸을 사로잡았다.

모든 것이 그에게 미소 짓고 있었다. 인생은 다정하게 그를 맞아주었다. 희망들이 이루어진다는 것은 얼마나 좋은 일인가!

뒤루아는 취하듯 잠이 들었다. 이튿날 아침 그는 드 마렐 부인을 만나러 가기 전에 부아 드 불로뉴 대로를 한 바퀴 산책하려고 일찍 일어났다.

밤사이 바람이 바뀌고 날이 꽤 풀렸다. 포근한 날씨에 햇볕은 4월처럼 따사했다. 그날 아침에는 맑고 포근한 하늘에 이끌려 불로뉴 숲을 즐겨 찾는 사람들이 전부 거리로 나온 것 같았다.

뒤루아는 천천히 걸으면서 봄의 맛을 담은 가볍고 달콤한 공기를 들이마셨다. 에투알 광장의 개선문을 지나 커다란 가로수 길로 들어서서 마차가 다니는 길 반대쪽으로 걸었다. 부유한 사교계 사람들이 여자 남자 할 것 없이 말을 타고 지나갔다. 천천히 가는 사람도 있고 달리는 사람도 있었다. 하지만 이제 뒤루아는 그들이 별로 부럽지 않았다. 그는 저들의 이름이 뭔지 재산이 얼마나 되는지 그 삶의 비밀들까지 알고 있었다. 뒤루아가 맡고 있는 일이 그를 파리의 명사들과 그 추문을 모두 기록한 연감으로 만들어준 것이다.

몸의 윤곽이 드러나는 짙은 색 옷을 입은 날씬한 여자들이 말을 타고 지나갔다. 흔히 말을 탄 여자들이 그렇듯이 어딘지 거만하고 다가가기 어려워 보이는 모습이었다. 뒤루아는 재미 삼아 여자들의 정부 혹은 정부로 소문이 나 있는 남자들의 이름과 작위, 지위를 교회에서 기도문을 외울 때처럼 나지막한 목소리로 읊어보았다. 때로는

탕클레 남작,
투르 앙게랑 대공.

이라고 하는 대신 이렇게 중얼거리기도 했다.

동성애 편.

보드빌의 루이즈 미쇼,
오페라 극장의 로즈 마르크탱.

그는 이 장난이 무척 재미있었다. 인간의 근엄한 외관 아래 감춰진 깊고도 영원한 비열함을 보는 것 같아서 기쁘기도 하고 짜릿한 흥분과 위안을 함께 느꼈다.

뒤루아는 소리를 질러보았다. "위선자들!" 그런 다음 말을 타고 지나가는 남자들 중 심각한 소문이 퍼진 사람이 없는지 두리번거렸다.

사기도박을 한다는 의혹이 일고 있는 사람이 여러 명 눈에 띄었다. 게임 클럽에서 생기는 돈으로 사는, 그 돈이 주 수입원이고 사실

상 유일한 수입원인 사람들로, 분명 수상한 구석이 있었다.

또 저쪽에 보이는 유명한 남자들은 아내의 수입만으로 산다는 걸 모르는 사람이 별로 없었다. 애인 돈으로 먹고사는 게 분명하다고 소문이 난 남자들도 있었다. 빌린 돈을 갚기는 하는데(정직한 행위) 그 돈이 어디서 나왔는지 짐작할 수 없는(지극히 수상한 비밀) 사람들도 많았다. 심지어 훔친 돈을 바탕으로 엄청난 돈을 벌어들이고 지체 높은 사람들의 집을 내 집처럼 들락거리는 은행가도 있었다. 또 길에서 만나는 평범한 부르주아들이 모자를 벗고 인사를 할 만큼 존경을 받지만 사실은 대규모 국책 사업을 이용해서 철면피한 사기 행위를 하는 사람도 있었다. 이 모든 것은 사회의 이면을 아는 사람들 사이에서는 공공연한 비밀이었다.

하지만 그들은 모두 구레나룻과 콧수염을 기르고 거드름을 피우며 입술에 힘을 준 거만한 얼굴이었고 그 눈길은 무례했다.

뒤루아는 계속 웃으며 되풀이해 말했다. "잘난 척하는 꼴들이라니. 사기꾼에 날강도 같은 인간들."

그때 지붕 덮개 없이 차체가 낮고 멋진 마차 한 대가 지나갔다. 마차를 끄는 날쌘한 백마 두 마리는 갈기와 꼬리를 바람에 휘날리며 달렸다. 말을 모는 저 자그마한 젊은 금발 여인은 유명한 창녀였다. 뒤에는 젊은 마부 두 명이 앉아 있었다. 뒤루아는 걸음을 멈추었다. 연애로 출세한 저 여자에게 가서 인사를 하고 갈채를 보내고 싶었다. 여자는 침대에서 뒹굴면서 벌어들인 멋진 사치품을 위선 덩어리인 귀족들에게 보여 주고 있는 것이다. 뒤루아는 저 여자와 자기 사이에 공통점이 있다는 막연한 생각이 들었다. 아마도 두 사람은 핏줄이 같고 종족이 같으며 또 같은 영혼을 지녔을 것이다. 그는 자신도 성공하려면 저 여자처럼 대담한 수법이 필요하다는 생각이 들었다.

만족감에 마음이 따뜻해진 뒤루아는 천천히 돌아와 약속 시간보다 조금 일찍 옛 애인의 문 앞에 도착했다.

 드 마렐 부인은 마치 그동안 둘 사이에 아무 일도 없었던 것처럼 연인에게 키스를 하며 맞았다. 이전에는 집 안에서는 껴안으면 안 된다고 조심하더니 이제는 그것도 없었다. 잠시 후 그녀는 뒤루아의 말려 올라간 콧수염 끝에 키스를 하며 말했다. "어쩌죠. 곤란한 일이 생겼어요. 난 정말 밀월의 즐거움을 기대했는데 예정에 없이 남편이 돌아온다는군요. 육 주 동안 파리에 있을 거예요. 휴가를 받았거든요. 하지만 육 주 동안이나 당신을 안 만날 수는 없잖아요. 더구나 막 화해했는데 말이에요. 그래서 이렇게 하기로 했어요. 월요일 저녁 식사 때 우리 집으로 와요. 당신 얘기는 남편한테 이미 다 해뒀어요. 내가 소개해 줄게요."

 뒤루아는 잠시 어쩔 줄 모르고 대답을 하지 못했다. 그는 아직까지 누군가의 아내를 빼앗고 나서 그 남편과 얼굴을 마주해 본 적이 없었다. 거북해 보인다든가 눈짓이 이상하다든가 해서, 아무튼 별것 아닌 것 때문에 들키게 될까 봐 겁이 났다.

 "싫소. 난 당신 남편과 만나고 싶지 않소."

 드 마렐 부인은 깜짝 놀라며 그의 앞에 서서 순진한 눈을 커다랗게 떴다. 그녀는 주장을 굽히지 않았다.

 "왜죠? 뭐가 이상한데요? 그런 건 늘 있는 일이잖아요. 당신이 이렇게 바보 같은지는 몰랐어요."

 뒤루아는 마음이 상했다. "좋소. 월요일 저녁에 오겠소."

 드 마렐 부인이 다시 말했다. "자연스럽게 보이기 위해서 포레스티에 부부도 초대할 거예요. 집으로 손님을 부르는 걸 싫어하긴 하지만."

 월요일까지 뒤루아는 애인의 남편을 만나는 일에 대해 거의 생각하지 않았다. 그런데 막상 드 마렐 부인의 집 계단을 올라갈 때는 당혹스러운 기분을 떨칠 수가 없었다. 그녀의 남편과 악수를 하고, 그의 술을 마시고 빵을 먹는 것이 싫은 것은 아니었다. 하지만 정체를 알 수 없는 불안감을 떨칠 수 없었다.

뒤루아는 하녀의 안내를 받은 뒤 다른 때와 마찬가지로 객실에서 기다렸다. 이윽고 문이 열리고 몸집이 큰 남자가 나타났다. 흰 수염에 훈장을 단 근엄하고 단정한 모습의 남자는 다가와 정중하게 말했다. "아내한테 말씀 많이 들었습니다. 이렇게 뵙게 되어 영광입니다."

뒤루아는 친근한 표정을 지으려고 애쓰면서 앞으로 나섰고, 주인이 내민 손을 일부러 힘껏 잡았다. 하지만 막상 자리에 앉자 할 말이 아무것도 생각나지 않았다.

드 마렐 씨가 불에 장작을 더 넣고 나서 물었다. "신문사 일을 하신 지 오래되셨습니까?"

뒤루아가 대답했다. "아닙니다. 몇 달밖에 안 됐습니다."

"아! 승진이 빠르시군요."

"네. 빠른 편이죠."

이어 뒤루아는 무슨 말을 할지 별로 깊게 생각하지 않고 사람들이 초면에 늘 주고받는 상투적인 이야기를 늘어놓았다. 그러자 마음도 좀 가라앉고 이 상황이 아주 재미있게 느껴졌다. 그는 드 마렐 씨의 진중하고 점잖은 얼굴을 바라보면서 마음속으로 말했다. '이봐. 당신 아내를 내가 가져비렸어. 내가 가졌다고.' 뒤루아는 상대를 비웃어주고 싶었다. 마음속 깊은 곳에 사악한 만족감이 번졌다. 아무도 모르게 남의 것을 훔쳐낸 도둑의 기쁨 같은 것이었다. 그 순간 뒤루아는 이 남자의 친구가 되어 그의 신뢰를 얻고, 그렇게 해서 삶의 온갖 비밀을 털어놓게 만들면 좋겠다는 생각이 들었다.

그때 드 마렐 부인이 들어왔다. 미소를 지으며 속내를 알 수 없는 눈길로 두 남자를 바라보더니 뒤루아 곁으로 왔다. 뒤루아는 남편이 보는 앞에서 언제나처럼 그녀의 손에 입을 맞출 용기가 나지 않았다.

드 마렐 부인은 세상의 온갖 일을 다 겪은 여자처럼 침착하고 쾌활하게 행동했다. 천성적으로 교활한 데다 거침이 없는 여자이기 때문에 이런 식의 만남 정도는 자연스럽고 간단해 보였다. 로린도 들어와서 평상시보다 얌전하게 뒤루아에게 이마를 내밀었다. 아버지가 있어서 수줍었던 것이다. 그러자 어머니가 말했다. "어머, 오늘은 벨아미라고 부르지 않니?" 아이는 얼굴이 빨개졌다. 무언가 큰 실수를 한 것 같고, 해서는 안 될 말을, 아니 마음속에 있는 은밀한, 조금은 죄스러운 비밀을 보인 사람 같았다.

포레스티에 부부가 왔다. 다들 샤를의 모습을 보고 깜짝 놀랐다. 일주일 전에 비해 너무 많이 여위었고 얼굴이 창백했다. 그리고 계속 기침을 했다. 이번엔 의사가 무조건 칸[59]으로 가라고 해서 다음 목요일에 떠난다고 했다.

포레스티에 부부는 식사가 끝나고 바로 돌아갔다. 뒤루아가 고개를 저으며 말했다.

"좀 심각해 보이는데요. 오래 버티지 못할 것 같군요."

드 마렐 부인이 차분한 목소리로 단호하게 말했다.

"이제 틀렸어요. 그래도 저런 부인을 뒀다니 아주 운이 좋잖아요."

뒤루아가 물었다. "그렇게 많이 도와줍니까?"

"다 하는 셈이죠. 포레스티에 부인은 무슨 일이든 다 알고, 특히 사람을 만나는 것 같지도 않은데도 모든 사람을 다 알고 있답니다. 원하는 대로 언제든 다 손에 넣죠. 그래요. 그렇게 세련되고 능수능란하고 일을 제대로 꾸미는 사람은 이제까지 본 적이 없어요. 출세를 바라는 남자에게는 보물이죠."

"아마 재혼하시겠죠?"

"그렇겠죠. 이미 누군가 맘에 두고 있다고 해도…… 놀라지 않을 것 같아요. 하원 의원쯤 되면…… 그쪽에서 싫다고 하지만 않는다면……. 왜냐하면…… 장애물이…… 도덕적인 장애물이 많을 테니까……. 뭐, 저도 아무것도 몰라요."

참다 못한 드 마렐 씨가 마땅치 않은 목소리로 말했다. "당신은 별로 맘에 들지 않는 것들에 대해서 늘 억측을 하게 만들어. 남의 일에는 끼어들지 맙시다. 양심이 허락하는 대로만 하면 되는 거야. 그게 바로 모든 사람이 지켜야 하는 규칙이지."

뒤루아는 머릿속이 어수선해지고 뭔지 알 수 없는 생각들이 이리저리 엉켜버린 듯 심란한 마음으로 그 집을 나왔다.

이튿날 뒤루아는 포레스티에 부부를 찾아갔다. 두 사람은 짐을 거의 다 꾸린 상태였다. 샤를은 소파에 누워 숨 쉬기 힘들다며 계속 불평을 늘어놓았다. 그리고 계속 되풀이해 말했다. "한 달 전에 떠났어야 했어." 샤를은 이미 왈테르 씨와 함께 모든 문제를 정리하고 얘기를 마쳤음에도 불구하고 신문사 일에 관해 계속 뒤루아에게 주의를 주었다.

뒤루아는 그 집을 나서기 전 친구의 손을 꽉 잡고 말했다. "그럼 자네, 곧 다시 만나세."

그리고 문까지 배웅을 나온 포레스티에 부인에게 재빨리 말했다. "우리 계약을 잊지 않으셨죠? 우리는 친구이고 한편입니다. 그러니까 제가 필요하시면 무슨 일이든 망설이지 마십시오. 전보나 편지를 주시면 낭장 달려가겠습니다."

부인은 중얼거렸다. "감사합니다. 잊지 않을게요." 그녀의 눈은 말보다 더 깊고 부드럽게 감사 인사를 건네고 있었다.

뒤루아는 계단을 내려가다가 전에 포레스티에의 집에서 마주친 적이 있는 보드렉 백작이 천천히 올라오고 있는 것을 보았다. 백작은 슬퍼 보였다. 포레스티에 부부가 떠나기 때문이 아닐까?

뒤루아는 자기도 이제 사교계에 속한 사람이라는 것을 보여 주기 위해 정중하게 인사를 했다.

그러자 상대 역시 예의에 맞게 답례를 했지만 여전히 조금 거만한 태도였다.

포레스티에 부부는 목요일 저녁에 출발했다.

7

 샤를이 떠나자 뒤루아는 《라 비 프랑세즈》 편집국에서 더욱 중요한 인물이 되었다. 사회면 기사와 함께 이따금 사설을 쓰기도 했다. 각자 자기 원고에 책임을 지도록 하라는 사장의 방침에 따라 매번 기사에 이름을 밝혔다. 몇 차례 뒤루아가 쓴 글이 논쟁을 일으키기도 했지만 그는 매번 요령껏 빠져나갔다. 또한 그는 정치가들과 계속 접촉하면서 조금씩 능숙하고 통찰력 있는 정치 기자가 될 준비를 해 나가고 있었다.

 그의 앞에 펼쳐진 지평선에는 단 한 가지 흠이 있었다. 어느 작은 신문사가 비판적 입장에서 계속 뒤루아를, 아니 정확히 말하자면 《라 비 프랑세즈》의 사회면 책임자를 공격한 것이다. 《라 플륌》이라는 신문의 그 익명의 기자는 매일같이 왈테르 씨가 '깜짝 발탁'한 책임자를 향해 악의적인 말들과 신랄한 공격을 던지면서 온갖 종류의 비방을 쏟아부었다.

 어느 날 자크 리발이 뒤루아에게 말했다. "당신은 참 참을성이 많군요."

 "어쩌겠습니까. 직접 공격하는 것도 아니니."

 그런데 어느 날 오후 편집실로 들어서는 뒤루아에게 부아르나르가 《라 플륌》을 내밀었다.

"당신이 보면 아주 기분이 나쁠 글이 또 실렸군요."

"아! 무슨 문제에 관한 거죠?"

"별로 대단한 일 아닙니다. 오베르라는 여자가 풍기 단속반 순경에게 체포된 사건이네요."

뒤루아는 부아르나르가 내민 신문을 받아 들고 읽기 시작했다. '재미 보는 뒤루아'라는 제목으로 다음과 같은 기사가 실려 있었다.

오늘 《라 비 프랑세즈》의 한 저명한 기자가 일전에 우리가 보도한 사건, 그러니까 가증스러운 풍기 단속반 경찰에게 붙잡혀 간 오베르 부인의 이야기가 날조된 것이라고 주장했다. 그러나 문제의 부인은 현재 몽마르트르의 에퀴뢰이 거리 18번지에 엄연히 살고 있다. 사실 우리는 왈테르 은행의 앞잡이들이 그들의 영업을 묵인해 주는 경찰국 앞잡이들을 지지해 주는 대가로 어떤 이익을, 아니 이익들을 챙기는지 잘 알고 있다. 문제의 기자가 자기 혼자서만 비밀의 열쇠를 쥐고 있는 놀라운 뉴스들을 우리에게도 좀 건네주었으면 좋겠다. 예를 들자면 다음 날이면 취소되는 사망 소식, 있지도 않은 전투 소식, 실제로는 아무 말도 안 한 각국 군주들의 중대한 발언, 요컨대 '왈테르 이윤'을 창출하는 정보들이다. 아니면 잘나가는 부인들이 개최하는 사교 모임에 대해, 혹은 우리 동업자 중 누군가에게 많은 수입을 가져다줄 어느 제품의 우수성에 대해 은근슬쩍 알려 주는 정보들이다.

이 글에 담긴 얘기가 너무나 불쾌한 것임을 깨달은 뒤루아는 화가 나기보다는 어이가 없었다.

부아르나르가 물었다. "원래 기사는 누가 가져온 거죠?"

뒤루아는 기억이 가물가물해서 한참 생각해야 했다. 드디어 떠올랐다.

"아, 그래요. 생포탱이군요." 뒤루아는 《라 플륌》의 글을 다시 읽어보았다. 지금 이들은 자기가 매수되었다고 비난하고 있는 것이다. 뒤루아는 화가 치밀어 올라 얼굴이 벌게졌다.

그가 소리를 질렀다. "제길! 그러니까 내가 돈을 받아먹었다는 거로군……."

부아르나르가 말했다. "그런 셈이죠. 상당히 난처한 얘기로군요. 사장은 이런 일에는 신경을 많이 씁니다. 사회면에서 흔히 있는 일이긴 하지만……."

때마침 생포탱이 들어오자 뒤루아가 달려갔다. "자네 《라 플륌》 기사 읽어봤나?"

"읽었네. 안 그래도 지금 오베르 부인한테 다녀오는 길이지. 정말 그런 사람이 있더군. 하지만 체포된 일은 없다고 했네. 그러니까 그 얘기는 사실이 아닌 셈이지."

뒤루아는 사장에게로 달려갔다. 사장은 의혹에 찬 눈길로 뒤루아를 약간 차갑게 대했다. 설명을 듣고 난 사장이 말했다. "자네가 직접 그 여자한테 가보게. 그리고 그 말들이 사실이 아니라는 걸 밝히게. 다시는 자네에 대해 그런 기사가 나오지 못하도록 하란 말이야. 그런 얘기는 신문사도 나도 자네도 다 곤란한 문제란 말일세. 신문기자는 절대 의심을 사면 안 돼. 카이사르의 아내보다 더 의심을 사면 안 되는 지리라고."

뒤루아는 생포탱을 따라 마차에 오르며 마부에게 고함쳤다. "몽마르트르 에퀴뢰이 거리 18번지!"

엄청나게 큰 건물의 계단을 여섯 번이나 올라야 했다. 모직 내의 차림의 노파가 문을 열었다. 그녀는 생포탱에게 물었다. "또 무슨 문제가 있수?"

생포탱이 대답했다. "이분을 모시고 왔습니다. 형사부장이신데, 부인의 사건을 자세히 알고 싶어 하십니다."

노파가 안으로 들어오라고 했다. "그 뒤에 신문사라면서 두 사람이 왔었수. 무슨 신문사인지는 모르겠지만." 그러더니 뒤루아를 돌아보며 물었다. "그럼 바로 댁이 나한테 물어볼 게 있는 거유?"

"그렇습니다. 부인께서 풍기 단속반에 체포되신 일이 있습니까?"

그녀는 두 팔을 높이 들며 말했다. "천만에. 절대 그런 일은 없었수. 사실은 이렇게 된 거라우. 내가 다니는 정육점이 있는데, 좋기는 한데 저울을 제대로 안 달지 뭐유. 내가 몇 번 보고서도 그냥 모른 척했다우. 그런데 일전에 딸하고 사위가 온다기에 양 갈빗살을 1킬로그램 사러 갔는데, 글쎄, 저울에 부스러기 뼈다귀를 올려놓지 않겠수? 그래. 그것도 갈비 고기의 뼈는 맞지만 난 그런 건 싫수. 그런 건 스튜나 해 먹는 거지. 양 갈빗살을 달라고 했지, 내가 언제 다른 손님이 가져가고 난 찌꺼기를 가져가겠다고 했나? 그래서 그런 건 싫다고 했더니 글쎄 그 인간이 나더러 늙은 쥐라고 욕을 하잖우. 그래서 나도 늙은 도둑놈이라고 해줬지. 그러다가 이러쿵저러쿵 싸움이 커진 거유. 가게 앞에 백 명 넘게 모여서 다들 웃고 난리가 났었다우. 경찰까지 왔고. 경찰이 우리더러 서에 가서 해결하자기에 둘 다 따라갔다우. 결국은 양쪽 다 잘못했다면서 그냥 돌아가라고 했고. 그날 이후 난 다른 정육점을 다닌다우. 그 집 문 앞을 지나가지도 않지. 다시 또 난리를 피우면 안 되니까."

노파는 더 이상 말이 없었다. 뒤루아가 물었다. "그게 끝인가요?"

"난 전부 다 말한 거유. 형사 양반." 그러면서 노파는 카시스 술 한잔 하겠느냐고 물었다. 뒤루아는 괜찮다고 했다. 그녀는 뒤루아에게 그 정육점 주인이 저울 무게를 제대로 달지 않았다는 말을 보고서에 꼭 써달라고 거듭 말했다.

신문사로 돌아온 뒤루아는 즉시 반박문을 썼다.

《라 플륌》의 삼류 기자가 그 깃털을 한 개 뽑아서[60] 어떤 노부인에 관한 일로 본인에게 싸움을 걸어왔다. 그 기자는 문제의 노부인이 풍기 단속반에 체포되었다고 주장하지만, 그것은 사실이 아니다. 나 역시 오베르 부인을 직접 만나보았는데, 적어도 예순이 넘은 그 부인의 말에 따르면 양 갈빗살을 저울에 다는 문제 때문에 정육점 주인과 다투었고, 그 때문에 경찰서에 가서 진술을 한 것이다.

이것이 사건의 전부다.

《라 플륌》 기자가 말한 다른 모략들에 대해서는 모두 무시하겠다. 더구나 그런 것들이 익명으로 쓰인 경우 응수하지 않는 것이 당연할 것이다.

조르주 뒤루아.

사장과 막 신문사에 도착한 자크 리발이 보더니 이 정도면 충분하겠다고 했고, 그날 중으로 사회면 끝에 싣기로 했다.

뒤루아는 약간 흥분한 상태로 일찍 집으로 돌아갔다. 조금 불안하기도 했다. 상대는 뭐라고 응수를 해올까? 그자는 도대체 누구일까? 무엇 때문에 그렇게 노골적인 공격을 하는 걸까? 신문기자들이란 워낙 예측할 수 없는 인간들이기 때문에 이런 말도 안 되는 일이 커져서 큰 문제로 번질 수도 있다. 뒤루아는 잠을 이루지 못하고 뒤척였다.

이튿날 신문에 실린 글을 다시 읽어보니 인쇄되었을 때는 원고로 읽었을 때보다 더 도전적이었다. 뒤루아는 표현을 좀 더 완화할 걸 그랬다고 생각했다.

그는 하루 종일 넋이 나간 것처럼 멍했고, 그날 밤도 역시 잠을 설쳤다. 이튿날 새벽부터 일어나 자기 글에 대한 재반박문이 실렸을 《라 플륌》을 사러 나갔다.

날씨가 다시 추워졌고, 거리는 꽁꽁 얼어붙어 있었다. 길 옆 도랑을 흐르던 물이 그대로 얼어붙어 흡사 길 양쪽에 얼음 리본 두 줄을 펼쳐놓은 것 같았다.

가게에 가보니 신문은 아직 오지 않았다. 뒤루아는 문득 자기의 첫 기사였던 「어느 아프리카 기병의 회상」이 나오던 날을 떠올렸다. 너무 추워서 손발에 감각이 없고 특히 손가락 끝이 아팠다. 그래서 유리를 댄 가판대 주위를 뛰어다니기로 했다. 가판대 안에는 화로 앞에 웅크리고 앉은 키 작은 여점원이 모직 후드를 뒤집어쓰고 있었는데, 창밖에서 보면 빨갛게 된 뺨과 코밖에 보이지 않았다.

마침내 신문 배달원이 달려와서 기다리던 신문 뭉치를 유리문의 네모난 창구로 밀어 넣었다. 여점원이 뒤루아에게 《라 플륌》을 펼쳐서 건네주었다. 뒤루아는 신문을 훑어가며 자기 이름을 찾았다. 처음엔 아무것도 눈에 띄지 않았다. 안도의 숨을 내쉬던 뒤루아는 줄표 사이에 문제의 글이 실려 있는 것을 찾았다.

《라 비 프랑세즈》의 뒤루아 씨가 우리 글을 반박했다. 하지만 반박을 하면서 그는 거짓말을 하고 있다. 어쨌든 그는 오베르라는 부인이 실제 인물이고 경찰에 연행되었다는 사실을 인정하고 있다. 이제 경찰이라는 말 앞에 풍기 단속반이라는 말을 첨가하기만 하면 된다.

기자의 양심은 그 재능과 같은 수준에 있는 법이다.

내 이름을 밝힌다. 루이 랑그르몽.

뒤루아의 심장은 격렬히 고동치기 시작했다. 어떻게 하면 좋을지 안절부절못하다가 일단 옷부터 갈아입으려고 집으로 돌아갔다. 그는 모욕을 당한 것이다. 이제는 더 이상 주저할 수 없다! 어쩌다 이런 일이 일어난 것인가? 그야말로 사소한 일, 그러니까 노파와 정육점 주인이 싸운 일 때문이 아닌가.

뒤루아는 서둘러 옷을 갈아입고 8시밖에 되지 않았지만 왈테르 씨의 집으로 갔다.

왈테르 씨도 이미 일어나서 《라 플륌》을 읽고 있었다. 그는 뒤루아를 보자 심각한 표정으로 말했다. "이제는 물러설 수 없지 않은가."

뒤루아는 대답하지 않았다. 사장이 다시 말했다. "당장 리발을 만나보게. 잘 도와줄 걸세."

뒤루아는 몇 마디를 알아들을 수 없게 웅얼거리고 나서 사장의 집을 나와 리발을 찾아갔다. 아직 자고 있던 리발은 벨이 울리는 소리에 벌떡 일어났다. 그는 문제의 기사를 읽고 나더니 이렇게 말했다.

"그것참! 할 수 없지. 또 한 사람 증인으로 누굴 지목할 텐가?"

"난 잘 모르겠네."

"부아르나르는? 어떤가?"

"그렇게 하지."

"자네 검술 잘하나?"

"전혀 못하네."

"그럼 좀 곤란하군. 권총은?"

"조금 쏠 줄 아네."

"됐어. 그럼 내가 준비해 놓고 올 때까지 연습하고 있게. 일단 잠깐만 기다리게."

화장실로 뛰어들어 간 리발은 곧 세수를 하고 면도를 한 단정한 모습으로 나타났다.

"사, 따라오게."

리발의 집은 작은 저택의 1층이었다. 그는 뒤루아를 지하실로 데려갔다. 굉장히 넓은 지하실은 길 쪽으로 난 창문을 모두 막아 검술과 사격 연습장으로 쓰고 있었다.

두 번째 지하 창고까지 한 줄로 늘어서 있는 가스등을 모두 밝히자, 저 안쪽에 파란색과 빨간색으로 칠해 놓은 철제 인형이 보였다. 리발은 뒤쪽으로 장전하는 신식 권총 두 자루를 테이블 위에 놓은 다음 마치 결투장에 와 있는 것처럼 짧고 분명한 목소리로 명령했다.

"준비됐소? 발사! 하나, 둘, 셋."

뒤루아는 어찌할 바를 모르며 리발의 명령대로 팔을 들고 겨누어 방아쇠를 당겼다. 어렸을 때 뜰에서 아버지의 구식 승마용 권총으로 여러 번 비둘기를 쏘아본 뒤루아는 몇 번이나 인형의 배 한가운데를 명중시켰다. 자크 리발은 만족해하며 외쳤다. "좋아. 아주 좋아. 아주 좋아. 잘될 걸세. 잘될 거야."

그런 다음 이렇게 말하고 나갔다. "정오가 될 때까지 계속 쏘고 있게. 총알은 여기 있네. 겁내지 말고 마음껏 쏴. 점심때 와서 소식을 알려 주지."

리발이 나간 후 뒤루아는 혼자서 몇 발을 더 쏘았다. 그런 다음 의자에 앉아서 곰곰이 생각하기 시작했다.

어찌 됐건 이 무슨 멍청한 일이란 말인가! 이렇게 해서 도대체 무엇을 증명할 수 있단 말인가! 사기꾼이 결투를 하고 나면 사기꾼이 아닐 수 있는가? 또 정직한 사람이 모욕을 당했다 한들 비열한 인간 때문에 목숨을 걸어서 무슨 이득이 있는가? 이렇게 암울한 생각에 빠져들면서 뒤루아는 문득 노르베르 드 바렌이 한 얘기가 떠올랐다. 인간의 정신은 초라하기 그지없고, 인간의 사상과 관심사들은 그야말로 범속할 뿐이며, 인간의 도덕은 너무도 어리석다.

뒤루아가 큰 소리로 외쳤다. "제길, 노인네 말이 맞군!"

그러자 목이 말랐다. 뒤쪽에 물방울 떨어지는 소리가 나는 곳을 찾아보니 샤워기가 보였다. 그는 호스 끝에 입을 대고 마셨다. 그리고 다시 생각에 빠졌다. 지하실은 음침했다. 무덤 안에 있는 것처럼 음침했다. 멀리 마차가 굴러가는 둔탁한 소리가 마치 먼 곳에서 천둥이 치는 소리 같았다. 몇 시나 됐을까? 감옥 안에 있는 죄수가 간수가 식사를 가져올 때 말고는 시간을 알지 못하는 것과 마찬가지로, 이 지하실 안에서는 시간을 전혀 알 수 없었다. 뒤루아는 기다렸다. 오래, 오래 기다렸다.

갑자기 발소리와 말소리가 들렸다. 자크 리발이 부아르나르를 데리고 온 것이다. 리발은 뒤루아를 보자마자 큰 소리로 말했다. "해결됐네!"

사과 편지 같은 것으로 문제를 끝내기로 했다는 말인 줄 알고 뒤루아는 가슴이 벅차올랐다. 그리고 이렇게 중얼거렸다. "아! 고맙네!"

리발이 말을 이었다. "그 랑그르몽이라는 인간 제법 확실하더군. 우리 조건을 모두 받아들였네. 스물다섯 걸음 떨어져서 신호와 함께 권총을 올려 들고 한 발씩 쏘기. 그렇게 하면 낮게 잡은 것보다 훨씬 조준이 정확하거든. 자, 부아르나르. 내 말이 맞다는 걸 보여 줄게요."

리발은 권총을 들더니 사격을 시작했고, 팔을 올리고 하면 얼마나 더 조준이 잘되는지를 증명해 보였다.

그런 다음 이렇게 말했다. "자, 우리 점심 먹으러 가세. 12시가 지났네."

그들은 가까운 식당에 갔다. 뒤루아는 거의 입을 열지 않았다. 하지만 겁먹은 것처럼 보이고 싶지 않았기 때문에 밥은 먹었다. 오후에 뒤루아는 부아르나르와 함께 신문사로 가서 건성으로 일을 했다. 다들 뒤루아가 아주 배짱이 좋다고 생각했다.

자크 리발이 오후에 와서 뒤루아와 악수를 했다. 그의 증인이 되어줄 두 사람이 이튿날 아침 7시에 마차로 데리러 와서 결투 장소인 베지네 숲으로 같이 가기로 했다.

이 모든 일이 너무 느닷없이 이루어졌다. 정작 뒤루아는 상관하지도 못하고 입도 벙긋하지 못했다. 말 한마디 못 하고, 승낙도 거절도 못 했다. 그렇게 일사천리로 모든 게 결정되어 버린 것이다. 뒤루아는 너무나 당혹스럽고 두려워서 도대체 무슨 일이 일어나고 있는지조차 알 수 없을 지경이었다.

뒤루아는 오후 내내 곁에 있어준 부아르나르와 함께 저녁을 먹고 9시경에 집으로 돌아왔다.

드디어 혼자가 된 뒤루아는 몇 분 동안 성큼성큼 방 안을 돌아다녔다. 너무나 혼란스러워서 아무것도 할 수가 없었다. 머릿속에는 오직 한 가지 생각뿐이었다. '내일 결투를 한다.' 하지만 그 생각을 하면 뭐가 뭔지 알 수 없었고 괜히 정신없이 흥분만 될 뿐 아무 느낌이 없었다. 뒤루아는 군인이었고 아랍인을 쏜 적이 있다. 하지만 그건 위험한 일이 아니었다. 사냥하러 가서 멧돼지를 쏘는 것과 마찬가지였다.

어쨌든 그는 해야 할 일을 하는 것이다. 그러니까 합당한 모습을 보여 주는 것이다. 사람들이 그 일을 이야기하며 그를 인정하고 칭송할 것이다. 뒤루아는 머릿속이 뒤죽박죽이 된 사람들이 자주 하는 것처럼 크게 소리를 질러보았다.

"뻔뻔한 놈 같으니!"

그는 다시 앉아서 생각해 보았다. 작은 책상 위에 던져놓은 상대의 명함이 눈에 들어왔다. 주소를 알아두라고 리발이 건네준 것이었다. 그는 온종일 이미 스무 번은 더 읽은 명함을 다시 한 번 읽어보았다.

루이 랑그르몽, 몽마르트르 거리 176번지.

이것밖에 적혀 있지 않았다.

명함 위에 모여 있는 글자들은 불길한 의미가 가득 담긴 듯 신비스러워 보였다. 그는 뚫어져라 명함을 쳐다보았다. 루이 랑그르몽은 어떤 인간일까? 나이는? 키는? 생김새는? 얼굴도 모르는 낯선 사람이 아무 이유도 없이, 그저 일시적인 기분으로, 그것도 정육점 주인과 싸운 노파 하나 때문에 이렇게 남의 삶을 깨뜨리려 하다니. 정말 말도 안 되는 일 아닌가!

뒤루아는 다시 한 번 큰 소리로 말했다. "뻔뻔한 놈 같으니!"

그리고 계속 명함을 노려보면서 꼼짝 않고 생각에 잠겼다. 그러고 있자니 눈앞에 놓인 종잇조각을 향해 분노가 솟아올랐다. 깊은 증오를 담은 분노에 알 수 없는 불쾌감도 섞여 있었다. "정말 어처구니없군!" 그는 손톱 깎는 가위를 가져와서 사람을 찌르는 기분으로 인쇄된 이름 한복판에 찔러 넣었다.

그러니까 정말 결투를 하는 것인가? 권총으로? 왜 칼을 선택하지 않았을까? 칼이라면 손이나 팔을 찔린다 해도 죽지는 않을 것 아닌가. 권총은 그 결과를 예측할 수 없다.

뒤루아가 스스로에게 말했다. "자, 용기를 내야 해."

순간 그는 자기 목소리에 놀라 소름이 끼쳤다. 주위를 둘러보았다. 신경이 곤두서기 시작했다. 그는 물을 한 모금 마신 다음 잠자리에 들었다.

방 안이 몹시 추운데도 이불 안은 몹시 더웠다. 뒤루아는 잠을 이루지 못했다. 뒤척이고 또 뒤척였다. 똑바로 누웠다가 왼쪽으로 돌아눕고, 다시 또 오른쪽으로 돌아누웠다.

여전히 목이 탔다. 물을 마시러 일어났을 때는 덜컥 겁이 나기 시작했다. '두렵지 않을까?'

방 안에서 무슨 소리가 나기만 해도 왜 이렇게 심장이 뛰는 걸까? 다 아는 소리들인데. 시간을 알리려고 뻐꾸기시계의 태엽이 돌아가는 소리에도 소스라치게 놀랐다. 가슴이 너무 답답해서 잠시 입을 벌리고 숨을 쉬어야 할 정도였다.

'두렵지 않을까?' 그는 이 가능성에 대해 제대로 냉정하게 생각해 보기 시작했다.

아니다. 두렵지 않을 것이다. 물러서지 않겠다고 결심을 했고, 결투를 하기로, 떨지 않기로 결심하지 않았는가. 하지만 가슴속은 계속 심하게 고동쳤다. 그는 이렇게 물었다. "의지와 관계없이 두려워질 수도 있을까?" 이 의혹이, 불안이, 공포가 그를 휩쌌다. 그의 의지보다 강력하고 압도적인, 반항할 수 없는 힘에 눌러버린다면 어떻게 될까? 그렇다. 정말 어떤 일이 생길 것인가.

물론 그는 결투장에 갈 것이다. 기꺼이 갈 것이다. 하지만 혹시라도 떨게 되면? 기절한다면? 그는 자신의 지위에 대해, 평판과 장래에 대해 생각했다.

그러다 벌떡 일어섰다. 갑자기 거울에 얼굴을 비춰보고 싶었다. 그는 촛불을 켰다. 매끄러운 유리에 비친 얼굴이 도무지 자기 얼굴 같지 않았다. 지금까지 한 번도 본 적이 없는 얼굴이었다. 눈이 퀭하고 얼굴은 백지장 같았다. 창백했다. 정말 창백했다.

그 순간 '내일 이 시간이면 나는 죽어 있을 것이다.' 하는 생각이 총알처럼 그를 뚫고 지나갔다. 그러자 다시 또 심장이 격렬히 뛰기 시작했다.

그는 다시 침대 쪽으로 갔다. 그런데 조금 전 빠져나온 이불 속에 자기 자신이 반듯이 누워 있는 모습이 보였다. 죽은 사람처럼 얼굴이 움푹 파였고, 이제 움직일 수 없게 된 두 손은 백지장처럼 핏기가 하나도 없었다.

뒤루아는 침대가 두려웠다. 그쪽을 보지 않기 위해 창문을 열고 밖을 쳐다보았다.

얼음 조각처럼 차가운 바람이 머리부터 발끝까지 살을 에는 듯했다. 그는 숨을 헐떡이며 뒤로 물러섰다.

난로에 불을 피워야겠다는 생각이 들었다. 뒤돌아보지 않고 천천히 부채질을 하며 불씨를 피웠다. 두 손은 무언가에 닿을 때마다 신경 발작처럼 파르르 떨렸다. 머릿속이 멍하고 생각들이 토막 난 상태로 소용돌이치면서 손에 잡히지는 않고 고통스럽기만 했다. 술을 마신 사람처럼 취기가 돌았다.

뒤루아는 계속 스스로에게 물었다. "어떻게 해야 하나? 나는 어떻게 되는 걸까?"

그리고 기계적으로 같은 말을 되씹으며 다시 방 안을 걸어 다니기 시작했다. "힘을 내야 해. 힘을 내야 해."

잠시 후 뒤루아가 중얼거렸다. "만일을 대비해 부모님께 편지를 써두자."

그는 다시 의자에 앉아 편지지를 꺼내서 쓰기 시작했다. "사랑하는 아빠, 사랑하는 엄마……."

하지만 자기가 쓴 말이 지금처럼 비극적인 상황에 맞지 않게 너무 친근하다는 생각이 들었다. 바로 종이를 찢어버리고 다시 썼다.

"사랑하는 아버님, 사랑하는 어머님. 저는 내일 날이 밝으면 결투를 하러 갑니다. 혹시라도 제가……."

뒤를 이을 수가 없었다. 마음이 요동치는 바람에 그는 결국 벌떡 일어섰다.

'결투를 하러 갈 것이다. 이미 피할 수 없는 일이다. 마음속에서 무슨 일이 일어난 걸까? 분명 결투를 원했다. 자기의 뜻이었고, 확고한 결심이었다. 하지만 아무리 노력해도 결투장으로 가는 데 필요한 힘조차 낼 수가 없다.' 이렇게 생각하자 무언가 짓누르는 것 같았다.

이따금 입안에서 이가 부딪치며 조그맣게 메마른 소리를 냈다. 뒤루아는 생각을 이어갔다. '상대는 결투를 해본 적이 있을까? 사격장에 자주 드나들었을까? 이름이 알려졌을까? 잘한다고 정평이 난 사람일까?'

그는 상대의 이름을 한 번도 들은 적이 없었다. 하지만 그가 권총 사격 솜씨가 뛰어나지 않다면 이런 식으로 선뜻 무기 사용을 받아들이지는 않았을 것이다.

뒤루아는 결투 현장을 그려보았다. 자기가 어떻게 움직일지, 상대는 어떤 모습일지 생각해 보았다. 결투 장면을 미세한 사항들까지 머릿속에 그려내려고 애썼다. 그러자 총알이 나오기 직전의 작고 깊고 시커먼 총신 구멍이 눈앞에 나타났다.

끔찍한 절망이 그를 뒤덮었다. 온몸에 소름이 끼치면서 덜덜 떨렸다. 비명을 지르지 않으려고 이를 악물었다. 바닥을 구르며 뭐든 찢어버리고 물어뜯고 싶은 광적인 충동이 일었다. 그때 벽난로 위에 놓인 컵이 눈에 들어왔다. 그리고 장 속에 조금 마시다 만 브랜디 한 병이 있다는 게 생각났다. 군대 시절 아침마다 술을 마셔 몸속의 '기생충을 죽이던'[61] 습관이 아직 남아 있었던 것이다.

그는 게걸스럽게 병째로 벌컥벌컥 들이켰다. 숨을 쉴 수 없을 때가 되어서야 겨우 병을 내려놓았다. 그렇게 삼분의 일을 비웠다.

위장이 타는 듯 뜨거웠다. 뜨거운 기운이 손발에 퍼지면서 취기에 젖은 마음도 든든해졌다.

그가 말했다. "이러니까 괜찮군." 뒤루아는 뜨거운 몸을 식히느라 창문을 열었다.

얼음처럼 차갑고 고요한 하루가 시작되고 있었다. 위쪽에서 별들이 희미한 빛을 띠기 시작한 하늘 속으로 사라져가고 있었다. 철로를 위해 파놓은 깊은 구덩이 속에 녹색, 빨간색, 흰색의 등불도 빛을 잃어가고 있었다.

기관차들이 차량 기지에서 나와 기적을 울리며 열차를 연결하러 갔다. 남은 기관차들도 연달아 날카로운 소리를 내며, 마당에서 울어대는 수탉처럼 빨리 일어나라고 소리쳤다.

'이 모든 걸 앞으로 다시 볼 수 없겠구나.' 이런 생각이 들자 뒤루아는 또다시 마음이 약해졌다. 그는 온 힘을 다해 모질게 마음을 다잡았다. '자. 이제 결투 때까지 아무것도 생각하지 말자. 그래야만 용기를 잃지 않을 수 있다.'

뒤루아는 나갈 준비를 시작했다. 수염을 깎는 동안 자기 얼굴을 보는 것도 이게 마지막이라고 생각하니 또다시 맥이 풀렸다.

그는 다시 브랜디를 한 모금 들이켜고 간신히 옷을 다 입었다.

그런 다음에는 시간을 보내기가 무척 힘들었다. 마음의 동요를 가라앉히려고 애쓰면서 방 안을 이리저리 서성였다. 잠시 후 문을 두드리는 소리에 그는 하마터면 뒤로 나자빠질 뻔했다. 그 정도로 심하게 놀란 것이다. 결투의 증인이 되어줄 사람들이었다. 벌써 시간이 된 것이다!

그들은 모피 외투를 입고 있었다. 리발이 뒤루아와 악수를 하며 말했다.

"밖은 시베리아 추위라네." 그런 다음 물었다. "괜찮은가?"

"아주 좋네."

"떨리지는 않지?"

"전혀."

"좋아. 뭐 좀 먹었나?"

"먹었네. 더 생각 없어."

부아르나르는 격식을 차려 이제껏 본 적이 없는 녹색과 노란색의 이상한 훈장을 달고 있었다.

거리로 내려가니 한 신사가 사륜마차 안에서 기다리고 있었다. 리발이 소개했다. "의사 르브뤼망 선생일세." 뒤루아는 악수를 하면서 기어들어 가는 소리로 말했다. "고맙습니다." 이어 앞 좌석에 앉다가 밑에 무언가 딱딱한 것이 닿자 그는 용수철이 튀어 오르듯 벌떡 일어섰다. 권총 상자였다.

리발이 말했다. "아니지. 결투하는 사람과 의사는 뒤에 앉아야지." 뒤루아는 그제야 상황을 파악하고 의사 옆자리로 가서 털썩 주저앉았다.

이어 두 증인도 올라탔고, 마부가 마차를 몰았다. 마부는 목적지가 어디인지 이미 알고 있었다.

다들 마차 안에 놓인 권총 상자 때문에 불편했다. 특히 뒤루아는 아예 쳐다보지도 않으려고 애썼다. 처음에는 좌석 등 뒤에 상자를 놓으려고 했지만 허리가 너무 아팠다. 리발과 부아르나르 사이에 세워놓았더니 자꾸 쓰러졌다. 결국은 발밑으로 밀어 넣었다.

의사가 여러 일화를 들려주었지만 마차 안의 분위기는 점점 가라앉았다. 그나마 의사의 말에 대꾸를 한 것은 리발뿐이었다. 뒤루아는 자기가 아무렇지도 않다는 것을 보여 주고 싶었지만 괜히 말을 하다가 생각이 뒤엉켜서 마음의 혼란을 들킬까 봐 겁이 났다. 무엇보다 결투 때 떨지도 모른다는 불안을 떨치지 못해 너무나 힘들었다.

마차는 얼마 안 가서 들판으로 나갔다. 9시경이었다. 온 자연이 수정처럼 반짝거리며 손만 대면 갈라져 버릴 것 같은 추운 겨울 아침이었다. 서리가 내려앉은 나무들은 꼭 얼음 땀을 흘리는 것 같았다. 말발굽 아래 대지가 울리는 소리가 났고, 공기가 건조해서 아주 작은 소리까지도 멀리 퍼져 나갔다. 푸른 하늘은 거울처럼 빛났고, 눈부신 태양마저 추위에 떠는지 그 햇살까지 얼어붙어서 땅 위의 그 어느 것도 덥혀 주지 못했다.

리발이 뒤루아에게 말했다. "권총은 가스틴 르네트 가게에서 구했네. 거기서 탄알도 직접 장전해 줬고. 상자는 봉인되어 있네. 하지만 이걸 쓸지 저쪽에서 준비해 온 것을 쓸지는 제비를 뽑아 정할 걸세."

"고맙네." 뒤루아는 건성으로 대답했다.

이어 리발은 절대 실수를 하면 안 된다며 하나하나 자세히 설명을 해주었다.

"그러니까 '준비되었습니까?' 하고 물으면 힘차게 '됐소!'라고 대답해야 하네. '발사!'라고 하면 힘차게 팔을 들고, 셋이라고 하기 전에 쏴야 하네."

뒤루아는 마음속으로 되풀이했다. '발사! 하면 팔을 든다. 발사! 하면 팔을 든다.' 그는 아이들이 무언가를 익히기 위해 머릿속에 박힐 때까지 소리 내서 외우듯이 계속 같은 말을 중얼거렸다.

숲 속으로 들어선 사륜마차는 가로수 길을 따라가다가 오른쪽으로 돌았고, 잠시 후 한 번 더 오른쪽으로 돌았다. 리발이 문을 벌컥 열고 마부에게 말했다. "저기 좁은 길로 들어갑시다." 마차는 서리 덮인 낙엽들이 떨고 있는 잡목 더미 사이 마차 바퀴자국이 나 있는 샛길로 들어섰다.

뒤루아는 여전히 "발사! 하면 팔을 든다." 하고 중얼거렸다. 문득 마차 사고라도 나면 다 해결되지 않을까 하는 생각이 들었다. '아, 마차가 뒤집혀 버리면 얼마나 좋을까! 다리 한쪽이 부러져 버린다면……'

하지만 숲 속 빈터에는 이미 저 안쪽에 마차가 한 대 와 있었고, 네 사람이 시린 발을 구르고 있었다. 뒤루아는 갑자기 숨을 쉴 수가 없어서 자기도 모르게 입을 벌렸다.

증인들이 먼저 내렸고 그다음 의사와 결투 주인공이 내렸다. 누군지 알 수 없는 남자 두 명이 이쪽으로 다가왔고, 권총 상자를 안은 리발이 부아르나르와 함께 그쪽으로 갔다. 네 사람은 뒤루아가 지켜보는 가운데 격식에 따라 인사를 나눴고, 주변을 살피며 뭔가 바닥에 떨어졌거나 날아가 버린 것을 찾기라도 하듯 땅바닥을 내려다봤다 나무를 올려다봤다 했다. 그리고 걸음 수를 셌고, 언 땅에 간신히 지팡이 두 개를 꽂았다. 그런 다음 한데 모였고, 아이들처럼 금화를 던져서 앞쪽인지 뒤쪽인지를 정했다.

르브뤼망 선생이 뒤루아에게 물었다.

"괜찮은가요? 필요한 것 없습니까?"

"네, 아무것도 없습니다. 고맙습니다."

그 순간 뒤루아는 자기가 미쳤든가, 아니면 잠이 들었든가, 아니면 꿈을 꾸나 보다 했다. 한순간 초자연적인 무엇인가가 나타나 그를 감싸는 것 같은 기분이 든 것이다.

1부 183

겁을 먹은 걸까? 정말 그런 걸까? 알 수 없었다. 주위의 모든 것이 달라져 있었다.

자크 리발이 되돌아오더니 흡족한 목소리로 나지막하게 말했다. "준비 다 끝났네. 다행히도 총은 우리 것으로 하기로 했네."

어차피 뒤루아한테는 상관없는 일이었다.

사람들이 다가와서 외투를 벗기는 동안 뒤루아는 아무 생각 없이 몸을 내맡겼다. 그들은 다시 겉옷 주머니를 만져가며 총알을 막아줄 서류나 지갑이 들어 있지 않은지 확인했다.

뒤루아는 기도하는 심정으로 되새겼다. '발사! 하면 팔을 든다.'

이어 자크 리발은 지팡이를 꽂아놓은 한쪽으로 뒤루아를 데려가서 권총을 건네주었다. 바로 앞 아주 가까운 곳에 자그마한 남자 하나가 서 있었다. 배가 나오고 머리가 벗겨지고 안경을 쓰고 있었다. 뒤루아의 결투 상대였다.

상대방의 모습을 보면서도 뒤루아의 머릿속엔 오직 한 가지 생각뿐이었다. '발사! 하면 팔을 든다.' 아득히 먼 곳에서 들려오는 듯한 사람의 목소리가 숲의 정적을 깨면서 물었다.

"준비되었습니까?"

뒤루아가 큰 소리로 대답했다. "됐소!"

이어 명령이 들렸다. "발사!"

뒤루아는 더 이상 아무것도 들리지도 보이지도 않았다. 또한 아무것도 알 수 없었다. 그저 팔을 들고 힘껏 방아쇠를 당겼을 뿐이다.

그런데 아무 소리가 나지 않았다.

하지만 그의 권총 총구에서는 분명 연기가 새어 나오고 있었다. 처음과 같은 자세로 서 있는 눈앞의 남자의 머리 위에도 흰 연기가 조금 보였다.

두 사람 모두 쏜 것이다. 결투는 끝났다.

증인들과 의사가 뒤루아를 만져보기도 하고 이리저리 건드려보기도 했다. 그들은 조심스레 단추를 벗기며 근심스러운 얼굴로 물었다. "안 다쳤나?"

뒤루아가 아무 생각 없이 대답했다. "응, 괜찮은 것 같네."

랑그르몽 역시 아무렇지도 않았다. 자크 리발은 못마땅한 듯 중얼댔다. "망할 놈의 권총은 늘 이렇단 말이야. 꼭 불발이든가 아니면 아예 죽여 버리든가. 참 거지 같은 무기야."

뒤루아는 놀랍기도 하고 기쁘기도 해서 온몸이 마비된 사람처럼 꼼짝하지 못했다. '이제 끝났다!' 뒤루아가 계속 무기를 움켜쥐고 있는 바람에 증인들이 빼내야 했다. 뒤루아는 온 세상과 싸운 것 같은 기분이었다. '이제 끝났다. 정말 다행이다!' 뒤루아는 문득 자기가 아주 용감한 사람인 것 같은 기분이 들었고, 이제 누구한테라도 도전할 수 있을 것 같았다.

양쪽 증인들이 모여 잠시 이야기를 주고받았고, 보고서를 작성하기 위해 그날 중 다시 만나기로 약속을 한 다음 각기 마차에 올랐다. 좌석에 앉아 웃고 있던 마부가 채찍을 휘두르며 말을 몰았다.

네 사람은 큰 거리에 있는 음식점에서 아침 식사를 하면서 조금 전의 결투에 대해 얘기했다. 뒤루아는 자기 기분이 어땠는지 이야기했다. "난 아무렇지도 않았네. 정말 아무렇지도 않았어. 다들 봤으니 알지 않나."

자크 리발이 대답했다. "그래. 자네 태도는 훌륭했어."

결투 보고서가 마무리되자 자크 리발은 사회면에 실으라며 뒤루아에게 건네주었다. 그런데 보고서에는 뒤루아가 루이 랑그르몽과 두 발을 주고받은 것으로 되어 있었다. 뒤루아가 근심 어린 표정으로 물었다. "한 발밖에 안 쏘지 않나?"

리발이 빙그레 웃으며 말했다. "그래, 한 발이지……. 한쪽에 한 발……. 그러니까 합하면 두 발 아닌가."

뒤루아는 리발의 설명이 그럴듯해서 더 이상 얘기하지 않았다. 사장은 뒤루아를 보더니 얼싸안았다. "잘했네, 잘했어. 자넨《라 비 프랑세즈》의 깃발을 지켜냈어. 잘했어!"

그날 저녁 뒤루아는 큰 신문사들과 큰 거리의 주요 카페들에 모습을 나타냈다. 상대 역시 마찬가지였고, 두 사람은 그렇게 두 번 만났다.

그들은 서로 못 본 척했다. 만일 결투에서 어느 한쪽이 부상을 당했더라면 굳게 악수를 나눌 수 있었을 것이다. 양쪽 모두 상대의 총알이 날아오는 소리를 들었다고 자신 있게 말했다.

다음 날 오전 11시경 뒤루아는 파란 봉투를 받았다.

  아, 얼마나 두려웠는지 몰라요. 오늘 오후에 콩스탕티노플 거리로 와 줘요. 내 사랑, 그대에게 키스를 해주고 싶어요. 당신은 정말 용감한 사람이에요. 사랑해요. 클로.

그는 클로틸드를 만나러 갔다. 그녀는 뒤루아의 품에 달려들어 정신없이 키스를 퍼부었다.

"아! 당신! 오늘 아침 신문을 읽으면서 얼마나 가슴이 뛰었는지 몰라요! 자, 얘기해 줘요. 다 얘기해 줘요. 알고 싶어요."

뒤루아는 하나하나 자세히 설명해야 했다. 그녀가 물었다. "결투 전날엔 못 잤겠네요?"

"아니, 아주 푹 잤소."

"나 같으면 한숨도 못 잤을 텐데. 그럼 결투할 때는 어땠죠?"

그는 극적인 사건처럼 이야기했다. "서로 스무 걸음 떨어져서 마주 섰소. 스무 걸음이면 이 방 길이의 네 배밖에 안 되지. 자크가 준비되었느냐고 묻더니 '발사!' 하고 명령했고, 나는 곧장 팔을 들고 똑바로 겨눴소. 그런데 머리를 겨눈 것이 실수였소. 그동안 늘 부드러운 총만 써왔는데, 내가 가진 권총 방아쇠가 너무 뻑뻑했거든. 결국 방아쇠의 반동으로 총알이 빗나간 거요. 물론 많이 벗어나진 않았지만. 상대편도 잘 쏘더군. 불한당 같은 인간! 그자의 총알이 내 관자놀이 바로 옆을 지나갔소. 바람이 뺨에 스치는 걸 느꼈으니까."

뒤루아의 무릎에 앉은 클로틸드는 위험을 함께하려는 사람처럼 그를 껴안았다. 그리고 거듭 말했다. "세상에. 가여워라. 가여워라……."

뒤루아의 이야기가 끝나자 그녀가 말했다. "내 사랑, 그대는 모르죠? 난 당신 없이는 살 수 없어요. 당신 얼굴을 봐야겠어요. 하지만 남편이 파리에 있으니 여의치 않네요. 오전에 한 시간 정도는 시간을 낼 수 있을 것 같아요. 당신이 일어나기 전에 키스해 주러 가고 싶어요. 하지만 당신 집은 무서워서 다시는 못 가겠어요. 어떻게 하면 좋죠?"

문득 좋은 생각이 떠오른 뒤루아가 애인에게 물었다.

"여기는 세가 얼마요?"

"한 달에 100프랑이에요."

"그럼 내가 그 돈을 내고 아예 이리로 옮겨 오겠소. 어차피 지금 살고 있는 집은 내 새 지위에 어울리지 않으니까."

그녀는 한참 동안 생각하더니 대답했다. "싫어요. 그건 안 돼요."

뒤루아가 놀라서 되물었다. "어째서?"

"그냥……."

"그런 이유가 어디 있소? 이 방은 나한테 딱 맞는데. 내가 옮겨 오겠소. 여기서 지내겠소."

그리고 웃으면서 덧붙였다. "게다가 내 이름으로 되어 있지 않소."

하지만 클로틸드는 고집을 꺾지 않았다. "싫어요. 안 돼요. 그건 안 돼……."

"도대체 왜 그러는 거요?"

그러자 클로틸드가 뒤루아의 귀에 대고 작은 소리로 다정하게 말했다. "여기에 다른 여자들을 데려올 거잖아요. 그래서 싫어요."

뒤루아는 벌컥 흥분하며 말했다. "말도 안 되는 소리! 그게 무슨 말이오? 절대 그런 일 없다고 약속하겠소."

"아니에요. 그렇게 말해 놓고 결국 데려올 거잖아요."

"맹세하겠소."

"정말이죠?"

"정말이오. 내 명예를 걸고 약속하겠소. 여기는 우리 두 사람의 집이오. 우리 둘만의 집."

클로틸드는 사랑의 기쁨에 어쩔 줄 몰라 하며 불쑥 뒤루아를 껴안았다. "그럼 좋아요. 하지만 잘 알아둬요. 한 번이라도, 단 한 번이라도 날 속이면 우리 사이는 끝나는 거예요. 영원히 끝이라고요."

뒤루아는 한 번 더 굳게 맹세했다. 그리고 바로 그날 이사하기로 했다. 앞으로는 클로틸드가 이쪽으로 오기만 하면 되니까 언제든지 만날 수 있었다.

잠시 후 클로틸드가 말했다. "참, 일요일에 저녁 식사 하러 와요. 남편이 당신을 참 좋아하던걸요."

뒤루아는 우쭐하는 기분으로 물었다. "아, 정말이오……?"

"그래요. 그 사람 마음을 사로잡았더군요. 참, 당신 자랄 때 시골 저택에서 살았다고 했죠?"

"그렇소. 그건 왜?"

"그럼 식물 경작에 대해서도 좀 알겠네요?"

"알지."

"그럼 우리 남편한테 원예나 농작물에 대해 얘기해 봐요. 그런 걸 아주 좋아하거든요."

"좋아. 잊지 말아야겠군."

그녀는 한없이 키스를 퍼붓고 돌아갔다. 이번 결투가 그녀의 사랑을 자극한 것이다.

뒤루아는 신문사로 가면서 생각했다.

'정말 재미있는 여자야. 어떻게 그렇게 한심할 수가 있지? 도대체 뭘 원하고 뭘 좋아하는 건지 알 수가 없군. 아주 꼴좋은 부부야! 어떤 작자가 그 늙은이하고 저 정신 나간 여자를 짝지을 생각을 한 걸까? 감독관이나 돼서 무슨 생각으로 저런 철없는 여자하고 결혼할 생각을 한 거지? 정말 신기한 일이야. 하기야, 정말 사랑했는지 알 게 뭐야.'

그런 다음 뒤루아는 이렇게 결론을 내렸다. '어쨌든 정부로는 아주 좋은 여자야. 저런 여자를 놓친다면 정말 멍청한 거지.'

8

 결투는 뒤루아를 《라 비 프랑세즈》를 대표하는 시평 담당 기자의 반열에 올려놓았다. 하지만 그는 제대로 된 사상을 찾아내는 능력이 없었기 때문에 결국 풍기가 문란해졌다든가 인격이 타락했다든다 애국심이 약해졌다든가 프랑스의 명예가 빈혈 증상을 보인다든가 하는 말들을 무기 삼아 늘어놓았다.(그는 이 빈혈이라는 말을 생각해 내고는 상당히 우쭐했다.)
 그리고 흔히 파리 기질이라고 부르는, 농담을 좋아하고 의심이 많으면서도 잘 속아 넘어가는 드 마렐 부인이 뒤루아가 길게 늘어놓은 말들이 우습다면서 말도 안 되는 얘기라고 비난하면, 그는 빙그레 웃으면서 대답했다. "두고 보라지. 나중엔 제대로 인기를 끌게 될 거요."
 뒤루아는 콩스탕티노플 거리로 옮겨 왔다. 트렁크 하나와 칫솔, 면도기, 비누를 가지고 왔다. 이삿짐은 그게 전부였다. 일주일에 두세 번 뒤루아가 일어나기 전에 찾아온 드 마렐 부인이 후다닥 옷을 벗고 바깥의 추위에 언 몸을 떨면서 침대로 파고들었다.
 반면 뒤루아는 목요일마다 드 마렐 부부네 집에서 저녁 식사를 했다. 그는 식물 재배에 대한 이야기로 남편의 환심을 샀다. 사실 뒤루아도 그런 것을 좋아했기 때문에 때로 두 남자는 이야기에 깊이 빠져들었고, 그러다 보면 자기들의 아내가 의자에서 졸고 있는 것도 모를 때도 있었다.

로린도 어떨 때는 아버지의 무릎에서, 어떨 때는 벨아미의 무릎에서 잠들었다.

뒤루아가 가고 나면 드 마렐 씨는 아무리 사소한 일에 대해 말할 때도 늘 그렇듯 현학적인 어투로 말했다. "아주 호감이 가는 젊은이야. 교양도 있고."

2월이 막바지에 접어들었다. 아침에 거리에서 손수레를 끌며 꽃을 파는 여자를 지나칠 때면 오랑캐꽃 향기가 풍겼다.

어느 날 밤 집에 돌아온 뒤루아는 문 밑바닥에 편지 한 통이 들어와 있는 것을 보았다. 소인을 보니 칸에서 보낸 것이었다. 그는 봉투를 열고 편지를 읽었다.

칸, 졸리 별장에서.

그리운 벗 뒤루아 씨. 일전에 무슨 일이든지 도움이 필요하면 얘기하라고 하셨죠? 지금 참으로 가혹한 일을 부탁드리려고 합니다. 부디 이곳으로 오셔서 저를 도와주십시오. 죽음을 앞둔 샤를 곁에 저 혼자 있지 않도록, 샤를이 숨을 거둘 때 혼자 있지 않도록 해주십시오. 어쩌면 이번 주를 넘기지 못할 것 같습니다. 아직 일어나 앉기는 하지만, 의사가 그렇게 말했습니다.

저는 더 이상 임종을 앞둔 극심한 고통을 하루 종일 지켜보고 있을 힘과 용기가 없습니다. 마지막 순간이 다가온다는 생각을 하면 두렵습니다. 저에게는 이런 일로 부탁을 드릴 수 있는 사람이 뒤루아 씨뿐입니다. 남편에겐 친척이 없으니까요. 뒤루아 씨는 그이의 전우였죠. 또 그이가 뒤루아 씨를 신문사로 데려오기도 했고요. 제발 부탁이니 와주십시오. 아무도 부탁할 사람이 없습니다.

헌신적인 벗의 애정을 보냅니다.

마들렌 포레스티에.

바람이 일듯 뒤루아의 마음속에 야릇한 감정이 불어 들었다. 일종의 해방감 같은, 앞길에 넓은 공간이 열린 것 같은 기분이었다. 그는 중얼거렸다. "물론 가야지. 샤를이 안됐군. 뭐, 어차피 누구나 겪을 일이지만."

포레스티에 부인의 편지를 보여 주니 사장은 투덜거리며 다녀오라고 했다. 그리고 이렇게 덧붙였다. "하지만 빨리 돌아오게. 자네가 없으면 안 되니까." 뒤루아는 드 마렐 부부에게 전보를 보내놓고 이튿날 오전 7시 급행열차를 타고 칸으로 떠났다.

그다음 날 오후 4시쯤 칸에 도착했다.

심부름꾼이 나와 있다가 그를 졸리 별장까지 안내해 주었다. 별장은 칸에서 주앙 만으로 이어진 산 중턱, 흰색 집들이 늘어선 전나무 숲 속에 있었다.

나무들 사이를 꼬불꼬불 올라가는 길 위에 작고 나지막한 이탈리아식 별장이 보였다. 굽잇길을 돌 때마다 눈앞에 아름다운 풍경이 펼쳐졌다.

문을 연 하인이 큰 소리로 말했다. "아! 어서 오십시오. 부인께서 무척 기다리고 계십니다."

뒤루아가 물었다. "주인께선 좀 어떠신가?"

"좋지 않으십니다. 오래가지 못하실 것 같습니다."

하인을 따라 들어간 거실은 장밋빛 바탕에 푸른색 무늬가 있는 인도산 사라사 천으로 장식되어 있었다. 높고 넓은 창문 밖으로 마을과 바다가 눈에 들어왔다.

뒤루아는 중얼거렸다. "아주 근사한 별장이로군. 도대체 어디서 이런 돈을 마련한 걸까?"

옷 스치는 소리에 뒤루아가 뒤를 돌아보았다.

포레스티에 부인이 들어와 두 손을 내밀었다. "바로 와주시다니 정말 친절하세요. 정말 친절하세요." 그녀는 불쑥 뒤루아를 껴안으면서 인사를 했다. 두 사람은 얼굴을 마주 보았다.

포레스티에 부인은 얼굴이 창백하고 좀 여위었지만 여전히 싱싱했고 예전보다 더 우아하고 아름다웠다. "정말 힘이 드네요. 샤를도 이제 자기가 가망이 없다는 걸 알고는 절 무척 힘들게 합니다. 뒤루아 씨가 오실 거라고 말해 두었습니다. 그런데 짐은 어떻게 하셨나요?"

뒤루아가 대답했다. "역에 맡겨 두고 왔습니다. 부인이 계신 곳에서 가장 가까이 있으려면 어느 호텔로 가야 하는지 몰라서요."

그녀는 잠시 주저하는 것 같더니 다시 말했다. "여기에 짐을 푸세요. 방을 준비해 놓았습니다. 샤를이 언제 눈을 감을지 알 수 없으니까요. 만일 밤에 일이 닥친다면 저 혼자 있게 되잖아요. 짐을 찾으러 사람을 보낼게요."

뒤루아가 고개를 숙이며 대답했다. "그렇게 하죠."

"이제 올라가요." 포레스티에 부인이 말했다.

뒤루아는 따라갔다. 그녀는 2층의 방 하나를 열었다. 뒤루아의 눈앞으로 창문 곁에 놓인 안락의자에 담요를 뒤집어쓰고 앉아 있는 시체나 다름없는 얼굴이 나타났다. 붉은 저녁노을 아래 창백한 얼굴로 이쪽을 바라보는 사람이 누구인지조차 알아보기 힘들어서 그저 자기 친구일 거라고 짐작을 할 뿐이었다.

방 안에서는 열기가 느껴졌고, 탕약, 에테르, 타르의 냄새, 그러니까 폐병 환자가 숨 쉬고 있는 방의 냄새가 났다.

포레스티에가 느릿느릿 간신히 한 손을 들었다. "자네 왔군. 내가 죽는 걸 보러 와줬어. 고맙네."

뒤루아는 애써 웃어 보였다. "죽는 걸 보러 오다니. 뭐 보기 좋은 일이라고 왔겠나. 그러려고 칸에 오지는 않지. 자네한테 인사도 하고 좀 쉴까 해서 왔네."

포레스티에가 기어들어 가는 목소리로 말했다. "앉게." 그런 다음엔 고개를 떨어뜨렸다. 뭔가 절망적인 생각에 빠진 사람 같았다.

포레스티에는 숨이 찬지 호흡이 가빠졌고, 마치 자기가 얼마나 많이 아픈지를 다른 사람들에게 알리려는 듯 중간중간 신음 소리 같은 것을 냈다.

남편이 말이 없자 포레스티에 부인이 다가와 창문에 기대서는 고갯짓으로 수평선을 가리키며 말했다. "저것 좀 봐요. 아름답잖아요."

그들의 눈앞에는 군데군데 별장들이 서 있는 언덕이 흘러내려 아래쪽 해안을 따라 반원을 그리며 누워 있는 시가지까지 이어진 광경이 펼쳐졌다. 시가지의 머리는 오래된 종루가 솟아 있는 옛 시가지 아래 방파제 쪽이었고, 발은 왼쪽으로 레렝 군도[62]가 마주 보이는 크루아제트 곶을 향하고 있었다. 레렝 군도는 푸른 물 위에 두 군데 초록빛 얼룩처럼 보였고, 너무 납작해서 꼭 커다란 나뭇잎 두 개가 떠 있는 것 같았다.

제일 먼 곳, 만이 끝나는 반대쪽 지평선이 끊기는 곳에는 방파제와 망루 위로 푸르스름한 산맥이 길게 뻗어 있었다. 산봉우리는 어떤 것은 둥글고 어떤 것은 갈고리 모양, 또 어떤 것은 뾰족하게 이어지면서 하늘에 기묘하고 아름다운 선을 그리고 있었다. 끝에까지 가면 아래쪽이 바다에 잠긴 커다란 피라미드 모양의 산이 보였다.

포레스티에 부인이 그 산을 가리키며 말했다. "에스트렐 산이에요."

짙푸른 산봉우리들 너머로 붉은색 하늘이 펼쳐져 있었다. 핏빛처럼 붉고 또 금빛으로 빛나는 그 모습은 보고 있기 힘들 정도였다.

뒤루아는 석양에 펼쳐진 이 장엄한 풍경에 감동하지 않을 수 없었다.

그 감동을 충분히 나타낼 만큼 생생한 말이 떠오르지 않아 그저 이렇게 중얼거렸다.

"아! 정말 굉장하군요!"

포레스티에가 아내를 향해 고개를 들면서 말했다. "바람 좀 쐬게 해줘."

"안 돼요. 해도 졌는데 또 감기 들어요. 지금 상태에서 그랬다가는 큰일이라는 거 알잖아요." 그의 아내가 대답했다.

포레스티에는 주먹질을 하려는 사람처럼 열에 들뜬 허약한 몸짓으로 오른손을 움직였다. 그리고 분노로 일그러진 얼굴로 중얼거렸다. 죽음을 앞둔 얼굴은 입술이 얇고 뺨은 수척했으며 피골이 상접해 있었다. "숨이 막힐 것 같아. 내가 하루 먼저 죽든 늦게 죽든 당신은 별 상관 없잖아. 어차피 다 끝났는데……."

포레스티에 부인이 창문을 열어젖혔다.

바람이 불어 들어와 마치 애무를 하듯 세 사람의 몸을 감쌌다. 감미롭고 따스하고 온화한 미풍이었다. 언덕에서 자라는 떨기나무 냄새와 코를 찌르는 꽃향기를 실은 바람에는 이미 봄기운이 가득 담겨 있었다. 강한 송진 냄새와 유칼립투스 나무의 매운 맛도 느낄 수 있었다.

포레스티에는 짧은 숨을 헐떡이며 공기를 들이마셨다. 그리고 안락의자 팔걸이를 쥔 양손의 손톱에 힘을 주면서, 분노가 담긴 쉰 소리로 나지막하게 말했다. "창문 닫아. 힘들어. 차라리 지하실에서 죽는 게 낫겠군."

그의 아내는 천천히 창문을 닫았고, 그런 다음 이마를 유리창에 댄 채 먼 곳을 바라보았다.

뒤루아는 그대로 있기가 거북했다. 병자와 이야기를 나누면서 마음을 가라앉혀 주고 싶었다.

1부 195

하지만 친구에게 힘을 줄 수 있을 만한 말이 아무것도 생각나지 않았다.

뒤루아가 중얼거리듯 말했다. "여기 와서도 별로 좋아지지 않았나 보군."

포레스티에가 기운이 하나도 없는 성마른 얼굴로 어깨를 들썩이며 대답했다. "보다시피 이 꼴이네." 그러고는 다시 고개를 떨어뜨렸다.

뒤루아가 말했다. "이봐! 여기는 파리에 비하면 아주 좋은 거야. 파리는 아직 한겨울일세. 눈이 왔다가 우박이 왔다가 비가 왔다가 그러지. 오후 3시만 되면 불을 켜야 할 만큼 어두워진다네."

포레스티에가 물었다. "신문사에는 별일 없나?"

"별일 없네. 자네 대신 《볼테르》에서 라크랭이 왔는데, 아직 풋내기더군. 자네가 돌아올 때가 됐어."

그 말에 포레스티에가 기어들어 가는 소리로 대답했다. "나 말인가? 이제 땅속 6피에⁽⁶³⁾에 묻혀서 일을 하겠지."

포레스티에는 말을 할 때마다 흡사 종이 울리듯 강박적인 생각이 되살아났다. 무엇을 생각하든, 무슨 말을 하든, 끊임없이 나타났다.

한참 동안 침묵이 이어졌다. 참기 힘든 깊은 침묵이었다. 짙은 색으로 펼쳐졌던 노을이 점차 엷어졌고, 저물어가는 붉은 하늘 아래 산들도 이제 시커멓게 보였다. 아직 붉은색 기운이 남은 어둠이, 벌건 석양빛을 간직한 채 밤이 시작되는 기운이 방으로 스며들어서 가구와 벽과 방 구석구석을 검은빛과 자줏빛 섞인 색깔로 물들였다. 벽난로 위의 거울에 수평선이 비치면서 흡사 핏물이 고인 것처럼 보였다.

포레스티에 부인은 여전히 등을 보이며 유리창에 얼굴을 댄 채 꼼짝하지 않고 서 있었다.

포레스티에가 숨을 헐떡거리며 짧게 끊어지는 소리로 말을 내뱉었다. 듣는 사람의 가슴이 찢어질 것 같은 소리였다. "이제 몇 번이나 더 노을을 볼 수 있을까……. 여덟이나 열 번…… 열다섯이나 스물…… 어쩌면 서른……. 두 사람한테야 시간이 있지만 난 이제 다 끝났어……. 내가 죽고 난 후에도…… 살아 있을 때와 똑같이…… 다 그대로겠지……."

포레스티에는 한참 동안 잠자코 있더니 다시 말을 이었다. "난 무언가를 볼 때마다 이제 며칠 후면 이것을 다시 보지 못하겠구나 하고 생각한다네……. 끔찍한 일이지……. 이젠 아무것도 볼 수 없게 된다니……. 이 세상에 있는 그 어느 것도…… 손으로 만지작거리는 아주 작은 것들…… 컵…… 접시…… 편안하게 누울 수 있는 침대…… 그리고 마차. 저녁에 마차를 타고 산책하면 참 좋은데……. 나는 이런 것들을 참 좋아했네."

포레스티에는 피아노를 치는 사람처럼 안락의자 손잡이에 놓인 양손 손가락을 가볍게 신경질적으로 움직였다. 나머지 두 사람은 병자가 말하는 것을 듣고 있는 것이 힘들었지만, 그렇다고 말을 하지 않고 있는 것은 더 힘들었다. 분명 끔찍한 것을 생각하고 있다는 것을 느낄 수 있었기 때문이다.

뒤루아는 문득 노르베르 드 바렌이 몇 주 전에 한 말이 떠올랐다. "난 지금 죽음이 아주 가까이 와 있는 걸 볼 수 있소. 팔을 뻗어서 밀어내고 싶은 마음이 들 정도지. 죽음이 온 대지를 덮고 사방을 채워 버렸소. 온통 죽음이오. 길에 깔려 죽은 작은 짐승들, 떨어지는 낙엽들, 친구의 수염 속에 보이는 흰 털, 이 모든 게 내 마음을 갉아먹으며 내게 소리 지르는구려. 죽음이 여기 왔다! 라고 말이오."

그때는 깨닫지 못했지만, 이제 뒤루아는 포레스티에를 보면서 그 의미를 이해할 수 있었다. 지금껏 알지 못했던 처참한 고뇌가 그의 마음을 사로잡았다. 지금 친구가 괴로운 숨을 내쉬고 있는 저 안락의자에 자기가 앉아서 죽음이 다가오는 것을 느끼고 있는 것만 같았다. 그는 일어서서 이곳을 벗어나고 싶었다. 도망을 치고, 파리로 돌아가고 싶었다. '아! 이럴 줄 알았으면 오지 말 걸 그랬군.'

방 안에는 어둠이 퍼졌다. 죽음이 서둘러 찾아와 빈사 상태인 병자를 덮쳐 버린 것 같았다. 창문 자리만 희미하게 보였고, 그 앞에 서 있는 포레스티에 부인의 윤곽이 그려졌다.

포레스티에가 짜증스럽게 말했다. "오늘은 램프를 안 가져올 건가? 병자 간호를 어떻게 이렇게 하지?"

창유리에 비치던 몸의 윤곽이 사라지고, 고요한 집 안에 초인종 소리가 울려 퍼졌다.

바로 하인이 들어와서 벽난로 위에 램프를 가져다 놓았다. 포레스티에 부인이 남편에게 물었다. "이대로 누울래요? 아니면 내려가서 식사를 할래요?"

포레스티에가 중얼거렸다. "내려가지."

식사가 준비되기를 기다리면서 세 사람은 거의 한 시간 내내 꼼짝도 하지 않았다. 침묵을 너무 길게 끌었다가는 죽음이 배회하고 있는 이 방 안의 공기가 그대로 굳어버려 뭔가 알 수 없는 위험이 닥칠지도 모른다고 생각했는지, 이따금 한마디씩 쓸데없는 말을 던지는 것이 전부였다.

드디어 하인이 와서 식사 준비가 끝났다고 알렸다. 뒤루아는 저녁 식사가 한없이 길게 느껴졌다. 아무도 입을 열지 않았다. 소리 없이 먹었고, 손가락 끝으로 빵을 잘게 부쉈다. 시중을 드는 하인도 발소리를 내지 않고 왔다 갔다 했고, 구두 소리가 샤를의 신경에 거슬릴까 봐 실내화를 신고 있었다. 고요한 방 안에는 오직 목재 벽시계에서 나는 기계적이고 규칙적인 똑딱 소리밖에 들리지 않았다.

식사가 끝나자 뒤루아는 피곤하다는 핑계로 방으로 들어갔다. 그리고 창문에 팔꿈치를 괴고 서서 하늘 한가운데 높이 떠 있는 보름달을 바라보았다. 커다란 램프의 둥근 등 같은 달이 별장의 흰 벽 여기저기에 윤기 없는 희미한 빛을 던졌고, 바다 위로도 은빛 비늘처럼 넘실거리는 빛을 뿌리고 있었다. 뒤루아는 하루빨리 파리로 돌아갈 수 있을 만한 구실을 찾아보았다. 여러 가지 계책을 궁리해 보았고, 왈테르 씨한테 부탁해서 돌아오라는 전보를 쳐달라고 하면 어떨까 하는 생각까지 해보았다.

그러나 다음 날 눈을 뜨자 도망가겠다는 결심을 실행하는 것이 더 어려워진 것 같았다. 포레스티에 부인이 쉽사리 그의 계략에 말려들 리도 없고, 어설프게 비겁한 짓을 했다가는 모처럼 헌신적으로 공을 들인 것이 다 물거품이 될 것이다. 그는 중얼거렸다. "그것참, 곤란하군. 뭐, 할 수 없지. 살다 보면 싫은 길도 지나가야 하는 법이니까." 뒤루아는 친구 얼굴은 오후에 봐도 된다고 생각하고 바닷가로 산책을 나섰다.

식사를 하러 돌아오자 하인이 말했다. "주인님께서 벌써 두세 번 찾으셨습니다. 방으로 들어가 보십시오."

2층으로 올라가 보니 안락의자에 앉은 포레스티에는 잠이 든 것 같았다. 부인은 긴 의자에 누워 책을 읽고 있었다.

포레스티에가 고개를 들자 뒤루아가 물었다. "그래, 좀 어떤가? 오늘 아침엔 좀 기운이 난 것 같은데?"

병자가 나지막하게 대답했다. "그래, 좋아졌네. 힘이 좀 생긴 것 같아. 빨리 마들렌과 식사를 하게. 마차로 같이 한 바퀴 돌아봐야 하니까."

포레스티에 부인은 뒤루아와 단둘이 마주 앉자 바로 말을 꺼냈다. "저이는 오늘은 자기가 살 수 있다고 생각해요. 아침부터 여러 가지 계획도 세웠죠. 지금 당장 주앙 만에 가서 파리의 아파트를 장식할 도자기를 사 오겠다는 거예요. 무슨 일이 있어도 가야 한다고 저러네요. 도중에 일이 생길까 봐 너무 무서워요. 마차가 흔들리는 걸 견디기 힘들 텐데 말이에요."

마차가 도착했고, 포레스티에는 하인의 부축을 받으며 한 걸음 한 걸음 계단을 내려갔다. 그는 마차를 보더니 포장을 벗겨 달라고 했다.

아내가 반대했다. "감기 들어요. 말도 안 돼요."

하지만 포레스티에는 고집을 꺾지 않았다. "괜찮아. 오늘은 아주 좋아. 내가 알 수 있어."

처음 마차는 나무 그늘이 우거진 길을 달렸다. 정원들 사이로 난 길을 보면 이곳이 칸이 아니라 영국의 공원 같은 기분이 들었다. 이어 마차는 앙티브로 가는 길을 따라 해안을 달렸다.

포레스티에가 인근 지역을 설명했다. 먼저 파리 백작의 별장을 가리켰고 다른 별장들도 알려 주었다. 그는 쾌활해 보였다. 하지만 그것은 이미 죽음을 선고받은 인간이 일부러 꾸며내는 무기력한 활기였다. 포레스티에는 팔을 뻗을 힘이 없어서 손가락만 들어 올렸다. "저기 보게, 생마르그리트 섬이고, 바젠[64]이 탈출한 성이지. 그 사건 때문에 난리가 났었지 않은가."

포레스티에는 군대에서의 일을 떠올리며 기억에 남는 장교들의 이름을 꼽았다. 그때 굽잇길을 돌아서는 그들의 눈앞에 주앙 만의 전경이 나타났다. 만의 제일 안쪽으로는 흰색의 마을이 있고 반대쪽으로는 앙티브 곶이 보였다.

포레스티에는 갑자기 어린애처럼 기뻐하며 웅얼거렸다. "아! 군함! 군함이 있을 걸세!"

넓게 펼쳐진 만 한가운데에 정말로 바위 위에 잔가지들이 뒤덮인 것처럼 생긴 커다란 군함 여섯 척이 나타났다. 하나같이 낯설고 기이한 모습의 거대한 군함들 위로 솟아오른 함교와 망루가 보였고, 충각은 바닷속에 뿌리를 뻗은 것처럼 물속에 잠겨 있었다.

너무 육중한 배들이라 움직이거나 앞으로 나아갈 수 있을 것 같지 않고, 차라리 바다 밑바닥에 그대로 고정되어 있을 것 같았다. 천문대처럼 둥글고 높게 만들어진 함포는 암초 위에 세워진 등대처럼 보였다.

그때 하얀 돛을 활짝 편 커다란 세 돛 범선 한 척이 경쾌하게 함대 곁을 지나 넓은 바다로 나아갔다. 전쟁 괴물, 쇠로 만들어진 괴물, 물 위에 웅크리고 앉은 사악한 괴물들에 비하면 참으로 우아하고 아름다운 모습이었다.

포레스티에는 군함을 하나하나 짚어가며 '콜베르', '쉬프랭', '아미랄 뒤페레', '르두타블', '데바스타시옹' 하고 이름을 댔다. 그러더니 "아니야, 틀렸어. 데바스타시옹은 저거야."라고 말했다.

얼마 후 '주앙 만 도에'라고 쓰여 있는 커다란 정자처럼 생긴 건물 앞에 이르렀다. 마차는 잔디밭 주위를 돌아 문 앞에 멈춰 섰다.

포레스티에는 서가에 놓을 화병을 두 개 사고 싶다고 했다. 하지만 마차에서 내릴 수가 없었으므로 화병을 하나씩 마차로 가져오게 했다. 일일이 아내와 친구에게 의견을 물어가며 고르느라 시간이 상당히 오래 걸렸다. "그래. 서재 제일 안쪽 서가에다 놓을 걸세. 의자에 앉으면 눈에 바로 띄는 자리지. 난 고대 양식이 좋더군. 그리스식 말이야."

그는 견본 여러 개를 꼼꼼히 살펴보았고, 딴것을 가져오게 했다가 다시 먼젓것을 가져오라고 했다. 마침내 하나를 고른 포레스티에가 돈을 치렀고, "난 며칠 후 파리에 돌아갈 겁니다."라면서 지체 없이 배달해 줘야 한다고 다짐을 받았다.

그리고 별장으로 돌아오는 길이었다. 만을 따라 달리고 있을 때 어느 골짜기 사이에서 불어오는 바람이 그들을 덮쳤다. 병자가 기침을 하기 시작했다.

처음에는 그저 대수롭지 않은 발작이었다. 하지만 점점 심해지면서 기침을 멈출 수가 없었고, 딸꾹질이 나왔으며, 목구멍이 그렁그렁 울렸다.

포레스티에는 숨이 막혀 헐떡거렸다. 숨을 쉬려고 하면 가슴속에서 기침이 올라와 목을 쥐어뜯었다. 어떻게 해도 기침이 잦아들지 않았고, 그 무엇으로도 기침을 가라앉힐 수 없었다. 마차에서 방까지도 병자를 들어 날라야 했다. 포레스티에의 발을 잡고 가던 뒤루아는 그의 폐가 경련할 때마다 두 다리가 흔들리는 것을 느낄 수 있었다.

따뜻한 침대도 발작을 멈추지 못했고, 그렇게 자정까지 계속되었다. 결국 치명적인 기침의 경련은 마취제가 들어가고 나서야 가라앉았다. 병자는 침대에 앉아 아침까지 눈을 뜨고 있었다.

날이 새고 나서 포레스티에가 제일 처음 한 말은 이발사를 불러달라는 것이었다. 그는 아침마다 꼭 수염을 깎아야 했기 때문이다. 면도를 하기 위해 일어섰던 포레스티에는 곧바로 부축을 받으며 누워야 했다. 남편의 숨소리가 너무 헐떡거리고 힘들어 보이자 포레스티에 부인은 뒤루아에게 의사를 데려와 달라고 했다.

뒤루아가 즉시 가보 박사를 데려왔다. 의사는 물약을 처방하고 몇 가지 주의를 주었다. 하지만 뒤루아가 병자의 상태에 대해 물어보기 위해 따라 나가 배웅을 하자 이렇게 말했다. "지금 저 고통은 마지막 임종의 고통입니다. 내일 아침이면 운명하실 겁니다. 불쌍한 젊은 부인께 알려 드리고 신부님을 불러오도록 하십시오. 저는 이제 할 수 있는 게 없습니다. 하지만 언제든 필요하시면 연락하십시오."

뒤루아는 하인에게 포레스티에 부인을 불러달라고 했다. "이제 곧 숨을 거둘 거라고 합니다. 의사가 신부님을 모셔 오라고 하는군요. 어떻게 하시겠습니까?"

그녀는 바로 결정을 하지 못했다. 이것저것 전부 따져보더니 띄엄띄엄 말했다. "그래요. 그게 좋겠죠······. 여러 가지 점에서······. 샤를에게 준비를 시킬게요. 신부님이 만나고 싶어 하신다고 하든지······ 어떻게든 해볼게요. 뒤루아 씨가 신부님을 좀 찾아봐 주세요. 잘 선택해 주세요. 너무 격식을 따지지 않는 분이 좋겠어요. 그냥 고해성사만 받고 다른 것은 넘어가게 해주세요."

뒤루아는 이쪽의 부탁을 선뜻 들어준 늙은 신부를 데려왔다. 신부가 죽어가는 병자의 방으로 들어가자 포레스티에 부인은 뒤루아와 함께 옆방으로 갔다.

"굉장히 놀랐나 봐요. 신부님 얘기를 꺼내니까 얼굴이 질려서…… 그러니까…… 눈치를 챘는지……. 그래요…… 이제 틀렸다는 걸 안 거죠. 이젠 몇 시간밖에 남지 않았다는 걸……."

그녀는 백지장처럼 파리한 얼굴로 계속 말했다. "그 표정을 평생 잊지 못할 것 같아요. 분명 그 순간 그이의 눈앞에 죽음이 나타난 거예요……."

가는귀가 먹은 신부가 조금 큰 소리로 말하는 소리가 이쪽 방까지 들렸다.

"아닙니다. 아니에요. 상태가 그렇게 나쁜 것은 아닙니다. 병중이긴 하지만 절대 위험한 상태는 아닙니다. 그저 이웃으로 안부나 물어볼까 해서 찾아온 겁니다."

포레스티에가 뭐라고 대답하는지는 들리지 않았다. 신부가 다시 말했다. "아니요. 성체배령 같은 건 말고요. 그건 좀 더 회복된 다음에 얘기합시다. 그냥 내가 찾아온 김에 고해라도 하면 좋을 것 같습니다. 원래 사람을 인도하는 게 내 일이니까 기회만 생기면 어린 양들을 인도해야죠."

한참 동안 침묵이 흘렀다. 포레스티에는 숨이 차서 헐떡거리며 희미한 목소리로 말하고 있을 것이다.

그러다가 별안간 신부가 지금까지와는 전혀 다른, 제단에서 미사를 드릴 때 같은 목소리로 말했다.

"하느님의 사랑은 무한합니다. 자, 나의 아들이여. 참회 기도문을 외우십시오. 잊었을 테니까 내가 도와드리겠습니다. 나를 따라 외우십시오. 전능하신 하느님께 고백하오니…… 평생 동정이신 성 마리아와…….⁶⁵)"

신부는 죽어가는 병자가 따라 할 수 있도록 중간중간 쉬어가며 암송했다. 그런 다음 그에게 권했다. "이제 고백하십시오……."

그 순간 포레스티에 부인과 뒤루아는 야릇한 흥분에 휩싸여 꼼짝하지 못했다. 불안한 마음으로 다음 말을 기다리는 동안 가슴이 요동쳤다.

병자가 뭔가를 중얼거렸다. 신부가 그 말을 되풀이했다. "죄 많은 쾌락을 추구했다면…… 어떤 종류의 쾌락입니까?"

포레스티에 부인이 자리에서 일어서며 단호하게 말했다. "잠깐 정원으로 나가요. 샤를의 비밀을 들어서는 안 되죠."

두 사람은 문 앞에 놓인 벤치에 앉았다. 발밑에는 장미 나무에 꽃이 피어 있고, 앞쪽 패랭이꽃 화단에서는 강렬하고 달콤한 향기가 퍼져 나왔다.

한동안 말이 없던 뒤루아가 물었다. "파리에는 한참 더 있다가 오실 건가요?"

포레스티에 부인이 대답했다. "아니요. 일 처리가 끝나는 대로 돌아가야죠."

"열흘 정도면 될까요?"

"네. 늦어도 그때까지는."

뒤루아가 다시 물었다. "샤를은 친척이 없다고 하셨죠?"

"없어요. 사촌들뿐이에요. 아버지 어머니 모두 어릴 때 돌아가셨고요."

두 사람은 패랭이꽃 꿀을 빨고 있는 나비를 바라보았다. 나비는 이 꽃에서 저 꽃으로 날갯짓을 하며 돌아다녔고, 꽃 위에 앉아서도 날갯짓을 계속했다. 한참 동안 침묵이 이어졌다.

하인이 나와서 말했다. "신부님께서 끝나셨습니다." 그들은 함께 2층으로 올라갔다.

포레스티에는 어제보다도 훨씬 수척해 보였다.

신부가 손을 내밀었다. "그럼 이만 가보겠습니다. 내일 아침 다시 오겠습니다."

그런 다음 신부가 돌아갔다.

신부가 나간 후 포레스티에는 숨을 헐떡거리면서 아내를 향해 두 손을 뻗으려 했다. 그러면서 다 죽어가는 소리로 더듬더듬 말했다. "살려 줘……. 살려 줘……. 죽고 싶지 않아……. 죽고 싶지 않아……. 아! 살려 줘……. 어떻게 하면 되는지 말해 줘……. 의사를 불러줘……. 먹으라는 것 다 먹을 테니……. 안 돼……. 안 돼……."

포레스티에는 울먹이며 말했다. 굵은 눈물방울이 움푹 꺼진 뺨 위로 흘러내렸다. 슬픔에 겨워 흐느끼는 아이처럼 그의 여윈 입가에 주름이 잡혔다.

그는 이불 위에 있는 무엇인가를 잡으려는 듯 침대 위에 늘어뜨린 두 팔을 천천히 규칙적으로 움직이기 시작했다.

그의 아내도 울면서 간신히 말했다. "그렇지 않아요. 별일 아니에요. 그냥 발작이 온 거예요. 내일은 훨씬 좋아질 거고요. 어제 산책 나가서 피곤해진 거예요."

포레스티에의 숨결은 마구 달려온 개가 헐떡이는 것보다 더 급박했다. 도저히 셀 수 없을 만큼 급했고, 너무 희미해서 잘 들리지도 않았다.

포레스티에가 다시 말했다. "죽고 싶지 않아! 아! 하느님! 하느님! 난 어떻게 되는 걸까……. 이젠 아무것도…… 아무것도…… 영원히 볼 수 없다니……. 아! 하느님!"

다른 사람의 눈에는 보이지 않는 흉측한 광경이 그의 눈앞에 펼쳐지고 있는지, 포레스티에는 앞쪽을 응시하고 있었다. 고정된 그의 눈동자 속에 공포의 빛이 역력했다. 그리고 두 손은 여전히 끔찍하고 고단하게 움직였다.

별안간 포레스티에가 사시나무처럼 떨기 시작했다. 머리끝부터 발끝까지 온몸에 전율이 흐르고 있었다. 뒤루아가 더듬거렸다. "묘지…… 내가…… 하느님……."

그러고는 더 이상 말이 없었다. 그저 넋이 나간 얼굴로 헐떡거리기만 했다.

시간이 흘렀다. 가까운 수도원의 시계가 정오를 알렸다. 뒤루아는 요기를 하려고 방에서 나왔다. 그리고 한 시간 후 다시 방으로 돌아갔다. 포레스티에 부인은 아무것도 안 먹겠다고 했다. 병자는 여전히 아무 움직임이 없었다. 바싹 여윈 손가락은 마치 얼굴을 가리려는 듯 계속 이불을 끌어당기고 있었다.

젊은 여인은 침대 발치의 팔걸이의자에 앉아 있었다. 뒤루아는 그 옆에 놓인 다른 팔걸이의자에 앉았다. 두 사람 모두 말없이 기다렸다.

의사가 보낸 간호원이 창가에서 졸고 있었다.

뒤루아도 졸기 시작했다. 그때였다. 불현듯 무슨 일이 일어나고 있는 것 같은 느낌이 들었다. 뒤루아가 눈을 뜨는 순간, 마치 불이 꺼지듯, 포레스티에가 두 눈을 감았다. 희미하게 딸꾹질을 하면서 그의 목젖이 흔들렸고 양쪽 입가로 가느다란 핏줄기가 나와 셔츠 위로 흘러내렸다. 두 손은 그 끔찍하던 움직임을 멈추었다. 숨이 끊어진 것이다.

남편의 죽음을 깨달은 포레스티에 부인도 알 수 없는 외마디 소리를 지르며 무릎을 꿇었고, 이불에 얼굴을 파묻으며 흐느꼈다. 놀라움과 두려움에 휩싸인 뒤루아는 자기도 모르게 성호를 그었다. 잠에서 깨어난 간호원이 침대로 다가가 말했다. "끝났습니다." 뒤루아는 침착을 되찾고 해방의 한숨을 내쉬며 나지막하게 중얼거렸다. "생각보다 오래 걸리지는 않는군."

처음 눈물을 흘리는 동안 놀라움은 사라졌고, 그런 다음에는 사망 처리를 위한 여러 가지 절차들을 챙겨야 했다. 뒤루아는 저녁때까지 돌아다녔다.

별장으로 돌아왔을 때는 배가 몹시 고팠다. 포레스티에 부인도 조금 먹었다. 그런 다음 두 사람은 시신 곁에서 밤샘을 하기 위해 방으로 들어갔다.

침대 옆 작은 탁자에 촛불 두 개가 타고 있고, 그 옆에는 조그마한 접시에 물을 담아 미모사 가지를 적셔놓았다. 필요한 회양목 가지를 구할 수 없었기 때문이다.

그렇게 세상을 떠나버린 망자 곁에 젊은 남자와 젊은 여자가 단둘이 앉아 있었다. 두 사람은 침묵에 잠긴 채 망자를 바라보며 생각에 빠져들었다.

날이 어둑어둑해지면서 뒤루아는 시체 곁에 있는 게 왠지 불안했다. 그는 그저 멍하니 시체를 바라보았다. 흔들거리는 촛불 때문에 비쩍 마른 망자의 얼굴은 한층 더 움푹해 보였다. 뒤루아의 눈과 마음은 홀린 듯 그 얼굴에 끌려서 다른 그 무엇도 볼 수 없었고 생각할 수도 없었다. 이것이 진정 어제까지만 해도 말을 하던 친구 샤를 포레스티에란 말인가? 인간의 삶이 완전히 끝난다는 것은 참으로 기이하고 끔찍스럽게 무서운 일이었다. 아! 그 순간 뒤루아는 죽음의 공포에 사로잡혀 살아가는 노르베르 드 바렌의 말이 생각났다. "인간은 다시 돌아오지 못합니다." 눈과 코가 거의 똑같고, 머리와 그 안에 든 생각이 같은 인간은 몇백만, 몇천만 태어날 수 있지만, 침대 속에 누워 있는 저 사람은 결코 살아오지 못할 것이다.

몇 년 동안 다른 모든 사람들과 마찬가지로 살았고 먹었고 웃었고 사랑했고 꿈을 꾼 사람이다. 이제는 끝났다. 영원히 끝났다. 인간의 삶이란 그저 며칠을 살 뿐이다. 그런 다음엔 그야말로 무(無)가 아닌가! 태어나고, 자라나고, 행복을 느끼고, 기대하고, 그리고 죽는다. 영원히 안녕! 남자든 여자든 그대 두 번 다시 이 땅에 돌아오지 못하리. 하지만 인간들은 누구나 마음속으로 영원을 바란다. 절실하지만 이루어질 수 없는 욕망이다. 우주 속의 인간은 저마다 하나의 우주이며, 그 우주들은 소멸되어 새로운 싹을 틔우기 위한 비료가 된다. 식물도 동물도 별도 세계도, 모든 것이 살아 있지만 결국에는 죽어서 다른 것이 된다. 살아 있는 것은 곤충이든 인간이든 천체이든 절대 다시 살아오지 못한다!

알 수 없는 엄청난 공포가 뒤루아의 마음을 덮쳐 무겁게 짓눌렀다. 모든 존재를 이토록 신속하게 그리고 처참하게 영원히 파괴하는 허무, 그 한없는 피할 수 없는 허무에 대한 공포였다. 뒤루아는 이미 죽음의 위협 앞에서 고개를 숙였다. 그는 몇 시간 살다 가는 파리를, 며칠을 살다 가는 동물을, 몇 년을 살다 가는 인간을, 몇 세기를 살다 가는 천체를 생각해 보았다. 결국 무슨 차이가 있단 말인가! 그저 새벽빛을 조금 더 보느냐 마느냐의 문제일 뿐이다.

뒤루아는 시신을 보지 않기 위해 눈을 돌렸다.

고개를 숙이고 있는 포레스티에 부인 역시 고통스러운 생각에 빠져 있는 것 같았다. 슬픔에 잠긴 얼굴 위로 늘어진 금발 머리가 너무나 아름다워서 알 수 없는 감각이 뒤루아의 마음을 스쳤다. 희망에 살짝 손을 대보는 것 같은 그런 느낌이었다. 아직 앞날이 많이 남았는데 무엇 때문에 슬퍼한단 말인가!

뒤루아는 포레스티에 부인에게 눈길을 보냈다. 하지만 상대는 깊은 생각에 빠져서 그 시선을 깨닫지 못했다. 뒤루아는 생각했다. '인생에서 유일한 즐거움은 바로 사랑이다! 사랑하는 여자를 품에 안는 것! 그것이 인간의 가장 큰 행복이 아닌가!'

저렇게 영리하고 아름다운 짝을 얻었다는 건 죽은 친구에게 실로 엄청난 행운이었다. 두 사람은 어떻게 만난 걸까? 이 여자는 왜 저 보잘것없고 가난한 남자의 아내가 되는 걸 받아들인 걸까? 그리고 어떤 방법으로 저 남자가 중요한 인물이 되게 한 걸까?

뒤루아는 사람들의 삶 속에 숨어 있는 온갖 비밀들을 생각해 보았다. 그리고 소문에 따르면 이 여자에게 지참금을 대주면서 결혼을 시켰다는 보드렉 백작에 대해 생각했다.

이 여자는 앞으로 어떻게 될까? 누구와 결혼할까? 드 마렐 부인의 말대로 하원 의원일까? 이미 계획하고 준비해 놓은 게 있는 걸까? 마음을 정한 상대가 있는 걸까? 너무나 알고 싶었다. 그런데 나는 도대체 무엇 때문에 저 여자의 장래에 대해 이토록 마음이 쓰이는 걸까? 그는 스스로에게 물어보았다. 결국 그런 관심은 아직은 막연한 상태일 뿐인 은밀한 심중에서 나왔다는 것을 깨달았다. 원래 그런 깊숙한 생각들은 자기 스스로에게도 감추게 되는 것으로, 마음 밑바닥을 깊이 뒤져보아야 찾아낼 수 있는 법이다.

그렇다. 나라고 이 여자를 차지하려고 시도하지 못할 이유가 없지 않은가! 이 여자와 함께라면 강해질 수 있을 것이다. 무서운 존재가 될 것이다! 틀림없이 빨리 그리고 멀리까지 나아갈 수 있으리라!

성공하지 못할 이유가 없다! 이 여자도 나를 좋아한다. 단순한 호감을 넘어서는 것이 분명하다. 비슷한 두 사람 사이에 흐르는 이런 종류의 정서적 유대는 말없이 통하는 공모이며, 나아가 서로를 유혹하는 끌림 같은 것이다. 이 여자는 내가 영리하고 단호하며 끈질기다는 것을 알고 있다. 아마도 나를 신뢰하고 있을 것이다.

이번 일처럼 중요한 일에 나를 불렀다는 것이 바로 그 증거가 아닌가? 어째서 나를 부른 걸까? 그것은 일종의 선택이 아닐까? 고백을 한 것이고 나를 지명한 게 아닐까? 막 미망인이 되려는 때에 나를 생각했다는 것은 어쩌면 나를 새로운 짝으로, 자기편으로 생각했다는 뜻이 아닐까?

그러자 뒤루아는 직접 물어보고 싶은 마음이 간절했다. 앞으로 어떻게 할 생각인지 알고 싶어 견딜 수가 없었다. 언제까지 이 집에서 젊은 미망인과 단둘이 있을 수는 없으니 모레는 돌아가야 할 것이다. 그렇다면 서둘러야 한다. 파리로 돌아가기 전 요령껏 교묘하게 그녀의 계획을 알아내야 한다. 일단 파리로 돌아가고 나면 다른 누군가의 구애를 받아들일지도 모르니, 돌이킬 수 없는 약속을 절대 하지 못하게 해야 한다.

방 안에 깊은 침묵이 흘렀다. 괘종시계의 추가 규칙적으로 금속성 소리를 내며 똑딱거리는 소리밖에 들리지 않았다.

뒤루아가 나지막하게 말했다. "피곤하시죠?"

그녀가 대답했다. "그래요. 무엇보다 마음이 힘겹네요."

두 사람은 음침한 방 안에서 야릇하게 울리는 자기들 목소리에 소스라치게 놀랐다. 마치 망자가 몸을 움직여 몇 시간 전처럼 말을 할지 모른다는 생각이 든 것 같았다.

뒤루아가 말을 이었다. "부인께는 정말 큰일입니다. 순식간에 삶이 달라질 테니까요. 마음뿐 아니라 삶 전체가 완전히 달라지는 거죠."

그녀는 대답 없이 긴 한숨을 쉬었다.

뒤루아가 다시 말했다. "부인처럼 젊은 분이 앞으로 혼자 지내시려면 무척 쓸쓸하겠습니다."

더 이상은 말을 잇지 못했다. 상대는 여전히 말이 없었다. 뒤루아가 다시 조심스럽게 말했다. "어쨌든 우리 사이의 약속은 잊지 않으셨겠죠? 제가 필요한 일이 있으면 언제든 말씀해 주십시오. 무엇이든 다 할 테니까요."

그녀는 보는 사람의 뼛속까지 스며드는 감미롭고 우수에 찬 눈길을 보내면서 뒤루아에게 손을 내밀었다. "고마워요. 정말 친절한 분이세요. 만일 제가 당신을 위해 뭔가 할 수 있는 처지라면, 분명 '날 믿으세요.'라고 말했을 거예요."

뒤루아는 여자가 내민 손을 잡고 한참 동안 놓지 않았다. 키스를 하고 싶은 강렬한 욕망을 느끼며 손에 힘을 주었다. 그리고 마침내 마음을 먹고 그 손을 자기 입으로 가져갔다. 보드라운, 열기에 들뜬 듯 약간 덥고 향기가 나는 살갗을 그렇게 한참 동안 입술에 대고 있었다.

하지만 친구로서의 입맞춤이 너무 길어지고 있다는 걸 깨달은 뒤루아는 여자의 자그마한 손을 내려놓았고, 그 손은 힘없이 그녀의 무릎 위로 돌아갔다. 포레스티에 부인이 차분한 목소리로 말했다. "그래요. 나 혼자 남겠죠. 하지만 힘을 내야죠."

방법이 없었다. 이 여자를 아내로 맞을 수 있다면 자기가 얼마나 행복할지, 도저히 상대를 납득시킬 수가 없었다. 지금 이런 시간에, 이런 자리에서, 시신을 앞에 두고 그런 말을 할 수는 없지 않은가. 하지만 좀 모호하고 예의에 어긋나지 않는 미묘한 문구가 있지 않을까. 그는 어떻게 해서든 겉으로 드러나는 말 아래 진심을 숨길 수 있는, 일부러 말하지 않은 것 속에 오히려 진심을 전달할 수 있는 그런 말을 찾아내고 싶었다.

그렇지만 시신 때문에 계속 거북했다. 눈앞에서 굳어가는 시신이 두 사람 사이에 누워 있는 것만 같았다. 게다가 조금 전부터는 방 안의 공기에 정체를 알 수 없는 냄새가 섞여 있었다. 망자의 가슴이 부패하기 시작하면서 썩은 숨결이 흘러나오고 있는 것이다. 그것은 침대에 드러누운 망자들이 곁에서 밤을 새우는 친지들에게 처음 건네는 주검의 숨결이며, 머지않아 텅 빈 관의 구석구석을 채우게 될 끔찍한 숨결이었다.

뒤루아가 물었다. "창문을 좀 열어도 될까요? 공기가 탁한 섯 같습니다."

그녀가 대답했다. "그래요. 저도 느꼈어요."

그는 일어나 창문을 열었다. 상쾌하고 향기로운 밤기운이 불어 들어오면서 침대 옆에 켜놓은 두 개의 촛불이 흔들렸다. 지난밤과 똑같이 별장의 흰 벽과 반짝이는 넓은 바다 위로 고요하고 풍요로운 달빛이 번지고 있었다. 뒤루아는 가슴 가득 숨을 들이마셨다. 그 순간, 마치 짜릿한 행복감이 온몸을 들어 올린 것처럼, 사방에 희망이 용솟음쳤다.

그는 포레스티에 부인을 돌아보며 말했다. "잠깐 이리로 오셔서 시원한 바람을 쐬십시오. 정말 날씨가 좋군요."

그녀가 조용히 다가와 팔꿈치를 괴었다.

뒤루아가 작은 소리로 속삭였다. "제 얘기 한번 들어보십시오. 그리고 이해해 주십시오. 우선 어떻게 이런 상황에서 그런 얘기를 할 수 있느냐고 화를 내지는 말아 주십시오. 저는 모레 떠나야 하고, 부인께서 파리로 돌아오신 후에는 이미 늦을지도 모르잖습니까. 그렇습니다. 아시다시피 저는 가진 재산도 없고 지위라고 해봤자 이제부터 쌓아 올려야 하는, 그런 보잘것없는 남자입니다. 하지만 의지가 강하고, 저 스스로는 머리도 괜찮은 편이라고 생각하고 있습니다. 앞길도 어둡지만은 않고요. 제대로 나아가고 있으니까요. 목적을 이룬 남자와 함께라면 어떤 앞날이 펼쳐질지 미리 알 수 있지만, 이제 막 시작하는 남자와는 어디까지 가게 될지 알 수 없죠. 잘못될 수도 있고 잘될 수도 있을 겁니다. 아무튼 언젠가 댁에서 말씀드렸잖습니까. 저한테 가장 소중한 꿈은 바로 부인과 같은 여인을 아내로 맞는 일이라고요. 오늘 다시 한 번 그 말씀을 드리려고 합니다. 지금 대답을 하지는 마십시오. 그냥 제 얘기만 들어주시면 됩니다. 지금 부인께 청혼을 하려는 게 아닙니다. 이런 때 이런 곳에서 청혼을 한다면 그야말로 추악한 짓일 테니까요. 제가 원하는 건 그저 부인의 한마디가 저를 행복하게 만들 수 있다는 걸 알고 계셨으면 하는 것뿐입니다. 부인께선 절 다정한 벗으로 삼으실 수도 있고 남편으로 삼으실 수도 있습니다. 부인의 뜻에 따르겠습니다. 어떤 경우라도 제 마음과 제 삶은 부인의 것입니다. 이제 더 이상 이 얘기를 하지 않겠습니다. 파리에서 다시 만나게 될 때, 그때 어떤 결정을 내리셨는지 알려 주시면 됩니다. 지금은 말하실 필요 없습니다."

뒤루아는 눈앞의 어둠 속으로 흩뿌리듯 말을 던지며 단 한 번도 상대방의 얼굴을 보지 않았다. 포레스티에 부인 역시 뒤루아의 말이 들리지 않는 것 같았다. 초점 없는 시선을 앞쪽으로 고정한 채 꼼짝 않고 희미한 경치만 바라보고 있었다.

두 사람은 그렇게 한참 동안 팔꿈치가 닿을 만큼 가까운 거리에 나란히 서서 말없이 생각에 잠겼다.

잠시 후 포레스티에 부인이 "조금 춥네요." 하고 중얼거리며 돌아서서 침대 쪽으로 갔다. 뒤루아도 따라갔다.

침대 가까이에 다가가자 이제 포레스티에가 정말 악취를 풍기기 시작했음을 알 수 있었다. 뒤루아는 썩어가는 악취를 오래 참아낼 수 없을 것 같아서 의자를 조금 뒤로 밀었다. 그리고 이렇게 말했다. "아침에 바로 입관을 해야겠군요."

그녀가 대답했다. "네, 네. 8시에 목수가 관을 가져올 거예요."

"불쌍한 친구!" 뒤루아가 한숨을 내쉬었고, 포레스티에 부인도 상심 가득한 체념의 한숨을 길게 내쉬었다.

그들은 자기들도 결국 죽어야 한다는 사실 때문에 처음에는 이 죽음에 반발하며 분노했지만, 어느새 죽음이라는 생각에 익숙해졌고, 멍하니 시신을 바라보는 것도 줄어들었다.

두 사람은 격식에 맞게 뜬눈으로 말없이 시신 곁을 지켰다. 하지만 뒤루아는 자정 무렵 결국 잠이 들었다. 깨어나 보니 포레스티에 부인도 잠들어 있었다. 그래서 그는 좀 더 편하게 잘 수 있도록 고쳐 앉고 다시 눈을 감았다. '제길. 이래서 이불 속이 편한 거야.'

그러다 별안간 무슨 소리가 나는 바람에 깜짝 놀라 잠에서 깨어났다. 간호사가 들어온 것이다. 이미 날이 밝았다. 맞은편 의자에 앉은 포레스티에 부인 역시 놀란 얼굴이었다. 조금 창백하긴 했지만 의자에 앉아 하룻밤을 새운 다음 날에도 그녀는 여전히 아름답고 싱싱하고 우아했다.

그때 시신으로 눈을 돌리던 뒤루아가 소스라치듯 소리를 질렀다. "아! 수염이!" 불과 몇 시간 만에 썩어가는 육체 위에 수염이 자라난 것이다. 살아 있는 얼굴이라면 며칠 동안 자랄 길이였다. 두 사람은 망자의 얼굴에서 여전히 살아가고 있는 생명을 보며 아연실색했다. 마치 눈앞에서 무시무시한 기적이 일어나는 것 같았고, 초자연적인 힘으로 부활이 이루어지려는 징조를, 인간의 머리를 뒤죽박죽으로 만들어버리는 비정상적이고 무서운 현상을 보고 있는 것만 같았다.

그들은 각자 방으로 돌아가서 11시까지 쉬었다. 그 후 입관을 마치고 나니 짐을 내려놓은 것처럼 마음이 가볍고 편안해졌다. 그들은 마주 앉아 점심을 먹었고, 불현듯 죽음은 다 해결했으니 이제 좀 더 위로가 되는 밝은 이야기를 하고 싶었다.

활짝 열어놓은 창문으로부터 온화한 봄기운이 문 앞에 피어 있는 패랭이꽃 화단의 향기로운 숨결을 싣고 흘러들어 왔다.

포레스티에 부인이 정원을 한 바퀴 돌지 않겠느냐고 했고, 그렇게 두 사람은 전나무와 유칼립투스 나무 향기에 젖은 공기를 들이마시면서 천천히 작은 잔디밭 주위를 걸었다.

포레스티에 부인은 어젯밤 2층에서 뒤루아가 말할 때와 똑같이 상대방에게 얼굴을 돌리지 않으면서 낮고 진지한 목소리로 입을 열었다.

"그래요, 뒤루아 씨. 어제 말씀하신 것을…… 다…… 생각해 보았어요. 뒤루아 씨가 제 대답을 하나도 못 듣고 여기를 떠나가게 하고 싶지는 않으니까요. 물론 지금은 좋다고도 싫다고도 대답하지 않을 겁니다. 좀 더 시간을 두고 더 만나보고 서로를 더 알아가도록 해요. 뒤루아 씨도 충분히 생각을 하셔야 합니다. 너무 쉽게 일시적 감정에 휩쓸려서는 안 되니까요. 불쌍한 샤를이 아직 땅속에 묻히지도 않았는데 제가 벌써 이런 얘기를 하는 것은 뒤루아 씨가 어차피 그런 얘기를 하셨으니 적어도 제가 어떤 여자인지는 아셔야 하기 때문입니다. 만일 뒤루아 씨가 저를 이해하고 받아들일 수 있는…… 그런…… 성격이 아니라면, 저에게 말씀하신 마음을 계속 품고 계실 필요는 없으니까요.

그래요. 저에게 결혼은 속박이 아니라 한편이 되어 살아가는 겁니다. 내가 어떤 행동을 하든, 무슨 일을 하든, 어디를 가든, 전적으로 자유로워야 한다는 말이죠. 내 행동에 간섭하거나 질투하거나 잔소리를 하는 건 절대 받아들이지 못합니다. 물론 남편이 될 사람의 명예를 깎아내리거나 그 이름이 더러워지거나 조롱거리가 되는 일은 없을 겁니다. 하지만 남편이 될 사람 역시 날 자기와 대등한 존재로, 동맹 관계로 받아들여야만 합니다. 자기보다 열등하다거나 순종하는 얌전한 아내라고 생각하지 않겠다고 약속해야 합니다. 이런 생각이 세상 보통 여자들과 다르다는 것은 잘 알고 있습니다. 하지만 절대 생각을 바꾸지 않을 겁니다. 제 얘긴 이게 답니다.

이제 저도 똑같이 말하겠습니다. 지금은 대답하지 마세요. 그럴 필요도 없고 상황도 적절하지 않으니까요. 나중에 다시 만나서 이 모든 일에 대해 이야기하도록 해요.

그럼 산책하고 오세요. 전 샤를 곁으로 가겠습니다. 저녁에 다시 뵙도록 해요."

뒤루아는 한참 동안 그녀의 손에 입을 맞춘 다음 말없이 그 자리를 떠났다.

그들은 저녁 식사 자리에서 다시 만났다. 식사 후에는 두 사람 모두 너무 피곤했기 때문에 각자 방으로 올라갔다.

다음 날 샤를 포레스티에는 조촐하게 칸 묘지에 매장되었다. 조르주 뒤루아는 1시 반에 칸을 지나는 급행열차를 타기로 했다.

포레스티에 부인이 역까지 배웅을 나왔다. 출발 시간이 될 때까지 두 사람은 조용히 플랫폼을 걸으며 여러 가지 얘기를 나누었다.

기차가 도착했다. 상당히 짧은, 객차가 다섯 칸밖에 안 달린 말 그대로 급행이었다.

뒤루아는 기차에 자리를 잡아놓고 다시 내려와 포레스티에 부인과 잠시 이야기를 나누었다. 그러다 불현듯 서글퍼지면서 이러다 영원히 이 여자를 잃는 게 아닐까 겁이 났다. 그녀와 헤어지는 것이 너무나 아쉬웠다.

승무원이 외쳤다. "마르세유, 리옹, 파리로 가실 분은 승차하십시오!"

기차에 올라탄 뒤루아는 문에 팔꿈치를 기대고 서서 다시 한 번 그녀와 이야기를 나누었다. 기관차가 기적을 울렸고 열차가 조용히 움직이기 시작했다.

뒤루아는 창문 밖으로 몸을 내밀었다. 포레스티에 부인은 여전히 플랫폼에 서 있었다. 그녀는 움직이는 기차를 따라 뒤루아가 멀어지는 것을 바라보았다. 뒤루아는 그녀의 모습이 시야에서 사라지기 직전 두 손을 입으로 가져가 키스를 보냈다.

그녀는 뒤루아보다는 조심스럽게 약간 주저하면서 가벼운 키스를 보냈다.

2부

1

조르주 뒤루아는 다시 예전의 생활로 돌아갔다.

그는 콩스탕티노플 거리의 1층 작은 아파트에서 새로운 삶을 준비하면서 얌전하게 지냈다. 드 마렐 부인과의 관계는 이제 부부 사이와 다름없었다. 뒤루아로서는 다가올 일을 미리 연습하는 셈이었다. 그의 정부는 두 사람의 관계가 너무나 차분하게 정돈되어 있는 것에 놀라워하며 웃었다. "당신이 우리 남편보다 더 가정적이에요. 바꿀 필요도 없겠어요."

포레스티에 부인은 아직 돌아오지 않고 계속 칸에 머물고 있었다. 4월 중순쯤 오겠다는 편지를 보내오기는 했지만, 두 사람이 헤어질 때 나누었던 이야기에 대해서는 아무 언급이 없었다. 뒤루아는 기다렸다. 만일 그녀가 자기와 결혼하기를 주저한다면 어떤 방법이든 가리지 않겠다고 굳게 다짐했다. 하지만 뒤루아는 자신의 행운을 믿었다. 여자를 유혹하는 힘, 어떤 여자라도 저항하지 못하게 하는 힘이 자기 안에 있다는 것을 믿었다.

드디어 운명의 시간이 다가왔음을 알리는 짤막한 편지가 왔다.

파리에 돌아왔습니다. 들러주세요.

마들렌 포레스티에.

다른 말은 없었다. 뒤루아는 이 편지를 아침 9시에 배달받았고, 오후 3시에 찾아갔다. 포레스티에 부인은 아름답고 상냥한 미소로 그를 맞으며 두 손을 내밀었다. 두 사람은 잠시 동안 서로의 얼굴을 바라보았다.

그녀가 나지막한 목소리로 말했다. "그토록 어려울 때 먼 곳까지 와주셔서 정말 고마웠습니다."

뒤루아가 대답했다. "무슨 일이든 명령만 하시면 다 하겠습니다."

두 사람은 자리에 앉았다. 포레스티에 부인은 왈테르 부부의 안부와 신문사 동료들 소식을 하나하나 챙겨 물었다. 그동안 그녀는 계속 신문사 일을 생각해 온 것이다.

"신문사 일이 그립네요. 많이 그리워요. 마음으로는 저도 신문기자거든요. 어쩔 수 없어요. 전 그 일이 무척 좋거든요."

그러더니 더 이상 말이 없었다. 뒤루아는 그녀의 미소와 목소리의 어조에서, 그리고 그녀가 한 말 속에서, 상대가 지금 자기에게 무엇인가를 청하고 있음을 느낄 수 있었다. 그래서 너무 성급하게 굴지 않으리라 결심한 것도 잊고 머뭇거리며 말을 해버렸다.

"그렇다면…… 그러면…… 그 일을…… 뒤루아의 이름으로 다시 하시면 되잖습니까?"

포레스티에 부인은 표정이 심각해지면서 뒤루아의 팔을 잡았다. "아직 그 얘기는 하지 않기로 해요."

하지만 뒤루아는 그녀가 이미 자기를 받아들였음을 알아차렸다. 그는 무릎을 꿇고 그녀의 두 손에 열정적인 키스를 퍼부으며 더듬거렸다. "고맙습니다. 정말 고맙습니다. 전 정말 당신을 사랑합니다!"

그러자 포레스티에 부인이 벌떡 일어섰다. 뒤루아도 따라 일어서 보니 그녀는 얼굴이 창백했다. 그는 저 여자가 오래전부터 자기를 좋아하고 있었음을 깨달았다. 두 사람이 마주 선 상태에서 뒤루아는 상대를 껴안고 한참 동안 이마에 진지하고 다정스러운 키스를 했다.

몸을 뒤로 빼며 뒤루아를 떼낸 포레스티에 부인이 심각한 얼굴로 말했다. "제 말 잘 들으세요. 전 아직 아무것도 정하지 않았습니다. 아마도 승낙하게 될 거라고 생각하지만, 좋다고 말할 때까지는 누구한테도 얘기하시면 안 됩니다."

뒤루아는 굳게 약속을 한 다음, 벅찬 기쁨을 안고 집으로 돌아왔다.

그날 이후 뒤루아는 포레스티에 부인을 찾아가는 일에 극도로 신중을 기했고, 좀 더 분명한 답을 달라고 요구하지도 않았다. 그녀가 사실상 나름의 방식으로 장래에 대해 이야기했기 때문이다. 그러니까 그녀는 '나중에'라고 말하고 또 두 사람의 삶이 얽힌 계획을 세우기도 하면서 정식 승낙보다 더 섬세하게 답을 건네준 것이다.

뒤루아는 열심히 일했고, 수중에 한 푼도 없이 결혼하는 일이 생기지 않도록 돈도 아꼈다. 이전에는 무조건 돈을 써버렸다면 이제는 무조건 절약을 했다.

여름이 지나고 가을도 지났다. 그들은 그다지 자주 만나지 않고 만나더라도 지극히 자연스럽게 행동했기 때문에 둘 사이를 의심하는 사람은 없었다.

어느 날 밤 마들렌이 뒤루아의 눈을 빤히 들여다보면서 말했다. "드 마렐 부인한테 아직 우리 계획을 말하지 않으셨죠?"

"안 했습니다. 누구한테도 말하지 않기로 약속했잖습니까."

"그래요? 이제 알려야 할 때가 온 것 같아요. 제가 왈테르 부부를 맡을게요. 이번 주 안에 해결해요. 괜찮죠?"

뒤루아는 얼굴을 붉혔다. "좋습니다. 당장 내일 시작하겠습니다."

마들렌은 뒤루아가 당황스러워하는 모습을 보지 않으려는 듯 살짝 시선을 돌리며 말을 이었다. "괜찮으시면 5월 초에 결혼해요. 그때가 제일 좋을 것 같아요."

"뭐든 기꺼이 따르겠습니다."

"5월 10일 토요일이 좋겠어요. 제가 태어난 날이거든요."

"좋습니다. 5월 10일."

"부모님이 루앙 근처에 사신다고 했죠? 언젠가 들은 것 같아요."

"맞습니다. 루앙 근처 캉틀뢰에 사시죠."

"어떤 일을 하시는데요?"

"그건…… 땅이 조금 있으십니다."

"아! 만나 뵙고 싶네요."

뒤루아는 난처한 얼굴로 주저하며 말했다. "그게…… 저…… 부모님은……."

그러다가 정말 강한 모습을 보이고 싶었던 뒤루아는 마음을 먹고 말했다. "실은 부모님은 농부이고, 작은 술집을 하십니다. 저를 가르치시느라 허리가 휘도록 고생을 하셨죠. 전 절대 부모님을 부끄럽게 생각하지는 않습니다. 하지만 순박한…… 시골분들이라…… 대하시기 거북할까 봐……."

"아니에요. 틀림없이 좋아하게 될 거예요. 한번 뵈러 가요. 꼭 그러고 싶어요. 나중에 다시 의논하도록 해요. 저도 지체 높은 집 딸은 아니랍니다……. 부모님은 이미 돌아가셨고요. 그러니까 이 세상에 의지할 수 있는 사람이 하나도 없어요." 그녀는 뒤루아에게 손을 내밀면서 덧붙였다. "……오직 당신뿐이죠."

뒤루아는 가슴이 뭉클했다. 지금껏 그 어떤 여자한테도 이렇게 무방비 상태로 마음이 끌린 적은 없었다.

"제가 생각한 게 좀 있는데, 설명하기가 힘드네요." 포레스티에 부인이 말했다.

"어떤 겁니까?" 뒤루아가 물었다.

"그래요. 말할게요. 저도 다른 여자들과 똑같답니다. 어떤 문제에 대해선 상당히…… 약하고, 피해 가지 못하죠. 그러니까…… 화려하게 빛나고 듣기에도 아름다운 것을 좋아해요. 그래서…… 귀족 이름을 썼으면 합니다. 그러니까 우리가 결혼할 때 그걸 계기로…… 귀족 이름을 쓰면 어떨까요?"

그녀는 뭔가 부정한 일을 제안한 사람처럼 얼굴을 붉혔다.

정작 뒤루아는 태연스레 대답했다. "저도 그 생각을 안 해본 게 아닙니다. 하지만 쉬운 일 같지는 않았습니다."

"어째서죠?"

뒤루아가 웃으면서 대답했다. "사람들의 비웃음을 살지 모르니까요."

그녀가 어깨를 으쓱했다. "절대 그렇지 않아요. 아니에요. 누구나 다 하는 일이랍니다. 아무도 비웃지 않아요. 이름을 둘로 나누기만 하면 되잖아요. '뒤 루아'[1]라고. 아주 괜찮은데요."

뒤루아는 이런 문제에 능통한 사람답게 바로 대답했다.

"아닙니다. 그건 뻔히 들여다보이는 평범한 방법이잖습니까. 다들 알고 있고. 전 처음에 차라리 제 고향의 이름을 붙여서 필명으로 쓰려고 했습니다. 그러다가 진짜 이름에도 붙이고, 나중에는 조금 전에 제안하신 대로 뒤루아라는 이름을 둘로 나누는 거죠."

그녀가 물었다. "고향이 캉틀뢰죠?"

"그렇습니다."

그녀는 주저했다. "아무래도 '뢰'라는 끝음절이 마음에 안 들어요. 그래요. 캉틀뢰라는 말을 조금...... 고쳐보면 어떨까요?"

그녀는 테이블에 있던 펜을 들고 몇 가지 이름을 긁적거리며 살폈다. 그러다 갑자기 큰 소리로 말했다. "됐어요. 됐어. 이거예요."

그러면서 종이를 내밀었다. 뒤루아가 보니 '뒤루아 드 캉텔 부인(Madame Duroy de Cantel)'이라고 쓰여 있었다.

뒤루아는 잠시 생각해 보더니 근엄한 어조로 선언하듯 말했다.

"좋습니다. 아주 좋습니다."

그녀는 몹시 기뻐하며 계속 되풀이했다.

"뒤루아 드 캉텔, 뒤루아 드 캉텔, 뒤루아 드 캉텔 부인. 훌륭해요.

정말 훌륭해요."

그러면서 확신에 찬 어조로 말했다. "두고 보세요. 사람들은 아무렇지도 않게 이 이름을 받아들일 겁니다. 물론 기회를 잘 잡아야죠. 너무 늦으면 안 돼요. 내일부터 논설을 쓸 때 'D. 드 캉텔'로 서명하시고, 사회면은 그냥 '뒤루아'로 하세요. 신문에서는 비일비재한 일이니까 당신이 필명을 쓴다고 놀랄 사람은 없을 겁니다. 그러다가 우리가 결혼할 때 다시 조금 더 손을 보는 거죠. 사람들한테는 그동안 직책도 낮은데 괜히 나서는 것 같아서 이름의 '뒤'를 드러내지 않았다고 하든가, 그냥 아무 말 안 해도 괜찮을 수도 있어요. 아버님 성함이 어떻게 되죠?"

"알렉상드르."

그녀는 두세 번 연달아 "알렉상드르."라고 되씹으며 음절의 소리를 들어보았다. 그러더니 흰 종이 위에 이렇게 썼다.

알렉상드르 뒤 루아 드 캉텔 부부가 아들인 조르주 뒤 루아 드 캉텔과 마들렌 포레스티에 부인의 결혼을 알려 드립니다.

그녀는 종이를 멀찍이 내밀고 자기가 쓴 글씨에 흡족해하면서 쳐다보았다. 그리고 자신 있게 말했다. "조금만 방법을 궁리하면 늘 원하는 걸 얻을 수 있다니까요."

거리로 나온 뒤루아는 이제 자기는 '뒤 루아', 아니 '뒤 루아 드 캉텔(Du Roy de Cantel)'이라고 다짐했다. 그러자 더 중요한 사람이 된 기분이 들었다. 그는 이마를 앞으로 내밀고 수염을 으스대며 잘나가는 귀족 신사가 된 것처럼 당당하게 걸음을 옮겼다. 신이 나서 지나가는 사람 아무나 붙잡고 말하고 싶었다.

"내 이름은 뒤 루아 드 캉텔이오."

하지만 집으로 돌아온 뒤루아는 드 마렐 부인 일이 생각나서 마음이 무거웠다. 어쨌든 다음 날 만나자고 바로 편지를 썼다.

'쉽지 않겠군.' 그가 속으로 생각했다. '초특급 돌풍을 치러야 할 거야.'

그렇지만 천성이 워낙 태평한 뒤루아는 살아가면서 번거로운 일들에 대해서는 별로 신경을 쓰지 않는 편이었기에 주어진 상황을 담담히 받아들였다. 그러고는 예산의 균형을 맞추기 위해 새로 준비 중인 세제(稅制)에 관해 말도 안 되는 기사를 쓰기 시작했다. 귀족의 성 앞에 붙이는 '드'에 대해 일 년에 백 프랑, 남작에서 대공에 이르기까지 모든 칭호에 오백에서 천 프랑의 세금을 부과하자고 주장한 것이다.

그런 다음 'D. 드 캉텔'이라고 서명을 했다.

다음 날 뒤루아는 드 마렐 부인이 보낸 파란 봉투를 받았다. 그녀는 1시에 오겠다고 했다.

뒤루아는 약간 열에 들뜬 상태로 드 마렐 부인을 기다렸다. 단도직입적으로 처음부터 다 얘기해 버리고, 흥분이 가라앉고 나면 찬찬히 알아듣게 설명을 하기로 했다. 자기가 언제까지나 미혼으로 있을 수는 없는 일이며, 드 마렐 씨가 오래오래 살 것 같으니 그 아내가 아닌 다른 여자를 정식 배우자로 구할 수밖에 없다는 것을 설득하기로 한 것이다.

하지만 마음은 여전히 요동쳤다. 벨 소리가 나자 심장이 쿵쾅거리기 시작했다.

드 마렐 부인이 그의 팔에 달려들며 말했다. "안녕, 벨아미."

하지만 그녀는 이내 자기를 안은 연인이 다른 때와 달리 차갑다는 것을 깨닫고는 상대의 얼굴을 바라보며 물었다. "무슨 일이에요?"

"우선 앉읍시다." 뒤루아가 말했다. "진지하게 할 얘기가 있소."

드 마렐 부인은 모자도 안 벗고 베일만 이마까지 들어 올리고서 자리에 앉아 기다렸다.

뒤루아는 눈을 내리깔고 이야기를 시작할 준비를 했다. 마침내 느릿느릿한 목소리로 입을 열었다.

"사랑하는 그대. 이런 얘기를 해야 한다는 게 얼마나 마음이 아프고 슬픈지, 지금 내가 얼마나 당혹스러운지 알아줘야 하오. 난 그대를 사랑하오. 정말 마음속 깊이 사랑하오. 그래서 당신에게 전해야 하는 소식보다도 당신을 아프게 할지 모른다는 두려움이 더 고통스럽소."

드 마렐 부인의 얼굴이 창백해졌다. 몸도 떨렸다. 그녀는 더듬거리며 물었다. "무슨 일이죠? 빨리 말해요!"

뒤루아는 흔히 속으로는 행복해하면서 불행한 소식을 알리는 사람들이 일부러 마음 아픈 척하는 것처럼 슬프면서도 단호한 어조로 말했다. "결혼을 하게 됐소."

드 마렐 부인은 실신 직전의 여자들이 그러하듯 가슴 깊숙한 곳에서 나오는 고통스러운 한숨을 내쉬었다. 목이 메서 말을 할 수가 없었다. 숨이 막히는 것 같았다.

상대가 말이 없자 뒤루아가 계속했다. "이 결심을 하기까지 내가 얼마나 괴로웠는지 그대는 모를 거요. 하지만 난 배경도 없고 돈도 없는 사람이잖소. 파리에서 혈혈단신 혼자란 말이오. 난 누군가 곁에서 조언을 주고 위로를 해주고 또 지지해 줄 사람이 필요하오. 그동안 함께 일하고 내 편이 되어줄 사람을 얻으려고 애써 왔는데, 드디어 찾았소."

그런 다음 뒤루아는 상대가 자기 말에 대답하기를, 격렬하게 화를 내고 거칠게 반응하고 욕을 퍼붓기를 말없이 기다렸다.

하지만 드 마렐 부인은 말이 없었다. 심장이 뛰는 것을 누르려는지 가슴에 손을 얹고서, 여전히 괴로운 듯 숨을 헐떡이느라 가슴과 머리가 들썩거릴 뿐이었다.

뒤루아는 안락의자 손잡이에 걸쳐 있는 여자의 손을 잡았다. 하지만 상대는 단호하게 뿌리쳤다. 그런 다음 얼이 빠진 사람처럼 혼자 중얼거렸다. "오……! 세상에……."

뒤루아는 여자 앞에 무릎을 꿇었다. 하지만 그녀의 몸에 손을 댈 용기는 나지 않았다. 차라리 상대가 흥분을 하고 날뛴다면 이렇게 힘들지는 않을 것 같았다. 그는 더듬거리며 말했다. "클로, 오, 내 사랑 클로. 내 상황을 이해해야 하오. 내 처지를 이해해 달란 말이오. 아! 당신과 결혼할 수만 있다면 그보다 큰 행복이 어디 있겠소? 하지만 그대는 이미 결혼을 했잖소. 도대체 내가 뭘 어떻게 할 수 있단 말이오. 생각해 보구려. 자, 잘 생각해 보란 말이오. 나도 이제 사교계에 제대로 자리를 잡아야 하는데, 가정이 없이는 그럴 수 없잖소. 정말이오! 정말로 난 때로 당신 남편을 죽여 버리고 싶었소……."

뒤루아는 그 부드럽고 흐릿한, 음악 소리처럼 귓속으로 흘러드는 매혹적인 목소리로 말했다.

그는 정부의 두 눈에서 굵은 눈물이 흐르는 것을 보았다. 눈물은 뺨으로 흘러내렸고, 그와 동시에 두 눈에 다시 또 눈물이 고였다.

뒤루아가 나지막하게 말했다. "오! 울지 마오, 클로. 정말 울면 안 돼. 부탁이오. 내 마음이 찢어지는구려."

드 마렐 부인은 꿋꿋한 모습으로 자존심을 되찾기 위해 힘겹게 애를 썼다. 그러더니 여자들이 오열을 터뜨리기 직전에 내는 그 파들파들 떨리는 목소리로 물었다. "상대가 누구죠?"

뒤루아는 잠시 머뭇거렸지만, 어차피 말을 해야 한다는 것을 깨닫고는 대답했다. "마들렌 포레스티에요."

드 마렐 부인은 사시나무처럼 온몸을 떨었다. 그러더니 한동안 입을 열지 못했다. 뒤루아가 자기 발아래 무릎을 꿇고 있다는 것조차 잊어버린 듯 뭔가 골똘히 생각하는 것 같았다.

그녀의 두 눈에 투명한 두 줄기 눈물이 다시 고였다 흘러내렸고 또다시 고였다.

그러더니 벌떡 일어섰다. 뒤루아는 상대가 비난의 말도 용서의 말도 없이 그대로 가려 한다는 것을 깨달았다. 그는 마음이 상했다. 마음속 깊은 곳에서 모욕감이 느껴졌다. 뒤루아는 여자를 붙잡기 위해 치맛자락을 와락 붙잡고는 그 밑의 통통한 다리를 감싸 쥐었다. 여자가 저항하느라 힘을 주는 게 느껴졌다.

뒤루아가 애원했다. "제발 부탁이오. 이렇게 가버리면 안 되오."

드 마렐 부인은 뒤루아를 위아래로 훑어보았다. 눈물 가득한 절망의 눈으로, 너무나 매력적이고 슬픈, 한 여자의 마음에 덮친 고통을 고스란히 드러내는 그런 눈으로 바라보며 띄엄띄엄 말했다. "난······ 난 할 말이 없어······. 정말······ 하나도 없어요······. 당신이······ 당신 말이 맞아요······. 당신은······ 당신은······ 아주 잘 골랐어요."

그러다가 뒷걸음질 치며 뒤루아의 팔을 빠져나가서는 그대로 가버렸다. 뒤루아도 더 이상 잡지 않았다.

혼자 남은 뒤루아는 머리를 세게 얻어맞은 사람처럼 멍하게 서 있었다. 잠시 후 마음을 가다듬고 혼자 중얼거렸다. "뭐, 어떻게든 되겠지. 어쨌든 해결했으니까······. 큰 말썽 없이. 아주 잘됐어." 그는 불현듯 무거운 짐을 내려놓고 자유의 몸이 된 해방감을 느꼈다. 이제 편안하게 새 삶을 시작할 수 있으리라. 성공과 힘에 취한 뒤루아는 마치 운명의 신과 싸우듯 벽에 대고 주먹을 날리기 시작했다.

"드 마렐 부인한테 알리셨나요?" 포레스티에 부인이 물었을 때 뒤루아는 아무렇지도 않은 듯 대답했다. "물론입니다······."

포레스티에 부인은 맑은 눈길로 상대를 찬찬히 살피며 다시 물었다. "많이 놀라지 않던가요?"

"아뇨. 전혀 아닙니다. 아주 잘됐다고 좋아해 주시더군요."

곧 소식이 퍼졌다. 놀라는 사람도 있었고, 그럴 줄 알았다는 사람도 있었고, 또 별로 놀라운 일이 아니라는 듯 빙그레 웃는 사람들도 있었다.

뒤루아는 이제 사설은 'D. 드 캉텔'로, 사회면은 '뒤루아'로, 이따금 쓰기 시작한 정치면 기사는 '뒤 루아'로 서명을 했다. 시간이 날 때면 그 절반은 약혼녀의 집에서 보냈다. 포레스티에 부인은 약혼자를 형제 사이 같은 친근한 태도로 대했다. 하지만 그 속에는 진짜 애정이, 마치 약점을 숨기듯 가려진 욕망이 감추어져 있었다. 그녀는 결혼식은 아무도 모르게 증인들만 입회한 자리에서 하고 그날 저녁 바로 루앙으로 떠나자고 했다. 다음 날 뒤루아의 부모가 사는 곳으로 가서 함께 며칠을 보내기로 했다.

뒤루아는 이 계획을 단념시키려고 애썼지만, 결국 성공하지 못하고 약혼녀의 뜻을 따르기로 했다.

그렇게 5월 10일이 왔다. 신혼부부는 어차피 아무도 초대하지 않았으니 종교 예식은 필요 없다며 시청에 잠시 들렀다가 집으로 돌아와 여행 가방을 챙겼다. 그리고 저녁 6시에 생라자르 역에서 노르망디로 가는 기차를 탔다.

기차 안에 둘만 있게 될 때까지 두 사람은 거의 몇 마디 나누지 않았다. 기차가 출발하자, 그들은 거북해하고 있다는 것을 상대가 눈치채지 못하도록 서로를 쳐다보며 웃음 지었다.

기차는 길게 이어진 바티뇰 역을 천천히 지나갔고, 파리 주위의 옛 성벽에서 센 강까지 지저분하게 이어진 들판을 달렸다.

뒤루아와 그의 아내는 이따금 대수롭지 않은 말을 주고받았고, 그런 다음엔 다시 차창 밖으로 눈길을 돌렸다.

기차가 아니에르 철교를 건널 때 강 위에 배들이 가득 떠 있고 사람들이 낚시를 하거나 뱃놀이를 하는 모습이 보였다. 신혼부부는 갑자기 기분이 좋아졌다. 강렬한 5월의 태양이 작은 보트들과 강물 위로 비스듬히 햇살을 퍼뜨리고 있었다. 석양의 열기와 빛을 받은 강물은 흐르지도 않고 소용돌이 치지도 않으며 그대로 멈춰버린 것 같았다. 강 한가운데 돛단배 한 척이 아주 작은 미풍도 놓치지 않으려는 듯 양쪽 뱃전에 커다란 세모 모양의 흰색 돛을 펼치고 있는 모습이 흡사 거대한 새가 날아오르려 하는 것 같았다.

뒤루아가 나지막하게 말했다. "전 파리 근교 지역이 무척 좋습니다. 언젠가 튀김 요리를 먹었는데 지금껏 먹어본 것 중 제일 맛있었죠."

그의 아내가 옆에서 말했다. "보트도 좋아요! 석양이 질 때 물 위를 미끄러지는 모습이 너무 멋지거든요!"

그러더니 그녀는 과거를 되짚는 감회를 더 펼칠 용기가 없었던지 다시 입을 다물었다. 두 사람 모두 아득한 그리움에 젖어 말없이 앉아 있었다.

뒤루아는 마주 앉은 아내의 손을 잡고 천천히 입을 맞췄다.

"여행 끝나면 가끔 샤투[2]에 저녁 먹으러 갑시다."

"하지만 할 일이 너무 많을 거예요." 그녀가 나지막하게 말했다. 그 어조가 꼭 "필요한 일을 하기 위해 즐거운 일은 포기해야 해요."라고 말하는 것 같았다.

뒤루아는 계속 아내의 손을 잡고 있었다. 어떻게 하면 이 상태에서 애무로 넘어갈 수 있을지 궁리해 보았다. 차라리 아무것도 모르는 어린 처녀와 함께 있다면 이렇게까지 당혹스럽지는 않았을 것이다. 하지만 두뇌 회전이 빠르고 영악한 마들렌 앞에서는 어떻게 행동해야 할지 알 수가 없었다. 혹시라도 상대가 자기를 너무 소심하거나 너무 난폭한, 너무 느리거나 너무 성급한 남자라고 생각할까 봐, 그러니까 멍청한 남자로 볼까 봐 겁이 난 것이다.

뒤루아는 아내의 손을 잡은 손에 약간 힘을 주어보았다. 아무 반응이 없었다. 뒤루아가 말했다. "당신이 내 아내라는 사실이 참 이상합니다."

그녀는 놀란 것 같았다. "왜 그렇죠?"

"모르겠습니다. 하여튼 이상하군요. 당신을 안고 싶은데, 정말 그래도 된다는 사실이 믿기지 않습니다."

그녀는 조용히 뺨을 내밀었다. 뒤루아가 누이에게 키스를 하듯 입을 가져다 댔다.

그가 다시 말했다. "당신을 처음 봤을 때 말입니다. (알다시피 포레스티에가 절 초대한 그날 저녁이었죠.) 전 이렇게 생각했습니다. '제길, 나도 저런 여자를 찾을 수 있으면 얼마나 좋을까.' 하고 말입니다. 그런데 이루어졌잖습니까. 당신이 내 아내가 되었으니까."

그녀가 나지막하게 말했다. "듣기 좋은데요." 그러면서 여전히 미소를 머금은 섬세한 눈길로 뒤루아를 물끄러미 바라보았다.

뒤루아가 생각했다. '어떻게 이렇게 미적지근할 수가 있지? 너무 바보 같잖아. 좀 더 적극적으로 나가야 해.' 뒤루아가 물었다. "그런데 포레스티에는 어떻게 만나게 됐습니까?"

이 질문에 마들렌은 도발적인 어조로 심술궂게 대답했다. "우리가 그 사람 얘기를 하려고 루앙까지 가는 건가요?"

뒤루아가 얼굴을 붉혔다. "바보 같은 질문이었습니다. 당신하고 있으면 괜히 용기가 없어지는군요."

그녀가 환한 얼굴로 말했다. "말도 안 돼요! 왜 그렇죠?"

뒤루아는 어느새 아내의 옆자리에 바짝 다가앉아 있었다. 그녀가 외쳤다. "아! 사슴이네요!"

기차가 생제르맹 숲을 지나는 도중 겁에 질린 암사슴 한 마리가 좁은 숲 속 길을 순식간에 질러가고 있었던 것이다.

뒤루아는 열린 차창 밖을 바라보는 아내에게 몸을 기울여 그 목덜미를 덮은 머리카락에 연인의 짙은 키스를 했다.

그녀는 잠시 가만히 있다가 이내 고개를 들며 말했다. "간지러워요. 그만하세요."

하지만 뒤루아는 멈추지 않고 계속 붙어 앉아 끝이 말려 올라간 콧수염을 여자의 하얀 살결에 비비면서 집요한 애무를 계속했다.

그녀가 고개를 흔들었다. "그만하시라니까요."

뒤루아는 오른손을 슬며시 뒤로 넣어 여자의 머리를 껴안고는 자기 쪽으로 돌렸다. 그리고 먹이를 채려고 달려드는 독수리처럼 입을 들이밀었다.

그녀는 몸부림을 치며 뒤루아를 밀쳐 내면서 빠져나오려고 했다. 간신히 뒤루아의 품에서 떨어진 그녀가 한 번 더 말했다. "그만하시라니까요."

하지만 뒤루아는 더 이상 상대의 말을 듣지 않았다. 그녀를 끌어안고 열차 좌석에 넘어뜨리기 위해서 힘을 주었다.

그녀는 필사적으로 뒤루아의 팔에서 빠져나오더니 벌떡 일어섰다.

"제발! 왜 이러세요! 조르주! 그만하세요! 우리가 무슨 어린애인가요? 루앙에 도착할 때까지도 못 기다리나요?"

얼굴이 새빨개진 뒤루아는 아내의 이성적인 말에 그대로 얼어붙어 버린 것 같았다. 그는 잠시 그대로 앉아 있다가 마음을 추스르고서 밝은 목소리로 대답했다. "좋습니다. 기다리죠. 하지만 도착할 때까지 별로 할 얘기는 없습니다. 이제 겨우 푸아시[3]를 지나는군요."

"그럼 제가 이야기할게요." 그녀가 말했다.

그러면서 조용히 다가왔다.

그녀는 파리에 돌아가서 해야 할 일을 분명하게 이야기해 나갔다. 우선 전남편과 살았던 아파트에 그대로 살자고 했고, 《라 비 프랑세즈》에서 포레스티에가 하던 일과 급여도 뒤루아가 그대로 이어받게 될 거라고 했다.

그녀는 사업가처럼 치밀하게 이미 부부의 재산 문제를 아주 세세한 것까지 빠짐없이 정리해 둔 상태였다.

그러니까 부부 재산 분리제를 택한 것이다. 사망, 이혼, 자녀 혹은 자녀들의 출생 등 일어날 수 있는 모든 일에 대해 대책이 마련되어 있었다. 뒤루아는 본인 주장대로라면 사천 프랑을 가져왔지만, 그중

천오백 프랑은 빚이었다. 나머지는 최근 일 년 동안 결혼을 위해 절약하며 모은 돈이었다. 마들렌은 포레스티에가 남긴 유산 사만 프랑을 가져왔다.

그녀는 포레스티에가 어떤 사람이었는지에 대해 얘기했다. "아주 근검하고 차분한 사람이었어요. 일도 열심히 했죠. 머지않아 크게 성공했을 거예요."

뒤루아는 딴생각에 빠져 아내의 말을 듣지 않았다.

그녀는 이따금 혼자만의 생각에 빠져드는 듯 잠시 입을 다물고 있다가 다시 말을 이었다.

"앞으로 삼사 년 후면 당신도 일 년에 삼사만 프랑을 벌 수 있을 거예요. 샤를이 살아 있었다면 그 정도 받았을 테죠."

뒤루아는 아내의 긴 훈계가 싫증 나기 시작했다. "우리가 샤를 얘기를 하려고 루앙까지 가는 겁니까?"

마들렌은 뒤루아의 뺨을 가볍게 두드리며 대답했다. "당신 말이 맞아요. 내 잘못이에요." 그러면서 웃었다.

뒤루아는 얌전한 아이처럼 일부러 두 손을 무릎 위에 올려놓고 있었다.

"그러고 있으니까 바보 같아요."

뒤루아가 대답했다. "난 이러고 있어야 합니다. 조금 전 당신이 알려 줬잖습니까? 계속 이러고 있을 겁니다."

"무슨 말이죠?" 그의 아내가 물었다.

"우리 집은 당신이 관리할 거잖습니까? 어차피 나도 당신이 맡을 거고. 뭐, 당신은 남편이 있어봤으니까 그게 맞을 겁니다."

그녀가 깜짝 놀라며 물었다. "그게 도대체 무슨 뜻이죠?"

"당신은 경험이 많으니까 아무것도 모르는 나 같은 사람한테 세상 물정을 가르쳐야 하지 않겠습니까?"

"세상에. 너무하시네요." 그녀가 외쳤다.

뒤루아가 바로 되받았다. "어쩌겠습니까. 난 여자를 잘 모르고, 그래요, 당신은 남자를 잘 아니까. 당신은 남편이 처음이 아니잖습니까. 그래요, 당신이 날 가르쳐야 합니다. 오늘 밤에, 그래요, 괜찮으면 지금 당장도 좋습니다. 그래요."

"세상에! 어떻게! 그런 일까지……!" 그녀는 신이 난 목소리로 크게 말했다.

뒤루아는 수업 내용을 중얼거리는 중학생 같은 목소리로 말했다. "맡기고말고요. 맡길 겁니다. 철저하게 해주십시오……. 스무 번 수업으로…… 열 번은 기초 과목을…… 독해와 문법을…… 그리고 또 열 번은…… 심화 학습과 수사학을……. 난 아무것도 모릅니다. 그래요……."

그녀는 아주 재미있다는 듯 큰 소리로 말했다. "당신 참 바보 같아."

뒤루아가 대답했다. "당신이 편하게 말을 놓겠다니 나도 그렇게 하겠소. 솔직히 말하자면, 난 시간이 갈수록 점점 더 당신이 좋아지고 있기 때문에 루앙이 아득히 멀게만 느껴진단 말이오."

그는 배우처럼 표정을 바꿔가며 말했다. 자유분방한 문인들의 태도와 농담에 이미 익숙해져 있는 마들렌은 그 모습을 보며 즐거워했다.

그녀는 곁눈으로 뒤루아의 얼굴을 살피며 매력적이라고 생각했다. 나무에 열려 있는 과일을 한입 깨물어 먹어보고 싶은 욕망을 느꼈지만, 식사 때까지 기다렸다가 제대로 먹는 것이 낫다고 충고하는 이성의 목소리를 들으며 머뭇거렸다.

그녀는 자기 마음속에서 고개를 들고 있는 생각에 스스로 부끄러운 듯 살짝 얼굴을 붉히며 말했다.

"이봐요, 우리 귀여운 학생. 내 경험을 믿어요. 풍부한 경험을 믿으라고요. 기차 안에서 키스해 봐야 소용없어요. 배만 더 고프단 말이에요."

그리고 나서 더욱 얼굴을 붉히면서 나지막하게 말했다. "채 익지도 않은 밀은 베는 게 아니랍니다."

아내의 아름다운 입술이 은근히 던지는 암시에 흥분된 뒤루아는 히죽거렸다. 그리고 기도문을 외우듯 입술을 움직이며 성호를 그었다. 그리고 중요한 선언을 하는 사람처럼 말했다. "나는 유혹의 수호신 성 앙투안[4]의 가호를 받는다. 이제 나는 목석이다."

조용히 밤이 내려앉아 오른쪽의 넓은 들판 위로 크레이프 베일[5] 같은 투명한 어둠이 펼쳐졌다. 기차는 센 강을 따라 달렸다. 선로를 따라 흐르는 강물이 흡사 윤이 나는 금속 리본을 넓게 펼쳐놓은 것 같았고, 그 위로 반사된 석양의 붉은빛은 하늘에서 저물어가는 태양이 진홍빛 화염을 문질러 던져놓은 얼룩처럼 퍼져 있었다. 그 희미한 빛은 조금씩 꺼져가다가 점점 짙은 색으로 바뀌면서 처연하게 저물어갔다. 들판은 하루해가 질 때마다 이 땅 위를 지나가는 그 을씨년스러운 떨림과 함께 어둠 속에 젖어 들었다.

열어놓은 차창으로 석양의 우수가 깃들면서 조금 전까지만 해도 그토록 밝던 두 사람의 마음속으로 스며들었다. 그들은 말이 없었다.

부부는 바싹 붙어 앉아 5월의 밝고 아름다운 하루가 사라져가는 임종의 순간을 지켜보았다.

망트[6]까지 왔을 때 작은 석유등에 불이 켜졌다. 노랗게 떨리는 그 빛이 좌석의 회색 쿠션 위로 번졌다.

뒤루아는 아내의 허리를 안으며 힘주어 끌어당겼다. 조금 전 격렬했던 욕정은 이제 다정한 연정으로 바뀌었다. 마치 어린아이를 안고 달랠 때처럼 섬세하고 다정한 애무를 하고 싶었다.

그가 나지막하게 말했다. "정말 사랑하오. 나의 마드."

너무나도 부드러운 그의 목소리가 아내의 마음을 움직였다. 그녀는 온몸에 짜릿한 전율이 흐르는 것 같았다. 뒤루아는 아내의 가슴에 뺨을 대고 있었고, 그녀는 고개를 숙여 입술을 내주었다.
 한참 동안 말없이 깊은 키스가 이어졌다. 그러다가 갑자기 튕겨 오르듯 몸을 움직이면서 그야말로 정신없이 서로를 껴안았고, 숨을 헐떡거리며 서로의 몸을 탐했다. 그렇게 서툴고 거칠게 첫 관계를 가졌다. 두 사람은 조금 아쉬워하면서, 지쳤지만 여전히 다정하게 서로를 껴안고 있었다. 기적 소리가 다음 역이 가까워졌음을 알릴 때까지 그렇게 있었다.
 마들렌은 관자놀이에 흐트러진 머리카락을 손끝으로 가볍게 두드리며 말했다. "바보 같아. 어린애도 아니고."
 뒤루아는 아내가 내민 두 손을 붙잡고 열에 들뜬 사람처럼 급하게 번갈아 키스를 해댔다. "사랑하오. 나의 마드."
 루앙에 도착할 때까지 부부는 서로 뺨을 맞대고 차창 밖을 바라보면서 거의 꼼짝 않고 앉아 있었다. 캄캄한 어둠 속에 이따금 불 밝힌 집들이 스치듯 지나갔다. 두 사람은 서로가 이토록 가깝게 느껴진다는 것이 기뻤고, 다음번에는 좀 더 다정하고 편안하게 껴안을 수 있으리라 기대하며 몽상에 빠졌다.
 그날 밤은 강변으로 창이 나 있는 호텔에 묵었다. 늦은 저녁을 조금 챙겨 먹고 잠자리에 들었다. 이튿날 아침 8시에 하녀가 깨우러 왔다.
 침대 옆 탁자에 놓인 차를 마신 다음 아내를 물끄러미 바라보던 뒤루아는 보물을 찾아내고 기뻐 어쩔 줄 모르는 사람처럼 환희에 휩싸였다. 그는 마들렌을 와락 껴안으면서 나지막하게 말했다. "내 사랑 마드…… 당신을 무척…… 무척…… 무척 사랑하오."
 그녀는 자신 있고 만족스러운 미소를 지으며 남편에게 키스를 했다. 그리고 이렇게 말했다. "나도…… 그런 것 같아요."
 하지만 뒤루아는 부모를 만나러 간다는 사실 때문에 다시 기분이 꺼림칙해졌다. 이미 몇 번이고 아내에게 일러주면서 마음의 준비를 시켰지만, 한 번 더 이야기를 해야 할 것 같았다.

"알지? 농사꾼들이오. 시골 농사꾼. 희가극[7]에 나오는 그런 농부가 아니란 말이오."

그녀가 웃으며 대답했다. "알아요. 몇 번이나 얘기했잖아요. 자, 이제 일어나요. 그래야 나도 일어나죠."

뒤루아는 침대에서 뛰어내려 양말을 신으면서 다시 말했다. "집이 몹시 불편할 거요. 아주 많이. 내 방에는 짚 매트 침대밖에 없거든. 캉틀뢰에는 매트 밑에 바닥을 제대로 간 침대 같은 건 아예 없소."

마들렌은 몹시 즐거워 보였다. "더 좋네요. 당신…… 당신 곁에서라면…… 잠을 좀 설치는 것도, 아침에 수탉 우는 소리에 잠을 깨는 것도, 다 좋아요."

그사이 마들렌은 가운을 입고 있었다. 이전에 뒤루아도 본 적이 있는 흰색의 커다란 플란넬 가운이었다. 그는 기분이 상했다. 어째서일까? 그녀는 가운을 열두 벌쯤 가지고 있다. 아무리 그래도 그걸 다 싸가지고 올 게 아니라 새것으로 하나 샀어야 하는 것 아닐까? 중요한 일은 아니지만 뒤루아는 아내의 실내복이, 잠옷이, 사랑을 나눌 때 입는 옷이 전남편과 함께 있을 때와 같다는 것이 마음에 걸렸다. 그 하늘거리는 따뜻한 옷감 위에 포레스티에의 살에 닿았던 자국이 그대로 남아 있을 것만 같았다.

그는 담배에 불을 붙이며 창가로 다가갔다. 항구의 정경을, 넓은 강의 풍경을 보니 마음속에 흥분이 일었다. 강에는 늘씬한 마스트를 세운 배들과 기선들이 가득했고, 하역 장비가 시끄럽게 방향을 바꿔가면서 기선의 짐을 부두 위에 내려놓고 있었다. 익히 눈에 익은 풍경이었지만 새삼 가슴이 설레었다.

"그것참, 장관이로군."

마들렌이 달려와 남편의 한쪽 어깨에 두 손을 올려놓으며 다정하게 기댔다. 그리고 황홀한 표정으로 바라보면서 되풀이해 말했다.
"정말 멋있어요! 정말 멋있어! 이렇게 배가 많은 줄은 몰랐어요."

그들은 한 시간 후 다시 길을 떠났다. 며칠 전 미리 기별을 해서 뒤루아의 부모와 함께 점심 식사를 하기로 했기 때문이다. 덮개가 없는 녹슨 마차가 주물 긁히는 소리를 내면서 달렸다. 지저분한 큰 길을 한참 따라가다가 작은 강이 흐르는 풀밭을 가로질렀고, 그런 다음 언덕을 오르기 시작했다.

피곤하기도 했고 더구나 낡은 마차 속으로 햇볕이 스며들어 바닥을 덥히며 몸을 감싸자 마들렌은 부드러운 빛과 전원의 공기 속에 몸을 담근 기분으로 잠이 들었다.

잠시 후 남편이 깨웠다. "저것 좀 봐!"

마차는 산 중턱 삼분의 이 정도 되는 지점에 멈춰 있었다. 전망이 좋기로 이름난 곳이라 이곳에 오는 관광객들에게 늘 보여 주는 곳이었다.

아래쪽으로 깊은 골짜기가 있고, 맑은 강물이 커다랗게 굽이치면서 그 사이를 흘러갔다. 저 멀리서 시작된 강은 군데군데 섬을 감싸며 흘렀고, 넓게 곡선을 그리며 굽이친 후 루앙 시를 가로질렀다. 강 오른편으로 옅은 아침 안개에 젖은 시가지가 펼쳐졌고, 햇빛을 받아 반짝거리는 지붕들, 그리고 날렵한 것, 뾰족한 것, 작달막한 것, 가늘고 거대한 보석처럼 세공이 된 것 등 각양각색의 종탑들이 수없이 솟아 있었다. 또 문장을 새긴 왕관을 쓰고 있는 원형 혹은 사각형의 탑, 누각, 작은 종각 등 고딕 양식 교회의 꼭대기에 놓이는 장식들이 모두 다 모여 있는 것 같았다. 그중 제일 높은 것은 대성당의 첨탑이었다. 세상에서 제일 높게 솟은 실로 놀라운 그 청동 첨탑은 기이하고 지나치게 커서 아름답지 않았다.

강 반대편 기슭에는 생스베르[8]의 공장들이 꼭대기가 둥그스름한 굴뚝을 하늘로 세우고 있었다.

공장 굴뚝은 그 형제인 성당 종탑들보다 더 많았다. 아득히 먼 들판에까지 우뚝 솟은 둥근 벽돌 기둥들은 시커먼 석탄의 입김을 쉼 없이 쏟아냈다.

　그중에서도 제일 높은 것은 인간이 만들어낸 것 중 두 번째로 높은 쿠푸 왕의 피라미드[9]와 같고, 대모(代母) 격인 대성당 종탑과 거의 비슷한 증기펌프 라 푸드르[10]였다. 건너편 대성당 첨탑이 성스러운 건물들 위를 꾸미는 뾰족 장식들의 제왕이라면, 라 푸드르의 굴뚝은 공장에서 연기를 내뿜으며 일하는 노동자들의 제왕인 셈이다.

　멀리 공장 지역 뒤로는 전나무 숲이 펼쳐져 있고, 도시의 두 지역 사이를 지난 센 강이 기복 심한 구릉을 따라 계속 흘러갔다. 구릉 위쪽은 숲으로 덮여 있고 중간중간 뼈의 모습인 양 흰 바위가 드러났다. 강은 계속 커다란 반원을 그리며 흘러가서 지평선 쪽으로 사라졌다. 짙은 연기를 내뿜는, 파리 크기만 한 증기선에 끌려 배 몇 척이 강을 오르내리고 있었다. 물 위에 누운 섬들은 이어져 있는 것도 있고 상당히 떨어져 있는 것도 있어서 그 모습이 흡사 알이 고르지 못한 묵주처럼 보였다.

　마부는 손님들의 경치 감상이 끝나기를 기다렸다. 그는 그동안의 경험으로 손님의 종류에 따라 구경하는 데 시간이 얼마나 걸리는지 알고 있었다.

　마차가 다시 달리기 시작했고, 뒤루아는 한순간 몇백 미터 저쪽에 노인 둘이 걸어오는 것을 보았다. 그는 마차에서 뛰어내리며 큰 소리로 말했다. "아, 저기 오시네. 맞아."

　남녀 두 농부가 고르지 않은 걸음걸이로 몸을 흔들며, 이따금 서로 어깨를 부딪치며 걸어오고 있었다. 남자는 작달막하고 얼굴이 불그레했고 배가 좀 나왔지만 나이에 비해 건강해 보였다. 여자는 키가 크고 마른 몸에 허리가 굽었고 표정이 어두웠다. 어렸을 때부터 일을 해온, 남편이 손님들과 술을 마시며 농담을 즐기는 동안에도 단 한 번도 웃는 일이 없는 말 그대로 농사꾼 아낙네였다.

마들렌도 마차에서 내려 가련해 보이는 두 노인네가 다가오는 것을 물끄러미 바라보았다. 그녀는 불현듯 예기치 못했던 야릇한 슬픔을 느꼈다. 노인네들은 앞에 보이는 멋진 신사가 아들이라고 알아보지 못했다. 하물며 저렇게 잘 차려입은 귀부인이 며느리일 줄은 꿈에도 생각하지 못했다.

그래서 노인네들은 뒤에 마차를 따라오게 하며 걸어오고 있는 도회지 사람들한테는 눈길도 주지 않은 채 지나쳐버렸고, 오로지 아들을 마중하기 위해 걸음을 옮겼다.

노인네들이 그냥 지나가 버리자 뒤루아가 웃으며 불렀다. "안녕하셔라, 아부지."

두 노인네는 우뚝 걸음을 멈췄다. 처음엔 어리둥절해하다가 곧 화들짝 놀라는 모습이 꼭 얼빠진 사람들 같았다. 먼저 정신을 차린 어머니가 여전히 꼼짝 않고 서서 자그마한 목소리로 물었다. "너라냐? 우리 아들?"

뒤루아가 대답했다. "맞어, 엄니." 뒤루아는 어머니에게 걸어가 두 뺨에 아들의 사랑을 담은 키스를 했다. 그러고 나서 챙 모자를 벗어 손에 들고 서 있는 아버지의 뺨에다 입을 맞췄다. 아버지의 모자는 루앙에서 유행하는 스타일의, 위쪽이 길게 올라간 검은 실크 모자로, 소 장수들이 쓰는 것과 비슷했다.

그런 다음 아내를 소개했다. "집사람이오." 두 시골 노인네는 마들렌을 쳐다보았다. 신기한 구경거리를 볼 때처럼 왠지 불안한 기분이었다. 아버지에게는 아들의 성공에 흡족한 마음이 섞여 있었고, 어머니에게는 은밀한 질투 어린 적개심이 섞여 있었다.

원래가 명랑한 사람인 데다 달콤한 능금주와 알코올의 힘으로 더욱 기분이 좋아진 아버지가 용기를 내서 물었다. "내가 안아주고 인사해도 되겠냐?" 그렇게 말하는 눈에는 짓궂은 장난기가 가득했다.

아들이 대답했다. "물론이져."

마들렌은 거북했지만 어쩔 수 없이 두 뺨을 내밀었고, 농사꾼 노인네는 소리 나게 입을 맞추고는 손등으로 입을 닦았다.

늙은 아낙네도 마음속에 적의를 간직한 채 며느리에게 키스를 했다. 이건 아니다. 그동안 꿈꿔 온 며느리는 이런 여자가 아니었다. 노인네가 바란 건 투실투실하고 싱싱한 농사꾼 여인네, 씨암말처럼 통통한 여인네였다. 이렇게 잔뜩 멋을 내고 사향 냄새를 풍기다니, 꼭 창녀 같지 않은가.

신혼부부의 여행 가방을 실은 마차가 앞장을 서고 다 같이 뒤를 따라 걸었다.

노인네는 뒤에서 아들의 팔을 잡아당기면서 잔뜩 호기심에 차서 물었다. "어떠냐. 일은 잘되냐?"

"물론이죠. 아주 좋아요."

"그래. 그럼 됐어. 잘됐다. 말혀 봐라. 니 색시는 돈 많냐?"

아들이 대답했다. "사만 프랑."

놀란 아버지는 가볍게 휘파람을 불면서 나지막하게 "오호!"라고 말할 뿐 더 이상 말을 잇지 못했다. 너무 놀라운 액수였기 때문이다. 그런 다음 자기가 하는 말을 진심으로 믿고 있는 목소리로 말했다. "그려. 아주 멋진 여자구먼." 사실 뒤루아 영감도 한창때는 여자에 일가견이 있는 사람으로 통했고, 마들렌은 그 취향에 맞는 여자였다.

앞쪽에서 나란히 걷는 두 여자는 입을 열지 않았다. 이내 남자들이 따라왔다.

그렇게 마을까지 왔다. 찻길을 끼고 양쪽으로 자리 잡은 아담한 마을은 한쪽에 열 가구씩 시골집과 허름한 농가들이 있었다. 벽돌집도 있고 점토로 지은 집도 있고 초가지붕도 있고 슬레이트 지붕도 있었다. 뒤루아 영감의 술집 '아라벨뷔'는 동네가 시작되는 곳 왼쪽에 자리 잡고 있었다. 단층에 다락방만 있는 허름한 집이었다. 문에 솔가지를 달아놓았는데, 그것은 목마른 사람은 들어오라는 옛날식 표시였다.

식당 안에 테이블 두 개를 붙여 식탁보를 덮어놓고 식기를 차려놓았다. 일을 도와주기 위해 와 있던 이웃 아낙네가 너무나 아름다운 귀부인이 들어오는 것을 보고는 공손하게 인사를 했다. 그러더니 옆에 있는 남자가 조르주라는 걸 깨닫고는 큰 소리로 말했다. "하느님 맙소사. 너라냐, 우리 꼬마?"

뒤루아가 명랑하게 대답했다. "네, 저예요. 브륄랭 아줌마!"

뒤루아는 어머니와 아버지를 대하듯 덥석 여자를 껴안고 인사를 했다.

그러고는 아내를 돌아보며 말했다. "방에 들어가서 모자 좀 벗지?"

뒤루아는 오른쪽 문으로 아내를 데려갔다. 바닥에 타일이 깔려 있고 석회를 발라 사방이 하얀 썰렁한 방에 면 커튼을 드리운 침대가 놓여 있었다. 청결하지만 을씨년스러운 방에 장식이라고는 성수반 위에 걸어놓은 십자가와 알록달록한 그림 두 장뿐이었다. 하나는 종려나무 아래 있는 폴과 비르지니[11] 그림이었고, 또 하나는 나폴레옹 1세가 황색 말에 타고 있는 그림이었다.

두 사람만 있게 되자 뒤루아는 바로 아내를 껴안았다. "안녕, 마드. 난 노인네들을 만나서 아주 기쁘다오. 파리에 있을 땐 별로 생각나지도 않더니 막상 만나니까 무척 좋군."

그때 아버지가 칸막이벽을 주먹으로 두드리며 큰 소리로 말했다. "자, 자, 수프 다 됐다!"

식탁에 앉을 시간이었다.

전혀 배합이 어울리지 않게 양고기 다음에 순대가 나오고 순대 다음에 오믈렛이 나오면서 시골 농부들의 식사가 한참 동안 이어졌다. 능금주와 약간의 포도주를 마시고 흥이 오른 뒤루아 영감은 큰 경사 때 써먹으려고 아껴둔 제일 재미있는 농담들을 줄줄이 풀어냈다. 영감은 그 외설스럽고 너절한 이야기들이 전부 자기가 아는 사람들한테 진짜 일어난 일이라고 우겼다. 조르주는 익히 다 알고 있는 이야기들인데도 웃음을 터뜨렸다. 고향의 공기에 취하기도 했고, 어린 시절을 보낸 정든 고향에 대한 본능적인 사랑이 그의 마음을 채웠다. 온갖 느낌과 추억들이 떠올랐고, 옛날의 모든 것이 되살아났다. 문에 난 칼자국, 지나간 작은 사건을 떠오르게 하는 기울어진 의자 다리, 흙 냄새, 근처 숲에서 풍겨오는 송진과 나무 냄새, 집 냄새, 시냇물 냄새, 퇴비 냄새, 전부 사소한 것들이었다.

늙은 아낙네는 여전히 어둡고 심각한 얼굴로 입을 열지 않았다. 곁눈질로 며느리를 살피는 동안 마음속에서는 증오심이 끓어올랐다. 손가락이 다 해어지고 팔다리가 흉하게 일그러지도록 힘든 일을 해온 여자, 일밖에 모르는 늙은 여자가 이 도시 여자, 하늘의 저주를 받고 버림받은 여자, 게으름과 죄악으로 인해 순수를 잃어버린 타락한 여자를 향해 적개심을 품은 것이다. 그녀는 수시로 자리에서 일어나 음식을 가져왔고, 물병에 들어 있는 노랗고 시큼한 음료를 잔에 따랐다. 또 탄산 레모네이드 병을 딸 때처럼 마개가 튀어 오르게 병을 따서는 거품이 이는 달콤한 능금주를 계속 잔에 따랐다.

마들렌은 거의 아무것도 먹지 못했고 말도 없었다. 그저 늘 얼굴에 띠고 있는 일상적인 미소, 하지만 보통 때보다는 조금 더 음울하고 체념 어린 미소를 지으며 침울한 표정으로 앉아 있었다. 그녀는 모든 게 실망스러웠고 속이 상했다. 무엇 때문일까? 자기가 굳이 오겠다고 우기지 않았는가. 농사꾼, 그것도 가난한 농사꾼을 만나러 간다는 것은 그녀도 알고 있었다. 웬만해서 공상 같은 것에는 빠지지 않는 그녀인데, 이번에는 도대체 자기가 만날 사람들이 어떨 거라고 기대했던 것일까?

정말 몰랐던 것 아닐까? 여자들은 늘 있지 않은 것을 기대하지 않는가! 그러니까 현실을 멀리서 시적(詩的)으로 바라본 게 아닐까? 그건 아니다. 하지만 좀 더 문학적이고 고상한 것, 좀 더 다정한 것, 좀 더 아기자기한 것을 기대한 것은 사실이다. 그렇다고 해서 시부모가 소설 속에 나오는 농부들처럼 멋진 사람들일 거라고 기대하지는 않았다. 그렇다면 그들의 어떤 모습이 불편했던 것일까? 눈에 잘 띄지도 않는 수없이 많은 자질구레한 것들, 특별히 지적하기도 힘든 천박함, 시골 사람다운 기질, 그들이 하는 말, 동작, 그리고 그 명랑함이 어째서 마들렌의 눈에 거슬린 것일까?

마들렌은 지금껏 누구에게도 얘기해 본 적이 없는 어머니가 생각난 것이다. 생드니[12]에서 자라난 어머니는 학교 선생이다가 남자에게 농락당했고, 가난과 슬픔에 시달리다가 마들렌이 열두 살 때 세상을 떠났다. 처음 보는 남자가 와서 그녀의 양육 문제를 처리했다. 아버지였을까? 정말 누구였을까? 그녀는 막연히 짐작만 하고 있을 뿐 아직까지도 정확히 알지 못했다.

식사는 끝없이 이어졌다. 식당 손님들이 들어와서 뒤루아 영감과 악수를 했다. 그들은 아들을 보며 감탄을 했고, 특히 곁눈으로 젊은 여자를 살피며 짓궂게 눈을 깜빡거렸다. 그 눈길은 "굉장하군! 조르주 뒤루아의 색시는 흠집이 없어."라고 말하는 것 같았다.

주인과 그다지 친하지 않은 사람들은 나무 식탁에 자리를 잡으며 큰 소리로 주문을 했다. "포도주 한 병! 맥주 한 잔! 코냑 두 잔! 라스파뉴 독주 한 잔!" 그런 다음 흰색과 검은색의 사각형 골패(骨牌)를 시끄럽게 두드리면서 도미노 게임을 시작했다.

늙은 아낙네는 쉴 새 없이 가게 안을 돌아다니면서 음울한 얼굴로 손님들의 시중을 들었고, 돈을 받았고, 파란 앞치마 끝으로 테이블을 닦았다.

흙으로 구운 파이프와 싸구려 시가 냄새가 가게 안을 가득 채웠다. 기침을 시작한 마들렌이 말했다. "나가면 안 될까요? 더 못 있겠어요."

 아직 식사가 끝나지 않았기 때문에 뒤루아 영감은 마땅치 않았다. 결국 그녀는 혼자 일어나 문 앞 길가에 내놓은 의자에 앉아서 시아버지와 남편이 커피와 술 몇 잔을 비우기를 기다렸다.

 조르주가 금방 아내에게 왔다. "센 강까지 내려가 보겠소?"

 그녀는 좋아했다. "좋아요! 가요!"

 두 사람은 산을 내려가 크루아세[13]에서 배를 한 척 빌려 가까운 섬으로 갔다. 오후 내내 버드나무 그늘에 누워서 따뜻한 봄기운을 만끽했고, 강의 잔물결이 흔들리는 것을 느끼며 꾸벅꾸벅 졸았다.

 그러다가 해가 질 무렵에야 돌아왔다.

 마들렌은 촛불을 켜놓고 먹는 저녁 식사가 점심 식사보다 더 힘들었다. 이미 거나하게 취해 버린 뒤루아 영감은 더 이상 떠들지 않았고, 시어머니는 여전히 퉁명스러운 얼굴이었다.

 초라한 불빛이 사방 회색의 벽에 그림자를 만들어냈다. 코가 엄청나게 큰 얼굴들, 말도 안 되게 커다란 동작들이 비쳤다. 이따금 누군가 고개를 돌려 흔들리는 노란 불꽃에 옆얼굴을 보일라치면, 거대한 손이 쇠스랑만 한 포크를 들어 올려 입으로 가져가고 그 입이 흡사 괴물의 주둥이처럼 벌어지는 광경이 펼쳐졌다.

 저녁 식사가 끝나자 마들렌은 남편을 끌어당겼다. 낡은 파이프와 쏟아진 술 때문에 코를 찌르는 냄새가 떠다니는 이 어두컴컴한 곳에서 한시라도 빨리 나가고 싶었던 것이다.

 밖으로 나가자 뒤루아가 말했다 "벌써 지겹소?"

 그녀가 아니라고 말하려고 했지만 뒤루아가 말을 끊었다. "맞아. 내가 봤는데, 뭘. 가고 싶으면 내일 떠납시다."

 그녀가 기어들어 가는 소리로 말했다. "그랬으면 좋겠어요."

 두 사람은 천천히 걸음을 옮겼다. 포근한 밤이었다. 사람을 다정하게 감싸주는 것 같은 깊은 어둠 속에는 가벼운 소리가, 무언가 스치는 소리와 숨결 같은 것이 가득 실려 있었다. 두 사람은 키가 큰 나무들이 우뚝 솟아 있고 양옆으로는 발을 들여놓기 어려운 시커먼 잡목림이 우거진 좁은 오솔길로 들어섰다.

그녀가 물었다. "여기가 어디죠?"

뒤루아가 대답했다. "숲이잖소."

"숲이 큰가요?"

"아주 크지. 프랑스에서 제일 큰 숲 중 하나일걸."

오솔길에는 흙 냄새, 나무 냄새, 이끼 냄새가 났다. 울창한 숲에서 흔히 맡을 수 있는 산뜻한 냄새와 오래 묵은 냄새, 그러니까 새싹의 수액 냄새와 덤불숲 속에 시들고 곰팡이 핀 풀들의 냄새가 잠들어 있는 것 같았다. 마들렌은 고개를 들었다. 나무 꼭대기 사이로 별이 보였다. 나뭇가지를 흔들 만한 바람이 없는데도 그녀는 주위에 넓은 바다처럼 끝없이 펼쳐진 나뭇잎들이 파도처럼 움직이고 있는 것을 느낄 수 있었다.

마음속에 이상야릇한 전율이 일며 온몸으로 번져 나갔고, 알 수 없는 불안으로 가슴이 죄어왔다. 무슨 일일까? 이유를 알 수 없었다. 하지만 그녀는 길을 잃고 헤매는 기분이었고 물에 빠져 허우적거리는 것 같았다. 사방에 위험이 도사리고 있고, 모두에게 버림받은 채로, 저 위에 흔들흔들 살아 있는 지붕 아래 혼자, 이 세상에 혼자 남겨진 것 같았다.

그녀가 중얼거렸다. "조금 무섭네요. 돌아가요."

"그럽시다."

"그리고…… 내일 파리로 돌아가는 거죠?"

"그러지. 내일."

"내일 아침이죠?"

"그게 좋으면 아침에 갑시다."

두 사람은 집으로 돌아갔다. 노인네들은 이미 잠자리에 들었다.

그녀는 처음 듣는 시골의 소리 때문에 자꾸 깨면서 잠을 설쳤다. 올빼미 소리, 우리 안에서 벽에 기대 꿀꿀거리는 돼지 소리에다 자정이 지난 다음부터는 수탉이 울어댔다.

마들렌은 동이 트자마자 일어나서 떠날 채비를 했다.

조르주가 부모에게 이제 그만 가보겠다고 하자, 노인네들은 무척 놀란 것 같았다. 하지만 그들은 이내 그 뜻이 어디서 나온 건지를 알아차렸다.

아버지는 그저 이렇게 물었다. "금방 또 볼 수 있겠냐?"

"물론이죠. 여름에 또 올게요."

"그랬으면 좋겠구나."

뒤루아의 어머니는 화가 나서 중얼거렸다. "니가 저질러놨으니 후회는 말아야지."

뒤루아는 부모의 불만을 달래기 위해 선물로 200프랑을 놓고 왔다. 꼬마 아이에게 불러오라고 한 마차가 10시쯤 도착하자 신혼부부는 노인네들에게 인사를 하고 다시 파리로 떠났다.

언덕을 내려오면서 뒤루아가 웃기 시작했다. "거봐요. 내가 말했잖소. 우리 아버지와 어머니, 뒤 루아 드 캉텔 부부를 알려고 하지 말라니까."

그녀도 따라 웃으며 대답했다. "이젠 알게 돼서 기뻐요. 훌륭한 분들이고, 좋아질 것 같아요. 파리에 가서 맛있는 걸 보내드려야겠어요."

그러더니 나지막하게 말했다. "뒤 루아 드 캉텔……. 우리가 결혼 인사장을 그렇게 돌려도 아무도 놀라지 않을 테니 두고 봐요. 당신 부모님 저택에서 일주일을 보내다 왔다고 해요."

그녀는 남편에게 다가가서 콧수염 끝에다 살짝 키스를 했다. "안녕, 제오!"

조르주는 아내의 허리 뒤로 손을 집어넣으며 대답했다. "안녕, 마드!"

 골짜기 아래로 아침 태양을 받으며 은색 리본처럼 펼쳐진 커다란 강, 하늘로 석탄 연기를 내뿜는 공장 굴뚝들, 옛 시가지 위로 솟은 뾰족한 종탑들이 멀어져 갔다.

2

 '뒤 루아' 부부는 이틀 전 파리로 돌아왔고, 남편은 일단 이전의 일을 그대로 하면서 앞으로 포레스티에가 하던 일을 넘겨받아 사회면 일을 그만두고 정치면에 전념할 때를 기다리기로 했다.

 그날 저녁 식사 시간에 조르주는 즐거운 마음으로 자기 아내의 전 남편이 살던 집으로 향했다. 빨리 아내를 안고 싶은 욕망이 솟았다. 그는 요즈음 아내의 육체적 매력과 알 수 없는 지배력에 빠져 있었다. 노트르담 드 로레트 거리 끝에서 꽃집을 지나다가 문득 아내에게 꽃다발을 사다 주면 좋겠다는 생각이 들었다. 그는 피어나기 시작한 장미를 굵게 묶어놓은 것을 한 다발 샀다. 갓 피어난 봉오리였지만 향기가 좋았다.

 그의 새집이 된 계단을 한 층 한 층 올라가며 거울에 비친 자기 모습을 볼 때마다 조르주는 이곳에 맨 처음 왔을 때가 생각났다.

 그는 열쇠를 가지고 있다는 것을 잊고 초인종을 눌렀다. 하인이 문을 열었다. 역시 아내의 의견에 따라 그대로 데리고 있기로 한 하인이었다.

 조르주가 물었다. "마님은 돌아오셨나?"
 "네, 오셨습니다."

식당을 지나던 조르주는 식기가 세 벌 차려져 있는 것을 보고 깜짝 놀랐다. 거실 문의 커튼이 올라가 있고, 마들렌은 벽난로 위의 화병에 장미 꽃다발을 꽂고 있었다. 조르주가 사 온 것과 똑같은 것이었다. 그는 기분이 상하고 짜증이 났다. 자기가 생각해 낸 것을, 자기의 관심을, 그렇게 해서 얻고자 한 즐거움을 누군가 훔쳐 가버린 것만 같았다.

조르주가 거실로 들어서며 물었다. "누굴 초대했소?"

아내는 돌아보지도 않고 계속 꽃을 매만지면서 대답했다. "그렇다고 할 수도 있고 아니라고 할 수도 있어요. 원래 월요일마다 오랜 친구인 보드렉 백작님이 우리 집에서 저녁 식사를 하시거든요. 늘 그렇듯이 오늘도 오시고요."

조르주가 나지막하게 말했다. "아! 그렇군!"

그는 꽃다발을 손에 든 채로 아내의 등 뒤에 서 있었다. 꽃다발을 감춰버리고 던져버리고 싶었다. 하지만 이렇게 말하고 말았다. "어! 나도 장미를 사 왔는데."

그녀가 바로 뒤를 돌아보며 함박웃음을 지었다. "이런 것까지 다 생각하다니 고마워요!"

마들렌은 몹시 기뻐하며 양팔과 입술을 내밀었다. 정말 좋아하는 것 같아서 조르주의 마음이 조금 풀렸다.

마들렌은 꽃을 받아 들고 향기를 맡더니 좋아서 어쩔 줄 모르는 어린애처럼 신이 나서는 조금 전 꽃을 꽂은 화병 맞은편 비어 있는 다른 화병에 새 꽃을 꽂았다. 그런 다음 이리저리 꽃을 살피며 말했다.

"정말 마음에 들어요! 이제 벽난로가 제대로 꾸며졌네요!"

이어 그녀는 확신에 찬 얼굴로 덧붙였다.

"당신 알아요? 보드렉 백작은 아주 좋은 분이에요. 당신도 그분과 금방 친해질 거예요."

그때 벨이 울렸다. 백작이 온 것이다. 백작은 자기 집처럼 아무렇지도 않은 듯 편안하게 들어섰다. 젊은 여인의 손에 정중하게 키스를 한 후 남편을 향해 몸을 돌리더니 역시 정중하게 손을 내밀었다.
"뒤 루아 씨, 안녕하십니까?"

이전에는 거만하게 점잔을 빼던 백작이 이렇게 상냥해졌다는 것은 상황이 전과 같지 않음을 말해 주는 것이었다. 놀란 조르주는 상대의 은근한 호의에 답하기 위해 친절하게 대하려고 노력했다. 오 분이 지나자 두 남자는 마치 십 년 전부터 서로 좋아하며 사귀어온 사이 같아 보였다.

마들렌이 환한 얼굴로 말했다. "두 분은 여기 계세요. 난 가서 음식 좀 살피고 올게요." 그녀는 두 남자의 시선을 뒤로하고 거실을 나갔다.

마들렌이 다시 왔을 때 두 남자는 연극 이야기를 하고 있었다. 그들은 새로 공연되는 연극에 대해 의견이 일치했다. 서로가 완벽하게 똑같은 생각을 가지고 있음을 안 두 남자의 눈 속에는 어느새 우정이 피어나고 있었다.

저녁 식사는 아주 즐거웠다. 서로 마음속 깊은 얘기를 하면서 화기애애한 분위기였다. 백작은 밤늦게까지 머물렀다. 이 집과 젊은 새 부부가 흡족했던 것이다.

백작이 떠나자 마들렌이 남편에게 말했다. "어때요, 완벽한 분이죠? 알아두면 정말 좋은 사람이에요. 확실하고 헌신적이고 신의 있는 좋은 친구죠. 아! 저분이 없었다면……."

마들렌은 말을 끝맺지 않았고 조르주가 대신 말했다.

"아주 좋은 사람이군. 나하고 마음이 잘 맞을 것 같소."

하지만 마들렌은 곧 말을 이었다. "그건 그렇고, 오늘 저녁 자기 전에 일을 좀 해야 해요. 저녁 먹기 전에 얘기를 했어야 하는데 바로 백작님이 오시는 바람에 못 했어요. 오늘 오후에 중요한 소식이 있었거든요. 모로코 소식이에요. 하원 의원이고 장차 장관이 될 라로슈 마티유 씨가 알려 줬어요. 멋진 기사를, 제대로 파문을 일으킬 만한 기사를 써야 해요. 사실과 필요한 통계자료는 내가 다 가지고 있으니까 이제 바로 일을 시작해요. 자, 램프 가져올래요?"

조르주는 램프를 가져왔고 부부는 서재로 들어갔다.

서가에는 이전과 똑같은 책들이 꽂혀 있고, 제일 위에는 포레스티에가 죽기 전날 주앙 만에서 산 화병 세 개가 놓여 있었다. 테이블 밑에는 역시 고인이 사용하던 털 매트가 조르주의 발을 기다리고 있었다. 조르주는 자리에 앉아 포레스티에가 끝을 이빨로 물어뜯어 놓은 상아 펜대를 잡아 들었다.

마들렌은 담배에 불을 붙여 들고 벽난로에 기대서 모로코 소식에 대해 말했고, 그에 대해 어떻게 생각하는지 그리고 기사를 어떤 식으로 쓰면 좋을지에 대해서 이야기했다.

조르주는 아내의 말에 귀를 기울이며 메모를 긁적거렸다. 그런 다음에는 반론을 제기하고 문제를 다시 검토하고 확대함으로써, 단순한 기사가 아니라 현 내각에 반대하는 의견 몰이를 준비했다. 이번 공격이 그 시작이 될 것이다. 마들렌은 담배도 꺼버렸다. 남편의 생각을 따라가면서 더 넓게 더 멀리 볼 수 있게 된 마들렌은 이 일이 너무도 흥미로웠던 것이다.

남편이 말하는 동안 그녀가 이따금 중얼거렸다. "맞아요……. 맞아……. 좋아요……. 훌륭해……. 아주 정확해요……."

남편의 얘기가 끝나자 이렇게 말했다. "이제 쓰기 시작하죠."

조르주는 여전히 첫 시작을 어려워했고 적당한 말을 찾지 못했다. 그러자 마들렌이 조용히 다가와 그의 어깨 위로 몸을 숙이고는 귀에 대고 나지막하게 문장을 불러주었다.

마들렌은 도중에 망설이면서 남편에게 물었다. "이 말이 하고 싶은 게 맞아요?"

그가 대답했다. "맞소. 바로 그거요."

마들렌은 날카로운 필치로, 여인의 독기 어린 필치로 총리를 공격했다. 그녀는 또 총리의 얼굴 모습과 정책을 연관해 조롱했는데, 읽다 보면 재미있어 웃으면서도 동시에 그 정확한 관찰에 감탄할 만한 것이었다.

몇 군데는 조르주가 몇 줄을 보태어 공격의 효과를 더 깊고 강력하게 만들었다. 사실 그는 겉과 속이 다르게 암시하는 기술을 가지고 있었다. 그동안 사회면을 자극적으로 만드느라 익힌 것이었다. 마들렌이 확실하다고 믿는 것 중에서도 의심스럽거나 위험하다고 생각되는 것이 있으면 조르주는 탁월한 능력을 발휘하여 직접 말하기보다는 짐작하게 만들었고, 그렇게 해서 단정적으로 말했을 때보다 오히려 더 강한 효과를 낼 수 있었다.

기사를 다 쓴 다음 조르주는 낭독을 하듯 큰 소리로 읽어 내려갔다. 부부는 기사가 훌륭하다는 데 의견이 일치했고, 서로 상대의 진가를 확인했다는 듯 놀라워하면서 기쁨에 겨워 마주 보고 웃었다. 그들은 몸과 마음으로 사랑의 열기를 주고받으며 와락 껴안았다.

남편이 다시 램프를 들고 눈을 번득이며 말했다. "이제 자러 가야지."

아내가 대답했다. "자, 주인님, 앞장서시죠. 길을 밝혀야죠."

조르주가 앞장섰고, 마들렌은 남편이 제일 겁내는 대로 손가락 끝으로 웃옷의 깃과 머리카락 사이의 목을 간질이며 빨리 가라고 재촉했다.

기사는 조르주 뒤 루아 드 캉텔의 이름으로 나갔고, 요란한 입소문과 함께 퍼져 나갔다. 의회에서도 큰 파문이 일었다. 왈테르 영감은 뒤 루아를 치하하며 《라 비 프랑세즈》의 정치국 책임자로 임명했다. 사회면은 부아르나르의 몫이 되었다.

《라 비 프랑세즈》는 그렇게 국정을 이끄는 내각에 대해 능란하면서도 격렬한 공격을 퍼붓기 시작했다. 풍부한 정보를 바탕으로 교묘하게 이어진 공격은 때로는 빈정거리며 때로는 진지하게, 또 때로는 농담처럼 즐겁게 때로는 신랄하게, 단호하고 지속적으로 이어졌다. 놀라지 않는 사람이 없을 정도였다. 다른 신문들은 잇달아 《라 비 프랑세즈》를 인용했고, 몇 문장을 통째로 옮겨 쓰기도 했다. 정치인들은 차라리 이 낯설고 집요한 적한테 한자리 마련해 주고 입을 다물게 하는 게 낫지 않겠느냐며 방법을 궁리했다.

뒤 루아는 정치단체 사이에서 유명 인사가 되었다. 그는 사람들이 악수를 할 때 힘을 주는 정도와 모자를 벗는 태도에서 자신의 영향력이 커지고 있음을 실감했다. 또한 그는 아내가 상당히 총명하고 정보를 능숙하게 다루며, 아는 사람도 상당히 많다는 사실에 놀라움과 경탄을 보내지 않을 수 없었다.

저녁에 뒤 루아가 집으로 돌아오면 거실에는 늘 하원 의원이나 법관, 장군이 와 있었고, 모두 마들렌을 오랜 친구처럼 대했다. 도대체 어디서 이 사람들을 알게 된 것일까? 그녀는 모두 사교계에서 알게 된 사람들이라고 말했다. 설사 그렇다 해도 어떻게 저들의 신뢰와 애정을 얻을 수 있었을까? 뒤 루아는 잘 납득이 가지 않았다.

'굉장한 외교관이 됐을 여자야.' 뒤 루아는 이렇게 생각했다.

마들렌이 저녁 식사 시간에 숨을 헐떡이며 늦게 들어오는 일도 많았다. 얼굴이 벌겋게 상기되어서는 미처 베일도 들어 올리기 전에 이야기부터 시작했다. "오늘 아주 맛있는 걸 물어 왔어요. 법무 장관이 합동 위원회의 법관 두 명을 임명했다는군요. 두고두고 기억할 만큼 한번 제대로 두들겨주죠."

부부는 장관을 제대로 두들겼다. 그다음 날도 두들겼고, 그다음 날 또 두들겼다. 월요일마다 찾아오는 보드렉 백작이 일주일을 시작하고 나면 화요일마다 퐁텐 거리로 저녁을 먹으러 오는 하원 의원 라로슈 마티유가 신이 나 호들갑을 떨면서 뒤 루아 부부와 힘차게 악수를 했다. "그래. 아주 제대로 쳤더군요. 그래도 성공을 못 하면 그다음엔 어떻게 하는 게 좋을까요?"

라로슈 마티유는 오래전부터 노리고 있던 외무 장관직을 따내려고 혈안이 되어 있었다.

그는 확실한 신념도 없고 특별한 수완도 없는, 대범하지도 않고 깊은 지식도 없는, 여러 얼굴을 가진 정치인 부류에 속했다. 도청 소재지 정도에서 활약하는 지방 변호사 출신으로, 완전히 다른 정당들을 이리저리 교활하게 오가는, 말하자면 공화파 제주이트[14]였다. 그는 보통선거라는 민중의 비료를 양분 삼아 수백 개씩 자라나는 버섯처럼 그 근본을 알 수 없는 벼락출세한 정치인이었다.

작은 동네에서 익힌 라로슈 마티유의 권모술수는 동료들 사이에서 제법 잘 통했다. 어차피 모두가 실패자와 낙오자들이며, 원래 그런 사람들이 하원 의원이 되는 법이다. 라로슈 마티유는 예의 바르면서 사람들과 잘 사귀는 능력을 바탕으로 성공할 수 있었다. 비록 현재의 고위 공직자들이 모이는 사교계라는 것이 뒤죽박죽 뒤섞여 있는 별로 세련되지 못한 모임이었지만, 어쨌든 그는 사교계에서도 평판이 좋았다.

다들 그에 대해서 입을 모아 말했다. "라로슈는 장관이 될 거야." 라로슈 역시 자기가 장관이 되리라고 누구보다도 굳게 믿고 있었다.

그는 또한 왈테르 영감의 신문사 대주주였고, 왈테르는 여러 금융 관련 사업에서 그의 동료이자 동맹군이었다.

뒤 루아는 라로슈 마티유를 신뢰했고 또 장래에 대한 막연한 희망 때문에 지지했다. 사실 그것은 포레스티에가 벌어놓은 일을 이어받은 것이다. 라로슈 마티유는 자기가 승리하게 되면 포레스티에에게 훈장을 받게 해주겠다고 약속했던 것이다. 이제 훈장은 마들렌의 새 남편의 가슴에 달리게 될 것이다. 그뿐이다. 아무것도 바뀌지 않았다.

주위 사람들도 바뀐 것이 없음을 분명하게 알 수 있었다. 그래서 뒤 루아의 동료들은 그를 놀려댔고, 뒤 루아는 그 때문에 화가 나기 시작했다.

심지어 사람들은 그를 포레스티에라고 불렀다.

뒤 루아가 신문사에 들어서면 누군가 "어이! 포레스티에."라고 불렀다.

뒤 루아가 못 들은 척하고 우편함에서 편지를 꺼내면, 목소리가 좀 더 커졌다. "어이! 포레스티에." 그리고 여기저기서 웃음이 터졌다.

뒤 루아가 사장실까지 갈 때쯤이면 조금 전 불렀던 동료가 붙잡으며 말했다.

"오! 미안하네. 자네한테 할 말이 있었던 건데. 바보 같은 일이지만 늘 자네하고 불쌍한 포레스티에가 혼동되거든. 자네가 쓴 글이 포레스티에의 글하고 너무 비슷해서 말이야. 다들 헷갈린다네."

아무 대꾸도 하지 않았지만 뒤 루아는 무척 당황했다. 그리고 마음속에서 죽은 친구에 대한 분노가 치밀어 올랐다.

왈테르 영감까지도 정치면의 새 책임자가 쓰는 글이 이전의 글과 내용과 스타일 모두 너무 비슷하다는 말을 들으면 이렇게 대답했다. "그래요. 포레스티에와 똑같더군요. 좀 더 깊어지고 좀 더 힘 있고 좀 더 신랄해졌지만요."

어느 날 우연히 빌보케 장을 연 뒤 루아는 전임자인 포레스티에의 빌보케 손잡이에 상장(喪章)이 달려 있고, 뒤 루아가 생포탱에게 배우며 연습할 때 쓰던 빌보케에는 작은 분홍색 리본이 달려 있는 것을 보았다. 빌보케들은 크기순으로 한 줄로 진열되어 있었고, 미술관의 안내문처럼 이런 말이 붙어 있었다.

포레스티에 상회의 소장품. 포레스티에-뒤 루아로 명의변경되었음. 정부 보증 없음. 반영구적 물품으로, 여행을 포함한 모든 상황에서 사용 가능함.

뒤 루아는 조용히 장문을 닫으면서 일부러 다 들리도록 크게 말했다. "어딜 가나 꼭 멍청한 놈들이 시기를 하지."

하지만 그는 자존심이 상했다. 그의 자만심, 글 쓰는 사람들이 지니는 까다로운 자만심, 취재기자나 천재 시인이 그렇듯 신경질적으로 예민한 감수성이 늘 곤두서 있게 만드는 자만심이 상처를 입었다.

뒤 루아는 '포레스티에'라는 말을 들으면 귀가 찢기는 것 같았다. 그 말을 듣는 것이 무서웠고, 듣고 있노라면 얼굴이 벌겋게 달아올랐다.

뒤 루아에게 있어서 포레스티에라는 이름은 진정 가슴을 후벼 파는 조롱이었다. 아니, 조롱 이상의 것으로 사실상 모욕에 가까웠다. 그 이름은 뒤 루아한테 소리를 질러댔다. "네 아내는 예전에 전남편의 일을 했던 것처럼 이제 네 일을 하는 거잖아. 넌 그 여자가 없으면 아무것도 아니야."

뒤 루아는 마들렌 없는 포레스티에는 아무것도 아니었을 것이라고 생각했다. 하지만 자기는 달랐다!

집으로 돌아온 후에도 포레스티에 생각이 머릿속을 떠나지 않았다. 이제 온 집 안이, 가구와 장식품 일체가, 손에 닿는 모든 것이 죽은 포레스티에를 떠올리게 했다. 처음에는 생각지도 못했던 문제였다. 하지만 동료들에게 놀림을 받으면서 그의 마음속에 상처가 생겨났고, 그동안 아무렇지도 않게 지나치던 자질구레한 일들이, 그 수없이 많은 일들이 이제는 상처를 덧나게 했다.

뒤 루아는 물건을 잡을 때마다 그 위에 샤를의 손이 놓여 있는 기분이 들었다. 그러니까 그가 바라보고 만지는 것은 어느 것이나 이전에 샤를이 보고 만지던 것이었으며, 샤를이 산 것이고, 좋아하고 소유하던 것이었다. 이제 뒤 루아는 자기 친구와 자기 아내의 예전 관계를 떠올리기만 해도 화가 났다.

때때로 뒤 루아는 자기가 왜 이렇게 화를 내고 있는지 스스로도 놀라웠다. 전혀 이해할 수 없는 일이었다. 그는 생각해 보았다. '도대체 어떻게 된 일이지? 난 마들렌이 누구와 사귀든 조금도 질투하지 않아. 무슨 일을 하는지 걱정되지도 않고. 마들렌은 자기 맘대로 들락날락하잖아. 그런데 왜 빌어먹을 샤를만 생각하면 이렇게 화가 나는 거야!'

마음속으로 이렇게 덧붙였다. '어차피 멍청한 놈인데. 아마 그래서 더 속이 상하는 건지도 몰라. 마들렌이 그런 바보 같은 놈과 결혼했었다는 사실이 화가 나는 거지.'

뒤 루아는 끊임없이 자문했다. '마들렌이 어떻게 단 한순간이라도 그런 모자라는 놈을 좋아할 수 있었지?'

수많은 사소한 일들이 매일같이 뒤 루아의 마음을 바늘처럼 찔러 댔다. 마들렌이 던지는 한마디 한마디가 그랬고, 하인이나 하녀의 말 한마디에도 끊임없이 샤를이 되살아났다. 그렇게 뒤 루아의 원한은 나날이 커져 갔다.

어느 날 저녁 단 음식을 좋아하는 뒤 루아가 물었다. "왜 우린 앙트르메[15]를 안 먹는 거지? 한 번도 안 해주는 것 같군."

마들렌이 환하게 웃으며 대답했다. "그러네요. 생각 못 했어요. 샤를은 굉장히 싫어해서……."

그 순간 참을 수 없이 짜증이 치민 뒤 루아가 아내의 말을 자르며 말했다.

"아! 정말 이제 그놈의 샤를, 아주 지긋지긋하오. 이래도 샤를, 저래도 샤를, 샤를이 이걸 좋아했고, 샤를이 저걸 좋아했고 말이야. 샤를은 죽었으니까 이제 좀 그냥 내버려 두는 게 어떻겠소?"

마들렌은 깜짝 놀라 남편을 쳐다보았다. 갑자기 남편이 왜 화를 내는지 이해할 수가 없었다. 그러나 워낙 영리한 마들렌은 남편의 마음속에서 일어나고 있는 일을 어느 정도 짐작할 수 있었다. 샤를이 떠오를 때마다 죽은 사람을 향한 질투가 매 순간 조금씩 커가고 있는 것이다.

 마들렌은 남편의 상태가 유치하다고 생각했고, 그러면서도 별로 기분이 나쁘지 않았다. 그녀는 아무 대답도 하지 않았다.

 뒤 루아는 속마음을 감추지 못하고 화를 내버렸다는 사실이 속상했다. 저녁에 부부는 다음 날 필요한 기사를 썼다. 뒤 루아는 털 매트가 짜증이 났다. 뒤집어 버리려고 했지만 잘 되지 않자 발로 차서 한쪽으로 밀어버렸다. 그런 다음 웃으며 물었다.

 "샤를은 늘 발이 시려워했소?"

 마들렌도 웃으며 대답했다. "감기 걸릴까 봐 벌벌 떨었죠. 폐가 좋지 않았으니까."

 뒤 루아가 잔인하게 말했다. "뭐, 제대로 증명해 보였군." 그리고 다시 다정하게 말했다. "나로선 다행이지." 그러면서 아내의 손에 입을 맞췄다.

 하지만 여전히 샤를의 생각을 떨쳐 버리지 못한 뒤 루아는 잠자리에 들면서 다시 또 물었다.

 "샤를은 귀에 바람이 들어가지 않게 면 모자를 쓰고 잤소?"

 마들렌은 농담을 받아치며 대답했다. "아뇨. 마드라스[16]를 이마에 묶고 잤어요."

 뒤 루아는 어깨를 들먹이며 경멸을 담은 목소리로 말했다. "바보같으니!"

 이제 샤를은 늘 그의 입에 오르내렸다. 그는 무슨 일에든 샤를을 들먹였고, 그때마다 한없이 동정하는 어조로 "불쌍한 샤를."이라고 말했다.

 신문사에서 두세 번 자기를 포레스티에라고 부르는 소리를 듣고 나서 집으로 돌아오면 뒤 루아는 죽은 친구에게 증오 가득한 조소를 보내며 무덤 속까지 따라가서 복수를 했다. 그는 샤를의 결점과 우스꽝스럽던 모습, 옹졸하던 모습 등을 신이 나서 들먹였고, 마치 아내의 마음속에 남아 있는 두려운 연적의 힘을 공격하는 사람처럼 그 것들을 더 키우고 부풀렸다.

뒤 루아가 말했다. "왜 있잖소, 마드. 멍청한 포레스티에가 언젠가 뚱뚱한 남자들이 마른 남자들보다 더 힘이 좋다는 걸 증명할 수 있다고 우기던 것 기억나오?"

이어 뒤 루아는 죽은 친구에 대해 비밀스러운 부부간의 일까지 시시콜콜 알고 싶어 했다. 마들렌은 거북해하며 대답을 피했지만 그는 계속 우겨댔다.

"얘기 좀 해보지. 자, 그 얘기 좀 해달라니까. 그럴 때 샤를은 아주 우스꽝스러웠겠지?"

마들렌이 들릴 듯 말 듯하게 대답했다. "그만해요. 이제 샤를은 좀 그냥 둬요."

뒤 루아가 다시 말했다. "안 돼! 말해 달라니까! 그 바보가 침대에서는 정말로 멍청했을 것 같은데!"

그런 다음 매번 같은 결론을 내렸다. "병신 같은 놈!"

6월 말의 어느 날이었다. 밤에 창가에 서서 담배를 피우던 뒤 루아는 날씨가 너무 더워서 산책을 하고 싶었다.

그가 아내에게 물었다. "마드, 불로뉴 숲에 산책하러 가겠소?"

"좋죠."

부부는 덮개 없는 삯마차를 타고 샹젤리제로 갔고 다시 부아 드 불로뉴 대로로 접어들었다. 바람 한 점 없는 밤이었다. 후끈 달아오른 공기가 용광로에서 나오는 연기처럼 사람들의 폐 속으로 들어오는, 한증막 같은 날씨였다. 삯마차들이 떼를 지어 연인들을 나무 그늘로 데려갔다. 마차들이 그야말로 끝없이 지나갔다.

뒤 루아와 마들렌은 마차 안에서 서로 껴안고 지나가는 연인들을 보며 재미있어했다. 여자들은 모두 환한 드레스를, 남자들은 어두운 색 옷을 입고 있었다. 타는 듯이 더운 밤, 별이 총총한 밤에 줄줄이 이어진 마차의 행렬은 흡사 불로뉴 숲으로 흐르는 거대한 강줄기 같았다. 사방에 길 위를 구르는 육중한 마차 바퀴 소리밖에 들리지 않았다. 끝없이 지나가는 마차들 안에는 남녀가 좌석 쿠션에 드러누워 말없이 서로를 부둥켜안고는 다가올 육체의 결합을 기다리며 욕정의 환각에 취해 있었다. 무더위를 실은 어둠이 바야흐로 남녀의 입맞춤으로 가득 차 있는 것 같았다. 애틋한 애정이 여기저기 떠다니고 동물적 욕정이 사방으로 퍼지면서 공기는 더욱 숨 막힐 듯 무거워졌다. 다들 쌍쌍이 붙어서 같은 생각과 같은 열정에 취해 있었고, 그 열기가 사방으로 퍼져 나갔다. 욕정을 싣고 달리는 마차 위에서는 다정한 애무가 흩날렸고, 그렇게 마차가 지난 자리에는 섬세하게 떨리는 관능의 숨결 같은 것이 맴돌았다.

뒤 루아와 마들렌도 다정한 연정의 공기에 전염되기 시작했다. 짓누르는 듯 무거운 공기와 마음을 휩싸는 흥분 때문에 가슴이 답답해진 두 사람은 말없이 살짝 손을 잡았다.

성벽에 이어진 모퉁이를 돌아설 때 두 사람은 서로 껴안았다. 마들렌이 겸연쩍은 듯 웅얼거렸다. "지난번 루앙에 갈 때처럼 또 어린애가 돼버렸네요."

마차 행렬은 숲 입구에서 둘로 나뉘었다. 이들이 택한 호수 쪽 길은 마차가 좀 뜸했다. 주위는 나무가 빽빽하게 늘어서 있어서 약간 어두웠고, 우거진 나뭇잎들이 생기를 불어넣고 있었다. 나뭇가지 아래 여기저기 흐르는 개울물 소리도 활기를 더했다. 널찍한 공간에 별이 가득한 밤이 펼쳐진 상쾌한 장소였다. 이 모든 분위기가 마차 안에서 껴안고 있는 연인들의 키스에 좀 더 짜릿한 매력과 신비로운 그늘을 만들어주었다.

뒤 루아가 아내를 꽉 껴안으면서 나지막하게 말했다. "오! 내 사랑 마드."

마드가 말했다. "당신 집에 갔을 때 그 숲 기억나요? 어찌나 을씨년스럽던지. 끔찍한 짐승들이 우글대는 것 같고 숲이 끝없이 이어진 것 같았어요. 하지만 여긴 멋지잖아요. 바람은 어루만지는 것처럼 부드럽고, 이 숲의 끝에 가면 세브르[17]가 있다는 것도 알고 있고요."

뒤 루아가 대답했다. "오! 우리 동네 숲에는 사슴하고 여우, 다람쥐, 멧돼지, 이런 것밖에 없소. 여기저기 숲지기의 오두막이 있고."

숲지기, 그러니까 '포레스티에'[18]라는 말이 자기 입에서 나오는 순간 뒤 루아는 누군가 덤불숲 속에서 이 이름을 외치기라도 한 것처럼 화들짝 놀랐다. 그는 도무지 사라지지 않는 알 수 없는 불쾌감에 사로잡혀, 얼마 전부터 그의 삶을 망치고 있는, 가슴을 갉아먹고 있는, 떨칠 수 없이 짜증스러운 질투심에 휩싸여 갑자기 입을 다물었다.

잠시 후 마들렌에게 물었다. "샤를하고도 저녁에 이리로 산책 나온 적이 있었소?"

마들렌이 대답했다. "물론이죠. 자주 왔어요."

뒤 루아는 집에 돌아가고 싶었다. 신경질이 나면서 당장에라도 돌아가고 싶고 가슴이 죄어오는 것 같았다. 포레스티에의 모습이 머릿속에 들어와서 그를 사로잡고 숨 막히게 움켜쥐고 있는 것만 같았다. 이제 머릿속에는 온통 포레스티에뿐이었고, 포레스티에 얘기 말고는 아무것도 할 수가 없었다.

뒤 루아가 심술궂은 어조로 물었다. "이봐, 마드."

"왜요?"

"샤를 몰래 바람피운 적 있소?"

마들렌이 상대를 경멸하는 듯한 어조로 나지막하게 대답했다. "참, 바보같이, 지겹지도 않아요?"

하지만 뒤 루아는 집요했다.

"이봐, 나의 마드. 솔직히 말해 보라니까. 고백해 보라고. 샤를 몰래 바람피운 적 있소? 그런 적 있소?"

마들렌은 어떤 여자라도 충격받을 수밖에 없는 말이 남편의 입에서 나왔다는 것이 놀라워서 아무 말도 하지 못했다.

뒤 루아가 다시 말했다.

"제길! 아내가 바람날 만한 남자라면, 샤를이 딱 맞잖소. 맞아! 그렇고말고! 포레스티에가 오쟁이 진 적이 있는지 알면 정말 재미있을 것 같단 말이오. 그래, 그 인간은 아주 멍청하게 순진한 얼굴을 하고 있었지."

뒤 루아는 아내가 무언가를 떠올리고 빙그레 웃는 것 같았다. 그는 다시 채근했다.

"이것 봐. 말해 보라니까! 무슨 상관이오? 샤를 몰래 바람피운 것을 나한테 고백하면 오히려 재미있잖소. 해보라니까!"

뒤 루아는 샤를이, 그 끔찍한 샤를이, 죽었지만 가증스러운 그가, 끔찍하게도 싫은 그가 우스꽝스러운 수치를 뒤집어썼으면 했다. 그것을 기대하면서, 간절히 바라면서, 온몸이 떨렸다. 하지만…… 그와 동시에 알 수 없는 또 다른 마음의 혼란이 고개를 들면서 사실을 알고 싶은 욕망을 부추겼다.

그가 되풀이해 말했다. "마드, 내 사랑 마드. 부탁이오. 말해 주오. 샤를은 그런 걸 당해도 싼 남자인데, 뭘. 그런 것 한 번 안 안겨 줬다면 오히려 당신이 잘못한 거요. 자, 마드. 말해 봐."

마들렌은 이제 남편이 집요하게 조르는 것을 재미있어하는 것 같았다. 중간중간 짧게 웃기까지 했다.

뒤 루아는 입술을 아내의 귀에 바싹 가져다 대고 졸랐다. "자…… 자…… 말해 보라니까……."

마들렌이 몸을 홱 빼면서 불쑥 대답했다.

"당신 정말 바보 같아요. 이런다고 대답할 여자가 어디 있어요?"

어조가 너무나도 야릇한 마들렌의 말을 듣는 순간 뒤 루아의 혈관 속으로 차가운 전율이 흘렀다. 그는 너무 놀라 멍하니 있었다. 심한 충격을 받은 사람처럼 숨을 쉬기도 힘들었다.

이제 마차는 호숫가를 달리고 있었다. 하늘이 별들을 하나씩 하나씩 호수 위에 뿌려놓은 것 같았다. 주위가 어두워서 백조 두 마리가 천천히 헤엄치고 있는 모습이 희미하게 보였다.

뒤 루아가 마부에게 소리쳤다. "돌아갑시다!" 마차는 느릿느릿 다가오고 있는 다른 마차들과 마주치면서 집으로 향했다. 스쳐가는 마차들에 달린 커다란 등잔이 흡사 불로뉴 숲을 뒤덮은 밤의 눈동자 같았다.

마들렌의 말투는 정말 이상하지 않은가! 뒤 루아는 생각했다. '그러니까 고백이었나?' 그러자 이제는 아내가 첫 남편 몰래 바람을 피운 게 확실하다는 생각이 그를 미친 듯이 화나게 만들었다. 아내를 두들겨 패고 목을 조르고 머리카락을 뽑아버리고 싶었다!

만일 마들렌이 "여보. 내가 샤를 몰래 바람을 피울 수밖에 없었다면 그건 바로 당신하고였겠죠." 하고 대답했더라면 얼마나 좋았을까. 키스를 해주고 꼭 껴안아 주고 사랑해 주었을 것이다!

뒤 루아는 팔짱을 끼고 하늘을 쳐다보며 꼼짝하지 않았다. 너무나 혼란스러워서 아무것도 생각할 수 없었다. 그저 마음속에서 원한이 익어가고 분노가 커가고 있다는 느낌뿐이었다. 여자의 변덕스러운 욕정 앞에서 어느 남자라도 피하기 힘든 분노가 그의 가슴속에 똬리를 틀기 시작한 것이다. 그는 처음으로 아내를 의심하는 남편의 불안에 시달렸다! 그러니까 뒤 루아는 질투에 빠진 것이다. 그는 죽은 남편을 대신해서, 포레스티에를 대신해서 질투를 하고 있는 것이다! 아주 야릇한, 가슴을 헤집는 질투였다. 그리고 불현듯 마들렌을 향한 증오가 치솟기 시작했다. 다른 남편을 속인 여자를 어떻게 믿을 수 있단 말인가!

차차 마음이 가라앉고 고통에 좀 둔감해지자 뒤 루아는 이렇게 생각했다. '여자들이란 모두 창녀일 뿐이다. 그냥 써먹고 말아야지, 절

대 진심을 내주면 안 된다.'

쓰디쓴 마음이 경멸과 혐오를 담은 말이 되어 입술로 올라왔다. 하지만 결코 그 말을 내뱉지는 않았다. 그저 마음속으로 되씹었다. '세상은 강자들의 것이다. 강자가 되어야 한다. 모두를 밟고 올라서야 한다.'

마차가 속도를 냈다. 성벽을 지났다. 뒤 루아는 앞쪽 하늘에 불그스레한 기운을, 거대한 용광로에서 나오는 희미한 불빛 같은 것을 보았다. 수없이 많은 서로 다른 소리가 뒤섞여 알 수 없는 소리로 들려왔다. 어떤 것은 희미하게 들렸고, 어떤 것은 가까이, 또 어떤 것은 멀리 들렸다. 삶이 모호하고 거대하게 고동치는 소리였고, 이 여름밤에 피로에 지친 거인 같은 도시 파리가 숨을 쉬는 소리였다.

뒤 루아는 생각에 빠져들었다. '이런 일로 발끈하다니 멍청한 짓이다. 각자 자기 방식대로 사는 것 아닌가. 어차피 대범한 자들이 승리를 쟁취한다. 결국 모든 게 이기심 아닌가. 여자와의 사랑을 얻기 위해 이기적인 것보다는 야망과 성공을 얻기 위해 이기적인 편이 훨씬 낫다.'

도시 입구에 에투알 광장의 개선문이 보였다. 두 다리를 벌리고 선 개선문은 흡사 거인이 눈앞에 펼쳐진 널찍한 가로수 길을 걸어 내려가려고 하는 것 같았다.

뒤 부아와 마들렌은 연인들이 떨어질 줄 모르며 말없이 얼싸안고 집으로, 고대하던 잠자리로 돌아가는 행렬 속에 있었다. 마치 이 세상 모든 사람들이 기쁨과 쾌락과 행복에 취해서 옆을 지나고 있는 것 같았다.

남편의 마음속에 무슨 일인가 일어나고 있다는 것을 눈치챈 마들렌이 부드러운 목소리로 물었다.

"무슨 생각해요? 삼십 분 동안 한마디도 안 했잖아요."

뒤 루아가 냉소적인 목소리로 대답했다. "껴안고 있는 저 바보 같은 인간들 생각을 하는 중이었소. 삶에서 중요한 할 일은 따로 있는데 하고 생각했지."

마들렌이 나지막하게 말했다. "그래요……. 하지만 때로는 저것도 좋잖아요."

"좋지……. 좋아……. 뭐, 더 좋은 다른 게 없을 때라면 말이야!"

적의 가득한 분노에 빠진 뒤 루아의 생각은 인생이 두르고 있는 시정(詩情)의 옷을 벗겨 내면서 더욱 멀리 치달았다. '얼마 전부터 난 너무 바보 같았어. 괜히 거북해하고, 내 것을 누리지 못하고, 혼란스러워하고, 근심 걱정에 빠지고, 마음을 갉아먹혔어. 정말 바보같이!' 그러자 뒤 루아는 샤를과 화해한 것 같았다. 두 사람이 다시 친구가 된 것이다. 그는 친구에게 "잘 있었나, 자네." 하고 인사를 건네고 싶었다.

남편이 입을 열지 않자 옆에서 거북해진 마들렌이 물었다. "집에 들어가기 전에 토르토니 가게에 가서 아이스크림 좀 먹어요."

뒤 루아는 아내를 곁눈으로 살폈다. 화환처럼 늘어뜨려 놓은 음악 카페의 환한 가스등 불을 받은 아내의 금발의 옆모습이 보였다.

그는 생각했다. '이 여자는 아름다워! 아주 다행이지. 그래, 우린 막상막하야. 앞으로 누가 무슨 짓을 한들, 북극이 더워지는 날이 올지언정, 다시는 너 때문에 힘들어하지는 않으리.'

뒤 루아가 대답했다. "좋은 생각이오, 여보." 그는 아내가 이상한 낌새를 눈치채지 못하도록 바로 키스를 했다.

하지만 마들렌은 남편의 입술이 얼음처럼 차가운 것을 느꼈다.

카페 계단 앞에서 아내를 내려주느라 손을 내밀 때 뒤 루아는 평상시와 똑같은 미소를 띠고 있었다.

3

다음 날 신문사에 들어서자마자 뒤 루아는 부아르나르를 찾았다.
"부탁이 있습니다. 얼마 전부터 다들 나를 포레스티에라고 부르는 게 재미있나 봅니다. 하지만 난 이제 짜증이 납니다. 부탁인데, 나 대신 좀 전해 주겠습니까? 앞으로 나를 놀리는 인간이 있으면 바로 따귀를 날려 버리겠다고 말입니다. 그리고 그런 농담이 검으로 결투를 할 만한 일인지 아닌지도 잘 생각해 보라고 하고요. 당신은 워낙 침착하니까 불미스러운 사태에 이르지 않게 해줄 것 같아서 부탁하는 겁니다. 또 지난번 내가 결투할 때 증인이 되어주기도 했고요."

부아르나르가 그 일을 맡기로 했다.

뒤 루아는 볼일이 있어 신문사 밖으로 나갔다가 한 시간 후에 돌아왔다. 아무도 그를 포레스티에라고 부르지 않았다.

뒤 루아가 집으로 돌아오니 거실에서 여자들의 목소리가 들렸다. 그가 물었다. "누구지?"

하인이 대답했다. "왈테르 부인과 드 마렐 부인이 오셨습니다."

당황한 뒤 루아는 가슴이 조금 두근거렸다. 하지만 바로 스스로에게 말했다. '자, 괜찮아.' 그런 다음 문을 열었다.

클로틸드는 벽난로 구석에 앉아 창문으로 들어오는 햇살을 쬐고 있었다. 뒤 루아를 보니 얼굴이 조금 창백해지는 것 같았다. 그는 우선 왈테르 부인과 어머니 양쪽에 보초처럼 앉아 있는 딸들에게 인사를 했다. 이어 옛 정부에게 다가갔다. 클로틸드가 손을 내밀었고, 그는 "난 아직도 당신을 사랑하오."라는 말을 하려는 듯 힘주어 그 손을 잡았다. 클로틸드가 손에 힘을 주며 응답했다.

뒤 루아가 물었다. "정말 못 본 지 오래됐군요. 그동안 잘 지내셨습니까?"

클로틸드가 서슴없이 대답했다. "물론이죠. 당신은 어떠셨어요? 벨아미?"

그러면서 고개를 돌려 마들렌에게 물었다. "벨아미라고 불러도 되죠?"

"당연하죠. 뭐든 뜻대로 하세요."

마들렌의 말에는 빈정거림이 숨어 있는 것 같았다.

왈테르 부인은 자크 리발이 독신으로 사는 집에서 파티를 한다는 얘기를 했다. 성대한 검술 시합이 열릴 예정이고, 사교계의 여자들도 참석할 거라고 했다. 그러면서 이렇게 덧붙였다. "정말 재미있을 것 같죠. 하지만 아쉽게도 그때는 남편이 없을 거라 우리를 데려가 줄 사람이 없네요."

뒤 루아가 서슴없이 자기가 가겠다고 나섰다. 왈테르 부인도 좋다고 하면서 인사를 했다. "딸들과 제가 무척 고맙게 생각합니다."

뒤 루아는 왈테르의 두 딸 중 동생을 보면서 생각했다. '쉬잔이 제법 괜찮은걸. 괜찮아.' 쉬잔은 가냘픈 금발 인형 같았다. 키가 작기는 했지만, 가는 허리와 엉덩이 그리고 가슴이 제법 고운 곡선을 그렸다. 얼굴은 작은 모형 인형 같고, 붓으로 그려 넣은 청회색 칠보 같은 눈은 세심하지만 자유로운 상상력을 지닌 화가가 색조를 배합해 놓은 듯했다. 매그럽게 윤이 나는 뽀얀 살결은 티 하나, 불그스레한 곳 하나 없이 깨끗했다. 곱슬곱슬하게 흐트러진 머리카락은 공들여 다듬은 수풀 같고 가볍게 떠 있는 구름 같아서, 마치 어린 계집아이들이 들고 다니는 자기 몸보다 더 큰 고급 인형의 머릿결처럼 아름다웠다.

언니인 로즈는 못생겼고, 아무런 특징 없이 볼품없는 얼굴이었다. 사람들이 별로 쳐다보지도 않고 말을 걸지도 않고 또 이야깃거리도 되지 못하는 그런 아가씨였다.

어머니가 일어서더니 뒤 루아 쪽을 돌아보며 말했다. "다음 목요일에 부탁드릴게요. 2시에 뵙죠."

뒤 루아가 대답했다. "염려 마십시오."

왈테르 부인이 떠나자 드 마렐 부인도 바로 일어섰다. "그럼 안녕히 계세요. 벨아미."

이번에는 클로틸드가 뒤 루아의 손을 한참 동안 힘주어 잡고 있었다. 뒤 루아는 상대의 말없는 고백에 가슴이 뭉클했고, 불현듯 착한 아이 같고 자유분방한 이 귀여운 부르주아 여인을 향해 애정이 샘솟았다. 어쩌면 이 여자는 정말로 자기를 사랑하는지도 모른다는 생각이 들었다.

'내일 찾아가 봐야겠군.' 그가 생각했다.

손님들이 가고 나자 마들렌이 웃음을 터뜨렸다. 정말 즐거워하는 거침없는 웃음이었다. 그녀는 남편을 똑바로 쳐다보며 말했다.

"왈데르 부인이 당신을 맘에 들어 하는 거 알아요?"

뒤 루아는 믿기지 않았다. "무슨 그런 소리를!"

"정말이에요. 확실해요. 나한테 당신 얘기를 하는데 글쎄 정신 나간 사람처럼 흥분하던걸요. 그분한테 그런 면이 있다니 정말 놀라워요! 딸들한테 당신 같은 남편을 찾아주고 싶다더군요……! 왈테르 부인이라면 이런 일이 별로 문제 될 건 없어서 다행이긴 하네요."

뒤 루아는 아내의 말이 잘 이해되지 않았다. "어째서 그렇지? 왜 문제 될 게 없다는 거요?"

마들렌은 자기 자신의 판단에 대해 털끝만큼의 의심도 없는 여자들이 질문에 대답할 때처럼 단호하게 말했다. "오! 그동안 왈테르 부인은 정말 작은 소문 하나 없었어요. 정말이에요. 단 한 번도, 단 한 번도 없었죠. 어떤 쪽으로든 절대 흠집을 낼 수 없는 분이에요. 그 남편에 대해선 당신도 나만큼 잘 알죠. 하지만 부인은 달라요. 사실 유대인과 결혼한 것 때문에 마음고생을 많이 했지만, 그래도 늘 충실한 아내였죠. 정숙한 여자예요."

뒤 루아는 깜짝 놀랐다. "난 부인도 유대인인 줄 알았소."

"왈테르 부인이오? 아니에요. 마들렌 성당에서 하는 자선사업을 다 주관하고 있는걸요. 결혼식도 종교 예식으로 했죠. 사장이 세례를 받는 흉내를 낸 건지 아니면 교회가 그냥 눈감아 준 건지 그건 모르겠지만."

뒤 루아가 우물거리며 말했다. "아……! 그런데…… 부인이…… 날 맘에 들어 한다고?"

"분명하고 확실해요. 당신이 이미 짝을 찾지 못했다면 난 분명 그 딸한테 청혼하라고 조언해 줬을 거예요. 음…… 로즈보다는 쉬잔이 낫겠죠?"

뒤 루아는 콧수염을 꼬면서 대답했다. "뭐! 그 어머니도 훌륭하겠군."

그러자 마들렌이 신경질적으로 대답했다. "그래요, 그래. 그 어머니하고 잘해 봐요. 하지만 하나도 신경 쓰이지 않는군요. 그 나이에 처음으로 부정을 저지른다는 건 말도 안 돼요. 좀 더 일찍 시작했어야죠."

뒤 루아도 마음속으로 말했다. '하지만 정말 그렇다면 내가 쉬잔하고 결혼을 할 수도 있었단 말이지……?'

하지만 이내 그는 어깨를 들썩거렸다. '말도 안 돼……. 이런 멍청한 생각을 하다니……! 그 아버지가 날 받아들였겠어?'

하지만 뒤 루아는 앞으로 왈테르 부인이 자기를 어떻게 대하는지 그 태도를 좀 더 세심하게 살펴보기로 했다. 물론 그래서 무엇을 얻어낼 수 있을지는 아직 생각해 보지 않았다.

밤새 뒤 루아의 머릿속에는 클로틸드를 사랑했던 추억이, 다정한 애정과 동시에 관능의 쾌락이 담긴 추억이 떠나지 않았다. 클로틸드의 엉뚱한 면, 상냥한 태도, 그리고 함께 거리를 쏘다니던 일이 떠올랐다. 그는 혼자 되씹었다. '정말 사랑스러운 여자야. 그래, 내일 만나러 가야겠군.'

다음 날 점심을 먹자마자 뒤 루아는 베르뇌유 거리로 갔다. 이전과 같은 하녀가 문을 열어주었고, 평범한 부르주아 가정의 하인들이 흔히 하는 방식대로 물었다. "그동안 별고 없으셨어요?"

뒤 루아가 대답했다. "그래. 좋아."

거실로 들어가니 누군가 서툴게 피아노를 치고 있었다. 로린이었다. 뒤 루아는 로린이 달려와 목에 매달릴 줄 알았다. 하지만 아이는 조용히 일어서더니 어른처럼 격식을 차려 인사를 하고는 역시 공손한 태도로 나가 버렸다.

흡사 남자에게 모욕을 당한 여자의 태도 같았다. 뒤 루아는 놀라 멍하니 서 있었다. 그때 그 어머니가 들어왔다. 뒤 루아는 그녀의 손에다 입을 맞췄다.

"정말 당신 생각을 많이 했습니다." 뒤 루아가 말했다.

"저도 마찬가지예요." 드 마렐 부인이 말했다.

그들은 자리에 앉았다. 미소를 지으며 서로의 눈을 바라보는 동안 두 사람은 너무나도 상대의 입술에 키스를 하고 싶었다.

"오, 내 사랑 클로. 당신을 사랑합니다."

"저도 그래요."

"그러면…… 그러면…… 날 많이 원망하진 않았소?"

"그렇다고도 할 수 있고 아니라고도 할 수 있어요……. 처음엔 무척 힘들었지만, 당신이 왜 그래야 했는지 이해가 가더군요. 그래서 '뭐 어차피 돌아올 거다.' 하고 생각했죠."

"돌아올 용기가 나지 않았소. 날 보면 당신이 어떻게 대할지 자신이 없었다오. 용기가 나지 않았지만 정말 돌아오고 싶었소. 그런데 로린이 왜 저러는지 말해 줄 수 있소? 날 보더니 그냥 인사만 대충 하고는 화난 얼굴로 가버리는군."

"모르겠어요. 하지만 당신이 결혼한 후에는 저 애 앞에서 당신 얘기를 꺼낼 수가 없었어요. 아마 질투를 하나 봐요."

"말도 안 되는 소리!"

"정말이에요. 이제 당신을 벨아미라고 부르지 않고 포레스티에 씨라고 부르는걸요."

뒤 루아는 얼굴을 붉혔다. 그는 클로틸드에게 다가갔다.

"당신 입술을 갖고 싶소."

클로틸드가 입술을 허락했다.

"어디서 다시 만날 수 있을까?" 뒤 루아가 물었다.

"그야…… 콩스탕티노플 거리에서죠."

"아……! 그 아파트가 아직 그대로 있소?"

"그래요……. 내가 그냥 가지고 있어요."

"아직 가지고 있다고?"

"그래요. 당신이 올 줄 알았다니까요."

뒤 루아는 기쁨이 밀려오며 가슴이 뿌듯해졌다. 이 여자는 정말로, 진짜 한결같이 깊은 사랑으로 자기를 사랑하고 있다는 생각이 들었다.

그가 나지막하게 말했다. "당신을 정말 사랑하오." 그런 다음 물었다. "당신 남편은 잘 지내고 있소?"

"그럼요. 얼마 전 파리에 와서 한 달 있다 갔죠. 그저께 다시 떠났어요."

뒤 루아는 웃음을 참지 못했다. "절묘하게 때가 맞는군!"

클로틸드는 아무 생각 없이 웃으며 장단을 맞췄다. "맞아요, 맞아. 절묘하게 때가 맞네요."

"하지만 파리에 있어도 별로 방해가 되지는 않는데. 그렇잖소?"

"맞는 말이에요. 그런데 새로운 생활은 어때요?"

"좋지도 나쁘지도 않소. 아내는 말하자면 동지 같은 사이지. 협력하며 같이 일하는 동료."

"그뿐이에요?"

"그뿐이오……. 마음으로는……."

"알 것 같아요. 하지만 마들렌은 사랑스러운 여자예요."

"그렇지. 문제는 내 마음을 흥분시키지는 않는다는 거요."

그는 클로틸드에게 다가가며 나지막하게 물었다.

"언제 다시 볼 수 있겠소?"

"그럼…… 내일…… 어때요?"

"좋소. 내일 2시?"

"2시."

뒤 루아는 일어서서 가려다가 갑자기 클로틸드에게 조심스럽게 말했다.

"이번에는 내가 혼자 콩스탕티노플 거리의 아파트를 다시 빌리겠소. 그러고 싶군. 당신이 그 아파트의 집세를 낸다는 건 정말 말이 안 되는 것 같아."

클로틸드는 사랑을 가득 담아 뒤 루아의 손에 입을 맞추면서 조그맣게 말했다.

"마음대로 해요. 난 그저 우리가 다시 만날 수 있도록 계속 아파트를 가지고 있었던 거니까."

뒤 루아는 흡족해하며 아파트를 나섰다.

잠시 후 사진관 앞을 지나던 뒤 루아는 진열창에 걸린 눈이 큼직하고 몸집이 큰 여자의 초상 사진을 보았다. 왈테르 부인을 생각나게 하는 모습이었다. '똑같아. 그쪽도 꽤 괜찮은데. 왜 지금껏 한 번도 생각을 못 해본 걸까. 목요일에 어떤 얼굴을 할지 빨리 보고 싶군.'

뒤 루아는 두 손을 비비며 더없이 기쁜 마음으로 걸음을 옮겼다. 가는 곳마다 성공을 거두는 기쁨, 수완 좋게 성공하는 남자가 누리는 이기적인 기쁨, 여자들의 사랑을 받으면서 허영심도 채우고 관능적 쾌감도 만끽하는 그런 기쁨이었다.

목요일이 되자 뒤 루아가 마들렌에게 물었다. "오늘 리발이 여는 시합에 안 올 거요?"

"세상에! 안 가요. 그런 게 무슨 재미가 있다고 가요? 난 하원에 가야 해요."

날씨가 좋아서 뒤 루아는 덮개 없는 마차를 타고 왈테르 부인을 데리러 갔다.

왈테르 부인을 본 뒤 루아는 깜짝 놀랐다. 그녀가 너무나 아름답고 젊어 보였던 것이다. 밝은색 옷을 입은 왈테르 부인은 살짝 파인 블라우스의 금빛 레이스 아래 탄력 있게 솟아오른 젖가슴의 윤곽이 드러났다. 지금껏 그녀가 이렇게 싱싱해 보인 적은 없었다. 진정 탐낼 만한 여자였다. 언제나 그렇듯 차분하고 정숙하며 온화한 어머니의 모습을 한 왈테르 부인은 여자들의 환심을 사려고 두리번거리는 남자들의 눈에는 거의 띄지 않았다. 말하는 것 역시 지혜롭고 차분하게 정돈되어 있으며 절대 지나친 적이 없는 사람이기 때문에 누구나 알고 있는 것, 분위기에 어긋나지 않는 온건한 것만을 이야기했다.

분홍색으로 차려입은 딸 쉬잔은 막 니스 칠을 끝낸 와토[19]의 그림 같았다. 그 언니는 아름다운 인형 같은 아가씨를 따라온 가정교사처럼 보였다.

리발의 집 문 앞에는 마차가 줄지어 서 있었다. 뒤 루아는 왈테르 부인에게 팔을 내밀었고, 두 사람은 함께 안으로 들어섰다.

그날의 행사는 파리 6구의 고아들을 돕기 위해 《라 비 프랑세즈》와 친분이 있는 상·하원의 의원 부인들이 후원하는 검술 시합이었다.

왈테르 부인은 딸들을 데리고 와서 참석하겠다고 약속을 했지만, 후원자로 이름을 올리는 것은 사양했다. 그녀는 원래 교회에서 주관하는 자선사업만 후원을 했기 때문이다. 신앙심이 남달라서 그렇다기보다는, 이스라엘 사람과 결혼을 한 입장에서는 기자들이 주최하는, 즉 공화파적인 느낌을 주고 반교회적으로 보일 수 있는 그런 모임과는 거리를 두면서 종교적인 태도를 지켜야 했기 때문이다. 사실 삼 주 전부터 이미 여러 신문에서 그런 방향의 기사가 나오고 있었다.

우리와 같이 신문 일을 하는 자크 리발 씨가 헌신적이면서 기발한 생각을 해냈다. 파리 6구의 고아들을 위해 자기 집에 달린 경기장에서 대대적인 검술 시합을 열기로 한 것이다.

상원 의원 부인인 라루아뉴 부인, 르몽텔 부인, 리솔랭 부인, 그리고 잘 알려진 하원 의원 부인인 라로슈 마티유 부인, 페르스롤 부인, 피르맹 부인이 주최 측이 되어 초청장을 발송하였다.

경기 중간에 모금이 있을 예정이며, 모은 돈은 바로 파리 6구의 구장이나 그 대리인에게 전달될 것이다.

말하자면 자크 리발이 자기 자신을 위해 거창한 광고를 하고 있는 셈이었다.

자크 리발은 입구에서 손님을 맞았다. 집 안에 마련해 놓은 음식은 그 비용을 기부금에서 제하게 되어 있었다.

리발은 잠시 후 검술과 사격을 할 수 있게 해놓은 지하실로 내려가는 계단을 가리키며 손님들에게 상냥한 목소리로 알렸다. "자, 아래쪽입니다. 아래쪽으로 가십시오. 시합은 지하실에서 열립니다."

사장 부인을 본 자크 리발은 허겁지겁 달려왔고, 이어 뒤 루아와 악수를 하며 말했다. "안녕하시오, 벨아미."

뒤 루아는 깜짝 놀랐다. "누구한테 들으셨는……."

리발이 그의 말을 자르며 대답했다. "여기 계신 왈테르 부인께 들었습니다. 아주 좋은 별명이라고 하시더군요."

왈테르 부인이 얼굴을 붉히며 말했다. "그래요. 솔직히 말씀드리자면, 뒤 루아 씨하고 조금만 더 친했다면 저도 로린처럼 벨아미라고 부르고 싶을 정도랍니다. 뒤 루아 씨하고 아주 잘 어울리는 이름이에요."

뒤 루아가 웃으며 대답했다. "괜찮습니다. 그렇게 하세요."

왈테르 부인이 시선을 떨어뜨리며 말했다. "아니에요. 우린 그렇게 친하지 않은걸요."

뒤 루아가 나지막하게 물었다. "그럼 앞으로는 더 친해질 수 있을 거라고 기대해도 괜찮겠습니까?"

"그야 두고 봐야겠죠." 왈테르 부인이 대답했다.

뒤 루아는 가스등이 켜 있는 좁은 계단 입구에서 옆으로 비켜섰다. 환하던 바깥 빛에서 갑자기 노란 가스등 불빛으로 바뀌니 왠지 분위기가 음침했다. 나선형 계단에서는 지하실 냄새가 올라왔다. 후덥지근한 습기의 냄새, 오늘 행사를 위해 곰팡이를 닦아낸 벽에서 나는 냄새, 종교의식을 떠올리게 하는 안식향 냄새, 여자들이 풍기는 뤼뱅 향, 마편초 향, 붓꽃 향, 제비꽃 향이 섞여 있었다.

왁자지껄한 말소리, 들뜬 사람들이 모여서 떠드는 소리도 들렸다.

지하실은 초석 바른 벽을 나뭇잎으로 덮어놓고 그 아래 화환처럼 이어진 가스등과 베네치아 초롱을 환하게 밝혀 놓아서 사람들 눈에는 나뭇가지밖에 보이지 않았다. 천장에는 양치류를 붙여 놓았고 바닥은 나뭇잎과 꽃으로 덮어놓았다.

그걸 본 사람들이 참 기발하고 멋진 생각이라고 했다. 안쪽에 시합을 하기 위한 단이 마련되어 있고, 그 양쪽으로 심판들이 앉을 의자가 늘어서 있었다.

지하실 전체에는 긴 의자가 양쪽으로 열 개씩 놓여서 이백 명가량이 앉을 수 있었다. 초대된 사람은 전부 사백 명이었다.

단 앞에는 벌써 검술복을 차려입은 젊은이들이 날씬한 팔다리에 허리를 뒤로 젖히고 서서 콧수염을 비틀며 관객들에게 모습을 보였다. 관객들은 앞에 나와 있는 검술의 달인들과 애호가들을, 검술 분야에서 내로라하는 사람들을 한 명씩 이름을 짚어가며 가리켰다. 주위에는 검술복을 입은 사람들과 가족처럼 친해 보이는 프록코트 차림 남자들이 젊은이와 나이 든 사람이 뒤섞여 이야기를 나누고 있었다. 그들 역시 관객의 이목을 끌고 싶고, 사람들이 자기를 알아보고 이름을 불러주기를 바랐다. 그들은 바로 평상복을 입고 있는 검술의 제왕들, 검술의 달인들이었다.

긴 의자는 여자들이 거의 다 차지했다. 옷자락 스치는 소리와 얘기를 주고받는 소리가 소란스러웠다. 나뭇잎으로 덮인 동굴 같은 지하실은 이미 한증막처럼 더웠기 때문에 여자들은 극장에 온 것처럼 부채질을 했다. 농담을 즐기는 누군가가 "보리차! 레몬수! 맥주!" 하고 고함을 쳤다.

왈테르 부인과 딸들은 제일 앞줄에 예약해 놓은 자리로 갔다. 뒤루아는 여자들을 안내해서 앉힌 다음 자리를 비키면서 나지막하게 말했다.

"전 더 있을 수가 없군요. 남자가 자리를 차지하고 있을 수는 없으니까요."

왈테르 부인이 주저하며 말했다. "그래도 그냥 여기 계시면 안 될까요? 시합을 하는 사람이 누구인지 말씀해 주시면 좋겠어요. 그래요. 이 의자 끝에 서 계시면 되겠네요. 아무한테도 방해되지 않겠어요."

왈테르 부인은 커다란 눈으로 부드러운 시선을 보냈다. 그리고 다시 부탁을 했다. "정말이에요. 그냥 이쪽에 계세요……. 벨아미, 당신이 필요하답니다."

뒤 루아가 대답했다. "기꺼이…… 부인 말씀대로 하겠습니다."

사방에서 사람들이 "지하실이 꽤 멋지군. 제법 괜찮아."라고 말하는 소리가 들렸다.

천장이 둥근 이 지하실은 뒤 루아도 익히 알고 있는 곳이었다! 그는 결투 전날 오전 내내 이곳에 혼자 있었던 일을 떠올렸다. 저 안쪽에서 작은 흰색 표적이 엄청나게 크고 무시무시한 눈으로 이쪽을 쳐다보고 있지 않았던가.

계단 쪽에서 자크 리발의 목소리가 울려 퍼졌다. "자, 숙녀 여러분. 이제 시작하겠습니다."

앞가슴을 가능한 크게 내밀기 위해 몸에 꽉 끼는 옷을 입은 남자 여섯 명이 단 위로 올라가 심사관 자리에 앉았다.

여기저기서 그들의 이름을 말하는 소리가 들렸다. 키가 작고 콧수염이 많이 난 사람이 심사위원장 레날디 장군이고, 대머리에 턱수염이 긴 사람은 화가인 조제팽 루데였다. 또 저쪽 우아한 남자 셋은 마테오 드 위자르, 시몽 라몽셀, 피에르 드 카르뱅이고, 나머지 한 사람은 검술 전문가인 가스파르 메를르롱이었다.

양쪽에 선수의 이름을 쓴 이름패가 걸려 있었다. 오른쪽에는 크레브쾨르 씨, 왼쪽에는 플뤼모 씨라고 적혀 있었다.

두 사람 모두 이류 선수였다. 둘 다 몸이 마르고 군인 같은 태도로 동작이 뻣뻣했다. 로봇처럼 검을 움직이며 인사를 한 다음 시합을 시작한 그들은 마섬유와 흰색 가죽으로 된 옷을 입은 모습이 마치 피에로들이 관객을 웃기기 위해 군인 복장을 하고 싸움을 하는 것만 같았다.

이따금 "투셰!"[20]라고 하는 소리가 들렸다. 그러면 여섯 명의 심판은 전문가다운 표정을 지으며 고개를 앞으로 내밀었다. 관객들의 눈에는 그저 살아 있는 인형이 팔을 내밀며 이리저리 움직이고 있는 것 같았다. 다들 아무것도 보지 못했지만 즐거워했다. 그러면서도 앞에서 움직이고 있는 두 사람이 별로 우아하지 못하고, 이유는 알 수 없지만 왠지 우스꽝스러운 것 같다고 느꼈다. 그들은 마치 설날 큰길에서 파는 목제 검투사 인형 같았던 것이다.

처음 두 선수가 내려가고 뒤이어 플랑통 씨와 카라팽 씨가 올라왔다. 한 명은 민간인이고 다른 한 명은 군인이었다. 플랑통 씨는 키가 작았고, 카라팽 씨는 검에 한 번 찔리기만 하면 코끼리 풍선처럼 터져버릴 것같이 아주 뚱뚱했다. 관객들이 낄낄댔다. 플랑통 씨는 원숭이처럼 이리저리 뛰었다. 카라팽 씨는 너무 살이 쪄서 팔만 움직일 뿐 나머지 몸은 꼼짝도 하지 않았다. 그는 상대를 공격하기 위해 오 분에 한 번씩 한쪽 발을 앞으로 내밀었지만 그 움직임이 너무 육중하고 힘겨워서 일생일대의 노력을 하고 있는 것 같았고, 공격 후에 다시 몸을 일으키는 것조차 쉽지 않아 보였다.

심판들은 카라팽 씨의 실력이 탄탄하고 빈틈이 없다고 말했다. 관객들은 그 말을 믿고 그가 잘한다고 생각했다.

다음은 포리옹 씨와 라팔므 씨 차례였다. 한 사람은 전문가이고 한 사람은 아마추어였다. 이번에는 두 사람이 이쪽에서 저쪽 끝까지 서로 맹렬히 추격하는 격렬한 시합이 이어졌다. 심판들이 의자를 들고 자리를 피해야 할 정도였다. 한 사람이 앞으로 돌진하면 다른 사람은 우스꽝스럽게 펄쩍 뛰며 뒤로 물러섰다. 두 사람이 펄쩍펄쩍 뛰면서 물러서는 모습을 보며 부인들이 웃었다. 하지만 그들이 기세 좋게 앞으로 나설 때는 그 모습이 약간 감동적이기도 했다. 마치 체조를 하는 것 같은 경기가 이어지자 한 건방진 젊은이가 소리를 질렀다. "살살 하쇼! 시간이나 때우지?" 세련되지 못한 젊은이 때문에 언짢았는지 관객석에서 "쉿!" 하는 소리가 들렸다. 전문가들의 의견이 전해졌다. 양쪽 모두 힘차게 잘하기는 했지만 시기적절한 공격이 부족했다고 했다.

1부의 마지막은 자크 리발과 벨기에의 유명한 교수 르베그의 멋진 시합이었다. 리발은 여자들한테 인기가 좋았다. 잘생긴 데다 체격도 좋고 유연하고 민첩했다. 그리고 앞서 나온 그 누구보다도 동작이 우아했다. 수비를 할 때나 공격 자세를 취할 때나 상류사회의 우아한 기품을 지니고 있어서 호감을 주었다. 기운은 더 세지만 지극히 평이한 상대방의 자세와 대조를 이루었다. 여기저기서 "정말 품위 있는 사람이야!"라고 말하는 소리가 들렸다.

자크 리발이 이겼다. 박수갈채를 받았다.

그런데 관객들은 조금 전부터 자꾸 위층에서 나는 이상한 소리에 신경이 쓰였다. 그것은 시끄럽게 웃어대며 발을 구르는 소리였다. 그러니까 지하실에 내려가지 못한 손님들이 나름 자기들끼리 즐기고 있는 것이었다. 좁은 나선형 계단에도 남자들이 오십 명 정도 몰려 있었다. 이제 지하실은 참기 힘들 정도로 더웠다. "바람 좀 들어오게 해요!" "마실 것 좀 줘요!" 하고 여기저기서 소리를 질렀다. 아까 고함을 질렀던 남자가 여전히 농담으로 "보리차! 레몬수! 맥주!" 하고 목청을 높였고, 그 바람에 나지막하게 주고받던 사람들의 말소리가 묻혀 버렸다.

검술복을 아직 벗지 않은 리발은 얼굴이 벌겋게 상기되어 있었다. "시원한 것을 가져오게 하겠습니다." 그는 이렇게 말하며 계단을 뛰어 올라갔다. 하지만 1층으로 나갈 수가 없었다. 계단 위에 잔뜩 버티고 서 있는 사람들을 뚫고 지나가느니 차라리 천장에 구멍을 뚫는 것이 빠를 것 같았다.

리발이 고함을 쳤다. "부인들께 얼음물 좀 들여보내요!"

오십 명의 목소리가 똑같이 말했다. "얼음물!" 드디어 쟁반이 등장했다. 하지만 시원한 음료는 이미 앞에서 다 집어 가버린 탓에 쟁반 위에는 빈 잔밖에 남아 있지 않았다.

누군가 악을 쓰듯 큰 소리로 말했다. "이 밑은 아예 숨이 막혀 죽겠군! 빨리 끝내고 갑시다!"

또 다른 사람이 말했다. "모금합시다!" 그러자 관객들은 지쳐 헐떡이면서도 즐거운 목소리로 말했다. "모금…… 모금……."

여섯 명의 부인들이 의자 사이를 돌아다니기 시작했고, 모금 주머니 안에 돈이 떨어지는 소리가 들렸다.

뒤 루아는 왈테르 부인 곁에서 유명한 남자들의 이름을 하나씩 가르쳐주었다. 제일 먼저 사교계의 명사들과 기자들이 보였다. 특히 큰 신문사, 오래된 신문사의 기자들이 보였다. 그들은 정치와 금융에 기반을 두고 수상한 야합으로 생겨난 신문사들이 내각이 쓰러지면 같이 망해 버리는 것을 수없이 보아온 터라 《라 비 프랑세즈》를 무시하고 있었지만, 워낙 연륜이 있는 사람들이라 속내를 쉽게 드러내지는 않았다. 또 화가와 조각가가 있었다. 원래 그들 중에는 스포츠를 좋아하는 사람이 많다. 아카데미 회원인 시인도 한 명 있어서 사람들이 여기저기서 그를 가리켰다. 그 외에도 음악가 두 명과 외국 귀족들이 눈에 띄었다. 뒤 루아는 그들의 이름 뒤에, 영국인들의 명함에 붙어 있는 Esq.[21]처럼 Rast.[22]를 붙여 가며 알려 주었다.

그때 누군가 큰 소리로 뒤 루아에게 인사를 했다. "안녕하십니까!" 보드렉 백작이었다. 뒤 루아는 여자들에게 양해를 구한 뒤 보드렉 백작에게 다가가 악수를 했다.

다시 자리로 돌아온 뒤 루아가 왈테르 부인에게 말했다. "보드렉 씨는 정말 멋진 분이죠. 훌륭한 가문의 혈통이 느껴집니다."

왈테르 부인은 대답하지 않았다. 조금 피로하기도 했고, 숨을 쉴 때마다 가슴이 답답한 것 같았다. 뒤 루아는 자꾸 그쪽을 쳐다보았다. 그러다 '사장 부인'의 눈길과 마주쳤는데, 그때마다 왈테르 부인은 당황스러운 듯 쭈뼛거리며 잠시 뒤 루아를 보다가는 이내 눈길을 피해 다른 곳을 쳐다보았다. 뒤 루아는 생각했다. '이것 봐라……,

이것 봐라…… 이것 봐라……. 이 여자도 나한테 넘어온 건가…….'

모금 주머니가 지나갔다. 주머니 안에는 은화와 금화가 가득했다. 그리고 단 위에는 '매우매우 놀라운 경기'가 있을 거라는 팻말이 새로 걸렸다. 심판들이 자리로 올라갔다. 관객들은 기다렸다.

여자 두 명이 검술복을 입고 펜싱 검을 들고 나타났다. 몸에 꽉 끼는 짙은 색 웃옷에 허벅지 중간까지 오는 상당히 짧은 치마를 입었고, 가슴 보호대가 너무 두꺼워서 고개를 숙이기도 힘들어 보였다. 양쪽 모두 젊고 아름다운 두 여자가 미소 띤 얼굴로 관객에게 인사를 했다. 박수갈채가 한참 동안 이어졌다.

남자들이 여자들에 대해 한마디씩 던지고 농담을 속닥거리는 가운데 두 여자는 공격 준비를 했다.

심판들은 입가에 싱글벙글 웃음을 감추지 못했고 한 사람이 상대를 가격할 때마다 나지막하게 "브라보!"라고 외쳤다.

관객들은 이 시합을 아주 좋아했고 아낌 없이 호감을 표했다. 단 위에서 시합을 하고 있는 두 여자는 남자들에게는 욕정을 불러일으켰고, 여자들에게는 파리 관객들 누구나가 좋아하는 것들, 그러니까 아름답지만 약간 외설스러운 것, 우아하지만 약간 천박한 것, 즉 사이비 아름다움과 사이비 우아함, 카페 콩세르23)에서 노래하는 여가수나 짧은 희가극에 등장하는 가벼운 노래, 이런 것들과 비슷한 취향을 일깨웠다.

여자 중 하나가 한쪽 발을 내밀며 공격 자세를 취할 때면 관객들은 짜릿한 전율을 느꼈다. 둘 중 누구라도 관객들에게 포동포동한 등을 보일라치면 모두들 입 벌리고 눈을 크게 떴다. 이제 여자들의 손목을 보고 있는 사람은 아무도 없었다.

시합이 끝나자 관객들은 미친 듯이 열광하며 박수를 쳤다.

이어 장검 시합이 있었지만 모두들 전 시합에 워낙 정신이 팔려 있었던지라 정작 그 시합에는 아무도 관심이 없었다. 그때였다. 가구를 옮기는 것 같은 소리가 들렸다. 이사라도 하는지 마룻바닥 위로 가구를 끄는 소리였다. 그러더니 천장 위에서 피아노 소리가, 이어 박자를 맞춰 발을 구르는 소리가 들려왔다. 위에 있는 사람들이 시합도 못 보니 차라리 무도회를 열기로 한 것이다.

관객들은 처음에는 박장대소했지만, 여자들은 하나둘 차라리 올라가서 춤을 추고 싶어 했다. 그러다 결국 단 위에서 벌어지는 일에는 더 이상 관심이 없고 자기들끼리 큰 소리로 떠들며 이야기를 나누기 시작했다.

늦게 온 사람들이 저렇게 무도회를 열다니 아주 재미있는 생각이라고 했다. 지루하지 않을 거라고, 우리도 차라리 위에 있었으면 더 재미있었을 거라고도 했다.

그사이 새로운 선수 두 명이 다시 나와서 인사를 했다. 그들이 너무나 위엄 있게 준비 자세를 취하고 있어서 모두의 시선이 그쪽을 향했다.

두 사람은 공격을 할 때나 찌르고 제자리로 돌아갈 때나 매우 우아하고 유연했고, 힘 있고 절도 있는 자세를 취했다. 동작이 자신 있고 기운찼으며 쓸데없는 움직임이 거의 없었다. 자세가 곧고 기술을 사용하는 것도 더할 나위 없이 정확했다. 검술을 잘 모르는 사람이 보아도 깜짝 놀라 매료되어 버릴 정도였다.

차분한 민첩성과 뛰어난 유연성이 눈에 띄었고, 재빠른 동작은 어찌나 주도면밀한지 얼핏 보면 느릿느릿 움직이고 있는 것 같았다. 관객들은 모두 이들을 바라보았고, 그 완벽에 가까운 모습 때문에 잠시도 눈을 떼지 못했다. 지금 눈앞에 희귀한 아름다움이 펼쳐지고 있음을, 스스로 하고 있는 일에 있어서 위대한 예술가라 말할 수 있을 두 사람이 그야말로 최상의 것, 최대한의 기량과 수단, 체계적으로 고안해 낸 것과 그것을 익힌 육체적 기술을 보여 주고 있음을 알 수 있었다.

아무도 입을 열지 않았다. 다들 넋이 빠진 듯 이들을 쳐다보고 있었다. 두 선수가 마지막으로 검을 휘두른 후 악수를 하자 환호성이 터졌다. 관객들은 발을 구르며 함성을 질렀다. 모두 선수들의 이름도 알고 있었다. 세르장과 라비냐이었다.

홍분한 관객들은 여차하면 결투를 벌일 기세였다. 남자들은 옆 사람을 쳐다보며 당장이라도 한판 벌이고 싶어 했다. 상대가 빙그레 웃기만 해도 자기한테 시비를 거는 것 같았다. 지금까지 단 한 번도 검을 잡아본 적이 없는 사람들마저 지팡이를 들고 공격을 해보고 또 상대의 공격을 받은 것처럼 뒤로 몸을 젖히곤 했다.

하지만 사람들은 조금씩 계단으로 몰리기 시작했다. 무엇보다 목이 너무 말라서 뭐라도 마셔야 했다. 그런데 준비된 음식은 이미 위에서 무도회를 즐기던 사람들이 다 먹어치운 후였다. 사람들은 화가 났다. 볼 것도 하나 없는데 이백 명이나 초대하다니 몰상식한 일이라고 분통을 터뜨리며 돌아가 버렸다.

정말로 과자 한 쪽, 샴페인 한 방울, 맥주 한 모금도 남아 있지 않았다. 사탕 하나, 과일 하나 없었다. 그야말로 아무것도 없었다. 약탈을 하듯 휩쓸어버렸고 다 비워 버린 것이다.

도대체 어떻게 된 일이냐는 물음에 하인들은 웃음이 나오는 것을 간신히 참으며 침울한 얼굴로 대답했다. "부인들이 남자분들보다 더 심하셨어요. 정말 탈이 나면 어쩌나 싶을 정도로 먹고 마셨는걸요." 마치 적에게 약탈당한 도시에서 살아남은 사람들의 증언을 듣는 것 같았다.

이제 돌아갈 수밖에 없었다. 남자들은 모금 주머니 안에 20프랑이나 집어넣은 것을 후회했다. 위에 있던 사람들이 돈은 하나도 안 내고 음식을 다 먹어치웠다는 사실에 화가 나서 견딜 수 없었다.

행사를 주관한 부인들은 삼천 프랑이 넘는 돈을 모았다. 모든 경비를 제하고 나니 6구의 고아들을 위해 줄 돈은 220프랑이 남았다.

뒤 루아는 왈테르 부인과 딸들을 데리고 마차를 기다리고 있었다. 이들을 바래다 주기 위해 같이 마차에 오른 그는 왈테르 부인과 마주 앉았다. 그는 다시 한 번 사장 부인의 눈길이 다정하게 자기를 쳐다보다가 눈이 마주치면 당황한 듯 피하는 것을 보았다. 뒤 루아는 속으로 생각했다. '그것참. 나한테 반했군.' 하물며 다시 관계를 맺게 된 드 마렐 부인까지도 자기를 미친 듯이 사랑하는 것 같으니, 뒤 루아는 자기가 정말로 여자들한테 인기가 있다는 것을 깨닫고 빙그레 웃었다.

그는 즐거운 발걸음으로 집으로 돌아갔다.

마들렌이 거실에서 기다리고 있었다.

"또 소식이 들어왔어요. 모로코 사건이 꼬이고 있어요. 프랑스 쪽에서 두세 달 안에 파병할 수도 있다는군요. 어떤 경우든 이 사건을 잘 이용해서 내각을 무너뜨려야 해요. 라로슈가 기회를 잡아 외무장관이 될 거고요."

뒤 루아는 아내를 골려주려고 일부러 하나도 안 믿는 척했다. 튀니지에서 했던 일을 바보같이 되풀이하지는 않을 것이라고 했다.

마들렌은 답답하다는 듯 어깨를 들썩였다. "정말이라니까요! 정말이에요! 큰돈이 걸린 문제란 말이에요. 옛날에는 정치 문제를 해결하려면 '어떤 여자가 있는지 찾아라.'라고 했지만 요즘은 '어떤 사업이 걸려 있는지 찾아라.'라고 해야 한다고요."

"말도 안 돼!" 뒤 루아는 아내를 흥분시키기 위해 일부러 상대를 경멸하는 듯한 말투로 나지막하게 말했다.

마들렌이 화를 냈다. "당신도 포레스티에랑 똑같이 순진한 사람이군요!"

그녀는 남편의 마음을 상하게 하고 싶었다. 포레스티에를 들먹이면 화를 낼 거라고 생각한 것이다. 하지만 뒤 루아는 빙그레 웃으며 대답했다.

"그 오쟁이 진 포레스티에 말이오?"

놀란 마들렌이 나지막하게 말했다. "세상에! 조르주!"

뒤 루아는 무례하고 빈정거리는 표정으로 다시 말했다. "왜? 뭐가 문제요? 지난번에 나한테 고백했잖소? 포레스티에 몰래 바람피운 적이 있다고."

그러면서 뒤 루아는 깊은 동정의 어조로 덧붙였다. "불쌍한 녀석!"

마들렌은 대답할 가치도 없다는 듯 돌아서 버렸다. 잠시 말이 없더니 그녀가 다시 입을 열었다. "화요일에 손님이 올 거예요. 라로슈 마티유 부인이 페르스뮈르 자작 부인하고 같이 저녁 식사를 하러 와요. 당신이 리발과 노르베르 드 바렌을 좀 초대해 줘요. 난 내일 왈테르 부인과 드 마렐 부인한테 다녀올게요. 아마 리솔랭 부인도 올 거예요."

최근 마들렌은 남편의 정치적 영향력을 이용해서 사람들을 많이 사귀었고 집으로 불러들였다. 《라 비 프랑세즈》의 지지가 필요한 상원 의원과 하원 의원의 부인들이 자의 반 타의 반으로 모여들었다.

뒤 루아가 대답했다. "좋소. 리발과 노르베르는 내가 맡지."

뒤 루아는 기분이 좋아서 손을 비볐다. 드디어 아내를 괴롭힐 수 있는 좋은 방법을 찾아낸 것이다. 알 수 없는 원한이, 불로뉴 숲에 나갔던 그날 이후 가슴속에 들어앉은 그 어렴풋하지만 가슴을 에는 것 같은 질투가 조금 가라앉는 것 같았다. 이제 그는 포레스티에 얘기가 나오면 언제라도 '오쟁이 진'이라는 말을 붙일 것이다. 결국 마들렌은 참지 못하고 화를 낼 것이다. 뒤 루아는 그날 밤 열 번이나 기회를 잡아 동정하듯 빈정거리면서 '오쟁이 진 포레스티에'라고 내뱉었다.

그는 더 이상 죽은 친구를 원망하지 않았다. 이제 그는 복수를 하고 있는 것이다.

아내는 아무 말도 안 들리는 척하면서 태연하게 웃고 말았다.

다음 날 뒤 루아는 마들렌이 왈테르 부인에게 초대 소식을 전하러 가기 전에 자기가 먼저 찾아가 보기로 했다. 사장 부인과 단둘이 앉아서 정말 그녀가 자기를 마음에 두고 있는지 확인하고 싶었던 것이다. 재미있기도 했고 은근히 기분도 좋았다. 그리고 또…… 안 될 건 없지 않은가……. 그럴 수만 있다면 말이다.

뒤 루아는 2시가 지났을 즈음 말제르브 대로로 찾아갔다. 객실로 안내되어 왈테르 부인이 나오기를 기다렸다.

왈테르 부인은 들어서자마자 반가워하며 손을 내밀었다. "무슨 바람이 불어서 여기까지 오셨나요?"

"바람은 필요 없죠. 그저 부인을 뵙고 싶어서 왔습니다. 뭔가 알 수 없는 힘이 절 이리로 밀어 보내더군요. 왜 그런지는 모르겠습니다. 특별히 말씀드릴 것도 없고요. 그냥 왔습니다. 그뿐입니다! 이렇게 이른 시간에 찾아와서 다짜고짜 이런 얘기를 하는 걸 용서하십시오."

뒤 루아는 세련되고 익살스러운 어조로 말했다. 입가에 미소를 띠고서, 하지만 아주 진지하게 목소리에 힘을 주어 말했다.

왈테르 부인이 놀라서 더듬거렸다. "그게…… 정말…… 무슨 말씀이신지……. 놀랍네요."

뒤 쿠이가 또 말했다. "부인께서 겁을 내실까 봐 일부러 이렇게 명랑한 분위기로 고백하는 겁니다."

두 사람은 가까이 마주 앉아 있었다. 왈테르 부인도 상냥하게 말했다.

"그러니까 그 고백이…… 진심이라는 건가요?"

"물론입니다! 오래전부터 말씀드리고 싶었습니다. 아주 오래전부터요. 그동안 차마 용기가 나지 않았습니다. 부인께서 워낙 엄하고 꼿꼿하신 분이라고 소문이 나서……."

원래의 침착한 태도로 되돌아간 왈테르 부인이 대답했다. "왜 오늘을 고르신 거죠?"

"모르겠습니다." 뒤 루아가 목소리를 낮췄다. "아마 어제부터 계속 부인 생각이 났기 때문일 겁니다."

왈테르 부인은 갑자기 얼굴이 창백해지면서 더듬거렸다. "그만해요. 이제 애들 같은 얘기는 그만하고, 다른 얘기를 하죠."

하지만 뒤 루아가 불쑥 무릎을 꿇었다. 더럭 겁이 난 왈테르 부인은 일어서려고 했다. 그런데 뒤 루아가 두 팔로 그녀의 허리를 감싸 안고서 일어나지 못하게 붙잡아 버렸다. 그는 들뜬 목소리로 계속 말했다. "정말입니다. 전 정말 부인을 사랑합니다. 오래전부터, 미친 듯이 사랑합니다. 대답하지 않으셔도 됩니다. 당연하죠. 제가 미친 겁니다. 부인을 사랑하다니……. 오! 정말입니다. 부인을 사랑합니다!"

왈테르 부인은 숨이 막히는 듯 헐떡거리면서 무슨 말인가를 하려고 했지만 결국 한마디도 입 밖으로 꺼내지 못했다. 그녀는 뒤 루아의 입이 자기에게 다가오는 것을 느끼고 가까이 오지 못하도록 두 손으로 그의 머리카락을 붙잡아 밀쳐 냈다. 그리고 재빨리 고개를 저으면서 그의 모습을 피하느라 눈을 감아버렸다.

뒤 루아는 옷 위로 그녀의 몸을 만졌고 이리저리 더듬었다. 이 느닷없는 격렬한 애무에 왈테르 부인은 한순간 온몸의 맥이 풀려 버렸다. 뒤 루아가 벌떡 일어나 여자를 안으려 했다. 하지만 그 짧은 순간 자유의 몸이 된 왈테르 부인은 뒤로 몸을 빼며 빠져나가서는 이 의자 저 의자로 도망 다녔다.

뒤 루아는 이런 식으로 여자를 따라다니다가는 꼴이 우스워지겠다는 생각이 들었다. 그는 두 손으로 얼굴을 감싸면서 의자에 주저앉아 흐느끼는 척했다.

그는 잠시 후 벌떡 일어서며 큰 소리로 말했다. "안녕히 계십시오. 영원히 안녕히 계십시오!" 그러고는 그곳을 빠져나와 버렸다.

뒤 루아는 현관에서 아무렇지도 않게 지팡이를 집어 들고 거리로 나왔다. '그래! 잘돼 가고 있는 거야!' 이렇게 생각하며 전신국에 들러 클로틸드에게 다음 날 만나자고 파란 봉투를 보냈다.

그는 다른 날과 같은 시간에 집으로 돌아와 아내에게 물었다. "저녁 식사에는 모두들 오신다고 하오?"

마들렌이 대답했다. "그래요. 왈테르 부인만 시간이 될지 확실하지 않다고 하셨어요. 약속이 있다는 것도 같고, 꺼림칙한 일이 있다는 것도 같고, 잘 모르겠어요. 아무튼 좀 이상해 보이더군요. 뭐, 하지만 오실 거예요."

뒤 루아가 어깨를 들썩이며 대답했다. "물론이지. 오실 거요."

말은 그렇게 했지만 뒤 루아는 왈테르 부인이 정말 올지 확신이 가지 않았다. 손님들을 초대한 그날까지 계속 신경이 쓰였다.

바로 그날 아침 마들렌에게 사장 부인의 전갈이 왔다.

간신히 시간을 맞출 수 있었습니다. 초대해 주신 자리에 가겠습니다. 하지만 남편은 같이 가지 못합니다.

뒤 루아는 생각했다. '다시 찾아가지 않길 잘했군. 이제 좀 진정이 된 거야. 조심해야 해.'

그날 저녁 뒤 루아는 왈테르 부인이 도착하는 순간까지 약간 조마조마했다. 드디어 그녀가 나타났다. 아주 침착하고, 조금은 차갑고 거만한 모습이었다. 뒤 루아는 일부러 바짝 움츠러든 모습으로 아주 조심스럽게 조용히 있었다.

라로슈 마티유 부인과 리솔랭 부인은 남편과 함께 왔다. 페르스뮈르 자작 부인이 상류 사교계의 소식을 전했다. 기발하게 차려입고 나타난 드 마렐 부인은 눈부시게 아름다웠다. 노란색과 검은색으로 된 스페인풍 옷이 아름다운 몸매와 통통한 팔을 잘 드러냈고, 그 때문에 작은 새 같은 얼굴이 더 생기 있어 보였다.

뒤 루아는 오른쪽 바로 옆자리에 왈테르 부인이 앉았지만 저녁 내내 과장된 경의를 표하며 진지한 얘기밖에 꺼내지 않았다. 이따금 그는 클로틸드를 바라보며 생각했다. '정말 예쁘고 싱싱하군.' 그런 다음 아내를 보았다. 아내에 대해서는 앙심 섞인 분노가 사라지지 않고 끈질기게 남아 있었지만, 그래도 그녀 역시 꽤 괜찮아 보였다.

하지만 뒤 루아는 무엇보다도 사장 부인 때문에 흥분이 되었다. 쉽게 정복되지 않는다는 사실 때문이기도 했고, 남자들이란 늘 새로운 상대에게 욕정을 느끼기 때문이기도 했다.

왈테르 부인이 일찍 돌아가겠다고 했다.

"제가 바래다 드리겠습니다." 뒤 루아가 말했다.

그녀가 거절했다. 하지만 뒤 루아는 포기하지 않았다. "왜 안 된다는 겁니까? 이러시면 제 마음이 정말 아픕니다. 절 조금도 용서할 수 없다는 뜻입니까? 보시다시피 전 이제 괜찮습니다."

왈테르 부인이 대답했다. "초대해 놓은 손님들을 버려둘 수는 없잖아요."

뒤 루아가 미소를 지으며 말했다. "괜찮습니다! 이십 분이면 돌아올 텐데요. 아마 제가 없다는 걸 알아차리지도 못할 겁니다. 계속 안 된다고 하시면 제 마음이 너무 아픕니다."

왈테르 부인이 나지막하게 말했다. "좋아요. 그렇게 하세요."

하지만 마차에 타자마자 뒤 루아는 왈테르 부인의 손을 잡고 열정적으로 입을 맞췄다. "사랑합니다, 사랑합니다. 제발 이 말을 할 수 있게 해주십시오. 절대 부인에게 손대지 않겠습니다. 그저 사랑한다는 말만 하게 해주십시오."

왈테르 부인이 더듬거렸다. "약속하셨잖아요……. 이러면 안 돼요……. 안 돼요……."

뒤 루아는 간신히 마음을 가라앉히는 것처럼 보이더니 이어 차분한 목소리로 말했다. "보십시오. 마음을 이렇게 잘 다스리지 않습니까. 하지만…… 이 말만은 하게 해주십시오. 사랑합니다. 매일같이 말하게 해주십시오……. 그렇습니다. 매일 부인을 찾아가서 오 분 동안 무릎을 꿇고 아름다운 얼굴을 보면서 이 말을 할 겁니다."

왈테르 부인은 뒤 루아에게 손을 내맡긴 채로 힘들게 숨을 쉬며 대답했다.

"안 돼요. 싫어요. 사람들이 뭐라고 할지 생각해 보세요. 하인들이, 딸들이 뭐라고 하겠어요. 안 돼요, 안 돼요……. 절대 안 됩니다……."

뒤 루아가 다시 말했다. "부인을 뵙지 못하고는 살 수가 없습니다. 부인 댁이 아니라면 다른 어디에서라도 좋습니다. 매일 단 일 분씩이라도 부인의 손을 만져야겠습니다. 부인의 옷자락이 휘저어 놓은 공기를 마시고, 부인의 몸매를 조용히 바라보고, 저를 미치게 만드는 그 아름다운 큰 눈을 보아야겠습니다."

왈테르 부인은 뒤 루아가 늘 써먹는 이 사랑의 노래를 들으며 온몸이 전율했다. 그녀가 더듬거리며 말했다. "아니야……. 안 돼요……. 말도 안 돼요. 그만해요!"

뒤 루아는 여자의 귀에 대고 나지막하게 속삭였다. 이렇게 단순한 여자는 조금씩 조금씩 정복해야 하며 처음에는 여자가 원하는 곳에서 약속을 잡게 두고 그런 다음에 자기가 원하는 곳으로 바꿔야 한다는 것을 알고 있었다.

"제 말 좀 들어보세요……. 꼭…… 뵈어야 합니다……. 거지처럼…… 문 앞에 서서 기다리겠습니다……. 내려오지 않으시면 제가 올라가겠습니다……. 그렇게 해서라도…… 꼭…… 내일…… 부인을 뵈러 가겠습니다."

왈테르 부인이 다시 말했다. "안 돼요. 안 돼요. 오지 마세요. 절대 들여보내지 않을 겁니다. 제 딸들을 생각해 주세요."

"그럼 어디서 볼 수 있을지…… 말씀해 주십시오. 길에서도 좋고…… 어디든 상관없습니다. 시간도 원하시는 때 언제든 괜찮습니다……. 그저 볼 수만 있다면…… 그냥 인사드리고 나서 사랑합니다 하고 얘기만 하겠습니다. 그런 다음엔 그냥 가겠습니다."

왈테르 부인은 주저하며 어쩔할 바를 몰랐다. 마차가 자기 집 현관문을 지나자 그녀가 다급하게 내뱉었다.

"좋아요. 내일 3시 반에 트리니테 성당에 가 있을게요."

마차에서 내린 왈테르 부인이 마부에게 말했다. "뒤 루아 씨를 다시 댁까지 모셔다 드려요."

뒤 루아가 집으로 돌아오자 아내가 물었다. "도대체 어디 갔었어요?"

"급한 전보가 있어서 전신국에 갔다 왔소." 그가 작은 소리로 대답했다.

드 마렐 부인이 다가왔다. "벨아미, 날 좀 데려다 주세요. 그러지 않으면 제가 이 멀리까지 저녁 식사를 하러 오지 않았을 거라는 거 아시죠?"

드 마렐 부인이 마들렌을 돌아보며 물었다. "질투하지 않죠?"

뒤 루아 부인이 천천히 대답했다. "그럼요. 별로."

손님들이 떠날 채비를 했다. 라로슈 마티유가 별 볼 일 없는 변호사 시절에 결혼한 아내는 공증인의 딸로 꼭 시골 하녀 같았다. 리솔랭 부인은 나이가 많고 잘난 척하는 모습이 독서 모임에서 이것저것 지식을 얻은 늙은 산파 같았다. 또 다른 여자들을 얕잡아 페르스뮈르 자작 부인의 '흰 손'은 보통 여자들의 손이 닿는 것을 좋아하지 않았다.

온통 레이스를 휘감은 클로틸드는 계단으로 이어진 문을 나서면서 마들렌에게 인사를 했다. "정말 완벽한 식사였어요. 조만간 파리에서 제일가는 정치 살롱이 되겠어요."

뒤 루아와 단둘이 있게 되자 클로틸드는 바로 그를 껴안았다.
"오! 내 사랑 벨아미. 난 매일매일 당신을 더 많이 사랑해요."

두 사람을 실은 마차가 물살을 가르는 배처럼 흔들렸다.

"역시 우리의 방이 제일 좋군요." 클로틸드가 말했다.

"그야 물론이지." 뒤 루아가 대답했다. 하지만 그는 머릿속으로는 왈테르 부인을 생각하고 있었다.

4

트리니테 성당의 광장은 7월의 이글거리는 태양 아래 거의 인적이 없었다. 찌는 듯한 더위가 파리 시내를 짓누르고 있었다. 후덥지근한 공기가 어찌나 뜨거운지 숨을 쉴 때마다 가슴이 아플 정도였다. 하늘의 공기가 불이 붙고 무거워져서 도시로 떨어져 내리기라도 하는 것 같았다.

성당 앞 분수는 힘없이 물을 떨어뜨리고 있었다. 물줄기마저 더위에 지쳤는지 축 늘어져 보였다. 나뭇잎과 종잇조각이 떠 있는 분수 바닥의 물은 녹색이 감돌며 흡사 바닷물처럼 짙푸른 색이었다.

개 한 마리가 석재 테두리를 뛰어넘어 분수 안으로 들어가더니 뭐가 섞여 있는지 알 수 없는 물속에 몸을 담갔다. 성당 정문 옆 둥근 정원 안의 벤치에 앉은 사람들이 부러운 눈길로 개를 바라보고 있었다.

뒤 루아는 회중시계를 꺼내 들었다. 아직 3시였다. 삼십 분 일찍 온 것이다.

그는 오늘의 약속을 생각하며 싱긋 웃었다. 그리고 마음속으로 말했다. '그 여자한테는 교회가 여러 용도로 쓰이는군.' 그러니까 왈테르 부인에게 교회는 유대인 남편과 결혼한 것에 대해 위로를 주며, 정계 사람들 사이에서는 늘 바른 소리를 하고 있다는 느낌을 주고, 지체 높은 사람들 사이에서는 기품 있는 분위기를 부여하고, 남자들이 접근해 올 때에는 피난처의 역할까지 해주는 셈이다. 말하자면 그녀에게 종교는 양산 겸용 우산 같은 것이다. 날씨가 좋을 때는 지팡이로 쓰고, 해가 나면 양산으로, 비가 오면 우산으로 쓰는 것이다. 외출하지 않을 때는 거실 옆 대기실에 그냥 두면 된다. 사실 많은 여자들이 너그러운 하느님에 대해 털끝만큼도 관심이 없으면서 막상 누가 나쁘게 말하면 듣기 싫어한다. 그러면서 어떨 때는 하느님을 중매쟁이로 삼기도 한다. 그런 여자들은 가구가 놓여 있는 방으로 같이 들어가자고 하면 치욕스러운 일이라고 생각하면서, 교회의 제단 아래서 사랑의 실을 잣는 것은 아무렇지도 않게 생각한다.

뒤 루아는 분수를 따라 천천히 걸음을 옮겼다. 다시 종탑의 시계를 보았다. 자기 시계보다 2분이 빨라서 3시 5분을 가리키고 있었다.

그는 안에서 기다리는 편이 나을 것 같다는 생각에 성당으로 들어갔다.

순간 지하실 같은 시원한 공기가 그의 몸을 휘감았다. 시원한 공기를 들이마시니 기분이 좋았다. 그는 장소를 파악하기 위해 성당 중앙 홀을 돌아보았다.

높이 솟은 둥근 천장 아래 뒤 루아의 발걸음 소리가 퍼져 나갔고, 그에 응답하듯 널찍한 성당 건물 안쪽에서 다른 발걸음 소리가 들렸다. 규칙적인 그 발소리는 이따금 끊겼다가 다시 이어지곤 했다. 뒤 루아는 저 발소리의 주인이 누구일까 궁금해서 찾아보았다. 뚱뚱한 대머리 남자가 뒷짐을 진 채 모자를 들고서 고개를 위로 젖히고 걷고 있었다.

또 여기저기 혼자 무릎을 꿇은 늙은 여자들이 두 손으로 얼굴을 감싸고 기도를 하고 있었다.

불현듯 고독감, 적막감, 휴식의 느낌이 밀려왔다. 창문을 통해 스며든 햇빛이 부드럽게 눈에 와 닿았다.

뒤 루아는 성당 안이 '대단히 기분 좋은 곳'이라는 생각이 들었다.

그는 문 쪽으로 돌아와서 다시 한 번 회중시계를 보았다. 아직 3시 15분이었다. 담배를 피울 수 없다는 걸 아쉬워하며 중앙 통로에서 제일 입구에 가까운 의자에 앉았다. 깊숙한 안쪽 성직자석 옆으로 여전히 뚱뚱한 남자가 느릿느릿 걸음을 옮기는 소리가 들렸다.

그때 누군가 들어왔다. 뒤 루아는 화들짝 뒤를 돌아보았다. 모직 치마를 입은 서민층의 여자였다. 불쌍한 여자는 제일 가까운 의자에 쓰러지듯 꿇어앉더니 손가락을 깍지 낀 채로 하늘을 바라보며 꼼짝하지 않았다. 온 정신이 기도에 빠진 것 같았다.

도대체 무슨 슬픈 일이 있어서, 무슨 고통과 절망 때문에 저 보잘것없는 여자의 마음이 저토록 괴로워하고 있는 걸까 궁금해진 뒤 루아가 주의 깊게 바라보았다. 여자는 진정 비참한 가난에 찌들어 있었다. 여자의 모습에 그대로 드러나 있었다. 어쩌면 남편한테 맞고 살 수도 있고, 아니면 아이가 죽어가고 있는지도 모른다.

뒤 루아는 마음속으로 중얼거렸다. '가련한 인간들이라니! 늘 고통받는 인간들이 있지!' 그러자 그의 마음속에서 무자비한 자연의 섭리에 대한 분노가 일었다. 그는 곰곰 생각을 이어갔다. 저 사람들은 가난에 절어 살면서도 하늘나라에서 자기들을 살피고 있다고, 자기들의 호적이 채권 채무 기록과 함께 하늘나라의 장부에 기록되어 있다고 믿을 것이다. 하늘나라라니. 도대체 거기가 어디란 말인가.

고요한 성당 안에서 한없는 공상에 빠져든 그는 신의 창조에 대해 망설임 없이 내뱉었다. "정말 멍청한 생각이야."

그때 드레스 자락이 스치는 소리가 들렸다. 뒤 루아는 온몸에 전율이 이는 것 같았다. 그녀가 온 것이다.

그는 벌떡 일어나 허겁지겁 다가갔다. 왈테르 부인은 손도 내밀지 않고 나지막하게 말했다. "시간이 많이 없어요. 빨리 가야 합니다.

내 옆자리에서 무릎을 꿇으세요. 사람들 눈에 띄지 않게요."

그러면서 왈테르 부인은 넓은 중앙 홀로 들어섰다. 이 장소를 잘 아는 사람답게 편안하고 확실한 자리를 찾아간 것이다. 그녀는 두터운 베일로 얼굴을 가렸고, 워낙 조심조심 걸어서 발소리도 거의 들리지 않았다.

안쪽 깊숙이 사제석 가까운 곳으로 간 왈테르 부인은 뒤를 돌아보면서 흔히 사람들이 성당 안에서 말할 때 그렇듯이 비밀스러운 어조로 속삭였다. "측랑 쪽이 낫겠어요. 여긴 눈에 너무 잘 띄어요."

그녀는 주 제단의 감실(監室)을 향해 고개를 깊이 숙였다가 다시 한 번 가볍게 인사를 하고는 오른쪽으로 돌아서 입구 방향으로 조금 옮겨 갔다. 잠시 후 마음을 정한 듯 기도대를 하나 골라 무릎을 꿇었다.

뒤 루아는 그 옆 기도대에 무릎을 꿇었다. 두 사람은 정말로 기도를 올리는 것처럼 꼼짝하지 않았다. 뒤 루아가 바로 입을 열었다. "감사합니다. 감사합니다. 전 부인을 경배합니다. 영원히 이 말씀을 드리겠습니다. 처음 제가 어떻게 부인을 사랑하게 되었는지, 부인을 처음 뵙던 날 어떻게 제 마음을 빼앗겼는지 말씀드리겠습니다. 언젠가는 제 마음을 모두 털어놓을 수 있도록, 부인께 다 보여 드릴 수 있도록 해주시겠습니까?"

왈테르 부인은 깊은 명상에 잠긴 사람의 얼굴로 뒤 루아의 말을 듣고 있었다. 기도를 위해 모은 손가락 사이로 그녀의 대답이 흘러나왔다. "이런 얘기를 듣고 있다니, 이런 일을 하다니, 정말 제가 정신이 나갔나 봐요. 어쩌자고 제가 이…… 이…… 이 일이 계속 이어질 수 있다고 생각하시도록 한 걸까요. 다 잊으세요. 그래야 합니다. 다신 얘기하지 마세요."

그런 다음 그녀는 뒤 루아의 대답을 기다렸다. 뒤 루아는 대답할 말을, 결정적이고 열정적인 말을 찾았다. 하지만 그 말을 하면서 어떤 동작을 취해야 할지 알 수가 없어서 아무것도 할 수가 없었다.

그가 대답했다. "기대하는 것 없습니다……. 아무것도 바라지 않습니다. 그저 부인을 사랑할 뿐입니다. 부인이 뭐라 하시든 제 말을 이해해 주실 때까지 전 온 힘을 다해 열정을 담아 이 말을 계속할 겁니다. 저의 애정을 부인의 마음속에 밀어 넣고 부인의 영혼 속에 쏟아부을 겁니다. 한마디 한마디씩 매일같이 매시간 얘기하다 보면 그 말들이 한 방울 한 방울 흘러내려 부인의 마음속에 스며들지 않겠습니까. 부인의 마음이 따듯해지고 누그러지고 부드러워져서 결국엔 저에게 '나도 사랑합니다.' 라고 대답하시게 될 겁니다."

뒤 루아는 자기 어깨에 닿은 왈테르 부인의 어깨가 가볍게 떨리는 것을, 그녀의 가슴이 요동치는 것을 느꼈다. 그 순간 왈테르 부인이 단숨에 내뱉었다. "저도 당신을 사랑해요."

뒤 루아는 깜짝 놀랐다. 머리를 세게 얻어맞은 기분이었다. "오! 세상에!" 뒤 루아가 깊은 숨을 내쉬었다.

왈테르 부인이 헐떡이며 말했다. "이런 말을 해도 되는 걸까요? 전 죄 많고 가련한 여자예요……. 전…… 두 딸이 있는데…… 하지만 어쩔 수가…… 어쩔 수가 없네요……. 이럴 줄은 몰랐어요……. 이런 날이 오리라고는……. 도저히 어쩔 수가…… 어쩔 수가 없어요. 그래요…… 그래요……. 전 지금껏 아무도…… 당신 외에는 아무도 사랑한 적이 없습니다……. 맹세할 수 있어요. 일 년 전부터 당신을 사랑했어요. 내 마음속에 자리 잡은 은밀한 비밀이었죠. 오! 너무나 괴로웠어요. 그래요. 내 마음과 수없이 싸웠어요. 이젠 더 이상 어쩔 수가 없어요. 당신을 사랑해요……."

그녀는 깍지 낀 손가락으로 얼굴을 가리며 눈물을 흘렸다. 격한 흥분으로 온몸이 떨렸다.

뒤 루아가 나지막하게 말했다. "손을 주십시오. 부인의 손을 만져보고 꼭 쥐어보고 싶습니다……."

왈테르 부인은 얼굴을 감싸고 있던 손을 조금씩 내렸다. 뒤 루아는 그녀의 뺨이 젖은 것을, 속눈썹 끝에 눈물방울이 맺힌 것을 보았다.

　그는 여자의 손을 잡고 힘을 주었다. "오! 당신의 눈물을 마셔버리고 싶군요."

　왈테르 부인은 신음하듯이 낮고 띄엄띄엄 끊어진 목소리로 말했다. "제 몸에 함부로 손대시면 안 됩니다……. 전 파멸이에요."

　뒤 루아는 웃음이 나올 뻔했다. 어떻게 이런 장소에서 그녀의 몸에 손을 댈 수 있단 말인가? 그는 더 이상 정열적인 문구가 생각나지 않자 잡고 있던 여자의 손을 자기 가슴에 가져다 대면서 물었다. "제 심장이 뛰는 게 느껴지십니까?"

　그런데 조금 전부터 규칙적인 발걸음 소리가 다가오고 있었다. 발소리의 주인은 제단을 한 바퀴 돌고 다시 오른쪽 좁은 신자석으로 내려오고 있었다. 적어도 두 바퀴째 돌고 있는 셈이다. 왈테르 부인의 자리는 기둥에 가려 보이지 않았다. 발걸음 소리가 다가오자 그녀는 뒤 루아가 잡고 있던 손을 빼내더니 다시 한 번 얼굴을 감쌌다.

　두 사람은 열렬한 기도를 바치는 사람처럼 그렇게 무릎을 꿇고 앉아 움직이지 않았다. 뚱뚱한 남자가 지나가다가 별 관심 없다는 듯 힐끗 쳐다보더니, 여전히 모자를 들고 뒷짐을 진 자세로 다시 아래쪽으로 멀어져 갔다.

　뒤 루아는 다음번에는 트리니테 성당이 아닌 다른 곳에서 약속을 잡아야겠다고 생각하며 물었다. "내일은 어디서 뵐 수 있을까요?"

　왈테르 부인은 대답하지 않았다. 그녀는 이미 사람이 아니라 기도하는 조각상이 되어버린 것 같았다.

　뒤 루아가 다시 물었다. "내일은 몽소 공원에서 봬도 되겠습니까?"

　왈테르 부인이 얼굴을 가린 손을 내리며 뒤 루아 쪽으로 고개를 돌렸다. 끔찍한 고통으로 일그러진 그녀의 얼굴은 창백한 납빛이었고 목소리도 흔들렸다.

"그만하세요……. 그만해요. 이제…… 가세요……. 가세요……. 딱 오 분……. 가까이 있으면 너무 고통스러워요. 기도해야겠어요. 할 수가 없어……. 가세요……. 혼자…… 기도할래요……. 오 분만이라도…… 하느님께 빌어야 해요. 용서를 빌어야 해요. 절 구해 달라고요……. 그냥 두세요……. 오 분만……."

그녀는 어찌할 바를 모르는 얼굴로 너무나 고통스러워 보였다. 뒤 루아는 말없이 일어서서 잠시 망설이다가 물었다. "조금 있다 다시 올까요?"

그녀는 "그래요, 조금 있다 봐요."라는 뜻인 듯 고개를 끄덕였다. 뒤 루아는 사제석이 있는 쪽으로 올라갔다.

왈테르 부인은 기도를 하려고 했다. 하느님을 부르기 위해 그야말로 초인적인 노력을 하면서 온몸을 떨며 미친 듯이 열렬히 매달렸다. 하늘을 향해 "불쌍히 여기소서!" 하고 외쳤다.

그녀는 막 모습이 사라진 남자를 다시 보지 않기 위해 필사적으로 애쓰며 눈을 감아버렸다. 머릿속에서 그를 쫓아내며 그에게 빠지지 않으려고 몸부림쳤다. 하지만 하느님이 나타나 비탄에 빠진 마음을 달래주기는커녕 오히려 끝이 말려 올라간 젊은 남자의 콧수염만 눈앞에 어른거렸다.

그녀는 일 년 전부터 매일 밤마다 그를 향한 생각과 싸워왔다. 피하려 할수록 더 많이 생각났고, 꿈속에도 나타났고, 그녀의 몸에 달라붙었으며, 밤마다 잠을 설치게 했다. 그녀는 마치 그물에 걸려들 듯 뒤 루아의 양팔에 던져진 셈이다. 뒤 루아는 오직 입술 위의 수염과 눈빛만으로 그녀를 정복해 버린 것이다.

지금 왈테르 부인은 자기 집이 아니라 교회 안에 하느님 바로 곁에 있는데도 오히려 더 약하고 더 버림받은 것 같았다. 더 이상 기도를 할 수가 없었다. 그 남자 말고는 아무것도 생각할 수가 없었다. 어느새 그가 옆에 없다는 것 때문에 고통스러웠다. 하지만 그녀는 필사적으로 싸웠다. 온 영혼의 힘을 다 끌어내 발버둥 치며 도움을 청했다. 지금껏 단 한 번도 죄악에 빠진 적이 없었는데 이제 이렇게 쓰러지고 말다니, 차라리 죽는 게 나을 것 같았다. 미친 듯이 기도를 했다. 하지만 그녀의 귀에는 성당 지붕 아래 멀리서 뒤 루아가 이리저리 오가는 발걸음 소리밖에 들리지 않았다.

그녀는 느낄 수 있었다. 이제 다 끝났다. 아무리 저항해도 소용없다! 하지만 이대로 무너질 수는 없지 않은가. 그녀는 흔히 발작을 일으키는 여자들이 온몸을 떨고 몸부림치면서 울부짖기 직전의 상태와 비슷했다. 이제 무너지고 말 것이다. 찢어질 듯 비명을 지르며 의자들 사이를 뒹굴게 될 것이다. 그녀는 사시나무처럼 온몸을 떨었다.

그때 빠르게 다가오는 발걸음 소리가 들렸다. 그녀가 고개를 돌렸다. 사제였다. 그녀는 벌떡 일어나 사제에게 다가가서는 꼭 잡은 두 손을 앞으로 내밀며 더듬거렸다. "오! 절 좀 구해 주세요. 절 구해 주세요!"

깜짝 놀란 사제가 걸음을 멈추며 물었다. "무슨 일이십니까?"

"절 좀 구해 주세요. 제발 절 불쌍히 여겨주세요. 도와주시지 않으면 전 이대로 끝장입니다."

사제는 왈테르 부인을 쳐다보며 이 여자가 혹시 미친 게 아닌가 생각했다. 그가 다시 물었다. "무엇을 해드릴까요?"

젊은 사제는 몸집이 크고 약간 살이 쪘으며, 통통하게 처진 볼에 정성스럽게 깎은 수염 자국이 거뭇거뭇했다. 돈 많은 여자들의 고해를 많이 접해 온, 대도시 부유한 동네의 보좌신부였다.

"고해성사를 하게 해주세요." 그녀가 말했다. "저에게 갈 길을 알려 주세요. 힘을 주세요. 어떻게 해야 할지 말해 주세요."

사제가 대답했다. "토요일마다 3시에서 6시까지가 고해성사 시간입니다."

왈테르 부인은 잡고 있던 사제의 팔을 더욱 힘껏 움켜쥐면서 말했다.

"안 돼요! 안 돼요! 안 돼요! 지금 당장 해야 해요! 지금 해야 해요! 그 사람이 여기 있단 말이에요! 성당 안에 있어요! 절 기다리고 있어요."

사제가 물었다. "누가 부인을 기다리고 있습니까?"

"남자요……. 절 파멸시킬 남자…… 절 파멸시킬……. 신부님이 도와주시지 않는다면…… 더 이상 그 남자를 피해 도망갈 수가 없어요……. 전 너무 약합니다……. 너무 약해요……. 이렇게 약해요……. 이렇게 약하다고요……."

그녀는 무릎을 꿇고 흐느꼈다. "오! 제발 절 불쌍히 여겨주세요, 신부님! 절 구해 주세요. 하느님의 이름으로 절 좀 구해 주세요!"

왈테르 부인은 사제가 가지 못하도록 검은색 제복을 붙잡고 늘어졌다. 신부는 혹시라도 악의를 가진 누군가 혹은 신앙심 깊은 누군가가 이 여인이 자기 발아래 주저앉아 있는 모습을 보게 될까 봐 초조한 눈길로 두리번거렸다.

결국 빠져나갈 방도가 없음을 깨달은 사제가 말했다. "일어서십시오. 마침 제가 고해실 열쇠를 가지고 있습니다." 그는 주머니를 뒤져 열쇠 꾸러미를 꺼냈다. 그중 열쇠 하나를 고르더니 빠른 걸음으로 작은 오두막처럼 생긴 고해실이 늘어선 곳으로, 말하자면 신자들이 죄를 비우러 오는 영혼의 쓰레기통 같은 곳으로 갔다.

신부는 가운데 문으로 들어가 곧 문을 닫았다. 왈테르 부인은 옆쪽으로 난 작은 칸막이 공간으로 들어갔고, 희망의 끈을 다시 잡아보려는 일념으로 정신없이 더듬거리며 말을 뱉어냈다.

"죄를 지었습니다. 신부님, 하느님의 가호를 받게 해주세요."

　　　　＊　　＊　　＊

　뒤 루아는 제단 옆 사제석을 한 바퀴 돌아본 다음 다시 왼편 신자석으로 내려왔다. 가운데쯤 왔을 때 여전히 소리 없이 배회 중인 뚱뚱한 대머리 남자를 만났다. 뒤 루아는 생각했다. '저 사람은 도대체 여기서 뭘 하고 있는 걸까?'

　상대편 남자도 걸음을 늦추고 뒤 루아를 바라보았다. 분명 말을 걸고 싶어 하는 것 같았다. 두 남자가 가까이 다가섰을 때 상대가 인사를 하면서 정중하게 물었다. "죄송하지만, 혹시 이 건물이 어느 시대에 지어졌는지 알고 계십니까?"

　뒤 루아가 대답했다. "글쎄요. 정확히는 모르겠지만, 이십 년이나 이십오 년쯤 되지 않았을까요? 사실 전 오늘 처음 들어와 본 겁니다."

　"저도 그렇습니다. 처음 온 겁니다."

　뒤 루아는 호기심에 다시 물었다. "아주 자세하게 구경하시는 것 같은데요. 뭔가 조사하시는 건가요?"

　그러자 상대가 체념한 듯한 목소리로 대답했다. "그런 것 아닙니다. 아내와 여기서 만나기로 해서 기다리는 중이죠. 굉장히 늦는군요."

　그는 입을 다물었다가 잠시 후 다시 말했다. "밖은 상당히 덥잖습니까."

　뒤 루아는 남자를 바라보며 상당히 호인 같아 보인다고 생각했다. 그리고 문득 포레스티에와 많이 닮았다는 생각이 들었다.

　"지방에서 오셨나요?" 뒤 루아가 물었다.

　"네. 렌[24]에서 왔습니다. 그런데 혹시 뭐 살펴보실 게 있어서 들어오신 건가요?"

　"아닙니다. 저도 여자를 기다리는 중입니다." 뒤 루아는 남자에게 인사를 한 다음 미소를 지으며 걸음을 옮겼다.

정문 쪽으로 다가가니 아까 그 가난한 여자가 여전히 무릎을 꿇고 기도를 하고 있었다. "제길! 정말 끈질기게 빌고 있군." 뒤 루아가 혼잣말을 했다. 이제는 아무런 느낌이 없었고 불쌍하다는 생각도 들지 않았다.

뒤 루아는 천천히 걸음을 옮겨 왈테르 부인이 있는 오른쪽 신자석으로 갔다.

하지만 멀리서 그녀가 있던 자리를 살피던 그는 아무도 없는 것을 보고 깜짝 놀랐다. 저 기둥 뒤가 아니라 딴 자리인가 보다 하고 마지막 기둥까지 갔다가 돌아왔다. 그녀가 가버렸다! 뒤 루아는 놀랍기도 하고 화가 나기도 했다. 어쩌면 여자가 자기를 찾고 있을지도 모른다는 생각이 들어서 성당 안을 여기저기 둘러보았다. 하지만 아무리 찾아도 왈테르 부인이 보이지 않자, 혹시 원래 자리로 돌아올지 모르니 아까 그녀가 있던 자리에 앉아 있기로 했다. 그리고 기다렸다.

그런데 잠시 후 어디선가 속삭이는 목소리가 들렸다. 이쪽에는 아무도 없다. 그렇다면 이 소리는 어디서 나는 것일까? 뒤 루아는 소리 나는 곳을 찾기 위해 일어섰다. 옆쪽 부속 제단 안에 고해실의 문이 눈에 띄었다. 그중 한 곳에서 드레스 자락이 문밖 돌바닥 위로 삐져나와 있었다. 그는 다가가 보았다. 왈테르 부인이었다. 그녀는 고해를 하고 있었던 것이다……!

뒤 루아는 당장 여자의 어깨를 휘어잡아 끌어내고 싶었다. 하지만 '뭐! 지금이야 신부 차례지만 내일은 내 차례일 테니까!'라고 생각하며 고해실의 작은 문 앞에 앉아 여자가 나오기를 기다렸다. 그는 재미있다고 생각하며 혼자 히죽거렸다.

한참 동안 기다렸다. 드디어 왈테르 부인이 일어섰다. 돌아선 그녀는 뒤 루아를 보자마자 차갑고 근엄한 표정으로 다가와 말했다. "절 배웅하지 마세요. 따라오지 마시고, 이제 더 이상 우리 집에 혼자 찾아오지도 마세요. 들어오시지 못하게 할 겁니다. 그럼 이만 안녕히 가세요!"

그리고 그녀는 우아한 자태로 걸음을 옮기며 멀어져 갔다.

뒤 루아는 잡지 않았다. 절대 억지로 일을 진행하지 않는 것이 그의 원칙이었기 때문이다. 잠시 후 사제가 살짝 당혹스러운 얼굴로 고해실에서 나왔다. 뒤 루아는 곧바로 다가가 상대의 눈을 노려보면서 코앞에 대고 말을 뱉었다. "당신이 그 옷을 입고 있지만 않았으면 그 추한 낯짝을 한 대 갈겼을 거요."

그런 다음 뒤 루아는 홱하고 돌아서서 휘파람을 불며 트리니테 성당을 나섰다.

정문 현관에 아까 그 뚱뚱한 남자가 서 있었다. 아내를 기다리다 지쳤는지 뒷짐을 지고 모자를 쓴 채 넓은 광장과 그 광장으로 연결된 거리들을 이리저리 훑어보고 있었다.

뒤 루아가 옆을 지날 때 두 남자는 서로 인사를 했다.

할 일이 없어진 뒤 루아는 《라 비 프랑세즈》로 갔다. 안으로 들어서는 순간 급사들이 분주한 표정으로 움직이는 것을 보고 뭔가 일이 일어나고 있음을 알아차렸다. 뒤 루아는 바로 사장실로 갔다.

왈테르 영감은 초조한 얼굴로 서서 기사를 받아 적게 하고 있었다. 토막토막 짧은 문장들을 부르면서, 사이에 행을 바꿀 때마다 주위에 서 있는 취재기자들에게 일을 시켰다. 또 부아르나르에게 방침을 일러주기도 했고 편지들을 열어보기도 했다.

뒤 루아가 들어서자 사장이 탄성을 질렀다. "아! 정말 잘됐군! 벨아미가 왔어!"

하지만 이내 당황스러운 표정으로 하던 말을 멈췄다. "벨아미라고 불러서 미안하네. 워낙 정신이 없어서 말이야. 아내하고 딸들이 벨아미, 벨아미 하면서 아침부터 저녁까지 얘기를 해대니 나도 습관이 되어버렸군. 불쾌한 건 아니지?"

뒤 루아가 웃으며 대답했다. "전혀 아닙니다. 저도 이 별명을 좋아합니다."

왈테르 영감이 다시 말했다. "좋아. 그럼 나도 이제 자네를 벨아미라고 부르지. 그래! 아주 큰 사건이 터졌네. 310 대 120표로 드디어 내각이 무너졌어. 우리 휴가는 연기일세. 무기한 연기야. 오늘이 7월 28일이지만 말일세. 스페인이 모로코 문제로 분개하는 바람에 뒤랑 드 렌과 그 패거리들이 무너졌고, 우리는 그야말로 발등에 불이 떨어졌네. 마로가 새 내각을 조직하는 임무를 맡았지. 부탱 다크르 장군을 국방성 장관으로, 우리 친구인 라로슈 마티유를 외무성 장관에 앉힐 걸세. 내각 총리와 내무성 장관은 자기가 직접 맡을 거고. 우리 신문은 앞으로 내각의 입장을 대변하게 될 걸세. 내가 지금 사설을 쓰고 있는 중인데, 간단하게 원칙들을 선언해서 장관들이 가야 할 길을 알려 주는 거지."

왈테르 사장이 그 호인 같은 얼굴로 싱긋 웃으며 말을 이었다. "물론 그들이 가고자 하는 길을 말하는 거네. 하지만 모로코 문제에 대해서는 뭔가 흥미로운 게 필요하지. 강렬하고 센세이션을 일으킬 만한 그런 시사 기사가 필요하단 말일세. 어떤 게 좋을까? 한번 찾아보도록 하게."

뒤 루아가 잠시 생각해 보더니 말했다. "아주 적당한 게 있습니다. 아프리카 식민지 전반에 있어서의 우리나라의 정치 상황을 깊이 있게 다뤄보겠습니다. 왼쪽에는 튀니지, 가운데 알제리, 그리고 오른쪽에 모로코가 있잖습니까. 그 넓은 땅에 살아가는 종족들의 역사를 다뤄보고, 그리고 피기그[25] 오아시스까지 모로코 국경을 따라가 보는 기행문을 써보죠. 그 어떤 유럽인도 들어가 본 적이 없는 그곳이 바로 지금 분쟁의 진원지잖습니까. 그러면 되지 않을까요?"

왈테르 영감이 탄성을 질렀다. "아주 훌륭해! 제목은 뭔가?"

"튀니스에서 딩헤르[26]까지!"

"아주 좋아!"

뒤 루아는 《라 비 프랑세즈》의 서고를 뒤져 맨 처음 자기가 썼던 기사 「어느 아프리카 기병의 회상」을 찾아냈다. 제목을 바꾸고 내용을 좀 고치면서 다시 손질을 하면 제대로 들어맞을 것 같았다. 식민지 정책, 알제리 주민들 이야기, 그리고 오랑 지방에 갔던 일이 들어 있었기 때문이다.

약 사십오 분에 걸쳐 뒤 루아는 그 일을 해냈다. 그는 기사를 이리 저리 손보고 최근의 시사 문제와 관련된 이야기를 곁들이면서 새 내각에 관한 찬사를 끼워 넣었다.

기사를 읽고 난 사장이 큰 소리로 말했다. "훌륭해⋯⋯. 훌륭해⋯⋯. 훌륭해. 자넨 정말 소중한 인재야. 정말 고맙네."

뒤 루아는 성공적인 하루를 보낸 것을 기뻐하며 집으로 돌아갔다. 트리니테 성당 일은 일단 실패했지만, 결국에는 이기고 말 게임이라는 것을 알고 있었다.

아내는 흥분해서 그를 기다리고 있었다. 그녀는 남편을 보자마자 큰 소리로 말했다. "알아요? 라로슈가 외무성 장관이 됐어요."

"알고 있소. 좀 전에 그 일과 관련해서 알제리 기사를 쓰고 왔소."

"어떤 기사죠?"

"당신도 알잖소. 우리가 같이 썼던 첫 기사 「어느 아프리카 기병의 회상」 말이오. 그걸 좀 고치고 상황에 맞게 손봤지."

마들렌이 빙그레 웃었다. "그렇군요. 아주 괜찮겠어요."

그녀는 이어 잠시 뭔가를 생각하더니 다시 입을 열었다. "그때 쓰다가⋯⋯ 중단했던 그 기사를⋯⋯ 마저 쓰는 게 어떨까요? 우리가 같이 다시 시작하는 거예요. 지금 상황하고 잘 맞고, 상당히 인기가 좋을 것 같아요."

뒤 루아가 수프가 차려진 식탁에 앉으면서 말했다. "아주 좋은 생각이오. 오쟁이 진 포레스티에도 죽고 없으니 방해될 일도 없고."

마음이 상한 마들렌이 퉁명스럽게 쏘아붙였다. "이제 그런 농담은 아무 소용 없어요. 그만 좀 할래요? 너무 오래 끄는 것 같지 않아요?"

뒤 루아가 다시 빈정거리며 대답을 하려고 하는데 속달 편지가 왔다. 서명도 없이 다음 말만 쓰여 있었다.

제정신이 아니었어요. 용서하시고 내일 4시에 몽소 공원으로 와주세요.

그는 편지의 뜻을 알아차렸다. 갑자기 기쁨으로 가슴이 부풀어 올랐다. 뒤 루아는 파란 봉투를 주머니에 집어넣으며 아내에게 말했다. "앞으론 다시 안 하겠소. 바보 같은 짓이야. 인정해."

그런 다음 저녁을 먹기 시작했다.

뒤 루아는 저녁 식사 내내 머릿속으로 되씹었다. "제정신이 아니었어요. 용서하시고 내일 4시에 몽소 공원으로 와주세요." 그녀가 진 것이다. 그 편지는 곧 '항복합니다. 당신이 원하는 곳에서 당신이 원하는 때에 당신 것이 되겠습니다.'라는 뜻이 아닌가.

그는 혼자 웃었다. 마들렌이 물었다. "왜 그래요?"

"별일 아니오. 오늘 오후에 아주 우스꽝스럽게 생긴 사제를 하나 만났는데 그 사람을 생각하는 중이었소."

뒤 루아는 다음 날 정각에 약속 장소로 나갔다. 공원의 벤치마다 더위에 지친 사람들이 앉아 있었고, 하녀들은 돌봐야 할 아이들이 길바닥 모래 위에 뒹굴고 있는데도 그저 멍하니 앉아 꿈을 꾸고 있는 것 같았다.

뒤 루아는 폐허가 된 고대 양식의 작은 건물과 샘물이 있는 곳에서 왈테르 부인을 찾았다. 그녀는 원형으로 둘러선 기둥들을 따라 초조하고 슬픈 얼굴로 걷고 있었다.

뒤 루아가 다가가 인사를 하자 그녀가 대뜸 말했다. "이 공원엔 사람들이 무척 많네요!"

뒤 루아가 기회를 놓치지 않고 대답했다. "네, 정말 그렇습니다. 다른 곳으로 갈까요?"

"어디로요?"

"어디라도 상관없습니다. 마차 안에 있는 것도 괜찮고요. 부인이 앉으신 쪽 커튼을 내리면 안전하지 않을까요?"

"그래요. 그게 낫겠어요. 여기 있기는 너무 겁이 나네요."

"그럼 오 분 있다가 외곽 대로 쪽으로 난 문으로 오십시오. 삯마차를 구해서 그 앞으로 가겠습니다."

뒤 루아는 뛰어갔다. 두 사람이 다시 만난 다음 왈테르 부인이 앉은 쪽 창문을 제대로 가렸다. 그녀가 바로 물었다. "마부한테 어디로 가자고 했죠?"

뒤 루아가 대답했다. "아무것도 염려하지 마십시오. 다 말해 두었습니다."

뒤 루아는 사실 마부에게 콩스탕티노플 거리에 있는 자기 아파트 주소를 일러주었다.

왈테르 부인이 다시 말했다.

"당신 때문에 내가 얼마나 힘들고 고통스러운지 모르실 거예요. 어제 성당에서는 제가 정말 모질게 대했죠. 무슨 일이 있어도 당신한테서 벗어나고 싶었어요. 당신하고 단둘이 있는 게 너무 무서웠어요. 절 용서하실 수 있나요?"

뒤 루아가 그녀의 손을 잡으며 말했다. "그럼요, 그럼요. 이렇게 사랑하는데 도대체 용서하지 못할 일이 뭐가 있겠습니까?"

왈테르 부인은 애원하듯 그를 바라보며 말했다. "제 말 들어주세요. 저를 존중하겠다고…… 함부로…… 함부로…… 하지 않겠다고 약속해 주세요. 그러지 않으면 저는 더 이상 당신을 볼 수 없습니다."

뒤 루아는 처음에는 아무 대답도 하지 않았다. 그저 콧수염 아래로 여자들의 마음을 휘젓는 부드러운 미소만 지어 보였다. 그런 다음 나지막하게 말했다. "저는 당신의 노예입니다."

왈테르 부인이 얘기를 시작했다. 그녀는 뒤 루아가 마들렌 포레스티에와 결혼한다는 소식을 듣는 순간 자기의 사랑을 깨달았다고 했다. 그러면서 시시콜콜 날짜를 챙겨가며 은밀한 것들까지 상세하게 늘어놓았다.

그러다 갑자기 말을 멈췄다. 마차가 섰기 때문이다. 뒤 루아가 문을 열었다.

왈테르 부인이 물었다. "여기가 어디죠?"

"내리셔서 이 집으로 들어가세요. 좀 더 편안할 겁니다."

"어딘데요?"

"제 집입니다. 결혼 전에 쓰던 아파트를 다시…… 며칠 동안만 빌렸습니다. 우리가 만날 수 있는 자리를 마련하려고요."

그녀는 뒤 루아와 단둘이 마주 앉을 생각을 하자 덜컥 겁이 나서 마차 좌석에서 떨어지지 않으려고 했다. 그리고 더듬거렸다. "싫어요, 싫어요. 안 갈래요. 안 갈래요."

뒤 루아가 목소리에 힘을 주며 말했다. "맹세컨대 부인의 뜻을 존중하겠습니다. 이리 오십시오. 다들 우릴 쳐다보잖습니까. 이러다 사람들이 모여들겠습니다. 서두르세요……. 빨리 서두르세요……. 내리세요."

뒤 루아가 다시 한 번 말했다. "맹세컨대 부인의 뜻을 존중하겠습니다."

술집 주인이 문 앞에 서서 구경거리라도 되는 듯 신이 나서 쳐다보고 있었다. 겁이 난 왈테르 부인은 바로 안으로 들어갔다.

그녀가 계단을 오르려고 하자 뒤 루아가 팔을 잡아당기며 말했다. "여기 1층입니다."

뒤 루아는 그녀를 아파트 안으로 밀어 넣었다.

그리고 문을 닫자마자 먹잇감에 달려들듯 여자에게 달려들었다. 왈테르 부인은 발버둥을 치고 저항하면서 더듬거렸다. "아! 어쩌면 좋아……. 아! 어쩌면 좋아……."

뒤 루아는 여자의 목덜미에, 눈에, 그리고 입술에 미친 듯이 키스를 퍼부었다. 여자는 그의 격렬한 애무를 피할 수가 없었다. 그리고 남자를 밀쳐 내면서도, 남자의 입술을 피하면서도, 자기도 모르게 키스를 하고 있었다.

갑자기 그녀가 저항을 멈추었다. 정복당한 여자는 모든 것을 체념한 채 남자가 자기 옷을 벗기게 두었다. 뒤 루아는 하나씩 하나씩, 능숙하고 재빠르게, 마치 하녀처럼 가벼운 손놀림으로 그녀의 옷을 벗겨 나갔다.

왈테르 부인은 뒤 루아가 들고 있던 웃옷을 빼앗아 그 속에 얼굴을 파묻었다. 옷가지가 발치에 흐트러졌고, 그녀는 그 가운데 하얀 살결을 드러낸 알몸으로 서 있었다.

뒤 루아가 그녀의 신발은 벗기지 않고 그대로 안아 침대로 데려갔다. 여자가 그의 귀에 대고 띄엄띄엄 끊어지는 목소리로 속삭였다. "정말이에요……. 정말이에요……. 지금껏 단 한 번도 애인이 없었어요." 마치 처녀가 "정말 전 처녀예요."라고 말하는 것 같았다.

뒤 루아가 속으로 생각했다. '그런 건 아무래도 상관없는데, 뭘.'

5

다시 가을이 왔다. 뒤 루아 부부는 여름 내내 파리에 있었다. 하원 의원들이 잠시 휴가를 떠난 동안에도 《라 비 프랑세즈》는 새 내각을 적극 지지하는 운동을 하느라 여념이 없었다.

10월 초순에 이미 하원은 개원 준비를 하고 있었다. 모로코의 상황이 꽤 심각해진 것이다.

지난 의회 회기의 마지막 날에 우파 의원인 랑베르 사라쟁 백작이 새 내각은 이전 내각을 그대로 따라 할 거라고, 전 내각이 튀니스에 파병했으니 짝을 맞춰 균형을 이루느라 이번에는 탕헤르에 파병을 할 것이라고 연설을 했다. 그렇지만 다들 마음속으로는 탕헤르 파병이 정말로 이루어지리라고 믿지는 않았다. 그날 랑베르 사라쟁 백작은 새로운 파병이 벽난로 위에 꽃병을 두 개 나란히 놓는 것과 똑같은 이치라면서, 옛날 인도의 유명한 총독이 했던 것처럼 자기도 총리의 구레나룻 수염과 자기 콧수염을 걸고 내기할 수 있다고 했다. 그는 이 재기 발랄한 연설로 중도파 의원들한테까지 박수를 받았다.

그는 또 이런 말도 했다. "여러분, 사실 아프리카 땅은 프랑스의 벽난로입니다. 우리의 제일 좋은 장작이 타고 있는 곳이죠. 활활 타오르는 그 벽난로를 우리는 시체를 태워서 지피고 있는 겁니다. 여리분이 예술적인 상상력을 발휘하여 벽난로 왼쪽에 값비싼 튀니지산 골동품을 가져다 놓았으니, 이제 마로 씨는 전임자를 본받아 벽난로 오른쪽을 모로코산 골동품으로 장식하고 말 겁니다."

뒤 루아는 한동안 인구에 회자된 이 연설에서 영감을 얻어 알제리 식민지에 대한 기사를 열 편이나 썼다. 그렇게 신문사에 처음 들어왔을 때 쓰다가 중단했던 연재물을 마무리했다. 뒤 루아는 절대 파병은 없으리라고 확신하면서도 겉으로는 열렬히 지지했다. 그는 독자들의 애국심을 부추기면서, 흔히 사람들이 자기와 이해관계가 상반되는 적에게 퍼붓는 온갖 모욕적인 비난을 스페인을 향해 쏟아부었다.

《라 비 프랑세즈》는 권력과 밀착 관계라는 사실이 알려지면서 상당한 세력을 얻게 되었다. 《라 비 프랑세즈》는 믿을 만한 다른 신문사들보다 먼저 새로운 정치 소식을 전했고, 자기편인 장관들의 견해를 은근슬쩍 흘렸다. 파리의 신문들은 물론이고 지방의 신문들까지 《라 비 프랑세즈》에서 정보를 얻었다. 모두 《라 비 프랑세즈》를 인용했고, 《라 비 프랑세즈》를 두려워했으며, 《라 비 프랑세즈》를 존중하기 시작했다. 정치 투기꾼들이 모인 곳이라는 혐의를 벗어던진 《라 비 프랑세즈》는 이제 내각의 기관지로 공개적인 인정을 받았다. 《라 비 프랑세즈》의 중추는 라로슈 마티유였고, 뒤 루아는 《라 비 프랑세즈》의 대변인이었다. 음흉하고 잘 나서지 않는 왈테르 사장은 뒤에 숨어서 막대한 이익이 걸린 모로코의 구리 광산 문제를 조종하고 있다는 소문이 돌았다.

이제 마들렌의 객실은 막대한 영향력을 지닌 곳이 되었고, 매주 각료 몇 명이 찾아와서 시간을 보냈다. 심지어 그녀가 마련한 저녁 식사에 총리도 두 번이나 다녀갔다. 지금까지 이 집에 들어서기를 망설이던 정치인 아내들이 이제는 앞다투어 마들렌과의 친분을 과시하려 했고, 마들렌이 찾아가기보다는 그 여자들이 찾아왔다.

외무성 장관은 마들렌의 집에서 아예 자기가 주인인 양 행세했다. 전보, 새 소식, 정보 등을 수시로 들고 찾아와서는 남편 혹은 아내에게 받아 적게 했다. 마치 이 부부가 장관의 비서가 된 것 같았다.

뒤 루아는 장관이 돌아가고 마들렌과 단둘이 있을 때면 별 볼 일 없는 주제에 벼락출세한 인간이라며 장관을 향해 분노와 경멸이 가득한 욕을 퍼부었다.

그럴 때면 마들렌은 소용없는 말이라는 듯 어깨를 들썩이며 늘 같은 대답을 했다. "당신도 그렇게 해요. 장관이 돼요. 그러면 그렇게 거들먹거릴 수 있으니까. 그때까지는 조용히 있어요."

뒤 루아는 콧수염을 만지작거리면서 곁눈으로 아내를 바라보며 말했다.

"다들 내가 무슨 일까지 해낼 수 있는지 잘 모르고 있지. 언젠가 알게 될 거야."

그러면 마들렌은 철학적으로 대답했다. "살다 보면 알게 되리라."

하원이 개원하는 날 아침 마들렌은 침대에 누운 채로 남편이 해야 할 일들에 대해 계속 이야기했다. 뒤 루아는 라로슈 마티유를 만나러 가려고 옷을 입는 중이었다. 개회 전에 같이 식사를 하면서 다음 날 《라 비 프랑세즈》의 정치 사설을, 사실상 내각의 계획이 공표되는 기사를 어떻게 써야 할지 지시 사항을 듣기 위해서였다.

마들렌이 또 말했다. "사람들 말대로 벨옹클 장군이 오랑으로 가는지 잊지 말고 확인해 봐요. 상당히 중요한 의미가 있는 일이니까."

뒤 루아가 짜증을 내며 대답했다. "뭘 해야 하는지는 당신보다 내가 더 잘 알고 있소. 제발 잔소리 좀 그만하지."

마들렌이 흔들림 없이 다시 말했다. "장관 만날 때마다 뭐 좀 알아보라고 부탁을 하면 당신은 매번 절반은 잊어버리잖아요."

뒤 루아가 마땅찮은 어조로 말했다. "당신 장관 때문에 아주 짜증이 나는군! 그 멍청한 인간 때문에!"

마들렌이 다시 한 번 태연하게 말했다. "내 장관뿐 아니라 당신 장관이기도 하죠? 나보다는 당신한테 더 큰 도움이 되잖아요."

고개를 돌려 마들렌을 쳐다보고 있던 뒤 루아가 빈정거렸다. "미안하오. 그자가 나한테는 별로 공을 안 들이거든."

마들렌이 목소리에 힘을 주며 천천히 말했다. "나한테도 안 그래요. 무엇보다도 그 사람 때문에 우리가 얻는 게 많다는 걸 잊지 마요."

잠시 말이 없던 뒤 루아가 다시 입을 열었다. "당신을 따라다니는 남자들 중에 하나를 고르라면 난 그나마 얼간이 같은 보드렉이 제일 낫더군. 그 사람은 요즘 어떻게 지내는 거요? 벌써 일주일째 안 보이던데."

마들렌이 무심한 목소리로 대답했다. "많이 아프시다고 하더군요. 통풍 때문에 누워 있다는 편지를 받았어요. 당신이 좀 들러서 인사드리고 와요. 알다시피 당신을 무척 좋아하니까 기뻐하실 거예요."

뒤 루아가 대답했다. "알겠소. 오늘 오후에 들러보지."

그 사이 뒤 루아는 옷을 다 입었고 모자까지 썼다. 마지막으로 빠뜨린 것이 없는지 살폈다. 아무 문제가 없음을 확인한 그는 침대로 다가가 아내의 이마에 입을 맞추었다. "이따 봅시다. 아무리 일러도 7시 전에는 못 들어올 거요."

그리고 밖으로 나갔다.

라로슈 마티유는 그를 기다리고 있었다. 의회 개원에 앞서 정오에 각료 회의가 있기 때문에 그날은 10시에 식사를 해야 했던 것이다.

라로슈 마티유 부인은 식사 시간을 바꾸고 싶지 않았기 때문에 식탁에는 수행 비서와 장관, 그리고 뒤 루아만 앉았다. 뒤 루아는 기사를 어떻게 쓸 생각인지에 대해 얘기했다. 명함 위에 갈겨써 놓은 메모를 보면서 논지를 설명했고, 이야기를 마친 다음 물었다. "어떻습니까? 장관 각하. 수정할 것이 있습니까?"

"거의 없소. 그저 모로코 문제에 대해 좀 지나치게 단정적인 게 아닌가 싶군. 파병 문제를 말할 때는, 꼭 해야 하는 일이기는 하지만 실제 그런 일이 일어나지는 않을 거라는 암시를 주는 게 나을 것 같소. 당신도 파병을 하리라고 생각하지는 않는다는 걸 독자들이 느낄 수 있도록 말이오. 행간을 잘 이용해서 우리가 그런 모험에 휘말리게 되지는 않을 것임을 알아차릴 수 있게 해주시오."

"예. 장관님 뜻을 잘 이해했습니다. 독자들도 제 뜻을 잘 이해하게 만들겠습니다. 그리고 이 일과 관련해서 아내가 알아오라고 한 것이 있는데요. 벨옹클 장군이 오랑에 파견됩니까? 조금 전 말씀하신 것으로 보자면 그런 일은 없을 것 같군요."

장관이 대답했다. "그런 일은 없을 거요."

이어 새로 시작되는 회기에 관해 이야기가 시작되었다. 라로슈 마티유는 거들먹거리며 몇 시간 뒤 의회에서 동료 의원들을 설복시킬 연설을 연습했다. 오른손을 흔들면서 포크나 나이프를 들어 올렸고 빵 한 조각을 들어 올리기도 했다. 그는 뒤 루아도 비서도 쳐다보지 않으면서, 그저 눈에 보이지 않는 의회를 향해 달착지근한 연설에 열중했다. 쉬지 않고 떠벌리는 라로슈 마티유는 잘생긴 멋쟁이의 모습이었다. 아주 작은 콧수염이 입술 위에서 전갈의 꼬리처럼 양쪽으로 뻗쳐 올라갔고, 기름을 발라 번쩍거리는 머리카락이 관자놀이까지 둥근 곡선을 그린 시골 멋쟁이 스타일이었다. 그런데 나이에 비해 살이 많이 찐 편이라 몸이 부어 보였고, 배가 나와서 조끼도 불룩하게 솟아 있었다. 수행 비서는 장관이 쉬지 않고 떠들어대는 것에 이미 익숙한지 조용히 먹고 마셨다. 뒤 루아는 앞에 앉은 남자의 성공에 질투가 나서 속이 뒤틀리는 것 같았다. 혼자 마음속으로 외쳤다. '제길, 얼간이 같으니! 정치인들이란 정말 멍청이들이라니까!'

뒤 루아는 기드름 피우며 수다를 떠는 장관에 비하면 자기가 얼마나 훌륭한 인물인지 생각해 보며 속으로 되뇌었다. '제길, 나도 십만 프랑만 있으면 루앙 지역에서 내 아름다운 고향의 의원 자리에 출마할 텐데. 그러면 음흉하고 우둔한 우리 노르망디 사람들의 욕심을 잘 요리해서 훌륭한 정치가가 될 거고. 앞도 내다볼 줄 모르는 애송이 같은 인간들하고는 다르지.'

커피를 마실 때까지 라로슈 마티유는 계속 떠들었다. 잠시 후 시간이 늦었다는 것을 깨닫고는 뒤 루아에게 손을 내밀며 물었다.

"내 말 잘 알아들었소?"

"물론입니다, 장관 각하. 저만 믿으십시오."

뒤 루아는 어차피 4시까지는 할 일이 없었으므로 신문사에 가서 기사를 쓰기로 하고 천천히 걸음을 옮겼다. 4시에는 콩스탕티노플 거리에서 드 마렐 부인을 만나기로 했다. 두 사람은 일주일에 두 번 월요일과 금요일에 날짜를 정해 놓고 규칙적으로 만나는 중이었다.

그런데 편집실에 들어서자 속달 편지를 넣은 봉투가 기다리고 있었다. 왈테르 부인이 보낸 것이었다.

> 오늘 꼭 만나야 해요. 중요한, 아주 중요한 일이에요. 2시에 콩스탕티노플 거리로 갈게요. 당신한테 큰 도움이 될 일이 있어요.
> 죽는 날까지 당신을 사랑하는, 비르지니.

"제기랄! 정말 성가신 여자로군!" 뒤 루아가 화를 내며 거칠게 내뱉었다. 그는 갑자기 불쾌해졌다. 짜증이 나서 도저히 일을 할 수가 없었다. 그래서 그냥 밖으로 나가기로 했다.

뒤 루아는 벌써 육 주째 이 여자와 헤어지려고 애쓰는 중이었다. 그런데 상대가 워낙 끈질기게 달라붙는 바람에 질질 끌고 있었다.

뒤 루아를 처음 받아들인 그날 이후 왈테르 부인은 끔찍한 후회에 사로잡혔다. 세 번을 만나는 동안 그녀는 쉬지 않고 뒤 루아에게 비난과 저주를 퍼부었다. 결국 그는 여자가 이렇게 난리 법석을 피우는 것에 짜증이 났다. 사실 감정이 극단으로 치닫는 이 중년 여자한테 이미 싫증이 나기도 했다. 그래서 가능한 한 만나지 않고 피해 다니다 보면 저절로 관계가 끝날 거라고 기대했다. 하지만 여자는 미친 듯이 매달렸다. 목에 돌을 매달고 강물로 뛰어들듯 그렇게 사랑에 온몸을 던졌다. 뒤 루아는 마음이 약해지기도 했고, 상대를 모욕하는 말을 피하고 싶기도 했고, 또 예의를 차리지 않을 수는 없는 처지였다. 결국 그렇게 눈치를 보는 사이 어영부영 다시 관계가 시작되었다. 왈테르 부인은 피곤할 정도로 열정적인 사랑으로 뒤 루아를 꼼짝 못하게 했고, 심지어 그 애정으로 뒤 루아를 고통스럽게 했다.

그녀는 매일 뒤 루아를 만나려고 했다. 길거리 어느 구석에서 혹은 공원에서 당장 만나자며 수시로 전보를 보내왔다.

그리고 매일같이 뒤 루아를 너무 사랑하고 숭배한다며 같은 말을 되풀이했다. 헤어질 때는 "당신을 만나서 너무 행복해요."라고 했다.

왈테르 부인은 뒤 루아가 생각했던 것과 딴판이었다. 그녀는 어린애 같은 애교를 부리면서 나이에 어울리지 않고 우스꽝스럽기까지 한 유치한 사랑으로 뒤 루아를 유혹하려 했다. 그동안 정숙하게만 살아왔기 때문에 처녀와 다름없는 마음으로 관능의 쾌락을 전혀 모르던 여자에게, 별로 덥지 않은 여름이 가고 찾아온 맨송맨송한 가을 같은 사십 대를 살고 있던 여자에게, 별안간 이 일이 닥친 것이다. 말하자면 꽃피는 계절이지만 이미 다 시들어버린 봄, 제때가 아닐 때 피어난 꽃들과 제대로 싹을 틔우지 못한 새싹들이 가득한 봄과 같았다. 어린 처녀의 순진한 색정이 뒤늦게 꽃피어난 야릇한 상황이라서, 그녀는 예기치 못한 열정에 걷잡을 수 없이 빠져들었고 열여섯 살 아가씨처럼 조그맣게 탄성을 지르기도 했다. 또 당혹스러운 응석으로 그야말로 몸 둘 바를 모르게 했고, 젊음을 건너뛰고 늙은 나이에 나타난 괴상망측한 애교를 부렸다. 그녀는 뒤 루아에게 편지를 하루에 열 통씩 썼다. 기이한 문체에 시적이고 우스꽝스러운, 정말 제정신이 아닌 멍청한 편지들이었다. 동물과 새 이름이 가득 등장하는 게 흡사 인디언들이 쓴 것 같았다.

주위에 아무도 없을 때면 왈테르 부인은 서슴지 않고 뒤 루아를 껴안았다. 다정하게 달려들 때면 뚱뚱한 말괄량이 계집애 같았다. 그녀는 야릇하고 추하게 입술을 움츠렸고, 이리저리 춤추듯 돌아다닐 때면 윗옷 아래로 커다란 젖가슴이 출렁거렸다.

무엇보다도 그녀가 '내 생쥐', '내 강아지', '나의 고양이', '내 보석', '나의 파랑새', '나의 보물' 하고 부를 때면 뒤 루아는 구역질이 날 것 같았다. 그리고 그의 손이 몸에 닿을 때마다 교태를 부리는 것도 끔찍하게 싫었다. 그러니까 그녀는 매번 어린애처럼 부끄러워했고, 그래야 더 예쁘다고 생각하는지 일부러 겁먹은 표정을 짓거나 아니면 타락한 여학생 흉내를 냈다.

그녀는 또 이렇게 물었다. "이 입이 누구 거죠?" 뒤 루아가 바로 대답을 하지 않으면 "내 거!" 하고 대답했다. 그녀는 이런 짓을 지치지 않고 계속했고, 뒤 루아는 짜증이 나서 얼굴이 파랗게 질릴 정도였다.

사랑을 하려면 적어도 요령이 있고 기교가 있어야 한다는 것을, 극도로 조심스럽고 정확해야 한다는 것을 당연히 알아야 하지 않는가. 더구나 한 가정의 주부이고 사교계에서도 어느 정도 자리를 잡은 중년의 여자가 아닌가. 그 나이에 남자에게 몸을 맡기려면 당연히 신중하게, 솟아오르는 정열을 절제하면서, 품위를 지키며, 차라리 눈물을 흘려야 하지 않는가. 물론 줄리엣의 눈물이 아니라 디도[27]의 눈물을 말이다.

그녀는 뒤 루아에게 말하고 또 말했다. "정말 사랑해요, 내 사랑. 당신도 날 사랑하나요? 말해 봐요, 우리 아가!"

그녀가 자기를 '우리 꼬마', '우리 아가'라고 부를 때마다 뒤 루아는 '우리 늙은 여자'라고 부르고 싶었다.

그녀는 이런 말도 했다. "당신한테 넘어가다니 내가 정말 미쳤었나 봐요. 하지만 후회하지 않아요. 사랑을 하니 너무 좋아요."

왈테르 부인의 입에서 이런 말들이 나올 때면 뒤 루아는 짜증이 나서 견딜 수가 없었다. 그녀는 연극에 나오는 순진한 처녀처럼 "사랑을 하니 너무 좋아요!"라고 말했다.

하물며 왈테르 부인은 애무도 서툴러서 뒤 루아를 더욱 짜증스럽게 했다. 이 미남 청년의 키스를 받고서 갑자기 관능에 눈을 떴고 더구나 상대가 지나치게 강렬하게 그 피를 뜨겁게 해버렸기 때문에, 그녀의 애무는 열정만 넘치고 서툴기 그지없었다. 또 그 진지한 모습이 어찌나 우스운지 흡사 늙은이가 처음 글을 배우고 있는 것 같았다.

그녀는 젊음이 시들어버린 여자들이 마지막 사랑을 불태울 때처럼 견디기 힘든 깊은 눈길을 보내며 으스러지도록 껴안았고, 이미 지쳤지만 여전히 만족을 모르는 뜨겁고 육중한 몸으로 눌러댔고, 소리 없이 떨리는 입으로 물어뜯었다. 그런 와중에도 어린 계집애처럼 몸을 비틀고 애교를 부리며 계속 "사랑해, 자기. 정말 사랑해. 당신의 예쁜 애인을 사랑해 줘." 하고 재잘거렸다.

그럴 때면 뒤 루아는 한바탕 욕을 퍼부어 버리고 싶었다. 모자를 찾아 쓰고 문을 박차고 나가 버리고 싶었다.

두 사람은 처음에는 콩스탕티노플 거리에서 자주 만났다. 하지만 문득 뒤 루아는 잘못하다가는 드 마렐 부인과 마주칠지 모른다는 생각이 들었다. 그래서 이후 온갖 핑계를 대면서 그곳에서 만나는 것을 피했다.

결국 매번 왈테르 부인의 집으로 갈 수밖에 없었다. 어떨 때는 점심 식사 자리에 갔고, 저녁 식사 때 가는 날도 있었다. 왈테르 부인은 식탁 밑으로 손을 집어넣어 뒤 루아의 손을 붙잡았고, 문 뒤에서 입술을 내밀었다. 하지만 정작 뒤 루아는 쉬잔과 즐기는 것이 좋았다. 쉬잔은 재미있는 짓을 많이 했다. 인형 같은 아가씨의 몸 안에는 민첩하고 짓궂은, 어디로 튈지 알 수 없는 음흉한 기지가 꿈틀거리고 있다가 장날에 공연을 벌이는 인형극의 인형처럼 튀어나왔다. 그녀는 그야말로 신랄하게 모든 사람을 조롱했다. 뒤 루아가 그녀의 흥을 돋우었고, 더 독하게 빈정거리도록 옆에서 들쑤셨다. 두 사람은 기가 막히게 죽이 잘 맞았다.

쉬잔은 쉴 새 없이 뒤 루아를 불러댔다. "여기요, 벨아미. 이리 와 봐요, 벨아미."

그러면 뒤 루아는 어머니를 버려두고 딸에게 달려갔다. 딸은 그의 귀에 대고 누군가를 야유하는 말을 속삭였다. 두 사람은 신이 나서 웃어댔다.

그러는 동안 뒤 루아는 그 어머니와의 사랑에 점점 진력이 났고, 더 이상 참기 힘들 만큼 끔찍하게 싫어졌다. 왈테르 부인의 얼굴을 볼 때마다, 그 목소리를 들을 때마다, 그녀를 생각할 때마다 화가 치밀어 오를 정도였다. 결국 그는 왈테르 부인 집에 발을 끊었고, 편지에도 답장하지 않았고, 아무리 불러내도 응하지 않았다.

뒤 루아가 더 이상 자기를 사랑하지 않는다는 것을 깨달은 왈테르 부인은 너무나 괴로웠다. 그녀는 포기하지 못하고 계속 뒤 루아의 거동을 엿보았고, 따라다녔고, 신문사 앞이나 그의 집 앞에서 마차 창문에 발을 내린 채로 버티고 앉아 기다렸다. 그가 지나다니는 거리에서 무작정 기다리기도 했다.

뒤 루아는 그럴 때마다 매몰차게 고함을 치고 한 대 갈겨버리고 싶었다. "제길, 이제 지긋지긋해! 당신 때문에 아주 짜증이 난단 말이야!"라고 말해 버리고 싶었다. 하지만 《라 비 프랑세즈》가 걸려 있으니 신중하게 처신할 수밖에 없었다. 그냥 차갑게 대하고, 정중한 척하면서 매몰차게 굴고, 이따금 모진 말을 해서 상대가 스스로 이 관계를 끝내야 한다는 것을 깨닫게 하는 수밖에 없었다.

왈테르 부인은 특히 뒤 루아를 콩스탕티노플 거리의 아파트로 불러내려고 끈질기게 애를 썼다. 뒤 루아는 언젠가 두 여자가 문에서 마주치게 될지 모른다는 생각을 하면 소름이 끼쳤다.

어쨌든 왈테르 부인과 반대로 드 마렐 부인과의 애정은 여름을 보내면서 더 깊어졌다. 뒤 루아는 그녀를 '말괄량이'라고 불렀고, 정말 그녀가 좋았다. 두 사람은 기질이 무척 비슷했다. 둘 다 방랑의 삶을 즐기는 모험적인 부류에 속했다. 본인들은 깨닫지 못했지만 이 두 사교계의 방랑자는 거리를 떠도는 집시들과 똑같았다.

뒤 루아와 드 마렐 부인은 달콤한 여름을 보냈다. 방학 동안 마음껏 즐기는 학생들처럼 낮이고 밤이고 아르장퇴유, 부지발, 메종, 푸아시를 쏘다니며 식사를 했다. 보트를 타고 나가 제방을 따라가면서 몇 시간이고 꽃을 따기도 했다. 드 마렐 부인은 센 강가에서 파는 튀김 요리를 좋아했고, 토끼 고기 조림, 적포도주와 양파로 맛을 낸 생선 요리를 좋아했다. 그리고 선술집의 넝쿨 덮인 정자를 좋아했고, 보트 놀이를 즐기는 사람들이 떠드는 소리를 좋아했다. 뒤 루아는 날씨가 좋을 때면 교외선 기차의 지붕 위 좌석을 타고 떠나는 것도 좋아했다. 그렇게 두 사람은 신 나는 농담을 주고받으면서 여기저기 부르주아들의 저택이 늘어선 파리 근교의 전원을 돌아다녔다.

돌아오는 길에 저녁 식사 초대 때문에 어쩔 수 없이 왈테르 부인의 집에 가야 하는 날이면 뒤 루아는 옛 정부가 여전히 집착을 버리지 못하고 악착같이 매달리는 것이 가증스럽게 느껴졌다. 막 헤어진 젊은 여인, 강가 풀숲에서 그의 욕정을 풀어주고 정열을 거두어준 젊은 여인을 생각하면 왈테르 부인이 더 싫어졌다.

뒤 루아는 결국 조금 거칠다 싶을 정도로 분명하게 결별 의사를 밝혔다. 그리고 드디어 사장 부인으로부터 자유로워졌다고 생각했다. 그런데 2시에 콩스탕티노플 거리에서 보자는 전보가 온 것이다.

뒤 루아는 걸으면서 다시 한 번 편지를 읽었다.

> 오늘 꼭 만나야 해요. 중요한, 아주 중요한 일이에요. 2시에 콩스탕티노플 거리로 갈게요. 당신한테 큰 도움이 될 일이 있어요.
> 죽는 날까지 당신을 사랑하는, 비르지니.

뒤 루아는 생각했다. '이 늙은 올빼미 같은 여자가 또 뭘 어쩌자는 거야? 할 얘기도 없으면서 이러는 게 분명해. 또 사랑하네 어쩌네 하겠지. 그래도 안 만날 순 없지. 아주 중요한 일이고 큰 도움이 될 일이라고 하는데, 혹시 정말일지도 모르니 말이야. 클로틸드가 4시에 올 거니까 늦어도 3시에는 돌려보내야겠군. 제길! 두 여자가 마주치면 안 되는데! 여자들이란 참 성가시군!'

그러자 이 여자들과 달리 아내는 정말 자기를 귀찮게 하지 않는다는 생각이 들었다. 마들렌은 알아서 잘 살았다. 그러면서도 사랑을 위해 정해 놓은 시간에는 뒤 루아를 아주 많이 사랑하는 것 같았다. 그러니까 그녀는 일상적인 매일매일의 삶 속에 정해 놓은 질서가 흔들리는 것을 절대 용납하지 않았던 것이다.

뒤 루아는 천천히 걸음을 옮겨 밀회 장소로 갔다. 사장 부인에 대한 불만 때문에 속으로는 굉장히 화가 났다.

'별 얘기도 없이 불렀으면 이번엔 본때를 보여 주겠어. 캉브론[28]이 말한 불어도 내 말에 비하면 아주 점잖다는 걸 알게 해주지. 우선 그 여자의 집에 다시는 발을 들여놓지 않겠다고 선언하겠어.'

뒤 루아는 들어가 왈테르 부인을 기다렸다.

곧이어 왈테르 부인이 왔다. 그녀는 뒤 루아를 보자마자 말했다.

"아, 전보를 무사히 받았군요. 정말 다행이에요."

뒤 루아는 사나운 표정을 지으며 물었다. "물론 왔소. 신문사에서 하원으로 가려던 참에 전보를 받았소. 또 무슨 일이오?"

키스를 하려고 베일을 들어 올린 왈테르 부인은 자주 두들겨 맞아서 설설 기는 개처럼 겁먹은 표정으로 다가왔다.

"왜 나한테 이렇게 잔인해요? 너무 매정하게 말하잖아요. 내가 무슨 잘못을 했죠? 내가 당신 때문에 얼마나 고통스러운지 모르겠어요?"

뒤 루아가 으르렁대듯이 말했다. "또 시작할 거요?"

왈테르 부인은 연인이 웃어주기를 기다리며, 손짓만 하면 바로 그 품에 달려들기 위해 바로 옆에 서 있었다.

그녀가 중얼거렸다. "이런 식으로 대할 거면 날 건들지 말았어야죠. 그냥 얌전히 행복하게 잘 살고 있었잖아요. 그날 성당에서 나한테 한 말 기억해요? 그리고 날 어떻게 억지로 이 방에 들어오게 했는지도요? 그래 놓고 이제 와서 그렇게 말하다니! 날 이런 식으로 맞이하다니! 세상에! 세상에! 당신 때문에 너무 힘들어요!"

뒤 루아는 발을 구르며 거칠게 내뱉었다. "아! 이런 빌어먹을! 이제 정말 지겨워 죽겠소! 만날 때마다 똑같은 소리를 들어야 하다니! 내가 아무것도 모르는 열두 살짜리 애를 데려오기라도 한 것 같군. 그건 아니잖소. 자, 이건 분명히 합시다. 내가 미성년자를 유괴한 건 아니잖소. 당신은 분별력이 멀쩡한 상태에서 스스로 몸을 주었소. 물론 고맙게 생각하고 있소. 진심으로 고맙소. 하지만 그렇다고 내가 죽을 때까지 당신 치마폭에 매달려 있어야 한단 말이오? 당신은 남편이 있고 난 아내가 있으니까 우리 둘 다 자유의 몸이 아니잖소. 우린 그저 아무도 보지 못하게, 아무도 알지 못하게, 일시적으로 욕정을 즐긴 것뿐이란 말이오. 이제 다 끝났고!"

왈테르 부인이 말했다. "아! 당신은 너무 잔인해요. 야만스럽고 비열해요. 그래요! 난 젊은 처녀가 아니에요. 하지만 이제껏 한 번도 사랑에 빠진 적이 없었고, 단 한 번도 남자를……"

뒤 루아가 그녀의 말을 자르며 소리를 질렀다. "그 얘긴 귀에 못이 박히도록 들었으니까 나도 알고 있소. 아무리 그래도 당신은 애가 둘이고……. 그러니까 내가 뭐 처녀를 범한 것도 아니란 말이지……."

왈테르 부인이 뒷걸음질 치며 말했다. "아! 조르주! 어쩜 그렇게 야비하게……!"

그녀는 말을 끝맺지 못하고 두 손을 가슴에 댄 채 목구멍에서 올라오는 오열 때문에 헉헉거렸다.

여자가 울기 시작하자 뒤 루아는 벽난로 구석에 둔 모자를 집어 쓰며 말했다.

"아! 또 울 거요? 그럼 난 가겠소! 그러니까 이 난리를 치자고 날 부른 거로군."

그러자 왈테르 부인이 한 발자국 앞으로 나와 뒤 루아의 앞을 가로막았다. 그녀는 재빨리 주머니에서 손수건을 꺼내 순식간에 눈물을 닦았고, 마음을 힘들게 추스르고 간신히 가라앉힌 목소리로 말했다. 억누를 수 없는 슬픔 때문에 목소리가 떨려 여러 번 말을 멈춰야 했다.

"아니에요……. 오늘 보자고 한 건…… 전할 소식이…… 정치 소식이…… 당신이 오만 프랑을…… 어쩌면 더 큰돈을 벌 수 있는 기회가 있어요."

뒤 루아가 갑자기 부드러워진 목소리로 물었다. "그런 일이! 도대체 무슨 얘기를 하는 거요?"

"나도 어제저녁에 우연히 알게 됐어요. 남편이 라로슈와 하는 말을 들었거든요. 그 사람들은 내 앞에서 얘기할 때 워낙 숨기는 게 많아요. 왈테르가 장관한테 그랬어요. 당신은 절대 모르게 하라고. 당신이 알았다간 모두 다 알게 될 거라고요."

뒤 루아는 다시 모자를 벗어 의자 위에 내려놓고는 잔뜩 긴장한 얼굴로 상대의 말을 기다렸다.

"그래, 그러니까 무슨 일이오?"

"모로코를 점령할 거예요!"

"그럴 리 없소. 오늘 라로슈하고 식사를 할 때 내각의 계획을 하나하나 불러주다시피 했단 말이오."

"아니에요. 자기들의 야합을 눈치챌까 봐 연극을 하는 거예요."

"좀 앉읍시다." 뒤 루아가 말했다.

그러면서 자기도 팔걸이의자에 앉았다. 왈테르 부인은 등받이 없는 작은 의자를 당겨서 뒤 루아의 두 다리 사이에 웅크리듯 앉았다. 그녀의 목소리는 다시 차분해졌다. "난 늘 당신만 생각해요. 주위에서 사람들이 속삭이는 소리까지도 귀 기울여 듣죠."

왈테르 부인은 남편과 장관이 은밀하게 꾸미고 있는 일을 자기가 처음 어떻게 눈치챘는지를 천천히 이야기해 나갔다. 그들이 뒤 루아를 끼워주지 않으려 하면서 그저 이용하고 있다고도 했다.

그녀가 말했다. "알아요? 사랑에 빠지면 아주 교활해지나 봐요."

그러니까 왈테르 부인은 바로 전날 모든 것을 알게 되었다. 두 남자는 엄청난 일을, 그야말로 엄청난 돈이 걸린 일을 은밀하게 진행하는 중이었다. 그녀는 스스로 자기 솜씨를 대견해하며 빙그레 웃음을 지었다. 그리고 금융가의 아내로 이미 주식시장을 조작하는 일에 익숙한 여자답게 주가 변동에 대해 늘어놓았다. 주가가 급히 올라가거나 폭락하게 만들면 단 두 시간 안에 수많은 소시민과 소규모 투자자들을, 그러니까 명망 있고 존경받는 사람들, 정치인이나 금융인의 이름으로 보증된 주식에다가 그동안 애써 모은 돈을 다 맡겨 버린 사람들을 빈털터리가 되게 할 수 있다고 했다.

그녀는 여러 번 되풀이해 말했다. "굉장한 일을 벌이고 있어요. 정말 굉장한 일이에요. 왈테르가 다 조종하고 있죠. 아주 전문가거든요. 그야말로 일인자예요."

서론이 길어지자 뒤 루아는 짜증이 났다. "알았으니 빨리 말하기나 해요."

"좋아요. 두 사람이 탕헤르 파병을 결정한 건 처음 라로슈가 외무장관이 됐을 때부터였어요. 그때부터 조금씩 모로코 국채를 사들인 거죠. 64프랑인가 65프랑까지 떨어졌잖아요. 아무도 의심하지 못하도록 별로 잘나가지 않는 중개인들을 비밀리에 고용해서 아주 교묘하게 사들였어요. 심지어 로스차일드[29] 쪽도 속아 넘겼는걸요. 안 그래도 그쪽에서 모로코 국채 주문이 자꾸 들어오는 걸 의아해했다더군요. 하지만 중개인 이름을 건네받고는 다들 형편없고 돈도 딸리는 사람들인 걸 보고 안심을 한 거죠. 그렇게 해놓고 파병을 할 거예요. 일단 군대를 보내고 나면 프랑스 정부가 모로코 국채를 보증하겠죠. 그 사람들은 오륙천만 프랑을 벌게 되는 거고요. 어떻게 돌아가는지 이제 알겠죠? 어째서 절대 새 나가지 못하게 쉬쉬하는지 알겠어요?"

왈테르 부인은 뒤 루아의 조끼에 머리를 기대고 팔은 그의 다리 위에 얹어놓았다. 그리고 바짝 당겨 앉아 뒤 루아에게 달라붙었다. 그녀는 이 남자가 이제야 자기한테 관심이 있다고 생각했다. 한 번 안아주기만 한다면, 웃어주기만 한다면, 그녀는 무슨 일이든, 어떤 나쁜 짓이든 할 준비가 되어 있었다.

뒤 루아가 물었다. "확실한 거요?"

그녀가 자신 있게 대답했다. "그렇고말고요!"

뒤 루아가 큰 소리로 말했다. "정말 너무하는군. 라로슈, 그 나쁜 자식. 내가 아주 제대로 혼내 주겠어. 아! 치사한 자식! 정말 조심해야 할걸? 암, 조심해야지! 그 빌어먹을 장관 놈을 내가 그냥 두나 봐라."

뒤 루아는 잠시 생각에 잠기더니 다시 나지막하게 말했다.

"그건 그렇고, 일단 이 기회는 잡아야겠군."

"국채를 사요. 지금 72프랑밖에 안 해요."

"그래야겠지. 한데 지금 쓸 수 있는 돈이 없으니." 뒤 루아가 말했다.

왈테르 부인이 애원하는 듯한 눈길로 뒤 루아를 올려다보며 말했다. "나도 그 생각을 했죠. 우리 귀여운 애인! 당신이 착하게, 정말 착하게 굴면 내가 빌려줄 수 있어요."

뒤 루아가 대뜸 매몰차게 말했다. "그건 싫소! 말도 안 돼!"

왈테르 부인은 거의 애원하는 목소리로 조그맣게 말했다. "내 말 좀 들어봐요. 돈을 안 빌리고도 할 수 있는 방법이 있어요. 사실은 나도 따로 돈을 좀 만들어보려고 그 국채를 만 프랑 정도 사려고 했거든요. 그걸 이만 프랑어치 살게요. 반은 당신 거로요! 내가 그 돈을 왈테르한테 갚을 필요가 없다는 걸 당신도 알겠죠? 그러니까 당장 돈이 들 건 하나도 없어요. 성공하면 칠만 프랑을 버는 거고, 성공하지 못하면 아무 때나 나한테 만 프랑만 갚으면 돼요."

뒤 루아가 다시 말했다. "난 그런 속임수가 싫소."

그러자 왈테르 부인은 온갖 이유를 대면서 연인이 이 제안을 받아들이게 하려고 애썼다. "당신은 갚겠다고 약속하고 만 프랑을 빌리는 거잖아요. 그러니까 위험부담을 감수하고 있는 셈이에요. 또 돈은 어차피 왈테르 은행에서 나가는 거니까 당신이 나한테 돈을 빌리는 것도 아니고요."

왈테르 부인은 더구나 이 일이 가능하도록 《라 비 프랑세즈》에서 정치 여론을 몰고 가는 일을 한 건 바로 당신 아니냐면서 이런 기회를 이용하지 못한다면 너무 순진한 거라고 주장했다.

뒤 루아가 여전히 망설이자 그녀가 다시 말했다. "생각해 봐요. 그냥 왈테르한테 만 프랑을 빌리는 거예요. 당신은 이미 왈테르한테 그 이상의 일을 해줬고요."

"좋소. 그렇게 합시다." 뒤 루아가 말했다. "당신하고 반반씩 투자합시다. 만약 이 일이 실패하게 된다면 만 프랑을 갚겠소."

왈테르 부인은 좋아서 어쩔 줄 모르며 벌떡 몸을 일으켰다. 두 손으로 뒤 루아의 머리를 붙잡고 탐욕스럽게 키스하기 시작했다.

뒤 루아는 처음엔 별로 거부하지 않았지만, 상대가 세게 껴안으며 미친 듯이 애무하자 문득 조금 있으면 다른 여자가 올 거라는 사실이 생각났다. 만일 지금 이 유혹에 넘어갔다가는 시간이 없을지도 모른다. 더구나 그랬다가는 젊은 여자를 위해 아껴두는 게 훨씬 나은 욕정을 이 늙은 여자의 품에다 쏟아버리게 될 것이다.

뒤 루아는 왈테르 부인을 살며시 밀어내며 말했다. "자, 이러지 말고 좀 얌전히 있어요."

그녀는 침통한 눈으로 뒤 루아를 바라보았다. "오! 조르주. 이젠 맘대로 안아볼 수도 없나요?"

뒤 루아가 대답했다. "오늘은 아니오. 두통이 좀 있어서 몸이 좋지 않거든."

왈테르 부인은 다시 얌전히 뒤 루아의 다리 사이에 앉았다. 그리고 물었다. "내일 우리 집에 저녁 먹으러 올래요? 당신이 와주면 무척 기쁠 거예요."

뒤 루아는 마음이 썩 내키지 않았지만 이것까지 거절할 수는 없었다.

"좋소, 그렇게 하지."

"고마워요, 그대."

왈테르 부인은 뒤 루아의 가슴에 뺨을 대고 아양을 떨듯 규칙적으로 천천히 문질렀다. 그러느라 그녀의 머리카락 한 올이 뒤 루아의 조끼에 끼었다.

그 순간 그녀의 머리에 기가 막힌 생각이 떠올랐다. 흔히 여자들이 미신으로 믿는, 사실상 여자들의 이성이라 할 수 있는 생각들 중 하나였다. 그러니까 그 머리카락을 뒤 루아의 조끼 단추에 감기로 한 것이다. 그다음 또 한 올을 다른 단추에 감았고, 또 그 위의 단추에도 한 올을 감았다. 그렇게 단추마다 머리카락 한 올씩을 감았다.

조금 있으면 이 남자가 일어설 것이고 그러면 이 머리카락들이 뽑힐 것이다. 난 이 사람 때문에 아플 것이다. 아! 행복해라! 이 사람은 자기도 모르게 나의 일부를 가져가는 셈이다. 달라고 한 적은 없지만 어쨌든 내 머리카락을 한 줌 가져가는 것이다. 그것은 이 남자를 내게 묶어두는 끈이 될 것이다. 눈에 보이지 않는 은밀한 끈이고, 내가 남긴 부적이 될 것이다. 결국 이 남자는 자기도 모르게 내 생각을 하게 될 거고, 내 꿈을 꿀 것이며, 앞으로 나를 더 많이 사랑하게 될 것이다!

그때 갑자기 뒤 루아가 말했다. "이제 그만 가야겠소. 의회에 가봐야 해. 의회가 끝나는 날이라 오늘은 꼭 가야 하오."

왈테르 부인이 깊은 한숨을 내쉬며 말했다. "아! 벌써요!" 그녀는 체념한 듯 다시 말했다. "그래요. 하지만 내일 저녁엔 꼭 와야 해요."

그러면서 그녀는 홱 하고 몸을 뒤로 뺐다. 순간 흡사 누가 바늘로 찌르는 것처럼 머리에 통증이 번졌다. 그녀는 가슴이 두근거렸다. 이 남자로 인해 작은 아픔을 느낀다는 것이 좋았다.

"잘 가요!" 그녀가 말했다.

그는 약간 미안해하는 얼굴로 미소를 지었다. 그리고 여자를 팔에 안고 눈에다 열정 없는 키스를 했다.

하지만 이 접촉으로 왈테르 부인은 다시 달아올랐다. 애원하는 듯한 눈길로 문이 열려 있는 방을 가리키며 다시 말했다. "왜 이렇게 일찍!"

뒤 루아가 그녀를 밀어내며 다급하게 말했다. "빨리 가야겠소. 이러다 늦겠군."

결국 왈테르 부인은 입술을 내밀었고, 뒤 루아는 대는 둥 마는 둥 입을 맞추었다. 그는 여자가 양산을 잊고 나가려 하자 챙겨주면서 말했다. "자! 자! 빨리 서둡시다! 벌써 3시가 넘었군."

왈테르 부인이 먼저 나서면서 말했다. "내일 7시요!"

그가 대답했다. "내일 7시!"

두 사람은 그렇게 헤어졌다. 왈테르 부인은 오른쪽으로 갔고, 뒤 루아는 왼쪽으로 갔다. 뒤 루아는 외곽 대로까지 갔다. 그런 다음 말 제르브 대로 쪽으로 다시 내려오며 천천히 걸음을 옮겼다. 과자 가게 앞을 지나다가 유리컵 안에 설탕에 절인 밤 과자가 들어 있는 것을 보았다. '반 킬로만 클로틸드한테 사다 줘야겠군.' 뒤 루아는 클로틸드가 무척 좋아하는 이 설탕 절인 과일을 한 봉지 샀다.

그리고 4시에 다시 아파트로 와서 젊은 애인을 기다렸다.

드 마렐 부인은 조금 늦게 왔다. 남편이 일주일 동안 파리에 와 있기 때문이었다. 그녀가 물었다. "내일 저녁 먹으러 올래요? 남편도 당신을 보면 무척 좋아할 텐데."

"그건 안 되겠군. 내일 사장 집에서 저녁 먹기로 했소. 정치 문제 하고 은행 문제 때문에 해결해야 할 일들이 많거든."

그녀는 모자를 벗었다. 꽉 끼는 웃옷도 벗었다.

뒤 루아가 벽난로 위에 놓인 봉투를 가리키며 말했다. "밤 과자 사 왔소."

드 마렐 부인은 손뼉을 치며 좋아했다. "어머, 좋아라! 당신 정말 사랑스럽다니까."

그녀는 봉지를 들고 하나를 꺼내 맛보더니 큰 소리로 말했다. "맛있어요. 한 개도 안 남기고 다 먹어야겠어요."

클로틸드는 기분 좋은 관능을 담은 눈길로 뒤 루아를 바라보며 말했다. "당신은 그러니까 내 나쁜 버릇까지 다 좋아해 주는 건가요?"

그녀는 아직 밤이 남아 있는지 계속 봉지 안을 살피면서 천천히 먹었다.

그리고 이렇게 말했다. "팔걸이의자에 앉아요. 당신 다리 사이에 앉아서 이 사탕처럼 맛있는 밤 과자를 먹을래요. 그럼 너무 좋을 것 같아요."

그는 빙긋 웃으며 의자에 앉아 다리를 벌렸다. 그리고 조금 전 왈테르 부인에게 했던 것과 똑같이 허벅지 사이에 클로틸드를 앉혔다.

뒤 루아에게 얘기를 하려고 고개를 든 클로틸드가 한입 가득 밤을 물고서 말했다.

"있잖아요. 꿈에 당신이 나왔어요. 우리가 같이 낙타를 타고 멀리 여행을 떠나는 꿈이었죠. 혹이 두 개짜리 낙타였는데, 우리가 혹 하나에 하나씩 걸터앉아서 사막을 지났어요. 종이에 샌드위치를 싸서 갔고 포도주도 병에 담아 가서 낙타 위에 앉아서 먹었고요. 그런데 다른 건 아무것도 못 하고 그러고만 있자니 좀 지겨워지더라고요. 둘이 너무 떨어져 있기도 했고. 그래서 난 내리고 싶었어요."

뒤 루아가 맞장구쳤다. "나도 내리고 싶군."

뒤 루아는 클로틸드가 하는 꿈 얘기를 재미있게 들으며 웃었다. 옆에서 계속 말도 안 되는 소리를 하며 그녀를 부추겼고, 수다스럽게 떠들게 했다. 어린애 장난 같은 얘기들을, 사랑에 빠진 사람들이 주고받는 시답잖은 얘기들을 계속 떠들게 한 것이다. 그런 애들 장난 같은 말들이 드 마렐 부인의 입에서 나올 때는 전혀 싫지 않았다. 하지만 만일 같은 말이 왈테르 부인의 입에서 나왔다면 화가 났을 것이다.

클로틸드도 뒤 루아를 '그대', '우리 꼬마', '내 고양이' 이렇게 불렀다. 하지만 조금 전 다른 여자가 할 때는 끔찍하게 싫던 이 말들이 클로틸드의 입에서 나올 때는 감미롭고 포근하게 들렸다. 원래 사랑의 말은 언제나 똑같은 것이다. 단지 같은 말이라도 어느 입에서 나오느냐에 따라 맛이 달라지게 된다.

물론 이 어처구니없는 장난을 즐기는 동안에도 뒤 루아의 머릿속에는 조만간 손에 넣게 될 칠만 프랑 생각이 가득했다. 갑자기 그는 클로틸드의 머리를 손가락으로 살짝 두 번 두드려서 말을 멈추게 했다. "이봐. 고양이 같은 우리 그대, 당신 남편한테 한 가지만 전해요.

내 말 믿고 내일 모로코 국채 만 프랑어치 사라고 말이오. 지금 72프랑이오. 장담하는데 석 달 안에 팔만 프랑은 벌게 될 거요. 절대 아무한테도 말하면 안 된다는 것 잊지 말고. 내가 그러더라고 하고, 탕헤르 파병이 결정됐다고 해요. 프랑스 정부가 모로코의 빚을 지불보증하게 될 거라고. 하지만 다른 사람들은 절대 모르게 해야 하오. 내가 지금 말하는 건 국가 기밀이니까."

클로틸드는 정색을 하고 뒤 루아의 말에 귀를 기울였다. 그리고 나지막하게 말했다. "고마워요. 오늘 저녁에 바로 남편한테 말할게요. 그 사람 걱정은 안 해도 돼요. 아무한테도 말 안 할 거예요. 그런 문제는 확실한 사람이니까. 비밀이 새 나갈 위험은 없어요."

밤 과자가 이미 바닥이 났다. 클로틸드는 봉지를 꾸겨서 벽난로에 집어 던졌다. 그런 다음 "이제 누워요."라고 말하고는 앉은 채로 뒤 루아의 조끼 단추를 벗기기 시작했다.

그런데 갑자기 그녀가 멈칫하면서 단춧구멍에 끼어 있는 긴 머리카락을 손가락으로 집어 올렸다. 그리고 웃음을 터뜨렸다. "세상에! 마들렌 머리카락을 가져왔군요. 아주 충실한 남편이네요!"

하지만 이내 정색을 했다. 그리고 조금 전 찾아낸 잘 보이지도 않는 가느다란 머리카락을 손바닥 위에 얹어놓고서 한참을 살핀 다음 이렇게 중얼거렸다. "이건 마들렌 머리카락이 아니야. 갈색이잖아."

뒤 루아가 가볍게 웃으며 말했다. "그럼 하녀 거겠지."

하지만 클로틸드는 증거물을 살피는 형사처럼 세심하게 뒤 루아의 조끼를 살폈고, 단추를 감고 있는 머리카락을 또 찾아냈다. 그리고 세 번째도 찾았다. 얼굴이 하얗게 질린 그녀가 가볍게 떨리는 목소리로 악을 썼다. "아! 당신 다른 여자와 잤군요! 그 여자가 이렇게 단추마다 머리카락을 감아놓았고!"

뒤 루아가 깜짝 놀라 더듬거렸다. "아니오. 무슨 그런 말도 안 되는 소리를······."

뒤 루아는 문득 조금 전의 일이 떠올랐고, 어떻게 된 일인지 알아차렸다. 잠시 당황해서 어쩔 줄 몰라 했지만 이내 장난치듯 웃으면서 절대 아니라고 말했다. 그러면서도 자기가 다른 여자들한테도 잘 나가고 있다고 클로틸드가 의심을 한다는 것이 내심 싫지는 않았다.

클로틸드는 쉬지 않고 머리카락을 찾아서 바로 펼친 다음 카펫 위로 던졌다.

그녀는 여자의 재빠른 본능으로 상황을 파악했다. 그러고는 화가 나서 펄펄 뛰었고, 당장이라도 눈물을 터뜨릴 것 같은 목소리로 더듬거렸다. "그 여잔 당신을 사랑해. 그래……. 자기 몸의 일부를 당신이 가져가길 바란 거지……. 오! 당신은 날 배반했어요……." 그러다가 갑자기 발작적으로 즐거운 듯 찢어질 것 같은 목소리로 말했다. "아……! 아……! 늙은 여자네……. 흰머리야……. 이젠 늙은 여자랑 노는군요……. 당신한테 돈을 주던가요……? 그래요. 이제 늙은 여자들한테 넘어갔군요……. 그럼 이제 난 필요 없겠네요. 그 여자하고 잘해 봐요……."

클로틸드는 벌떡 일어나더니 의자 위에 던져놓은 웃옷을 허겁지겁 챙겨 입었다.

창피해진 뒤 루아는 난감한 얼굴로 클로틸드를 붙잡기 위해 더듬거렸다. "아니오…… 클로……. 바보 같은 소리……. 난 정말 어떻게 된 일인지 모른단 말이오……. 내 말 좀 들어요……. 가지 말고……. 이봐…… 가지 말라고……."

클로틸드가 다시 말했다. "그 늙은 여자하고 잘해 봐요. 잘해 보라고요. 그 여자 머리카락으로 아예 반지를 하나 해달라지 그래요? 그 흰머리로 말이에요……. 이렇게 많으니 만들고도 남겠네……."

클로틸드는 거칠게 몸을 놀려 서둘러 옷을 입었고, 머리를 매만지고 베일을 썼다. 뒤 루아가 붙잡으려 하자 팔을 힘껏 휘둘러 따귀를 날렸다. 뒤 루아가 밈칫하며 멍하게 있는 사이 그녀는 문을 열고 나가 버렸다.

　클로틸드가 떠난 후 뒤 루아는 심술궂은 노파 왈테르 부인을 향한 적개심에 몸부림쳤다. 아! 기필코 그 여자에게 본때를 보여 주리라. 제대로 갚아주리라. 마음속으로 다짐했다.

　뒤 루아는 벌겋게 된 뺨을 물로 식혔다. 그런 다음 어떻게 복수할지를 생각하며 아파트를 나섰다. 이번에는 절대 용서하지 않으리라. 절대로!

　뒤 루아는 큰길까지 내려와서 천천히 돌아다니다가 보석상 앞에 걸음을 멈추고 오래전부터 가지고 싶었던 천팔백 프랑짜리 시계를 쳐다보았다.

　문득 '칠만 프랑을 벌면 저걸 살 수 있겠군!' 하는 생각이 떠오르자 가슴이 기쁨으로 요동쳤다. 이어 그 칠만 프랑으로 할 수 있는 일들을 생각하기 시작했다.

　제일 먼저 하원 의원이 되고, 그런 다음엔 아까 그 시계를 사고, 또 주식시장에서 투자를 좀 해보고…… 그리고 또…… 그리고 또…….

　그는 신문사로 바로 가서 왈테르를 만나고 기사를 쓰느니 차라리 마들렌부터 보는 것이 나을 것 같았다. 그래서 집으로 향했다.

　드루오 거리까지 왔을 때 뒤 루아가 갑자기 걸음을 멈추었다. 쇼세 당탱 거리에 사는 보드렉 백작한테 들러보는 것을 잊은 것이다. 그는 다시 돌아갔다. 행복한 몽상에 젖어 서성거리며 천천히 걸었다. 달콤한 일들을, 좋은 일들을, 곧 손에 넣게 될 돈을 생각했다. 치사한 인간 라로슈도 생각했고, 짜증 나는 사장 부인도 생각했다. 클로틸드가 화난 것은 별로 걱정되지 않았다. 어차피 금방 풀리리라는 것을 알고 있었기 때문이다.

　뒤 루아는 건물 입구에서 관리인에게 보드렉 백작이 어디 사는지 물어본 다음 덧붙였다. "보드렉 백작님은 괜찮으신가요? 요즘 많이 편찮으시다고 하던데."

관리인이 대답했다. "상태가 아주 나쁘십니다. 오늘 밤을 넘기기 힘드시다고 하는군요. 통풍이 심장까지 올라왔답니다."

뒤 루아는 질겁했다. 어찌해야 할지 알 수 없었다. 보드렉이 죽어가다니! 머릿속이 뒤죽박죽이 되면서 스스로에게도 차마 말할 수 없는 수많은 생각들이 혼란스럽게 오갔다.

뒤 루아가 더듬거리며 말했다. 자기가 무슨 말을 하고 있는지도 모를 정도로 정신이 멍했다. "고맙소, 다시 오겠소……."

뒤 루아는 삯마차에 뛰어올라 집으로 가자고 했다.

마들렌도 들어와 있었다. 그는 숨을 헐떡이며 방으로 달려가서 아내를 보자마자 말했다.

"당신 모르고 있었소? 보드렉이 죽을 거라더군."

마들렌은 의자에 앉아 편지를 읽고 있었다. 고개를 든 그녀가 세 번이나 되물었다. "뭐, 뭐라고 했어요? 뭐라고요? 뭐라고요?"

"보드렉이 죽어가고 있다니까. 통풍이 심장까지 올라왔다더군." 그런 다음 다시 말했다. "어떻게 할 생각이오?"

마들렌은 사색이 되어 일어섰다. 두 뺨이 경련을 일으키듯 파르르 떨렸다. 그녀는 두 손으로 얼굴을 감싸 쥐며 오열하기 시작했다. 비통한 슬픔에 어쩔 줄 몰라 하며, 흐느끼느라 몸이 이리저리 흔들리며, 그렇게 서서 울었다.

별안간 마들렌은 슬픔을 누르며 눈물을 닦았다. "가봐야…… 가봐야겠어요……. 몇 시에 돌아올지 모르니까…… 기다리지 마요……."

뒤 루아가 대답했다. "알겠소. 다녀오도록 해요."

두 사람은 손을 잡고 인사를 했고, 마들렌은 미처 장갑을 낄 틈도 없이 서둘러 나갔다.

뒤 루아는 혼자 저녁을 먹고 나서 기사를 쓰기 시작했다. 장관이 바라는 대로 독자들에게 모로코 파병은 이루어지지 않을 것임을 암시하는 글을 썼다. 다 쓴 기사를 신문사에 가져다주고 사장과 잠시 이야기를 나눈 다음, 담배를 입에 물고 신문사를 나섰다. 이유는 알 수 없지만 왠지 홀가분한 기분이었다.

아내는 아직 돌아오지 않았다. 그는 혼자 침대에 누웠고 이내 잠이 들었다.

마들렌은 자정쯤 돌아왔다. 갑자기 잠이 깬 뒤 루아는 침대 위에 앉은 채로 아내에게 물었다. "어떻게 됐소?"

마들렌은 지금껏 본 적이 없을 정도로 창백하고 비통한 얼굴이었다.

"돌아가셨어요."

"아! 그럼…… 당신한테 아무 말도 남기지 못하고 죽은 거요?"

"아무 말도요. 내가 도착했을 때는 이미 의식이 없었어요."

뒤 루아는 혼자 생각에 잠겼다. 물어볼 말들이 수없이 입안을 맴돌았지만 차마 꺼낼 수가 없었다.

"잡시다." 그가 말했다.

마들렌은 천천히 옷을 벗고 남편 곁으로 올라왔다.

뒤 루아가 다시 물었다. "임종 자리에는 친척들이 와 있었소?"

"조카 하나뿐이었어요."

"아! 평소 왕래가 있던 조카인가?"

"전혀요. 안 본 지 십 년은 됐을걸요."

"다른 친척은 없소?"

"없어요. 아마 없을 거예요."

"그렇다면…… 그 조카가 유산을 상속받는 거요?"

"모르죠."

"보드렉은 재산이 상당하지 않소?"

"엄청난 부자죠."

"얼마나 되는지는 모르고 있소?"

"정확히는 몰라요. 한 백만 아니면 이백만쯤 될 거예요."

뒤 루아는 더 이상 아무 말도 하지 않았다. 마들렌은 촛불을 불어 껐다. 두 사람은 어둠 속에 나란히 누워서 잠을 이루지 못하고 이런저런 생각에 빠져들었다.

뒤 루아는 잠이 오지 않았다. 이제 왈테르 부인이 약속한 칠만 프랑은 푼돈처럼 생각되었다. 문득 마들렌이 울고 있는 것 같았다. 확인해 보려고 뒤 루아가 물었다.

"잠들었소?"

"아뇨."

젖어 있는 마들렌의 목소리가 가볍게 떨렸다. 뒤 루아가 다시 말했다.

"한 가지 잊은 게 있는데, 당신이 좋아하는 그 장관이 우리를 속였더군."

"무슨 말이에요?"

뒤 루아는 라로슈와 왈테르가 꾸민 책략에 대해서 한참 동안 상세히 설명해 주었다.

뒤 루아가 말을 마치자 마들렌이 물었다. "그걸 다 어떻게 알았죠?"

뒤 루아가 대답했다. "미안하지만 절대 말할 수 없소. 나도 당신이 정보를 알아내는 방법을 전혀 모르잖소. 나도 내 나름의 방법이 있는 거고, 말하고 싶지 않소. 하지만 정확한 정보라는 건 장담할 수 있소."

마들렌이 중얼거렸다. "그래요⋯⋯ 가능한 일이죠⋯⋯. 그 두 사람이 우리 몰래 뭔가를 꾸미고 있는 것 같았어요."

뒤 루아는 여전히 잠이 오지 않았다. 그는 아내에게 다가가 살며시 귀에 입을 맞췄다. 하지만 그녀가 거칠게 밀어냈다. "제발요, 날 좀 그냥 둬요. 알았죠? 장난칠 기분 아니에요."

뒤 루아는 단념하고 벽 쪽으로 돌아누웠다. 그리고 눈을 감고 있다가 잠시 후 잠이 들었다.

6

 성당 안에 검은 휘장을 쳤고 정문에는 관(冠)을 씌운 방패 꼴 가문(家紋)을 높이 걸어놓아 지나가는 사람들에게 귀족의 장례식이 거행되고 있음을 알렸다.

 의식이 막 끝났고, 식에 참석한 사람들이 하나씩 보드렉 백작의 관과 그 옆에 서 있는 조카 앞을 천천히 지나갔다. 조카는 사람들과 악수를 하며 인사를 했다.

 조르주 뒤 루아와 그 아내는 성당 밖으로 나와 나란히 걸음을 옮겼다. 두 사람 모두 말없이 생각에 잠겨 있었다.

 잠시 후 드디어 뒤 루아가 입을 열어 혼잣말처럼 중얼거렸다. "정말 의외로군."

 마들렌이 물었다. "뭐가요?"

 "보드렉이 우리한테 아무것도 남겨 주지 않았다니 말이오."

 그 순간 마들렌이 얼굴을 붉혔다. 그 하얀 피부 위에 갑자기 가슴에서 얼굴로 장밋빛 베일이 펼쳐지는 듯했다. 마들렌이 다시 물었다. "왜 백작님이 우리한테 무언가를 남겨 주죠? 그럴 만한 이유가 없잖아요."

 그런 다음 잠시 말이 없다가 다시 입을 열었다. "유언장이 공증인

사무실에 있어요. 아직 두고 봐야 해요."

뒤 루아도 곰곰 생각해 보더니 나지막하게 말했다. "그럴 수도 있겠군. 보드렉은 우리 둘 모두에게 제일 좋은 친구였소. 일주일에 두 번 우리 집에 와서 저녁 식사를 했고, 그때 말고도 수시로 찾아왔지. 우리 집을 마치 자기 집처럼 편안해했잖소. 더구나 보드렉은 꼭 아버지처럼 당신을 사랑했소. 가족이 없었으니까. 자식도 형제도 누이도 없고, 조카 하나가 다잖소. 그나마 먼 조카이고. 맞아. 유언이 있을 거요. 그렇다고 내가 뭐 큰 것을 기대하는 건 아니오. 그저 우리를 생각했다는 걸, 우리를 사랑했다는 걸, 그리고 우리한테 받은 애정을 고맙게 생각했다는 걸 증명해 줄 수 있는 추억 같은 게 필요한 거지. 우정의 징표는 남겨 주어야 하는 것 아니겠소."

생각에 잠긴 마들렌이 남편의 말에 별 관심이 없다는 듯 대답했다. "그래요. 아마 유언이 있을 거예요."

두 사람이 집에 들어가자 하인이 마들렌 앞으로 온 편지를 내밀었다. 편지를 본 마들렌이 남편에게 건네주었다.

   라마뇌르 공증인 사무소
   보주 가 17번지

   부인,
   화요일, 수요일, 목요일 중 2시에서 4시 사이 가능한 시간에 제 사무소에 들러주십시오. 부인과 관련된 일이 있습니다.
   부탁드립니다.
                                            라마뇌르.

이번에는 뒤 루아의 얼굴이 벌겋게 달아올랐다. "그래, 이거야. 그런데 이상하군. 왜 가장인 나를 부르지 않고 당신을 오라고 하는 거지?"

마들렌은 바로 대답하지 않고 잠시 무언가를 생각하더니 남편에게 물었다. "바로 가볼래요?"

"좋소. 그럽시다."

두 사람은 점심을 먹자마자 바로 나섰다.

라마뇌르 공증 사무소에 들어서자 수석 서기가 무척 친절한 태도로 뒤 루아 부부를 맞아서 라마뇌르 씨의 방으로 안내했다.

공증인 라마뇌르 씨는 키가 작고 땅딸막한, 온몸이 공처럼 둥근 사람이었다. 둥근 공같이 생긴 머리가 둥근 공 같은 몸통 위에 달려 있고, 그 몸통에 달려 있는 팔다리도 어찌나 짧은지 역시 둥근 공 같았다.

공증인은 인사를 한 다음 의자를 가리켰다. 그리고 마들렌에게 말했다. "안녕하십니까. 이렇게 와달라고 부탁드린 건 보드렉 백작님의 유언을 알려 드리기 위해서입니다. 부인께 관련된 내용이라서요."

뒤 루아가 옆에서 자기도 모르게 말을 뱉었다. "그럴 줄 알았습니다."

공증인이 다시 말했다. "이 서류의 내용을 전해 드리겠습니다. 아주 짧습니다."

그는 앞에 놓인 종이 상자에서 서류 한 장을 꺼내더니 그대로 읽었다.

아래 서명한 나 보드렉 백작, 폴 에밀 시프리앵 공트랑은 심신이 건강한 상태에서 마지막 뜻을 밝힌다.

죽음이 언제 닥칠지 예측할 수 없으므로 나는 그날을 대비하여 내 유언을 작성하고 공증인 라마뇌르 씨에게 맡긴다.

직접적인 유산 상속자가 없으므로 나의 전 재산, 즉 육십만 프랑의 유가증권과 오십만 프랑에 해당하는 부동산을 클레르 마들렌 뒤 루아 부인에게 무상으로 조건 없이 상속한다. 죽은 벗이 주는 이 선물을 존경을 담은 헌신적이고 깊은 애정의 증거로 받아주기 바란다.

공증인이 다시 말했다. "이게 전부입니다. 이 유언장은 지난 8월에 서명하셨습니다. 이 년 전에 클레르 마들렌 포레스티에 부인의 이름으로 작성된 유언장이 있었는데 다시 고쳐 쓰신 거죠. 그 유언장도 제가 가지고 있습니다. 유족 측에서 이의를 제기할 경우 백작님의 뜻이 변한 게 아니라는 걸 증명해야 하니까요."

마들렌은 창백한 얼굴로 자기 발을 내려다보고 있었다. 뒤 루아는 짜증 가득한 얼굴로 수염 끝을 손가락으로 말고 있었다. 잠시 침묵이 흐른 뒤 공증인이 말을 이었다. "물론 남편 되시는 분의 동의가 없으면 부인께선 이 유산을 상속받으실 수 없습니다."

뒤 루아는 자리에서 일어서며 퉁명스럽게 말했다. "잠시 생각할 시간을 주십시오."

공증인은 싱긋 웃으면서 상냥하게 대답했다. "무엇 때문에 주저하시는지 짐작이 갑니다. 그래서 말씀드리자면, 백작님의 조카분도 바로 오늘 아침에 백부의 유언을 알게 되셨고, 십만 프랑만 받게 해준다면 고인의 뜻을 따를 준비가 되어 있다고 하셨습니다. 제가 보기에 이 유언장에는 아무 문제가 없지만, 소송을 하게 되면 괜히 시끄러운 소문이 퍼질 테니까 가능하면 피하시는 게 좋습니다. 세상 사람들은 대부분 악의적으로 생각하려 할 게 뻔하니까요. 아무튼 좋습니다. 이 모든 문제에 대해서 토요일 전에 저에게 답을 주시면 됩니다."

뒤 루아가 고개를 숙이며 말했다. "알겠습니다." 그런 다음 다시 정중하게 인사를 했고, 여전히 말이 없는 마들렌을 먼저 내보낸 뒤 밖으로 나섰다. 뒤 루아의 표정이 너무나 굳어 있었기 때문에 공증인도 더 이상 미소를 짓지 못했다.

집으로 돌아온 뒤 루아는 거칠게 문을 닫으며 침대 위에 모자를 던졌다.

"당신이 보드렉의 정부였소?"

베일을 올리던 마들렌이 홱 돌아보며 말했다. "내가요? 세상에!"

"그래. 당신 말이오. 그렇지 않고서야 어떻게 전 재산을……."

마들렌은 손이 떨리는 바람에 투명한 천에 꽂혀 있는 핀을 빼내지도 못했다.

그녀는 뭔가 생각하는 듯하더니 흥분된 목소리로 말했다.

"어떻게…… 어떻게…… 당신은 제정신이 아니에요……. 당신은…… 당신은…… 당신도…… 조금 전에…… 기대했잖아요……. 우리한테 남긴 게 있지 않을까 하고 말이에요."

뒤 루아는 마들렌 곁에 바짝 붙어 서서 아내한테 어떤 감정의 동요가 일어나는지 살폈다. 마치 피의자를 앞에 두고 아주 사소한 혐의까지도 찾아내려고 애쓰는 판사처럼 주의 깊게 바라보았다. 그러고 나서 한 마디 한 마디 힘을 주어 말했다.

"그래……. 보드렉이 나한테 뭔가 남겨 줄 줄 알았소……. 나한테…… 나한테…… 당신 남편한테…… 나한테…… 그러니까 친구인 나한테. 무슨 뜻인지 알겠소? 당신…… 당신한테…… 친한 여자인 당신한테…… 내 아내인 당신한테가 아니라…… 나한테 말이오. 이건 아주 중요한 차이요. 체면 문제도 있고, 사람들이 뭐라 할지를 생각하더라도 제일 중요한 문제란 말이오."

그러자 이번엔 마들렌이 상대의 마음속에서 무언가를 읽어내려는 듯 투명하고 깊은 야릇한 눈길로 남편을 바라보았다. 어쩌다 긴장이 풀리거나 잠시 부주의해질 때 마음속의 비밀을 가리고 있는 문이 살짝 열리듯 간신히 조금 엿보이는 것이 전부인 남편의 마음속에서 마들렌은 무언가를 찾고 있었다.

그녀는 천천히 힘을 주어가며 말했다.

"하지만…… 백작님이 그렇게 많은 돈을…… 당신한테 남겼다 해도 이상하긴 마찬가지 아닌가요?"

뒤 루아가 바로 되물었다. "어째서 그렇다는 거요?"

마들렌이 대답했다. "그건……." 그녀는 잠시 주저하다가 다시 말을 이었다.

"당신은 내 남편이니까요……. 백작님이 당신을 알게 된 건 얼마 되지 않았고…… 나는…… 아주 오래전부터 친한 사이였죠. 포레스티에가 살아 있을 때 처음 작성된 유언장에도 내가 받는 걸로 되어 있는 걸 봐도 알 수 있잖아요."

뒤 루아는 성큼성큼 걸음을 옮겼다. 그러더니 단호하게 말했다. "그 유산을 받을 수 없소."

그러자 마들렌이 태연하게 대답했다. "좋아요. 그럼 토요일까지 기다릴 필요가 뭐가 있죠? 지금 즉시 라마뇌르 씨에게 연락해요."

뒤 루아는 아내 바로 앞에서 걸음을 멈췄다. 두 사람은 그렇게 서로를 바라보면서 상대의 마음속에 웅크리고 있는 알 수 없는 비밀에 다가가려고 애썼다. 그리고 상대가 무슨 생각을 하고 있는지 있는 그대로 짚어내려 애썼다. 부부는 아무 말 없이 서로 상대의 속마음을 알아내기 위해 온 힘을 다했다. 같이 살면서도 서로를 알지 못하는 사람들, 서로를 의심하면서 킁킁거리고 냄새 맡고 또 몰래 엿보는, 그렇지만 상대의 영혼의 제일 밑바닥은 절대 알지 못하는 두 사람 사이에 은밀한 싸움이 벌어진 것이다.

그때 갑자기 뒤 루아가 아내의 얼굴에 대고 나지막하게 말했다.

"이봐. 당신이 보드렉의 정부였다고 고백하는 게 어떻소?"

마들렌이 어깨를 들먹이며 말했다. "당신은 정말 바보 같아요……. 보드렉 백작님은 나를 많이 좋아했죠……. 하지만 그 이상은 아무 일도 없었어요……. 그뿐이라고요."

뒤 루아가 발을 구르며 말했다. "거짓말! 그럴 리가 없잖소!"

마들렌이 흔들림 없이 말했다. "그래도 아닌 걸 어떡해요."

뒤 루아는 다시 왔다 갔다 하다가 걸음을 멈췄다. "그럼 어떻게 설명하겠소? 왜 보드렉이 당신한테 전 재산을……."

마들렌은 심드렁한 목소리로 아무렇지도 않게 말했다. "간단해요. 당신이 조금 전 말한 대로 백작님은 우리밖에, 아니 어쩌면 나밖에 친구가 없었던 거예요. 나하고는 어린 시절부터 알아온 사이죠. 우리 어머니가 백작님 친척 집에서 집사 일을 하셨어요. 백작님이 늘 우리 집에 놀러 왔었고요. 이제 식구 중에 상속자가 없으니 나한테 주시기로 한 거예요. 물론 나에 대해서 사랑의 감정이 조금 있었을 수도 있죠. 하지만 그런 사랑이야 어느 여자나 다 받아보는 것 아닌가요? 마지막 유언장을 작성하면서 그동안 사람들 모르게 숨겨 두었던 그 은밀한 사랑 때문에 내 이름을 썼다 쳐요. 그렇다 한들 뭐가 문제죠? 백작님은 월요일마다 나한테 꽃을 가져다주셨어요. 당신도 그걸 봤지만, 당신한테는 한 번도 안 가져다줬는데도 전혀 이상하게 생각하지 않았잖아요. 이 일도 마찬가지예요. 바로 그런 이유에서 나한테 주신 거고, 또 줄 사람이 나밖에 없기 때문에 나한테 주신 거예요. 당신한테 주는 게 오히려 사람들이 놀랄 일 아닌가요? 무엇 때문에 당신한테 주죠? 당신이 그분한테 뭔데요?"

마들렌이 너무나 자연스럽게 흔들림 없이 차분하게 말했기 때문에 뒤 루아는 선뜻 할 말이 없었다.

그가 다시 말했다. "그래도 마찬가지요. 이런 조건으로는 그 유산을 받을 수 없소. 그랬다가는 난리가 날 거요. 다들 나처럼 생각할 거고, 신이 나서 떠들어대고 날 비웃을 거란 말이오. 이미 동료들의 질시와 공격은 충분히 받아봤소. 난 지금 그 누구보다도 명예와 평판에 신경을 써야 하는 상황이란 말이오. 내 아내가 이미 정부라고 소문이 나 있는 남자한테서 그런 돈을 받는다는 걸 난 용납할 수 없고 허락할 수도 없소. 포레스티에라면 받아들였겠지만, 난 아니오."

마들렌이 나지막하게 말했다. "그럼 받지 마요. 우리 주머니에 들어올 뻔한 백만 프랑이 그대로 나가는 거죠. 그뿐이에요."

뒤 루아는 다시 방 안을 돌아다니기 시작했다. 그러면서 자기 생각을 큰 소리로 말했다. 아내한테 한 말은 아니지만 사실상 들으라고 하는 소리였다.

"그래…… 맞아……. 백만 프랑인데…… 할 수 없지……. 보드렉은 유언장을 만들면서 자기가 얼마나 요령이 부족한지, 이 일이 사람들 눈에 얼마나 이상해 보일지 모른 거야. 내 상황이 얼마나 이상해질지, 내가 얼마나 우스운 꼴이 될지 생각하지 못한 거라고……. 세상일이 아 다르고 어 다른 건데……. 절반은 나한테 남겼으면 되잖아……. 그러면 아무 문제가 없을 텐데 말이야."

뒤 루아는 다리를 꼬고 앉아 손가락으로 콧수염 끝을 말았다. 성가신 일이나 걱정거리가 있을 때, 혹은 어려운 문제를 풀기 위해 궁리할 때마다 그가 늘 하는 버릇이었다.

마들렌은 이따금 놓는 자수를 꺼내 들고 실을 골랐다. 그리고 남편에게 말했다.

"난 할 말 없어요. 당신이 생각해 봐요."

뒤 루아는 한참 동안 대답을 하지 않고 있다가 쭈뼛거리며 입을 열었다. "보드렉이 당신을 유일한 상속자로 삼고 내가 그걸 받아들였다고 하면 세상 사람들은 이해하지 못할 거요. 그런 식으로 유산을 받는다는 건 당신이 보드렉과 불륜 관계였다는 것을 인정하는 거나 마찬가지고, 난 비열하게도 그런 관계를 용인했음을 인정하는 꼴이 된단 말이오……. 이런 상황을 사람들이 어떻게 해석할지 모르겠소? 우회적인 방법을 찾아야 하오. 대충 얼버무려서 눈에 덜 띄게 하는 교활한 방법을 말이오. 결국 보드렉이 우리한테 반반씩 남겨 줬다고 믿게 하는 수밖에 없소. 남편한테 절반, 아내한테 절반, 이렇게 말이오."

마들렌이 물었다. "유언장에 다 나와 있는데 어떻게 그렇게 할 수 있죠? 난 모르겠어요."

뒤 루아가 대답했다. "아주 간단한 문제요. 당신이 상속받은 돈의 절반을 생전 증여로 나한테 주면 되니까. 우리는 아이도 없으니까 그렇게 할 수 있소. 그러면 사람들이 떠들어댈 수 없을 거요."

마들렌이 약간 초조해진 목소리로 물었다. "그렇게 하면 왜 사람들이 떠들어대지 않는다는 거죠? 난 그것도 모르겠군요. 어차피 백작님이 서명한 유언장이 있잖아요."

뒤 루아가 버럭 화를 냈다. "우리가 꼭 그 유언장을 사람들한테 보여 주거나 벽에 붙여 놓아야 하는 건 아니잖소? 당신 정말 바보로군. 그냥 보드렉 백작이 우리한테 반씩 나눠 줬다고 말하면 되는 거잖소……. 그래…… 어차피 당신은 내 허락 없이는 그 유산을 상속받을 수 없소. 내가 허락하겠소. 하지만 내가 사람들의 조롱거리가 되지 않도록 그 유산을 나와 나눈다는 조건이어야 하오."

마들렌은 다시 한 번 속내를 꿰뚫어 보는 듯한 눈길로 남편을 바라보았다.

"그러죠. 난 상관없어요."

뒤 루아는 일어서서 다시 걷기 시작했다. 그는 다시 한 번 망설이는 것 같았고, 파고드는 듯한 아내의 시선을 피하면서 말했다.

"아니야…… 절대 안 돼. 차라리 다 포기하는 게 나을지도 모르겠소……. 그게 더 훌륭하고…… 올바르고…… 명예로운데……. 하지만…… 이렇게 한다면 사람들이 왈가왈부할 일은 없을 거요. 절대 없을 거요. 제아무리 따지기 좋아하는 사람이라도 고개를 끄덕일 만하니까."

뒤 루아는 마들렌 앞에 멈춰 섰다. "좋소. 내가 혼자 라마뢰르 씨를 찾아가서 상의를 하고 상황을 설명하겠소. 내가 뭘 걱정하는지 얘기해 주고, 사람들이 입방아를 찧는 걸 막기 위해서 우리가 이 유산을 반씩 나누기로 했다고 하겠소. 내가 그 돈의 반을 받게 된다면 아무도 비웃을 수 없게 될 테니까. 그렇게 되면 세상에 대고 큰 소리로 외치는 셈이지. 내 아내는 내가 받기로 했기 때문에, 그러니까 아내가 어떤 일을 해야 명예를 더럽히지 않을 수 있는지 판단하는 남편이 받기로 했기 때문에 그 유산을 받는 것이다 하고 말이오. 그렇게 하지 않으면 온갖 추한 소문이 다 퍼질 거요."

마들렌은 한마디로 대답했다. "마음대로 해요."

뒤 루아는 다시 달변을 늘어놓았다.

"그래. 이렇게 유산을 반씩 나누면 누가 봐도 문제 될 게 없소. 우리의 벗이 우리 둘을 차별하지 않으려고, 똑같이 대하려고 한 거니까. '생전에도 둘 중 누구 하나가 더 좋았고, 죽은 후에도 그렇게 하겠다.'로 알려지는 걸 원치 않은 거지. 물론 아내를 더 좋아했지만, 양쪽에 똑같이 재산을 나눠줌으로써 그런 애정이 전적으로 플라토닉한 것이었음이 드러나는 셈이고. 보드렉이 여기까지 생각이 미쳤다면 분명 그렇게 했을 거요. 깊이 생각해 본 적이 없기 때문에 자기 유언이 어떤 결과를 낳을지 예측하지 못한 거요. 당신이 조금 전에 말한 것처럼 보드렉은 매주 당신한테 꽃을 가져다주었고, 그것과 똑같이 당신한테 마지막 추억을 남겨 주고 싶었던 거요. 그 여파는 미처……."

마들렌이 짜증스러운 얼굴로 남편의 말을 끊었다. "됐어요. 일았다고요. 그렇게 구구절절 설명할 필요 없어요. 공증인한테나 가봐요."

뒤 루아는 얼굴을 붉히며 더듬거렸다. "당신 말이 맞소. 다녀오겠소."

뒤 루아는 모자를 쓴 다음 집을 나서면서 말했다.

"보드렉의 조카 문제는 오만 프랑에 해결해 보겠소. 그게 좋겠지?"

마들렌이 소리 지르듯 말했다. "아뇨! 요구하는 대로 십만 프랑 다 줘요! 내 몫에서 다 제하고 싶으면 그렇게 하고요."

순간 뒤 루아는 창피했는지 쑥스러워하며 말했다. "아니오. 반씩 나눕시다. 한 사람이 오만 프랑씩 떼어주면 딱 백만 프랑이 남겠군."

그리고 나서 다시 말했다. "그럼 다녀오겠소, 마드."

뒤 루아는 공증인에게 가서 아내가 생각해 낸 것이라고 주장하면서 해결책을 설명했다.

다음 날 뒤 루아 부부는 마들렌 뒤 루아가 남편에게 오십만 프랑을 생전 증여한다는 서류에 서명을 했다.

공증인 사무실을 나서는데 날씨가 좋았다. 뒤 루아는 큰길까지 걸어 내려가 보자고 했다. 그는 아내에게 상냥했고 정성껏 마음을 쓰며 존경과 애정을 표했다. 모든 것이 다 행복해서 그의 얼굴에는 웃음이 가득했다. 하지만 마들렌은 몽상에 빠진 듯 조금 심각한 얼굴이었다.

꽤 쌀쌀한 가을날이었다. 사람들은 하나같이 급한 일이 많은지 빠른 걸음을 옮겼다. 뒤 루아는 시계가 갖고 싶어서 쳐다보느라 자주 서 있었던 보석상 앞으로 아내를 데려갔다.

"보석 하나 사겠소?" 그가 물었다.

마들렌이 심드렁하게 대답했다. "마음대로 해요."

두 사람은 안으로 들어섰다. 뒤 루아가 아내에게 물었다. "뭘 갖고 싶소? 목걸이? 팔찌? 아니면 귀걸이?"

지금까지 일부러 냉랭한 표정을 짓고 있던 마들렌은 귀금속과 보석들을 보자 순식간에 마음이 누그러졌다. 그녀는 보석이 가득 들어 있는 진열장 안을 눈에 불을 켜고 살폈다.

그녀는 드디어 갖고 싶은 것을 찾아냈다. "이 팔찌 참 예쁘네요."

모양이 특이하고 제인의 고리마다 다른 보석이 박혀 있는 팔찌였다.

뒤 루아가 물었다. "이 팔찌는 얼마요?"

보석상이 대답했다. "삼천 프랑입니다."

"이천 프랑에 주면 사겠소."

머뭇거리던 주인이 대답했다. "안 됩니다. 그 가격엔 안 됩니다."

뒤 루아가 다시 말했다. "이봐요. 이 시계도 사겠소. 시계는 천오백 프랑으로 합시다. 그렇게 해서 사천 프랑에 주시오. 현금으로 바로 지불할 테니까. 안 된다면 다른 곳으로 가겠소."

당황한 보석상이 결국 뒤 루아의 제안을 받아들였다. "좋습니다. 그렇게 하죠."

뒤 루아는 주소를 적어주며 이렇게 덧붙였다. "시계에다 남작관을 넣고 그 아래 내 이름의 약자 G. R. C.를 흘린 글씨체로 새겨주시오."

마들렌은 깜짝 놀랐지만 이내 빙그레 웃음을 띠었다. 그녀는 보석상을 나서며 다정하게 남편의 팔짱을 끼었다. 이 사람은 정말 수완이 좋고 강한 남자가 분명하다. 은행에 넣어두고 먹고살 수 있는 수입이 생겼으니 이제 귀족 칭호가 필요한 것이다. 당연한 생각이 아닌가.

주인이 인사를 했다. "아무 걱정 마십시오. 목요일까지 해드리겠습니다, 남작님."

두 사람은 보드빌 극장 앞을 지났다. 새 연극이 상연 중이었다.

"괜찮으면 오늘 저녁에 극장에 갑시다. 관람석을 예약해서 말이오."

좌석이 있었고, 예약을 했다. 이어 뒤 루아가 말했다. "우선 식당에 가서 저녁을 먹는 게 어떻겠소?"

"그래요. 좋아요."

뒤 루아는 흡사 제왕이 된 것처럼 기분이 좋아서 또 무슨 일을 할 수 있을지 생각해 보았다.

"드 마렐 부인한테 가서 오늘 저녁을 함께 보내자고 해보는 게 어떻겠소? 남편이 파리에 와 있다고 하던데. 그 사람도 한번 보면 좋을 것 같고."

부부는 드 마렐 부인의 집으로 갔다. 뒤 루아는 화를 내고 가버린 애인과 처음으로 얼굴을 본다는 사실이 조금 겁이 나기는 했지만, 아내와 함께 찾아가니 구구절절 변명을 안 해도 된다는 게 좋았다.

하지만 정작 클로틸드는 아무것도 기억하지 못하는 사람 같았다. 심지어 뒤 루아 부부의 초대를 받아들이라고 남편을 부추기기까지 했다.

저녁 식사는 즐거웠고 공연도 무척 좋았다.

뒤 루아와 마들렌은 아주 늦게 집으로 돌아갔다. 가스등도 이미 꺼져 있었다. 계단이 어두워 뒤 루아가 도중에 성냥을 켜서 불을 밝혀야 했다.

2층 층계참에서 성냥을 긋는 순간 불이 붙으면서 캄캄한 어둠 속 거울에 비친 부부의 모습이 나타났다.

갑자기 나타났다가 바로 사라져버릴 유령의 모습 같았다.

뒤 루아는 좀 더 잘 보이도록 오른손을 들었다. 그리고 의기양양하게 웃음을 터뜨렸다.

"백만장자들이 납신다."

7

 모로코 침공은 두 달 전에 끝났다. 탕헤르를 장악한 프랑스는 서쪽 끝에서 트리폴리 섭정국[30]에 이르기까지 아프리카의 지중해 연안을 모두 손에 넣었다.[31] 그리고 새롭게 병합한 모로코의 국채를 프랑스가 지불보증했다.

 장관 두 명이 거의 이천만 프랑을 벌었다는 소문이 돌았고, 특히 라로슈 마티유의 이름이 나돌았다.

 왈테르의 경우는 파리 사람들 중 그가 양쪽으로 횡재를 해서 엄청난 돈을 벌어들였다는 사실을 모르는 사람이 없었다. 그는 우선 모로코 국채로 삼사천만 프랑을 벌었고, 또 구리 광산과 철광에 투자한 것 외에도 헐값에 미리 사들인 엄청난 토지를 점령 이후 식민지 회사에 팔아넘기면서 팔백만 내지 천만 프랑을 손에 넣었다.

 단 며칠 사이에 왈테르는 절대 권력을 가진 금융가, 세계의 주인 중 한 사람이 되었다. 한 나라의 왕들보다 더 강해서 그 앞에서 고개를 숙이지 않는 사람이 없었고, 그 누구도 제대로 말을 하지 못했다. 다들 왈테르를 보는 순간 비굴하고 비겁해졌으며, 마음 깊숙한 곳으로부터 시기심이 솟아올랐다.

 이제 그는 더 이상 유대인 왈테르가 아니었고, 수상쩍은 은행과 역시 의혹투성이인 신문사를 소유한 사장도, 부패한 책략가라는 의심을 받는 하원 의원도 아니었다. 그는 이제 이스라엘인 부호 왈테르였다.

왈테르는 그것을 세상에 알리고 싶었다.

그래서 포부르 생토노레 거리에 샹젤리제 쪽으로 정원이 있고 파리에서 손꼽히는 훌륭한 저택의 주인인 칼스부르 대공의 상황이 어려워졌다는 소식을 듣고는 그 저택을 사겠다고 나섰다. 가구까지 그대로 사서 절대 옮기지 않고 사용하겠다고 하며 삼백만 프랑을 내겠다고 했다. 그 액수에 마음이 끌린 칼스부르 대공이 제안을 받아들였다.

다음 날 왈테르는 새 저택으로 옮겨 왔다.

그러자 또 다른 생각이, 아예 파리 전체를 차지하겠다는 나폴레옹식의 생각이 떠올랐다.

당시 파리 사람들은 자크 르노블의 화랑에 전시 중인 헝가리 화가 칼 마르코비치의 대작을 보려고 줄을 서고 있었다. 예수가 바다를 걷는 장면을 그린 그림이었다.

미술 비평가들은 열광하며 이 그림이야말로 금세기 최대의 걸작이라고 격찬했다.

바로 그 그림을 왈테르가 오십만 프랑에 샀고, 사자마자 자기 집으로 옮겨 버려서 작품을 향한 사람들의 관심을 단호하게 잘라낸 것이다. 결국 온 파리 사람들이 부러워서든 욕을 하기 위해서든 칭송하기 위해서든 왈테르 얘기를 하지 않을 수 없었다.

이어 왈테르는 예술 작품을 숨겼다는 비난을 들을 수는 없다면서 파리의 저명인사들을 모두 자기 집에 초대하여 외국 대가의 그림을 감상하는 자리를 마련하겠다고 신문에 광고를 냈다.

그리고 저택을 개방하기로 했다. 입구에서 초대장을 보이기만 하면 누구든지 들어살 수 있는 행사였다.

초대장에는 이렇게 쓰여 있었다.

왈테르 부부가 초대합니다. 12월 30일 9시에서 자정 사이에 와주십시오. 전등 불빛 아래서 칼 마르코비치의 그림 「물 위를 걷는 그리스도」를 감상하실 수 있습니다.

밑에 작은 글씨로 추신이 붙어 있었다.

자정 이후 무도회가 있습니다.

그러니까 남고 싶은 사람은 남으라는 것이고, 그중에서 앞으로 왈테르 부부가 가까이 지낼 사람이 선택된다는 뜻이었다.

무도회까지 남아 있고 싶지 않은 사람들은 그냥 그림을 감상하고 저택과 주인 부부를 보고 가면 된다. 개중에는 사교계 특유의 호기심으로 이들을 살필 사람도 있을 것이고, 무례한 혹은 무심한 눈길을 던지는 사람들도 있을 것이다. 어쨌든 그런 다음에는 왔을 때처럼 그냥 돌아가면 되는 것이다. 하지만 왈테르 영감은 알고 있었다. 그들은 나중에 다시 오게 될 것이다. 자기처럼 갑부가 된 이스라엘 사람의 집에 일단 발을 들여놓게 되면 다시 찾을 수밖에 없는 법이다.

우선 신문에 자주 이름이 오르내리지만 형편이 좋지 않은 귀족들부터 끌어들여야 했다. 그들은 육 주 만에 오천만 프랑을 번 왈테르의 얼굴을 보러 올 것이고, 전부 몇 명이나 왔는지 세어보려고 올 것이다. 이스라엘의 자손이지만 그러면서도 고상하고 명석한 왈테르 씨가 기독교를 기리는 그림을 보러 오라고 불렀으니 가야 한다며 또 올 것이다.

왈테르는 이렇게 말하고 있는 셈이다. "자, 보시오. 마르코비치의 걸작 성화 「물 위를 걷는 그리스도」를 사느라 오십만 프랑을 썼소. 이 걸작품은 영원히 내 집에, 내 눈앞에, 유대인 왈테르의 집에 있을 것이오."

사교계, 특히 공작 부인들이나 조케 클럽[32] 사람들 사이에서도 왈테르의 초대 얘기가 오갔다. 대부분이 그런 자리에 한 번 간다고 해서 꼭 무언가를 약속하는 것은 아니라는 입장이었다. 프티[33]의 화랑에 가서 수채화를 보고 오는 것과 똑같은 기분으로 다녀오면 되는 것 아니냐고 했고, 훌륭한 예술품을 손에 넣은 왈테르 부부가 누구든 와서 감상할 수 있게 하루 저녁 문을 연다니 더할 나위 없이 좋은 일이라고도 했다.

《라 비 프랑세즈》는 벌써 이 주 전부터 12월 30일에 열릴 저녁 행사를 아침마다 단신으로 알리며 사람들의 호기심에 불을 지폈다.

뒤 루아는 사장의 승리에 분노가 치밀었다.

아내한테 강탈하다시피 오십만 프랑을 받은 다음 드디어 부자가 됐다고 생각했다. 그런데 왈테르 주위로 쏟아져 내리고 있는 수백만 프랑의 돈과 비교하는 순간, 더구나 자기는 거기에서 단 한 푼도 건지지 못했다는 생각을 하는 순간, 자기 손에 든 돈은 너무나 초라해 보였다. 심지어 자기 자신이 너무나 가난한, 끔찍스러울 정도로 가난한 거지가 된 것 같았다.

질투에 휩싸인 뒤 루아의 분노는 날이 갈수록 커졌다. 모두가 원망스러웠다. 제일 먼저 왈테르 부부한테 화가 나서 그 집에 발을 끊어버렸다. 라로슈한테 속아서 모로코 국채를 사지 말라고 말린 아내에게도 화가 났고, 무엇보다도 자기를 속인, 자기 집 식탁에서 일주일에 두 번이나 저녁을 먹으면서도 자기를 이용하기만 한 라로슈 마티유에 대해서는 참을 수가 없었다. 사실상 비서이자 중개인, 대변인 역할을 하고 있던 뒤 루아는 장관이 부르는 문장을 받아쓰고 있다가도 문득 그에게 달려들고 싶었다. 얼굴만 멀쩡하고 멍청한 주제에 으스대기만 하는 그자를 덮쳐 미친 듯이 목을 졸라버리고 싶었다. 장관으로 별 두각을 나타내지 못한 라로슈는 자리를 지키기 위해 자기가 이번 일로 엄청난 돈을 벌었다는 사실을 숨겨야만 했다. 하지만 벼락출세한 변호사의 거만해진 말투에서, 더 건방져진 몸짓에서, 더욱 단호해진 말투에서, 그야말로 자신만만해진 태도에서, 뒤 루아는 분명 황금의 냄새를 맡았다.

라로슈는 뒤 루아의 집에서 제왕처럼 군림했다. 이전에 보드렉 백작이 오던 날도 라로슈의 날이 되었고, 보드렉 백작이 누리던 자리도 라로슈의 것이 되었다. 그가 하인들에게 말할 때 보면 마치 이 집의 또 다른 주인이 된 것 같았다.

뒤 루아는 물어뜯고 싶지만 엄두를 내지 못하는 개처럼 부르르 떨며 참았다. 괜히 마들렌에게 퉁명스럽고 거칠게 굴며 화풀이를 했을 뿐이다. 하지만 마들렌은 남편을 철이 덜 든 어린애 취급하면서 어깨를 들썩였다. 사실 그녀는 남편이 왜 항상 기분이 나쁜지 이해가 되지 않았고, 그래서 늘 이렇게 말했다. "난 당신 마음을 모르겠어요. 늘 불만이잖아요. 당신 지위도 상당히 좋은데 말이에요."

그럴 때면 뒤 루아는 홱 돌아서며 아무 말도 하지 않았다.

앞으로 사장 집에서 하는 만찬에는 가지 않겠다고, 절대 그 더러운 유대인의 집에는 발을 들여놓지 않겠다고 이미 단언한 터였다.

왈테르 부인은 벌써 두 달째 매일 편지를 보내서 제발 자기 집에 찾아와 달라고 간청했다. 그의 몫으로 칠만 프랑을 벌어놓았다고, 원하는 곳 어디로든 약속만 해주면 가져오겠다고 했다.

하지만 뒤 루아는 연락하지 않았다. 오히려 필사적으로 매달리는 여자의 편지를 불에 던져버렸다. 왈테르 부인이 번 돈에서 자기 몫을 받는 걸 단념했기 때문이 아니라, 그녀를 미치게 만들고 싶고 경멸하고 밟아버리고 싶었기 때문이다. 그녀는 너무 부자가 아닌가! 그 앞에서 자기 자존심을 보여 주고 싶었던 것이다.

왈테르 저택의 행사가 열리는 날 마들렌이 이런 자리에 빠지면 안 될 것 같다고 하자 뒤 루아는 이렇게 대답했다.

"상관할 것 없소. 난 집에 있겠소."

하지만 저녁을 먹고 나더니 갑자기 마음을 바꾸었다.

"죽어도 싫은 일이지만 가보는 게 낫겠군. 빨리 준비해요."

남편이 결국은 가게 될 거란 걸 알고 있던 마들렌이 대답했다.

"십오 분이면 준비돼요."

뒤 루아는 투덜거리면서 옷을 입었고, 마차 안에서도 계속 찌푸린 얼굴이었다.

칼스부르 저택의 앞뜰에는 네 구석에 하나씩 둥근 전등이 푸르스름한 달처럼 빛을 내고 있었다. 높은 돌층계에는 위에서 아래까지 화려한 카펫이 깔려 있고, 계단마다 제복을 입은 남자가 조각상처럼 꼼짝 않고 서 있었다.

뒤 루아가 중얼거렸다. "아주 난리가 났군." 그는 질투로 가슴이 막히는 것만 같아서 어깨를 추켜올렸다.

옆에서 아내가 말했다. "그만해요. 당신도 똑같이 하면 돼요."

뒤 루아 부부가 안으로 들어서자 하인이 다가와 무거운 외투를 받아 들었다.

옆에서 남편과 함께 온 여자 몇 명이 모피 외투를 벗고 있었다. 여기저기서 속삭이는 소리가 들렸다. "굉장하네. 정말 멋있어."

어마어마하게 큰 현관에는 마르스와 비너스의 사랑을 그린 장식 융단이 걸려 있고, 층계가 좌우 양쪽으로 팔을 벌렸다 오므린 것 같은 모양으로 2층으로 이어져 있었다. 난간은 섬세하게 주철로 세공되어 있고, 오래되어 광택이 흐려진 금장식이 붉은 대리석 계단을 따라 잔잔한 빛을 던졌다.

객실 입구에서 작은 여자애 둘이 각기 분홍색과 파란색 폴리[30] 옷을 입고 서서 늘어오는 부인들에게 꽃다발을 건네고 있었다. 다들 꽤 괜찮은 생각이라고 좋아했다.

안에는 이미 손님이 가득했다.

개인이 자신의 집에서 여는 그림 전시회를 보러 온 것임을 강조하기 위해 여자들은 대부분 파티복이 아니라 그냥 외출복을 입고 있었다. 무도회까지 참석할 여자들은 목과 팔이 드러난 옷을 입었다.

왈테르 부인은 두 번째 객실에서 친한 부인들에게 둘러싸여 있었다. 그녀는 손님들에게 인사를 했지만, 개중에는 여주인의 얼굴도 모르는 경우가 많았다. 그런 사람들은 주인한테는 별 관심 없이 그저 미술관을 구경하듯 돌아다녔다.

왈테르 부인은 뒤 루아를 본 순간 얼굴이 하얗게 질리면서 다가오려고 몸을 움직였다. 하지만 바로 멈칫하고는 그가 오기를 기다렸다. 뒤 루아는 정중하게 인사를 했고, 마들렌은 다정한 인사와 칭송을 늘어놓았다. 뒤 루아는 아내를 왈테르 부인 곁에 두고 혼자 사람들 사이로 섞여 들었다. 분명 나쁜 말을 하는 사람들이 있을 테니 한 번 들어보기 위해서였다.

나란히 이어져 있는 다섯 개의 객실은 값비싼 천 벽지에 이탈리아 자수나 오리엔트 양탄자로 장식되어 있었고, 그 색조와 스타일이 모두 달랐다. 벽에는 전 주인이 걸어놓은 액자들이 그대로 있었다. 특히 루이 16세 양식으로 장식된 객실 하나는 지나는 사람마다 걸음을 멈추고 감탄을 했다. 일종의 규방 같은 그 작은 방은 전체가 옅은 파란색 바탕에 장미 꽃다발 무늬가 있는 실크로 장식되어 있고, 벽과 똑같은 실크가 덮인 금박 입힌 나지막한 목재 가구들 역시 더없이 훌륭했다.

뒤 루아가 고개를 돌려보니 여기저기 저명인사들이 눈에 띄었다. 페라신 공작 부인, 라브넬 백작 부부, 장군인 앙드르몽 대공, 된 후작 부인, 그 외에도 일류 사교 모임에서나 볼 수 있는 남자와 여자들의 모습이 보였다.

그때 누군가 뒤 루아의 팔을 잡더니 젊고 행복한 목소리로 귀에 대고 속삭였다. "아! 심술쟁이 벨아미, 드디어 오셨네요. 그동안 왜 안 오셨죠?"

쉬잔 왈테르가 구름처럼 곱슬곱슬한 금발 머리 아래 고운 에나멜을 칠한 것 같은 눈으로 그를 바라보고 있었다.

뒤 루아는 쉬잔을 만난 것을 기뻐하며 거리낌 없이 손을 잡았다. 그리고 사과를 했다. "올 수 없었답니다. 지난 두 달 동안 두문불출 일만 해야 했거든요."

쉬잔이 정색을 하고 말했다. "그럼 안 되죠, 안 돼요. 우릴 그렇게 힘들게 하시다니요. 엄마하고 저하고 벨아미를 얼마나 좋아하는데요. 전 꼭 벨아미가 있어야 해요. 안 계시니까 정말 심심해 죽겠어요. 이렇게 말씀드리는 건 앞으론 절대 그런 식으로 모습을 감추시면 안 된다고 말하려는 거예요. 자, 팔을 주세요. 제가 직접 물 위를 걷는 예수 그림을 보여 드릴게요. 저기 제일 안쪽 온실 뒤에 있거든요. 아빠가 일부러 저기다 두셨죠. 그림을 보려면 이 집을 다 지나가게 하려고요. 이 집을 가지고 아빠가 어찌나 으스대는지 정말 놀랍다니까요."

뒤 루아와 쉬잔은 조심스레 사람들 사이로 들어갔다. 잘생긴 젊은이와 눈부신 인형 같은 아가씨가 지나가자 다들 고개를 돌려 쳐다보았다.

유명한 화가 한 명은 이렇게 말했다. "저것 좀 봐요! 아주 잘 어울리는 한 쌍이로군요. 정말 보기 좋은걸요."

뒤 루아가 마음속으로 말했다. '내가 진짜 능력 있는 인간이었다면 이 여자하고 결혼했을 텐데. 불가능한 일은 아니었잖은가. 왜 한 번도 그런 생각을 못 한 걸까? 어쩌자고 어영부영 다른 여자와 결혼해 버린 걸까? 어처구니없는 일 아닌가! 늘 서두르기만 하고 깊이 생각하지 못하다니!'

그러자 시기심이, 담즙처럼 씁쓸한 시기심이 한 방울씩 그의 영혼 속으로 떨어져 내리면서 모든 기쁨이 일그러졌다. 그리고 자기의 삶 자체가 추악해 보였다.

쉬잔이 말했다. "아! 이제 자주 오세요, 벨아미. 아빠가 부자가 됐으니까 이제 하고 싶은 건 다 해볼 수 있단 말이에요. 신 나게 놀아요."

뒤 루아는 여전히 자기 생각에 빠져 말했다. "오! 이제 결혼을 하셔야죠. 아주 멋진, 좀 몰락한 대공 나리하고 말입니다. 그렇게 되면 우리는 다시 만나기도 힘들걸요?"

쉬잔이 대뜸 말했다. "아! 아니에요. 아직 아니에요! 난 내 맘에 드는 사람, 아주 맘에 드는, 정말 맘에 드는 사람 아니면 절대 결혼 안 할 거예요. 설사 상대가 돈이 없어도 내가 많으니까 괜찮고요."

뒤 루아는 빈정거리는 듯한 거만한 미소를 지었다. 그리고 주위에 보이는 이름 높은 가문의 신사들 이름을 알려 주었다. 모두 녹슨 귀족 칭호를 쉬잔처럼 돈 많은 은행가의 딸에게 팔아버린 사람들이었다. 아직 부인과 같이 사는 사람도 있고 그렇지 않은 사람도 있지만, 어쨌든 세상에 이름이 알려지고 존경받으면서도 체면 차리지 않고 자유분방하게 살고 있는 사람들이었다.

뒤 루아가 결론을 내리듯 단호하게 말했다. "제가 보기에 여섯 달도 못 버티고 저런 미끼에 걸려드실 겁니다. 이제 후작 부인이나 공작 부인, 아니면 대공의 부인이 되시겠죠. 그러면 아주 거만하게 절 내려다보시게 될 겁니다, 아가씨."

쉬잔은 화를 내며 부채로 뒤 루아의 팔을 때렸다. 그러면서 자기는 사랑하는 사람이 아니면 절대 결혼하지 않을 거라고 맹세했다.

뒤 루아가 빈정거리며 웃었다. "그야 두고 보면 알겠죠. 그러기엔 너무 부자이신걸요."

쉬잔이 말했다. "벨아미 당신도 마찬가지잖아요. 유산을 받으셨잖아요."

"오!" 뒤 루아가 스스로를 동정하는 듯한 어조로 말했다. "그 얘기 한번 해볼까요? 일 년 수입이 겨우 이만 리브르35)인걸요. 요즘 그 정도면 별로 큰 액수가 아니죠."

"부인도 받았잖아요."

"그래요. 둘이 합해서 백만 프랑을 받았으니까 일 년에 사만이 들어오죠. 마차 한 대도 살 수 없는 돈이랍니다."

그들은 제일 안쪽 객실까지 갔다. 바로 정면에 온실이 있었다. 키가 큰 더운 지방의 나무들이 빼곡하고 그 아래 진귀한 꽃들이 피어 있었다. 희미한 빛이 은물결처럼 비치는 컴컴한 식물들의 세계에 발을 들여놓는 순간, 축축한 흙에서 나는 포근하면서도 서늘한 기운이, 꽃향기를 실은 무거운 공기가 느껴졌다. 깨끗하지는 않지만 매력적인, 다분히 인위적인, 좀 거슬리면서도 부드러운, 정말 야릇하고 감미로운 느낌이었다. 두터운 관목 사이로 이끼 같은 카펫이 깔려 있었다. 왼쪽에 둥근 지붕처럼 잎을 늘어뜨린 커다란 종려나무 아래 거대한 수반(水盤)이 놓여 있는 것이 보였다. 흰색 대리석으로 만든 수반은 안에 들어가 헤엄을 칠 수 있을 정도로 컸고, 가장자리에는 델프트36) 도기로 만든 커다란 백조 네 마리가 살짝 입을 벌리고 물을 내뿜고 있었다.

황금빛 가루를 깔아놓은 수반 안에는 커다란 금붕어 몇 마리가 헤엄치고 있었다. 기괴한 중국 괴물처럼 눈이 튀어나오고 비늘 가장자리가 푸른색인 금붕어들이 황금색 바닥 위를 돌아다니는 모습은 흡사 중국의 고관대작들이 물속에 들어가 있는 듯했고, 중국 자수에 그려진 기묘한 풍경을 연상케 했다.

뒤 루아는 두근거리는 가슴으로 걸음을 멈췄다. 그리고 마음속으로 생각했다. '이게 정말로, 정말로 호화로운 삶이란 거다. 이런 집에서 살아야 한다. 다른 사람들은 성공을 했는데 어째서 난 못 하는

가?' 그는 어떻게 하면 자기도 이런 삶을 살 수 있을지 궁리해 보았다. 하지만 아무 생각이 나지 않자 스스로 무력감에 휩싸이며 화가 치밀었다.

쉬잔은 옆에서 뭔가 깊은 생각에 빠진 듯 말이 없었다. 뒤 루아는 곁눈으로 쉬잔을 바라보며 한 번 더 같은 생각을 했다. '살아 움직이는 인형 같은 이 여자와 결혼만 하면 간단히 해결되는데.'

그때 문득 쉬잔이 정신을 차렸는지 "잠깐요!" 하더니 뒤 루아를 밀치면서 가로막고 있는 사람들을 뚫고 지나갔다. 그리고 불쑥 오른쪽으로 돌아섰다.

이상하게 생긴 나무들이 가는 손가락을 펼친 것처럼 생긴 잎들을 하늘로 뻗고 있고, 그 한가운데로 물 위에 꼼짝 않고 서 있는 남자의 모습이 나타났다.

정말 놀라웠다. 녹색의 식물이 흔들거리며 양쪽 끝을 가리고 있었기 때문에 그림은 마치 멀리 어두운 구멍이 있는 것처럼 환상적이고 강렬한 느낌을 주었다.

그림의 내용을 이해하기 위해서는 자세히 들여다보아야 했다. 한쪽 끝에 배가 반만 그려져 있고, 그 안에 타고 있는 사도들 중 한 명이 뱃전에 앉아 예수가 오고 있는 쪽으로 등불을 비추는 모습이 희미하게 보였다.

예수는 물결 위에 발을 내밀었다. 발길에 닿은 물은 밑으로 꺼졌다가 이내 고분고분하게 다시 올라와 평평해져서는 그 위를 밟고 선 신성한 발을 감쌌다. 신의 아들 주위는 어두컴컴했고, 별들만이 하늘에서 빛나고 있었다.

예수 쪽으로 내민 등불의 빛으로 희미하게 보이는 사도들의 얼굴은 놀라움으로 일그러져 있다.

모두의 기대를 넘어서는, 진정 거장이 그려낸 역작이었다. 보는 이의 마음을 뒤흔들고 몇 년이 가도 꿈속에 남을 만한 작품이었다.

사람들은 처음엔 말이 없다가 이내 꿈꾸는 듯한 표정으로 멀어져 갔다. 어느 누구도 그 자리에서 바로 그림의 가치에 대해 말할 엄두를 내지 못했다.

한동안 그림을 바라보던 뒤 루아가 말했다. "저런 장식품을 살 수 있다니 정말 멋지군."

하지만 그림을 보려는 사람들이 밀치는 바람에 뒤 루아와 쉬잔은 자리를 비켜야 했다. 뒤 루아는 계속 붙들고 있던 쉬잔의 자그마한 손을 조금 더 힘주어 잡았다.

쉬잔이 물었다. "샴페인 좀 드실래요? 음식 있는 데로 가요. 아빠도 거기 계실걸요."

뒤 루아는 쉬잔과 함께 천천히 객실들을 지나갔다. 손님이 더 늘어났고, 기념식에 온 것처럼 우아하게 차려입은 사람들이 북적거리며 거리낌 없이 돌아다니고 있었다.

그때였다. 뒤 루아는 어디선가 "라로슈와 뒤 루아 부인이네."라는 말을 들은 것 같았다. 그 말이 흡사 저 멀리서 바람결에 실려온 듯 그의 귀를 간지럽혔다. 어디서 난 소리일까?

그는 사방을 둘러보았다. 아내가 장관의 팔짱을 끼고 지나가는 것이 보였다. 두 사람은 미소를 짓고 서로의 눈을 쳐다보며 나지막한 목소리로 은밀하게 이야기를 나누고 있었다.

뒤 루아는 사람들이 두 사람을 쳐다보며 수군거리는 것만 같았다. 당장 저들한테 달려들어 주먹을 날려 버리고 싶었다.

마들렌은 지금 자기를 조롱거리로 만들고 있지 않은가. 문득 포레스티에가 생각났다. 이제 사람들은 '오쟁이 진 뒤 루아'라고 말할 것이다. 도대체 마들렌은 어떤 여자인가? 제법 재주가 좋아서 빨리 출세하긴 했지만 그렇게 큰 능력을 가진 여자는 아니다. 사람들은 날 두려워하고 또 내가 힘 있는 사람이라고 생각하기 때문에 우리 집에 찾아오지만, 뒤에서는 별 볼 일 없는 기자 부부에 대해 아무렇게나 떠들어댈 것이다. 사람들이 내 집을 의혹에 찬 시선으로 바라보게 만드는 저 여자, 항상 평판이 좋지 않은 여자, 하는 짓 하나하나가 모사꾼처럼 보이는 여자하고 오래 같이 살 수는 없다. 이제 나한테 저 여자는 족쇄일 뿐이다. 왜 진작 알아차리지 못했을까? 왜 몰랐을까? 아예 처음부터 쉬잔한테 손을 썼더라면 훨씬 더 많은 것을 손에 넣을 수 있었을 텐데! 어째서 내 눈에는 아무것도 보이지 않았던 걸까? 난 왜 아무것도 몰랐던 걸까?

뒤 루아와 쉬잔은 식당으로 갔다. 대리석 기둥들이 있는 엄청나게 큰 식당에는 옛 고블랭[37]의 장식 융단들이 걸려 있었.

왈테르가 급히 다가와 악수를 했다. 사장은 기쁨에 취해 들떠 있었다. "다 봤나? 그래, 쉬잔, 다 보여 드렸지? 이봐, 벨아미. 정말 사람들이 많지 않은가? 게르슈 대공도 봤지? 조금 전에 와서 펀치를 마시고 갔다네."

이어 왈테르는 허겁지겁 상원 의원 리솔랭에게 다가갔다. 상원 의원의 아내도 따라왔는데, 노점상이 파는 것 같은 알록달록한 옷을 차려입은 여자는 어리둥절한 얼굴이었다.

그때 남자 하나가 다가와 쉬잔에게 인사를 했다. 금발 구레나룻에 머리가 약간 벗겨졌고 키가 크고 늘씬한 젊은이였다. 어디서나 쉽게 볼 수 있는 사교계의 분위기를 풍기는 남자였다. 하지만 카졸 후작이라는 이름을 듣는 순간 뒤 루아는 걷잡을 수 없는 질투에 휩싸였다. 쉬잔은 언제부터 저 사람을 알고 지내는 걸까? 부자가 되고 난 다음이겠지? 아마도 쉬잔하고 결혼하고자 하는 남자일 것이다.

그때 누군가 뒤 루아의 팔을 잡았다. 노르베르 드 바렌이었다. 노시인은 기름 낀 백발에 낡은 옷을 입고 세상일에 별 관심 없는 듯 지친 걸음으로 돌아다니는 중이었다.

"이게 바로 즐긴다는 거로군." 노시인이 말했다. "좀 있으면 춤을 추겠지. 그런 다음에 자러 가고. 아가씨들은 흡족해할 거야. 샴페인 좀 들게. 아주 맛이 좋더군."

노르베르 드 바렌은 술잔을 가득 채우게 하고는 역시 새 잔을 채워 들고 서 있는 뒤 루아에게 말했다. "난 인간의 정신이 갑부들의 돈을 눌러 이기는 승리를 위해 마시겠네."

그런 다음에는 작은 소리로 덧붙였다. "갑부들이 날 귀찮게 하는 건 아니고 나도 그 사람들한테 나쁜 마음이 있는 건 아니네. 그래도 내 원칙에 따라 저항하는 거지."

뒤 루아의 귀에는 노르베르 드 바렌의 말이 들리지 않았다. 그는 카졸 후작과 함께 사라진 쉬잔을 찾고 있었다. 뒤 루아는 노시인을 그냥 버려두고 쉬잔을 찾아 나섰다.

하지만 술을 마시러 오는 사람들이 겹겹이 모여 있어서 앞으로 걸음을 옮길 수가 없었다. 힘들게 다 빠져나왔을 때 바로 앞에 드 마렐 부부가 보였다.

부부 중 아내는 계속 만나고 있었지만 남편은 한참 만에 보는 것이었다. 드 마렐 씨가 뒤 루아의 두 손을 잡으며 말했다.

"정말 고맙습니다. 클로틸드를 통해 알려 준 얘기 말입니다. 모로코 국채를 사서 십만 프랑 가까이 벌었죠. 다 뒤 루아 씨 덕분입니다. 정말 우리의 소중한 벗이십니다."

옆에서는 남자들이 아름답고 우아한 갈색 머리의 클로틸드를 힐끗거렸다. 뒤 루아가 대답했다. "그 대신 부인을 좀 빌려도 되겠습니까? 아니, 잠깐만 모셔 가겠습니다. 원래 부부는 갈라놓아야 하는 법이거든요."

드 마렐 씨가 말했다. "맞는 말입니다. 혹시 서로 헤어지면 한 시간 있다가 여기서 만납시다."

"좋습니다."

뒤 루아와 클로틸드가 군중 속으로 끼어들었고, 드 마렐 씨가 뒤를 따랐다. 클로틸드가 여러 번 말했다. "왈테르 집안은 정말 행운을 잡았어요. 사업 수완이 좋은 것도 사실이고요."

뒤 루아가 대답했다. "뭐! 능력 있는 사람들은 방법이야 어떻든 늘 성공을 하게 되지."

클로틸드가 또 말했다. "저기 두 딸 좀 봐요. 이제 이천만이나 삼천만 프랑은 갖게 될걸요. 더구나 쉬잔은 예쁘기까지 하고요."

뒤 루아는 아무 말도 하지 않았다. 자기가 생각한 것이 다른 사람의 입에서 그대로 나오자 왠지 모르게 짜증이 났다.

클로틸드는 아직 「물 위를 걷는 그리스도」를 보지 못했다. 뒤 루아가 그림이 있는 곳까지 데려다 주겠다고 했다. 두 사람은 처음 보는 사람들이 지나갈 때마다 흉을 보면서 재미있어했다. 그때 웃옷 깃에다 주렁주렁 훈장을 단 생포탱이 눈에 띄었다. 두 사람은 신 나게 웃었다. 그 뒤로 전에 대사를 지낸 사람도 오고 있었지만, 심지어 그 사람도 생포탱만큼 훈장을 달고 있지는 않았다.

뒤 루아가 말했다. "인간들이 참 잡탕으로 섞여 있군."

이어 부아르나르도 다가와 악수를 했다. 그 역시 전에 뒤 루아가 결투하던 날처럼 녹색과 노란색 휘장으로 단춧구멍을 장식하고 있었다.

페르스뮈르 자작 부인은 육중한 몸을 치렁치렁하게 장식하고 루이 16세 양식의 작은 규방에서 어떤 공작과 이야기를 나누고 있었다.

뒤 루아가 중얼거렸다. "아주 다정하게 마주 앉았군." 이어 온실 안을 지나가다가 촘촘히 늘어선 나무 뒤쪽 눈에 잘 안 띄는 곳에 라로슈 마티유와 마들렌이 숨은 듯 앉아 있는 것을 보았다. 마치 "우린 여기 사람들이 다 보는 이곳에서 만나기로 약속을 했습니다. 사람들이 뭐라 생각하는지 따위는 신경 쓰지 않으니까요."라고 말하는 것 같았다.

드 마렐 부인은 칼 마르코비치가 그린 예수 그림이 정말로 훌륭한 작품이라고 했다. 뒤 루아는 그녀와 함께 다시 안으로 들어왔다. 드 마렐 씨는 보이지 않았다.

뒤 루아가 물었다. "로린은 아직도 날 원망하오?"

"여전해요. 절대로 당신을 안 보겠다고 하고, 당신 얘기만 나오면 자리를 피해 버려요."

뒤 루아는 아무 말도 하지 않았다. 어린 로린이 자기를 싫어한다는 게 속상하고 마음이 불편했다.

문 쪽으로 가까이 가는데 쉬잔이 나타났다. "아! 여기 계시네요. 잠시 혼자 계세요, 벨아미. 아름다운 드 마렐 부인께 제 방을 좀 보여 드리려고요."

두 여자는, 사람들이 모인 곳을 지나갈 때면 늘 그렇듯이, 바쁜 걸음으로 물결치듯 몸을 흔들면서 사라져버렸다.

그리고 바로 "조르주!" 하고 속삭이는 소리가 들렸다. 왈테르 부인이었다. 그녀는 아주 조그만 목소리로 말했다. "아! 당신은 너무 잔인해요! 왜 아무 이유 없이 날 이렇게 고통스럽게 하는 거죠? 당신이 계속 드 마렐 부인과 같이 있길래 쉬잔한테 부인을 다른 곳으로 데려가 달라고 했어요. 당신하고 얘기 좀 하려고요. 정말이에요. 당신한테 꼭 할 말이 있어요……. 오늘 밤에…… 아니면…… 아니면…… 정말 나도 내가 무슨 일을 저지를지 몰라요. 온실로 와요. 왼쪽에 문이 있을 거예요. 그리로 나가면 정원이에요. 십 분 후에 거기서 기다려요. 당신이 거절한다면, 정말이에요, 이 자리에서 시끄럽게 해버릴 거예요."

뒤 루아가 거만하게 말했다. "좋소. 거기서 십 분 후에 봅시다."

두 사람은 헤어졌다. 뒤 루아는 도중에 자크 리발을 만나는 바람에 하마터면 늦을 뻔했다. 음식을 차려놓은 곳에 갔다 오는 게 분명한 리발은 그의 손을 붙잡고 격앙된 목소리로 이 얘기 저 얘기 늘어놓았다. 뒤 루아는 가까이 드 마렐 씨가 보이자 자크 리발을 넘겨주고 도망치듯 빠져나왔다. 아내와 라로슈의 눈에도 띄지 않아야 했다. 두 사람은 뭔가 신이 나서 얘기에 열중하고 있었기 때문에 뒤 루아는 무사히 지나갔고, 마침내 정원으로 나갔다.

바람이 어찌나 찬지 얼음물에 몸을 담그는 기분이었다. "제길, 이러다 감기 들겠군." 뒤 루아는 손수건을 꺼내 넥타이처럼 목에 둘렀다. 그런 다음 천천히 걸음을 옮기며 정원의 작은 길을 걸어갔다. 객실의 밝은 불에 있다가 나오니 사방이 어두워 잘 보이지 않았다.

좌우로 떨기나무들이 잎사귀 없이 앙상한 가지들만 떨고 있었고, 저택 창문에서 새어 나오는 희미한 회색빛이 잔가지 사이로 퍼졌다. 정면의 길 한가운데에 뭔가 하얀 것이 보였다. 왈테르 부인이었다. 그녀는 팔과 가슴이 드러난 옷을 입고서 떨리는 목소리로 말했다.

"아! 왔군요. 정말 내가 죽는 걸 보고 싶은 건가요?"

뒤 루아가 태연하게 대답했다. "제발 난리 좀 피우지 마시오. 알겠소? 계속 그러면 난 그냥 가버릴 거요."

그녀는 뒤 루아의 목에 두 팔을 감았다. 그리고 입술을 뒤 루아의 입술 앞에 바짝 가져다 대며 말했다. "도대체 내가 뭘 잘못했다고 이러는 거죠? 왜 나한테 그렇게 함부로 하는 거예요? 내가 뭘 어쨌는데요?"

뒤 루아는 그녀를 밀어내려고 했다. "마지막으로 만났을 때 당신이 내 조끼 단추마다 머리카락을 감아놨잖소. 그 때문에 아내하고 심하게 다퉜소."

왈테르 부인은 잠시 놀란 것 같더니 이내 그럴 리 없다고 고개를 저으며 말했다. "오! 당신 부인은 그런 것에 신경을 쓸 리 없어요. 당신 정부들 중 누군가가 화를 냈겠죠."

"난 정부 같은 것 없소."

"말도 안 되는 소리 하지 마요. 정말 그렇다면 왜 날 보러 오지도 않고 저녁을 먹으러도 안 오는 거죠? 겨우 일주일에 한 번뿐인데 말이에요. 너무 힘들어서 이제 끔찍해요. 머릿속엔 온통 당신 생각뿐이고, 당신이 내 눈앞에 없으면 아무것도 안 들리고, 나도 모르게 당신 이름이 튀어나올까 봐 한마디도 못하겠어요! 당신은 정말 모르는 건가요? 짐승의 발톱에 찍힌 것 같고, 꽁꽁 묶여 자루 속에 갇힌 것 같단 말이에요. 늘 당신이 생각나서 목이 메고, 가슴속이, 명치끝이 찢기는 것 같아요. 다리가 다 부러져 버린 것처럼 힘이 없어서 걸을 수도 없고요. 하루 종일 짐승처럼, 당신을 생각하면서, 의자 위에 앉아 있단 말이에요."

놀란 뒤 루아가 왈테르 부인을 쳐다보았다. 그녀는 더 이상 자기가 알았던 통통한 여자, 아이 같고 쾌활하던 여자가 아니었다. 이제 그저 절망에 빠져 필사적으로 허우적대며 정말 무슨 일이든 저지를 수 있을 것 같은 모습이었다.

뒤 루아의 머릿속에 어렴풋이 한 가지 계획이 떠올랐다. 그가 대답했다.

"오, 사랑은 영원하지 않은 법이오. 서로 좋아하고 또 헤어지고 하는 거지. 우리처럼 이렇게 오래가게 되면 사랑이 아니라 끔찍한 족쇄가 되어버릴 뿐이오. 난 더 이상 싫소. 하지만 당신이 정신을 차리고 날 손님으로 맞아주고 친구로 대해 준다면 옛날처럼 다시 찾아올 수는 있소. 그럴 수 있겠소?"

그녀는 맨살이 드러난 두 팔을 뒤 루아의 검은색 옷 위에 올려놓고 중얼거리듯 대답했다. "당신만 볼 수 있다면 무슨 일이든 할 수 있어요."

"자, 그럼 약속한 거요. 우린 그냥 친구일 뿐 절대 그 이상은 아니오." 뒤 루아가 말했다.

왈테르 부인이 더듬거리며 대답했다. "좋아요." 그런 다음 입술을 내밀었다.

"한 번만 키스해 줘요……. 마지막으로."

뒤 루아가 부드러운 목소리로 거절했다. "그럴 수 없소. 약속을 지켜야지."

왈테르 부인이 고개를 돌려 눈물을 닦더니 웃옷에서 분홍색 실크 리본으로 묶인 종이 꾸러미를 꺼냈다. 그리고 뒤 루아에게 건네주며 말했다. "여기요. 모로코 건에서 당신 몫으로 번 돈이에요. 당신을 위해 이걸 벌고 나서 무척 기뻤는데……. 자, 받아요."

뒤 루아는 내키지 않았다. "싫소. 이 돈은 절대 받을 수 없소!"

그러자 왈테르 부인이 화를 냈다. "세상에! 이제 이것도 싫다는 건가요? 이건 당신 거잖아요. 당신 거라고요. 당신이 안 받겠다면 하수구에다 버리겠어요. 설마 그걸 원하는 건 아니죠? 조르주?"

뒤 루아는 돈 뭉치를 받아서 주머니에 집어넣으며 말했다.

"그만 들어갑시다. 이러다 당신 폐렴 걸리겠소."

왈테르 부인이 나지막하게 대답했다. "차라리 그게 더 좋을 것 같아요. 죽는 게 낫다고요."

그녀는 뒤 루아의 한쪽 손을 붙잡더니 절망에 휩싸인 사람처럼 미친 듯이 키스를 했다. 그리고 도망치듯 저택 쪽으로 사라져버렸다.

뒤 루아는 이것저것 곰곰 생각하면서 저택 쪽으로 천천히 걸어갔다. 그리고 잠시 후 고개를 들고 입가에 미소를 띤 얼굴로 온실로 들어섰다.

마들렌과 라로슈는 가고 없었다. 사람 수도 줄어들었다. 무도회까지 남아 있는 사람들이 그리 많지는 않을 것 같았다. 쉬잔이 언니 손을 잡고 서 있는 게 보였다. 왈테르의 두 딸은 다가와서 라투르 이블랭 백작과 넷이 함께 첫 카드릴[38]을 추자고 했다.

뒤 루아가 의아해하며 물었다.

"그게 누구죠?"

쉬잔이 짓궂게 말했다.

"언니의 새 친구예요."

로즈가 얼굴을 붉히며 조그만 목소리로 대답했다.

"쉬제트[39], 너무해. 그분은 너하고도 친구잖아."

쉬잔이 빙긋 웃으며 대답했다. "그럴 수도 있지."

화가 난 로즈가 돌아서서 다른 곳으로 가버렸다.

뒤 루아는 허물없이 쉬잔의 팔꿈치를 잡으며 다정하게 말했다. "자, 우리 아가씨. 절 친구라고 생각하시나요?"

"그럼요, 벨아미."

"절 믿으세요?"

"물론이죠."

"지난번에 제가 한 얘기 기억하시나요?"

"어떤 얘기요?"

"결혼에 대해서, 아니 앞으로 결혼하시게 될 남자에 대해서 얘기한 것 말이에요."

"기억나요."

"한 가지만 약속해 주시겠습니까?"

"뭔데요?"

"청혼하는 사람이 나타나거든 꼭 저한테 얘기해 주겠다고요. 제 의견을 듣기 전에는 절대 그 누구의 청혼도 받아들이지 않겠다고요."

"좋아요."

"그리고 이건 우리 둘 사이의 비밀입니다. 아버지나 어머니한테는 얘기하시면 안 됩니다."

"안 할게요."

"맹세할 수 있죠?"

"맹세해요."

그때 리발이 분주하게 다가왔다.

"아가씨, 아버님이 찾는군요. 무도회로 오라고요."

쉬잔이 말했다. "가요, 벨아미."

하지만 뒤 루아는 가지 않겠다고 했다. 머릿속에 새로운 것이 너무 많이 들어온 터라 그만 집으로 돌아가 생각을 좀 해보고 싶었던 것이다. 그는 아내를 찾아보았다. 마들렌은 음식이 차려진 곳에서 누군지 알 수 없는 남자 두 명과 코코아를 마시고 있었다. 그녀는 남자들의 이름은 말하지 않고 뒤 루아만 그들에게 소개했다.

잠시 후 뒤 루아가 물었다.

"이제 가는 게 어떻겠소?"

"좋을 대로 해요."

마들렌은 남편의 팔짱을 꼈고, 부부는 객실들을 지났다. 이미 사람들이 많이 가고 없었다.

마들렌이 물었다. "왈테르 부인은 어디 있죠? 인사를 드려야 할 텐데."

"그럴 필요 없소. 그래 봐야 무도회까지 있으라고 할 텐데 난 지겨워서 돌아가고 싶소."

"당신 말이 맞아요."

집으로 돌아오는 내내 뒤 루아도 마들렌도 말이 없었다. 하지만 마들렌은 방에 들어서자마자 베일도 벗지 않고 빙긋 웃으며 남편에게 말했다.

"알아요? 아주 놀라운 소식이 있어요."

기분이 좋지 않던 뒤 루아가 퉁명스럽게 대답했다.

"뭐요?"

"알아맞혀 봐요."

"별로 그러고 싶지 않소."

"모레가 1월 1일이잖아요."

"그렇지."

"새해 선물이 오갈 때죠."

"맞아."

"자, 여기 당신 선물이에요. 조금 전 라로슈가 나한테 전해 줬어요."

마들렌은 보석 상자처럼 생긴 자그마한 검은색 상자를 내밀었다.

뒤루아가 받아 들고 상자를 열었다. 레지옹 도뇌르[40]였다.

처음엔 얼굴이 좀 하얘졌던 뒤 루아가 이어 가볍게 웃으며 말했다. "난 천만 프랑이 더 좋소. 라로슈한테 이 정도는 별로 비싸게 먹히지 않았을 테니까."

남편이 기뻐 흥분하리라 생각했던 마들렌은 너무도 냉담한 반응에 화가 났다.

"당신 정말 놀랍군요. 이제 뭘 얻어도 만족하지 못하잖아요."

뒤 루아가 아무렇지도 않게 대답했다.

"그자는 빚을 갚은 것뿐이오. 아직 갚을 게 많지."

마들렌은 남편의 말투에 놀라 다시 말했다. "당신 나이에 이 정도면 충분히 괜찮은 것 아닌가요?"

뒤 루아가 대답했다. "모든 게 상대적인 거요. 지금보다 훨씬 많이 가질 수도 있었으니까."

그는 뚜껑을 연 채로 상자를 벽난로 위에 놓고 별 모양의 반짝이는 훈장을 바라보았다. 잠시 후 뚜껑을 닫으며 어깨를 으쓱거렸다.

1월 1일 자 《오피시엘》[41]은 기자인 프로스페 조르주 뒤 루아의 뛰어난 공적을 기려 레지옹 도뇌르 슈발리에[42] 훈장을 수여한다고 공표했다.

그의 이름이 '뒤 루아'로 띄워서 쓰여 있었다. 뒤 루아는 훈장을 받았다는 것보다 그 사실이 더 기뻤다.

신문에 난 기사를 읽고 한 시간쯤 후에 훈장 수여를 축하하기 위해 저녁 식사 자리를 마련할 테니 아내와 함께 와달라고 간청하는 왈테르 부인의 전갈이 왔다. 뒤 루아는 잠시 망설이다가 알 듯 말 듯 한 표현으로 쓰여진 편지를 불에 던져버리며 마들렌에게 말했다.

"오늘 저녁 사장 집에 갑시다."

마들렌이 놀라워하며 물었다. "웬일이죠? 다시는 안 갈 줄 알았는데?"

"마음을 바꿨소." 뒤 루아가 태연스레 말했다.

뒤 루아 부부가 도착했을 때 왈테르 부인은 친한 손님들을 맞는 객실로 쓰고 있는 루이 16세 양식의 작은 규방에 혼자 앉아 있었다. 검은색 옷을 입고 머리에 파우더를 뿌린 그녀의 모습은 매혹적이었다. 멀리서는 나이 들어 보이지만 가까이서 보면 젊어 보였다. 좀 더 다가가 자세히 들여다보면 그녀의 눈은 아름다우면서도 올가미처럼 상대를 유혹하는 힘이 있었다.

"상복을 입으셨네요?" 마들렌이 물었다.

왈테르 부인이 슬픈 목소리로 대답했다. "그렇다고 할 수도 있고 아니라고 할 수도 있어요. 우선 가까운 누군가가 죽은 건 아니에요. 하지만 이제 삶 자체와 작별할 나이가 되었죠. 오늘이 그 첫날이라 입은 거고요. 앞으로는 마음속에 입고 있을 겁니다."

뒤 루아가 생각했다. '그 결심이 과연 오래갈까?'

저녁 식사 자리는 조금 침울했다. 쉬잔만 쉬지 않고 떠들었다. 로즈는 뭔가 근심이 있어 보였다. 다들 뒤 루아를 축하해 주었다.

식사를 마친 후에는 객실과 온실을 이리저리 돌아다니며 이야기를 나누었다. 뒤 루아는 사장 부인과 함께 뒤처져 걷고 있었다. 그녀가 뒤 루아의 팔을 잡으며 속삭이듯 말했다.

"저어…… 전 이제 당신한테 그 어떤 얘기도 하지 않을 겁니다. 절대로……. 그러니 계속 우리 집을 찾아주세요. 보시다시피 이제는 당신한테 친한 말투도 쓰지 않습니다. 전 당신이 없으면 살 수가 없습니다. 상상도 할 수 없는 고통이죠. 낮이든 밤이든, 내 눈 속에, 내 마음속에, 내 살 속에, 늘 당신을 느끼고 당신을 담아두고 있으니까요. 당신이 마시게 한 독이 내 속을 다 갉아먹는 듯합니다. 정말 못하겠습니다. 못 하겠어요. 당신한테는 내가 그저 늙은 여자일 뿐이라도 좋습니다. 내 마음을 보여 주느라 머리도 하얗게 했죠. 그러니 가끔 친구로라도 우리 집을 찾아주세요."

왈테르 부인은 뒤 루아의 손을 붙잡았다. 으스러질 듯 세게, 손톱이 뒤 루아의 살에 파고들 정도로 꽉 쥐었다.

뒤 루아가 침착하게 대답했다. "알겠습니다. 그 얘긴 다시 하실 필요 없습니다. 오늘 편지를 받자마자 온 걸 보면 아시잖습니까."

왈테르 씨는 앞장서서 두 딸과 마들렌을 데리고 「물 위를 걷는 그리스도」 옆에서 기다리고 있었다. 그는 웃으며 말했다. "글쎄 말이오, 어제 아내가 성당에 온 것처럼 이 그림 앞에 무릎을 꿇고 있더라니까. 여기서 아주 열심히 기도를 했지. 어찌나 우습던지!"

그러자 왈테르 부인이 단호한 목소리로, 격앙된 마음을 감춘 목소리로 말했다. "바로 이 그리스도가 내 영혼을 구원해 주실 거예요. 바라볼 때마다 용기와 힘을 주시거든요."

그녀는 바다에 올라선 신의 모습 앞에 걸음을 멈추고 중얼거렸다. "너무 아름답잖아요. 저 사도들이 얼마나 이분을 두려워하고 또 사랑하는지! 저 머리와 눈을 좀 봐요. 아무 꾸밈이 없으면서도 신비롭잖아요!"

옆에서 쉬잔이 큰 소리로 말했다. "그런데 저 모습이 당신을 닮았네요, 벨아미. 분명히 닮았어요. 벨아미가 구레나룻이 있거나 저 얼굴에서 구레나룻이 사라지면 아주 똑같겠어요. 세상에! 정말 놀랍네요!"

쉬잔은 뒤 루아에게 그림 옆에 가서 서보라고 했다. 그러자 모두들 얼굴이 비슷하다고 했다.

모두 놀라워했다. 왈테르는 참 신기한 일이라고 했고, 마들렌은 빙그레 웃으면서 예수가 좀 더 남성적으로 생겼다고 했다.

왈테르 부인은 꼼짝 않고 서서 그리스도의 얼굴 곁에 서 있는 정부의 얼굴을 뚫어져라 쳐다보았다. 그녀의 얼굴이 머리카락만큼이나 하얘졌다.

8

그날 이후 겨울이 끝날 때까지 뒤 루아 부부는 자주 왈테르 부부의 집을 찾았다. 마들렌이 피곤하다며 집에 있겠다고 하는 날에는 뒤 루아 혼자 가기도 했다.

뒤 루아는 금요일을 사장 집에서 저녁을 먹는 날로 정했고, 왈테르 부인은 그날 저녁만은 절대 다른 사람을 초대하지 않았다. 그날은 벨아미의 날, 오직 벨아미만을 위한 날이었다. 저녁을 먹고 나면 카드놀이를 했고, 중국 금붕어 먹이를 주면서 가족처럼 즐겁게 지냈다. 몇 번인가 왈테르 부인이 문 뒤에서, 온실의 나무 덤불 뒤에서, 어두운 한쪽 구석에서, 갑자기 뒤 루아를 붙잡고 와락 껴안으며 귀에 대고 속삭일 때도 있었다. "사랑해요……! 사랑해요……! 죽도록 사랑해요!" 그때마다 뒤 루아는 차갑게 밀어내며 냉정하게 말했다. "또 이러신다면 다시는 오지 않겠습니다."

3월 말쯤 갑자기 사장네 두 딸의 결혼 얘기가 돌았다. 로즈는 라 투르 이블랭 백작과, 쉬잔은 카졸 후작과 결혼할 거라고 했다. 이 두 남자는 왈테르의 집에 자주 찾아오는 친한 손님이 되어 있었고, 그중에서도 특별한 호의를, 눈에 띄는 특별 대우를 받고 있었다.

뒤 루아와 쉬잔 사이에는 오누이처럼 자유로운 친근감이 있었다.

몇 시간이고 이야기를 나눌 수 있고 아무나 마음 놓고 흉볼 수 있었다. 그들은 서로 무척 마음에 들어 하는 것 같았다.

하지만 두 사람은 조만간 닥칠 쉬잔의 결혼과 그녀에게 청혼을 한 남자들에 대해서는 단 한마디도 꺼내지 않았다.

어느 날 사장이 뒤 루아를 점심에 초대했다. 식사가 끝난 후 왈테르 부인은 상인이 찾아와서 다른 방으로 갔다. 뒤 루아가 쉬잔에게 말했다. "금붕어 먹이 주러 갑시다."

그들은 식탁에서 큼지막한 빵 조각을 하나씩 들고 온실로 갔다.

커다란 대리석 수반 주위에는 바닥에 쿠션을 가져다 놓았다. 무릎을 꿇고 헤엄치는 금붕어를 가까이에서 볼 수 있게 해놓은 것이다. 두 젊은이는 쿠션 위에 무릎을 대고 나란히 앉아서 몸을 기울였고, 빵 조각을 손가락으로 굴려 뭉친 다음 물에 던졌다. 순식간에 금붕어들이 다가와서 튀어나온 눈을 이리저리 굴리며 꼬리를 흔들고 지느러미를 퍼덕였다. 제자리를 빙글빙글 돌기도 했고 가라앉는 먹이를 따라 물속으로 들어갔다가 금방 또 올라와서 다음 것을 기다리기도 했다.

입을 우스꽝스럽게 움직이며 갑자기 순식간에 튀어 오르는 금붕어들은 흡사 기이한 작은 괴물 같았다. 물고기들의 타는 듯한 붉은색이 바닥에 깔린 모래의 금색과 선명한 대조를 이루면서 그 모습이 마치 투명한 물결 속을 지나는 불꽃 같았다. 헤엄치지 않고 그냥 떠 있을 때면 띠처럼 이어진 비늘 끝 푸른색이 보였다.

뒤 루아와 쉬잔은 물속에 거꾸로 비친 자기들의 얼굴을 쳐다보면서 웃었다.

그러다가 갑자기 뒤 루아가 목소리를 낮췄다. "나한테 자꾸 감추는 건 좋지 않습니다, 쉬잔."

쉬잔이 물었다. "뭘 말이에요?"

"그때 파티가 있던 날 바로 이 자리에서 나한테 약속한 걸 잊으셨나 보군요."

"무슨 약속 말이죠?"

"청혼자가 생기면 나하고 상의하시겠다고 했잖습니까."

"그런데요?"

"청혼자가 나섰고요."

"누구요?"

"잘 아시잖습니까."

"아뇨, 정말 몰라요."

"아뇨, 분명 아십니다. 거들먹거리기 좋아하는 카졸 후작이잖습니까."

"그분은 별로 거들먹거리지 않는데요."

"그럴 수도 있겠죠. 하지만 멍청한 건 분명합니다. 도박으로 돈을 탕진해 버리고 방탕하게 사느라 골골하고 있죠. 이렇게 예쁘고 싱싱하고 총명한 아가씨한테 그런 짝이라니요!"

쉬잔이 빙그레 웃으며 물었다. "왜 그렇게 그분을 싫어하세요?"

"제가요? 그렇지 않은데요."

"아뇨, 그래요. 그분은 좀 전에 벨아미가 말한 것과 전혀 다르거든요."

"그렇다 치죠. 어쨌든 어리석고 교활한 건 맞습니다."

물 안을 바라보던 쉬잔이 몸을 조금 돌리며 물었다.

"정말 말해 봐요. 왜 그러는 건데요?"

뒤 루아는 마치 누군가 자기 마음속 깊은 곳에서 비밀을 끄집어내기라도 한 것처럼 힘들게 대답했다.

"전…… 전…… 그 남자가 부러워서 질투가 납니다."

쉬잔은 조금 의아해했다.

"당신이 질투를 한다고요?"

"그렇습니다. 제가요."

"왜요?"

"사랑하니까 그렇죠. 알고 계시잖습니까. 짓궂은 아가씨."

그러자 쉬잔이 정색을 하고 말했다. "미쳤군요, 벨아미!"

뒤 루아가 되받았다. "맞습니다. 미쳤죠. 그렇지 않고서야 어떻게 결혼한 몸으로 당신 같은 아가씨에게 이런 고백을 할 수 있겠습니까? 미친 정도가 아니죠. 죄인이고, 가련한 인간입니다. 희망을 가질 수 있는 가능성이 없으니 전 정말 그 생각만 하면 돌아버릴 것 같습니다. 당신이 결혼할 거라는 소리를 듣기만 하면 화가 치밀어 올라서 누구든 닥치는 대로 죽여 버리고 싶을 정도입니다. 아, 쉬잔, 용서하십시오."

뒤 루아는 입을 다물었다. 더 이상 먹이를 던져주지 않으니 금붕어들은 꼼짝하지 않았다. 영국 병사처럼 거의 한 줄로 늘어서서, 자기들한테는 관심 없이 그냥 물 위로 숙이고만 있는 두 사람의 얼굴을 보고 있는 것 같았다.

쉬잔이 기쁨과 슬픔이 뒤섞인 목소리로 나지막하게 말했다. "당신이 이미 결혼을 해버려서 속상해요. 나더러 어떻게 하란 말이에요? 방법이 없잖아요. 이미 다 끝나 버렸는데."

뒤 루아가 별안간 고개를 돌려 얼굴을 쉬잔의 얼굴에 바짝 가져다 대면서 물었다.

"만일 내가 결혼한 몸이 아니었다면 나와 결혼해 줄 건가요?"

쉬잔이 진심 어린 어조로 대답했다.

"그래요, 벨아미. 당신하고 결혼할 거예요. 다른 어떤 남자들보다 정말 당신이 좋거든요."

뒤 루아가 일어서며 더듬더듬 말했다. "고맙습니다……. 고마워요……. 부탁입니다. 그 누구의 청혼도 받아들이지 마십시오. 조금만 기다려주세요. 부탁입니다. 약속해 주시겠습니까?"

쉬잔은 상대의 말이 무슨 뜻인지 이해도 하지 못한 채 어리둥절하게 대답했다. "약속할게요."

뒤 루아는 손에 들고 있던 큰 빵 조각을 그대로 물에 던져버리고는 제정신이 아닌 사람처럼 인사도 없이 일어나서 가버렸다.

물고기들이 게걸스럽게 달려들었고, 손가락으로 뭉치지 않은 터라 그대로 물 위에 떠 있는 커다란 빵 조각을 탐욕스러운 입으로 뜯어대더니 수반 저쪽 끝으로 끌어다 놓고 그 아래서 분주하게 움직였다. 꽃송이가, 살아 있는 꽃이 소용돌이치며 움직이는 것 같았고, 살아 움직이는 꽃이 머리를 밑으로 해서 물속에 떨어진 것도 같았다.

뜻밖의 상황에 놀란 쉬잔은 뒤숭숭한 마음으로 천천히 객실로 돌아왔다. 뒤 루아는 가고 없었다.

집으로 돌아온 뒤 루아는 냉정을 되찾았다. 그는 편지를 쓰고 있는 마들렌에게 물었다. "금요일에 사장네 저녁 식사 하러 가겠소? 난 갈 생각이오."

마들렌이 주저하며 대답했다. "아뇨. 몸이 별로 안 좋아요. 그냥 집에 있을래요."

뒤 루아가 말했다. "좋도록 하구려. 억지로 갈 필요는 없지."

이미 오래전부터 뒤 루아는 마들렌를 엿보며 감시하는 중이었고, 뒤를 밟기도 했다. 그렇게 해서 아내의 거동을 모조리 파악한 터였다. 드디어 기다리던 때가 온 것이다. 마들렌이 "집에 있을래요."라고 말할 때의 어조를 뒤 루아는 놓치지 않았다.

그로부터 며칠 동안 뒤 루아는 아내에게 다정하게 굴었다. 평상시와 다르게 즐거워 보이기까지 했다. 마들렌도 말했다. "이제 다시 상냥해졌군요."

금요일이 되자 뒤 루아는 사장 집에 가기 전에 볼일이 좀 있다면서 일찍부터 옷을 갈아입었다.

6시쯤 아내에게 키스를 하고 집을 나섰고, 노트르담 드 로레트 거리에서 삯마차를 잡았다.

"퐁텐 거리 17번지 앞에 마차를 대고, 내가 다시 말할 때까지 기다리게. 그런 다음 라파예트 거리의 '코크 프장'[43] 식당으로 가면 되네."

말이 움직이기 시작했고 마차가 천천히 달렸다. 마차 안에서 뒤 루아는 문에 발을 내렸다. 자기 집 문 앞에 마차가 선 이후 뒤 루아는 한시도 눈을 떼지 않고 살폈다. 십 분쯤 기다리자 마들렌이 나와 외곽 대로 쪽으로 올라갔다.

아내의 모습이 멀어지는 것을 확인한 뒤 루아가 마차 밖으로 고개를 내밀며 "갑시다!" 하고 외쳤다.

마차가 달리기 시작했고, 뒤 루아는 근처에서 꽤 이름이 알려진 대중음식점인 '코크 프장' 앞에서 내렸다. 그는 안으로 들어가 천천히 식사를 하면서 이따금 시계를 들여다보았다. 커피를 마시고, 고급 샴페인을 두 잔 마시고, 질 좋은 시가를 천천히 태우고 나서 7시 반에 밖으로 나왔다. 그리고 달리는 빈 삯마차를 불러 세우고는 라 로슈푸코 거리로 가자고 했다.

뒤 루아는 한 집을 가리키며 그 앞에 마차를 세우게 했다. 그리고 문지기에게 아무 말도 하지 않고 바로 4층으로 올라갔다. 문을 여는 하녀에게 뒤 루아가 물었다. "비베르 드 로름 씨 계신가?"

"네. 계세요."

뒤 루아는 객실로 안내받고 잠시 기다렸다. 남자 하나가 들어섰다. 키가 크고 훈장을 달았으며 군인의 분위기를 풍기는 남자로, 아직 젊은데도 머리가 희끗희끗했다.

뒤 루아가 인사를 한 다음 말했다. "경위님. 예상했던 대로 역시 제 아내가 정부와 함께 있습니다. 마르티르 거리에 가구 달린 아파트를 빌려서 같이 저녁을 먹고 있죠."

경위가 고개를 숙이며 말했다. "그럼 지금 가봐야겠군요."

뒤 루아가 다시 말했다. "9시 전까지가 맞습니까? 그 시간이 지나면 개인 집에 들어가 간통을 확인하는 게 불가능한 겁니까?"

"그렇습니다. 겨울에는 7시까지이고 3월 31일부터는 9시까지입니다. 오늘이 4월 5일이니까 9시까지죠."

"그렇다면 내가 밑에 마차를 불러놓았으니 순경들을 좀 데리고 갑시다. 가서 문 앞에서도 조금 기다리고요. 시간이 늦을수록 현장을 덮칠 확률이 높잖습니까."

"좋습니다."

방으로 들어가 외투를 입고 온 경위는 삼색 띠가 옷에 가려 보이지 않았다. 그는 옆으로 비키서며 뒤 루아에게 먼저 나가라고 했다. 하지만 머릿속 생각에 정신이 팔린 뒤 루아는 계속 사양했다. "먼저 가시죠……. 먼저 가십시오……."

그러자 경위가 말했다. "먼저 가십시오. 여긴 제 집이잖습니까!"

뒤 루아는 바로 인사를 하면서 밖으로 나섰다.

두 사람은 우선 사복 순경을 데리러 경찰서로 갔다. 오늘 저녁에 현장을 덮칠 거라고 낮에 이미 뒤 루아가 얘기를 해놓은 터라 순경들은 대기 중이었다. 그중 하나가 마차 앞으로 올라가 마부 옆자리에 앉았고, 나머지 둘은 안에 탔다. 마차는 마르티르 거리로 갔다.

뒤 루아가 말했다. "내가 아파트 구조를 알고 있습니다. 3층에 있죠. 우선 현관이 있고, 그다음 식당이 있고, 또 이어 침실이 있습니다. 세 공간이 다 연결되어 있고요. 도망칠 곳은 전혀 없습니다. 여기서 조금만 더 가면 열쇠장이가 있는데, 경위님이 부르면 바로 달려오기로 했습니다."

문제의 아파트 앞에 도착해 보니 아직 8시 15분이었다. 이십 분 넘게 조용히 기다렸다. 45분이 되자 뒤 루아가 말했다. "이제 갑시다." 그들은 문지기를 전혀 신경 쓰지 않고 바로 계단을 올라갔다. 어차피 문지기는 눈치채지도 못했다. 순경 하나가 밖에 남아 대문을 감시했다.

네 사람이 3층으로 올라갔다. 뒤 루아는 문에 귀를 대보고, 열쇠 구멍에 눈을 대고 들여다보았다. 아무 소리도 들리지 않았고 아무것도 보이지 않았다. 그가 초인종을 울렸다.

경위가 순경들에게 말했다. "부를 때까지 여기 있게."

그리고 기다렸다. 이삼 분 후 다시 뒤 루아가 몇 번 연달아 초인종 끈을 당겼다. 아파트 안쪽에서 소리가 나는 것 같더니 이어 가벼운 발소리가 들렸다. 누군가 문 쪽으로 와서 밖을 살피는 듯했다. 뒤 루아가 굽힌 손가락에 힘을 주며 거칠게 문을 두드렸다.

여자 목소리가 들렸다. 정체를 숨기려고 꾸민 목소리였다. "누구세요?"

경위가 대답했다. "문 여십시오. 공무 집행 중입니다."

목소리가 다시 물었다. "누구신데요?"

"경찰입니다. 문을 여십시오. 아니면 강제로 열겠습니다."

목소리가 다시 물었다. "왜 그러시죠?"

그러자 뒤 루아가 말했다. "나요. 도망치려고 해봤자 소용없소."

가벼운 발소리가, 맨발로 걷는 소리가 멀어졌다가 금방 되돌아왔다.

뒤 루아가 말했다. "열지 않으면 부수고 들어가겠소." 그는 구리 손잡이를 붙잡고 서서 어깨로 문을 천천히 밀었다. 안에서는 더 이상 소리가 나지 않았다. 그러다 한순간 뒤 루아가 있는 힘을 다해 난폭하고 거칠게 흔들자 낡은 아파트의 자물통은 더 이상 버티지 못했다. 나사못이 나무에서 빠져나온 것이다. 그 바람에 뒤 루아가 앞으로 쓰러지면서 현관에 서 있던 마들렌과 부딪칠 뻔했다. 마들렌은 긴 치마 잠옷과 속치마 차림에 머리를 풀어 헤친 채 맨발로 촛대를 들고 서 있었다.

뒤 루아가 큰 소리로 말했다. "이 여자 맞습니다. 제대로 잡았군요." 그리고 안으로 달려들었다. 경위도 모자를 벗고 따라 들어갔다.

하얗게 질린 마들렌이 촛대를 들고 뒤따라갔다.

그들은 식당을 지났다. 식탁 위에는 식사 후 미처 치우지 않은 음식이 남아 있었다. 빈 샴페인 병들, 뚜껑이 열린 푸아그라 테린[44], 닭고기 뼈, 반쯤 먹다 남긴 빵 덩어리가 보였다. 식기대에 접시 두 개가 있고 그 안에는 귤껍질이 잔뜩 쌓여 있었다.

침실은 싸움이라도 벌인 것처럼 아수라장이었다. 긴 치마가 의자를 덮고 있고, 옆의 다른 의자 팔걸이에는 남자 바지가 걸쳐져 있었다. 또 큰 구두 한 켤레와 작은 구두 한 켤레가 침대 발치에 옆으로 쓰러져 뒹굴고 있었다.

흔히 볼 수 있는 가구 딸린 방이었다. 지극히 평범한 가구들이 있고, 셋집 특유의 냄새가 났다. 커튼, 침대 매트, 벽, 의자에서 나는 그 냄새는 누구나 들어올 수 있는 이 방에서 하루를 묵고 간 사람들 혹은 여섯 달 동안 살다 간 사람들이 남긴 냄새였다. 매번 새로운 체취가 그전 사람들의 체취와 뒤섞이면서 달콤하면서도 역한 알 수 없는 악취를 만드는 것이다. 이런 곳의 냄새가 어디나 다 똑같은 것은 바로 그 때문이다.

좁은 벽난로 위에는 케이크용 접시, 샤르트뢰즈[45] 한 병, 그리고 절반가량 차 있는 잔 두 개가 놓여 있었다. 청동 괘종시계에는 모자를 얹어놓아 윗부분 장식이 가려져 있었다.

경위가 단호하게 고개를 돌려 마들렌의 눈을 쳐다보며 물었다.

"지금 여기 계신 프로스페 조르주 뒤 루아 기자님의 아내 되시는 클레르 마들렌 뒤 루아 부인이 맞습니까?"

마들렌이 잘 나오지 않는 목소리로 또박또박 대답했다.

"맞습니다."

"여기서 뭐 하고 계십니까?"

마들렌은 대답하지 않았다.

경위가 다시 물었다. "여기서 뭐 하고 계십니까? 지금 자택이 아닌 곳, 그러니까 빌린 방에서 거의 옷을 입지 않은 상태로 계시는군요. 부인께선 이곳에 뭣 때문에 오신 겁니까?"

잠시 기다리던 경위는 마들렌이 계속 대답을 하지 않자 다시 말했다. "솔직히 말하지 않겠다면 제가 직접 확인하는 수밖에 없습니다."

침대 위에는 누군가 이불을 뒤집어쓰고 숨어 있었다.

경위가 다가가서 불렀다.

"자, 일어나시겠습니까?"

이불 밑에 숨은 남자는 움직이지 않았다. 베개 밑에 고개를 파묻고 돌아눕는 것이 보였다.

경위가 남자의 어깨로 보이는 곳을 건들며 다시 말했다. "이러시면 강제로 일으킬 수밖에 없습니다."

하지만 남자의 몸은 죽은 사람처럼 꼼짝하지 않았다.

그 순간 뒤 루아가 거칠게 앞으로 나서며 이불을 잡아당기고 베개를 낚아챘다. 하얗게 질린 라로슈 마티유의 얼굴이 나타났다. 장관을 향해 몸을 숙인 뒤 루아는 당장 목을 졸라버리고 싶은 충동에 파르르 떨면서 이를 악물었다.

"이런 파렴치한 짓을 했으면 용기라도 있어야지요."

옆에서 경위가 물었다. "이름이 뭡니까?"

남자가 넋이 나간 듯 대답을 하지 못하자 경위가 다시 물었다. "경찰에서 나왔습니다. 당장 이름을 대십시오!"

옆에서 뒤 루아가 야수처럼 거친 분노로 온몸을 떨면서 소리를 질렀다. "대답하란 말이오! 비겁한 인간 같으니! 아니면 내가 이름을 대버리겠소."

그러자 침대에 누워 있는 남자가 웅얼거리듯 말했다.

"이보시오. 이 사람이 더 이상 나를 모욕하지 못하게 할 수 없소? 내가 당신을 상대해야 하는 거요? 아니면 이 사람을 상대해야 하는 거요?"

라로슈는 입안에 침이 바짝 마른 것 같았다.

경위가 대답했다. "접니다. 저한테 얘기하면 됩니다. 자, 이름을 대십시오."

남자는 입을 열지 않았다. 그저 이불을 목까지 끌어당긴 채 겁먹은 눈동자를 이리저리 굴리고 있었다. 창백한 얼굴 때문에 끝이 말려 올라간 작은 콧수염이 더 새까맣게 보였다.

경위가 다시 물었다. "대답 안 할 겁니까? 그렇다면 체포할 수밖에 없습니다. 우선 일어나십시오. 옷부터 입은 다음에 심문하겠습니다."

침대 안에서 몸이 움직였고, 밖으로 내민 머리가 중얼거렸다. "당신이 이러고 있으니 일어날 수가 없소."

경위가 물었다. "이유가 뭡니까?"

남자가 더듬거렸다. "그게…… 내가 지금…… 지금…… 다 벗고 있기 때문이오."

뒤 루아가 옆에서 빈정거리듯 웃었다. 그리고 바닥에 떨어져 있는 셔츠를 주워서 침대 위로 던졌다. "자, 됐소? 이제 일어나시오……. 내 아내 앞에서 옷을 벗었으니까 이번엔 내 앞에서 옷을 입으면 되겠군."

그러면서 뒤 루아는 돌아서서 벽난로 쪽으로 갔다.

냉정을 되찾은 마들렌은 어차피 다 틀렸다는 것을 깨달았고, 더이상 피하지 않기로 했다. 오히려 대담할 정도로 당당해지면서 눈이 반짝거렸다. 그녀는 손님이라도 맞는 것처럼 종이쪽지를 말아서 벽난로 위 볼품없는 촛대에 꽂혀 있는 열 개의 초를 켰다. 그런 다음 벽난로 대리석에 등을 대고 섰다. 그녀는 맨발이었고, 속치마 뒷자락이 거의 엉덩이까지 들려 올라간 다리 한쪽을 꺼져 가는 불 쪽으로 뻗었다. 그녀는 분홍색 종이 상자 속에서 담배를 꺼내 불을 붙인 다음 피우기 시작했다.

　남자가 일어서기를 기다리며 경위가 마들렌 곁으로 왔다.

　마들렌이 오만한 어조로 물었다. "이런 일을 자주 하시나요?"

　경위가 정색을 하고 대답했다. "가능한 피합니다."

　마들렌은 옅은 웃음을 지으면서 경위의 얼굴을 빤히 쳐다보았다. "다행이군요. 지저분한 일이잖아요."

　그녀는 남편을 보지 않으려 했고, 눈에 보이지 않는 것처럼 행동했다.

　그동안 침대 위의 남자가 옷을 다 입었다. 바지를 입고 구두를 신고 나서 조끼를 걸치면서 다가왔다.

　경위가 돌아서며 물었다.

　"자, 이제 이름을 밝히겠습니까?"

　남자는 입을 열지 않았다.

　경위가 다시 말했다. "체포할 수밖에 없군요."

　남자가 버럭 고함을 질렀다. "내 몸에 손대지 마시오! 난 불체포 특권이 있소!"

　그러자 뒤 루아가 앞으로 나서면서 상대를 때려눕힐 기세로 얼굴에 대고 으르렁거렸다.

　"하지만 당신은 현행범이오……. 현행범이라고. 내가 원하면 당신을 체포하게 할 수 있지. 난 당연히 그럴 거고."

　이어 뒤 루아가 떨리는 목소리로 말했다. "이 사람은 라로슈 마티유, 외무 장관이오."

　소스라치게 놀란 경위가 뒷걸음질 치며 중얼거렸다. "세상에. 누구신지 제대로 말씀해 주시겠습니까?"

　남자는 드디어 마음을 먹었는지 힘주어 말했다. "그래. 이 역겨운 인간의 말이 맞소. 장관 라로슈 마티유요."

　라로슈 마티유는 뒤 루아가 가슴에 단 붉은색 작은 리본으로 손을 뻗으며 말했다. "이 나쁜 놈이 내가 준 훈장을 달고 있군."

그 말에 얼굴이 창백해진 뒤 루아가 단춧구멍을 장식한 새빨간 작은 리본을 후다닥 떼어내서는 벽난로에 던져버렸다. "당신 같은 비열한 인간한테서 온 훈장은 이게 어울리지."

두 남자는 얼굴을 맞대고 서 있었다. 콧수염이 흩날리는 마른 남자와 콧수염이 갈고리처럼 올라간 뚱뚱한 남자는 주먹을 불끈 쥔 채 당장이라도 물어뜯을 기세로 노기등등하게 서로를 노려보았다.

경위가 급히 두 남자 사이에 끼어들어 손으로 밀며 떼어놓았다. "두 분 다 지위를 생각하십시오. 체통을 지키셔야지요."

둘 모두 말없이 돌아섰다. 마들렌은 여전히 빙그레 웃는 얼굴로 담배를 피우고 있었다.

경위가 다시 말했다. "장관 각하. 제가 들이닥쳤을 때 각하는 뒤 루아 부인과 단둘이 계셨습니다. 각하는 침대에 누워 계셨고 이 여자분은 거의 벗은 상태였습니다. 장관님의 옷이 여기저기 흐트러져 있었고요. 간통 현행범이 성립됩니다. 명백한 일이라 부인하실 수 없을 겁니다. 뭐라고 대답하시겠습니까?"

라로슈 마티유가 웅얼대듯 말했다. "할 말 없소. 당신 직무를 수행하시오."

경위가 마들렌에게 말했다. "이 사람이 부인의 정부라는 것을 인정합니까?"

마들렌이 태연스럽게 말했다. "부정하지 않을게요. 정부가 맞아요!"

"그렇다면 더 얘기할 필요가 없습니다."

경위가 방의 상태와 배치에 대해서 몇 가지를 기록했다. 모두 쓰고 나자 옷을 다 입고 외투를 들고 기다리고 있던 라로슈 마티유가 물었다.

"내가 계속 있어야 하오? 내가 해야 할 일이 있소? 가도 되는 거요?"

뒤 루아가 거만한 얼굴로 돌아보며 싱긋 웃어 보였다. "뭣 때문에 돌아갑니까? 우리 일은 다 끝났는데요. 다시 침대에 누워도 됩니다. 두 분이 즐길 수 있도록 우리는 이만 가볼 테니까요."

뒤 루아가 손가락으로 경위의 팔을 치면서 말했다. "이제 가시죠, 경위님. 여기서 더 할 일이 없잖습니까."

경위가 당혹스러워하며 뒤 루아를 따라갔다. 방문 앞에서 뒤 루아는 걸음을 멈추고 경위에게 먼저 나가라고 했다. 경위가 정중히 거절했다.

하지만 뒤 루아는 고집을 꺾지 않았다. "먼저 가십시오." 경위도 말했다. "먼저 가시죠." 뒤 루아는 다시 인사를 하면서 정중하지만 약간 빈정거리는 말투로 말했다. "이번엔 경위님 차례입니다. 여긴 내 집이나 마찬가지잖습니까."

뒤 루아가 조심스럽게 문을 닫았다.

한 시간 후 조르주 뒤 루아는 《라 비 프랑세즈》의 편집실로 들어갔다.

사장도 나와 있었다. 신문사가 엄청나게 확장되면서 역시 세를 키우는 중인 그의 은행 사업에 큰 도움이 되었기 때문에, 사장은 온 열의를 다해 신문사를 이끌고 감독하는 중이었다.

사상이 고개를 들었다. "아, 자네 왔군. 표정이 왜 그런가? 참, 왜 저녁 먹으러 안 왔지? 지금 어디서 오는 길인가?"

자기 대답을 듣고 사장이 어떤 표정을 지을지 뻔히 알고 있는 뒤 루아가 한 마디 한 마디 힘을 주면서 말했다.

"외무 장관을 쳐버리고 오는 길입니다."

사장은 뒤 루아가 농담을 하고 있다고 생각했다.

"쳐버렸다고……? 어떻게?"

"내각을 갈아치우는 거죠. 간단합니다. 썩어빠진 내각은 이제 쫓아낼 때가 됐잖습니까."

사장은 어리둥절한 얼굴로 쳐다보며 뒤 루아가 술에 취했다고 생각했다. "왜 이러나. 웬 당치 않은 말을."

"그렇지 않습니다. 제가 조금 전 라로슈 마티유와 제 아내의 간통 현장을 덮쳤거든요. 같이 간 경위도 사실을 확인했습니다. 이제 장관은 끝장났습니다."

멍하니 있던 왈테르가 안경을 이마 위로 들어 올리며 물었다. "지금 날 놀리는 건 아니겠지?"

"아닙니다. 제가 직접 사회면에 기사도 쓸 겁니다."

"자네가 원하는 게 도대체 뭔가?"

"그 사기꾼 같고 비열한 인간을, 사회를 망칠 흉악한 인간을 매장해 버리는 겁니다!"

뒤 루아는 모자를 의자에 내려놓으며 덧붙였다. "내 길을 가로막는 인간들은 절대 용서하지 않을 겁니다."

여전히 이해할 수 없다는 듯 사장이 중얼거리며 물었다. "하지만…… 자네 부인은?"

"내일 아침에 바로 이혼 신청을 할 겁니다. 죽은 포레스티에한테 되돌려 보내야죠."

"정말 이혼하겠다는 건가?"

"물론입니다. 날 웃음거리로 만들었잖습니까. 오늘 이렇게 잡아내려고 전 그동안 아무것도 모르는 척 멍청이처럼 지냈습니다. 드디어 성공한 거죠. 이제 다 내 뜻대로 할 수 있습니다."

왈테르는 도무지 놀라움이 가시지 않았다. 겁에 질린 눈으로 뒤 루아를 바라보며 혼잣말을 했다. "만만치 않은 놈이군."

뒤 루아가 말했다. "이제 자유의 몸이 된 거죠. 재산도 꽤 있습니다. 이제 고향에서는 저도 제법 알려졌으니까 10월 선거에 출마할 겁니다. 그런데 모두가 의혹의 눈으로 바라보는 그런 여자와 살면서는 어디에 가서도 제대로 행세할 수 없고 존경받을 수 없습니다. 그 여자는 날 바보 취급한 겁니다. 날 속이고 멋대로 놀아났죠. 하지만 전 이미 그 못돼 먹은 여자가 어떤 수작을 벌이는지 눈치채고 쭉 지켜보고 있었습니다."

뒤 루아가 웃음을 터뜨리며 덧붙였다. "불쌍한 포레스티에도 오쟁이를 졌었죠……. 아무것도 모르고 아내를 믿고 마음을 놓고 있었습니다. 드디어 포레스티에가 남겨 준 쓰레기를 해결했습니다. 드디어 자유입니다. 이제 제대로 해볼 겁니다."

뒤 루아는 말을 타는 것처럼 의자에 걸터앉아 꿈속에 잠긴 듯 몽롱하게 다시 한 번 말했다. "이제 제대로 해볼 겁니다."

왈테르 영감은 여전히 안경을 이마에 걸친 채로 뒤 루아를 바라보며 생각했다. '그래, 이 불한당 같은 놈이 아주 제대로 일을 내겠군.'

뒤 루아가 일어서며 말했다. "기사를 쓰겠습니다. 신중하게 다뤄야죠. 하지만 그 인간은 호되게 대가를 치르게 될 겁니다. 이제 망망대해에 떠다녀도 아무도 구해 주러 오지 않을 겁니다. 《라 비 프랑세즈》도 더 이상 그자를 챙길 필요가 없잖습니까."

잠시 주저하던 왈테르 영감이 결심한 듯 말했다. "그렇게 하게. 그렇게 옴짝달싹 못할 상황을 만들다니, 멍청한 인간들은 할 수 없지."

9

 석 달이 흘렀다. 얼마 전 뒤 루아의 이혼 판결이 났다. 그의 아내는 다시 포레스티에 성(姓)으로 돌아갔다. 왈테르 가족은 7월 15일 트루빌[46]로 여름휴가를 떠날 예정이었기 때문에, 헤어지기 전 하루 시간을 내서 벨아미와 함께 야외로 나가기로 했다.
 날짜는 목요일로 정해졌고, 아침 9시에 말 네 필이 끄는 6인승 여행 마차로 떠났다. 점심은 생제르맹[47]의 '앙리 4세 파비용'[48]에서 먹기로 했다. 벨아미는 이날 모임에 남자 손님은 자기밖에 없었으면 좋겠다고 했다. 카졸 후작의 얼굴을 보고 있을 수 없을 것 같았기 때문이다. 하지만 마지막 순간에 계획이 변경되어 아침에 일어나는 대로 라투르 이블랭 백작의 집에 들러 데려가기로 했다. 바로 전날 연락을 했다.
 마차가 샹젤리제 거리를 신 나게 달렸고, 이어 불로뉴 숲을 지났다.
 별로 덥지도 않고 정말 날씨가 좋은 여름날이었다. 제비들이 푸른 하늘에 곡선을 그리며 날았고, 그 흔적은 새들이 사라진 다음에도 하늘에 그대로 남아 있는 것 같았다.
 여자 셋이 안쪽에 탔다. 어머니가 가운데 앉고 양옆에 딸들이 앉았다. 남자 세 명 역시 가운데 왈테르가 앉고 손님들이 양옆으로 해서 역방향으로 앉았다.

센 강을 건넜고, 몽 발레리앵[49] 기슭을 돌아 부지발에 이른 후 강을 따라 르펙까지 갔다. 라투르 이블랭 백작은 중년에 가까운 남자로, 숨을 내쉴 때마다 가늘고 긴 구레나룻이 흔들렸다. 뒤 루아는 "바람이 불면 수염이 아주 멋있어지는군요."라고 말했다. 백작은 다정한 눈길로 로즈를 바라보았다. 두 사람은 한 달 전 약혼을 했다. 뒤 루아는 창백한 얼굴로 역시 창백한 얼굴의 쉬잔을 바라보았다. 두 사람은 눈길이 마주치면 무언가 눈으로 말했고 이해했고 은밀하게 생각을 주고받았다. 그런 다음 슬그머니 시선을 돌렸다. 왈테르 부인은 마음이 편안하고 행복했다.

한참 동안 점심 식사를 했다. 이어 뒤 루아가 파리로 돌아가기 전에 야외 테라스를 한번 돌아보자고 했다.

우선 밖으로 나가서 경치를 감상했다. 벽을 따라 옆으로 늘어서서 모두들 광활한 지평선을 보며 황홀해했다. 길게 이어진 언덕 아래 메종 라피트 쪽으로 흐르는 센 강의 모습은 흡사 푸른 초원 위에 뱀이 누워 있는 것 같았다. 오른쪽 언덕 꼭대기는 마를리의 수도교[50]가 하늘을 향해 거대한 애벌레 같은 모습으로 솟아 있고, 그 아래쪽의 마를리 시가지는 무성한 나무숲에 가려 보이지 않았다.

맞은편 끝없이 펼쳐진 평야 쪽으로 드문드문 마을이 보였다. 희미한 녹색의 작은 숲들이 바탕을 이루고, 그 사이사이 베지네의 호수들이 선명하고 깨끗한 얼룩처럼 눈에 들어왔다. 왼편으로 저 먼 하늘에 사르트루빌의 뾰족한 종탑이 보였다.

왈테르가 말했다. "세상 그 어디에도 없을 경치로군. 스위스에 가도 이런 경치는 없을걸."

잠시 후 일행은 주위를 둘러보며 경치를 만끽하기 위해 천천히 걸음을 옮겼다.

뒤 루아와 쉬잔이 뒤에 처졌다. 거리가 몇 발자국 벌어지자 뒤 루아가 감정을 억제한 목소리로 나지막하게 말했다. "쉬잔, 당신을 사랑합니다. 당신을 사랑해서 미쳐버릴 것 같습니다."

쉬잔이 말했다. "나도 그래요. 벨아미."

뒤 루아가 다시 말했다. "당신을 내 아내로 삼을 수 없다면 난 파리를 떠날 거고 이 나라를 떠날 겁니다."

쉬잔이 말했다. "아빠한테 나와 결혼하겠다고 말해 봐요. 승낙할지도 모르잖아요."

뒤 루아가 답답하다는 시늉을 했다. "벌써 열 번도 더 말하지 않았습니까. 소용없습니다. 아마 집에 발도 들여놓지 못하게 하실 겁니다. 신문사에서도 쫓아내겠죠. 그러면 우리는 얼굴도 볼 수 없게 될 겁니다. 정식으로 했다가는 어떻게 될지 뻔합니다. 당신 부모님은 이미 카졸 후작의 청혼을 받아들이셨잖습니까. 결국엔 당신이 좋다고 할 거라고 믿고 기다리고 계신 겁니다."

쉬잔이 물었다. "그럼 어떻게 해요?"

뒤 루아는 잠시 주저하더니 쉬잔을 힐끗 보며 말했다. "정말 날 사랑합니까? 말도 안 되는 일을 할 수 있을 만큼?"

쉬잔이 단호하게 대답했다.

"그럼요."

"정말 말도 안 되는 일이라도요?"

"좋아요."

"아버지와 어머니한테 맞설 용기가 있습니까?"

"있어요."

"정말입니까?"

"정말이에요."

"그럼 한 가지 방법이 있습니다. 유일한 방법이죠! 내가 아니라 당신이 시작해야 합니다. 부모님은 당신을 애지중지하니까 당신은 무슨 말이든 다 할 수 있잖습니까. 그러니 아무리 대담한 얘길 꺼내도 괜찮을 겁니다. 자, 내 말 잘 들어요. 오늘 저녁 집으로 돌아가면 우선 어머니한테 가십시오. 어머니 혼자만 있을 때 저와 결혼하고 싶다고 하십시오. 무척 놀라시고 화를 내실 테지만…….”

쉬잔이 뒤 루아의 말을 끊었다. "아! 엄마는 좋다고 할 거예요.”

뒤 루아가 격한 목소리로 되받았다. "아뇨! 당신은 어머니를 모릅니다. 화를 내실 거고 아마 아버지보다 더 흥분하실 겁니다. 내 말 잘 들어요. 분명 안 된다고 하실 겁니다. 하지만 버텨야 합니다. 절대 포기하지 말고요. 다른 사람은 다 싫고 오직 나하고만 결혼하겠다고 하세요. 그럴 수 있습니까?”

"할 수 있어요.”

"어머니하고 얘기가 끝나거든 아버지한테 가십시오. 아주 진지하고 단호한 태도여야 합니다.”

"알았어요. 그런 다음엔요?”

"그다음이 정말 중요합니다. 쉬잔, 당신이 정말로 굳게, 정말, 정말, 정말 굳게 내 아내가 되겠다고 결심을 했다면, 오, 쉬잔, 나의 쉬잔, 난…… 당신을 데리고 떠날 겁니다.”

그러자 쉬잔은 좋아 어쩔 줄 몰라 하며 하마터면 손뼉을 칠 뻔했다. "세상에! 너무 멋져요! 날 데리고 떠난다고요? 언제 갈 거죠?”

옛날이야기에나 나오는 낭만적인 야반도주, 이륜마차, 여인숙의 모습이, 책 속에 등장하는 멋진 모험들이 불현듯 쉬잔의 머리를 스쳤다. 그 매혹적인 꿈이 당장이라도 실현될 것 같았다.

쉬잔이 다시 물었다. "언제 떠날 건데요?”

뒤 루아가 나지막하게 대답했다. "그러니까…… 오늘 저녁…… 오늘 밤입니다.”

쉬잔이 파르르 떨면서 물었다. "어디로 갈 거죠?”

"그건 비밀입니다. 당신이 어떤 일을 하게 되는 건지 그거나 잘 생각해 보세요. 이번 일을 벌이고 나면 당신은 꼼짝없이 내 아내가 되어야 합니다! 이것만이 유일한 방법이죠. 하지만 좀…… 당신한테는…… 위험합니다."

쉬잔이 말했다. "결심했어요……. 어디서 만날까요?"

"혼자 빠져나올 수 있겠어요?"

"있어요. 작은 문을 열 수 있거든요."

"그렇다면 문지기가 잠든 다음에 자정쯤 콩코르드 광장에서 만납시다. 해군성 앞에 마차를 세워놓고 기다리겠습니다."

"갈게요."

"정말인가요?"

"정말이에요."

뒤 루아는 쉬잔의 손을 힘주어 움켜쥐었다. "오! 정말 사랑합니다. 당신은 너무나 착하고 용감하군요. 카졸 후작과 결혼하고 싶지는 않은가요?"

"세상에! 싫어요."

"청혼을 거절했을 때 아버님이 화를 내시던가요?"

"그랬죠. 저를 수도원에 들여보내겠다고 하셨어요."

"마음을 굳게 먹어야 한다는 것 알죠?"

"알아요."

오직 야반도주만을 생각하며 쉬잔은 광활하게 펼쳐진 지평선을 바라보았다. 저 지평선보다 멀리 갈 거야……. 이 남자와 함께……. 이 사람이 날 데려간다니……! 그녀는 너무 뿌듯했다. 자신의 평판에 대해서는 아무 생각이 없었고, 어떤 수치스러운 일이 닥치게 될지 단 한순간도 생각해 보지 않았다. 그런 것을 알기나 했을까? 한순간 생각해 본 적이라도 있을까?

왈테르 부인이 돌아보며 불렀다. "애야, 빨리 오렴. 벨아미하고 뭐 하니?"

젊은이들이 일행에게 다가갔다. 다들 이제 곧 해수욕장이 보일 거라며 그 얘기를 하는 중이었다.

집으로 돌아갈 때는 왔을 때와 다른 길로 가는 게 나을 것 같았고, 그래서 그들은 샤투를 지나서 돌아왔다.

뒤 루아는 아무 말도 하지 않았다. 혼자 공상에 빠져들었다. 그렇다. 이 아가씨가 조금만 대담하게 해준다면 분명 성공할 것이다! 그는 이미 석 달째 빠져나갈 수 없는 그물을 덮어씌우듯 쉬잔에게 애정을 쏟아붓고 있었다. 그녀를 매혹했고, 사로잡았으며, 정복했다. 여자에게 사랑받는 법을 잘 알고 있던 뒤 루아는 쉬잔이 자기를 사랑하게 만들었다. 인형 같은 아가씨의 가벼운 영혼을 별로 힘들이지 않고 사로잡아 버린 것이다.

우선은 카졸 후작의 청혼을 거절하게 만들었다. 그리고 이번에는 함께 도망가기로 했다. 다른 방법이 없었기 때문이다.

뒤 루아는 너무나 잘 알고 있었다. 왈테르 부인은 절대 딸을 자기한테 내주지 않을 것이다. 그녀는 아직까지 뒤 루아를 사랑하고 있었다. 그리고 앞으로도 더없이 격렬하게, 집요하게, 영원히 사랑할 것이다. 뒤 루아가 일부러 냉정한 척하며 상대의 감정을 누르고 있지만, 스스로 통제하지 못하는, 집어삼킬 것 같은 정념이 그녀를 갉아먹고 있다는 것을 느낄 수 있었다. 왈테르 부인은 그가 쉬잔과 결혼하는 것을 절대 용납하지 못할 것이다.

하지만 일단 쉬잔을 데리고 멀리 떠날 수 있다면, 그다음에는 그 아버지와 담판을 지을 가능성이 생긴다.

이 모든 것을 생각하느라 뒤 루아는 사람들이 이것저것 묻는 말에 짧게 건성으로 대답했다. 이야기를 잘 듣지도 않았다. 파리에 이르렀을 때에야 겨우 정신이 돌아온 것 같았다.

쉬잔도 생각에 빠져들었다. 네 필의 말에 달아놓은 방울이 머릿속에서 딸랑거리며 그녀를 공상 속으로 데려갔다. 영원한 달빛 아래 끝없이 펼쳐진 길을 달리고, 어두운 숲을 지나고, 길가 여인숙에 머문다. 마구간에서 말을 바꿔주는 사람들도 서둘러 움직인다. 두 사람이 쫓기고 있다는 것을 알기 때문이다.

왈테르의 저택 안마당에 마차가 당도했다. 뒤 루아는 저녁까지 먹고 가라는 청을 사양하고 집으로 돌아갔다.

일단 간단히 식사를 한 다음 멀리 여행을 떠나는 사람처럼 서류들을 정리했다. 위험한 편지들은 태웠고, 일부는 숨겼다. 그리고 친구들에게 편지를 썼다.

이따금 뒤 루아는 추시계를 쳐다보며 생각했다. '그곳은 지금 발칵 뒤집혔겠군.' 뒤 루아는 초조해서 속이 타는 것 같았다. 실패로 끝날까? 설사 그렇다 해도 겁낼 건 없다! 무슨 일이든 다 헤쳐 나갈 수 있다! 하지만 오늘 저녁은 진정 운명이 걸린 중요한 날이다!

뒤 루아는 11시경 밖으로 나가 잠시 서성거리다가 마차를 타고 콩코르드 광장으로 갔다. 활처럼 휜 모양의 해군성 건물 쪽에 마차를 세웠다.

이따금 시계를 꺼내 성냥을 켜서 시간을 보았다. 자정이 다가오자 그는 극도로 초조해졌다. 수시로 마차 문으로 고개를 내밀고 살폈다.

멀리서 괘종시계가 12시를 알리기 시작했다. 이어 좀 더 가까운 곳의 다른 시계가 울렸고, 잠시 후 두 개가 한꺼번에, 그다음엔 아주 멀리서 또 하나가 울렸다. 마지막 시계 소리가 끝나자 뒤 루아는 마음속으로 말했다. '끝났다. 실패다. 쉬잔은 오지 않는다.'

그렇지만 일단 날이 밝을 때까지는 기다려보기로 했다. 이런 일은 인내심을 가지고 대처해야 하는 법이다.

15분을 알리는 소리가 들렸고, 이어 30분, 그리고 45분을 알리는 소리가 들렸다. 잠시 후 자정 때와 똑같이 시계들이 다 같이 1시를 알렸다.

뒤 루아는 더 이상 쉬잔이 올 거라고 기대하지는 않았다. 하지만 일이 어떻게 된 걸까 생각하면서 그 자리에 그대로 있었다. 그때였다. 여자 하나가 마차 문으로 고개를 들이밀며 물었다. "여기 있어요? 벨라미?"

뒤 루아는 소스라치게 놀라 숨이 막히는 것 같았다.

"당신이오? 쉬잔?"

"네, 저예요."

뒤 루아는 재빨리 문고리를 돌리며 말했다. "아……! 왔군요. 왔어……. 들어와요."

마차에 올라탄 쉬잔은 뒤 루아에게 쓰러지듯 몸을 기댔다. 뒤 루아가 마부에게 외쳤다. "갑시다!" 마차가 달리기 시작했다.

쉬잔은 숨이 차는지 헐떡거리느라 말을 하지 못했다.

뒤 루아가 물었다. "어떻게 된 거요?"

쉬잔이 기진맥진 쓰러질 듯 중얼거렸다. "난리가 났었어요. 특히 엄마가요."

뒤 루아는 속이 타들어 가는 것 같았고 온몸에 소름이 돋았다.

"어머니가요? 뭐라고 하시던가요? 얘기해 봐요."

"오! 정말 끔찍했어요. 엄마 방에 들어가서 준비한 대로 얘기를 했죠. 그랬더니 엄마가 파랗게 질린 얼굴로 '안 돼! 절대 안 돼!'라고 소리를 지르는 거예요. 난 울면서 화를 냈죠. 당신 아니면 절대 아무하고도 결혼 안 하겠다고 했어요. 엄마가 때리는 줄 알았어요. 엄마는 거의 미친 사람처럼 당장 내일 날 수녀원에 보내버리겠다고 했어요. 정말 지금껏 엄마의 그런 모습은 한 번도 본 적이 없어요. 그런데 우리가 난리를 치니까 그 소리를 듣고 아빠가 왔어요. 아빠는 엄마처럼 화를 내지는 않았지만 당신이 그다지 좋은 신랑감이 아니라고 했어요.

엄마 아빠 때문에 어찌나 화가 나던지 내가 더 크게 소리를 질렀어요. 그랬더니 아빠가 전혀 어울리지 않는 심각한 목소리로 나더러 나가 있으라고 하는 거예요. 그래서 난 당신하고 달아나기로 결심했죠. 이렇게 왔고요. 어디로 가는 거예요?"

뒤 루아는 부드럽게 쉬잔의 허리를 감싸 안았다. 두근거리는 가슴으로 잔뜩 긴장해서 쉬잔의 말에 귀를 기울이는 동안, 그의 마음속에는 왈테르 부부에 대한 증오심이 솟아올랐다. 하지만 이제 그 딸이 내 손에 있다. 톡톡히 되갚아 주리라.

뒤 루아가 대답했다. "너무 늦은 시간이라 기차를 탈 수가 없습니다. 이 마차로 세브르까지 가서 일단 하룻밤 묵읍시다. 내일은 라 로슈 기용으로 갈 겁니다. 망트와 보니에르 사이 센 강가에 있는 아주 예쁜 마을이죠."

쉬잔이 중얼거렸다. "하지만 아무것도 챙겨 오지 못했는걸요. 맨손이에요."

뒤 루아가 걱정할 것 없다는 얼굴로 빙긋 웃으며 말했다. "뭐! 그런 거야 다 가서 해결하면 됩니다."

마차가 계속 달렸다. 뒤 루아는 쉬잔의 손을 잡고 천천히 예를 갖춰 입을 맞췄다. 플라토닉한 사랑은 별로 해본 적이 없어서 이런 상황에서 무슨 말을 해야 하는지 알 수가 없었다. 그런데 문득 그는 쉬잔이 울고 있음을 깨달았다.

두려워진 뒤 루아가 물었다. "우리 예쁜 아가씨가 왜 우는 겁니까?"

쉬잔이 눈물 젖은 목소리로 대답했다. "가엾은 엄마, 내가 달아난 걸 알면 한잠도 못 잘 거예요."

실제로 쉬잔의 어머니는 잠을 잘 수가 없었다.

쉬잔이 나가자마자 왈테르 부인은 남편과 마주 앉았다.

심한 충격에 정신이 나간 그녀가 남편에게 물었다. "세상에, 이게 도대체 무슨 말이에요?"

왈테르가 화가 나서 고함을 쳤다. "그 모사꾼 같은 놈이 우리 딸을 농락한 거잖소! 그 자식 때문에 카졸 후작의 청혼을 거절한 게 분명해. 그래, 지참금이 탐이 났나 보군."

왈테르는 화가 나서 어쩔 줄 모르며 방 안을 왔다 갔다 했다. 그리고 아내에게 말했다. "당신이 그놈을 계속 끌어들였잖소. 당신도 마찬가지였어. 그놈한테 알랑거리고 비위를 맞췄지. 아주 혹해서 빠져 있던데, 뭘. 여기서도 벨아미, 저기서도 벨아미, 아침부터 밤까지 벨아미 타령만 했잖소. 아주 꼴좋군."

왈테르 부인이 창백한 얼굴로 중얼거렸다. "내가요……? 내가 끌어들였다고요……?"

남편이 얼굴을 코앞에 들이대며 악을 썼다. "그래! 당신이지! 다들 그놈한테 미쳤잖소. 드 마렐도, 쉬잔도, 다른 여자들도 말이야. 이틀만 그놈을 집으로 불러들이지 못해도 안달이 난다는 걸 내가 모를 줄 알았소?"

왈테르 부인은 비통한 얼굴로 일어섰다. "나한테 그런 식으로 말하지 마요. 난 당신처럼 시장통에서 막 자란 사람이 아니라는 걸 잊었나요?"

아내의 말에 놀란 왈테르가 멍하니 서 있다가 잠시 후 "제기랄!"이라고 거칠게 내뱉고는 문을 쾅 닫고 나가 버렸다.

남편이 나가자마자 왈테르 부인은 마치 자기 얼굴이 달라져 버리지 않았는지 확인하려는 사람처럼 본능적으로 거울에 얼굴을 비춰 보았다. 지금 이 일은 그녀에게는 절대 있을 수 없는 일, 실로 끔찍한 일이었다. 쉬잔이 벨아미를 사랑하다니! 벨아미가 쉬잔과 결혼하려 하다니! 아니다! 잘못 들었을 것이다. 그럴 리가 없다. 어린 딸이 잘생긴 젊은 남자에게 잠시 빠진 것은 충분히 있을 수 있는 일이다. 남편으로 삼고 싶고, 그래서 고집을 부리는 거다. 하지만 벨아미는? 그 사람은 절대 그런 마음이 아니다! 대재앙을 앞둔 사람들이 그렇듯 그녀는 흥분에 휩싸여 이것저것 생각해 보았다.

그녀는 혹시 뒤 루아가 자기를 배신했는지, 아니면 이 일과 상관이 없는 건지, 두 가지 가능성을 한참 동안 생각해 보았다. 혹시 그가 이 모든 걸 준비한 거라면 진정 끔찍한 인간이다! 만일 그렇다면 앞으로 어떤 일이 일어날까! 얼마나 위험하고 고통스러운 일들이 밀어닥칠까!

이번 일에 뒤 루아가 개입한 것이 아니라면 모든 문제가 해결될 수 있다. 쉬잔을 데리고 반년 정도 여행을 다녀오면 끝날 것이다. 하지만 그렇다면 앞으로 벨아미를 어떻게 만날 수 있단 말인가! 왈테르 부인은 아직도 벨아미를 사랑하고 있었다. 이 정념은 그녀의 가슴속에 절대 뽑아낼 수 없는 화살처럼 박혀 버렸다.

그 사람 없이 산다는 건 불가능했다. 차라리 죽는 게 낫다.

그녀의 생각은 고뇌와 불안 속을 헤맸다. 머릿속에 통증이 느껴지기 시작했다. 너무나 힘겹고 불안한 생각들 때문에 머리가 아파온 것이다. 그녀는 필사적으로 답을 찾았고, 여전히 알 수가 없어 미칠 것 같았다. 문득 추시계를 보았다. 1시였다. 그녀가 생각했다. '이러고 더는 못 견디겠어. 돌아버릴 것 같아. 알아야겠어. 쉬잔을 깨워서라도 물어봐야 해.'

왈테르 부인은 발소리를 내지 않으려고 맨발로 초를 들고 딸의 방으로 갔다. 살며시 문을 열고 들어가 침대를 보았다. 누운 흔적이 없이 정돈된 그대로였다. 처음에는 무슨 일인가 생각하며 딸이 아직까지 아버지와 얘기하는 중인가 보다 싶었다. 하지만 이내 끔찍한 의혹이 마음을 스쳤다. 그녀는 남편에게 달려갔다. 창백한 얼굴로 숨을 헐떡이며 단숨에 남편 방까지 갔다. 왈테르는 침대에 누워 책을 읽고 있었다.

그가 깜짝 놀라 물었다. "뭐, 뭐요? 무슨 일이오?"

아내가 더듬거렸다. "쉬잔 봤어요?"

"내가? 아니, 못 봤는데. 무슨 일이오?"

"쉬잔이…… 쉬잔이…… 없어졌어요. 방에 없어요."

발테르는 벌떡 침대에서 일어나 슬리퍼를 신었다. 그리고 속바지도 입지 않고 잠옷 자락을 휘날리며 딸의 방으로 달려갔다.

방 안을 돌아보니 더 이상 의심의 여지가 없었다. 딸이 달아난 것이다.

발테르는 의자에 주저앉았고 등잔을 앞쪽 바닥에 내려놓았다.

뒤따라온 아내가 더듬거렸다. "어떡해요?"

그는 대답할 기운도 없었다. 더 이상 화도 나지 않았고, 신음하듯 말했다. "다 끝났소. 그 작자가 쉬잔을 데리고 있어. 우린 끝장이야."

아내는 그 말을 알아듣지 못했다. "어째서 끝장이죠?"

"그럼 무슨 수가 있소? 이제는 둘이 결혼하는 수밖에 없소."

그 순간 발테르 부인이 울부짖는 짐승 같은 절규를 내질렀다. "그 사람하고요? 절대 안 돼요. 당신 미쳤어요?"

발테르가 씁쓸하게 대답했다. "악써 봐야 소용없소. 그자가 쉬잔을 데리고 도망을 갔고, 이제 쉬잔의 평판이 위태로운 상태요. 제일 좋은 방법은 그냥 그자한테 쉬잔을 주는 거요. 잘만 하면 아무도 모르게 이 일을 처리할 수 있을 테고."

아내는 끔찍한 분노로 온몸을 떨면서 다시 말했다. "안 돼요! 그 사람이 우리 딸을 갖는 건 절대 안 돼요! 절대 승낙할 수 없어요!"

낙담한 발테르가 되받았다. "벌써 가졌는데 무슨 소리요? 이미 끝난 일이오. 우리가 버티고 있으면 그자는 결코 쉬잔을 내놓지 않을 거고 꽁꽁 숨겨 둘 거요. 추문이 퍼지지 않게 하려면 우리가 빨리 포기하는 편이 낫소."

고백할 수 없는 고통으로 마음이 갈가리 찢긴 발테르 부인은 같은 말만 되풀이했다. "안 돼요. 안 돼요. 난 승낙할 수 없어요."

발테르가 짜증스러워하며 말했다. "더 얘기할 것도 없소. 결혼시켜야 하오. 아! 야비한 자식, 우리를 우롱하다니……. 어쨌든 정말 대단한 놈이군. 그자보다 더 지체 높은 사람을 찾을 수는 있겠지만 두뇌와 장래를 보면 그만한 자가 없소. 확실히 장래는 유망해. 하원 의원이 되고 장관이 될 거요."

왈테르 부인이 사납게 화를 내며 말했다. "난 그 사람이 쉬잔과 결혼하는 걸 절대 볼 수 없어요. 알아요……? 절대!"

결국 왈테르는 화를 냈다. 그리고 실리에 밝은 인간답게 벨아미의 입장을 옹호하기 시작했다.

"이제 그만해요……. 다시 한 번 말하지만 이제 어쩔 수 없소. 결혼하는 것밖에 다른 방법이 없단 말이오. 누가 알겠소? 어쩌면 후회하지 않게 될지. 그런 유의 인간들은 어디까지 뻗어 나갈지 예측할 수가 없으니까. 겨우 기사 세 번으로 그 멍청한 라로슈 마티유를 매장하는 걸 당신도 봤잖소. 그러면서도 전혀 품위를 잃지 않았지. 남편의 입장에서 쉬운 일은 아니었을 텐데 말이오. 한번 두고 봅시다. 중요한 건 우리가 이미 함정에 걸려들었다는 거요. 빠져나갈 방법이 없소."

왈테르 부인은 악을 쓰고 바닥에 구르며 머리카락을 쥐어뜯고 싶었다. 그녀는 격앙된 목소리로 계속 같은 말만 되풀이했다.

"결혼은 안 돼요……. 난…… 그 꼴은…… 절대…… 못 봐요!"

왈테르가 일어나 램프를 들었고, 다시 말했다.

"이것 봐. 당신은 참 어리석군. 여자들은 다 똑같아. 그저 마음 가는 대로 움직이지. 상황에 맞게 대처하질 못하고……. 정말 어리석어! 잘 들어요. 쉬잔은 그자와 결혼할 거요……. 꼭 그래야 한단 말이오."

그런 다음 왈테르는 슬리퍼를 끌며 나가 버렸다. 잠옷 바람의 유령처럼 우스꽝스러운 형상을 한 그는 잠든 대저택의 복도를 지나 조용히 자기 방으로 들어갔다.

왈테르 부인은 참을 수 없는 고통에 갈가리 찢겨 그냥 서 있었다.

사실 그녀는 아직까지도 이 상황을 다 이해할 수가 없었다. 그저 고통스러울 뿐이었다. 그렇다고 밤새도록 계속 이러고 있지도 못할 것 같았다. 그녀는 미치도록 도망치고 싶었고, 어디라도 달려가고 싶다. 누군가 도움을 줄 사람을, 자기를 구해 줄 사람을 찾아가고 싶었다.

그녀는 도와달라고 부를 사람이 있는지 생각해 보았다. 누가 있을까? 아무도 떠오르지 않는다. 사제! 그렇다, 사제가 있다! 그 발아래 엎드려 모든 걸 고백하리라. 무슨 죄를 지었는지, 어떤 절망에 허덕이고 있는지 다 고백하리라. 사제라면 그 나쁜 사람이 쉬잔과 결혼해서는 안 된다는 걸 이해하고 막아주시리라.

당장 사제를 만나야 했다! 하지만 어디서 찾는단 말인가? 어디로 갈까? 어쨌든 이러고 있을 수만은 없는 일이었다.

그때였다. 왈테르 부인의 눈앞에 물 위를 걷는 예수의 평온한 얼굴이 나타났다. 그림에서 본 모습과 똑같은 얼굴로 그녀의 눈앞에 나타난 것이다. 예수가 그녀를 부르며 말했다. "나에게로 오라. 내 발밑에 무릎을 꿇으라. 내가 너에게 위로를 주고 어떻게 할지 이야기해 주리라."

그녀는 초를 들고 방을 나섰다. 그리고 온실로 가기 위해 아래층으로 내려갔다. 그림은 온실 제일 안쪽에 땅의 습기 때문에 그림이 상하지 않도록 시이에 유리문을 달아 작은 방처럼 만든 곳에 놓여 있었다.

그 풍경은 흡사 기이한 나무들이 늘어선 숲 속에 마련된 기도실 같았다.

지금껏 환한 대낮 말고는 온실에 들어가 본 적이 없는 왈테르 부인은 어두컴컴할 때 발을 들여놓으면서 겁에 질렸다. 온실 안은 더운 나라에서 자라는 육중한 식물들이 내뱉는 무거운 숨결 때문에 공기마저도 진하게 가라앉은 듯했다. 더구나 한참 동안 문이 닫힌 채 둥근 유리 지붕에 갇혀 있던 이 기묘한 숲의 공기가 폐에 들어가는 순간 왈테르 부인은 숨을 쉴 수가 없었고 정신이 멍해졌다. 무언가에 취한 사람처럼 쾌락과 고통이 동시에 느껴졌고, 살갗에는 알 수 없는 느낌이, 나른한 관능과 죽음의 느낌이 퍼져 나갔다.

가련한 여인은 흔들리는 희미한 촛불밖에 비치지 않는 암흑 속으로, 괴물 같기도 하고 사람 같기도 한 정말 기괴한 모습이 가득한 곳으로 천천히 초조한 마음으로 걸음을 옮겼다.

그때였다. 갑자기 예수가 보였다. 그녀는 예수와 자기 사이를 가로막고 있는 문을 열어젖히고 무릎을 꿇었다.

처음엔 정신없이 기도를 했고, 사랑의 밀어를 더듬거렸고, 정념에 휩싸이고 절망에 허우적거리며 빌었다. 잠시 후 미친 듯이 빌기만 하던 열기가 조금 가라앉고 나자 왈테르 부인은 예수를 향해 눈을 들었다. 그리고 그 순간 그녀는 형언하기 힘든 불안에 휩싸였다. 흔들리는 촛불 하나로 간신히 비추며 올려다본 예수의 모습이 너무나도 벨아미를 닮았기 때문이었다. 저 위에서 연인이 자기를 보고 있었다. 눈, 이마, 얼굴 표정, 차갑고 거만한 모습까지 그대로였다.

왈테르 부인이 더듬거렸다. "예수님! 예수님! 예수님!" 그리고 "조르주!"란 말이 입술에 맴돌았다. 그 순간 그녀는 지금 이 시각이면 분명 자기 딸이 조르주의 여자가 되었으리라는 생각이 떠올랐다. 지금쯤 어디에선가 방 안에 단둘이 있을 것 아닌가! 그가! 그가! 쉬잔하고!

왈테르 부인이 다시 말했다. "예수님……! 예수님……!" 그리고 그들을 생각했다……. 자기 딸과 자기 연인을! 방 안에 단둘이 있다……. 그리고 지금은 밤이다. 그녀의 눈앞에 두 젊은이의 모습이 나타났다. 저기, 앞에, 그림이 있는 자리에 서 있는 것처럼 너무나 또렷하게 보였다. 두 사람은 미소를 짓고 있고 서로 껴안고 키스를 한다. 방은 어두컴컴하고 침대는 이불이 조금 젖혀져 있다. 왈테르 부인이 몸을 일으켰다. 다가가서 딸의 머리채를 잡고 서로 부둥켜안은 몸을 떼어내야 했다. 그녀는 달려들어 딸의 목을 비틀고 졸라버리고 싶었다. 저 남자에게 몸을 주는 딸이 너무나 미웠다. 그녀는 딸의 몸에 손을 댔다……. 그녀의 손이 화폭을 만졌다. 그 손은 예수의 발에 닿았다.

그녀는 비명을 지르며 뒤로 넘어졌다. 촛불도 엎어지면서 꺼져버렸다.

그런 다음엔 무슨 일이 일어났는가? 왈테르 부인은 오랫동안 실로 이상하고 무서운 꿈을 꿨다. 여전히 조르주와 쉬잔이 껴안고 있는 모습이 보였고, 예수 그리스도가 옆에서 이 끔찍한 사랑을 축복하고 있었다.

그녀는 어렴풋이 여기가 자기 방이 아니라는 것을 느꼈고, 일어서서 도망치고 싶었다. 하지만 몸을 움직일 수가 없었다. 몸이 마비된 듯 사지가 묶여 있는 것 같았고 오직 머릿속 생각만이 깨어 있었다. 하지만 그 생각마저도 혼란스러웠다. 끔찍한, 있을 수 없는, 환상 같은 장면들 앞에서 그녀는 고통에 몸부림쳤다. 그렇게 걷잡을 수 없는 꿈속을 헤맸다. 그것은 이상하게 생긴 더운 나라의 식물들 중 최면 효과가 있는 식물이 인간의 머릿속에 불어넣는 해로운 꿈, 때로 목숨을 앗아 갈 수도 있는 꿈이었다.

날이 밝고 나서야 왈데르 부인이 「물 위를 걷는 그리스도」 그림 앞에서 질식 상태로 의식을 잃고 있는 것이 발견되었다. 상태가 너무 위중해서 생명이 위태롭다는 걱정까지 나올 정도였다. 그녀는 다음 날이 돼서야 겨우 정신이 돌아왔다. 그리고 울기 시작했다.

쉬잔이 사라진 것에 대해서 일단 하인들에게는 예정에 없이 수녀원에 보낸 것으로 해놓았다. 그리고 왈테르는 뒤 루아가 보낸 긴 편지에 딸과의 결혼을 허락한다는 답장을 했다.

뒤 루아는 떠나는 날 저녁에 미리 편지를 준비해 두었다가 파리를 떠나면서 부쳤다. 편지에서 그는 왈테르 부부에게 경의를 표하면서 자신이 오랫동안 쉬잔을 사랑해 왔으며, 자기들이 함께 이런 일을 계획한 것은 아니라고 했다. 그렇지만 쉬잔이 전적으로 자신의 의지로 그에게 와서 '당신 아내가 되겠어요.' 라고 말했기 때문에 그는 이제 쉬잔을 지킬 수밖에 없다고 했다. 그리고 부모님이 이 편지에 답장을 해줄 때까지 숨겨 달라는 부탁을 받았다고도 했다. 그로서는 법적으로 필요한 부모님의 뜻보다는 약혼녀의 뜻이 더 중요하다는 것이었다.

뒤 루아는 친구한테 부탁을 해놓았으니 답장을 사서함으로 보내주면 자기한테 전해 줄 거라고 했다.

그는 그렇게 원하는 것을 얻었다. 쉬잔을 데리고 파리로 돌아와서 부모에게 보냈고, 그런 다음에는 한동안 모습을 나타내지 않았다.

뒤 루아와 쉬잔은 센 강가 라 로슈 기용에서 엿새를 보냈다.

쉬잔은 그 어느 때보다도 신 나게 즐겼다. 소녀는 자기가 양치기 목동이 된 것 같았다. 사람들에게는 오누이 사이라고 해놓았기 때문에 두 사람은 친구 사이에서 사랑이 싹튼 연인들처럼 자유롭고 순결한 친밀감 속에서 지냈다. 뒤 루아는 아직은 쉬잔의 몸에 손을 대지 않는 것이 더 효과적이라고 생각했다. 쉬잔은 시골에 도착하자마자 농부들이 입는 속옷과 겉옷을 샀고, 들꽃으로 장식한 커다란 밀짚모자를 쓰고 낚시를 했다. 그곳엔 오래된 탑이 있었고, 멋진 장식 융단을 볼 수 있는 성도 있었다.

뒤 루아는 그 지방 상인이 파는 선원복을 사 입고서 쉬잔을 데리고 산책을 했다. 걸어갈 때도 있었고 배를 타고 가기도 했다. 그들은 쉴 새 없이 키스를 했다. 아직 아무것도 모르는 쉬잔은 가슴이 설레서 전율했고, 뒤 루아는 욕정을 억누르며 전율했다. 뒤 루아는 끝까지 욕정을 이겨냈다. 그리고 마침내 "내일 파리로 돌아갑시다. 당신 아버님께서 결혼을 허락하셨군요."라고 말했을 때, 쉬잔은 순진하게도 이렇게 말했다. "벌써요? 여기서 당신 아내로 사는 게 너무 재미있고 좋았는데."

10

콩스탕티노플 거리의 작은 방은 캄캄했다. 입구에서 만난 조르주 뒤 루아와 클로틸드 드 마렐이 급하게 안으로 들어서서는, 남자가 미처 덧창을 열 틈도 없이 여자가 물었기 때문이다.

"그러니까 정말 쉬잔 왈테르와 결혼해요?"

뒤 루아는 조용히 그렇다고 대답하고는 한마디 덧붙였다. "모르고 있었소?"

뒤 루아 앞에 선 드 마렐 부인은 분하고 화가 나서 어쩔 줄 몰라 하며 말했다. "쉬잔 왈테르와 결혼하다니! 너무해요! 너무해! 지난 석 달 동안 나한테 그렇게 아양을 떤 게 바로 이 결혼을 숨기기 위해서였군요. 다들 알고 있는데 나만 몰랐어요. 남편이 말해 주더군요!"

뒤 루아는 조금 겸연쩍기도 해서 히죽거렸다. 그러다가 모자를 벽난로 모퉁이에 얹어놓고는 팔걸이의자에 앉았다.

드 마렐 부인이 뒤 루아를 노려보며 울분이 가득한 낮은 목소리로 말했다. "이혼하자마자 이 일을 준비했군요. 그사이 빈 시간 동안 내 비위를 맞추면서 정부로 데리고 있었던 거고요. 비열한 인간!"

뒤 루아가 물었다. "뭐가 어쨌다는 거요? 아내가 날 속이고 바람을 피웠고, 그 현장을 내가 덮쳤소. 이혼 판결이 났고, 이제 다른 여자를 아내로 맞는 거요. 이보다 간단한 일이 또 있소?"

드 마렐 부인이 파르르 떨면서 나지막하게 말했다. "세상에! 교활한 인간! 그리고 정말 위험한 인간이에요, 당신은!"

뒤 루아가 싱긋 웃으며 말했다. "그런 거지, 뭐! 원래 어리석고 멍청한 자들이 속는 거요!"

드 마렐 부인은 수그러들지 않았다. "처음부터 당신이 어떤 인간인지 알았어야 해요. 아니야. 아무리 그래도 당신이 이렇게까지 무뢰한인지는 몰랐을 거예요."

그러자 뒤 루아가 정색을 하며 말했다. "부탁하는데, 말을 가려 하도록 해요."

상대가 화를 내자 드 마렐 부인은 더 화를 냈다. "뭐라고요! 이제 나더러 예의를 차려가면서 말하라고요? 당신은 우리가 처음 만났을 때부터 망나니 같았잖아요. 그런데 이제 와서 그런 식으로 말하지 말라니. 모두를 속이고, 모두를 이용해 먹고, 가는 곳마다 쾌락과 돈을 얻고, 그래 놓고 이제 와서 신사 대접 받기를 바라는 건가요?"

뒤 루아가 입술을 파르르 떨면서 일어섰다. "입 다물어요. 아니면 여기서 쫓아내 버리겠소."

드 마렐 부인이 더듬거렸다. "여기서 쫓아내…… 쫓아내…… 날 여기서 쫓아낸다고요? 당신이…… 당신이……?"

그녀는 더 이상 말을 할 수가 없었다. 너무나 화가 나서 숨을 쉴 수가 없었다. 그녀는 분노를 가두어두었던 문이 갑자기 부서져 버린 것처럼 마구 퍼부었다.

"여기서 쫓아낸다고? 제일 처음 이 집의 집세를 낸 게 나라는 걸 잊었나 보군요. 아! 그래요. 이따금 당신 혼자 이용하기도 했죠! 하지만 이 집을 빌린 게 누구죠? 나예요……. 없애지 않고 둔 건요……? 그것도 나예요……. 그런데 날 쫓아내겠다고요? 입 닥쳐요. 이 불한당 같으니! 당신이 마들렌한테서 어떻게 보드렉의 유산 절반을 훔쳐

갔는지 내가 모를 것 같아요? 쉬잔이 결혼할 수밖에 없게 당신이 무슨 수작을 부려 같이 잤는지도 모를 것 같아요?"

뒤 루아가 두 손으로 드 마렐 부인의 어깨를 붙잡고 흔들며 말했다. "쉬잔 얘긴 꺼내지 마! 그냥 두지 않겠소!"

하지만 그녀는 멈추지 않았다. "같이 잤잖아! 다 알아요!"

뒤 루아는 다른 말은 어떤 것이라도 다 용납할 수 있었다. 하지만 이 말을 들으니 화가 머리끝까지 치밀어 올랐다. 조금 전 이 여자가 자기 얼굴에 대고 뱉어댄 말은 전부 맞는 말이었고 그의 마음속에서 분노의 전율을 일게 했다. 하지만 자기 아내가 될 아가씨에 대해 날조된 이 말은 그의 손바닥 안에서 상대를 갈겨버리고 싶은 욕망이 꿈틀거리게 했다.

뒤 루아가 다시 말했다. "입 닥쳐……. 조심하라고……. 입 닥치란 말이야……." 그는 열매를 따려고 나뭇가지를 흔들 때처럼 상대를 마구 흔들어댔다.

하지만 드 마렐 부인은 초점 잃은 눈에 머리가 산발이 된 채로 입을 크게 벌리고 계속 고함을 질렀다. "같이 잤잖아!"

뒤 루아는 드 마렐 부인을 붙잡고 있던 손을 놓고서 세차게 뺨을 갈겼다. 어찌나 세게 쳤는지 여자가 벽에 부딪히며 넘어질 정도였다. 하지만 그녀는 손으로 바닥을 짚고 몸을 일으키면서 고개를 돌려 다시 쳐다보며 외쳤다. "같이 잤잖아!"

그러자 뒤 루아는 그녀에게 달려들어 깔고 뭉개면서 남자를 때릴 때처럼 마구 갈겨댔다.

한순간 그녀는 더 이상 말을 하지 못했고, 주먹이 날아올 때마다 신음 소리를 냈다. 움직이지도 않았다. 구석 바닥의 벽에서 얼굴을 가린 채 슬프게 울기만 했다.

뒤 루아는 때리는 것을 멈추고 일어섰다. 그리고 흥분을 삭이기 위해 이리저리 걸어 다녔다. 그러다 무슨 생각이 났는지 방으로 들어가더니 대야에 찬물을 채우고는 그 안에 머리를 담갔다. 잠시 후 뒤 루아는 손을 씻었고, 수건을 들고 정성스레 손가락을 닦으면서 여자가 어떻게 하고 있는지 보러 나왔다.

그녀는 꼼짝하지 않고 있었다. 그냥 바닥에 쓰러져서 조그만 소리로 울고 있었다.

뒤 루아가 말했다. "이제 좀 그만 훌쩍대지?"

드 마렐 부인은 대답하지 않았다. 잠시 방 한가운데 버티고 서 있던 뒤 루아는 자기 눈앞에 쓰러져 있는 여자를 보며 마음이 불편하기도 하고 창피하기도 했다.

그러다 돌연 결심을 했는지 벽난로 위에 놓인 모자를 집어 들면서 말했다. "난 가겠소. 준비가 다 되거든 열쇠는 관리인한테 주도록 해요. 당신 기분이 좋아질 때까지 기다릴 수는 없으니까."

뒤 루아는 밖으로 나가 문을 닫았다. 그리고 관리인의 방으로 가서 말했다.

"아내는 아직 안에 있소. 조금 있다 갈 거요. 주인한테 10월 1일에 아파트를 비우겠다고 전해 주시오. 오늘이 8월 16일이니까 사전 통고 기한은 문제없을 거요."

그런 다음 뒤 루아는 급하게 걸음을 옮겼다. 아직 더 사야 할 신부 예물이 남아 있었기 때문이다.

결혼식은 의회가 개원한 다음인 10월 20일로 정해졌다. 장소는 마들렌 성당이었다. 이 결혼에 대해 사람들은 말이 많았지만 정확한 내막을 아는 사람은 없었다. 여러 가지 서로 다른 말들이 돌았다. 뒤 루아가 아가씨를 꾀어내 달아났었다고 쑥덕거리기도 했지만 확실한 것은 아무것도 없었다.

하인들의 말에 따르면, 두 사람의 결혼이 정해지던 그날 왈테르 부인은 밤 12시에 딸을 수도원에 보내놓고는 화가 나서 독약을 먹었다고 했다. 그녀는 지금도 사윗감인 뒤 루아한테 절대 말을 하지 않는다고도 했다.
 왈테르 부인은 하인들에게 발견됐을 때 다 죽어가는 상태였다. 그리고 분명 아직까지도 다 낫지 않았다. 이제 왈테르 부인은 완전히 늙은 여자의 모습이었다. 머리도 하얗게 세어버렸다. 그리고 그녀는 신앙에 빠져 일요일마다 영성체를 했다.
 9월 초 《라 비 프랑세즈》는 뒤 루아 드 캉텔 남작이 편집장이 되었음을 알렸다. 왈테르는 그대로 사장 직함을 지니기로 했다.
 그리고 전통 있고 평판 좋은 유력 신문사에서 시평을 쓰던 기자들, 사회면 기자들, 정치면 기자들, 그리고 미술과 공연 비평을 쓰는 기자들까지, 많은 사람들이 돈의 힘으로 《라 비 프랑세즈》로 옮겨 왔다.
 이제 기자 사회의 원로들, 근엄하고 명망 있는 기자들도 《라 비 프랑세즈》 이야기를 할 때 어깨를 들먹이지 않았다. 《라 비 프랑세즈》가 너무나 빠르게 그리고 완전하게 성공을 거두었기 때문에 창간 초기 까다로운 문필가들이 경멸하는 글을 발표하면서 퍼졌던 나쁜 평판이 다 씻겨 버린 것이다.
 조르주 뒤 루아와 왈테르 가문이 최근에 워낙 세상의 주목을 받았기 때문에, 《라 비 프랑세즈》 편집장의 결혼은 흔히 '파리가 들썩거리는 사건'이라고 부르는 그런 일이었다. 사회면에 이름이 오르내리는 사람들은 모두 그 결혼식에 가보기로 했다.
 결혼식 날은 청명한 가을 날씨였다.
 아침 8시부터 마들렌 성당 관계자들이 총동원되었다. 루아얄 거리를 향해 뻗은 높은 돌계단에 폭이 넓은 붉은 카펫이 깔렸다. 지나가던 사람들이 걸음을 멈추고 바라보았고, 그렇게 해서 성대한 예식 소식이 온 파리 사람들에게 퍼졌다.
 출근길의 사무원, 여직공들, 상점의 점원들이 걸음을 멈추고서 결혼식에 이렇게 큰돈을 쓰는 사람들은 어떤 사람들일까 생각에 잠졌다.

10시경에는 호기심 많은 구경꾼들이 모여들었다. 그들은 식이 바로 시작하지 않나 두리번거리며 잠시 서 있다가는 이내 자리를 떴다.

11시가 되자 순경들이 와서 모여 있는 사람들 사이로 길을 텄다. 시간이 갈수록 인파가 급속히 불어났기 때문이다.

이어 첫 손님들이 왔다. 잘 보이는 자리에 앉으려고 일찍 온 사람들이었다. 그들은 중간 홀을 따라 통로 쪽 좌석에 앉았다.

손님이 점점 많아졌다. 여자들은 비단옷 스치는 소리를 내며 걸었고, 남자들은 사교계의 법도에 맞게, 특히 장소에 어울리도록 더욱 더 근엄한 태도로 걸었다.

서서히 성당 안이 채워졌다. 열어놓은 커다란 정문으로 햇빛이 가득 들어와서 앞쪽 줄에 앉은 손님들한테까지 비쳤다. 안쪽은 조금 어두웠다. 제단에 촛불을 가득 밝혀 노란 빛이 보였지만, 활짝 열린 문에서 들어오는 빛에 비하면 빈약하고 파리했다.

손님들은 아는 사람과 인사를 했고, 서로 손짓을 했고, 각기 무리를 지어 모여 앉았다. 사교계 사람들만큼 예법에 신경을 쓰지는 않는 문인들은 나지막하게 이야기를 나누었다. 그러면서 다들 여자들에게 눈길을 보냈다.

친한 사람이 없는지 두리번거리던 노르베르 드 바렌이 줄지어 늘어선 의사 중간쯤에 있는 자크 리발을 보고 다가갔다.

"어떤가! 영악한 자들이 출세를 하는 법이지!" 노시인이 말했다.

자크 리발은 뒤 루아가 전혀 부럽지 않았다. "잘됐네요. 이제 그자의 앞길을 가로막을 수 있는 건 없겠군요." 그런 다음 두 남자는 누구누구가 왔는지 이름을 대면서 살폈다.

그때 뜬금없이 리발이 물었다. "그 사람 아내는 어떻게 지내는지 아세요?"

노르베르 드 바렌이 빙긋 웃으며 말했다. "안다고 할 수도 있고 모른다고 할 수도 있지. 우선 몽마르트르 근처에 칩거하며 산다는 얘기를 들었네. 하지만…… 그래, 하지만 말이야. 얼마 전부터《라 플륌》에 이전에 포레스티에와 뒤 루아가 쓰던 글과 아주 비슷한 정치 기사들이 나오고 있다네. 장 르 돌이라는 이름으로 말이야. 그 사람은 우리 친구인 뒤 루아와 같은 부류의, 그러니까 똑똑하고 잘생긴 젊은이지. 뒤 루아와 마찬가지로 그의 전 부인을 알게 됐고 말이야. 그래서 난 이런 결론을 내렸네. 그 여자는 초보 기자를 좋아하는 거야. 영원히 그럴 거고. 뭐, 돈도 많을 테니까. 보드렉과 라로슈 마티유가 그냥 그 집을 들락거리기만 했겠는가."

리발이 말했다. "마들렌은 나름 괜찮은 여자예요. 아주 세련되고 또 영악하죠! 알고 보면 꽤 멋진 여자일 겁니다. 그런데 말입니다. 뒤 루아가 어떻게 교회에서 결혼을 하는 거죠? 이미 한 번 결혼했잖아요."

노르베르 드 바렌이 대답했다. "교회는 뒤 루아의 첫 번째 결혼을 인정하지 않는 거네. 그래서 이번에 교회에서 할 수 있는 거지."

"그게 무슨 말이죠?"

"우리의 친구 벨아미는 미처 신경을 못 썼는지 아니면 돈을 아끼려고 그랬는지, 어쨌든 마들렌 포레스티에와 결혼할 때 구청 신고만 하면 된다고 생각한 거네. 교회의 축복은 그냥 넘어간 거지. 그러니까 우리의 성모 성당에서 보자면 마들렌하고는 그저 같이 살았을 뿐이네. 결과적으로 오늘 총각 자격으로 교회에서 성대한 의식을 치를 수 있는 거지. 물론 그 비용은 왈테르가 대고 말이야."

성당의 둥근 지붕 아래 웅성거리는 소리가 점점 더 커졌다. 큰 소리로 얘기하는 사람도 있었다. 유명한 사람이 눈에 띄면 저기 좀 보라며 가리키기도 했다. 이름이 알려진 사람들은 사람들의 시선을 받는 것을 흡족해하며 더욱더 거드름을 피웠다. 행사가 열릴 때마다 스스로 그 자리를 빛내기 위해 꼭 필요한 장식품이나 예술 작품 같은 존재라고 생각하는 그들은 사람들 앞에 나설 때 예의 그 태도를 지키려고 애썼다.

리발이 또 물었다. "그런데 말입니다. 왈테르 사장 집에 자주 들락거리시니까, 혹시 아십니까? 정말로 왈테르 부인하고 뒤 루아가 말을 안 합니까?"

"절대 안 하네. 왈테르 부인은 끝까지 이 결혼을 반대했다더군. 하지만 뒤 루아가 모로코에 묻어놓은 시체를 끄집어내서 왈테르를 꼼짝 못하게 한 거지. 그러니까 그 일을 다 까발리겠다고 사장을 협박했다더군. 왈테르는 라로슈 마티유가 어떤 꼴이 됐는지 생각했을 거고 그대로 항복해 버린 거지. 하지만 왈테르 부인은 절대로 사위한테 말을 하지 않겠다고 맹세했다더군. 그래서 둘이 같이 있으면 아주 기가 막힌다네. 왈테르 부인은 조각상처럼 앉아 있거든. 그야말로 복수의 여신상이지. 그러니 뒤 루아는 상당히 거북해하지. 물론 끝까지 침착하지만……. 원래 처신에 능한 인간이니까."

동료들이 다가와서 악수를 했다. 정치 이야기도 들렸다. 그리고 성당 밖에 모여 있는 사람들이 떠드는 소리가 흡사 먼 바다의 파도 소리처럼 햇빛과 함께 안으로 들어왔다. 그 소리는 조금 더 조심스럽게 웅성거리는 상류사회 손님들의 머리 위로 날아가 둥근 천장까지 닿았다.

그때였다. 문시기가 갑자기 손에 든 미늘창의 나무로 돌바닥을 세 번 두드렸다. 모두들 뒤를 돌아보았다. 드레스 스치는 소리, 의자 끄는 소리가 났다. 환하게 빛나는 입구 쪽에서 아버지의 팔짱을 낀 신부가 나타났다.

그녀는 여전히 인형 같았다. 머리에 오렌지꽃을 꽂은 탐나도록 아름다운 순백의 인형이었다.

신부는 입구에서 잠깐 멈췄다가 성당 안으로 발길을 옮겼다. 오르간의 금속성 소리가 요란하게 울려 퍼지면서 신부 입장을 알렸다.

고개를 숙이고 걸음을 옮기는 쉬잔은 수줍은 기색이라기보다는 약간 흥분한 얼굴이었고, 자그마하게 만들어놓은 인형처럼 예쁘고 사랑스러운 신부의 모습이었다. 쉬잔이 지나가는 것을 보면서 여자들은 빙그레 웃음 띤 얼굴로 조그맣게 이야기를 나누었고, 남자들은 "굉장해! 사랑스럽군!" 하고 숙덕거렸다. 왈테르는 안경을 코 위에 똑바로 걸고 조금 창백한 얼굴로 지나칠 정도로 위엄 있게 걸었다.

그 뒤로 똑같이 핑크색 드레스를 입고 하나같이 예쁜 들러리 소녀 네 명이 보석 같은 여왕을 모시며 따라왔다. 또 역할에 딱 맞게 역시 잘 고른 들러리 남자아이들이 발레 선생한테 배운 것 같은 발걸음으로 따라왔다.

이어 왈테르 부인이 또 다른 사위의 아버지인 일흔두 살의 라투르 이블랭 후작에게 팔을 맡기고 걸어왔다. 하지만 그녀는 걷는 것이 아니라 한 걸음 옮길 때마다 당장이라도 쓰러질 듯 몸을 끌었다. 발바닥이 바닥에 달라붙어 다리를 움직일 수 없었고, 몸을 던져 도망치는 짐승처럼 심장이 세차게 고동치는 것 같았다.

왈테르 부인은 눈에 띄게 여위었다. 하얗게 세어버린 머리 때문에 더 창백하고 수척해 보였다.

그녀는 아무도 쳐다보지 않기 위해서, 그리고 어쩌면 고통을 불러오는 것들만을 생각하기 위해서, 앞만 보고 걸었다.

이어 뒤 루아가 누군지 알 수 없는 늙은 부인과 함께 나타났다.

뒤 루아는 고개를 들고 눈썹을 조금 찡그리며 잔뜩 긴장한 눈으로 앞만 쳐다보며 걸었다. 입술 위의 콧수염도 날카롭게 곤두선 것 같았다. 뒤 루아는 정말 미남이었다. 날씬한 허리와 쭉 뻗은 다리가 자신만만해 보였다. 옷매무새도 훌륭했고, 레지옹 도뇌르 훈장의 리본이 핏방울처럼 붉게 달려 있었다.

그 뒤로 일가친척들이 들어왔고, 로즈와 상원 의원 리솔랭이 보였다. 로즈는 육 주 전에 결혼을 했다. 라투르 이블랭 백작은 페르스뮈르 자작 부인과 함께 들어왔다.

 이어 뒤 루아의 동료와 친구들이 기이한 행렬을 이루며 들어왔다. 뒤 루아가 이미 새 가족에게 소개시킨 이 사람들은 파리의 어중간한 사교계에서 이름이 난, 만나자마자 절친한 사이가 될 수도 있고 또 때에 따라 벼락부자의 먼 친척이 되기도 하는 그런 자들이었다. 그보다 더 심한 부류는 몰락했거나 파산한 아니면 이름에 먹칠을 한 귀족들로, 개중에는 이미 결혼을 한 사람들도 있었다. 그렇게 벨비뉴 씨, 방졸랭 후작, 라브넬 백작 부부, 라모라노 공작, 크라발로프 대공, 발레알리 기사 등이 지나갔다. 이어 왈테르가 초대한 사람들, 즉 게르슈 대공, 페라신 공작 부인, 아름다운 된 후작 부인이 보였고, 왈테르 부인의 친척 몇 명도 시골의 명사다운 품위를 지켜가며 행렬에 섞여 있었다.

 오르간 소리는 계속 울려 퍼졌다. 풍부한 성량으로 인간들의 기쁨과 슬픔을 하늘에 전하는 악기가 요란한 음악 소리를 거대한 성당 안으로 쏟아냈다.

 이제 뒤 루아는 환하게 불 밝힌 제단 앞에 아내와 나란히 무릎을 꿇었다. 새로 탕헤르의 주교로 임명된 사제가 이들을 신의 이름으로 영원히 하나가 되게 하기 위해서 머리에 주교관을 쓰고 손에 홀(笏)을 들고 제의실에서 나왔다.

 사제는 전례에 따라 질문을 했고, 반지를 교환하게 했고, 신랑과 신부를 쇠사슬처럼 단단하게 하나로 엮어주는 기도를 했다. 그런 다음에는 그들에게 기독교적인 훈화를 늘어놓았다. 특히 한참 동안 화려한 말로 부부간의 정절에 대해 말했다. 주교는 키가 크고 몸집이 큰 사람으로, 배가 나온 것을 위엄으로 아는 그런 부류의 고위 성직자였다.

 그때 어디선가 흐느끼는 소리가 들렸다. 사람들이 고개를 돌렸다. 왈테르 부인이 두 손으로 얼굴을 감싸고서 울고 있었다.

그녀는 이 결혼을 받아들일 수밖에 없었다. 다른 방법이 없지 않은가? 하지만 집으로 돌아온 딸의 키스를 거부하고 방에서 쫓아내버린 그날 이후, 그리고 다시 자기 앞에 나타나서 나지막한 목소리로 정중하게 인사를 하는 뒤 루아에게 "당신같이 비열한 사람은 본 적이 없습니다. 앞으로 절대 나한테 말하지 마세요. 절대 대답하지 않을 겁니다!"라고 말한 그날 이후, 왈테르 부인은 받아들일 수 없고 달랠 수 없는 끔찍한 고통에 몸부림쳤다. 그녀는 미치도록 쉬잔이 미웠다. 격앙된 정념과 가슴을 갈가리 찢는 질투가 뒤섞인 증오심이 그녀를 놓아주지 않았다. 그것은 어머니의 질투인 동시에 연인의 질투로, 그 누구에게도 고백할 수 없는, 벌어진 상처처럼 너무나 아프고 가혹한 질투였다.

지금 사제가, 교회에서, 이천 명을 앞에 두고, 그녀가 보는 앞에서, 그녀의 딸과 그녀의 연인을 맺어주고 있다! 그런데도 아무 말도 할 수 없다! "저 남자는 내 겁니다. 내 정부입니다. 지금 축복을 내리는 이 결혼은 그야말로 파렴치한 결혼입니다!" 하고 외칠 수는 없지 않은가.

몇몇 여자들이 측은해하며 중얼거렸다. "가엾게도 어머니가 너무 속상한가 보네요."

주교가 낭송하듯 말했다. "두 분은 최고의 부와 명예를 누리는 세상에서 가장 행복한 사람들입니다. 신랑은 그 누구보다도 뛰어난 능력을 지녔고, 글을 쓰고 사람들에게 가르침을 주고 조언을 해주고 길을 일러줍니다. 그러므로 막중한 사명을 띠고 있으며, 주위의 본보기가 되어야 합니다······."

주교의 말을 듣는 동안 뒤 루아는 자만심에 취했다. 로마 교회의 고위 성직자에게 이런 말을 듣다니! 그는 등 뒤에 파리의 저명인사들이 자기를 위해 모여 있다는 것도 느꼈다. 알 수 없는 어떤 힘이 그를 들어 올리는 것 같았다. 캉틀뢰 농부의 아들이던 그가 이제 지상의 지배자 반열에 오른 것이다.

문득 뒤 루아는 루앙의 넓은 계곡 위 언덕 꼭대기에 자리 잡은 초라한 식당에서 시골 사람들에게 술을 팔고 있는 아버지와 어머니의 모습을 떠올렸다. 부모님한테 오만 프랑을 보내야겠다. 작은 땅을 살 수 있으리라. 두 분은 무척 좋아하고 행복하게 사실 것이다.

드디어 주교가 길고 긴 설교를 끝냈다. 황금빛 스톨라[51]를 걸친 사제가 제단 위로 올라갔다. 오르간에서 새로 부부가 된 두 사람의 영광을 기리는 노래가 흘러나왔다.

파도처럼 거대하게 이어지는 음악 소리가 어찌나 우렁찬지 성당의 지붕을 밀어 올려 날려 버리고는 푸른 하늘로 퍼져 나갈 것 같았다. 그 떨리는 소리는 성당 안을 가득 채우고 사람들의 몸과 영혼을 떨리게 했다. 그러다가는 갑자기 조용해져서 가냘픈 음조가 공중에 떠다니며 가벼운 산들바람처럼 귀를 간질였다. 귀엽고 가녀린 노랫소리는 경쾌하게 날아다녔다. 하지만 그렇게 잔뜩 멋을 부리던 음악은 또 한순간 갑자기 마치 작은 모래 알갱이가 거대한 세계가 되듯이 엄청나게 강하고 넓은 소리가 되어 퍼져 나갔다.

이어 사람의 목소리가 올라오며 고개 숙인 사람들의 머리 위로 퍼져 나갔다. 오페라 극장의 보리와 랑덱이 노래를 시작한 것이다. 향로에서는 부드러운 안식향이 풍겼고, 제단 위에서는 성스러운 제의가 끝나 가고 있었다. 사제의 부름에 응답한 신의 아들 그리스도가 지상으로 강림하여 조르주 뒤 루아 남작의 승리를 축성하였다.

쉬잔 곁에 꿇어앉은 벨아미는 고개를 숙였다. 그 순간만은 분명 신앙심이 샘솟았고, 종교적인 인간이 되었다. 뒤 루아는 자기에게 이토록 큰 은혜를 베풀어주고 자기를 존중해 주는 하느님에게 진심으로 감사했다. 자기가 감사하고 있는 하느님이 정확히 어떤 존재인지는 알지 못했지만 어쨌든 한없는 감사의 인사를 바쳤다.

의식이 끝나자 뒤 루아는 일어서서 아내에게 팔을 내밀었다. 신혼

부부는 제의실로 갔고, 이어 예식에 참석한 사람들이 길고 긴 줄을 이루어 그들 앞을 지나갔다. 기쁨이 벅차오른 뒤 루아는 백성들의 갈채를 받는 왕이 된 기분이었다. 그는 악수를 했고, 별 뜻 없는 말을 중얼거렸고, 인사를 했고, 축하의 말에 답했다. "정말 감사합니다."

그때였다. 뒤 루아의 눈에 드 마렐 부인이 보였다. 그리고 바로 그 순간, 그녀에게 주었고 또 그녀에게서 받은 수많은 키스의 기억이, 함께한 애무의 기억이, 다정한 순간들의 기억이, 그녀의 목소리와 입술의 맛이 떠올랐다. 동시에 그녀를 다시 갖고 싶다는 욕망이 핏속에 끓어올랐다. 어린 계집애 같은 모습에 눈이 생기발랄한 드 마렐 부인은 무척이나 예쁘고 우아했다. 뒤 루아는 마음속으로 생각했다. '정부로는 아주 매력적인 여자야.'

드 마렐 부인은 조금 수줍어하며 약간 겁먹은 듯한 얼굴로 다가와 손을 내밀었다. 뒤 루아는 그 손을 잡고 바로 놓지 않았다. 그는 여자의 손가락이 조심스레 무언가를 전하고 있음을 느꼈다. 분명 그 손은 가볍게 힘을 주면서 이미 다 용서했고 다시 받아주겠다고 말하고 있었다. 뒤 루아 역시 "당신을 사랑하오. 난 영원히 당신의 것이오." 하고 말하려는 듯 그녀의 자그마한 손을 잡은 손에 힘을 주었다.

그들의 눈길이 마주쳤다. 미소를 띠고 반짝거리는 두 사람의 눈에는 사랑이 가득 담겨 있었다. 드 마렐 부인이 아름다운 목소리로 말했다. "곧 만나 뵐게요."

뒤 루아가 밝은 목소리로 대답했다. "곧 만나 뵙겠습니다, 부인."

드 마렐 부인은 멀어졌다.

이어 다른 사람들이 밀어닥쳤고, 끝없는 사람들의 물결이 그의 앞을 흘러갔다. 한참 후에야 조금 뜸해졌다. 드디어 마지막 손님까지 다 지나갔다. 뒤 루아는 아내의 팔을 잡고 다시 성당으로 들어갔다.

성당 안은 사람으로 가득했다. 손님들이 신랑 신부가 지나가는 것을 보기 위해 모두 자리로 돌아가 앉아 있었던 것이다. 뒤 루아는 고개를 들고 해가 비치는 정문 쪽을 바라보며 천천히 조용한 발걸음을 옮겼다. 그는 살갗 위로 전율이 흐르는 것을 느꼈다. 주체할 수 없을 정도의 행복이 닥칠 때 사람들에게 찾아오는 차가운 전율이었다. 그의 눈에는 아무도 보이지 않았다. 머릿속에도 오직 자기 자신 생각뿐이었다.

밖으로 나오니 성당 앞에도 사람들이 가득 모여 있었다. 바로 그를, 조르주 뒤 루아를 보려고 군중들이 시커멓게 몰려와 시끌벅적하게 모여 있었다. 파리 사람들 모두가 그를 바라보며 부러워하고 있었다.

잠시 후 고개를 든 뒤 루아의 눈에 저 멀리 콩코르드 광장의 하원의사당이 보였다. 그는 마들렌 성당의 문에서 팔레 부르봉의 문까지 단숨에 뛰어 넘어갈 것 같았다.

뒤 루아는 양쪽으로 울타리처럼 둘러싼 구경꾼들 사이로 긴 계단을 천천히 내려갔다. 하지만 그의 눈에는 사람들의 얼굴은 하나도 보이지 않았다. 그의 생각은 과거로 돌아가 있었고, 햇빛에 부신 눈에는 거울 앞에 앉아 관자놀이 위의 곱슬머리를 매만지던 드 마렐 부인의 모습이 아른거렸다.

작품해설

『벨아미』, 타락한 시대의 교양소설

윤진

　　모파상(Guy de Maupassant)은 1850년 노르망디인 아버지와 역시 노르망디인 어머니 사이에서 태어났다. 하급 귀족 가문 출신이던 아버지는, 『벨아미』의 주인공 뒤루아가 그랬듯이, 대혁명 이후 가문 이름에서 사라졌던 귀족 표시 '드(de)'를 약혼녀의 요구로 다시 쓰기 시작했다. 하지만 이들의 결혼은 행복하지 못했고, 결국 부모의 이혼 이후 모파상은 어머니와 함께 노르망디 해안의 작은 마을 에트르타에서 유년 시절을 보내게 된다. 열세 살 때 입학한 신학교에서는 억압적인 분위기에 적응하지 못해 퇴학당하고, 이후 루앙 고등학교를 거쳐 파리에서 법학을 공부했다. 이즈음 어머니, 외삼촌과 절친한 사이이던 플로베르의 지도로 문학 수업을 시작하게 된다. 사실 모파상의 인생에서 플로베르는 문학적 스승을 넘어 부재하는 아버지를 대신하는 존재였다.(심지어 몇몇 전기 작가들은 모파상이 플로베르의 사생아라고 주장하기까지 했다.) 이후 모파상은 1870년 프랑스와 프러시아의 전쟁이 발발하자 자원입대하여 전장에서 참혹한 패전을 겪었고, 해군부와 교육부 등에서 공무원 생활을 하면서 글을 쓰기 시작했다. 젊은 시절 심취했던 쇼펜하우어의 철학이 그의 문학 속에 나타나는 비관적 세계의 바탕을 이룬다면, 이렇게 직접 겪은 어두운 사건들, 즉 부모의 불행한 결혼과 아버지의 부재, 패전의 치욕, 공무원 생활의 권태 등은 그 바탕을 채우는 주제로 등장하게 된다.

플로베르를 통해 여러 작가들, 특히 에밀 졸라를 알게 된 모파상은 '메당' 모임에도 합류하면서(『목로주점』의 성공으로 큰돈을 번 졸라가 파리 근교 메당에 마련한 집이 자연주의 문학의 본거지가 되었다.) 본격적으로 문학의 길로 들어서게 된다. 이내 프랑스–프러시아 전쟁을 주제로 한 작품집 『메당의 저녁』에 발표한 「비곗덩어리」(1880)가 큰 성공을 거두었고, 그는 직장을 그만두고 글쓰기에 전념할 수 있게 된다. 이후 약 10여 년 동안 모파상은 평생을 괴롭힌 매독의 고통, 특히 그로 인한 눈병에도 불구하고 정력적인 작품 활동을 했고, 『텔리에 집』(1881), 『피피 양』(1882), 『두 친구』(1883), 『어느 인생』(1883), 『벨아미』(1885), 『목걸이』(1885), 『피에르와 장』(1888) 등 약 삼백여 편의 소설을 써냈다. 모파상의 작품들은 인간 내면에 파고드는 특유의 냉정한 묘사로 독자들의 사랑을 받았지만, 이즈음 그는 매독으로 인한 신경쇠약이 시작돼 극심한 고통에 시달리게 된다. 그가 방랑벽에 가까울 정도로 충동적인 여행을 즐기고 때로는 요트—이름이 '벨아미'호였다.—를 타고 항해를 떠난 것 역시 병으로부터 도피하기 위한 수단이었을 것이다. 결국 모파상은 1892년 자살을 시도하고, 이듬해 마흔세 살의 이른 나이로 정신병원에서 사망한다.

소설이란 어떤 방식으로든 작가의 개인적 이력을 담아내게 되지만, 특히 『벨아미』는 모파상의 개인적 요소가 많이 반영된 작품이다. 무엇보다도 주인공 조르주 뒤루아는 모파상 자신의 부(富)를 향한 욕망과 여성 편력을 그대로 닮고 있다. 사실 모파상이 작품 활동을 통해 큰돈을 벌 수 있었던 것은 당시의 문학작품, 특히 소설의 유통 구조와 밀접한 관련이 있다. 새로이 형성된 부르주아 시민사회와 자본주의의 만남은 신문이라는 대중 매체의 급격한 성장을 가져왔고, 그와 함께 신문 연재소설이 발전하게 되었다. 특히 모파상이 많은 글을 발표한 《르 골루아》, 《르 질블라스》 등은 뉴스 보도라는 본래의 사명보다는 독자들이 좋아할 만한 단편들을 싣는 데 주안점을 둔 신문들이었다. 또한 상인(商人) 정신으로 유명한 노르망디 사람답게 모파상은 사업 수완을 발휘하여 부동산으로도 큰돈을 벌었다. 여자 문제 역시 "모든 여자를 사랑하기에 한 여자를 사랑할 수 없다!"며 "색광증 환자"라 불릴 정도로 여자에 탐닉한 그는 19세기 파리의 예술가들 중에 툴루즈 로트렉과 함께 파리 사창가의 최고 고객으로 꼽힌 것으로 유명하다. 「비곗덩어리」, 「텔리에 집」, 「피피 양」 등 초기작들이 창녀들을 소재로 한 이야기인 것은 우연이 아니며, 이후 성공을 거두고 상류사회에 발을 디딘 후에도 사창가가 상류층 여인들의 살롱으로 바뀌었을 뿐, 여자는 욕망의 대상일 뿐이라는 그의 생각은 변하지 않았다. 여기에는 감춰진 일화가 있다. 고등학생 시절 파리 출신의 아름다운 여자에게 반해 연애시를 써주고 기대에 부풀어 답장을 기다리던 모파상이 그녀가 다른 청년들에게 자기 편지를 읽어주며 장난을 치는 것을 보고 큰 상처를 받았다고 한다. 그는 이 일로 "여자란 비단옷과 레이스 속에 감추어진 거짓말이며, 화장으로 가린 위선일 뿐"라는 믿음을 갖게 되었고, 이는 아내 마들렌을 의심하며 "여자들이란 모두 창녀일 뿐이다. 그냥 써먹고 말아야지, 절대 진심을 내어주면 안 된다."라고 말하는 『벨아미』 주인공의 믿음이기도 하다. 결국 여자를 이용해 저돌적으로 부와 명예를 추구하는 뒤루아의 얼굴은 모파상 자신의 얼굴이다. 캐리커처에 능한 공쿠르 형제가 모파상을 '노르망디의 황소'라 부른 것도 이 때문이 아니었을까?

사실 모파상-뒤루아의 출세를 향한 욕망은 정신적 혼란과 경제적 풍요가 공존하던 19세기 프랑스 사회의 시대적 욕망이기도 하다.

대혁명 이후 급진적 자유주의와 보수적 가치가 공존하던 정국의 불안은 프로이센과의 전쟁에서 참패하면서 극에 달했고, 이후 왕당파, 오를레앙파, 보나파르트파, 공화파, 급진파 등이 힘겨루기를 하던 제3공화국 시기는 일차대전이 일어나기 전까지 약 40년 동안에만 자그마치 49개의 내각이 난립할 정도였다. 그러나 역설적으로 이 시기는 앞선 제2제정 시대에 시작된 경제적 번영이 꽃피어난 '벨에포크(belle époque)'를 눈앞에 두고 있었으며, 특히 북아프리카 식민지 쟁탈전은 파리 부르주아들의 탐욕에 부채질을 하는 도박판과도 같았다. 이런 상황에서 사전허가제 대신 언론 출판의 자유를 보장한 법안이 1881년 통과되면서 급속도로 늘어난 파리 신문들은 경제, 정치와 유착하면서 제3공화국 내각과 금융시장의 부침에 중요한 역할을 했다. 『벨아미』에 등장하는 모로코를 둘러싼 일확천금 이야기는 실제 1881년의 튀니지 침공 때 일어났던 프랑스 주식시장의 혼란을 모델로 한 것이다. 이처럼 현실에 대한 암시가 가득하고 신문 세계의 치부를 적나라하게 드러낸 『벨아미』는 출간 당시 소설 속 인물들을 현실 속에서 찾으려는 독자-비평가들의 호기심을 자극했고(그래서 『벨아미』의 판본들은 대부분 이런 내용의 편집자 주를 담고 있다.), 동시에 분노한 기자들의 공격을 피할 수 없었다.

『벨아미』는 노르망디 시골 출신의 청년으로 파리 사교계에 와서 '미남 친구'라는 뜻의 별명 '벨아미'로 불리게 된 조르주 뒤루아의 이야기이다. 2부로 나뉜 이야기는 뒤루아가 잘생긴 얼굴을 무기로 여인들의 마음을 얻고, 그것을 밑천 삼아 한 단씩 계급의 사다리를 올라가는 약 3년의 여정을 따라간다. 1부는 가난한 농부의 아들 '뒤루아'의 이야기이다. 처음 뒤루아는 『적과 흑』의 주인공 쥘리앵 소렐처럼 군인이 되고자 했다. 하지만 나폴레옹이 몰락한 왕정복고 시대가 쥘리앵 소렐의 출세욕을 군인이 아닌 성직자로 향하게 했다면,

뒤루아의 시대는 성직자의 지위마저 힘을 잃은 시대, 자본을 힘으로 하는 부르주아와 관료 그리고 언론인 계급이 사회를 장악하고 있는 시대였다. 결국 가진 것이라고는 매력적인 외모와 야심 그리고 본능적 생존력밖에 없는 뒤루아가 군대를 포기하고 파리의 정글 속에 뛰어드는 것은 당연한 일이다. 2부는 본격적으로 파리 사교계에 들어간 '뒤루아'가 귀족 '뒤 루아'가 되고, 마침내 '뒤 루아 드 캉텔 남작'이 되는 이야기이다. 원래 귀족을 나타내는 '드(de)'라는 칭호는 국왕이 내려주는 것으로 언제라도 국왕이 부르면 전쟁터에 나가서 봉사해야 한다는 것을 뜻했다. 귀족들은 본래 자신의 영지와 국가를 수호하기 위한 전사들이었던 것이다. 그러나 뒤루아는 벼락출세한 평민이 족보를 사듯이 스스로 이름 앞에 '드'를 붙여 신분을 꾸며내고, 자신의 부를 위해 정치를 꿈꾼다. 무엇보다도 그는 귀부인에게 전사의 명예를 바치는 대신 귀부인을 미끼로 신분 상승을 꾀한다. (영예로운 전쟁 대신 우스꽝스러운 결투를 하기도 한다.) 『벨아미』는 귀족이라는 고귀한 피를 향한 로망스인 동시에 몰락한 귀족에 대한 패러디인 것이다.

뒤루아의 여성 편력에는 전부 다섯 명이 등장한다. 1부에 등장하는 것은 창녀 라셸과 드 마렐 부인, 그리고 그를 파리 사교계에 입문시켜 준 친구 포레스티에의 아내이자 나중에는 그의 아내가 되는 마들렌이고, 2부에서는 뒤루아에게 빠져 인생을 망치는 순진한 유부녀 왈테르 부인과 그 딸 쉬잔 왈테르가 중심을 이룬다. 이 여인들 중 가장 흥미로운 인물은 마들렌이다. 드 마렐 부인이 자유로운 보헤미안으로 뒤루아의 진정한 짝이라면(그녀는 창녀 라셸과 같은 종족이면서도 뒤루아가 바라는 "더 좋은" 것, 즉 신분을 가진 여인이며, 실제 신분의 절정에 오른 마지막 장면에서도 뒤루아는 드 마렐 부인을 떠올린다.), 마들렌은 신분이 지배하는 사회, 남성이 지배하는 사회에서 나름의 방식으로 저항하며 생존하는 여인이다. 뒤루아의 출세를 사실상 주도하는 마들렌은 하지만 뒤루아와 달리 돈에는 오히려 초연해 보인다. 그녀가 원하는 것은 남자들에게 주어진 일(그녀는 기자가 되고 싶어 한다!) 그리고 신분의 고귀함이다. 자신의 유산을 탐내던 뒤루아를 경멸하던 그녀가 다시 다정한 눈빛으로 남편을 쳐다보는 것은 바로 그에게서 '남작'이라는 신분을 향한 욕망을 보았을 때이며, 마찬가지로 드 마렐 부인에 대한 경쟁심 역시 사랑의 질투 때문이 아니라 그녀가 가진 '드'라는 칭호 때문이었을 것이다. 작품 속에 끝내 드러나지 않는 그녀와 보드렉 백작과의 관계는 어쩌면 남편인 뒤루아가 믿고 있는 것처럼 연인 사이가 아니라, 부녀 관계였을지도 모른다. 간통 현장을 들켰을 때조차 동요하지 않는 그녀가 유일하게 흔들린 순간은 '아버지 같던' 보드렉 백작이 죽었을 때가 아닌가. 친부였든 아니든, 적어도 마들렌은 보드렉을 통해 귀족의 '사생아'가 될 수 있었고, 이 점에서 마들렌은 뒤루아를 닮았다.

  이에 비해 가장 가련한 희생자는 연인이 자기 딸과 결혼하는 것을 지켜봐야 했던 왈테르 부인이다. 순진한 귀부인이 사랑에 빠져 전락한다는 것은 한 세기 전의 소설인 『위험한 관계』의 투르벨 부인을 닮았지만, 발몽의 시선과 뒤루아의 시선의 차이 때문에 왈테르 부인의 사랑은 투르벨 부인의 사랑과 달리 추하게 그려져 있다. 사실 이 대목에서 부와 명예를 위한 뒤루아의 노력은 극적이고 잔인하기까지 하다. 어쨌든 일 넌에 친오백 프랑의 월급을 받으며 가난을 벗어나길 꿈꾸지만 여전히 고향 노르망디를 그리워하고 부모를 생각하던 시골 청년 뒤루아는, 소설의 후반부에 이르면 그야말로 사교계의 욕망 게임에 몸을 던진 타락한 젊은이가 된다. 마들렌이 보드렉 백작에게 받은 유산의 절반 오십만 프랑을 가로채고 행복해하던 그는 장관 라로슈 마티유와 사장 왈테르가 자기를 빼돌리고 수천만 프랑을 벌어들이자 스스로 "가난한 거지"가 된 것같이 괴로워한다. 그가 마들렌과 장관의 간통 현장을 덮쳐 이혼을 얻어내고 치밀한 계획으로 사장의 딸 쉬잔과의 결혼을 얻어낸 것은 일차적으로 신분 상승의 실현이기도 했지만 동시에 자기를 배반한 두 남자에 대한 복수이기도 했을 것이다. 그렇게 해서 소설은 온 파리 사람들의 부러움을 받으며 마들렌 성당에서 결혼식을 올린 '뒤 루아 드 캉텔 남작'이 성당 밖으로 나서는 '승리'의 순간으로 끝을 맺는다.

    벨아미는 세계와의 대결에서 승리했는가? 『적과 흑』의 쥘리앵 소렐이 그래도 "타락한 시대에 타락한 방식으로 진정한 가치를 추구하는 문제적 주인공"의 성격을 지니고 있다면, 『벨아미』의 뒤루아는 『고리오 영감』의 라스티냐, 『감정 교육』의 프레데릭에 더 가까운, 하지만 이들보다 훨씬 더 "타락한 방식으로 타락한 가치를 추구하는 사생아"라고 할 수 있다. 추구해야 할 진정한 삶의 가치가 없기에 근심과 방황은 있으나 고뇌와 절망은 없다. 다시 말해서 문제적 주인공은 패배하거나 또는 패배 속에서 승리하지만, 문제 없는 주인공은 권모술수를 통해 승리하더라도 결국은 패배할 수밖에 없는 것이다. 이 점에서 우리는 『벨아미』를 '타락한 시대의 교양소설'이라고 부를 수 있을 것이다. 마찬가지로 쥘리앵 소렐이 레날 부인에 대한 사랑을 깨닫고 구원의 가능성을 제시하는 극적인 반전을 이루는 것과는 대조적으로 뒤루아에게 남게 될 유일한 여인은 오로지 관능적 욕구로만 존재하는 드 마렐 부인이며, 따라서 반전의 가능성은 희미해진다. 이점에서 뒤 루아의 이야기는 타락한 시대에 타락한 가치를 추구하는 '문제적이지 못한' 주인공이며, 그의 모험은 남성들의 은밀한 욕망을 반영하는 돈 후안 신화의 반복이다. 어렸을 때 아버지에게 버림받고 첫사랑의 쓰라린 시련으로 인해 구원의 여성에 대한 희망을 송두리째 날려버린 '노르망디의 황소'가 이 세상과 대결하는 방식은 결국 벨아미의 그것이 아니겠는가?

옮긴이 주

1부

1) 수(sou)는 구체제하에 사용되던 화폐의 단위이나, 1940년대까지 5상팀짜리 동전을 1수, 5프랑짜리 동전을 100수라고 불렀다.
2) 파리 서쪽 에투알 광장에서 불로뉴 숲으로 난 길.
3) 19세기 파리는 카페, 공연용 극장들의 전성기였다. 특히 전통적으로 파리의 중심부이던 오페라, 루브르의 서쪽에 위치한 카퓌신 대로는 '아메리캥', '나폴리탱' 등의 큰 카페와 '보드빌 극장'이 있는 새로운 문화의 중심지였다.
4) 루이(louis)는 루이 14세의 초상이 새겨진 구체제의 화폐이고, 이후 나폴레옹 때부터 1차 대전 때까지 나폴레옹 초상을 새긴 금화가 같은 가치(20프랑)로 사용되었다.
5) 북아프리카 알제리 지역의 아랍족.
6) 18세기 말에 세워진 극장으로 주로 춤과 노래를 곁들인 가벼운 통속 희극인 보드빌을 공연했다. 1866년 카퓌신 대로로 옮겨 왔다.
7) 파리 서쪽 베르사유 북쪽에 위치한 도시.
8) '라 비 프랑세즈(La vie française)'는 '프랑스의 삶'이란 뜻이다. 19세기 초 신문에 대한 사전 허가제가 폐지되면서 파리 지역의 일간지 수가 급속히 늘어났다. 《르 살뤼》, 《라 플라네트》, 《르 피가로》, 《르 질블라스》, 《르 골루아》, 《레벤망》, 《르 라펠》, 《르 시에클》, 《라 랑테른》, 《르 프티 파리지앵》 등은 모두 이 소설에 등장하는 파리 신문들의 이름이다.
9) 1845년 프랑스 정부가 설립한 회사로, 파리에서 벨기에 국경에 이르는 북쪽 지역의 철도선을 관리했다. 후에 프랑스 철도청(SNCF)으로 통합된다.
10) 지중해 연안 이탈리아 국경 지역에 위치한 프랑스의 도시.
11) 파리 8구에 있는 공원.
12) 19세기 파리의 음악가. '파리 카니발' 때 무도회를 주최했다.
13) 파리 9구에 있는 뮤직홀, 공연 극장.
14) 이탈리아 극단의 공연장. 17세기 초 파리에서 공연을 시작한 이탈리아 극단들

은 19세기까지 여러 곳을 옮겨 다녔고, 1841년부터는 이들이 파리 2구의 극장 '살 방타두르'에 자리를 잡으면서, 방타두르가 '이탈리앵'이 되었다.
15) 파리의 감옥.
16) 파리의 병원. 성병에 걸린 여자들이 치료받던 곳이다.
17) 피부색이 짙고 머리칼과 눈동자가 갈색인 백인 여자를 지칭하는 표현.
18) 베르베르 족이 10세기경 사하라 사막 북쪽 가르다이아 계곡에 세운 도시. 정통 이슬람 교리에 충실한 공동체 생활을 했다.
19) 프랑스의 식민지 군대 중 하나로, 알제리에 파견된 기병이다.
20) 요하니스베르크산 독일 리슬링 와인.
21) 네덜란드의 도시.
22) 파리 생라자르에서 출발하는 서부 철도역으로, 주로 화물 운송을 위한 기차역으로 사용되었다.
23) 파리 서쪽 근교의 도시.
24) 프랑스와 프러시아 간의 전쟁을 말한다. 1870년 겨울 프로이센군은 파리를 포위했고, 도시 전체가 봉쇄되면서 파리 시민들은 극심한 식량난을 겪게 된다.
25) 알제리의 수도.
26) '전망이 좋은 곳'이라는 뜻.
27) 아르장퇴유, 사누아는 파리 북서쪽의 교외 지역이다. 오르주몽 제분소는 아르장퇴유의 오르주몽 언덕에 있다.
28) 남미산 풀인 토근(ipecacuanha)을 말한다. 토사제나 하제(下劑)로 사용된다.
29) 알제리 북서부의 도시.
30) 이베리아 반도와 북아프리카에 살던 이슬람 부족을 지칭하던 말.
31) 사이다, 아인엘아자르는 알제리 북부 지역이다.
32) 몸체에 끈으로 공을 매단 기구를 사용해서 공을 튕겨 구멍으로 넣거나 뾰족하게 튀어나온 부분에 꽂히게 하는 놀이.
33) 두 사람이 하는 카드 게임의 일종.
34) 인도의 독립 영주, 대지주 귀족.
35) 부르봉 왕가의 오를레앙 가계를 내세워 입헌군주제를 지지한 정파. 루이 14세의 동생인 오를레앙 공작 필리프의 후손이다.
36) 샤토 마르고는 고급 보르도 포도주이고, 아르장퇴유는 값이 싼 포도주이다.
37) 벨기에의 항구도시.
38) '살찐 간'이라는 뜻으로, 거위나 오리의 간에 밀가루 반죽을 입혀 오븐에서 구

우낸 요리.

39) '잘생긴 친구, 멋진 친구'라는 뜻으로 이 소설의 제목이기도 하다.
40) 원래는 petit bleu, 즉 작은 파란색이란 뜻이다. 파란색 봉투를 사용한 속달우편을 지칭한다.
41) 마렐 부인의 이름인 '클로틸드'의 애칭.
42) 가구를 싸거나 커튼을 만드는 데 주로 쓰이는 질긴 천.
43) 1798년 뤼뱅이 설립한 향수 회사. 파리 오페라 근처 매장이 큰 성공을 거두었다.
44) 뒤루아의 이름인 '조르주'의 애칭.
45) '라틸 영감'이라는 뜻으로, 18세기 말 세워진 파리의 유명한 식당이다.
46) '하얀 여왕'이라는 뜻으로, 파리 북쪽에 있던 댄스홀.
47) 타조는 고개를 땅에 묻는 습성 때문에 몸은 드러낸 채 얼굴만 숨기는 어리석음의 상징으로 여겨졌다.
48) 까막까치밥나무 열매로 담근 술.
49) 프랑스어로 maquereau는 '고등어'를 뜻하고 비유적으로 '포주, 기둥서방'을 뜻한다. 여기서 '등 푸른 인간들'은 고등어의 등이 푸르다는 데서 비롯된 표현으로, '포주, 기둥서방'을 뜻한다.
50) 17세기 초반 스페인의 극작가.
51) '불사(不死)의 인물', '불후의 인물'을 뜻하는 immortel은 '아카데미 프랑세즈 회원'을 지칭하는 표현이다.
52) 프랑스어로 fond은 강이나 바다의 바닥을 뜻하며, 그 복수형과 형태가 같은 fonds은 돈, 재산을 뜻한다. 이러한 모호성을 이용한 말장난이다.
53) 그리스 신화에 나오는 괴물. 사자의 머리, 양의 몸, 용의 꼬리를 가졌다.
54) 앙부안 기메를 비롯하여 이어 등장하는 화가들, 아르피니, 기요메, 제르벡스, 바스티앵 르파주, 부그로, 장 폴 로랑, 장 베로, 랑베르, 드다유, 모리스 를루아르 등은 모두 19세기 후반에서 20세기 초반에 걸쳐 활동한 프랑스의 화가들이다.
55) 프랑스 중서부에 위치한 지방. 프랑스 혁명 당시 반혁명 농민반란이 일어난 곳이다.
56) 루브르의 진열실 이름으로, '정사각형 모양의 방'이라는 뜻이다.
57) 1814년 나폴레옹의 몰락 이후 루이 16세의 동생인 프로방스 백작이 다시 왕으로 즉위한다. 그때부터 1830년 7월 혁명으로 오를레앙가 루이 필리프의 7월 왕정이 시작될 때까지를 '왕정복고'라 한다.
58) 루이 14세의 딸인 부르봉 공작 부인을 위해 18세기 초에 지어진 궁(팔레)이다.

현재 하원 의사당으로 쓰인다.
59) 남프랑스 지중해 연안의 도시.
60) 신문의 이름인 '라 플륌(La plume)'은 '펜'을 뜻하고, 원래는 새의 '깃털'이라는 뜻이다.
61) 프랑스어로 '기생충(벌레)을 죽이다'라는 표현은 '공복에 술을 한잔 마신다'는 뜻이다. 그렇게 하면 배 속의 기생충들이 죽는다고 생각한 데서 비롯된 표현이다.
62) 칸에서 가까운 지중해의 섬 무리로, 생마르그리트 섬과 생토노라 섬을 중심으로 작은 무인도들이 있다.
63) 옛 길이의 단위. 1피에는 0.32미터에 해당한다.
64) 프랑스 군인으로 알제리, 크리미아 전쟁 등에서 큰 공을 세웠고, 이후 프랑스-프러시아 전쟁에서 총사령관으로 프로이센에 항복한 죄로 군사재판에서 사형을 선고받았다. 특별사면으로 감형받은 다음 탈옥하여 스페인으로 망명했다.
65) 라틴어 기도문이다. Confiteor Deo omnipotenti……. Beatae Mariae semper virgini…….

2부

1) 프랑스 귀족들은 전통적으로 이름에 영지 소유를 나타내는 소사 de('~의'라는 뜻)를 붙인다. 뒤루아의 '뒤(du)'는 그 de와 관사 le가 합해진 말이다.
2) 베르사유 가까이에 있는 파리 근교의 도시.
3) 파리 서쪽 근교의 도시.
4) 은둔 생활 중 수많은 유혹을 물리친 것으로 유명한 성자 성 안토니우스를 말한다. 플로베르의 『성 앙투안의 유혹』을 비롯하여 문학과 미술에 큰 영감을 주었다.
5) 실크나 울로 만드는 투명한 옷감으로, 표면에 물결 같은 잔주름이 져 있다. 또한 미망인들이 쓰는 베일을 일컫기도 한다.
6) 파리 서쪽 교외의 도시.
7) 가벼운 소재와 행복한 결말로 된 음악극.
8) 센 강 좌안 지역에 있는 루앙 시의 한 구역.
9) 이집트 기자에 있는 가장 높은 피라미드.
10) 루앙에 물을 공급하던 거대한 기계의 이름.
11) 초기 낭만주의 문학에 속하는 베르나르댕 드 생 피에르의 소설 『폴과 비르지니』의 주인공.
12) 파리 북쪽 교외 지역.

13) 캉틀뢰의 작은 촌락.
14) 예수회. 16세기에 설립되어 반종교개혁을 주도한 수도회.
15) 요리와 디저트 사이에 먹는 단 음식.
16) 인도 마드라스산 직물. 면과 실크의 혼방으로 스카프, 넥타이용으로 사용되었다. 여기서는 모자처럼 머리에 쓰는 세모 모양의 숄을 말한다.
17) 파리 서쪽 교외의 도시.
18) '포레스티에'라는 이름은 보통명사로는 '숲지기'를 뜻한다.
19) 프랑스의 로코코 미술을 대표하는 화가.
20) touché. 검술 경기에서 상대에게 찔렸음을 나타낸다.
21) Esquire의 약자. 이름 뒤에 붙여 기사(knight) 바로 밑의 신분을 나타낸다.
22) 원래는 Rastaquouere, 남아메리카에서 가죽 장사로 돈을 번 스페인 부자를 지칭하던 말로, 주로 외국인 졸부들을 빈정거릴 때 사용하던 말이다.
23) 음료, 식사와 함께 음악, 쇼를 즐길 수 있는 곳.
24) 프랑스 북서부 브르타뉴 지방의 도시.
25) 모로코 북동부에 위치한, 삼면이 알제리 국경으로 둘러싸인 오아시스 도시.
26) 튀니스는 튀니지의 수도이고, 탕헤르는 모로코의 항구도시이다.
27) 그리스 신화의 인물로, 카르타고를 세운 여왕이다. 트로이 전쟁에서 패하고 방랑하던 아이네이아스와 사랑에 빠지지만, 아이네이아스가 새 정착지를 찾아 카르타고를 떠나자 절망하여 불 속에 뛰어들어 자살한다.
28) 제1제정 시대의 장군이다. 워털루 전쟁에서 항복을 권유하는 적장에게 "메르드."(merde, '똥'을 뜻하는 프랑스어로, 욕설로 많이 사용된다.)라고 외쳤다는 '캉브론의 말'로 유명하다.
29) 독일-유태계의 국제적인 금융 가문으로, 18세기부터 부를 축적하여 전 세계의 금융시장을 지배했다.
30) 리비아 북서부의 항구도시. 기원전 7세기 페니키아인들이 건설하였고, 로마, 이슬람 등의 지배를 받다가 16세기 초부터 오스만 왕조의 섭정국이 되었다. 이후 20세기에 이탈리아, 영국의 지배를 거쳐 1951년 독립한다.
31) 스페인, 프랑스, 이탈리아와 마주한 지중해 지역을 말한다. 프랑스는 가장 서쪽에 위치한 모로코를 손에 넣으면서, 이미 침공한 알제리, 튀니지로 이어지는 북아프리카 해안을 장악한 것이다.
32) 19세기 초에 설립된 파리의 사교 모임으로, '기수(騎手)'를 뜻하는 '조케(jockey)'에서 이미 알 수 있듯이 경마 경기를 후원한다. 최상류층 사람들이 모인 폐

쇄적 클럽이었다.

33) 당시 파리의 세즈 거리에서 화랑을 운영하던 미술상 조르주 프티.
34) 폴리(Folie)는 광대극에 등장하는 인물로, 즐거움을 상징한다. 치마에 방울이 달려 있거나 방울 달린 지팡이를 들고 있었다.
35) 구체제의 화폐단위이다. 24리브르가 1루이가 되었다.
36) 네덜란드의 도시. 질그릇에 주석을 입혀 윤을 낸 '델프트 도기'로 유명했다.
37) 17세기 초 앙리 4세가 설립한 왕립 직물 제작소. 최고급 벽걸이 융단을 제작했다.
38) 19세기에 유행하던 춤. 여럿이 마주 보고 도형을 만들며 춘다.
39) 쉬잔의 애칭.
40) 무공이나 문화적 업적이 있는 사람에게 수여되는 프랑스의 최고 훈장.
41) '관보(官報)'를 뜻한다. 1868년에 창간되었으며 의회와 행정부 등의 소식에 대한 독점적 권리를 갖는 공식적인 정부 기관지가 되었다.
42) 레지옹 도뇌르 훈장은 다섯 개의 등급으로 나뉜다. 슈발리에는 그중 가장 낮은 등급이다.
43) '수꿩'이란 뜻이다.
44) '테린'은 파테를 만들 때 사용하는 뚜껑 달린 도기이다.
45) 샤르트르회 수도원에서 만드는 약초 술.
46) 노르망디의 칼바도스 지방의 항구도시.
47) 파리 서쪽 근교의 도시 생제르맹 앙레를 말한다. 이후 등장하는 르펙, 메종 라피트, 마를리, 샤르트루빌, 샤투 등도 모두 파리 서쪽 근교의 도시들이다.
48) 앙리 4세 때부터 왕의 거처로 사용되던 건물('파비용'은 '관(館), 작은 건물'이란 뜻이다.)로, 1825년 개인이 사서 증축한 이후 고급 레스토랑이 되었다.
49) 파리 서쪽 낭테르, 뢰이유 말메종 지역에 있는 높이 162미터의 낮은 산이다. 루이 필리프 시절 파리 방어용 성채가 건설되었고, 프랑스-프로이센 전쟁 때 격전지였다.
50) 센 강의 물을 끌어 올려 베르사유로 옮기는 데 사용된 공중 수로.
51) 가톨릭 사제들의 복장에서 제복 위에 목 뒤로 걸쳐서 몸 양쪽으로 늘어뜨리는 장식 천.

PENGUIN CLASSICS

유토피아 토머스 모어
서문 폴 터너/류경희 옮김

젊은 베르테르의 슬픔 괴테
김재혁 옮김/작품해설 마이클 헐스

크로이체르 소나타 레프 톨스토이
서문 도나 터싱 오윈/이기주 옮김

동물농장 조지 오웰
서문 맬컴 브래드버리/최희섭 옮김

좁은 문 앙드레 지드
이혜원 옮김·작품해설

성 프란츠 카프카
홍성광 옮김·작품해설

도리언 그레이의 초상 오스카 와일드
서문 로버트 미갤/김진석 옮김

노생거 수도원 제인 오스틴
임옥희 옮김·작품해설 매릴린 버틀러

인간의 대지 생텍쥐페리
허희정 옮김·작품해설 윌리엄 리스

위대한 개츠비 스콧 피츠제럴드
서문 토니 태너/이만식 옮김

벤자민 버튼의 시간은 거꾸로 간다
스콧 피츠제럴드 서문 오도넬/박찬원 옮김

아가씨와 철학자 스콧 피츠제럴드
서문 오도넬/박찬원 옮김

홍길동전 허균
정하영 옮김·작품해설

금오신화 김시습
김경미 옮김·작품해설

소송 프란츠 카프카
홍성광 옮김·작품해설

지하로부터의 수기 도스토옙스키
조혜경 옮김·작품해설

이탈리아 기행 괴테
홍성광 옮김·작품해설

첫사랑 이반 투르게네프
서문 V.S.프리쳇/최희회 옮김

차라투스트라는 이렇게 말했다
니체 서문 홀링데일/홍성광 옮김

별에서 온 아이 오스카 와일드
서문 이언 스몰/김전유경 옮김

고독의 우물 래드클리프 홀
임옥희 옮김·작품해설

오페라의 유령 가스통 루루
홍성영 옮김

기쁨의 집 이디스 워튼
서문 신시아 그리핀 울프/최인자 옮김

데이지 밀러 헨리 제임스
서문 데이비드 로지/최인자 옮김

이반 일리치의 죽음 레프 톨스토이
서문 앤서니 브릭스/박은정 옮김

대위의 딸 푸시킨
심지은 옮김·작품해설

군주론 니콜로 마키아벨리
서문 앤서니 그래프턴/권기돈 옮김

지킬 박사와 하이드 스티븐슨
서문 로버트 미갤/박찬원 옮김

PENGUIN CLASSICS

주홍 글자 너새니얼 호손
김지원, 한혜경 옮김·작품해설

채털리 부인의 연인 D. H. 로렌스
서문 도리스 레싱/최희섭 옮김

톰 소여의 모험 마크 트웨인
서문 존 실라이/이화연 옮김

로빈슨 크루소 대니얼 디포
서문 존 리체티/남명성 옮김

야간 비행·남방 우편기 생텍쥐페리
서문 앙드레 지드/허희정 옮김

광막한 사르가소 바다 진 리스
서문 앤젤라 스미스/윤정길 옮김

전원 교향악 앙드레 지드
김중현 옮김·작품해설

인상과 풍경 로르카
엄지영 옮김·작품해설

논어 공자
논어집주 주자/최영갑 옮김·작품해설

크리스마스 캐럴 찰스 디킨스
서문 마이클 슬레이터/이은정 옮김

켈트의 여명 윌리엄 버틀러 예이츠
서혜숙 옮김·작품해설

피터 팬 제임스 매튜 배리
서문 잭 자이프스/이은경 옮김

드라큘라 브램 스토커
서문 프레일링/박종윤 옮김·작품해설 힌들

1984 조지 오웰
서문 벤 픽롯/이기한 옮김

자유론 존 스튜어트 밀
서문 거트루드 힘멜파브/권기논 옮김

오만과 편견 제인 오스틴
서문 비비엔 존스/김정아 옮김

대위의 딸 푸시킨
심지은 옮김·작품해설

한밤이여 안녕 진 리스
윤정길 옮김·작품해설

세월의 거품 보리스 비앙
이재형 옮김·작품해설 질베르 페스튀로

그렌델 존 가드너
김전유경 옮김·작품해설

7인의 미치광이 로베르토 아를트
엄지영 옮김·작품해설

왕자와 거지 마크 트웨인
남문희 옮김·작품해설 제리 그리스월드

소공녀 프랜시스 호즈슨 버넷
곽명단 옮김·작품해설 크노이플마커

헨리와 준 아나이스 닌
홍성영 옮김

셜록 홈즈: 주홍색 연구 코난 도일
남명성 옮김·작품해설 이언 싱클레어

퀴어 윌리엄 버로스
조동섭 옮김

정키 윌리엄 버로스
서문 올리버 해리스/조동섭 옮김

모피를 입은 비너스 자허마조흐
김재혁 옮김·작품해설

PENGUIN CLASSICS

오셀로 윌리엄 셰익스피어
서문 톰 매캘링던/강석주 옮김

맥베스 윌리엄 셰익스피어
서문 캐럴 칠링턴 러터/김강 옮김

코·외투·광인일기·감찰관 고골
서문 로버트 맥과이어/이기주 옮김

알렉산드리아 사중주 : 저스틴
로렌스 더럴 권도회 옮김

알렉산드리아 사중주 : 발타자르
로렌스 더럴 권도회 옮김

알렉산드리아 사중주 : 마운트올리브
로렌스 더럴 김종식 옮김

알렉산드리아 사중주 : 클레어
로렌스 더럴 권도회 옮김

셜록 홈즈: 바스커빌 가문의 개 코난 도일
남명성 옮김/작품해설 크리스토프 프레일링

사랑에 관하여 안톤 체호프
안지영 옮김/작품해설

이상한 나라의 앨리스 루이스 캐럴
서문 휴 호턴/이소연 옮김/존 테니얼 삽화

거울 나라의 앨리스 루이스 캐럴
주해 휴 호턴/이소연 옮김/존 테니얼 삽화

햄릿 셰익스피어
서문 앨런 신필드/노승희 옮김

제인 에어 샬럿 브론테
서문 스티비 데이비스/류경희 옮김

목요일이었던 남자 체스터턴
김성중 옮김/작품해설

리어 왕 셰익스피어
서문 키어넌 라이언/김태원 옮김

메피스토 클라우스 만
오용록 옮김/작품해설

가든파티 캐서린 맨스필드
서문 로나 세이지/한은경 옮김

공산당 선언 마르크스, 엥겔스
서설 개레스 스테드먼 존스/권화현 옮김

80일간의 세계 일주 쥘 베른
서문 브라이언 앨디스/이효숙 옮김

무도회가 끝난 뒤 레프 톨스토이
박은정 옮김/작품해설

월든 헨리 데이비드 소로
서문 마이클 마이어/홍지수 옮김

허클베리 핀의 모험 마크 트웨인
백낙승 옮김/작품해설

인간 불평등 기원론 장 자크 루소
김중현 옮김/작품해설

사회계약론 장 자크 루소
김중현 옮김/작품해설

정글북 러디어드 키플링
시문 대니얼 칼린/남문희 옮김

감정교육 귀스타브 플로베르
서문 제프리 월/김윤진 옮김

레 미제라블 위고
이형식 옮김

더블린 사람들 제임스 조이스
서문 테렌스 브라운/한일동 옮김

PENGUIN CLASSICS

말테의 수기 릴케
김재혁 옮김·작품해설

마지막 잎새 오 헨리
서문 가이 대번포트/최인자 옮김

자기만의 방 버지니아 울프
서문 미셸 배럿/이소연 옮김

타임머신 허버트 조지 웰스
서문 마리나 워너/한동훈 옮김

시학 아리스토텔레스
머리말 토도로프/서문 뒤퐁록, 랄로/김한식 옮김

작은 아씨들 루이자 메이 올컷
서문 일레인 쇼월터/유수아 옮김

쟈디그·깡디드 볼테르
이형식 옮김·작품해설

반짝이는 것은 모두 오 헨리
최인자 옮김

어느 영국인 아편 중독자의 고백
토머스 드 퀸시 서문 헤이터/김명복 옮김

테레즈 데케루 프랑수아 모리아크
서문 장 투조/조은경 옮김

밤의 종말 프랑수아 모리아크
조은경 옮김

벨아미 기 드 모파상
윤진 옮김·작품해설

사물들 조르주 페렉
김명숙 옮김·작품해설

W 또는 유년의 기억 조르주 페렉
이재룡 옮김·작품해설